GEHEIMNISSE VON GRÄBERN UND GOLD

RITEN DER BESESSENHEIT

BUCH DREI

EVA CHASE

Geheimnisse von Gräbern und Gold

Riten der Besessenheit Buch 3

Erste Digitale Ausgabe, 2024

Übersetzung: Stephanie Kotz

Lektorat: Nadja Uebach

Umschlaggestaltung: Maria Spada

Ebook ISBN: 978-1-998582-06-8

Paperback ISBN: 978-1-998582-32-7

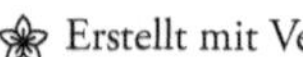 Erstellt mit Vellum

Eins

Ivy

Ich will nicht so recht glauben, dass der Palast angegriffen wird, bis ich das Tor sehe.

Oder besser gesagt, das, was von dem Tor noch übrig ist.

Mein Herz macht einen Satz und ich bleibe auf dem Pflastersteinweg zwischen der königlichen Akademie und des königlichen Hauptwohnsitzes stehen. Meine Hand verkrampft sich um das Messer, das ich gezogen habe.

Die schweren Holztüren in der hohen Steinmauer sind normalerweise beinahe doppelt so hoch wie ich, auch wenn ich zugegebenermaßen nicht besonders groß bin. Jetzt sehen sie aus, als wären sie aus den Angeln gesprengt worden.

Dunkle Streifen ziehen sich über die gefallenen Platten und schwärzen das Holz und die Stahlbänder, welche das Tor einst verstärkten. Sogar die Steine des Türrahmens sehen versengt aus.

Die sarkastische Stimme meiner geisterhaften Passagierin hallt leicht schockiert durch meinen Kopf. *Hat jemand beschlossen, die Tür zu rösten?*

Die drei Männer, die mit mir von der Akademie hierher gerannt sind, bleiben im gleichen Moment neben mir stehen. Alek lässt seine Hand in der Geste der Götter zittrig über seine Vorderseite huschen – Stirn, Herz, Bauch und wieder hoch zu seinem Brustbein.

Die Stimme des Gelehrten kommt nur schwach heraus. „Was in den Reichen …?"

Ein Knall und Schreie dröhnen durch die Wände. Stavros bewegt seinen gewaltigen Körper mit beeindruckender Geschwindigkeit vorwärts. Er hält sein Schwert in der Hand und an seinem anderen Handgelenk blitzt die Kampfprothese auf, die er vorhin hastig fixiert hat. „Ich muss die Königsfamilie beschützen."

Von uns vieren ist der ehemalige General der Einzige, der den Auftrag hat, unsere Herrscher zu verteidigen. Es ist schwer, zu sagen, wie viel eine Diebin, die sich als Adlige ausgibt, ein Gelehrter und ein Kurtisan bei diesem Desaster ausrichten können.

Trotzdem eilen wir ihm hinterher. Wir sind schließlich auch gemeinsam von der Akademie hierher gerannt.

Wir sind die einzigen vier Leute im Königreich, die eine echte Vorstellung davon haben, was hier los ist. Nun, abgesehen von den Schurken, die diesen Angriff veranlasst haben. Ich wäre begeistert, wenn ich sie aufhalten könnte, bevor sie weiteres Chaos stiften.

Wir stürzen durch den Hof zum Palastgebäude und rennen an den gefallenen Wachen vorbei, die verbrannt oder blutig oder beides sind. Casimirs umwerfendes Gesicht erbleicht unter den hellbraunen Wogen seiner Haare.

Der Kurtisan ist dazu ausgebildet worden, Schönheit in allen Dingen zu sehen. Ich bezweifle allerdings, dass er an dieser Szene etwas Bewundernswertes finden kann.

„Er hatte recht", stellt er mit leiser, angespannter Stimme fest, in der nichts von seiner üblichen Ruhe liegt. „Wie viele gefangene Daimon könnten die Blutzauberer versammelt haben?"

Ich muss nicht nachfragen, wen Casimir mit ‚er' meint. Eine Wache, die mich auf dem Campus mehrere Male genervt hatte, war vor weniger als zehn Minuten bei Stavros' Quartier erschienen und hatte um meine Hilfe gebeten. Warum er ausgerechnet mich gewählt hat, konnte ich nicht herausfinden, da wir keine Zeit zu verschwenden hatten.

Wir dachten, wir hätten die psychopathischen Zauberer und ihren sektenartigen Orden der Wildheit letzte Nacht besiegt. Immerhin beobachtete ich, wie ihr vermeintlicher Anführer in einem Lagerfeuer starb. Ich sah, wie ein Geschwader Soldaten ein paar Dutzend seiner Anhänger festnahm.

Die Wache, Rheave, behauptete jedoch, dass die Verschwörer mit ihrer Magie mehr zustande gebracht hatten, als uns bewusst war. Er sagte, *er* sei ein Daimon – eines der Geistwesen, die durch unsere Welt flitzen – und wäre in einem Körper aus Ton gefangen, den die Blutzauberer zum Leben erweckt hatten.

Außerdem informierte er uns darüber, dass es noch mehr Daimon wie ihn gäbe. Sie alle waren von einer nach wie vor lebenden Autoritätsperson des Ordens zum Palast gerufen worden und hatten den Auftrag erhalten, jedes Mitglied der Königsfamilie zu töten.

Während wir die Palasttreppe zu der noch prächtigeren Tür hinaufsprinten, die in der Mitte zerbrochen und ebenfalls mit schwarzen Streifen übersät ist, geht mir Casimirs Frage durch den Kopf.

Haben die Blutzauberer eine ganze Armee aus eingesperrten Daimon erschaffen?

In der Eingangshalle liegen weitere Wachen ausgestreckt auf dem Marmorboden. Blut tränkt die luxuriösen Teppiche und hat die edlen Gemälde an den Wänden bespritzt. Vor uns erklingen Schreie.

Mein Mund spannt sich an. „Es muss eine Menge Tonwesen geben. Doch wer zum Henker leitet die Daimon jetzt?"

Eine sehr gute Frage, murmelt Julita schwach.

Ster. Torstem, der Rechtsprofessor, den wir für den Anführer der Verschwörung hielten, hatte seinen Sprung ins Feuer auf keinen Fall überlebt. Ich sah, wie er in den Flammen zusammenbrach. Außerdem berichtete Stavros, dass die Soldaten die Überreste seines Körpers gefunden hatten.

Doch vielleicht haben die Blutzauberer es geschafft, ihre kranke Magie so zu verdrehen, dass sie sogar den Tod besiegen können?

Bei dem Gedanken wird mir schlecht, doch ich renne hinter Stavros den Kampfgeräuschen entgegen.

Durch den Nebel panischen Adrenalins entdecke ich Körper, die nicht die saphirblauen Uniformen der Palastwachen und königlichen Soldaten tragen. Einige sind in edle, formelle Hemden und Hosen gekleidet, die zum Hauspersonal des Palasts gehören. Außerdem entdecke ich ein paar Adlige des Königshofs, die zu ihrem Pech heute Morgen schon früh durch die Empfangsräume geschlendert sind.

Zwischen ihnen befinden sich Gebilde, die kaum wie Körper aussehen: rötlich braune Figuren aus gebranntem Ton, die zu einer menschlichen Gestalt geformt wurden.

Manche sind ganz geblieben mit Ausnahme einer Klinge, die in ihrer Brust steckt. Andere in identifizierbare Scherben zerbrochen.

Alek hat sie ebenfalls bemerkt. Seine hellbraunen Augen weiten sich in den Löchern seiner Ledermaske.

„Die Götter mögen uns beistehen", murmelt er.

Stavros rammt eine Tür mit seiner Schulter auf und wir vier stürzen in einen weiteren opulenten Palastgang.

In diesem herrscht ein heilloses Durcheinander. Mehrere Wachen schwingen ihre Schwerter, um eine Gruppe Adliger zu verteidigen, die auf der gegenüberliegenden Seite des Raums kauern. Auf den Mienen der Soldaten zeichnen sich Verwirrung und die wilde Entschlossenheit ab, ihre Schutzbefohlenen zu verteidigen.

Ihre Verwirrung rührt daher, dass die Angreifer, denen sie sich erwehren müssen, nicht wie Schurken aussehen. Einige von ihnen tragen die gleichen kräftig blauen Uniformen wie ihre Gegner – sind sie Wachen wie Rheave, die für die Zwecke der Blutzauberer erschaffen wurden? Und die anderen …

Aufgrund ihrer schlichten Kleidung sehen die meisten Angreifer wie gewöhnliche Bürger der Mittelbezirke aus. Ein paar der schmuddeliger Aussehenden könnten von Florians Außenbezirken hierhergekommen sein.

Sind das echte Leute, die in die Verschwörung verwickelt sind, oder weitere Daimon, die von der Magie der Zauberer in Tonfiguren eingesperrt wurden?

Stavros scheint es nicht für wichtig zu halten, hierzubleiben und das herauszufinden. Er will König Konram und seine Familie beschützen, nicht die rangniedrigen Adligen.

Er rennt zu einer Seitentür und bedeutet uns, ihm zu folgen.

Als wir ihm hinterhereilen, verfolgt uns einer der Angreifer. Eine Frau in einem Wollkleid, das ich an einer Ladeninhaberin oder einer Handwerkerin erwartet hätte, stürzt sich mit erhobenem Dolch auf uns.

Meine jahrelang auf der Straße verfeinerten Instinkte machen sich bemerkbar. Als sie nach Alek schlägt, wirble ich herum und strecke mein Messer aus.

Mir wäre es lieber, sie einfach nur außer Gefecht zu setzen. Ich bin nicht besonders scharf aufs Töten, da mich jeder Tod durch meine Hand an das erste Mal erinnert, als ich jemanden umbrachte. Bis heute bereue ich diesen Tod am meisten.

Doch die Frau torkelt trotz meines Treffers an ihrer Schulter von mir weg und packt Aleks schlankes Handgelenk. Das Blut, welches das Mieder ihres Kleides durchtränkt, scheint sie nicht zu stören. Es gibt Entschlossenheit und dann noch haarsträubende Zielstrebigkeit. Was sie an den Tag liegt, geht eindeutig noch weiter.

Der Gelehrte zuckt mit einem hastigen Tritt zurück, der seine Gegnerin nicht richtig trifft. Julita schreit in meinem Kopf.

Die Frau schlägt mit dem Dolch nach Aleks Hals und jeder Nerv in meinem Körper brüllt entsetzt.

Ich werde nicht zusehen, wie einer der Männer, die ich liebe, in einer Blutlache zusammenbricht. Seine Klugheit und Zärtlichkeit können ihn nicht vor der Klinge retten.

Ich allerdings schon.

Meine Magie flammt in meiner Brust auf. Ich bewege mich, bevor sie die Gelegenheit hat, mein Inneres zu erschüttern und nach Freiheit zu verlangen.

Ich ramme mein Messer in die Kehle der Frau, kurz bevor sie ihren Treffer anbringen kann.

Ich habe nur eine Sekunde, um Schuldgefühle zu verspüren, ehe sich ihre Gestalt zu Ton verhärtet. Sie knallt auf den Boden und Risse breiten sich auf ihrem Oberkörper und ihren Beinen aus.

Julitas Präsenz erschaudert. *Gut gemacht, Ivy.*

Alek atmet zittrig aus und wischt seine zerzausten schwarzen Haare von seiner Maske. „Danke."

Ich nehme den Dolch an mich, den die Frau fallen lassen hat – der einzige Teil von ihr, der echt war –, drücke den Griff Alek in die Hand und schließe seine Finger darum. Bei der Wärme seiner bronzefarbenen Haut steigt ein Kloß in meiner Kehle auf.

Ihm geht es gut. Ihm geht es noch immer gut – und ich will, dass es so bleibt.

Ich drücke seine Hand. „Falls dich jemand angreift, stich denjenigen so gut wie möglich nieder."

Ich hätte ihm schon früher eines meiner Messer geben sollen. Wir hatten keine Ahnung, womit wir es hier zu tun bekommen würden – und ob Rheaves verrückte Geschichte wahr sein würde.

Alek nickt mit einem dankbaren, wenn auch gequälten Lächeln. Die Sorge, die in seinen Augen schimmert, gilt genauso sehr mir wie sich selbst.

Trotz meines Entsetzens über den Aufruhr ringsum beruhigt mich das Wissen, dass wir uns diesem gemeinsam stellen. Ich bin nicht mehr auf mich allein gestellt.

Nebeneinander rennen wir den Rest des Wegs zu der Tür, die Stavros bereits durchquert hat. Casimir führt uns an und berührt meinen Arm kurz, jedoch beruhigend.

Stavros sprintet weiter und klingt kaum außer Atem. Sein Militärtraining ist eindeutig noch nicht vergessen. „Es gibt doppelt gesicherte Räume im Keller, zu denen die Königsfamilie in einem Notfall gehen kann … und einen geheimen Fluchtweg, falls die Situation besonders ausweglos wird. Mit etwas Glück sind sie bereits gegangen …"

Er unterbricht sich mit einem Zischen, als wir auf zwei weitere tote Wachen treffen, die zusammengesunken an der Tür vor einer Treppe lehnen.

Stavros bückt sich und seine dunkelroten Haare, deren Farbe eine furchterregende Ähnlichkeit mit den geronnenen Blutspritzern hat, fallen in seine gebräunte Stirn. Er zerrt einen der ermordeten Soldaten aus dem Weg und wuchtet die Tür auf.

Schreie und das Klirren von Metall dringen von unten herauf.

„Verflucht sollen sie alle sein", knurrt der ehemalige General und springt die Stufen hinab.

Mein Magen verkrampft sich beim Klang der Kampfgeräusche vor uns. Eine dünne Stimme kreischt – gehört sie zu einem der Königskinder?

Prinzessin Klaudia und Prinz Jacos sind erst sechzehn und vierzehn Jahre alt. Ich kann mir nicht vorstellen, dass sie jemals eine derartige Gewalt gesehen haben, geschweige denn eine, die gegen sie und ihre Eltern gerichtet war.

Meine Magie windet sich in meiner Brust und zerrt an meinen Rippen, damit ich sie rauslasse.

Sie könnte die Bösewichte dorthin zurückschleudern, wo sie herkamen. Sie könnte sie alle zerschlagen.

Doch wie immer habe ich keine Ahnung, was sie noch zerstören würde, um die Macht auszugleichen, die ich freisetze. Jegliche Magie erfordert ein Opfer.

Bis ich genau weiß, womit wir es zu tun haben, sind wir alle sicherer, wenn wir uns an Werkzeuge halten, die wir in den Händen halten können.

Ich ziehe meine freie Hand zwischen den Rockfalten meines Reitkleides hervor und hole ein Messer aus der versteckten Scheide. Als wir weiterstürmen, tippe ich Casimirs Arm an, um ihm die Waffe anzubieten.

Der Kurtisan blickt nach unten und schüttelt mit einem Funkeln in seinen dunkelblauen Augen den Kopf. „Ich kämpfe besser mit meinen Händen. Etwas festzuhalten, wird mich durcheinanderbringen."

Ich habe gesehen, wie er einen voreingenommenen Adligen mit einem Ruck an dessen Handgelenk außer Gefecht gesetzt hat, weshalb ich weiß, dass er über einige Kampfkünste verfügt. Ich bezweifle allerdings, dass er sich jemals mitten in einem

Kampf wiedergefunden hat. „Falls du deine Meinung änderst …"

Er schafft es, mir ein liebevolles Lächeln zu schenken. „Ich weiß, bei wem ich mir eine Klinge besorgen kann."

Am Fuß der Treppe führt ein kurzer Gang zu einer Tür, die zur Hälfte von Gesteinsbrocken blockiert wird. Stavros flucht und klettert über die Trümmer. Der Rest von uns folgt ihm. Die scharfen Kanten kratzen über meine Handfläche.

In dem weitläufigen Raum dahinter bietet sich uns der Anblick eines echten Blutbads. Eine der Innenmauern ist teilweise zusammengebrochen und die Laternen flackern wild.

Ich stolpere beinahe über einen Körper, der halb von der Tür begraben wurde. Weitere Leichen liegen auf dem Steinboden.

Das flackernde Licht reflektiert von einer goldenen Krone. Sie thront auf König Konrams Kopf, der neben seiner Frau steht und einige kleinere Gestalten schützt, zu denen vermutlich ihre Kinder zählen.

Sechs Wachen kämpfen beherzt vor ihnen, doch eine von ihnen schwankt und der Ärmel einer anderen ist blutgetränkt.

Mindestens doppelt so viele Gegner haben sich ihnen genähert. Die Hälfte steckt in den Wachuniformen, die anderen tragen schlichte Kleider, wie ich sie oben gesehen habe. Die meisten schwingen Schwerter und Dolche.

Kurz nachdem ich in den Raum gesprungen bin, schlägt jedoch ein Mann mit seiner bloßen Hand nach mir.

Ein knisterndes Licht entwischt seinen Fingern, kracht in eine der Wachen und brennt schwarze Linien auf deren Gesicht. Als der Soldat rückwärts taumelt, breitet sich Kälte in meinem Magen aus.

Die Daimon besitzen ihre eigenen übernatürlichen Kräfte. Jetzt wissen wir, wie sie das Eingangstor gegrillt haben.

Ein anderer Mann hebt einen riesigen Steinbrocken auf und schleudert ihn auf die königlichen Wachen. Er knallt gegen den Kopf einer Frau und sie fällt auf die Knie.

Stavros brüllt, rennt los und schwingt sein Schwert durch die Luft. Er schlägt zwei der Angreifer nieder, die auf dem

Boden zu Tonscherben zersplittern, bevor einer der anderen reagieren kann.

Der Größte unserer Gegner wirbelt herum. Als Stavros Anstalten macht, sein Schwert zu schwingen, kracht der riesige Mann wie ein Rammbock geradewegs in den ehemaligen General. Sie fliegen durch eine Seitentür und in die Schatten des dahinterliegenden Raums.

Ein anderer Angreifer beeilt sich, zu Stavros zu gelangen, und zwei weitere wenden sich uns restlichen Neuankömmlingen zu. Ein muskulöser Mann schlägt mit seinem Schwert nach mir.

Ich ducke mich und wirble herum, um nach seinen Beinen zu treten. Er stolpert rückwärts, allerdings nur kurz, bevor er wieder auf mich zutaumelt.

Die andere Angreiferin wirft sich Casimir und Alek entgegen. Alek schlägt ungeschickt mit seinem konfiszierten Dolch nach ihr, bevor Casimir ihr mit Kraft und seiner üblichen Eleganz einen Schlag auf den Kopf verpasst. Der Aufprall wirft sie seitlich gegen die Wand.

Als sie gegen die Steinblöcke knallt, knistert Energie aus ihren Händen. Die Wand knackt und wölbt sich.

Ein Steinregen geht auf die zwei Männer nieder. Ich muss zur Seite rollen, um dem Schwert meines Angreifers auszuweichen. Als ich wieder aufschaue, sind der Gelehrte und Kurtisan bis zur Taille im Schutt begraben.

Stavros stößt einen brutalen Schrei aus und schubst einen seiner Gegner aus dem Nebenraum. Der Mann wählt jedoch dieselbe Taktik wie die Frau und schlägt seine Hände gegen die Seiten des Türrahmens.

Die Steine brechen nach innen und schneiden Stavros von dem Raum ab, in dem sich der Rest von uns befindet.

Staub kitzelt in meiner Kehle. Ich huste, weiche aus und ramme mein Messer in den Schenkel meines Angreifers. Als er zur Seite taumelt, trete ich ihm die Beine weg.

Er knallt zu Boden, lässt sein Schwert allerdings nicht fallen. Und als er sich anspannt, um mich erneut anzugreifen, gleitet mein Blick an ihm vorbei zur Königsfamilie.

Jetzt liegt noch mehr Ton auf dem Boden, allerdings auch

weitere Leichen der echten Wachen. Der letzte Wachmann bricht gerade mit einer Klinge im Bauch zusammen.

Die fünf Daimon in Tongestalt, die in der Nähe des Königs stehen, stürzen sich auf die ungeschützte Königsfamilie.

Nein!, kreischt Julita und mein Herz setzt aus.

Ich schleudere mein Messer auf einen der Angreifer, die anderen schauen jedoch nicht einmal hin, als ihr Kumpel umkippt.

König Konram und Königin Ishild haben beide ihre Klingen gezogen, doch ich kann sehen, dass diese nicht reichen werden. Sie werden gleich überwältigt werden.

Nichts kann ihnen jetzt noch helfen.

„Ivy!", krächzt Alek von dort, wo er den Schutt von seinen Beinen schiebt. „Schnell … du musst es tun."

Mein Magen sinkt im gleichen Augenblick, in dem meine Magie durch meine Knochen vibriert.

Richtig. *Ich* könnte ihnen helfen.

Es ist keine Zeit, um den geringeren Gott um Hilfe bei der Kontrolle des Rückschlags zu bitten, der mir in der Vergangenheit beigestanden hat. Einer der Angreifer zielt mit dem Schwert auf Konrams Herz, gerade als der König den Schlag eines anderen abwehrt – und mit einem erstickten Laut schleudere ich meine Kraft auf den Schwertkämpfer.

Die magische Wucht reißt den Mann zur Seite und bricht seinen Hals. Er zerfällt in einen Haufen Tonscherben.

Ich hebe meine Arme und zwinge die Steine der Mauern, sich zu erheben. Meine Macht schießt durch meine Glieder und vibriert in meinen Knochen.

Als ich die Steine wieder an Ort und Stelle schiebe, deutet ein dröhnendes Geräusch an, dass meine Magie anderswo im Palast Wände eingerissen hat. Ich habe noch keine Zeit, mir darum Sorgen zu machen.

Die Frau, die eine der Wände zerstört hat, starrt mich mit einem flackernden Licht in den Augen an. „Zerrissene!", kreischt sie.

Stavros rennt aus dem wiederhergestellten Nebenraum und prallt mit dem Schwert voran gegen einen der anderen Angreifer. Alek und Casimir rappeln sich auf.

Der Kurtisan packt den Schwertkämpfer vor mir, der sich gerade auf mich stürzen wollte. Er reißt den Arm des Mannes so scharf herum, dass der Knochen knackt, als ich ein anderes Messer aus der Scheide an meinem Schenkel reiße.

Während ich vorspringe, um dem Schwertträger die Kehle durchzuschneiden, stößt Königin Ishild ihrem Angreifer ihr Kurzschwert in den Bauch. König Konram rammt seine Waffe in die Brust eines anderen – in dem Augenblick, in dem der Mann seine Hand zur Decke schnellen lässt.

Die Steinoberfläche bekommt Risse. Ich stoße einen Warnschrei aus.

Die Magie schießt durch meine Rippen.

Der herabfallende Brocken erstarrt nur Zentimeter von Konrams Schädel entfernt. Dann fliegt er wieder hoch und verschmilzt mit der Decke.

Meine Haut zuckt vor Anstrengung und Schweiß sammelt sich in meinem Nacken.

Stavros erschlägt die letzten Angreifer und plötzlich ist alles still mit Ausnahme des Krächzens unserer angestrengten Atemzüge.

Ich wackle und Casimir packt meinen Arm, um mich zu stützen. Ich erlaube mir, mich ganz leicht an ihn zu lehnen, während mich seine Präsenz beruhigt.

Wir haben den Angriff abgewehrt. König Konram und seine Familie sind am Leben und relativ unversehrt.

Meine Magie beruhigt sich zu einem ruhelosen Rumoren in meiner Brust. Ihr ist unbehaglich zumute, doch sie ist zufrieden, dass sie so viel geholfen hat, wie nötig war.

Julitas Stimme reist durch meine Gedanken. *Nun*, dieses Erlebnis *möchte ich lieber nicht wiederholen.*

Ich hätte vielleicht gekichert, hätte ich in dem Moment nicht bemerkt, dass der König mich anstarrt.

Konrams Blick schnellt zu der reparierten Decke und wieder zu meinem Gesicht. Seines ist nun stärker angespannt als im Kampf.

Kälte sammelt sich in meinem Magen.

Sein Kopf ruckt zu Stavros. „Du hast gehört, was die Verräterin gesagt hat. Du hast gesehen, was sie getan hat."

Stavros' Stirn legt sich in Falten. „Eure Hoheit … Ivy hat Ihnen das Leben gerettet."

Der König starrt ihn kurz an, bevor sich eine kränkliche Blässe auf seinem Gesicht ausbreitet. „Du wusstest es. Du hast eine von *ihnen* in meinen Palast gebracht, geradewegs zu meiner Familie …"

Stavros' gewaltige Gestalt gefriert genauso wie seine Stimme. „Sie hat Ihr *Leben* gerettet", wiederholt er, als hielte er es für möglich, Konram wäre dieses Argument beim ersten Mal entgangen.

Der König verlagert seinen Griff um sein Schwert, wagt es allerdings nicht, damit auf mich zu zielen. Zumindest noch nicht. „Sie könnte hinter dem ganzen Angriff stecken. Meine eigenen Wachen haben sich gegen mich gewandt …"

„Die Blutzauberer stecken dahinter", blafft Alek. „Schauen Sie sich diese Wachen jetzt an. Wir haben Ihnen erzählt, dass die Verschwörer Wesen aus Ton und vermutlich auch Leute heraufbeschworen haben, die lebendig aussahen."

Julita schnaubt leise. *Er kann doch nicht ernsthaft denken, dass wir den Wahnsinn der letzten Wochen durchgestanden haben, um uns jetzt gegen ihn zu wenden. Ich hätte gehofft, dass der Mann, der über ganz Silana herrscht, mehr Vernunft besitzt.*

Ich kann nicht so viel Hoffnung aufbringen. König Konram ist einer der größten Verfechter des Tötens aller zerrissenen Zauberer. Er lässt jeden gefangenen Zerrissenen vor sein Volk führen, damit es bei der Hinrichtung des Zauberers zuschauen kann und weiß, dass das Land nun sicherer ist.

Ich schlucke gegen die plötzliche Trockenheit in meiner Kehle an. „Eure Hoheit, ich möchte Ihnen und Ihrer Familie kein Leid zufügen. Jetzt, da die Bedrohung beseitigt wurde, werde ich gehen."

Konram zuckt zusammen, als wären meine Worte eine Bedrohung. Er blickt erneut zu Stavros. „Du weißt, was getan werden muss."

„Warte!"

Ich kenne diese Stimme, doch mein Herz macht trotzdem vor Überraschung einen Satz, als ein vertrautes hellbraunes

Gesicht gerahmt von glatten schwarzen Haaren aus der Ecke tritt, die der König und die Königin bewacht haben.

Petra war anscheinend bei der Königsfamilie zu Besuch, als der Angriff begann. Mir war nicht bewusst, dass sie eng mit ihnen verbunden ist. Julita zufolge ist sie bloß eine entfernte Nichte der Königin.

Allerdings hatte ich angefangen, mich zu fragen, ob König Konram sie gebeten hatte, mich auf der Akademie auszuspionieren. Vielleicht ist das die Bestätigung meines Verdachts.

„V… Eure Hoheit", sagt sie und stolpert kurz über ihre Worte. „Ich glaube nicht, dass Ivy … Wir sollten sie wenigstens anhören …"

„Die Gesetze sind eindeutig", unterbricht der König sie und streckt den Arm aus, um sie zurückzuschieben. „Stavros, wenn du weiterhin eine zerrissene Zauberin beherbergst, muss ich dich ebenfalls als Verräter an der Krone betrachten."

Der Kiefer des ehemaligen Generals zuckt, das ist jedoch das einzige Zeichen dafür, dass ihm die Worte des Mannes zusetzen, dem er bis zum Tod zu dienen geschworen hat. „Bitte, Eure Hoheit, wenn Sie verstehen …"

König Konram umklammert sein Schwert so fest, dass seine Knöchel weiß hervortreten. „Das Einzige, was ich verstehen muss, ist, dass ich von allen Seiten verraten wurde." Er hebt die Stimme. „Wache! *Wache!*"

Ich weiß nicht, wie viele nach dem Kampf noch übrig sind, um auf seinen Schrei zu reagieren, doch Schritte erklingen über unseren Köpfen.

Stavros schnellt vor und packt meinen Arm. „Wir verschwinden von hier." Er richtet seinen Blick auf den König. „Denn *so* kann ich Ihnen am besten dienen."

Konram macht einen steifen Schritt auf mich zu. „Wie kannst du es wagen …"

Stavros gibt ihm keine Zeit, seine bitteren Worte zu beenden. Er reißt mich zur Tür und urplötzlich renne ich wieder.

Alek und Casimir hasten hinter uns her. Wir haben kaum die Treppe erreicht, als die Stimme des Königs erneut durch die

Luft schallt. Da wird mir bewusst, dass er irgendeinen gesegneten Gegenstand hat, der seine Stimme durch den Palast schickt. „Wachen, lasst Ster. Stavros und seine Begleiter nicht aus dem Palast entkommen! Tötet sie notfalls."

„Scheiße." Stavros treibt mich zu einem schnelleren Tempo an, doch ich brauche die Ermutigung nicht. Meine Füße fliegen die Treppe hinauf.

Wenn wir nicht schnell genug von hier wegkommen, werden wir womöglich von denselben Leuten getötet, zu deren Rettung wir hergeeilt sind.

Ich weiß nicht, ob ich dankbar oder entsetzt sein soll, dass die Tonangreifer der Blutzauberer so viele Wachen ausgeschaltet haben, dass wir durch den Seitengang rennen können, ohne auch nur einer zu begegnen. Ist dem König bewusst, wie nah er dem Tod heute gekommen ist?

Wir haben fast den Haupteingang erreicht, als hinter uns ein Schrei erklingt. „Da sind sie!"

Wir sprinten an der gefallenen Tür vorbei und zwischen den Leichen aus Fleisch und Ton hindurch zu dem zerstörten Tor – und rennen geradewegs in eine kleine Herde gesattelter Pferde, die in der Gasse dahinter wartet.

Rheave, der zwischen den Tieren steht, betrachtet uns und seine leuchtenden, blau-grünen Augen wirken unter seinen schokoladebraunen Locken so übernatürlich wie immer. „Ich habe die Pferde hergebracht, wie ihr es mir aufgetragen habt. Braucht der König sie?"

Casimir lacht heiser. In dem Chaos hatte ich vergessen, dass Stavros den Daimon-Mann zu den Ställen geschickt hatte für den Fall, dass die Königsfamilie überstürzt durch den Haupteingang fliehen muss.

„Das tut er nicht", antwortet Stavros grimmig und nimmt Rheave einen der Zügel ab. „Aber wir brauchen sie. Alle aufsitzen!"

Zwei

Ivy

Ein Schnauben lenkt meinen Blick auf den Hengst, den ich gut kenne. Ich packe seine Zügel. „Du hast Krümel mitgebracht!"

„Er ist der, den du magst", erwidert Rheave, als wäre es selbstverständlich, dass er das weiß. Als mehrere Schreie aus dem Hof hinter dem Tor erklingen, schwingt er sich auf eine Stute in der Nähe.

Julita lacht erstickt. *Anscheinend ist der Daimon doch zu etwas gut.*

Sobald wir alle auf einem Pferd sitzen, treibt Stavros seines zu einem Galopp an. Wir reiten mit klappernden Hufen über die Pflastersteine und durch die Gasse.

Während der ersten Minuten eilen wir bloß durch die Straßen und folgen Stavros' Führung. Die Bürger der Innenbezirke verfolgen unseren hastigen Ritt mit offenen Mündern, da wir uns nicht so verhalten, wie es sich für Adlige gehört.

Wir müssen das Tempo der Pferde zu einem leichten Galopp drosseln, damit wir keine Passanten umreiten. Doch als wir die alte Stadtmauer erreichen, die nun den Innen- und Mittelbezirk trennt, treibt Stavros seinen Hengst wieder zu einer größeren Geschwindigkeit an. „Macht euch zum Sprung bereit", brüllt er uns zu.

Ein Fluch entfährt Aleks Mund. Ich weiß nicht, wie geschickt der Gelehrte im Reiten ist.

Ich habe selbst keine Erfahrung darin, mein Reittier über Hindernisse zu schicken, anstatt um diese herumzureiten. Ich spanne meinen Griff um die Zügel an und beuge mich vor, um Krümel zuzuflüstern: „Wenn ich auf dir bleiben soll, musst du jetzt mit mir zusammenarbeiten. Kein Theater."

Der kastanienbraune Hengst ist als der Schrecken der Akademieställe bekannt. Er und ich haben eine Art Vereinbarung getroffen, das bedeutet allerdings nicht, dass er nie meine Geduld auf die Probe stellt.

Mein Reittier schnaubt, ich kann jedoch nicht erkennen, ob aus Protest über den erneuten Galopp oder aus Ablehnung meiner Sorgen.

Wir biegen auf eine kurvige Straße und vor uns entdecke ich den Grund für Stavros' Anweisungen.

Die meisten Leute passieren die alte Stadtmauer durch eines der vielen zusammenbrechenden Tore. Die Kronenwache überwacht diese Stellen jedoch gerne und hält nach verdächtigen Personen Ausschau, die sich ins Zentrum von Florians Elite vorwagen.

Der ehemalige General hofft vermutlich, dass wir es vermeiden können, die Aufmerksamkeit der königlichen Polizeitruppe der Stadt auf unseren hektischen Ritt zu lenken. Daher hat er uns stattdessen zu etwas geführt, was eigentlich eine Sackgasse sein sollte.

Die Steine der alten Mauer vor uns sind besonders schlimm zerbröckelt. Nur die Basis der Mauer ist noch intakt, allerdings uneben und hüfthoch.

Oje, murmelt Julita und scheint mich dann anzufeuern. *Du schaffst das, Ivy. Sporne das Biest ordentlich an.*

Ich sinke tiefer in den Sattel, als könnte ich meinen Hintern und meine Schenkel mit dem Leder verschmelzen.

Um ehrlich zu sein, bin ich noch nie mit einem Pferd

gesprungen. Hoffentlich weiß Krümel, was von ihm erwartet wird – und wirft mich dabei nicht von seinem Rücken.

Stavros' Hengst springt zuerst über die unebene Steinreihe. Das schwarze Tier, das er sich von denen genommen hat, die Rheave mitgebracht hatte, ist nicht sein übliches Reittier, dennoch lässt er den Sprung leicht aussehen.

Casimir drängt den kastanienbraunen Wallach, auf dessen Rücken er sich geschwungen hat, zu einem schnelleren Galopp, bevor er mit seiner üblichen Eleganz über die Steine segelt. Dann bin ich dran.

Krümel gibt einen Laut von sich, der möglicherweise Skepsis ausdrückt, beschleunigt seine Schritte jedoch. Mit einem leisen Grunzen wuchtet er sich in die Luft und über die niedrige Mauer.

Kurz hebe ich trotz meiner Anstrengungen vom Sattel ab. Der Wind peitscht die Kapuze meines Umhangs nach hinten. Dann landen wir beide auf der anderen Seite – Krümels Hufe auf der Straße und mein Hintern im Sattel.

Der Atem verlässt mich in einem Wusch begleitet von einem zittrigen Lachen. Das Donnern der Hufe hinter mir verrät mir, dass Alek und Rheave es beide geschafft haben, uns zu folgen.

Stavros reitet nur ein oder zwei Minuten weiter. Auf einem kleinen Platz, wo uns einige Verkäufer durch ihre Ladenfenster mustern, lässt er seinen Hengst plötzlich anhalten.

Wir drängen uns dicht aneinander und mein Blick huscht über die Gebäude ringsum.

Alek reibt über seinen Nacken und spricht, bevor ich es tun kann. „Wohin gehen wir?"

Stavros betrachtet unsere Umgebung mit angespannter Miene. „Wir haben einen guten Vorsprung, allerdings ein großes Spektakel veranstaltet. Es wird nicht schwer für die Kronenwache oder die Armee sein, uns aufzuspüren."

Casimirs Gesicht ist vom Ritt gerötet, seine pfirsichfarbene Haut erbleicht bei den Worten jedoch. „Du denkst, König Konram wird Ivy wirklich so weit verfolgen?"

„Es gibt kaum etwas, was für ihn wichtiger ist, als die Zerrissenen auszumerzen. Er hält ihre Existenz für einen Affront gegenüber den Göttern – und sie zu verschonen, wäre ein Verrat an ihnen." Der ehemalige General sieht mich an. „Es wäre kein schlechter Zeitpunkt für deinen göttlichen Beschützer gewesen, seine Unterstützung zu zeigen."

Ich verziehe das Gesicht. „Kosmel macht seine eigenen Regeln. Soweit ich weiß, genießt er diesen Schlamassel, solange ich ihn überlebe."

Der Gottlen des Glücks und der Trickserei ist nicht besonders berechenbar. Ich bin mir nur sicher, dass er gerne hätte, dass ich am Leben bleibe.

„Ivy weiß, wie man sich in der Stadt versteckt", schlägt Alek vor.

Julita wird wieder munter. *Ja, du bist die Expertin in diesem Teil von Florian.*

Mein Magen sinkt trotz ihres Optimismus. „Ich weiß, wie ich mich verstecken kann. Uns alle zu verstecken, wird etwas schwieriger sein, vor allem mit Pferden im Schlepptau."

Ich kann mir nicht vorstellen, wie meine kultivierten Männer an der Seite der Tuchfabrik in mein geheimes Dachbodenversteck klettern.

„Unsere Situation ist besonders gefährlich, solange wir in der Hauptstadt sind", meint Stavros. „Wir könnten die Stadt verlassen und einen Ort suchen, wo wir keine Aufmerksamkeit erregen, um uns neu zu formieren. Dann können wir uns überlegen, wie wir den König davon überzeugen, dass Ivy vertrauenswürdig ist."

Er hält inne und dreht den Kopf, während er unseren Standort mustert, bevor er deutet. „Das nächste Tor ist in dieser Richtung. Wenn wir die Außenbezirke auf direktem Weg durchqueren ..."

Ein Lichtblitz saust über die Dächer in die Richtung, in die er gezeigt hat, und seine Stimme erstirbt.

Rheave verfolgt das Phänomen vom Rand unserer Gruppe aus. „Das war Magie."

Stavros' Stimme verdüstert sich. „Ja. Der Palast schickt eine Botschaft an die Tore. Er befiehlt den Wachen zweifellos, sie zu schließen, bis wir festgenommen wurden."

Meine geisterhafte Passagierin erstarrt in meinem Kopf. *Verflucht.*

Ich schlucke schwer. „Sie können die ganze Stadt nicht *so* lange abriegeln, oder?"

„Für eine Bedrohung wie eine der Zerrissenen?" Stavros wirft mir einen entschuldigenden Blick zu und verzieht gequält den Mund. Wir erinnern uns beide nur allzu gut daran, wie schlimm er anfänglich auf die Enthüllung meiner Magie reagiert hat, und er kennt mich viel besser als König Konram.

Alek rutscht auf seinem Sattel hin und her. „Dann besteht keine Möglichkeit, die Stadt zu verlassen. Wir müssen uns hier verstecken."

Während der König jeden verfügbaren Soldaten auf der Suche nach mir in die Stadt schickt – und die Blutzauberer wer weiß was tun? Gänsehaut breitet sich auf meinen Armen aus und ich habe das Gefühl, die Wände würden immer näher kommen.

Ich wende mich an Rheave. „Werden die Leute, die dich erschaffen haben, dem König weitere Daimon auf den Hals hetzen?"

Der Daimon-Mann runzelt die Stirn. „Alle in der Stadt wurden zum Palast gerufen. Wenn ihr sie alle befreit habt, werden sie keinen Schaden mehr anrichten."

Stavros mustert ihn misstrauisch. „Du sagst alle in der Stadt. Was ist mit außerhalb der Stadt?"

„Es gibt viele. Ich bin mir nicht sicher, wie viele oder was sie momentan auf Befehl unserer Erschaffer tun."

„Dann lauert die wahre Bedrohung fürs Erste dort draußen", stelle ich fest.

Alek mustert Rheave mit seinem stechenden Blick. „Falls er weiß, wovon er spricht, und uns nicht in die Irre führt."

Der Daimon-Mann legt den Kopf schief und sieht aufrichtig verwirrt aus. „Warum sollte ich euch Ärger machen wollen?"

Stavros zieht eine Augenbraue hoch. „Du hast wochenlang für die Blutzauberer gearbeitet, oder?"

„Weil ich ihrer Kontrolle unterstand. Ich habe mich von

dieser Magie befreit – ich will so weit wie möglich von ihnen wegbleiben, wie ich kann."

Da er Angst hat, dass sie den Körper zerstören werden, den sie für ihn erschaffen haben. Aus irgendeinem seltsamen Grund hat der Daimon nämlich beschlossen, dass er sein Gefängnis aus Fleisch mag. Das hat er uns erzählt, als er nach mir gesucht hat.

Meine Kehle schnürt sich bei der Erinnerung an sein ernstes Hilfsgesuch zu.

Er *hat* zuvor schon zu meinen Gunsten gehandelt, indem er den Mund hielt, als er mich in meinem Versteck bemerkte. Und seine Sorge um den verletzten Schmetterling, der vor einigen Tagen auf ihm gelandet war, hätte nicht von den Verschwörern kommen können – das war alles er.

Ich sehe meine Männer an. „König Konram wäre tot, wenn Rheave uns nicht gewarnt hätte. Er ist nicht unser Feind. Und es klingt so, als befände sich unser echter Feind außerhalb der Stadtmauern. Wenn wir das Königreich weiterhin schützen und dem König beweisen wollen, dass *wir* keine Schurken sind, und unseren Hals vor dem Galgen retten wollen, besteht unsere beste Chance darin, zu gehen."

Casimir streckt seine Hand aus und drückt mein Handgelenk sachte. „Das ergibt Sinn, aber wie sollen wir das schaffen?"

Stavros' Blick landet auf mir und zuckt kurz, um seine angeschlagene Sicht zu fokussieren. „Wir können uns nicht darauf verlassen, dass deine Magie uns den Weg ebnet, auch wenn Kosmel gewillt wäre, sie dieses Mal zu lenken. Nicht, ohne so viel Schaden anzurichten, dass wir die Schurken *wären*. Die Wachen an den Toren und in der Stadt werden auf jedes Anzeichen von zerrissener Macht achten ... manche von ihnen haben Gaben, die es ihnen erlauben, Magie wahrzunehmen."

Julita seufzt. *Ich schätze, er hat recht.*

Das hat er. Und die Beklemmung in seiner Stimme erinnert mich daran, wie sehr er der Magie misstraut, die durch meine zerrissene Seele fließt.

Was fair ist, denn ich hasse meine fordernde, chaotische Macht ebenfalls. Obgleich Julita manchmal launisch sein kann, ist sie eine viel rücksichtsvollere Untermieterin als die Magie, mit der ich geboren wurde.

Ich halte inne. Die Außenbezirke der Stadt sind mein Revier und ich habe mich jahrelang ohne einen Funken Magie durch sie bewegt. Ich muss hier die Führung übernehmen.

Ich könnte das Leben meiner Männer in den Händen halten, so wie sie meines in den Händen halten, seit sie mein Geheimnis entdeckten.

Während ich nach der richtigen Antwort suche, bleibt mein Blick an einer Krähe hängen, die auf der anderen Seite des Platzes auf einem Dach landet. Sie sieht wie ein vollkommen gewöhnlicher Vogel aus und hat womöglich nichts mit dem Gottlen zu tun, der mit Krähen in Verbindung gebracht wird, ihr Anblick bringt mich trotzdem auf eine Idee.

Ich wende mich an die Männer. „Ich kann uns vielleicht noch heute aus der Stadt bringen, und das ohne Zauberei. Allerdings müsst ihr alles *genau* so tun, wie ich es verlange.“

Casimir nickt. „Wo fangen wir an?“

Die anderen warten ohne ein Anzeichen des Protests auf meine Antwort. Ich lächle grimmig. „Zuerst gehen wir nach Wirrwarrdingen.“

DREI

Ivy

Es fühlt sich an, als wäre es Jahre her, seit ich zuletzt durch die breite Eingangstür des Lustigen Theaters gegangen bin. Auf der Türschwelle widerstehe ich dem Drang, über meine Schulter zu dem baufälligen Lagergebäude zu schauen, wo sich die Männer und unsere Pferde vorerst verstecken.

Die Gang, die das Krähennest regiert, achtet darauf, wer kommt und geht. Ich möchte ihnen nicht den kleinsten Hinweis darauf geben, wo ich meine Verbündeten zurückgelassen habe.

Diese Verhandlung muss mit größter Vorsicht angegangen werden. Ich habe Glück, dass mir einer der Anführer etwas schuldet.

Wir gehen wieder in diese Verbrecherhöhle?, raunt Julita in meinem Hinterkopf, als ich zu der Innentür laufe, in die Kosmels Sigille geschnitzt ist. *Glaubst du wirklich, dass du sie dazu bringen kannst, uns zu helfen?*

„Wir werden sehen", flüstere ich, als würde ich

Selbstgespräche führen, und husche die muffige Treppe hinab in die Dunkelheit.

Unter der Treppe biege ich rechts ab, bevor ich einer komplizierten Schrittabfolge in den Durchgang folge, in dem die Finsternis so dicht ist, dass sie erstickend wirkt. Ich eile in den entsprechenden Kellerraum und die Treppe hinauf zu der umschlossenen Straße, die Florians größtes Verbrecherzentrum ist.

Auf der Treppe vor der nachgeahmten Fassade des Theaters bleibe ich stehen, um die Straße zu betrachten. Sie ist im Mittagslicht weniger geschäftig und weniger lebhaft, da es ein Ort ist, der erst bei Sonnenuntergang zum Leben erwacht.

Die üblichen heraufbeschworenen Illusionen schimmern über manchen Türrahmen der Holzgebäude, wohingegen viele andere Läden noch gar nicht geöffnet haben. Ihre Besitzer schlafen wahrscheinlich nach den Aktivitäten der letzten Nacht.

Einige zwielichtig aussehende Leute schleichen die schmale, unbefestigte Straße entlang. Eine Person huscht in die Kneipe Zum Trunkenen Dolch, die vermutlich gerade erst aufgemacht hat. Mein Blick bleibt an dem Schild hängen und mich packt die Sehnsucht nach einem ihrer Bernsteinspritzer.

Das würde der Anspannung des Tages die Schärfe nehmen, doch ich habe drängendere Aufgaben zu erfüllen.

Auf der anderen Straßenseite ragt links von mir das größte Gebäude des Krähennests empor. Das dunkel lasierte Holzgebäude verfügt über drei Stockwerke, wobei das Erdgeschoss eine öffentliche Spielhalle ist und die oberen zwei Stockwerke den privaten Geschäften der mächtigsten Verbrecher der Stadt gewidmet sind.

Kosmels Sigille hebt sich silberfarben von den dunklen Brettern über der schiefen Tür ab und wird von einer geschnitzten Krähe auf einer Seite und einer Ratte auf der anderen gerahmt. Während ich das Gebäude beobachte, huscht eine der anderen Gestalten, die verstohlen über die Straße schlendern, durch den Eingang.

Ich muss einfach hoffen, dass Garom Rochimek bereits aufgestanden ist.

Ich ziehe den Umhang um mich herum fester. Das

vornehme Seidenkleid juckt an meiner Haut, weil ich mir bewusst bin, dass es keine Kleidung ist, die ich normalerweise bei einem Besuch dieser Straße tragen würde.

Opulente Kleider sind unter den Verbrechern nicht völlig fehl am Platz, die Meisten von uns ziehen es jedoch vor, keine Aufmerksamkeit zu erregen. Es ist gut, dass mir mein Ruf vorauseilt. Ansonsten würde ich wie leichte Beute aussehen.

Ich marschiere über die Straße und unter die göttlichen Symbole über der Tür, wobei ich stumm ein Gebet an Kosmel spreche. *Wie wäre es, wenn du mir aus einer weiteren schwierigen Situation hilfst? Das scheint deine Spezialität zu sein.*

Er antwortet nicht, andererseits habe ich das auch nicht von ihm erwartet. Der Trickster-Gottlen ist launisch, wenn es darum geht, wie und wann er kommuniziert.

Eine Menge Priester wären erstaunt, zu hören, dass er sich überhaupt die Mühe gemacht hat, verbal mit mir zu kommunizieren.

Als wir das Gebäude betreten, summt Julita leise. *Nun, das ist eine interessante Art der Gottlenverehrung. Ich schätze, sie passt zu dem Gottlen, der hier verehrt wird.*

Ein Blick in das Innere des Gebäudes verrät, dass es gleichermaßen als Tempel für Kosmel und die Geschäfte der Gang gedacht ist. Schnitzereien von Kosmels Symbolen und Gemälde von Szenen seiner legendären Heldentaten dekorieren jede Wand des weitläufigen Raums, der das Paradies eines jeden Glücksspielers ist.

In der Mitte des Raums ist die Decke bis zum Dach geöffnet, das sich zwei Stockwerke darüber befindet. Eine riesige silberne Statue des Gottlen steht wie eine Säule auf diesem freien Platz und ist von meinem Standort aus nur bis zu den Schenkeln sichtbar.

Ich habe mich immer gefragt, was die Mitglieder der Schwarzen Kralle davon halten, dass der Trickster-Gottlen in ihre Privatquartiere starrt. Angesichts ihres typischen Moralkodex beruhigt diese Nähe die Gangmitglieder vielleicht. Ihre illegale Organisation fungiert als die Priester und Gläubigen dieses Tempels.

Die Oberhäupter dreier Verbrecherfamilien schlossen sich

vor Jahren zusammen, um die Schwarze Kralle zu gründen. Ich lasse meinen Blick über die Tische schweifen, die um die Statue herumstehen, und halte nach der Person Ausschau, mit der ich sprechen will – der aktuelle Patriarch der Rochimek Familie.

Nur wenige Tische sind so früh am Tag besetzt: auf einer Seite des Raums werden ein paar Runden Karten gespielt und eine Gruppe Glücksspieler versucht ihr Glück bei den Würfeln auf der anderen Zimmerseite. Das klappernde Geräusch der fallenden Würfel hallt von der Decke wider.

Ein paar Gestalten sitzen an der Bar hinten im Raum. Ein fettiger, pfeffriger Duft weht aus dieser Richtung zu mir – die Küche hat bereits angefangen, die frittierte Goldrudwurzel zuzubereiten, die Glücksspieler für einen glücksbringenden Snack halten.

Ein Mann im mittleren Alter mit zerzausten blonden Haaren sitzt an einem ansonsten leeren Tisch in der Nähe der Kartenspieler und nippt an einem Krug Ale. Aufgrund seiner ausgeleierten Kleider, dessen zerschlissener Stoff ein Mischmasch aus Flecken und Flicken ziert, sieht er ziemlich heruntergekommen aus.

Es gibt Leute, die sich leger kleiden, und es gibt schamlose Schlamper. In diesem Fall weiß ich, dass es so gewollt ist.

Mit gelassener Miene und innerlich lächelnd schlendere ich zu dem Tisch, um mich zu dem scheinbaren Herumtreiber zu gesellen.

Ich vermute, dass Garom meine Ankunft vom ersten Moment an bemerkt hat, doch er schaut nicht zu mir, um mich zur Kenntnis zu nehmen, bis ich nur wenige Schritte von seinem Tisch entfernt bin. Als ich mich auf einen der Stühle neben ihm senke, nickt er zurückhaltend. „Ivy. Es ist eine Weile her."

Du bist mit diesem Vagabunden per Du?, fragt Julita ungläubig. Anscheinend hat Garoms Tarnung bei ihr funktioniert.

Ich halte es für das Beste, gleich zur Sache zu kommen. Er ist ein Mann, der Offenheit zu schätzen weiß.

„Ich wünschte, ich hätte einen besseren Grund für meinen

Besuch. Doch ich muss den Gefallen einfordern, den du mir schuldest."

Garoms Augenbrauen heben sich unter die zerzausten Locken seiner angeblichen Haare. Er steht auf. „Dann sollten wir das Gespräch vermutlich in mein Büro verlegen."

Er bleibt auf dem gesamten Weg zur Treppe in der hinteren Ecke in der Rolle des Vagabunden und schlurft leicht, als wäre er nicht ganz sicher auf den Beinen. Sowie wir außer Sicht der Spielhöhle sind, werden seine Schritte länger.

Ich folge ihm in den ersten Stock. Der Oberkörper von Kosmels Statue schimmert am anderen Ende des Gangs, von dem mehrere Zimmer abzweigen.

Garom betritt einen dieser Räume. Sobald sich die Tür hinter mir geschlossen hat, zieht er seine Perücke ab.

Die Oberhäupter der anderen zwei Familien der Schwarzen Kralle erscheinen regelmäßig in teuren Anzügen und polierten Schuhen im Erdgeschoss, um ihren Erfolg zu unterstreichen. Garom zieht es vor, eine subtilere Taktik anzuwenden. Er hält sich regelmäßig in der Verkleidung eines alternden Säufers in der Nähe der Spieltische auf, um zu beobachten, wie sich seine Kunden benehmen, wenn sie sich unbeobachtet wähnen.

Die Perücke ist wegen des typischen Opfers notwendig, das alle Mitglieder der Schwarzen Kralle erbringen. Unter den falschen Haaren hat Garom eine Glatze. Es ist eine Mischung aus rasierter Kopfhaut und den Narben, die er im Alter von zwölf Jahren erhielt, als ein Priester seine Kopfhaut an diesen Stellen bei seiner Weihzeremonie entfernte.

Jedes Mitglied hat ein anderes Muster in seiner Kopfhaut. Garoms besteht aus Linien, die so chaotisch miteinander verwoben sind wie die Straßen von Wirrwarrdingen.

Ich habe Leute darüber flüstern hören, dass es ein Labyrinth mit nur einem Start- und Endpunkt ist, allerdings wird niemand die Gelegenheit erhalten haben, diese Theorie zu testen.

Garom lässt sich auf den Stuhl hinter seinem massiven Eichenschreibtisch fallen und mustert mich mit schärferen Augen als im Erdgeschoss. Sein Blick gleitet über meine Kleidung. „Du hast dich für den Anlass richtig in Schale geworfen. Ich glaube nicht, dass ich dich jemals in einem Kleid gesehen habe."

„Das ist eine lange Geschichte", erwidere ich. „Und nicht relevant. Der König hat alle Stadttore schließen lassen. Ich brauche eine Möglichkeit, um die Mauern zusammen mit einigen Begleitern zu überwinden."

Garoms Augenbrauen klettern noch höher als zuvor. „Sag mir nicht, dass der plötzliche Aufruhr auf *deine* Kappe geht? Ich habe gehört, dass es eine Art Schlägerei im verfluchten Palast gegeben hat."

Natürlich hat einer seiner Lakaien bereits Wind von den Vorfällen bekommen und ihn informiert. Ich sollte dankbar sein, dass kein anderer als meine Männer und die Königsfamilie am Leben geblieben ist, um über meine Konfrontation mit dem König zu tratschen.

Ich muss meine nächsten Worte sorgfältig wählen. Es ist allgemeinhin bekannt, dass alle Schlüsselmitglieder der Schwarzen Kralle nicht nur Teile ihrer Kopfhaut opfern, sondern meistens auch noch andere diskrete Opfer erbringen, damit sie eine Gabe beachtlicher Größe verlangen können.

Niemand ist sich sicher, was genau Garom zusammen mit seiner Haut und seinen Haaren angeboten hat, doch er hat eine starke Gabe und kann eine Wahrheit von einer Lüge unterscheiden. Falls er mich bei einer Lüge erwischt, wird vermutlich jegliches Pflichtgefühl verpuffen, sein Versprechen einzuhalten.

Ich verdrehe die Augen, als wäre diese Andeutung lächerlich. „Ich habe den König nicht angegriffen. Dass die Tore geschlossen wurden, ist jedoch aus vielen anderen Gründen ungünstig. Meine Begleiter und ich laufen Gefahr, in die Suche hineingezogen zu werden."

„Und du möchtest, dass ich dich rausbringe … und wie viele andere?"

Ich würde sagen drei, weil ich Rheave kaum kenne. Er ist nicht einmal *menschlich*.

Doch er hat uns gewarnt, als es kein anderer tun konnte. Er hat mich angefleht, ihn vor den Blutzauberern zu beschützen.

Wenn ich ihn zurücklasse, werden sie dann wieder die Kontrolle über ihn erlangen?

„Vier", antworte ich bestimmt.

„Du willst, dass ich fünf Leute aus der Stadt schaffe, während die Kronenwache auf Befehl des Königs Florian komplett abgeriegelt hat." In Garoms Ton hat sich eine ungläubige Note geschlichen. „Zu welcher Art von Zauberei sind meine Leute deiner Meinung nach in der Lage?"

Ich schaffe es, bei dem Z-Wort nicht zusammenzuzucken. „Ich denke, du bist einer der Anführer der mächtigsten Organisation in Silana abgesehen vom Königshof, und wenn *du* jetzt außerhalb dieser Mauern sein wolltest, hättest du eine Möglichkeit, das zu tun. Also sorg dafür, dass ich hinter die Mauer komme."

Garom lehnt sich seufzend auf seinem Stuhl zurück. „Ich weiß, dass ich in deiner Schuld stehe, Ivy. Aber *du* weißt, dass wir versuchen, uns die Kronenwache vom Hals zu halten. Wenn du dir Schwierigkeiten eingehandelt hast, die so groß sind, wie es sich anhört … ist das eine größere Bitte, als ich erwartet habe. Ich muss an die Sicherheit aller denken, die für mich arbeiten."

Ich verschränke die Arme vor der Brust und fixiere ihn mit meinem besten herausfordernden Blick. „Wirklich? Das Leben deiner Tochter ist nicht so viel wert? Ich glaube, deine genauen Worte zum damaligen Zeitpunkt lauteten, ‚Was immer du brauchst, ohne Nachfragen.'"

Garoms Kiefer zuckt bei der Erwähnung des Auftrags, den ich für ihn erledigt und mit dem ich mir diesen Gefallen verdient habe. Vor einigen Jahren entführte eine emporkommende rivalisierende Gang seine kleine Tochter und drohte ihm mit all den Dingen, die sie ihr antun würden, wenn die Schwarze Kralle nicht vor ihnen katzbuckelte.

Ich stahl sie für ihn zurück, bevor er dem Rest der Organisation von seiner prekären Lage erzählen musste. Da er die rivalisierende Gang töten ließ, weiß niemand außer ihm und mir, was vorgefallen ist.

Leider bedeutet das, dass *meine* Lage nun prekär ist. Wenn Garom meine Bitte ablehnt, kann ich mich an keinen anderen wenden, um die Umsetzung unseres Deals zu erzwingen. Seine Kollegen wissen nicht einmal, dass er existiert.

Es ist allerdings kein Geheimnis, dass man nicht einer der mächtigsten Kriminellen des Reichs wird, indem man sich an die Regeln hält. Ich bin vorbereitet hergekommen.

Er druckst noch immer herum. „Ivy, ich werde zusehen, dass du alles erhältst, was du dafür verdienst, dass du meiner Familie geholfen hast. Wenn es in ein oder zwei Wochen wäre …"

Ich trete vor und schlage mit der Hand auf die Schreibtischkante. „Mir bleibt möglicherweise keine Woche mehr. Wir müssen *heute* gehen. Also werde ich es dir leicht machen. Ich habe veranlasst, dass die Kronenwache darüber informiert wird, wie sie ins Krähennest gelangen kann, wenn ich vor Einbruch der Dunkelheit nicht mit einem guten Plan zu meinen Begleitern zurückkehre. Außerdem habe ich der Nachricht eine Liste beigefügt, in der steht, wer für alle möglichen vergangenen Verbrechen verantwortlich ist."

Garom versteift sich und erbleicht. Er weiß, dass ich die Wahrheit sage. „Du würdest nicht … Wenn sie in diesen Ort eindringen, werden sie alles ruinieren. Du würdest dich auf die Seite dieser aufgeblasenen Arschlöcher stellen und *deine* Leute im Stich lassen?"

„Natürlich nicht." Ich lächle ihn angespannt an. „Ich *will* ihnen nichts erzählen. Ich wusste, dass du dein Wort halten würdest und ich die Nachricht aufhalten könnte, bevor sie weitergegeben wird. Ich dachte nur, du bräuchtest eine kleine Erinnerung daran, wie tief du in meiner Schuld stehst."

Garom mustert mich mit misstrauischem Blick. Ich bin mir sicher, im Moment würde er mir gerne die Kehle aufschlitzen und mich dorthin werfen, wo Leichen im Krähennest verschwinden. In diesem Fall würde er jedoch sein eigenes Schicksal besiegeln.

Wenn ich nicht zurückkehre, wird Rheave die versiegelte Nachricht zum Palast bringen, die ich tatsächlich geschrieben habe. Es wird schwieriger werden, die Umsetzung meines Druckmittels zu garantieren, wenn sich Garoms Leute während unserer Flucht gegen uns wenden, das weiß er allerdings nicht.

Wenn wir sicher aus der Stadt gelangen, werde ich die

Botschaft verbrennen, ohne dass sie jemals jemand zu Gesicht bekommt.

Garoms Gesicht verdüstert sich. Er kann auch erkennen, dass meine restlichen Worte der Wahrheit entsprachen – dass ich es nicht tun möchte und glaube, dass er den Deal mit der richtigen Motivation einhalten wird.

Manchmal glaube ich, dass es eher ein Fluch als ein Segen ist, die Wahrheit und Lügen wahrzunehmen. Das macht es viel schwieriger, sich selbst zu belügen, wenn man es gerne tun würde.

Der Gangboss trommelt mit den Fingern auf den Tisch und stößt einen weiteren, jedoch raueren Seufzer aus. „Ich glaube, ich könnte etwas arrangieren. Wir haben eine neue Errungenschaft … Ich hatte andere Pläne dafür … aber du hast recht. Ich würde Luzias Leben nicht für eine Geschäftsgelegenheit eintauschen."

„Ich bin mir sicher, sie wäre froh darüber", entgegne ich trocken und lehne mich an die Kante seines Schreibtischs. „Erzähl mir von dieser ‚Errungenschaft'."

VIER

Ivy

Ich betrachte mich eine Weile in dem gesprungenen Spiegel und mustere das Ergebnis meiner Verkleidungsbemühungen. Die Haarfarbe, die Garom den Dingen beigefügt hat, die uns seine Leute gebracht haben, hat meine rötlich blonden Haare kastanienbraun gefärbt, wodurch meine Haut noch kränklicher aussieht als üblich und meine blauen Augen einen krassen Kontrast zum Rest meines Gesichts bilden.

Sie wirken allerdings nicht so furchterregend strahlend wie die meergrünen Iriden des Daimons in unserer Mitte.

Rheave tritt neben mich und späht über meine Schulter in das Glas. Ich bin mir noch immer nicht sicher, wie viel von dem anfänglichen Gebaren der falschen Wache Teil seiner Persönlichkeit war und wie viel ihm von den Blutzauberern aufgezwungen wurde. Seine Bemerkungen fühlen sich jetzt viel freier an.

„Menschen können ihr Erscheinungsbild so einfach ändern", bemerkt er mit staunendem Ton, während er mein Spiegelbild mustert.

Casimir lacht leise auf der anderen Zimmerseite, wo wir unsere letzten Vorbereitungen für die Flucht treffen. „Ich schätze, Daimon haben kein Erscheinungsbild, das sie ändern können."

Rheave legt den Kopf zur Seite und beobachtet sein Spiegelbild neben meinem. „Normalerweise haben wir keines. Es ist jedoch interessant, eines zu haben."

Er berührt das Gesicht, das ich immer viel zu hübsch für einen Soldaten fand. „Ich frage mich, wie ich mit hellen Haaren aussehen würde."

Ich stoße ihn sachte mit dem Ellenbogen an. „Wir haben jetzt keine Zeit, um das herauszufinden. Du kannst damit experimentieren, wenn wir diesen Schlamassel hinter uns gelassen haben."

Meine Jacke hängt lose an meiner dürren Gestalt. Casimir hat sie sorgfältig festgesteckt, sodass es beinahe aussieht, als würde sie mir perfekt passen, doch ich merke noch immer, dass sie mir viel zu groß ist.

Rheave ist der Einzige von uns, der seine aktuellen Kleider auf ehrliche Art erhalten hat. Wir haben ihn einfach in seiner typischen Wachuniform gelassen.

Garom hat dem Rest von uns Uniformen der Kronenwache gegeben, die er auf Wegen erhalten hat, die er uns nicht verraten wollte.

Ich blicke auf die kleinste der Uniformen hinab, die ich trage. Ich habe jedes einzelne Detail mit Rheaves saphirblauer Jacke und Hose verglichen und Stavros hat die Uniformen ebenfalls untersucht. Soweit wir erkennen können, sind sie absolut authentisch.

Deshalb werden wir hoffentlich die Wachen am Tor davon überzeugen können, dass wir Kollegen sind, die auf Befehl des Königs die Stadt verlassen. Wie Garom mir erklärt hat, als er den Plan mit mir durchgegangen ist, sind Soldaten die einzigen Leute, die während einer Abriegelung kommen und gehen dürfen.

Ich bin nicht begeistert von der Vorstellung, einfach an den Leuten vorbeizulaufen, die mich unbedingt hinrichten wollen, doch mir fällt nichts Besseres ein.

Julita klingt, als würde sie sich ein Kichern verkneifen. *Ich meine es nicht böse, aber die Militärkleidung steht dir nicht.*

Ich schnaube zustimmend und wende mich vom Spiegel ab.

Casimir verleiht Aleks Gesicht den letzten Schliff. Der Gelehrte hat mir den Rücken zugewandt, doch ich kann die Anspannung in seinen steifen Schultern erkennen.

Er war seit Jahren nicht mehr ohne seine Ledermaske in der Öffentlichkeit, die den Großteil seines Gesichts verdeckt. Es fiel ihm schwer, mir und Casimir seine vernarbte Haut zu zeigen.

Doch wir wissen, dass der König eine Beschreibung von uns rausgegeben hat, und es wäre schwer, ihn als einen *anderen* Mann mit einer dunkelbraunen Maske auszugeben. Daher hat er sie in eine der Satteltaschen gesteckt und eingewilligt, die fleckigen Stellen auf seiner Stirn, seinen Wangen und einer Seite seines Kiefers von Casimir abdecken zu lassen, so gut das mit den Schminkkünsten des Kurtisans möglich ist.

„So", verkündet Casimir und tritt zurück. „Aus der Nähe ist das Make-up nicht makellos, doch aus der Ferne wird niemand außerhalb unserer Gruppe, der dich sieht, etwas Ungewöhnliches bemerken, vor allem nicht da das Tageslicht schwächer wird."

Alek dreht sich zaghaft um. Als seine hellbraunen Augen meinen begegnen, setzt mein Herz kurz aus.

Julita keucht. *Cas kann mit seinen Farben wirklich zaubern.*

Casimir hat es geschafft, die Wülste sowie die roten, grauen und braunen Streifen zu übermalen, sodass sie zu der glatten bronzefarbenen Haut passen, die Aleks natürliche Haut ist. Nun, die bemalte Seite seines Kiefers ist nicht ganz so glatt wie die unversehrte, ähnelt ihr jedoch stark.

Ich sehe den Gelehrten so, wie er ausgesehen hätte, wenn ihn die Eifersucht nicht auf einen grausamen Pfad geführt hätte, der damit endete, dass ihm ein brennendes Gift ins Gesicht geschüttet wurde.

Er ist absolut atemberaubend.

Doch er ist nicht der Mann, in den ich mich verliebt habe. Ich bin hin und her gerissen zwischen dem Wunsch, die Luft anzuhalten, weil er so fantastisch aussieht, und dem, all das Make-up abzuwischen, um den echten Alek darunter zu sehen.

Er ist auch mit seinen Narben atemberaubend, nur auf eine andere Art.

„Es sieht klasse aus", informiere ich ihn mit einem beruhigenden Lächeln.

Aleks Haltung entspannt sich bei meinen Worten leicht. „Ich schätze, ich muss es als eine andere Art von Maske betrachten."

„Genau." Casimir reibt mit einem zufriedenen Grinsen die Hände aneinander. „Wir machen uns vor aller Augen unsichtbar."

Stavros grunzt. Er hat seine Haare gerade mit einem schwarzen Pulver verdunkelt, das deren rötliche Farbe komplett verbirgt. Seiner Tarnung galt unsere größte Sorge, da er ein viel gerühmter ehemaliger General und unter allen mit militärischen Ambitionen bekannt ist.

„Manche Dinge lassen sich nicht ändern", meint er und klopft mit seinem linken Handgelenk an seine Seite – das linke Handgelenk, das aktuell bloß ein Stumpf ist.

Er hat die auffällige Kampfprothese abgelegt, die eine Schlinge aus Metall ist, die zu einer Hakenform gebogen wurde. Seine realistische Holzhand befindet sich in seinem Quartier in der Akademie. Sogar Garom konnte in der kurzen Zeit keinen glaubwürdigen Ersatz auftreiben.

Casimir summt. „Den Stumpf in deiner Tasche zu verstecken, sollte reichen. Viele Soldaten reiten nur mit einer Hand an den Zügeln."

Der Kurtisan hält inne, um die Arbeit zu mustern, die er am Gesicht des ehemaligen Generals vorgenommen hat. Wir konnten nichts an Stavros' gewaltiger Statur ändern, welche die größte unserer geliehenen Uniformen gewaltig dehnt, weshalb wir versucht haben, so viel zu ändern, wie uns möglich war. Er hat nun dunkle Haare und Casimir hat Stavros' hellbraune Haut pfirsichfarben bemalt, wodurch sie seiner ähnelt. Außerdem hat er eine breite Narbe auf eine Schläfe und Wange gemalt, als hätte ein Schwert Stavros schlimm erwischt.

Ich bin mir nicht sicher, ob ich ihn auf den ersten Blick erkannt hätte, wenn ich Casimir nicht bei der Arbeit beobachtet hätte. Wir müssen hoffen, dass es reicht.

Rheave betrachtet mich erneut. „Ich würde dich immer noch erkennen, trotz der anderen Haarfarbe."

„Du hast mich mehrere Male gesehen", erwidere ich. „Du weißt, was du zu erwarten hast. Der König kann nur meine Haare und Größe beschreiben."

Das letzte Detail ist zum Glück weniger offensichtlich, wenn ich auf einem Pferd sitze.

Ich deute auf die Tür zu dem Raum, in dem wir unsere Reittiere zurückgelassen haben. „Ich denke, dass es nicht besser werden wird. Lasst uns alles einpacken und von hier verschwinden."

Als wir unsere wenigen Habseligkeiten in die Satteltaschen stopfen, wendet Alek sich an Rheave. „Bist du dir sicher, dass du mitkommen möchtest? Dem König ist vermutlich nicht bewusst, dass du uns geholfen hast. Du könntest zurückgehen und dich unter die Wachen auf der Akademie mischen."

Er spricht ruhig, doch ich erkenne an seiner zaghaften Haltung, dass er nicht überzeugt ist, dass es eine gute Idee ist, den Daimon-Mann mitzunehmen.

Ich wappne mich, um die Entscheidung zu verteidigen, die ich getroffen habe, aber Rheave spricht zuerst. „Die Leute, die diesen Körper gemacht haben – die Blutzauberer, wie ihr sie nennt – würden mich dort finden. Sie würden mich zerbrechen." Er hält inne und lächelt mich an. „Und wenn ich mich schützen kann, während ich auch Ivy beschütze, ist das noch besser."

Wenn er mich so ansieht und so redet, durchläuft meinen Puls ein Flattern, obwohl ich weiß, was er wirklich ist.

Stavros lehnt sich an den Türrahmen und verengt seine Augen zu Schlitzen. „Du warst fest entschlossen, Ivy um Hilfe zu bitten. Warum sie?"

Der Daimon-Mann tätschelt den Hals seiner Stute mit einer leicht amüsierten Miene, die ernste Züge annimmt, als er seinen Blick wieder auf mich richtet. „Die Blutzauberer haben mir aufgetragen, sie zu beobachten. Sie wollten sich vergewissern, dass es sicher ist, Ivy in ihre Gruppe aufzunehmen."

Ein eisiger Finger streicht über mein Rückgrat. Die Möglichkeit, dass er mich für sie ausspionierte, war mir in den

Sinn gekommen, es ist jedoch etwas anderes, es bestätigt zu bekommen. „Deswegen warst du so oft in der Nähe. Was hast du ihnen erzählt?"

„Es gab nicht besonders viel zu erzählen. Sie wollten wissen, ob es den Anschein macht, als wärst du mit den anderen Wachen befreundet, und ich verneinte. Sie wollten wissen, ob ich dich etwas Ungewöhnliches habe tun sehen. Aber sie schienen sich wegen des Sterneguckens keine Sorgen zu machen."

Er hält kurz inne und denkt nach. „Und der Mann, der auf der Akademie die meisten Befehle gab – Torstem, der den du losgeworden bist – hat mich mitgenommen, als sie dich angeklagt haben. Er hat mich gebeten, zu schauen, ob dich eine göttliche Kraft gesegnet hat."

Bei den Göttern, die Blutzauberer hatten mich gründlicher getestet, als mir bewusst gewesen war. Als ich den Gurt von Krümels Sattel festzurre, schlucke ich schwer. „Was hast du ihm gesagt?"

Der Daimon-Mann schenkt mir ein sanftes Lächeln, bei dem mein Inneres noch mehr durcheinandergerät. „Ich spürte die Verbindung, als du die Pfeile geschossen hast. Jemand wachte über dich. Deshalb … deshalb wusste ich, dass ich dir vertrauen konnte. Keiner der anderen hat jemals irgendeine Unterstützung von denen erhalten, die ihr Gottlen nennt."

Stavros lacht schallend. „Hast du ihnen das auch erzählt?"

„Sie haben nicht gefragt. Weder danach noch nach den anderen übernatürlichen Kräften, die möglicherweise durch Ivy agieren."

Aleks Kopf fährt herum. „Du wusstest, dass sie eine Zerrissene ist?"

Rheave hebt die Schultern und zuckt sie lässig. „Ich dachte es mir. Ich spürte es nur ein wenig, bei dem einen Mal."

Es ist also gut, dass ich meine Magie so streng unter Verschluss gehalten habe. Falls während der anderen Rituale weitere in Ton gefangene Daimon anwesend waren, hätten sie den Blutzauberern womöglich von mir erzählt.

Ich habe keine Ahnung, ob die mörderischen Psychopathen sich gefreut hätten, meine Macht auszubeuten, oder ob sie mich genauso für eine Bedrohung gehalten hätten, wie es der König tut.

Ich schwinge mich in den Sattel, wodurch ich dem Daimon-Mann den Rücken zukehre. „Bist du deswegen zu mir gekommen? Weil du dachtest, ich wäre mächtig genug, mich ihnen zu stellen?"

„Nein", antwortet Rheave fröhlich. „Ich bin zu dir gegangen, weil du mir mit dem Schmetterling geholfen hast. Obwohl ich sehen konnte, dass du nervös in meiner Nähe warst, hast du mir geholfen. Und ich konnte zu dem Zeitpunkt spüren, dass du nicht mochtest, was die Zauberer taten. Das habe ich ihnen auch nicht verraten."

Ich kann nicht anders, als ihn über meine Schulter hinweg anzuschauen. Sein hübsches Gesicht ist vollkommen gelassen, als fände er nichts an seinen Worten besonders bedeutungsvoll. Meine Brust zieht sich jedoch um mein Herz zusammen.

Er liegt nicht falsch, oder? Ich half ihm mit dem verletzten Schmetterling, der auf seinem Ärmel gelandet war – weil er erkannt hatte, dass Rheave mehr als ein Mensch ist? – aus dem gleichen Grund, aus dem ich ihn nicht wegschickte.

Wegen meiner monsterhaften Magie habe ich einen Grundsatz, von dem ich nie abgewichen bin. Wenn ich etwas Gutes für die Leute in meinem Umfeld tun und die Waage des Schadens ins Gleichgewicht bringen kann, den ich verursacht habe oder möglicherweise noch verursachen werde, dann tue ich es.

Nun, meint Julita zweifelnd. *Ich schätze, das ergibt irgendwie Sinn.*

Casimir lacht leise. „Ich glaube, er sieht die gleichen Dinge in dir wie wir alle, Gütige."

Ich verziehe spielerisch das Gesicht wegen des Spitznamens, doch bevor ich etwas erwidern kann, platzt eine schlanke Gestalt durch die Tür.

„Eine Patrouille ist in diese Richtung unterwegs", verkündet Luzia atemlos. „Sie wird in weniger als fünf Minuten hier sein. Ihr solltet besser aufbrechen."

Sie nickt mir hastig, jedoch aufmunternd zu. Sobald sie

hörte, dass ihr Vater zugestimmt hatte, mir zu helfen, bestand sie darauf, ebenfalls zu helfen.

Die Männer besteigen ihre Reittiere und wir eilen im Trab auf die Straße. Wenn wir schneller reiten, werden wir nur verraten, dass wir fliehen, anstatt selbst zu patrouillieren.

Wolken haben sich am Himmel geballt und verdecken die Sonne. Ein Donnergrollen in der Ferne jagt ein Beben durch meine Nerven.

Ich habe unsere Flucht organisiert. Meine Männer verlassen sich alle auf mich.

Was, wenn Garoms Taktik fehlschlägt und wir verhaftet werden?

Ich habe mich seit Jahren auf dieses endgültige Schicksal vorbereitet. Es wird sich nicht wie eine Tragödie anfühlen, sondern eher wie etwas Unvermeidbares.

Doch wenn ich die Männer mit mir in den Abgrund ziehe, die mir so sehr ans Herz gewachsen sind …

Meine Sorgen abschüttelnd zwinge ich mich, konzentriert zu bleiben.

Wir biegen in die erste Nebenstraße und folgen einem gewundenen Pfad, um sicherzustellen, dass die Soldaten hinter uns keinen Blick auf unsere Gruppe erhaschen. Es ist nur ein kurzer Ritt zur Außenmauer.

Garom überwacht den Zeitplan der Wachen an den Stadttoren und weiß, dass sie normalerweise beim sechsten Glockenschlag den Wachwechsel vollziehen. Wenn wir dort ankommen, kurz bevor die aktuellen Wachen von ihrer Pflicht erlöst werden sollen, werden sie am ruhelosesten sein. Sie werden erpicht darauf sein, das Ganze hinter sich zu bringen, damit sie Feierabend machen können.

Als wir die Hauptstraße betreten, die zu unserem angestrebten Tor führt, nehmen wir eine formellere Formation ein. Rheave, der theoretisch gesehen noch immer eine echte Wache ist, übernimmt mit Casimir die Führung und ich folge ihnen. Stavros und Alek bilden mit ihrer starken Verkleidung das Schlusslicht, wo sie weniger sichtbar sein werden.

Ich sitze steif und gerade auf dem Pferd, als könnte ich meiner geringen Körpergröße so einige Zentimeter hinzufügen, und verziehe mein Gesicht zu der arroganten Verachtung, die ich in der Vergangenheit bei Dutzenden Soldaten der Kronenwache beobachtet habe. Mit gerecktem Kinn blicke ich von oben auf die Fußgänger hinab, an denen wir vorbeireiten.

Entlang der rechten Straßenseite ist eine ganze Reihe Zivillisten – es sind hauptsächlich Händler mit Karren oder Wagen voller Waren, die sie noch heute aus der Stadt zu schaffen hoffen, sowie ein paar Kutschen. Sie warten schon so lange, dass sich einige zwischen ihre Waren gesetzt haben, um mit ihren Nachbarn in der Schlange zu plaudern. Das Raunen verstärkt sich, als wir vorbeireiten.

Dann dringt eine Stimme an meine Ohren, die ich seit Jahren nicht gehört habe, die mir jedoch so vertraut ist, dass sie mich sofort durchschneidet. „Oh, wir hätten diese Abhandlungen eigentlich vor drei Stunden zum Tempel der sonnenbeschienenen Himmel bringen sollen. Ich verstehe nicht, warum sie seriöse Geschäftsleute wie uns nicht durchlassen können.“

Mein Blick huscht zur Seite, bevor ich mich fangen kann. Und dort ist sie.

Meine Mutter hockt auf unserem alten Karren neben mehreren Stapeln dünner Bücher. Ihre hellen Haare sind nach hinten zu einem ihrer üblichen Knoten frisiert und mittlerweile so grau wie blond. Ihre dünnen Lippen verziehen sich missmutig. An diesen Ausdruck kann ich mich noch so lebhaft erinnern wie an ihre Fratze unverhohlener Wut.

Ein Kribbeln läuft mir über den Rücken und durch die Narben, die sie mir mit den regelmäßigen Gürtelschlägen zugefügt hat. Der Atem erstarrt in meiner Lunge.

Ich reiße meinen Blick von ihr los, doch Casimir hat meine Reaktion bereits bemerkt. Er betrachtet mich besorgt und fragt mit leiser Stimme: „Ivy, was ist los? Müssen wir vom Kurs abweichen?“

Es kostet mich zu viel Mühe, die schwüle Luft in meine Brust zu ziehen. Ich umklammere meine Zügel und zwinge meine Stimme, ruhig zu bleiben. „Es ist in Ordnung. Ich habe nur nicht erwartet … ich habe meine Mutter gesehen.“

Es raschelt, als Stavros sich hinter mir auf seinem Sattel

bewegt. Seine Worte kommen als düsteres Flüstern heraus. „Was? Wo ist sie?"

Alek spricht in einem ähnlich harten Ton. „Der Karren mit den Büchern, vermute ich? *Das* ist die Frau, die …"

Er unterbricht sich mit einem leisen Knurren.

Ihre offensichtliche Unruhe erschüttert meine Nerven noch mehr. „Es ist nicht so, als könntet ihr diesbezüglich jetzt etwas tun. Es ist ohnehin nicht so, als würde ich das *wollen*."

Rheave schaut zu uns zurück. „Was ist los? Warum sind alle so aufgebracht?"

Casimir gelingt es, das Ganze knapp und bündig zu erklären. „Wir sind an einer Frau vorbeigeritten, die Ivy wehgetan hat, als sie noch ein Kind war."

Rheave wird stocksteif und seine Augen blitzen auf, als er die Schlange absucht. „Wo? Warum wurde sie nicht bestraft?"

Die Heftigkeit der Worte sorgt dafür, dass mein Herz einen Schlag aussetzt. „Bei den Göttern, du nicht auch noch. Es ist meine Mutter. Wir werden gar nichts tun."

Der Daimon-Mann fängt meinen Blick mit finsterer Miene auf, die Hände nach wie vor um die Zügel zu Fäusten geballt. „Wenn sie dir wehgetan hat, ist sie vor allen Dingen ein Feind."

Alek gluckst leise und rau. „Sehr richtig!"

Ich schaue sie alle böse an. „Für den Fall, dass ihr es vergessen habt, wir haben viel größere Feinde, um die wir uns Sorgen machen müssen. Können wir uns bitte darauf konzentrieren, dieses Tor lebend zu durchqueren?"

Rheave macht ein reumütiges Gesicht und dreht sich wieder um. Stavros knurrt leise etwas Unverständliches, doch ich bitte ihn nicht, es mir zu erklären. Keiner unternimmt weitere Versuche, die Frau zur Rechenschaft zu ziehen, die mich großgezogen hat.

Männer, murmelt Julita leicht belustigt. *Ich schätze, es ist gut für uns beide, dass sie so erpicht darauf sind, dich zu verteidigen.*

Es ist gut, dass sie sich an das größere Problem erinnert haben, denn wir sind jetzt nur noch wenige Gebäude vom Tor entfernt. Ich atme langsam ein und aus und sammle mich.

Wir sind keine Flüchtlinge. Wir haben jedes Recht, das Tor

zu passieren. Wir genießen das volle Ansehen des Militärordens Silanas.

Ha.

Normalerweise bewachen nur zwei Wachmänner jedes Tor, manchmal steht noch einer auf der Mauer darüber. Heute stehen vier Gestalten in blauen Uniformen vor den versperrten Toren und drei weitere überwachen die Situation von oben.

Meine Kehle schnürt sich zu, doch ich recke wieder das Kinn und gebe mich hochmütig. Donner grollt erneut in den immer dunkler werdenden Wolken über uns.

Rheave reitet an die Soldatenreihe heran, als könne er sich nicht vorstellen, dass sie ihn aufhalten werden. Wenigstens weiß er, wie er diese Rolle spielen muss.

„Wir müssen durch das Tor", verkündet er mit autoritärer Stimme. „Wir haben den Befehl, die ländliche Gegend abzusuchen."

Die Frau in der Mitte runzelt die Stirn. „Die Abriegelung wurde noch nicht aufgehoben."

Der Daimon-Mann lässt eine drängendere Note in seine Stimme fließen. „Es gibt Bedenken, dass die Flüchtlinge entkommen sind, bevor die Stadt abgeriegelt wurde. In diesem Fall müssen wir sie rasch aufspüren."

Sie sieht noch immer misstrauisch aus und ihre Kollegen mustern unsere Gruppe mit kritischen Blicken. Meine Haut juckt vor Sorge.

Je länger sie über unsere Geschichte nachdenken, desto schwerer wird es werden, sie zu überzeugen.

Ich lasse Krümel einen Schritt vorwärts machen und beschwöre all meine Erinnerungen an vergangene Soldaten der Kronenwache herauf, die spöttisch grinsend durch die Außenbezirke getrampelt sind. „Wir wurden schon lang genug aufgehalten! Lasst uns durch, ansonsten wird der König euch wegen eurer Idiotie die Köpfe abreißen. Wir haben eine Aufgabe zu erledigen, auch wenn ihr Schwierigkeiten habt, eure auszuführen."

Die Wachen versteifen sich, mein dominantes Auftreten scheint jedoch Erfolg zu haben. Die Frau murmelt eine

Entschuldigung und streckt mit einem der Männer die Hände aus, um den Querbalken zu öffnen.

Mein Herz hämmert noch lauter, als das Tor aufschwingt. Wir lassen unsere Pferde lostraben. Rheave passiert den Bogen in der Mauer als Erster, dann Casimir und ich. Mein Herzschlag beruhigt sich erst, als ich das Trappeln von Stavros' und Aleks Reittieren hinter mir höre.

Daraufhin öffnen sich die Wolken mit einem ohrenbetäubenden Donnerschlag und schütten eine wahre Sintflut über uns aus.

Die Tropfen prasseln auf unsere Körper. Ich werfe einen panischen Blick über meine Schulter gerade rechtzeitig, um zu sehen, wie das Make-up über die Gesichter der beiden Männer hinter mir läuft.

Ich bin nicht die Einzige, die das sieht.

„Mit denen stimmt etwas nicht", ruft eine der Wachen auf der Mauer seinen Kollegen zu. „Sie haben ihre Gesichter getarnt!"

„Halt!", ruft jemand hinter uns gerade, als Stavros blafft: „Reitet!"

Wir ziehen alle den Vorschlag des ehemaligen Generals vor. Ich bohre meine Fersen in Krümels Flanken und er rast davon, als stünde sein Schwanz in Flammen.

Noch mehr Regen prasselt auf uns und trommelt beinahe so laut in meinen Ohren wie die Pferdehufe. Stavros treibt seinen Hengst zur Spitze der Gruppe und führt uns zum nächsten Waldgebiet, wo wir außer Sicht verschwinden können.

Mit einem furchterregenden Zischen saust ein Pfeil nur Zentimeter von seiner Schulter entfernt durch die Luft. Er schlägt stattdessen im Gras ein.

„Schneller!", brüllt Alek keuchend.

Ich glaube nicht, dass Krümel schneller galoppieren kann, als er es bereits tut. Die Zügel umklammernd werfe ich einen Blick zurück gerade rechtzeitig, um zu sehen, dass alle drei Wachen auf der Mauer ihre Bögen gezogen haben und weitere Soldaten herbeieilen, um sich ihnen anzuschließen.

Die Pfeile fliegen durch den Regen. Zwei verfehlen uns bei

weitem, doch der dritte zischt geradewegs auf Stavros' Rücken zu.

Panik fährt mir durch die Adern und Kälte breitet sich in mir aus, die nichts mit dem Wasser zu tun hat, das über meinen Rücken rinnt. Meine Magie wallt zusammen mit ihr auf.

Bevor ich über die Entscheidung nachdenken kann, strecke ich den Arm aus.

Wie beim König heute Morgen ist keine Zeit, Kosmel um Führung zu bitten. Es ist nicht einmal Zeit, an der Entscheidung zu zweifeln. Ich kann es nicht ertragen, dass Stavros wegen meiner Fehler getötet wird.

Also mache ich möglicherweise noch einen.

Meine Magie schlägt den Pfeil zur Seite. Er zischt harmlos ins Gras.

Und auf der Mauer hinter uns erklingt ein Schmerzensschrei.

Der Rückschlag meiner Magie hat anscheinend eine der Wachen getroffen. Die Gedanken wirbeln zu schnell in meinem Kopf, als dass ich mich über die Tat freuen oder sie bereuen könnte.

Wegen des stärker werdenden Regens ducke ich mich tief über Krümel und eile zwischen die einladenden Bäume.

Fünf

Ivy

Als Stavros seinen Hengst schließlich vor uns langsamer werden lässt, bin ich bis auf die Knochen durchnässt. Der Regen hat ein wenig nachgelassen, doch ein steter Nieselregen sprenkelt meine Wangen im Dämmerlicht.

Der ehemalige General wendet seinen Hengst auf der kleinen Lichtung und schaut mich zuerst an. Sein Gesicht ist angespannt vor Sorge. „Geht es dir gut?"

Ich verkneife mir einen Schauder und setze mein bestes unerschütterliches Lächeln auf. „Ich werde überleben. Was machen wir jetzt?"

Stavros atmet rau aus. „Wir haben sehr schnell eine große Strecke hinter uns gebracht. Der Regen war zwar unangenehm, wird jedoch den Großteil unserer Spuren verwischt haben. Ich habe uns zunächst um die Stadt herumgeführt. Anschließend haben wir uns in der entgegengesetzten Richtung von ihr entfernt, in der uns die Wachen zuletzt gesehen haben. Das sollte sie verwirren, sodass wir nicht während ihrer ersten Suche entdeckt werden."

Alek legt einen Arm über seine Brust und die klatschnasse

Uniform, die an seinem schlanken Körper klebt. „Sie werden allerdings nicht so schnell aufgeben. Nicht solange der König Angst vor einer zerrissenen Zauberin auf freiem Fuß hat."

Casimir stupst seinen Wallach an, reitet neben mich und legt tröstend eine Hand auf meinen Arm. „Die Königsfamilie hat momentan viele andere Dinge, auf die sie sich konzentrieren muss. Ich vermute, dem Angriff auf den Palast wird ihre größte Sorge gelten."

„Außer sie geben mir auch daran die Schuld", brumme ich und erschaudere bei der Erinnerung an König Konrams Anschuldigungen.

Julita schnaubt verächtlich. *Das ist lächerlich. Der König besitzt doch sicherlich genug Verstand, um zu erkennen, dass du nicht verantwortlich dafür warst. Warum in den Reichen hättest du ihn vor den Angreifern beschützen sollen, die du geschickt hast, um ihn zu ermorden?*

Eine sehr gute Frage und eine, die Konram hoffentlich in den Sinn kommen wird, wenn er Zeit hatte, alles zu überdenken.

Rheave sieht sich um und seine übernatürlichen Augen leuchten in der dichten Dunkelheit. „Dieser Körper hat Hunger. Keiner von euch hat heute viel gegessen … Ihr braucht auch Energie. Können wir lang genug anhalten, um eine Mahlzeit einzunehmen und uns zu erleichtern?"

Ein Teil von mir will sich mit aller Kraft an Krümel klammern und bis an die Grenze Silanas reiten, doch noch während mich der Drang durchfährt, knurrt mein Magen.

Aleks Blick zuckt zu mir. „Ja, wir sollten etwas essen. Wenn wir wieder unter die Bäume reiten, sollten sie den Großteil des Regens abhalten."

Die Muskeln in meinen Beinen protestieren, als ich absitze. Krümel schüttelt schnaubend seine Mähne aus und trottet an den Rand der Lichtung, um etwas Gras zu fressen.

Casimir holt ein Essensbündel aus seiner Satteltasche und wir versammeln uns unter den dichteren Ästen. Als er mir ein Käsebrötchen reicht, wird mein Körper von einem weiteren Schauder geschüttelt, der zu intensiv ist, um ihn zu unterdrücken.

Der Kurtisan hält inne. „Dir ist kalt. Dein Umhang ist in einer der Taschen, oder? Du könntest wieder dein Kleid anziehen und …"

Ich unterbreche ihn mit einem angespannten Lachen. „Und das ebenfalls nass machen? Nein. Ich werde meinen Umhang anziehen, wenn wir wieder losreiten. Ich habe schon Schlimmeres durchgestanden."

Casimirs Kiefer spannt sich an. Anscheinend ist er nicht glücklich darüber, das zu hören, doch er sieht die anderen an. „Wir sollten alle unsere Umhänge während des restlichen Ritts tragen. Die Reise muss nicht vollkommen elend sein."

Stavros neigt pflichtgemäß den Kopf und wirkt leicht belustigt wegen der Sorge des Kurtisans.

Ich beiße in das Brötchen, obwohl ich trotz meines knurrenden Magens kaum Appetit habe. Als ich den klebrigen Klumpen schlucke, wirbeln mir Gedanken an alles, was wir während des vergangenen Tages durchgemacht haben, durch den Kopf.

Meine Laune sinkt wie die untergehende Sonne. Ich zwinge mich, das Brötchen aufzuessen, doch es liegt wie ein Felsbrocken in meinem Magen.

„Das hier ist meine Schuld", sage ich.

Alle vier Köpfe drehen sich zu mir. Alek legt die Stirn in Falten. „Was meinst du?"

Ich wedle vage mit der Hand. „Ich habe vor dem König meine Magie benutzt. Jetzt will er euch alle gefangen nehmen … oder hinrichten lassen. Ihr musstet um euer Leben laufen. Ihr musstet alles *in* eurem Leben zurücklassen …"

Schuldgefühle treiben mir ein Brennen in die Augen. „Ich glaube, ich habe bei unserer Flucht eine der Wachen verletzt. König Konram wird noch wütender auf mich sein, was bedeutet, dass das Gleiche auf euch zutrifft."

„Ivy …" Casimir legt seinen Arm um mich und drückt einen Kuss auf meine Schläfe. „Ich bereue es nicht, hier bei dir zu sein. Die einzige Alternative bestand darin, den Blutzauberern zu erlauben, die Königsfamilie zu töten, oder sich gegen dich zu wenden."

„Und keine dieser Alternativen ist auch nur im

Entferntesten akzeptabel", erklärt Stavros. Er macht einen Schritt auf mich zu und zögert. Seine dunklen Augen blicken im Dämmerlicht forschend in meine.

Es ist erst vier Tage her, seit der ehemalige General und ich endlich echten Frieden miteinander geschlossen haben. Seit er mir gestanden hat, dass er mich liebt ... und ich festgestellt habe, dass ich ihm genug vertrauen kann, um es zu glauben.

Wir hatten nicht viel Zeit, unsere Beziehung zu zementieren, ehe wir erneut aus dem Gleichgewicht gebracht wurden.

Stavros' Kiefer mahlt, bevor er weiterspricht. „Du hast mit all der Loyalität für die Königsfamilie gekämpft, die sie verdiente. Du hast dein Leben immer wieder in Gefahr gebracht, um dich bei den Blutzauberern einzuschleichen und ihre Verschwörung zu beenden. Es ist mir eine Ehre, an deiner Seite zu stehen und sicherzustellen, dass du die Anerkennung erhältst, die du verdienst."

Ich wünschte, es würde mir leichter fallen, diese Worte zu akzeptieren. Wie soll ich dreizehn Jahre abschütteln, in denen ich mich als Monster sah wegen meiner Magie und des Schadens, den sie angerichtet hat?

Dann schiebt sich Alek an Stavros vorbei und bleibt vor mir stehen. Ein wenig Hoffnung entsteht in mir wegen der Entschlossenheit, die sich auf seinem vernarbten Gesicht abzeichnet.

Er berührt meine Wange, sein Blick liegt eindringlich auf mir und seine Stimme ist genauso beschwörend. „Du weißt, dass ich schreckliche Fehler begangen habe. Ich kann ohne jeden Zweifel sagen, dass der einzige Fehler, den ich heute gemacht habe, darin bestand, König Konram nicht erfolgreich davon zu überzeugen, wer du wirklich bist, solange ich die Gelegenheit dazu hatte."

Ein Kloß steigt in meiner Kehle auf. „Ich glaube nicht, dass das irgendjemand hätte schaffen können."

„Und ich sehe nicht, wie du mit den Geschehnissen des heutigen Tages besser hättest umgehen können. Was habe ich zurückgelassen? Bücher und Papiere? Ich habe lieber dich in meinem Leben als die ganze königliche Bibliothek."

Ein Lachen entfährt mir, obwohl ich weiß, was für eine gewaltige Aussage das von dem Gelehrten ist.

Alek fängt den Laut mit dem Druck seiner Lippen auf meinen ein. Noch mehr Wärme fließt durch meinen kalten Körper und wäscht meinen schlimmsten Kummer fort.

Als er zurückweicht, hebe ich meine Hand, um seine Liebkosung zu erwidern. Meine Finger zeichnen die Erhebungen der nun unbedeckten Narben nach, die sich über seine Wange ziehen. „Für den Fall, dass du es vergessen hast, ich mag dich ohne eine Maske am liebsten."

Alek lächelt mich so strahlend an, dass ich beinahe glauben könnte, dass bereits alles in Ordnung ist. Doch als er seine Hand fallen lässt, tritt Rheave von einem Fuß auf den anderen.

Der Daimon-Mann konzentriert sich auf Stavros. „Wie angestrengt wird die Kronenwache Ivy verfolgen, solange sie sich mit anderen Feinden befassen muss?"

Stavros wischt sich mit dem Ärmel über den Mund. „Wir haben vermutlich einige Tage, bis eine besonders gründliche Suche beginnt. Die Kronenwache wird sich nicht weit aus der Stadt wagen. Wir werden es mit der Armee zu tun bekommen. Wegen des Angriffs auf den Palast würde das Standardvorgehen jedoch so aussehen, dass alle Soldaten in der Gegend für die sichere Reise der Königsfamilie zu einem ihrer Zweitwohnsitze sorgen müssen."

„König Konram wird die Stadt ebenfalls verlassen?", frage ich.

„Es ist möglich, dass er und seine Familie das bereits getan haben. Es gibt Geheimwege aus Florian, die nur der Königsfamilie und ihren Wachen zugänglich sind." Stavros stößt einen Schwall Luft aus. „Danach hängt es vermutlich davon ab, ob sich die Blutzauberer weiterhin als große Gefahr präsentieren."

Casimir wendet sich an den Daimon-Mann. „Rheave, du weißt aktuell mehr darüber als wir. Du hast angedeutet, dass der Anführer der Verschwörung noch am Leben ist."

Rheave nickt, wodurch seine schokoladenbraunen Locken schwingen. „Es ist nicht der, den Ivy kannte und der in der Akademie arbeitete."

Eine neuerliche kalte Welle schwappt über mich hinweg. „Ster. Torstem." Der Mann, den wir für den Anführer des sogenannten Ordens der Wildheit hielten.

Er opferte sich also tatsächlich dem Feuer, damit seine Anhänger nicht den Glauben an die Verschwörung verloren. Weil er selbst wirklich an deren Ziele glaubte? Weil er wusste, dass derjenige, der ihm Befehle erteilte, ihre Anstrengungen fortsetzen würde?

„Torstem gab die meisten Befehle für das, was in und um die Akademie herum geschah, doch er erhielt seine Befehle von einem anderen", erklärt Rheave. „Es gab jemanden, der die Werkstatt überwachte, in der dieser Körper hergestellt wurde."

Er berührt seine Brust, als würde er seinen Menschenkörper noch immer als ein Objekt sehen, das nicht vollkommen *er* ist. „Ich habe den Mann allerdings nicht gesehen. Als er zur Werkstatt kam, steckte ich bereits in dem Körper fest. Die Zauberer hatten ihn allerdings noch nicht vollständig lebendig gemacht. Ich besaß kein Sehvermögen."

Alek merkt mit einem Anflug eifrigen Interesses auf. „Würdest du seine Stimme erkennen, wenn du sie wieder hören würdest?"

Die Stirn des Daimon-Mannes runzelt sich nachdenklich. „Möglicherweise. Die Laute waren eigenartig verzerrt, als ich von dem Ton umhüllt war, bevor dieser zu Fleisch wurde."

„Weißt du, wo die Werkstatt war?", erkundigt sich Stavros.

„Nein. Es war eine ziemlich lange Reise zur Stadt. Wir wurden in Kisten aufbewahrt, wo es nichts als Dunkelheit gab." Ein leichtes Beben durchläuft die muskulöse Gestalt des Daimon-Mannes, was den Wunsch in mir weckt, seine Hand zu ergreifen, als könnte ich ihm Trost spenden.

„Aber dieser Anführer", sagt Alek, „konnte noch immer direkt mit dir sprechen? Du hast angedeutet, dass du gespürt hast, dass er allen Daimon unter seinem Bann befahl, den Palast anzugreifen."

Rheave summt nachdenklich. „Es war kein richtiges Reden. Es war eher wie ein Zupfen oder ein Stoß. Aber ich konnte verstehen, wohin ich gezogen oder gestoßen wurde. Während meiner ersten Wochen auf der Akademie musste ich einfach auf dieses Ziehen und all die anderen Befehle hören, die sie in mir eingebettet hatten."

Casimirs Mund biegt sich zu einem liebevollen Lächeln. „Bis Ivy dich inspiriert hat."

Der Blick des Daimon-Mannes schwenkt zu mir. „So etwas in der Art. Ich habe nicht richtig darüber nachgedacht, was ich tat, sondern befolgte einfach die Befehle und wünschte mir, ich könnte ausbrechen. Aber Ivy sprach über Dinge, die mich später noch beschäftigten, und mit der Zeit bemerkte ich, was ich an diesem Körper mochte. Und als ich den Leuten, die uns auf der Akademie kontrollierten, Fragen bezüglich ihrer Befehle stellte, gefiel ihnen das nicht."

Ich verziehe das Gesicht. „Sie drohten, dich zu zerstören."

„Ja." Rheaves unheimliche Augen sind noch immer auf mein Gesicht geheftet. „Doch ich wusste, wenn es jemanden gab, der sie daran hindern könnte, wärst das du. Und ich hatte recht. Wenn es dir keine Last ist, mich bei dir zu haben, würde ich gerne bleiben und dorthin gehen, wo du hingehst. Ich weiß, dass das der beste Ort für mich ist."

Ein eigenartiger Stich fährt mir ins Herz. Ich weiß nicht, wie man ein Vorbild in irgendjemandes Leben ist, vor allem nicht in dem eines Daimons, der nicht daran gewöhnt ist, ein sterbliches Leben zu haben.

Allerdings fällt mir keine andere Antwort ein, die ich geben könnte. „Natürlich kannst du bei uns bleiben. Wir brauchen alle Hilfe, die *wir* kriegen können."

Stavros verzieht das Gesicht, verkneift sich seinen Protest jedoch vorerst. „Je mehr Informationen wir darüber haben, womit wir es zu tun haben, desto besser. Weißt du, wer veranlasste, dass du und die anderen Daimon als Wachen eingestellt wurdet? Gibt es noch etwas, was du über die Pläne der Blutzauberer erfahren hast? Beispielsweise, was sie nach dem Angriff auf die Stadt zu tun beabsichtigten?"

Rheaves Blick richtet sich kurz in die Ferne. „Ich bin mir nicht sicher, wer uns eingestellt hat. Doch was ihre größeren Pläne angeht ... Sie erstellten ihre eigene Armee. Ich hörte einige von ihnen in der Werkstatt darüber sprechen. Sie wollten ihre Zahl vergrößern und sich darauf vorbereiten, die

Melchioreks zu stürzen … Allerdings hörte ich nichts mehr, nachdem ich in die Stadt gelangte. Die anderen wissen vielleicht mehr."

„Die anderen?", frage ich. „Du meinst die anderen gefangenen Daimon? Du hast gesagt, es gäbe noch viel mehr. Wo?"

Rheave schüttelt den Kopf. „Das weiß ich auch nicht. Nur eine kleine Zahl von uns wurde zur Stadt geschickt, wohin die anderen gingen, wurde mir jedoch nicht gesagt. Ich glaube, der Angriff auf den Palast war eine überstürzte Entscheidung, die von den Verhaftungen und Torstems Tod provoziert wurde. Es war nicht das Hauptziel, auf das sie hinarbeiten."

Der Rest von uns wechselt unbehagliche Blicke.

„Eine kleine Zahl", wiederholt Alek. „Wie viele Daimon haben sie in Tonkörper gesteckt?"

Rheaves Augen werden groß. „Es wurden ständig neue gemacht. Doch die Werkstatt war riesig. In der Woche, in der sie mich machten, wurden mindestens einhundert andere lebendig gemacht."

Casimir erbleicht. „Und die meisten von ihnen haben sie anderswo versammelt? Es könnte mittlerweile eine Armee aus Tausenden geben."

Mir rutscht das Herz in die Hose. „Und wer weiß, wie viele Blutzauberer sie anstacheln."

Die Verschwörung wirkte schon schrecklich genug, als ich dachte, dass es bloß einige Dutzend Schurken sind, die Pläne in der Stadt schmieden. Falls der Orden der Wildheit in ganz Silana verteilt ist … wie in den Reichen soll ihn einer von uns aufhalten?

Sechs

Ivy

Trotz Casimirs Bemühen, uns alle warm und trocken zu halten, ist er derjenige, der niest, als wir endlich für die Nacht anhalten.

„Mir geht's gut", informiert er mich, als ich zu ihm gehe und mich nach seinem Zustand erkunde. Seine Stimme klingt jedoch ungewöhnlich rau und sein Gesicht ist gerötet, was auf ein einsetzendes Fieber hindeuten könnte.

Schuldgefühle und Sorgen verknoten sich in meinem Magen. Ich streichle seine Wange und nehme mir noch ein Brötchen von unserem Vorratsstapel. „Du solltest etwas essen und dich ausruhen."

Er verzieht das Gesicht. „Es ist nur eine kleine Erkältung." Doch als ich ihn ins Zelt schleife, nachdem Stavros und Alek es aufgestellt haben, sinkt er auf seinen Schlafsack, als hätte das Stehen ihn all seine Energie gekostet. Seine Atemzüge klingen krächzend, als sie langsamer werden und er einschläft.

Ich kuschle mich neben ihn und kann erst einschlafen, als ich mir sicher bin, dass er tief und fest schlummert. Mein Herz schmerzt, bis mich der Schlaf übermannt.

Ich wache zum Trällern der Nachtbrise, die über den Zeltstoff weht, und einem Zwicken in meiner Blase auf.

Casimir schläft noch neben mir und sein Atem geht ruhig, sodass mich keine frischen Sorgen packen. Alek hat sich dicht an meine andere Seite geschmiegt. Unsere geteilte Körperhitze hat uns davor bewahrt, in der kalten Herbstnacht zu frieren. Ich kann mich nicht darüber beklagen, dass wir nur ein Zelt haben.

Der kühle Zitrusduft des Gelehrten hat sich mit dem Honig-Sandelholz-Geruch des Kurtisans zu einem komplexen Parfüm vermischt. Ich wünschte, ich könnte mich immer in diesen Duft hüllen.

Ich schließe die Augen, doch meine Blase protestiert beharrlich. Julita kichert leise. *Eines der wenigen Dinge, die ich an einem Körper nicht vermisse.*

Mit finsterer Miene rapple ich mich zwischen den beiden Männern auf. Ich muss weiterschlafen, wenn ich so erholt sein will, dass ich die Krankheit abwehren kann, die Casimir sich eingefangen hat.

Mit langsamen und vorsichtigen Bewegungen gelingt es mir, keinen meiner Liebhaber oder den Daimon-Mann zu wecken, der mit dem Rücken an Aleks Rücken liegt. Ich schlüpfe unter den zwei Wolldecken hervor, die wir über unseren Schlafsäcken ausgebreitet haben, und trete durch die Zeltklappe.

Stavros blickt von dem Baumstamm auf, wo er Wache hält. Er hat vermutlich vor einer Weile Alek abgelöst und soll in ein oder zwei Stunden mit mir wechseln. Ich glaube nicht, dass er Rheave bereits genug vertraut, um ihn allein Wache halten zu lassen.

Wie der Rest von uns hat der ehemalige General seine gestohlene Soldatenuniform gegen die unauffällige Tunika, Jacke und Hose eingetauscht, mit denen uns Garom ebenfalls ausgestattet hat. Der Regen hat das schwarze Pulver aus seinen Haaren gewaschen und auch den Großteil der falschen Farbe aus meinen Haaren gespült. Allerdings wirken seine dunkelroten Strähnen in dem schwachen Mondlicht fast noch genauso dunkel wie zuvor.

Er wölbt fragend die Augenbrauen und sein Gesicht spannt sich zugleich vor Sorge an.

Ich deute zu den Bäumen und senke meine Stimme, um die anderen nicht zu wecken. „Ich muss bloß austreten."

Stavros' Haltung entspannt sich auf eine Weise, die ich nicht verstehe, bis er genauso leise fragt: „Keine Albträume?"

Mir verschlägt es kurz die Sprache wegen der Geschichte, die in diesen zwei Worten angedeutet wird. Stavros weiß genauso gut wie ich, dass er bei meinen jüngsten Albträumen meistens die Hauptrolle spielte. In diesen legte er mir stets eine Schlinge um den Hals, so wie er es einst für nötig hielt. Er befahl sogar einem seiner Studenten, mich teilweise mit einem Seil zu strangulieren, um meine Kontrolle über meine Magie zu testen.

Seitdem haben wir es jedoch weit gebracht – wir beide.

Ich gehe zu dem Baumstamm. „Überhaupt keine Albträume."

Angezogen von der Mischung aus Zuneigung und Kummer in seinen Augen, die auch in meinem Inneren rumort, beuge ich mich nach unten, um ihn zu küssen.

Stavros begegnet dem Druck meiner Lippen mit einem aufmunternden Summen und schiebt seine Finger in meine Haare. Als ich einige Zentimeter zurückweiche, betrachtet er mich mit dem Schatten seines alten arroganten Grinsens. „Versuchst du, mich von meinen Pflichten abzulenken?"

Ich schnaube leise. „Ich versuche, dir zu zeigen, wie sehr ich es zu schätzen weiß, dass du über mich wachst."

„Hmm. Ich denke, dann sollte ich dich besser noch ein wenig mehr würdigen."

Er zieht mich wieder nach unten und erobert meinen Mund mit so viel Leidenschaft, dass sich mir der Kopf dreht.

Wir wissen beide, dass dies weder die Zeit noch der Ort für ein längeres Intermezzo ist. Ich drücke seine Schulter, bevor ich zwischen die Bäume trete, um etwas Privatsphäre zu haben.

Als ich mich mehrere Schritte entfernt hinter einen Busch hocke, meldet Julita sich zu Wort, ohne sich um das zu scheren, was ich gerade tue. Wenn man die Seele einer anderen Person in seinem Kopf hat, gibt es keine Privatsphäre.

Wohin denkst du, werden wir von hier gehen?

Ich raffe die Röcke des schlichten Wollkleides, in das ich

vorhin geschlüpft bin, und trete einige Schritte von meiner improvisierten Latrine weg. Das Rascheln und Summen des Waldlebens ringsum weckt Erinnerungen an meine Abenteuer im Campuswald, wo ich mich den Ritualen der Blutzauberer anschloss und sie ausspionierte.

Von der Stelle, wo wir gestern Abend zum Essen angehalten hatten, ritten wir einige Stunden zu einem abgeschiedenen Gebiet, das Stavros zufolge an der Grenze zwischen zwei Provinzen liegt. Da keine Städte oder Straßen in der Nähe sind, ist es unwahrscheinlich, dass jemand über uns stolpern wird.

Wir können allerdings nicht den Rest unseres Lebens im Wald zelten.

„Ich weiß es nicht", flüstere ich. „Ich vermute, dass wir uns am Morgen einen Plan überlegen werden, nachdem wir uns anständig ausgeruht haben."

Das muss ein genialer Plan werden. Sie schnaubt. *Wir sollten eigentlich mit diesen Unmenschen fertig sein. Ich kann nicht fassen, dass sie es geschafft haben, ihre toxische Magie im ganzen Land zu verbreiten.*

Entsetzen färbt die Stimme der Adligen. Sie ist mit der brutalen Seite der Blutzauberei vertrauter als der Rest von uns, da sie als Kind das Opfer der Aderlass-Experimente ihres Bruders und seines Freundes war, die versuchten, so ihre magischen Gaben zu verstärken.

Ich verziehe zur Antwort das Gesicht. „Rheave irrt sich womöglich hinsichtlich der Ausdehnung ihres Ordens. Es klingt allerdings so, als wäre es ein viel größerer Schlamassel, als wir dachten."

Meine geisterhafte Passagierin erschaudert. *Als ich dich auf diese Mission schickte, hätte ich nie gedacht, dass ich so viel von dir verlangen würde, Ivy. Ich hätte nie gedacht, dass es* mir *so viel abverlangen würde. Und jetzt will der König auch noch deinen Kopf... Es tut mir leid.*

Denkt sie wirklich, dieses Desaster wäre ihre Schuld?

Ich schlinge die Arme um meine Taille und wünsche mir, ich könnte die Frau berühren, die ich nun als Freundin betrachte. Ich wünschte, ich könnte ihr in die Augen schauen und sicherstellen, dass sie versteht, wie ernst ich die folgenden

Worte meine. „Du hast den Orden der Wildheit nicht gegründet. Du hast mich nie gebeten, meine Magie zu benutzen. Ich bin immer noch froh, eine Freundin in all diesem Chaos zu haben, solange du bei uns bleiben kannst."

Ich glaube, das Kitzeln von Julitas Präsenz in meinem Hinterkopf wird etwas sanfter. Ihre Stimme klingt weicher. *Ich werde dir bis zum Ende beistehen – so gut ich tatsächlich stehen kann.*

Mein Mundwinkel zuckt nach oben, doch die unbehagliche Stimmung, die das Gespräch ausgelöst hat, bleibt. Ich ziehe den Umhang wegen der Brise fester um mich und spähe in den nächtlichen Wald.

Eine flatternde Bewegung zieht meinen Blick auf sich. War das eine Krähe, die von einem Ast über mir losflog?

Ich zögere, bevor ich zu dem Baum trete. Als ich daran emporschaue, kann ich weder einen Hinweis auf eine göttliche Präsenz noch etwas anderes erkennen.

Wusste Kosmel von Anfang an, dass er mich auf einen Konfrontationskurs mit einer mörderischen Verschwörung schickte, die sich weit über die Akademiemauern hinaus erstreckt? Habe ich ihn wie den König mit meinem spontanen Magieeinsatz beleidigt?

Ich war der Situation schon auf der Akademie nicht gewachsen. Jetzt bin ich so tief unter Wasser, dass ich den Lichtfunken kaum sehen kann, der an der Oberfläche tanzt.

Wie soll eine Straßenratten-Diebin eine königreichweite, hunderte Leute starke Verschwörung aufhalten, die plant, unsere Gesellschaft zu stürzen?

Einen Augenblick lang überwältigt mich das Gefühl, zu ertrinken. Ich schließe die Augen und sinke mit den Knien auf die Wurzeln des Baums.

Ich weiß, was mir die Priester raten würden, um mit Kosmel in Verbindung zu treten.

Ich soll mich ihm öffnen und beweisen, dass ich seine Führung willkommen heiße.

Denn ich brauche sie jetzt mehr denn je.

Ich habe angefangen, Trost aus dem Interesse des Trickster-Gottlen an mir zu ziehen. Zu wissen, dass er an meiner Seite war und mich unterstützte, half mir, mich Ster. Torstem zu stellen und mich auf meine Art mit den Verschwörern auseinanderzusetzen.

Bitte mach, dass er mich nicht verlassen hat.

Ich schließe die Augen, beuge den Kopf und wende mich in Gedanken an die göttlichen Mächte, die durch unsere Welt fließen: *Kosmel, falls du noch über mich wachst, könnte ich einen Rat gebrauchen. Unsere Feinde sind viel zahlreicher, als uns bewusst war. Ich habe keine Ahnung, wie ich auch nur anfangen kann, gegen die restlichen Blutzauberer vorzugehen. Und die Soldaten des Königs machen ebenfalls Jagd auf mich ... Falls es irgendeinen Hinweis gibt, den du mir geben kannst ... Ich habe ihn noch nie dringender gebraucht.*

Ich warte, die Kälte steigt von der Erde in meine Knie und Blätter rascheln über mir.

Keine Stimme spricht mit mir. Ich habe nicht das Gefühl, als würde eine göttliche Präsenz meine Haut streifen.

Nach einigen Minuten rapple ich mich auf. Eine hohle Empfindung hat sich in meiner Magengrube geformt, doch ich ignoriere sie so gut wie möglich, als ich zum Zelt zurückgehe.

Ich habe in der Vergangenheit schon schlimmere Situationen ohne göttliche Unterstützung durchgestanden. Wir werden uns etwas überlegen.

Stavros nickt mir zu, als ich an ihm vorbeigehe. Ich krieche zwischen meinen anderen zwei Männern unter die Decken und bade in ihrer Wärme, bis sie dem Schmerz in mir die Schärfe nimmt.

Der Schlaf, in den ich dieses Mal sinke, ist voller verworrener Bilder, die keinen richtigen Traum bilden. Schatten wirbeln und zackige Formen streichen über meine Glieder.

Dann hocke ich mitten im Wald auf einem Ast, das Licht des Vollmonds scheint auf mich ... und eine fremde Gestalt balanciert auf dem Ast gegenüber von mir.

Beim ersten Blick denke ich, dass es eine riesige Krähe ist. Dann hebt das Wesen den Kopf und die Augen eines Mannes sehen mich an – helle, jedoch unergründliche Augen, als würde ich direkt in einen Stern starren.

Mein Herz setzt einen Schlag aus, ich reiße den Blick los

und lasse ihn über den Körper wandern, der gefiedert und geflügelt ist, jedoch die Beine eines Mannes hat, die in Lederstiefeln stecken und auf der Rinde des Asts ruhen.

Ein leises Glucksen vibriert durch die Luft. „Es gibt viele Arten, auf die ich erscheinen kann. Ich verspreche, du fändest die meisten anderen verstörender."

„Kosmel", murmle ich. Schlafe ich noch?

Der Gottlen macht sich nicht die Mühe, seinen Namen zur Kenntnis zu nehmen. „Du weißt, dass ich dir nicht sagen kann, was du tun sollst, meine eigensinnige Gaunerin. Einige meiner Geschwister sind bereits der Meinung, ich hätte mich zu stark eingemischt."

Doch er ist hier. Er hat sich mit mir in Verbindung gesetzt.

„Ich kann meine eigenen Entscheidungen treffen", erwidere ich und erinnere mich an die Dinge, die er mir zuvor erzählt hat. Ich kann nicht verhindern, dass sich ein Zittern in meine Stimme schleicht. „Ich würde das bloß gerne mit einem besseren Verständnis dessen tun, womit wir es zu tun haben. Du willst, dass die Blutzauberer aufgehalten werden, oder? Aber ich weiß nicht, wie stark ich meine Magie nutzen kann, ohne zu einem genauso großen Problem zu werden, wie es die Blutzauberer sind ..."

Kosmel schweigt so lange, dass ich gedacht hätte, er wäre verschwunden, wenn ich nicht seine Stiefel anstarren würde. Das Bewusstsein seiner göttlichen Energie kribbelt über meine Haut.

„Es ist eine komplizierte Reise, auf der du dich wiedergefunden hast", sagt er schließlich. Wie damals, als er in meinem Kopf sprach, hallt seine Stimme durch jede Faser meines Körpers, bebt in meine Knochen und verlangsamt meinen Puls. „Vorsichtig zu sein, ist nicht mein bevorzugtes Verhalten. Allerdings führt es meistens zu einer Katastrophe, wenn die Götter den Sterblichen zu viel von ihrem Willen aufdrängen. Du hast bereits genug an diesen Konsequenzen gelitten."

Ich bin mir nicht ganz sicher, was er in Bezug auf mein ‚Leid' meint. Ich suche nach den richtigen Worten. „Du wolltest mir doch *irgendetwas* erzählen, sonst wärst du nicht hier."

Der Gottlen stößt einen rauen Laut aus, der genauso sehr wie ein Krah klingt wie ein Grunzen. „Ich habe deine Bitte gehört. Ich wollte nicht, dass du denkst, ich hätte dich vergessen. Dies könnte jedoch das letzte Mal sein, dass wir miteinander sprechen."

Kurz habe ich das Gefühl, als hätte sich der Ast unter mir aufgelöst. Ich wackle und kämpfe gegen die Empfindung des freien Falls an, gegen das Gefühl, dass mir das einzige bisschen Sicherheit entgleitet, an das ich mich geklammert habe.

„Aber … meine Magie … falls ich sie noch einmal benutzen muss, wirst du mir helfen, sie zu leiten? Ich will sie nicht ohne deine Führung loslassen; es war einfach keine Zeit …"

„Werde nicht so panisch", unterbricht Kosmel mich. „Das passt nicht zu dir." Sein trockener Ton gibt keinen Hinweis drauf, dass er aufgebracht darüber ist, wie ich meine Macht am vergangenen Tag eingesetzt habe.

Er hält inne und schnalzt mit der Zunge. „Du solltest ein gewisses Maß an Führung erhalten. In diesem einen Fall kann ich dir eine bessere als meine eigene anbieten. Um zu reparieren, was beschädigt wurde."

Ich sollte nicht überrascht sein, dass der Gottlen der Trickserei in Halbrätseln spricht anstatt mit unverblümten Worten, dennoch ist es frustrierend. „Besser?"

Er verändert seine Position mit einem Rascheln seiner Krähenfedern. „Gehe am Morgen mit der Sonne zu deiner Linken und am Nachmittag zu deiner Rechten, bis du den silbernen Gipfel durch die Bäume siehst. Erklimme ihn in gerader Linie bis zu den gekreuzten Bäumen, dann gehe nach links, bis du den Wasserfall erreichst. Kündige dem Himmel an, dass Kosmel dich dorthin geführt hat und erwartet, dass du den Empfang einer Zerrissenen erhältst. Dann höre gut zu."

Höre gut zu? Noch eine Frage entfährt mir. „Falls es mehr gibt, was ich wissen sollte, kannst du nicht …"

Kosmel unterbricht mich mit einem weiteren kratzigen Krah. „Angelegenheiten der Sterblichen sollen auch von Sterblichen geregelt werden."

Seine Flügel fegen in einem Rausch aus schwarzen Federn an mir vorbei und ich verliere wirklich das Gleichgewicht.

Meine Stiefel rutschen von dem Ast. Meine Finger greifen ins Leere.

Ich falle und falle und …

Meine Augen öffnen sich, als wäre ich auf dem Boden aufgeprallt. Bei meinem Keuchen regen sich die Männer um mich herum.

Casimir blinzelt schläfrig, schnieft leicht und berührt meinen Arm. „Alles in Ordnung, Gütige?"

Ich starre in die Dunkelheit, während der Traum durch meinen Kopf hallt. „Ich glaube schon. Ich weiß, wohin wir gehen müssen."

Sieben

Rheave

Die weichen Grashalme kitzeln meine Handfläche. Ich drehe meine Hand um und achte darauf, wie anders sie sich an meinen Fingerknöcheln anfühlen.

Es gibt so viele winzige Erfahrungen, die ein körperliches Leben ausmachen. So viele Empfindungen, deren Existenz mir nie in den Sinn gekommen ist, da ich die physische Welt zuvor kaum gestreift habe.

Blumen verschiedener Formen und Farben blühen zwischen den grünen Halmen. Ihre Blütenblätter streifen meine Finger mit einer anderen Textur.

Ein Funke Neugier entzündet sich in mir. Ich pflücke eine Blüte und noch eine und noch eine, ehe ich innehalte, um zu bewundern, wie viel kräftiger die Farben wirken, wenn sie nebeneinandergehalten werden.

Plötzlich habe ich eine Idee, zwicke kleine Lücken in die Stängel und beginne, sie ineinanderzuschieben. Ein Lächeln breitet sich auf meinen Lippen aus.

Als reiner Daimon tanzte ich durch die Straßen der Stadt und über die Felder und wirbelte die Energie von allem in meinem Umfeld auf, wenn mich der Impuls packte. Jetzt kann ich Belustigung und Überraschung direkt auslösen.

Stavros' autoritärer Bariton weht von dort über die Wiese, wo wir angehalten haben, um die Pferde grasen zu lassen. „Rheave, warum schließt du dich uns nicht an? Es wäre gut, zu wissen, was du zu einem Kampf beitragen kannst."

Laute treffen mich auf die beinahe gleiche Art wie damals, als ich als Ball aus Geistenergie durch die Welt flitzte. Sie sind jedoch schärfer und geben mir den eindeutigen Eindruck, dass ich auf sie achten sollte. In meinem vorherigen Zustand war es einfacher, sprechende Menschen zu ignorieren.

Ich blicke zu Stavros, der bei den anderen beiden Männern steht, die Ivys hingebungsvolle Begleiter sind. Stavros hat sein Schwert gezogen und Casimir und Alek halten beide Dolche in den Händen.

Auf unserem Ritt heute Morgen sagte der große Mann etwas darüber, dass er den anderen das Kämpfen beibringen möchte. Er will sicherstellen, dass sie auf das vorbereitet sind, womit wir es auf der Straße zu tun bekommen könnten.

Mir war nicht bewusst, dass er auch mich meinte.

Ich zögere, da ich meine aktuelle Beschäftigung nicht aufgeben will. Viele Menschen scheinen einander gerne zu schlagen und niederzustechen. Es übte keinen Reiz auf mich aus, als mich diejenigen herumschubsten, die sie Blutzauberer nennen, und ich bin nicht erpicht darauf, mit dieser Gruppe an ähnlichen Spielen teilzunehmen.

Einige Schritte entfernt von mir hebt Ivy den Kopf. Sie hockt neben dem Grubenfeuer, auf dem wir ein paar Hasen braten, die Stavros über Nacht mit seinen Fallen gefangen hat. Die Erdabdeckung über den Flammen stellt sicher, dass kein Rauch entwischt und unseren Standort verrät.

Stavros zufolge ist das ein alter Armeetrick. Faszinierend.

Ivy ist vom Training befreit, allerdings glaube ich, dass es nur daran liegt, dass sie keines braucht. Es war auch faszinierend, zu beobachten, wie geschickt sie die Hasen mit ihrem Messer häutete. Wie ihre Finger den Griff packten, wie das Sonnenlicht von der Klinge reflektierte …

„Stimmt", sagt sie und ihre klare Stimme durchbricht meine

Träumerei. „Die Blutzauberer haben dich als Wache eingesetzt … haben sie dich vorher für die Aufgabe ausgebildet?"

Ich denke nur ungern an die ersten zwei Wochen, in denen ich lernte, den Körper zu bedienen, der sich damals wie ein schwerer Käfig anfühlte.

Mein Verstand geht die Erinnerungen durch. „Sie haben sichergestellt, dass ich mich gut genug bewegen und sprechen konnte, um als gewöhnlicher Mensch durchzugehen. Ich glaube, wir sollten uns auf Kraft anstatt auf Fähigkeiten verlassen, wenn sie uns zu einem Angriff riefen."

Alek betrachtet mich mit einem interessierten Funkeln in den Augen. Sein fleckiges Gesicht ist ebenfalls faszinierend, weil es sich so sehr von den anderen unterscheidet, die ich gesehen habe.

Er scheint es allerdings nicht zu mögen. Ivy verpasste mir heute Morgen einen Klaps, da ich das Zwischenspiel aus Farben und Texturen anscheinend zu lange gemustert hatte.

„Was ist mit den übernatürlichen Kräften, die die Daimon in ihren Tonkörpern benutzten?", fragt er. „Es sah aus, als würden sie Blitze aus ihren Händen schießen. Kannst du das tun?"

Ich schaue auf meine blassen Hände unter dem Blumenband, das ich über sie gelegt habe. Schwielen bilden sich vom Halten der Zügel auf ihnen. Ich habe Glück, dass mich das Wesen zu mögen scheint, andernfalls hätte ich vermutlich nicht auf seinem Rücken bleiben können.

„Ich weiß es nicht", gebe ich zu. „Ich habe es noch nie getan. Ich habe es nie versucht."

Stavros schwingt sein Schwert. „Nun, probiere es. Wir sollten es herausfinden, bevor du es zur falschen Zeit oder am falschen Ort tust. Und Casimir könnte eine Pause gebrauchen."

Der Kurtisan gibt einen protestierenden Laut von sich, beginnt jedoch, zu husten. Mit einem verärgerten Geräusch steht Ivy auf und zerrt ihn zum Feuer, damit er sich in dessen Nähe setzt. „Du solltest es langsam angehen lassen."

Casimir hält sich einen Stofffetzen an die Nase, den er zu einem Taschentuch gemacht hat. „Ich brauche möglicherweise mehr als meine Fäuste, wenn wir einer ganzen Armee Daimon begegnen."

„Du wirst gar nicht kämpfen, wenn deine Nase so verstopft ist, dass du nicht atmen kannst."

Stavros beobachtet mich noch immer mit einem abschätzenden Blick, wegen dem meine Haut kribbelt. Ich kann nicht sagen, ob er glücklich ist, dass ich möglicherweise helfen kann, oder ob er mich wie einen potenziellen Feind betrachtet.

Ivy mustert mich jedoch ebenfalls erwartungsvoll. Alle arbeiten daran, bessere Beschützer zu werden.

Wie kann ich sie um Hilfe bitten und im Gegenzug meine nicht auf alle mir möglichen Arten anbieten?

Ich stehe auf und verbinde die letzten Stängel miteinander, während ich die Wiese überquere. „Zuerst möchte ich dir das hier geben", verkünde ich und lege den Blumenkranz wie eine Krone auf Ivys Haare. Ein neuerliches Grinsen breitet sich auf meinen Lippen aus. „Die Farben sehen wundervoll in deinen Haaren aus!"

„Oh." Ivy berührt den Kranz zaghaft und eine schwache Röte färbt ihre Wangen. „Ähm, danke schön."

Als Casimir gluckst, zwinge ich mich, als Nächstes zu Stavros und Alek zu gehen. Eine nagende Empfindung läuft mir über den Rücken, da ich mir bewusst bin, dass ich Ivy hinter mir zurücklasse.

Ich bin wegen ihr hier. Ich sollte näher bei ihr bleiben.

Ich will sie und all die kleinen, ungewöhnlichen Dinge an ihr verstehen, die mir halfen, mich der Kontrolle der Blutzauberer zu entziehen.

Die anderen zwei Männer, die sich ständig in ihrer Nähe aufhalten, scheinen allerdings zu denken, dass sie zu *ihnen* gehört. Dass es an ihnen liegt, sie zu beschützen und über sie zu wachen.

Wenn ich eine Klinge zu ihrer Zufriedenheit herumschwinge, werden sie vielleicht sehen, dass ich auch auf Ivy aufpassen kann. Dass ich genauso sehr ein Recht habe, ihr bei ihrer Aufgabe zu folgen wie sie.

Als ich nur noch wenige Schritte entfernt bin, bedeutet Stavros mir, anzuhalten. „Bleib dort stehen und schau zu. Ich werde die Übungen zuerst mit Aleksi durchgehen, aber du wirst sie im Anschluss versuchen."

Der andere Mann hält inne und schenkt Stavros ein schiefes Lächeln. „Du weißt, dass du mich jetzt einfach Alek nennen könntest. Fast alle mit Ausnahme der Professoren tun das. Ich denke, da wir gemeinsam auf der Flucht sind, können wir weniger förmlich miteinander umgehen."

Bisher hatte ich mich gar nicht gefragt, warum Stavros den Namen ein wenig anders aussprach, doch Stavros wirkt zerknirscht.

Casimir schnalzt neckend mit der Zunge. „Der Gelehrte hat recht."

„In Ordnung", stimmt der große Mann mit dem Schatten eines Lächelns zu. „Dann zeig uns, wie viel du bisher gelernt hast, Alek."

Er erklärt Alek eine Abfolge an Schlägen und Abwehrbewegungen. Ich beobachte sie ein paar Minuten lang, meine Aufmerksamkeit kehrt allerdings zu Ivy zurück.

Sie hat eine Decke über Casimirs Schultern ausgebreitet und ist zu den Pferden geschlendert. Als mein Blick auf ihr liegen bleibt, raunt sie dem Hengst Dinge zu, den sie am liebsten hat, während sie seinen Hals striegelt. Das Tier unterbricht das Grasen, um sich in die Bürstenstriche zu lehnen.

Stavros räuspert sich und mein Blick zuckt zu ihm zurück. Er mustert mich mit strenger Miene. „Du wirst nichts lernen, wenn du die Übungen nicht einmal verfolgst."

„Ich will *euch* nicht angreifen", merke ich an. „Wir sind alle auf derselben Seite. Was für einen Sinn hat das?"

Menschen sind so merkwürdig.

Eine trockene Note schleicht sich in die Stimme des großen Mannes. „Der Sinn ist, dass dein Körper nicht daran gewöhnt sein wird, einen echten Angreifer abzuwehren, wenn du es nie geübt hast. Brutale Kraft reicht nicht immer aus. Vor allem wenn wir es mit den Soldaten des Königs zu tun bekommen anstatt bloß mit den heraufbeschworenen Männern und Frauen, die wie du sind."

Bei diesem letzten Satz versteift sich seine Stimme leicht, ich weiß jedoch nicht warum. Ich kann allerdings verstehen, dass in seinen Worten eine gewisse Logik steckt.

Ich kreise mit den Schultern und genieße das Gefühl von Muskeln, die sich beugen und dehnen. „In Ordnung. Ich werde üben. Was immer am schnellsten funktioniert."

Casimir wirft mir ein leicht belustigtes Lächeln von seiner Stelle beim Feuer zu. „Behagt dir die Vorstellung eines langen Kampfs nicht?"

„Daimon geraten nicht in Kämpfe", erkläre ich ihm. „Wir lassen einander existieren, ohne uns Sorgen um jemand anderen als uns selbst zu machen. Warum sollte man noch mehr Schmerz verursachen?"

Alek reibt sich über den Kiefer. „Ihr spielt den Leuten manchmal Streiche. Erschreckt Tiere. Derartige Dinge."

„Nichts, was echten Schaden anrichtet. Nicht, wenn wir die Kontrolle haben. Wir wirbeln bloß die Dinge ein wenig auf, wenn die Energie zu dumpf wird."

„Dann werde ich versuchen, dich nicht zu langweilen." Stavros deutet auf Alek. „Gib den Dolch eine Weile Rheave. Komm schon, Daimon, zeig uns, was du draufhast."

Es ist schwer, mein ganzes Engagement in die Nachahmung des Kampfs zu stecken, durch den er mich führt. Ich schwinge den Dolch durch die Luft, wie er es mir erklärt, doch keine der Bewegungen fühlt sich natürlich an. So würde ich mich nicht bewegen wollen, wenn ich tatsächlich einen Angreifer abwehren müsste.

Meine Finger krümmen sich unbeholfen um die Waffe. Einmal, als Stavros die Klinge mit seinem Schwert abwehrt, lasse ich die Waffe vor Ungeschicklichkeit beinahe fallen.

Der große Mann stößt ein Grunzen aus, das andeutet, dass er nicht besonders glücklich ist. „Was ist mit dieser brennenden Magie, welche die andere Daimon benutzt haben? Kannst du ein wenig davon in diesen Baum jagen?" Er klopft auf einen Ahorn in der Nähe.

Ich starre die hoch aufragende Pflanze an, kann jedoch keine Macht in mir heraufbeschwören. Kein Teil von mir will dieses Lebewesen verbrennen, das nichts anderes tut, als friedlich zu wachsen.

Ein Schauder durchfährt meine Glieder. Das ist etwas, was mir die Erschaffer dieses Körpers befohlen hätten. Sie sind diejenigen, die darauf aus sind, alles zu zerstören, was sie können.

Um zu zeigen, dass ich es versuche, gehe ich zu dem Baum und lege meine Hand auf die Rinde. Die raue Textur presst sich in meine Haut, was sich wundervoll anfühlt. Ich will mit den Fingern über die Oberfläche gleiten und sie nicht wegbrennen.

„Ich weiß nicht, wie ich das tun soll", erkläre ich. „Vielleicht ist es etwas, was die Blutzauberer durch die anderen kanalisiert haben, und nichts, was wir von Natur aus können."

„Ich schätze, das ist möglich." Stavros schlendert zum Feuer zurück. „Die Hasen sollten bald fertig sein. Dann wollen wir mal sehen, ob wir noch ein wenig …"

Er unterbricht sich und dreht den Kopf abrupt in meine Richtung. Seine Metallprothese schnellt empor und deutet auf eine Stelle hinter mir. „Schnell! Einer der Zerrissenen-Jäger hat sich an uns angeschlichen … Er ist hinter Ivy her!"

Seine Worte und die Dringlichkeit in ihnen veranlassen meinen Körper dazu, herumzufahren, bevor ich die bewusste Entscheidung treffen kann, mich zu bewegen. Mein Blick bleibt an einem Busch hinter dem Ahorn hängen, dessen Zweige wackeln, als würde gleich jemand hinter ihnen hervorspringen.

Ich springe als Erster und ein Knurren schießt meine Kehle empor. Meine Arme schnellen vor und der Dolch fällt aus meiner Hand.

Niemand darf zu Ivy. Niemand wird auch nur einen Teil ihrer Haut beschädigen, eine Strähne ihrer Haare …

Furcht und Wut prallen aufeinander und entzünden ein Feuer in meiner Brust. Ich springe direkt über den Busch und greife nach der ersten Bewegung, auf die mein Blick fällt.

Das Verlangen, die Bedrohung auszulöschen, knistert durch mich.

Ich schlage auf dem Boden auf und rolle zur Seite. Als ich mich wieder aufgerappelt habe, ist niemand dort.

Kein Zerrissenen-Jäger. Überhaupt keine Person abgesehen von den Männern und Ivy, die alle von der Wiese aus zuschauen.

Der panische Nebel in meinem Kopf klärt sich. Ich schaue auf meine Hände hinab und stelle fest, dass ich den geschwärzten Körper eines Vogels umklammere.

Als ich meine Finger bewege, zerfallen die verbrannten Federn in ein kreideartiges Pulver.

„Nun", meint Stavros in emotionslosem Ton, „das beantwortet wenigstens eine Frage."

Mein Blick schnellt zu ihm. „Ich wollte keinen Vogel töten. Ich dachte, da wäre ein Feind ... du hast *gesagt*, es wäre einer dort."

„Ich habe mich bloß gefragt, was passieren würde, wenn du ausreichend motiviert bist."

Er mustert mich und schüttelt leicht den Kopf, was bedeutet, dass er sich angestrengter fokussiert. Sein Gesicht gibt jetzt keinerlei Emotionen preis.

Ist er zufrieden damit, wie gut ich mit dieser angeblichen Bedrohung umgegangen bin ... oder aufgebracht, dass ich so weit gegangen bin?

Menschen ergeben keinen Sinn. Doch falls dieser beschließt, dass ich ein Problem bin, wird er sich dafür einsetzen, mich zurückzulassen.

Ich weiß nicht, was er von mir will. Ich kann nur die Wahrheit sagen. „Wenn Ivy Schutz braucht, werde ich sie beschützen."

„Und das ist gut, zu wissen", spricht die Frau, um die es geht, neben der Feuergrube. „Außerdem haben wir jetzt noch etwas fürs Mittagessen. Warum bringst du den Vogel nicht her? Dann können wir schauen, ob essbares Fleisch an ihm dran ist."

Ihr entspanntes Lächeln lässt die Männer um mich herum verblassen. Ich stolziere zu ihr, strecke den Vogel aus und bin dankbar für die Gelegenheit, dorthin zurückzukehren, wo ich von Anfang an sein wollte.

Ivy schneidet in den verkohlten Vogel ohne eine Spur von Sorge über die Macht, die ich benutzt habe. Ihr triumphierender Schrei, als sie gegartes Fleisch vorfindet, beruhigt meine Nerven noch mehr, obwohl ich spüren kann, dass Stavros mich nach wie vor aus der Ferne beobachtet.

Was ich ihm erzählt habe, stimmt. Ich werde Ivy vor jeder

Gefahr beschützen, die uns über den Weg läuft, und zwar auf jede Art, die nötig ist.

Denn ich brauche sie. Ihre eigenartigen Bemerkungen und ungewöhnliche Einstellung rissen mich aus dem Bann, mit dem die Blutzauberer mich belegt hatten. Ihre Worte gaben mir eine Kostprobe davon, wie wundervoll es ist, in diesem Körper zu leben, um den ich nicht gebeten hatte.

Wenn ich von ihr getrennt werde … wenn ich sie verliere … wie leicht wäre es für meine ehemaligen Fänger, mich erneut zu ihrem Gefangenen zu machen?

Acht

Ivy

„Bist du dir sicher, dass er ‚gekreuzte Bäume‘ gesagt hat?“, fragt Stavros und hält inne, um sich den Schweiß von der Stirn zu wischen.

Die Brise weht kalt über meine feuchte Stirn. Ich reibe mir über den Nacken und löse die Haarsträhnen, die dort kleben.

Heute Morgen entdeckten wir den Berggipfel, der silbern schimmerte und über die Baumgrenze ragte. Die Sonne stand direkt über uns, als wir den Fuß des Bergs erreichten, und wir erklimmen ihn nun schon seit gefühlt mehreren Stunden.

Ich weiß nicht, wie spät es ist, da wir uns in einem Teil Silanas befinden, der so abgeschieden ist, dass das Läuten der nächsten Stadtglocke nicht viel mehr als ein ferner Ton war, noch bevor wir mit dem Aufstieg begannen.

Die Luft ist kühler geworden, als wir den Berg erklommen haben, die Anstrengung wärmt uns jedoch. Das letzte Stück der Reise führte über ein Terrain, das so steil war, dass wir von den Pferden absitzen und sie in einem gewundenen Pfad über den felsigen Boden führen mussten.

Ich betrachte das umliegende Gebüsch und halte nach den

Bäumen Ausschau, auf die Kosmels Beschreibung zutrifft. „Ja. Ich erinnere mich hervorragend an jede Anweisung, die er mir gegeben hat."

Anscheinend verblassen Träume, die von Gottlen provoziert wurden, nicht wie gewöhnliche Träume. Seine göttliche Stimme hat sich in mein Gedächtnis gebrannt.

Alek fährt mit den Fingern durch seine dichten Haare und sieht sich um. „Der Wald ist so dicht, dass wir nicht besonders weit sehen können. Vielleicht sind wir bereits an den Bäumen vorbeigegangen."

Ich verziehe das Gesicht. „Er sagte, dass ich ihn ‚in gerader Linie erklimmen' soll. Wir sind an der Stelle losgegangen, an der wir den Berg erreichten, und wir sind nur wenige Schritte nach links und rechts abgewichen. Ich denke nicht, dass wir so weit vom Weg abgekommen sind."

Casimir summt leise und hustet ein paar Mal. Schuldgefühle durchbohren meinen Magen, als ich mich zu ihm umdrehe.

„Wir sollten uns ohnehin einige Minuten ausruhen. Schau, dort ist ein Baumstamm, wo du dich hinsetzen kannst."

Der Kurtisan wirft mir einen verwirrten Blick zu, was in den letzten zwei Tagen immer häufiger vorkommt. Seine Stimme ist heiser von seiner Erkältung. „Ich bin noch nicht erschöpft."

„Wir sollten nicht warten, bis du mit den Kräften am Ende bist." Ich schiebe ihn zu dem Baumstamm, berühre seine Stirn, um seine Temperatur zu überprüfen, und drehe mich zu den Pferden um. „Wo sind die Beeren, die wir heute Morgen gepflückt haben? Die schienen seinem Hals ein wenig zu helfen."

Stavros ist bereits zu den Satteltaschen seines Hengsts gegangen. „Hier. Es ist nicht schlecht, wenn wir mit unseren Kräften haushalten."

Er reicht mir ein Bündel mit prallen, lilafarbenen Beeren und ich eile zu Casimir zurück. Nachdem er den Snack angenommen hat, gibt es nichts mehr, was ich für ihn tun kann, abgesehen davon, mich ebenfalls auf den Baumstamm zu setzen und seinen Rücken mit langsamen, kreisenden

Handbewegungen zu massieren, von denen ich hoffe, dass sie seine Muskeln entspannen.

Casimir schluckt ein paar Beeren und neigt den Kopf zu mir. „Du musst dir keine Sorgen um mich machen. Ich hatte zuvor schon Erkältungen … Es ist wohl kaum eine ernste Krankheit."

Ich seufze. „Du hast mich viele Male verwöhnt, als es mir prima ging. Lass mich den Gefallen so gut wie möglich erwidern."

Die Röte, die bei diesen Worten in seine Wangen kriecht, wirkt eher zufrieden als fiebrig. Er drückt einen Kuss auf die Seite meines Kopfs. „Du machst das wundervoll."

Alek lehnt an einem Baum in der Nähe und sieht aus, als wäre er genauso dankbar für die kurze Pause. „Hat Kosmel angedeutet, *warum* wir hier hoch kommen sollen? Wenn wir eine Vorstellung davon hätten, was wir zu finden versuchen …"

„Das würde es leichter machen, ich weiß. Ich glaube nicht, dass es ihm wichtig war, es einfach zu machen." Ich seufze. „Er erwähnte es, nachdem ich ihn gefragt hatte, ob er mir noch dabei helfen würde, meine Magie zu leiten. Er behauptete, hierherzukommen, würde ‚reparieren, was beschädigt wurde', aber ich habe keine Ahnung, was das bedeutet."

Zum ersten Mal seit einer Ewigkeit meldet Rheave sich zu Wort, der am Rand unserer Gruppe steht. „Wenn ein Gottlen das gesagt hat, wird es stimmen. Sie erklären sich nur selten gründlich, lügen jedoch nicht."

Ich betrachte sein glattes Gesicht. In seinen übernatürlichen Augen leuchtet eine unerschütterliche Zuversicht.

Wie viel wissen die Daimon über unsere Gottheiten? Sie werden ebenfalls als göttliche Wesen eingestuft, die mehr göttlich als sterblich sind, allerdings kommen sie nicht einmal annähernd an die geringeren Götter heran. Sie sind eher die streunenden Katzen und Hunde des überirdischen Reichs.

Obwohl das vermutlich bedeutet, dass sie immer noch mehr wissen als einer von uns Sterblichen.

Er betrachtet den Rest von uns mit einer eifrigen Neugier, die ich immer häufiger bei ihm wahrnehme. „Hat ein anderer von euch mit den Göttern gesprochen? Ich hätte nicht gedacht, dass sie Menschen oft so direkt berühren."

Casimir lacht. „Das tun sie nicht. Nur Ivy hatte die Ehre. Kosmel sieht offensichtlich etwas besonders Beeindruckendes in ihr."

Der Blick des Daimon-Mannes kehrt zu mir zurück und wirkt noch eifriger. „Sie ist besonders. Aber ihr zwei habt Gaben." Er nickt zu Casimir und Stavros.

„Eine, die ich nicht mehr benutzen kann", entgegnet Stavros barsch. Die Verletzung, wegen der er seine Gabe verloren hat, Einblicke in die nahe Zukunft zu erhalten, ist noch immer ein wunder Punkt für ihn. Ich vermute, er möchte nicht, dass ein unmenschlicher Beinahe-Fremder in dieser Wunde herumstochert.

Als wolle er eingreifen, steckt Casimir sich die letzte Beere in den Mund und steht auf. Er streichelt seinen Wallach liebevoll. „Mir geht's besser. Wir können weitergehen."

Ich verlagere meinen Griff um Krümels Zügel, während ich das umliegende Terrain mustere. „Vielleicht sollten wir uns aufteilen, um ein größeres Gebiet abzudecken. Wir haben unsere Medaillons – wer immer die Bäume zuerst findet, kann dem Rest von uns ein Signal schicken."

Rheave macht ein finsteres Gesicht, als würde ihm die Vorstellung nicht gefallen, die Gruppe aufzuteilen.

Julita kichert in meinem Hinterkopf. *Der Daimon würde vermutlich darauf bestehen, dich zu begleiten. Ich schwöre, er ist noch sturer als die anderen. Du hast ihm nicht einmal eine Opfergabe angeboten und er klebt an dir wie ein Hund an seinem Herrchen.*

Der Vergleich mit dem streunenden Hund passt vermutlich besser, als ich erahnt habe. Ich habe Rheave tatsächlich etwas gegeben, ohne mir dessen bewusst zu sein: ehrliche Antworten und ein wenig Mitgefühl.

Ein Mahl, das er anscheinend mehr brauchte als die übliche Opfergabe für die Daimon, die aus Essensresten auf einem Teller besteht.

Seine Hingabe für seine neu geformte Loyalität lässt sich nicht leugnen. Wie er sich gestern auf diesen Vogel im Busch stürzte, als er dachte, ich wäre in Gefahr … Da war er mehr ein Kampfhund als ein Jagdhund.

Ein Kampfhund, der dazu in der Lage ist, einen Star augenblicklich zu rösten.

Ich sollte einfach froh sein, dass seine Loyalität mir gilt und nicht den Blutzauberern, die seinen Menschenkörper gemacht haben.

Stavros bringt seinen Hengst zu einem Pfad, der durchs Unterholz führt. „Ich glaube, wir sollten fürs Erste zusammenbleiben. Wir können später darüber nachdenken, wenn wir die Stelle noch immer nicht gefunden haben."

Krümel grunzt protestierend, trampelt jedoch weiter den Abhang hinauf, als ich sachte an den Zügeln ziehe. Steinchen knirschen unter meinen Füßen.

Die Sonne neigt sich tiefer und unsere Schatten werden länger. Der Wind nimmt zu und zerrt an der Kapuze meines Umhangs.

Ich fange gerade an, mir Sorgen zu machen, dass der Aufstieg so steil werden wird, dass wir die Pferde zurücklassen müssen, als ich den Kopf hebe und einen eigenartig geneigten Baumstamm im Wald vor mir entdecke.

Mein Herz macht einen Satz. „Ist das …?"

Da lasse ich Krümel zurück, allerdings nur um so schnell wie möglich durch die Büsche und über die vorspringenden Baumwurzeln zu stapfen. Ein Ast kratzt über meine Handfläche, doch ich spüre das Brennen kaum.

Ich bleibe vor dem Stamm stehen, den ich entdeckt habe, und ein Lächeln breitet sich auf meinem Gesicht aus.

Irgendwie ist eine gewaltige Birke schräg gewachsen. Wegen ihrer papierartigen weißen Rinde hebt sie sich wie ein Strich von den Bäumen dahinter ab.

Es sieht aus, als wäre der Baum, an dem sie lehnt, von einem Blitz getroffen worden. Der verkohlte Stamm ist zur Seite gekippt – und an einem der Birkenäste hängen geblieben. Der helle Baum hält den dunklen Stamm in einer baumartigen Umarmung fest.

Die Wipfel der Bäume sind voneinander abgewandt und

recken sich in die Luft. Dadurch bilden sie ein gegensätzliches X mitten im Wald.

Alek bleibt mit einem atemlosen Lachen neben mir stehen. „Die gekreuzten Bäume. Von hier gehen wir nach links?"

Natürlich hat sich der Gelehrte Kosmels Anweisungen eingeprägt, sowie ich sie mit ihnen geteilt habe.

Ich nicke und meine Laune hebt sich trotz meiner Erschöpfung wegen des Aufstiegs. „Ich weiß nicht, wie weit er von hier weg ist. Aber ich glaube nicht, dass wir einen Wasserfall verfehlen können."

Ich wende mich ab, um zu Krümel zurück zu kraxeln, doch Stavros hat die Zügel an sich genommen und führt beide Hengste zu mir. Während der ehemalige General die gekreuzten Baumstämme mit misstrauischer Miene mustert, kraule ich das Kinn meines Reittiers als Entschuldigung dafür, dass ich ihn vorübergehend allein gelassen habe.

Wir gehen links durchs Unterholz. Das verblassende Sonnenlicht fällt durch die Bäume und bringt hier und da die Vegetation zum Funkeln.

Ich halte inne, um eine besonders glitzernde Stelle zu untersuchen, und stelle fest, dass die Steine, die aus der Erde ragen, mit einer Art funkelndem Mineral gesprenkelt sind.

„Mica", sagt Alek und verstummt. „Der Gipfel muss mit dem Mineral überzogen sein, da er so schimmert. Ein derart großes Vorkommen ist sehr ungewöhnlich."

Casimir tätschelt einen Baum in der Nähe. „Es ist ein göttlicher Ort. Manche von ihnen sind sehr prachtvoll."

Prachtvoll passt so gar nicht zu Kosmel, andererseits ist der Berg vielleicht gar nicht sein Revier. Er hat mich immerhin hierhergeschickt, damit ich jemand anderen um Hilfe bitte.

Hunger rumort in meinem Magen, aber wir sind unserem Ziel jetzt so nahe, dass ich keine weitere Pause vorschlagen möchte. Als würde er meine Stimmung spüren, holt Stavros die Äpfel heraus, um die wir gestern Abend im Vorbeigehen einen Obstgarten erleichtert haben. Er verteilt sie, damit wir im Gehen essen können.

Als wir weitertrampeln, wird das Tageslicht mit der sinkenden Sonne schwächer. Wo die Bäume kurz lichter sind, mustert Stavros die Landschaft hinter dem Berg: fleckige Felder und Wälder mit einigen isolierten Gebäuden in der Ferne.

„Keine Spur von den Soldaten, die uns verfolgen", sage ich.

Er lächelt grimmig. „Nein. Aber nur die Götter wissen, was die Blutzauberer getrieben haben, seit wir gegangen sind."

Die Ungewissheit nagt auch an mir. Wie lange werden diejenigen, die den Orden der Wildheit bilden, warten, bevor sie noch mehr von ihrer schrecklichen Magie auf Florian loslassen … oder auf den Rest des Königreichs?

Kosmel wusste, dass der Auflösung der Verschwörung meine Aufmerksamkeit galt. Ich hatte den Eindruck, dass er sich selbst schrecklich viele Sorgen wegen der Blutzauberer machte.

Egal, wohin er mich geschickt hat, es wird uns sicherlich bei unserer Mission helfen, die Zauberer aufzuhalten, oder?

Die Wanderung entlang der Bergseite ist weniger anstrengend als das Erklimmen des Bergs, aber wir laufen so lange, dass sich der Schmerz in meinen Waden bis zu meinen Hüften ausbreitet. Das Sonnenlicht schwindet.

Ich ringe gerade mit mir, ob ich vorschlagen soll, unser Lager für die Nacht aufzuschlagen, als das Rauschen fallenden Wassers an meine Ohren dringt.

Ich ziehe an Krümel, um schneller zu gehen. „Ich höre den Wasserfall!"

Wir eilen mit den Pferden weiter, bis wir den Bach sehen, der über den Berghang strömt. Direkt vor unserem Pfad fällt das Wasser über eine Klippe, die ungefähr zehnmal so hoch ist wie ich. Es sammelt sich auf einem Felsen, der sich ein Stück unterhalb von uns befindet, bevor es weiterfließt.

Stavros tritt vor, um sich etwas Wasser ins Gesicht zu spritzen, bevor er seine Hände aneinander wölbt und Wasser an seinen Mund führt. Wir hatten kein frisches Wasser seit dem Bach, an dem wir unsere Feldflaschen heute Morgen aufgefüllt haben.

Ich folge seinem Beispiel und erzittere vor Freude, als die kühle Flüssigkeit den Schweiß von meiner Haut wäscht. Es ist zu kalt, als dass eine richtige Dusche reizvoll wäre, doch der Schluck Eiswasser, den ich nehme, belebt meine Geister.

Ich trete von dem Wasserfall zurück, als sich die anderen

Männer nacheinander erfrischen. Ein schwaches Kribbeln sickert zur selben Zeit durch mein Bewusstsein.

Mein Körper versteift sich, als ich die Empfindung wahrnehme.

„Was ist los?", fragt Casimir sanft.

Ich schlucke schwer. „Hier ist Magie. Ich kann noch nicht viel spüren. Ich weiß nicht, woher sie kommt."

Das ist vielleicht nicht sonderlich überraschend angesichts dessen, wer uns hierhergeschickt hat. Wir können vermutlich bald in Erfahrung bringen, was los ist.

Kosmel sagte, dass ich mich ankündigen soll.

Die Worte, die mir der Trickster-Gottlen genannt hat, hallen durch meinen Verstand. Ich hebe die Stimme, damit sie weit hörbar ist, und ignoriere das Stocken meines Pulses, weil ich die Vorsicht in den Wind schieße. „Kosmel hat mich hierhergeführt und erwartet, dass ich den Empfang einer Zerrissenen erhalte!"

Hoffentlich ist es ein besserer Empfang, als ihn dir der König bereitet hat, brummt Julita.

Wir stehen einige Minuten schweigend da und nichts dringt an meine Ohren als das Rauschen des Wassers. Alek schiebt sich näher zu mir. „Was sollte jetzt passieren?"

Ich schüttle den Kopf. „Kosmel hat es nicht erklärt. Er hat mir nur aufgetragen, ‚zuzuhören'."

Der Gelehrte legt seine Hand um meine und drückt meine Finger. Ich packe seine Hand fest und mein Herz hämmert erwartungsvoll.

Obwohl ich so angestrengt wie möglich schaue und lausche, bemerkt Rheave sie als Erster und macht einen drängenden Laut tief in seiner Kehle. „Dort oben ist eine Frau."

Mein Blick zuckt zu der Stelle, zu der er schaut, gerade als eine Gestalt in Sicht tritt, die auf die Entfernung winzig aussieht. Die Gestalt verschwindet wieder im Unterholz, doch ich halte den Kopf nach oben geneigt, damit ich sie sehe, sobald sie wieder oben am Wasserfall erscheint.

Sie ist noch immer so weit weg, dass ich die Einzelheiten ihres Erscheinungsbilds nicht erkennen kann, doch sie sieht aus, als hätte sie mindestens vier, vielleicht sogar fünf Jahrzehnte hinter sich. Die hellgrauen Strähnen in ihren schwarzen Haaren erinnern mich an die gekreuzten Bäume. Sie bewegt sich ein wenig steif und nicht mit der vollen Geschmeidigkeit der Jugend.

Ihr schlichtes braunes Kleid und der dazu passende Umhang verdecken alles bis auf ihre Hände, Stiefel und ihr Gesicht, wodurch sie beinahe mit dem Wald verschmilzt. Als sie auf uns herabstarrt, versteift sich ihre Haltung noch mehr.

Sie weicht einen Schritt zurück, als würde sie denken, wir könnten ihr von hier unten gefährlich werden.

„Wer von euch hat mich gerufen?", will sie mit einer harschen Stimme wissen, die sie über den Hang projiziert.

Ich hebe meine Hand. „Ich habe das getan. Aber wir sind gemeinsam hergekommen. Diese Männer gehören zu mir."

Es ist schwer, den Gesichtsausdruck der Frau zu erkennen, sie klingt allerdings ungläubig. „Und du hast sie *hierher*gebracht?"

„Ich weiß nicht einmal, wo ‚hier' ist. Kosmel gab mir die Wegbeschreibung und ich folgte dieser. Er sagte nichts darüber, dass ich allein kommen muss."

Er sagte auch nicht, dass ich die Männer mitbringen soll, ich sehe jedoch nicht, welchen Sinn es hat, das zu erwähnen. Es ist nicht so, als hätte sich der Gottlen nicht denken können, dass ich sie mitbringen würde, wenn er mir keine eindeutigen Anweisungen in dieser Hinsicht gibt.

Die Frau zögert. Ich weiß nicht, worauf sie wartet.

„Wissen sie, was du bist?", fragt sie in demselben ungläubigen Ton.

Stavros spricht mit seiner autoritären Generalstimme und klingt dabei, als würde er versuchen, seine Ungeduld zu zügeln. „Wir sind uns ihrer Magie bewusst und wir haben kein Interesse daran, diese auszulöschen. Tatsächlich sind wir sehr erpicht darauf, sicherzustellen, dass sie trotz gegenläufiger Meinungen am Leben bleibt. Wenn das deine einzige Sorge ist, sei unbesorgt. Vielleicht kannst du uns erklären, warum der Trickster-Gottlen uns hierhergeschickt hat?"

Die Frau schweigt lange Zeit. Ihre Lippen bewegen sich,

allerdings scheint sie ein Selbstgespräch zu führen, denn ich kann die Worte nicht verstehen.

Ein mächtigeres magisches Beben durchfährt mich von hinten und strömt den Berg hinauf. Casimir hebt den Kopf – er hat anscheinend seine Gabe genutzt und versucht, ein Gespür dafür zu bekommen, was er tun könnte, um sie jetzt am glücklichsten zu machen.

Der Kurtisan schenkt ihr ein sanftes Lächeln. „Du hast nichts von uns zu befürchten. Wir möchten bloß, dass Ivy in Sicherheit und gesund ist. Wir haben große Sorgfalt walten lassen, um sicherzustellen, dass uns niemand hierher folgt. Deine Sicherheit sollte also nicht in Gefahr sein. Doch falls ein Fehler vorliegt und wir nicht willkommen sind, können wir gehen."

Etwas verändert sich auf dem Gesicht der Frau. Ein weiteres übernatürliches Beben kitzelt durch meine Nerven. Dieses kam von ihr, glaube ich.

Welche Gabe wendet sie auf uns an?

Was immer es ist, aufgrund unserer Worte und ihrer eigenen Beobachtungen gelangt sie zu einer Entscheidung. Ihre Haltung entspannt sich stückweise.

„Bindet eure Pferde fürs Erste dort unten an. Ich werde sie den langen Weg entlangführen, nachdem wir eine Gelegenheit hatten, uns anständig zu unterhalten. Ihr werdet eine Steintreppe zwischen den Bäumen zu eurer Rechten finden."

Ich blicke dorthin und die Felsentreppe ist deutlich durchs Unterholz zu sehen – so deutlich, dass ich nicht weiß, wie ich sie zuvor übersehen konnte.

Außer sie wurde von der Magie versteckt, die ich gespürt habe.

Mein Herzschlag beschleunigt sich, doch ich beginne, die raue Treppe zu erklimmen. Die Frau war offensichtlich nervöser in Bezug auf meine Begleiter als auf mich. Es ist am besten, wenn ich mich ihr als Erste stelle.

Als ich schließlich oben am Wasserfall ankomme, schwitze ich erneut. Die Frau steht auf der Felszunge und wartet auf uns.

Nachdem wir alle angekommen sind, dreht sie sich zu den Bäumen um und folgt einem Pfad zwischen ihnen.

Ich eile ihr hinterher, um mit ihren schnellen Schritten mitzuhalten. „Wer *bist* du? Weißt du, warum Kosmel mich hierhergeschickt hat?"

Sie macht sich nicht die Mühe, nach hinten zu schauen. „Mein Name ist Sulla. Und ich vermute, der Gottlen hat dich hierhergeführt, damit ich dir beibringe, wie du deine Magie wirken kannst."

Mir verschlägt es kurz die Sprache. „Das kannst du tun? Ich dachte, das wäre unmöglich."

Sie schenkt mir ein schwaches Lächeln über ihre Schulter. „Das kann ich tun, weil ich ebenfalls eine Zerrissene bin."

NEUN

Ivy

Obwohl ich die Nacht auf dem Berg verbracht habe, bin ich noch nicht mit diesem Ort vertraut.

Wir sitzen auf dicken Kissen um einen niedrigen Tisch herum – es ist ein wenig eng, da der Essbereich offensichtlich nicht für sechs Leute gebaut wurde und wir versuchen, höflich zu sein und unserer Gastgeberin genug Platz zu lassen. Sonnenlicht dringt angezogen von Magie durch die durchsichtigen Scheiben in der Steindecke über uns. Es hüllt uns in ein goldenes Licht.

Auf dem Holz des Tischs schimmern kleine Schnitzereien, die sich bewegen, wenn man innehält, um sie zu beobachten. In der Nähe meiner Tischseite ist ein Fisch, der aus dem plätschernden Wasser eines Bachs springt, und ein Reh, das am Waldrand entlangrennt.

Rheave klopft auf eine Schnitzerei an der Tischecke vor sich und lacht vor Freude über den Effekt, den er ausgelöst hat. Casimir beugt sich zu ihm und schaut mit einem freundlichen Lächeln zu.

Es ist unglaublich, sagt Julita, die durch meine Augen zusieht. *Die Arbeit einer Meisterkünstlerin.*

Als wäre das noch nicht genug Magie, stehen Sulla eine ganze Reihe übernatürlich verbesserter Werkzeuge zur Verfügung. Obwohl dieser Raum in einen Berghang gehauen wurde, fließt Wasser zu ihrem Spülbecken. Ich beobachtete zuvor, wie sie einen Wasserkessel mit dem Wasser aus dem Hahn füllte, woraufhin das Gefäß sofort zu dampfen begann.

Die Teller, auf der unsere Mahlzeit aus gebratenen Eiern und gebutterten Brötchen liegt, strahlen Wärme aus, damit unser Essen die perfekte Temperatur hat. Ich musste nur nach dem Salzstreuer greifen, bevor er von selbst in meine Hand hüpfte.

Ich war noch nie von so vielen Objekten umgeben, in die Macht eingebettet war. Meine Haut kribbelt unablässig, da meine zerrissene Seele im Einklang mit der Magie schwingt.

Ich tauche die Ecke meines Brötchens in das flüssige Eigelb und halte inne, um die Verschmelzung der herzhaften und nussigen Aromen auf meiner Zunge zu genießen. Ich habe noch nie so ein Brot gegessen.

Julita unterstreicht meine Zufriedenheit mit einem Summen. *Und das Essen ist auch ziemlich köstlich.*

Es kommt nicht annähernd an die typischen, aufwendigen Mahlzeiten der königlichen Akademie heran, ist jedoch besser als die minimalistische Verpflegung, mit der wir uns auf der Flucht arrangieren mussten.

Trotz meiner Freude über die Mahlzeit nagt die Neugier an mir. Letzte Nacht führte Sulla uns in ein Schlafzimmer und gab uns mit Federn gestopfte Matratzen und Decken für das Schlafen auf dem Steinboden. Sie wehrte unsere Fragen mit dem Versprechen ab, dass sie am Morgen alles erklären würde.

Ich glaube, sie wollte etwas mehr Zeit, um über unsere unerwartete Ankunft nachzudenken. Sie versteht bestimmt, dass wir ebenfalls neugierig auf *sie* sind.

Und es ist jetzt morgen.

Ich mustere die Schnitzerei einer Frau in einem Kleid, die sich unablässig auf ihren Füßen dreht, und hebe den Blick, um dem unserer Gastgeberin zu begegnen. Jetzt, da ich sie aus der

Nähe gesehen habe, würde ich sie auf Ende vierzig oder Anfang fünfzig schätzen – älter als meine Mutter. Ihre silber-schwarzen Haare schlängeln sich in zwei dicken Flechtzöpfen von ihren Schläfen nach hinten, wo sie sie in ihrem Nacken verknotet hat. Die ebenmäßigen Fältchen an ihren Augenwinkeln und ihrem Mund lassen ihr Gesicht gleichmütig aussehen, als würde sie nicht besonders oft lächeln oder eine finstere Miene machen.

Ich habe noch nie von so einer alten zerrissenen Zauberin gehört. Manchmal schaffen es Zerrissene, ein paar Jahrzehnte lang unentdeckt zu bleiben, doch normalerweise erregen ihre zunehmend ehrgeizigen Manipulationen Aufmerksamkeit, bevor sie ihr dreißigstes Lebensjahr erreichen.

Dann ist da noch die Tatsache, dass sie genauso wenig verrückt zu sein scheint wie ich.

Ich deute auf den Tisch und die leuchtenden Scheiben über uns. „Hast du all das mit deiner Magie erschaffen?"

Sulla kichert leise. „Oh, nein. Die Zuflucht ist schon länger ein Zuhause für zerrissene Zauberer, als ich am Leben bin. Wir tragen alle ein wenig dazu bei. Mit der Zeit summiert es sich."

Stavros wirft ihr einen misstrauischen Blick zu. Er hat zu akzeptieren gelernt, dass *ich* kein Monster bin, nur weil ich meine Magie besitze. Ich schätze, nun kann er nicht anders, als zu erkennen, dass Sulla genauso wenig wahnsinnig ist. Seine vergangenen Erlebnisse mit den Zerrissenen haben jedoch mehr Narben bei ihm hinterlassen, als man mit dem bloßen Auge erkennen kann.

Ihre Gastfreundschaft zu akzeptieren und sie nicht mit der Forderung nach Antworten zu überwältigen, muss für ihn schwieriger sein als für den Rest von uns.

„Wohnen hier noch andere?", fragt er vorsichtig mit einem Zucken seiner Augen, damit er sich auf ihre Reaktion konzentrieren kann, wenn sie antwortet.

„Im Moment nicht." Sulla hebt ihre Teetasse an die Lippen und trinkt einen Schluck, bevor sie fortfährt. „Es gibt nicht viele, die es zur Zuflucht schaffen. Ich bin mit vierzehn Jahren hier angekommen und die zwei Zauberer, die bereits hier lebten, waren beinahe so alt, wie ich es jetzt bin. Sie sind mittlerweile gestorben. Ich bin seit fast zehn Jahren allein hier. Ich dachte schon, ich wäre die Letzte von uns."

In meinem Kopf erschaudert Julita. *Zehn Jahre! Es ist ein Wunder, dass sie nicht allein davon verrückt geworden ist.*

Ich versuche, mir vorzustellen, ein Jahrzehnt irgendwo — auch wenn es ein magisch belebter Ort wie dieser ist — ohne menschlichen Kontakt zu leben, und muss einen Schauder unterdrücken. „Verlässt du den Berg nie, um Vorräte zu holen oder ... so etwas?"

Sulla schüttelt den Kopf. „Wir sind nur sicher, solange wir uns außer Sicht aufhalten. Wenn sich herumsprechen würde, dass eine merkwürdige Frau in den Bergen lebt, würden die Leute aus Neugier anfangen, hier herum zu schnüffeln. Das könnte alles ruinieren."

Ich beginne, zu verstehen, warum es sie so nervös machte, dass wir zu fünft aufgetaucht waren.

Alek sieht sich in dem Raum um. „Wie hast du dich all diese Zeit beschäftigt?"

„Es gibt viel zu tun. Die Zauberer vor mir erschufen verschiedene Unterhaltungsmittel und wir haben eine Büchersammlung angehäuft ... viele der Bücher wurden von den Bewohnern der Zuflucht geschrieben. Es gibt Gärten und Tiere, die versorgt werden müssen. Und Meditation ist eines der besten Dinge für einen zerrissenen Zauberer, der in Harmonie mit seiner Macht zu leben wünscht."

Die Augen des Gelehrten leuchten bei der Erwähnung von Büchern auf, doch Sulla scheint seine Reaktion nicht zu bemerken. Sie schaufelt den Rest ihres Eis in den Mund und steht auf. „Apropos, ich sollte mit deinem Training beginnen, Ivy. Es ist schockierend, dass du so lange bei Verstand geblieben bist, ohne irgendeine Anleitung zu erhalten."

Mein Magen verknotet sich. Ich habe gestern Nacht nicht viel aus Sulla rausgekriegt, doch sie bestand darauf, sich meine Vergangenheit in ihren Grundzügen anzuhören, zumindest in Bezug auf meine Magie. „Ich hatte eine große Motivation, meine Macht zu kontrollieren."

Meine Bemühungen haben allerdings ihre eigenen Probleme mit sich gebracht. Ich erinnere mich daran, dass Sulla zusammenzuckte, als ich ihr davon erzählte, wie meine Magie mich angegriffen hat – von dem Schmerz, der sich so viele Male durch meine Lunge und meinen Magen gebrannt hat. Daher schlucke ich den letzten Bissen meines Brötchens. „Ich bin bereit, wenn du es bist."

Wenn ich so alt werden kann wie sie – älter als viele Leute in Silana, die *keine* Zerrissenen sind – ohne von meiner Magie verrückt zu werden, würde ich so gut wie alles tun.

Stavros fängt meinen Blick auf und seine Augen, die eine Mischung aus braun und blau sind, verdunkeln sich vor Sorge. „Lass es langsam angehen. Du kannst die Reaktionen deiner Magie am besten einschätzen."

Er meint, ich kann am besten einschätzen, ob sie sich meiner Kontrolle entziehen wird. Er vertraut meiner Entschlossenheit, meine Magie in Zaum zu halten, aber nicht den Forderungen meiner Macht, freigelassen zu werden.

„Ich bin mir sicher, wir werden langsam anfangen." Ich wende mich an Casimir. „Hat der Tee geholfen?"

Als Sulla seine Symptome bemerkte, bot sie ihm gestern Nacht und heute Morgen einen Kräutertee an, der diese lindern sollte. Ich habe ihn nicht mehr niesen hören, seit er aufgewacht ist.

Der Kurtisan lächelt erst mich und dann unsere Gastgeberin an. „Ich fühle mich bereits viel besser. Danke. Sulla, ich will deine Privatsphäre nicht stören, aber ist es in Ordnung, wenn ich ein wenig auf Erkundungstour gehe? Ich bin jetzt schon fasziniert von den vielen Wundern, die du und die vor dir erschaffen habt."

Rheaves Gesicht hellt sich auf. „Ja, ich würde sie auch gerne alle sehen."

Sulla neigt den Kopf. „Ihr könnt euch gerne innerhalb der Grenzen der Zuflucht bewegen, die ich euch gestern Nacht gezeigt habe. Ich bitte nur darum, dass ihr nicht ohne mich über diese hinausgeht, um sicherzustellen, dass wir verborgen bleiben."

„Das ist kein Problem", erwidert Casimir.

Stavros gibt Alek ein Zeichen. „Ich kann noch ein paar

Übungen mit dir durchgehen. Ivy sollte nicht die Einzige sein, die ihre Fähigkeiten verbessert."

Während Alek sich eine Grimasse zu verkneifen scheint, hält Rheave mit zwiespältiger Miene inne. „Vielleicht sollte ich auch trainieren. Für den Fall, dass es hier Probleme für Ivy gibt."

Sein Blick folgt mir, als ich zu Sulla und der Tür gehe.

Sulla schüttelt den Kopf und lacht leise. „In der Zuflucht werden uns keine Probleme finden. Du kannst die Zeit allerdings so verbringen, wie du möchtest."

Sie geleitet mich aus dem Raum. Als sie mich durch den Gang am Schlafzimmer vorbeiführt, senkt sie ihre Stimme zu einem Flüstern. „Deine Begleiter scheinen dir sehr verbunden zu sein. Ich … ich habe noch nie gesehen, dass diejenigen, die selbst keine Zerrissenen sind, jemanden wie uns in diesem Ausmaß akzeptieren."

Ich kichere rau. „Das ist nicht über Nacht passiert. Und es hat geholfen, dass sie mich schon eine Weile kannten, bevor sie es erfuhren … und dass Kosmel gezeigt hat, dass er auf meiner Seite ist."

„Dennoch ist es selten. Es ist an sich beinahe magisch. Du hast sehr großes Glück."

Schuldgefühle durchbohren meine Brust, als ich an ihre vielen Jahre der Isolation denke. „Ich weiß. Die meiste Zeit habe ich Schwierigkeiten, zu glauben, was für ein Glück ich habe."

Julita schnaubt. *Nicht nur Glück. Du hast dir jedes bisschen Hingebung und mehr verdient, das sie dir schenken.*

Mein Mund zuckt zu einem dankbaren Lächeln, doch ich gebe die Bemerkung nicht an Sulla weiter. Wir haben keinen Sinn darin gesehen, meine anderen übernatürlichen Seltsamkeiten zu erwähnen.

Der Boden neigt sich in dem Berghang nach oben. Wir gehen an anderen Räumen mit Eingängen ohne Türen vorbei und ich erhasche einen Blick auf die Bücher, die sie erwähnt hat, sowie verschiedene andere Objektsammlungen und Vorratsbehälter.

Mir ist nicht bewusst, dass wir an die Oberfläche zurückgekehrt sind, bis Sulla eine Tür aufstößt und mir die kalte Herbstluft entgegenschlägt. Wir erklimmen einen gewundenen Pfad aus Steinstufen und gehen an mehreren schrägen Gärten mit verschiedenen Pflanzen vorbei.

Magie tanzt in der Luft und kleine Wasserstrahlen brechen hervor, um die Erde zu befeuchten.

Sulla eskortiert mich durch eine andere Tür in ein kleineres Innengebäude, das nicht weniger faszinierend ist als das erste. Ein großer Eimer mit einem seltsamen Deckel scheint von selbst Getreide von einigen Stängeln zu schneiden. Getrocknete Kräuter rascheln, als sich der Faden, von dem sie baumeln, stetig dreht.

„Die meiste Zeit habe ich viel mehr Essen, als ich brauche", erzählt Sulla. „Aber wir haben ein gutes Aufbewahrungssystem entwickelt. Es dient uns gut, wenn ein Neuankömmling seinen Weg hierherfindet – und während der Wintermonate, wenn wir nicht genug Magie haben, um viel wachsen zu lassen."

Wir treten erneut ins Morgenlicht, um ein kurzes Stück an weiteren Gärten vorbeizugehen. Sulla deutet auf einige Büsche, die in einer kleinen Gruppe neben der Tür wachsen. „Mirewort, falls du es brauchst. Wir haben darauf geachtet, einige Pflanzen anzubauen … Das hier ist kein Leben, in das man ein Kind hineingebären möchte."

Ich neige zustimmend den Kopf und merke mir das. Bei unserer hastigen Abreise von der Akademie habe ich den kleinen Vorrat des Verhütungskrauts zurückgelassen, das Alek für mich besorgt hatte.

Ich werde ab jetzt immer einen kleinen Vorrat bei mir tragen müssen. Das ist nichts, was mir ausgehen sollte.

Als wir durch die nächste Tür treten, wird deutlich, warum die Bewohner der Zuflucht diese Stelle wählten, um ihr Mirewort anzubauen. Goldenes Licht ergießt sich in den Gang und die Zimmer, die davon abzweigen. Diese haben Türen, die aktuell jedoch offen stehen. Heraufbeschworene Wärme dringt aus den Zimmern auf der anderen Seite.

„Das sind die typischen Schlafquartiere", erklärt Sulla. „Ich habe mir angewöhnt, im Hauptgebäude zu schlafen, da ich dort ohnehin den Großteil meiner Zeit verbringe, aber du und deine Begleiter könnt euch nachts hierher zurückziehen, wenn ihr möchtet. Es gibt mehr Platz, auf dem ihr euch ausbreiten könnt. Falls das etwas ist, was sie tun möchten."

Sie wirft mir einen belustigten Blick zu, der mir die Röte in die Wangen treibt.

„Dann würden wir dir nicht ganz so stark auf die Pelle rücken", erwidere ich. Ich bin mir nicht sicher, wie froh sie darüber ist, endlich ein wenig Gesellschaft zu haben, da sie sich bestimmt an viel Frieden und Ruhe gewöhnt hat.

„Das ist in Ordnung. Du bist, wo du sein musst. Die Götter haben dafür gesorgt. Und hier werden wir unsere wichtigste Arbeit verrichten."

Sulla stößt die letzte Tür auf und wir erklimmen ein Dutzend Steinstufen, die zwischen zwei Felswände gehauen wurden. Als wir auf dem Plateau darüber ankommen, stockt mir der Atem.

Wir sind beinahe auf dem Berggipfel. Steine, die mit Mica durchzogen sind, funkeln ringsum im Sonnenlicht.

Die Baumwipfel erstrecken sich bis zu meinen Knien. Über ihnen kann ich ganz Silana überblicken bis dorthin, wo das leuchtende Grün und die bunten Herbstblätter des Landes auf das Kristallblau des Himmels treffen.

Julita macht einen Laut, als würde sie scharf einatmen. *Wow*.

Ich brauche einen Augenblick, bis ich meine Sprache wiederfinde. „Das ist eine spektakuläre Aussicht."

„Ich mag sie sehr gerne."

Ich reiße meinen Blick davon los, um mir die flache Plattform genauer anzusehen, auf der wir stehen. Sie misst ungefähr zehn Schritte im Durchmesser und ist ein beinahe perfekter Kreis, in dessen Ränder die Sigillen des Allesgebers und der neun Gottlen geschnitzt wurden.

Obwohl mich einer dieser Gottlen hierhergeschickt hat, setzt mein Herz kurz aus wegen dieser Bitte an die göttlichen Mächte.

Sulla bemerkt meine Reaktion. „Wir bitten sie, Gnade mit uns walten zu lassen und uns den Weg zu zeigen. Allerdings bist du die Erste, die so deutlich hierhergeführt wurde."

Sie bedeutet mir, mich gegenüber von ihr niederzulassen.

„Lass uns damit anfangen, dass du mir alles darüber erzählst, wie du deine Mächte in der Vergangenheit kontrolliert hast."

Meine Bedenken abschüttelnd sinke ich auf den glatten Stein und stütze mich auf meine Hände. Die Wärme der Sonne und die frischen Waldgerüche bilden einen scharfen Kontrast zu dem Unbehagen, das ihre Frage in mir auslöst.

„Ich habe es gestern Nacht kurz angesprochen", erzähle ich. „Es ist schwer, zu erklären. Ich spüre, dass meine Magie tobt und rausgelassen werden möchte. Ich erhalte einen Eindruck von den Dingen, die sie tun könnte, und … lehne es einfach ab. Ich schätze, ich verspanne meinen Körper, um mich dem Drang zu widersetzen. Meistens scheint es reine Willenskraft zu sein. Bei den Malen, als sie mir entwischte, war ich mental abgelenkt oder benommen."

Sulla nickt, als würde sie das nicht überraschen. „Hast du irgendwelche speziellen mentalen Tricks angewandt? Bilder oder Ähnliches?"

Ich gehe meine Erinnerungen durch. „Ich stelle mir meine Ablehnung instinktiv als eine Art Einsperren vor, als würde ich die Macht wegschließen und Mauern um sie herum errichten. Einmal, als ich wirklich Probleme hatte, stellte ich mir vor, ich sei ein Baum mit einer dicken Rindenschicht, die sie nicht durchbrechen kann."

„Du solltest weiterhin konkrete Bilder wählen, die dich ansprechen, und auf sie zugreifen, wenn du deine Magie zügelst. Wir fanden diese Strategie alle am effektivsten." Sie hält inne. „Du hast auch erwähnt, dass die Unterdrückung deiner Magie zu körperlichen Schmerzen und möglicherweise sogar Verletzungen geführt hat."

Ich verziehe das Gesicht. „Ja. Seit etwas über einem Jahr fühlt es sich an, als würde meine Macht mich von innen heraus angreifen, wenn ich mich weigere, sie zu benutzen. Zuerst tat es nur ein wenig weh, doch in den schlimmsten Phasen war der Schmerz so heftig, dass ich nicht mehr stehen konnte und ein paarmal Blut gehustet habe."

Sulla seufzt und der ernste Ausdruck, der sich auf ihr Gesicht legt, lässt sie noch älter aussehen. „Das ist der verräterischste Teil der Magie, die durch unsere Seelen fließt.

Wenn sich zu viel davon in uns ansammelt, ohne dass sie eine Gelegenheit erhält, auf die Welt einzuwirken, wirkt sie stattdessen auf uns ein."

Ich fahre mit den Händen über den warmen Stein. „Aber wenn die zerrissenen Zauberer ihre Magie nutzen, werden sie verrückt. Stimmt das nicht? Ich meine … ich bin abgesehen von dir noch nie anderen begegnet, kann mir allerdings nicht vorstellen, dass so viele aufgespürt worden wären, wenn sie sich nicht merkwürdig genug benommen hätten, um aufzufallen."

Und Stavros hatte Begegnungen mit mindestens zwei gewalttätigen Zerrissenen.

Sullas Mund verzieht sich gequält. „Ja. Es ist ein schwieriges Gleichgewicht, das wir finden müssen. Wir müssen unsere Macht regelmäßig benutzen, um unsere Körper zu schützen, allerdings dürfen wir nicht so viel einsetzen, dass sie anfängt, unsere Gedanken zu verwirren. Das ist das Wichtigste, was ich dir beibringen kann."

Meine Laune hebt sich mehr, als ich es mir seit unserer Ankunft hier erlaubt habe. „Also hast du dieses Gleichgewicht gefunden? Du nutzt deine Magie und schaffst es, dabei niemanden zu verletzen?"

Und auch nicht verrückt zu werden. Sie ist sich ihrer Macht seit mehr als dreißig Jahren bewusst, soweit ich das erkennen kann, und wirkt auf mich vollkommen vernünftig.

Die ältere Frau schenkt mir ein beruhigendes Lächeln. „Das ist das grundlegendste Ziel der Lehren, die wir hier weitergeben. Ich bin froh, dass ich die Gelegenheit habe, mit dir zu teilen, was ich glücklicherweise lernen durfte."

Die Magie regt sich in meiner Brust, als hätte sie bemerkt, dass sie heute womöglich zum Spielen rauskommen darf.

Ich schlucke schwer. „Wie fange ich an?"

Sulla streicht mit den Händen über den Rock ihres Kleides, das sich um ihre Beine gelegt hat. „Eines der Hauptprinzipien besteht darin, nur eine kleine Wirkung zu erzielen. Nur ein wenig Magie hier und da. Das erleichtert es, sowohl die äußeren Konsequenzen als auch die Wirkung zu kontrollieren, welche die Magie auf dich hat. Die komplexeren Zauber, die du in der Zuflucht siehst, sind kleinere

Anstrengungen, die mit der Zeit nach und nach aufgebaut wurden.“

Ein Lachen sprudelt meine Kehle hinauf. „Also hast du all diese Vorrichtungen nicht nur, weil es für dich angenehmer ist. Sie sind eine Möglichkeit, deine Magie für etwas Sinnvolles zu nutzen, da du sie irgendwie verbrauchen musst.“

„Genau.“

„Doch selbst wenn man nur ein wenig rauslässt, gibt es noch immer einen Rückschlag.“

„Ja“, bestätigt Sulla. „Das ist unvermeidbar. Doch mit ähnlichen Techniken wie denen, mit denen du deine Magie zügelst, kannst du beide Seiten der Gleichung kontrollieren.“

Meine Augenbrauen schnellen empor. „Wie? Ich wollte das tun, aber … es fühlt sich immer unmöglich an.“

„Das ist der Teil, der die größte Konzentration und Voraussicht erfordert. Bevor du deine Magie zum Tragen bringst, solltest du immer planen, wie sich die gewünschte Wirkung und ihre Konsequenz abspielen sollen.“

Sulla deutet mit dem Kopf zu der Sigille neben sich, Jurnus’ geschwungene Linien. „Lass uns sagen, dass ich dieses Mal etwas tiefer in den Stein ritzen möchte. Ich muss darüber nachdenken, was die offensichtliche Gegenreaktion wäre – wenn ich einen Stein ein wenig reduziere, müsste etwas anderes wachsen. Und dann beschließe ich, was wachsen könnte, ohne dass es mich stört. Vielleicht die Blätter an dem Busch dort drüben.“

Sie deutet zu einem dürren Busch, der sich an die Kante der Plattform klammert.

„So einfach ist es?“, frage ich und kann es kaum glauben.

Sulla kichert. „Nicht unbedingt einfach. Nicht alles, was du bewirken willst, wird eine derart eindeutige Gegenwirkung haben. Außerdem musst du dir eine Reaktion vorstellen, die groß genug ist, um dem zu entsprechen, was du zu erreichen versuchst. Deswegen ist es besonders wichtig, nur kleine Dinge zu zaubern.“

Mein Herz schlägt noch schneller als zuvor. „Und wenn man das alles erst einmal entschieden hat …“

„Dann zentrierst du dich und stellst sicher, dass dein Verstand klar und deine Konzentration gut ist. Anschließend stellst du dir so lebhaft wie möglich die Aktion vor, die du bewirken willst, und gleichzeitig wie sich die gegensätzliche Energie benehmen soll."

Sie schließt die Augen, legt eine Hand auf die Sigille und die andere auf ihr Knie, wobei ihre Finger auf den Busch deuten. Magie bebt durch die Luft.

Vor meinen Augen erzittern einige Blätter des Buschs und strecken sich ein wenig.

Als Sulla ihre Hand hebt, kann ich sehen, dass die Linien etwas tiefer in den Felsen gegraben wurden. Sie streicht einige Steinkrümel von ihren Fingern.

„Es funktioniert bloß, wenn deine Wahl der Gegenreaktion angemessen ist", warnt sie mich. „Wenn du versuchst, deine Absichten mit etwas Ungeeignetem auszugleichen, wird die Magie handeln, wie sie es für angebracht hält."

Sich an kleine Dinge zu halten, klingt in diesem Fall definitiv nach einer guten Idee, bemerkt Julita. *Aber Ivy, falls das funktioniert … könntest du so gut wie alles tun!*

Alles, was klein ist. Ich werde die Blutzauberer nicht besiegen, indem ich dünne Linien in Steine ritze.

Die Vorstellung, dass ich mit meiner Magie auf diese geringfügige Art arbeiten könnte, sorgt jedoch dafür, dass mein Herz vor Freude schneller schlägt.

„Soll ich es einfach … ausprobieren?", frage ich.

„Warum bedienst du dich bei deinen ersten Versuchen nicht einfach an meinem Beispiel?" Sulla deutet auf die geschwungenen Linien von Kosmels Sigille. „Du könntest mit dem Gottlen anfangen, der dich hierhergeführt hat, da er dafür etwas Anerkennung verdient. Aber nimm dir Zeit, um vorher über deine Absichten nachzudenken und darüber, wie sich alles abspielen soll."

„Okay."

Ich rutsche rüber, sodass ich meine Hand auf Kosmels Sigille legen kann. Die Augen schließend stelle ich mir deren Form vor.

Ich denke auch an den Busch auf der anderen Seite der Plattform. Die Brise weht über die Blätter, in die ich den

Rückschlag leiten werde. Die Sonne reflektiert von ihrer hellgrünen Oberfläche.

Einatmen, ausatmen. Das Donnern meines Herzens beruhigen. Mich überzeugen, dass ich wirklich meine Magie beherrschen kann.

Es ist nur eine kleine Tat. Selbst wenn ich es vermassle, sollte niemand verletzt werden. Es klingt nicht einmal so schwierig.

Als ich genug Zuversicht in mir aufgebaut habe, forme ich die Bilder in meinem Kopf – die Furchen der Sigille graben sich tiefer in den Stein und die Blätter des Buschs werden im Gegenzug größer.

Meine Magie zupft an mir, erpicht darauf, mitzumachen. Ich öffne die Mauern um sie herum nur ganz leicht.

Gerade so weit, dass ein schwaches Kribbeln durch meine Arme schießen kann, das von den Bildern geformt wird, die ich in meinen Verstand gezogen habe.

Mein Puls geht schneller und die Bilder flackern. Von plötzlicher Panik gepackt, reiße ich meine Macht so kraftvoll in mich zurück, dass ich nach hinten schaukle.

Als ich meine Hand hebe, sieht die Sigille schief aus. Ich habe eine Seite des Symbols ein wenig tiefer in den Stein gehauen, habe jedoch nicht die ganze Sigille geschafft.

Ein Blatt des Buschs ist ungefähr doppelt so groß wie die anderen geworden. Es sieht ziemlich lächerlich aus.

Es ist alles in Ordnung, beruhigt Julita mich. *Das war super für den ersten Versuch.*

Ich lache schallend, doch Sulla spricht ebenfalls in aufmunterndem Ton. „Das war ein exzellenter Anfang. Schau, ob du beim nächsten Mal besser an deinem Willen festhalten kannst."

Nach einer beruhigenden Meditation versuche ich mich noch zweimal an der Sigille. Beim zweiten Mal schaffe ich es, sie gleichmäßig zu vertiefen, zerbreche jedoch die Spitze einer geschwungenen Linie.

Sulla trägt mir auf, mich darauf zu konzentrieren, den Spalt zu versiegeln, während ich einen Ast des Buschs abbreche. Ich bin mir nicht sicher, ob ich mich jemals so siegreich gefühlt habe wie in dem Moment, als die raue Kante unter meinen Fingern zusammen mit einem leisen Knacken gebrochenen Holzes verschwindet.

Ich sehe mich auf der Plattform um, da ich von neuer Energie erfüllt bin, doch Sulla hält eine Hand hoch. „Das reicht für eine Sitzung. Sogar geringfügige Magie summiert sich. Wir werden andere Dinge finden, mit denen wir uns einige Stunden beschäftigen können, und dann können wir uns am Nachmittag wieder dem Training widmen."

Ich unterdrücke den Impuls, zu protestieren. Sie kennt die sicheren Grenzen unserer Magie viel besser als ich.

Außerdem ist die Tatsache, dass ich mich darauf freue, weiterzumachen, an und für sich eine Warnung.

ZEHN

Alek

Der Aufprall von Stavros' Schwert, das gegen meinen Dolch knallt, vibriert durch jeden Knochen in meiner Hand. Möglicherweise durch meinen ganzen Arm.

Ich verkneife mir ein Zusammenzucken so gut es geht und trete zur Seite, wie er es uns gezeigt hat. Das Ziel besteht darin, sowohl den nächsten Schlag abzuwehren, als auch mich in eine bessere Position zu bringen, um eine Öffnung zu finden.

Meine Füße stolpern über das felsige Terrain. Blitzschnell strecke ich meine Arme aus, um das Gleichgewicht nicht zu verlieren, doch ich bemerke, dass mein Oberkörper wegen dieser Bewegung nun völlig ungeschützt ist.

Stavros hält inne und senkt sein Schwert. „Ich glaube, das reicht für heute."

Ich richte mich auf und erröte vor beschämter Erleichterung und anhaltender Erschöpfung. Meine Haare kleben feucht von Schweiß an meiner Stirn und meinem Nacken. Meine Haut fühlt sich trotz der kühlen Bergluft klebrig in meinem Hemd an.

Ich muss Kämpfen lernen. Es könnte das einzig Nützliche sein, was ich hier ohne eine riesige Bibliothek und Berichte tun kann, in die ich mich vertiefen kann. Abgesehen von meinem Geschick darin, Informationen aus Buchseiten zusammenzutragen, besitze ich kaum praktische Fähigkeiten.

Wie sollte ich mich mit Buchwissen einer Armee Blutzauberer stellen? Es gibt so wenige Aufzeichnungen, welche die alten Praktiken illegaler Magie auch nur kurz erwähnen.

Zu wissen, wie man etwas tun muss, und dem eigenen Körper beizubringen, es tatsächlich zu tun, ist ein himmelweiter Unterschied.

Ich wische mir den Schweiß von der Stirn und schaffe es, bei der Berührung meiner unbedeckten Narben nicht zusammenzuzucken. Anschließend schaue ich zum Hauptgebäude der Zuflucht. Meine Erleichterung vertieft sich, als ich sehe, dass Ivy unseren aktuellen Übungskampf nicht beobachtet und meinen Fehler nicht bemerkt hat.

Sie steht bei Casimir und Rheave. Letzterer untersucht gerade einen Köcher mit Pfeilen, die er anscheinend in einem der vielen Lagerräume der Zuflucht gefunden hat. Meine Brust wird eng bei dem Gedanken daran, dass er mit diesen Geschossen auf etwas in seinem Umfeld zielen wird.

Wie sehr können wir dem Daimon in unserer Mitte tatsächlich trauen? Wie lange wird die verbissene Hingabe andauern, die er Ivy entgegenbringt?

Es gibt keinerlei Berichte über Geistwesen in einer menschlichen Gestalt.

Als Stavros und ich zu ihnen schlendern, zieht der Daimon einen der Pfeile aus dem Köcher und nimmt den Bogen in die Hand, den er an die Außenwand des Gebäudes gelehnt hat. „Ich habe schon einmal gesehen, wie die benutzt wurden. Man zieht einen mit der Sehne zurück und dann fliegt er?"

Ivy kichert amüsiert. „Ich bin nicht die richtige Person für Ratschläge im Bogenschießen."

Casimir streckt seine Hand aus. „Ich will nicht behaupten, dass ich super im Zielen bin, doch ich kann dir zeigen, wie es geht."

Als Rheave ihm die Waffe übergibt, setzt der Kurtisan den

Pfeil ein, sieht sich um und lässt ihn zu einem der breiten Bäume entlang der Lichtung fliegen. Die Spitze bleibt ein Stückchen rechts von der Mitte in der Rinde stecken.

„Besser, als ich es könnte", brummt Ivy ohne Groll.

Rheaves helle Augen sind groß geworden. Er nimmt den Bogen zurück und zieht noch einen Pfeil hervor. „Ich mag das. Das ist besser, als eine Klinge in der Hand zu schwingen."

Er positioniert den Pfeil genau so, wie Casimir es getan hat – er lernt den Umgang mit Waffen viel schneller als ich. Mit einem Vibrieren der Sehne lässt er den Pfeil zwischen die Bäume sausen, wo er in einen fernen Ast einschlägt.

Ivy zieht die Augenbraue hoch. „Bist du dir sicher, dass du das zum ersten Mal machst?"

„Es ergibt Sinn", erklärt Rheave mit offenkundiger Begeisterung und nimmt sich noch einen Pfeil. „Der Flugbogen und die Luft und die Spannung der Sehne ..."

Er wirft Ivy einen Blick zu, in dem eine Heftigkeit aufblitzt, die Zustimmung und zugleich Unbehagen in meiner Brust auslöst. „Ich kann dich aus der Nähe und der Ferne beschützen."

„Ich werde sehr sicher vor mörderischen Bäumen sein, die uns angreifen", erwidert Ivy, tätschelt jedoch gleichzeitig den Arm des Daimons. „Ich bin froh, dass du eine Kampfart gefunden hast, die du magst, und wenn es nur dazu dient, dass du und Stavros nicht so viel streiten müsst."

Stavros schaut sie mit unverhohlener Zuneigung finster an, bevor er sich an Rheave wendet. „Wenn du nicht in diese Bäume klettern willst, um die Pfeile zurückzuholen, schlage ich vor, dass du dich an Ziele hältst, die nicht ganz so weit weg sind. Ich kann mir nicht vorstellen, dass es hier einen großen Waffenvorrat gibt."

Rheave summt nachdenklich. „Wie würde ein Soldat üben?"

Natürlich weiß Stavros alles darüber. Er winkt Rheave zu sich und macht sich daran, ein paar geeignete Bogenschießziele am Rand des Waldes zu errichten.

Ich setze mich auf einen Baumstumpf, der zu einem Hocker geschnitzt wurde, und finde eigenartigerweise Gefallen an der kühlen Luft, die über mein unverhülltes Gesicht streicht. Es ist Jahre her, seit ich ohne Maske im Freien war.

Mein Herz setzt ab und zu immer noch aus, wenn ich mich daran erinnere, dass meine Narben entblößt sind, allerdings reagiert keiner meiner aktuellen Begleiter auf sie. Es gibt nichts, was meine Unsicherheit weckt.

Es ist unerwartet befreiend, nicht ständig dieses leichte, jedoch dauerhafte Gewicht an meiner Haut zu tragen.

Rheave feuert den Köcher Pfeile mit schneller Effizienz ab und platziert alle in den drei Innenkreisen der provisorischen Zielscheibe, die Stavros gebastelt hat. Ich kann nicht leugnen, dass der Daimon einige Stärken hat – und dass sein Eifer bewundernswert ist.

Während Stavros ihm einige Tipps gibt, verschwindet Casimir im Gebäude. Der Kurtisan kehrt mit einer Metallflöte zurück, von der das Sonnenlicht reflektiert.

Er lehnt sich an die Wand und beginnt, zu spielen. Die trällernde Melodie windet sich durch die Luft und erregt Stavros' und Rheaves Aufmerksamkeit.

Der Daimon bewegt sich im Takt der Melodie, während er die Pfeile aus der Scheibe zieht. „Musik ist besser als Schießen", verkündet er.

Ein Lachen entfährt Stavros, das ihn selbst zu erschrecken scheint, doch er gewährt Rheave ein kleines Lächeln. „Ich schätze, das hängt davon ab, ob du angegriffen wirst."

Er hält inne und sein Blick heftet sich mit einem kurzen Zucken seines Kopfs auf Ivy. Die Intensität seines Gesichtsausdrucks sorgt dafür, dass ich mich wappne, doch es ist jetzt keine Feindseligkeit darin zu sehen.

Er tritt zu ihr und reicht ihr seine Hand. „Angesichts dessen, dass wir momentan nicht angegriffen werden … Ich habe auf dem Akademieball, an dem du teilnehmen konntest, die Gelegenheit verpasst, mit dir zu tanzen. Ich hätte nichts dagegen, dieses Versäumnis zu beheben."

Ivy lacht und Röte berührt ihre blassen Wangen, als sie seine Hand ergreift. „Ich könnte vermutlich ein wenig mehr Übung darin gebrauchen, wie eine Dame zu tanzen für den Fall, dass ich wieder eine spielen muss."

Stavros schenkt ihr ein verschmitztes Grinsen. „Wer sagt, dass ich möchte, dass du wie eine Dame tanzt?"

Ivy fängt meinen Blick mit einem kurzen Lächeln auf, das ich mühelos lesen kann. Sie sagt mir, dass ich auch eingeschlossen bin. Ich vermute, ich könnte den nächsten Tanz haben, wenn ich darum bitten würde.

Natürlich bin ich ein genauso wenig eleganter Tänzer, wie ich ein Kampfpartner bin.

Als Casimir weiterspielt, legt sich ein unerwarteter Friede über mich. Stavros wirbelt Ivy im Takt der Musik herum, Rheave wiegt sich in seiner eigenen Art von Tanz und die Mittagssonne scheint auf uns alle, als wären wir Teil einer seltsamen neuen Familie.

Und ich befinde mich am Rand dieser Familie, obwohl ich viel länger an Ivys Seite war als der Daimon.

Die Ruhe, die ich verspürt habe, verpufft. Ich will mich auf dieser furchterregenden, gewaltigen Mission nicht wie ein Außenseiter fühlen.

Wir wurden alle von den Füßen gerissen und ich muss meinen Stand wieder finden.

Das Baumwollhemd, das ich zum Kämpfen trug, ist von dem getrockneten Schweiß an meinem Körper steif geworden. Ich ducke mich durch die Tür in der Nähe und gehe zu der Schlafunterkunft, in der ich meine gewöhnlichen Kleider zurückgelassen habe.

Sulla hat es geschafft, uns mit ein paar Ersatzkleidern zu versorgen, und die gewaschen, die wir abgelegt haben, obwohl wir darauf beharrten, dass wir uns selbst darum kümmern konnten. Es war leichter, unsere Proteste einzustellen, als sie uns den Waschbehälter zeigte, der die Kleider selbst rührt, nachdem er mit Seifenwasser gefüllt wurde.

Ich bin mir nicht sicher, wohin unsere Gastgeberin momentan verschwunden ist. Sie scheint es vorzuziehen, uns abgesehen von den Mahlzeiten und den Trainingsstunden mit Ivy Freiraum zu lassen – oder sich allein zu erholen.

Sie hat uns allerdings die Erlaubnis erteilt, sämtliche Gebäude der Zuflucht zu erkunden. Ich glaube, sie sperrt nicht einmal ihr Schlafzimmer ab.

Jetzt habe ich ohnehin nicht die Schlafzimmer im Sinn. Nach einer kurzen Dusche dank der Magie, die das Wasser des Bergbachs durch die Zuflucht leitet, gehe ich zum Hauptgebäude zurück, wo ich eine Stelle gefunden habe, an der ich die Fähigkeiten zum Tragen bringen kann, die ich kultiviert habe.

Ein Zimmer, das ein Stück vom Essbereich entfernt ist, verfügt zu beiden Seiten über Einbauregale. In einem befinden sich verschiedene Dinge, die der Unterhaltung dienen: hölzerne Brettspiele, ein paar verblasste Kartenspiele, Spielzeuge, die darauf hinweisen, dass manche Einwohner der Zuflucht in einem noch jüngeren Alter als Sulla hergekommen sind, und einige Musikinstrumente. Ich nehme an, dass Casimir die Flöte hier gefunden hat.

In den anderen Regalen steht eine Auswahl Bücher, deren Rücken aufgrund ihres Alters teilweise zerfallen sind.

Ich bin den Inhalt der Regale in den letzten paar Tagen schon einige Male durchgegangen. Die meisten Bücher sind reine Fiktion, die vergangene Bewohner entweder mitgebracht oder selbst geschrieben haben. Ich habe das Tagebuch eines Zauberers gefunden, der hier vor beinahe einem Jahrhundert lebte. Gestern habe ich es einige Stunden lang sorgfältig durchgeblättert, doch er sprach hauptsächlich von seinen Bemühungen, neue Pflanzen mithilfe von traditionellen Mitteln und Magie in den Gärten der Zuflucht zu kultivieren.

Bisher habe ich die ältesten Wälzer der Sammlung hauptsächlich aus Respekt gemieden. Ich wäre ein schrecklicher Gast, wenn ich die Archive der Zuflucht zerstören würde, indem ich die uralten Texte in meinen Händen zerfallen lasse.

Die Bücher, die hier versteckt sind, haben nicht von den professionellen archivarischen Bemühungen der königlichen Bibliothekare oder der Tempel profitiert. Ich kann Spuren von Fäulnis auf den Lederbänden und Stücke sehen, die von den brüchigen Seiten abgebrochen sind.

Allerdings ist nichts anderes mehr übrig, was ich lesen kann. Und es ist am wahrscheinlichsten, dass diese uralten Bücher Informationen enthalten, die ich noch nicht kenne.

Vielleicht werde ich etwas finden, was uns dabei helfen

wird, den König von Ivys Wert zu überzeugen oder die Blutzauberer zu besiegen? Das ist möglicherweise zu viel verlangt, doch ich muss es versuchen.

Ich ziehe eines der älteren Bücher aus dem Regal und zucke zusammen, als der Ledereinband unter meinen Fingern zerkrümelt. Ich sinke in einen der zwei Sessel, die an der Wand zwischen den Regalen stehen, und öffne die Seiten so vorsichtig wie möglich.

Dieses Buch ist von Hand geschrieben worden und hat vor seiner Ankunft hier einen Wasserschaden erlitten. Viele der Worte sind verlaufen und für immer verloren. Einige Seiten kleben so fest zusammen, dass ich es nicht riskieren will, sie voneinander zu lösen.

Was ich lesen kann, scheinen Anleitungen für verschiedene Spiele zu sein, von denen ich noch nie gehört habe. Auf anderen Seiten wurde der Punktestand verzeichnet. Eine neue Unterhaltung, die sich vergangene Bewohner ausgedacht haben, um sich hier die Zeit zu vertreiben?

Ich schiebe dieses Buch wieder an seinen Platz und hebe ein anderes heraus, das aussieht, als wäre es professioneller gebunden worden. Es stellt sich heraus, dass es mit Tinte gedruckt wurde, die dem Lauf der Zeit ziemlich gut widerstanden hat. Allerdings ist es bloß ein Ratgeber über die Tiere der Verlassenen Reiche. Interessant, aber nicht besonders nützlich für meine Zwecke.

Ich arbeite mich durch mehrere andere Bücher, bis ich eines mit einem dicken Ledereinband und einem Riemen heraushole, der es verschließt. Der Riemen zerfällt in zwei Hälften, als ich ihn lockere, und in meinem Entsetzen stelle ich das Buch fast wieder zurück.

Es nicht mehr anzurühren, wird den Schaden allerdings auch nicht rückgängig machen. Ich hole tief Luft und schäle den Buchdeckel ganz sachte zurück.

Dies ist eines der Bücher, in dem die Seiten bereits zerfallen. Entlang der Ränder fehlen große Stücke in einem unregelmäßigen Muster.

Was auf den Seiten noch übrig ist, wurde von Hand in einem fahrigen Gekritzel geschrieben, mit dessen Entzifferung ich selbst ohne die fehlenden Stücke Probleme hätte. Ich starre die Seite an und gebe fast wieder auf.

Dann bleiben meine Augen an dem Wort *Zerrissen* mitten in dem Wortdurcheinander hängen.

Ich sammle mich und studiere die Buchstaben genauer.

Sie nennen uns zerrissen … wissen nicht, was das … etwas ist uns zugestoßen … Ich will Buch darüber führen … machte die Große Vergeltung durch … doch als das Feuer kam …

Mein Herz schlägt schneller. Sind dies die Worte eines der ursprünglichen zerrissenen Zauberer, die nach der Großen Vergeltung geboren wurden? Derjenige weiß vielleicht mehr über die Blutzauberer, die den Zorn des Allesgebers auf sich zogen.

Ich betrachte eine Seite nach der anderen, bis mein Kopf zu schmerzen beginnt, weil ich die unordentliche Handschrift und die Satzfragmente so lange angestarrt habe.

Soweit ich das bestimmen kann, lebte der Verfasser kurz nach der Großen Vergeltung. Er sah die Wirkung der Zerstörung und hielt seine Magie wegen einiger früher Erlebnisse geheim, auf welche die Leute mit Entsetzen reagiert hatten.

Die Blutzauberei wird allerdings nicht erwähnt. Ich schätze, der Verfasser hatte genug Probleme, ohne sich mit der illegalen Magie anderer auseinanderzusetzen.

Dann gelange ich zu einer Seite, die beinahe vollständig und nur entlang des Rands zerfetzt ist.

… nie darum gebeten. Wollte ich, dass unsere Welt von denen zerstört wurde, die den Tod zu ihrem eigenen Vorteil nutzen und darauf aus sind, den ganzen Kontinent ihrem Willen zu beugen? Natürlich nicht. Doch zu einem Gefäß für die Macht der Götter gemacht zu werden – wie eine Waffe ohne eigenen Willen benutzt zu werden, damit sie diese Schurken abwehren können, indem sie Feuer und Zerstörung herabregnen lassen – und dann mit einer zerrissenen Seele zurückgelassen zu werden jetzt, da sie mich nicht mehr brauchen … Warum wurde ich dafür bestraft, dass ich unseren Göttern gedient habe, so wie sie es bestimmt haben?

Ich halte am Ende der Seite inne, starre sie blicklos an und mir stockt der Atem. Der Verfasser kann doch nicht wirklich meinen …

Es klingt, als würde er sagen, dass die Götter *ihn* benutzt hätten, um gegen die Blutzauberer zu kämpfen. Dass die Wirkung der göttlichen Macht, seine Seele zerrissen hat.

Er war nicht als langanhaltende Strafe geboren, sondern absichtlich als Werkzeug erschaffen worden.

Das widerspricht allem, was ich zuvor über die Ursprünge der zerrissenen Magie gelesen habe. Warum sollten die Götter zulassen, dass Leute ausgestoßen und in den Wahnsinn getrieben werden, die ihnen gedient haben?

Vielleicht war dieser hier schon verrückt und Wahnvorstellungen trübten seinen Verstand. Oder vielleicht hat er sich diese Geschichte eingeredet, um andere Zerstörungen zu rechtfertigen, die er mit seiner Magie verursacht hat.

Ich blättere die Seite mit zittriger Hand um, doch auf den nächsten Seiten regt sich der Verfasser bloß über die Strapazen einer Reise auf der Straße zwischen Städten auf und erwähnt Magie gar nicht mehr. Die darauffolgenden Seiten haben so viele Stücke verloren, dass ich nicht herausfinden kann, wovon sie handeln. Es gibt jedoch einen kurzen Bericht über die Entdeckung der silbrigen Bergspitze und dem Entschluss, zu versuchen, sie zu erreichen.

Und dann gelange ich ans Ende des Tagebuchs.

Es gibt nichts Definitives, nichts, was seine Geschichten bestätigt. Die Wahrscheinlichkeit ist genauso groß, dass es nur die Worte eines Beinahe-Verrückten sind, wie dass es etwas ist, auf das wir vertrauen sollten.

Was würde es Ivy nützen, die Möglichkeit anzusprechen, wenn ich keinen Grund zu der Annahme habe, dass dies nicht kompletter Schwachsinn ist? Ich kann keinem Wort dieses Berichts trauen, außer ich finde andere Berichte, welche die Geschichte des Verfassers stützen.

Als ich aufstehe, um die Regale nach Berichten abzusuchen, die mir vielleicht ein klareres Bild vermitteln können, veranlasst mich ein Knall im Gang dazu, den Kopf zu drehen. Ich stürze zur Tür.

Rheave kniet auf dem Boden einige Schritte entfernt und

hat die Hand gegen die Wand gestützt. Er betrachtet seine Knie stirnrunzelnd, schaut bei meiner Ankunft jedoch auf.

„Ich … meine Füße haben sich in die falsche Richtung bewegt", erklärt er. „Ich bin über sie gestolpert."

Ich reiche ihm meine Hand, um ihm aufzuhelfen. Er verlagert sein Gewicht zaghaft und versteift sich.

„Was?", frage ich. „Geht es dir gut?"

Die Furchen auf seiner Stirn vertiefen sich. „Ich glaube, der Erschaffer dieses Körpers versucht, mich zurückzurufen."

Der Blick des Daimons schnellt empor und begegnet wieder meinem. Panik huscht über sein Gesicht. „Es ist momentan nur ein schwaches Ziehen, doch was ist, wenn er fester zieht? Wie kann ich ihn aufhalten?"

Das … ist eine sehr gute Frage.

Ich öffne den Mund und schließe ihn wieder, da mir bewusst wird, dass ich nicht weiß, was ich sagen soll.

Bis vor wenigen Wochen hätte ich nicht geglaubt, dass es möglich ist, dass Magie einen lebenden Körper erschafft, um einen Daimon zu beherbergen, der als menschliches Wesen durchgeht. Woher soll ich wissen, wie sie ihn kontrollieren?

Dass er mich fragt und es ihm so wichtig ist, weckt jedoch den Wunsch in mir, ihm zu helfen. Hat Ivy sich so gefühlt, als sie ihm erlaubte, sich uns anzuschließen?

Bei den Göttern, von wie vielen anderen Arten der Magie habe ich gelesen? Ich sollte ihm irgendeine Antwort geben können.

Während ich nach den richtigen Worten suche, verändert Rheave seine Haltung auf diese leicht merkwürdige Art, die mich daran erinnert, dass er es nicht gewohnt ist, einen Körper zu haben. Er ist ein Geistwesen, das in einem materiellen Käfig eingesperrt ist, auch wenn er sein neues Zuhause mag.

Vielleicht liegt die Antwort nicht in der beteiligten Magie, sondern im Besitzrecht. Ich beobachtete meine Eltern oft genug beim Schachern mit Kunden, um zu wissen, dass sich Verhandlungen jeder Art um den Besitzanspruch drehen.

Meine Gedanken wirbeln wild durcheinander und plötzlich habe ich eine Idee. „Es ist dein Körper, den sie zurückzurufen versuchen, nicht dein Geist, oder? Sie können nicht kontrollieren, was du denkst oder fühlst?"

Rheave nickt. „Der Körper ist der Teil, den sie gemacht haben."

Ich klopfe leicht auf seine Brust. „Aber er gehört jetzt dir. Sie haben ihn dir gegeben. Je mehr du dich davon überzeugen kannst, desto mehr wirst du in der Lage sein, dich aus ihrem Griff zu lösen."

Der Daimon betrachtet mich. „Wie überzeuge ich mich?"

„Denk an all die Arten, auf die du diesen Körper jetzt kontrollierst. All die Dinge, die du damit tun kannst. Bewege ihn, um zu beweisen, dass du entscheiden kannst, was er tut."

Rheave blickt an seiner gut gebauten Gestalt hinab. Er verschränkt die Hände ineinander und stampft mit den Füßen auf den Steinboden. Ein Grinsen breitet sich auf seinem Gesicht aus. „Ja. Ja, er gehört jetzt mir. Sie können ihn nicht zurückhaben."

Er hüpft mit neuerlicher Energie durch den Gang. Ich beobachte ihn und Grauen windet sich durch meinen Magen.

Ich hoffe, er hat recht.

Was wird es für den Rest von uns bedeuten, wenn mein kleiner Trick nicht reicht?

ELF

Ivy

Die Blütenblätter entfalten sich auf meinen Fingern. Mein Puls flattert, weil es sich so unglaublich anfühlt, zu spüren, wie ihre samtene Oberfläche vor Leben erblüht.

Natürlich bringt meine Magie auch den Tod. Ich entschied mich, einen Zweig an einem der krummen Bäumchen entlang der Steinplattform schrumpeln zu lassen, während die Knospe erblüht.

Als ich die Augen öffne, strahlt mir die gelbe Blüte entgegen. Ein Blick auf den Zweig bestätigt, dass er runzelig und seine beige Rinde dunkelgrau geworden ist.

Ich sacke auf den Stein unter mir. Die Tat hat mich vollkommen erschöpft, obwohl ich zuvor schon eine viel gewaltigere Wirkung mit meiner Macht erzielt habe.

Die Konzentration, die notwendig ist, um sowohl die beabsichtigte Wirkung als auch die Konsequenz zu lenken, erschöpft mich schneller, als meine Magie einfach in die Welt zu schleudern.

Das und der zunehmende Aufruhr der Magie, die ich *nicht* rausgelassen habe.

Ich greife auf das Bild zu, das für mich am passendsten ist: eine blättrige Ranke wickelt sich um mich so wie das Efeu, das meinen gewählten Namen inspiriert hat und sich an die Eiche in Ewalins Garten in Schlachtquell klammerte. Als ich mir vorstelle, wie sich die Ranken dicht miteinander verweben und das Pulsieren der Energie in mir wegsperren, beruhigt sich meine Macht allmählich.

Sie brodelt dort allerdings nach wie vor und ist erpicht darauf, dass ich ihre Fähigkeiten stärker nutze.

Sulla lächelt, wobei sich Fältchen an ihren Augenwinkeln abzeichnen, und tätschelt meine Schulter. „Du machst das sehr gut. Ich glaube, morgen können wir beginnen, kleinere Veränderungen an der restlichen Zuflucht vorzunehmen. Praktischere Angelegenheiten und etwas größere Wirkungen, durch die es länger dauern sollte, bis deine Magie wieder fordernd wird.“

Mein Mund wird schlagartig trocken. „Wirklich? Du denkst, dass ich dafür bereit bin?“

Heute ist erst mein vierter Trainingstag. Seit dem zweiten Nachmittag sind mir meine Absichten nicht mehr entglitten, die einzelne Blüte, die ich gerade belebt habe, ist jedoch bisher meine mächtigste Tat.

Und nichts, was ich hier oben auslöse, zieht eine fatale Konsequenz nach sich. Falls ich dem Stein einen Riss hinzufüge oder einen Ast abbreche, den ich nicht brechen wollte, wird niemand leiden müssen.

Falls mir meine Kontrolle in der restlichen Zuflucht entgleitet, könnte ich eine geschätzte Reliquie oder ein hochwertiges Werkzeug zerstören, das die Zauberer womöglich in jahrzehntelanger Arbeit erschaffen haben. Ich könnte Sulla oder einen meiner Männer verletzen.

„Ich bin mir sicher“, erwidert Sulla ohne ein Zögern. „Du kannst trotzdem noch hier hochkommen, um zu meditieren und dich zu erden. Es ist jedoch wichtig, dass du dich damit wohlfühlst, deine Magie in alltäglichen Situationen zu wirken.

Vor allem, wenn du die Zuflucht noch immer verlassen willst, nachdem wir deine Grundausbildung beendet haben."

Ich weiß, dass sie dieses Ziel nicht gutheißt. Ihren Erzählungen zufolge bin ich vermutlich die erste Zauberin, die hier trainiert und nicht beabsichtigt, zu bleiben. Die Blutzauberer und ihr unbekannter Anführer, der einen noch höheren Rang als Ster. Torstem im Orden der Wildheit innehat, sind jedoch nach wie vor dort draußen, stiften Chaos oder planen es.

Ich kann nicht einfach nur dumm herumsitzen, während der Rest der Welt vernichtet wird. Das wäre beinahe so schlimm, wie die Zerstörung selbst zu verursachen.

Als ich aufstehe, summt die Energie weiterhin durch meine Brust und Glieder. Ich habe während unserer zweimal täglich stattfindenden Sitzungen hier oben zwar nichts Spektakuläres mit meiner Magie gemacht, sie in den letzten vier Tagen jedoch öfter genutzt als in meinem ganzen Leben zuvor.

Meine Magie fühlt sich jetzt gerüstet und bereit an, jederzeit hervorzuspringen, obwohl es keine Bedrohung gibt, die sie provoziert. Wegen dieser Empfindung verknotet sich mein Magen.

Ich stelle mir erneut vor, wie das Efeu die Magie zügelt, und hole tief Luft, um mich zu beruhigen.

Ich habe die Kontrolle. Ich entscheide, wie ich meine Macht benutze.

Sulla sagt, dass ich die Präsenz der Magie beruhigend anstatt furchterregend finden werde, sobald ich vertraut damit bin, sie auf geringfügige Arten zu benutzen. Ich werde wissen, dass meine Abwehr nicht zulassen wird, dass mir irgendeine Magie ohne Erlaubnis entfleucht.

Es ist schwer, sich momentan dieses Niveau an Behaglichkeit vorzustellen.

Zum Glück drängt die Bewegung meines Körpers mein Bewusstsein meiner Magie in den Hintergrund, als wir den Abhang hinab durch das Netzwerk an Gebäuden laufen. Das Wollkleid, das ich mit Schlitzen an den Schenkeln an meine Bedürfnisse angepasst habe, wirbelt gegen die lockere Hose, die ich zu einem Unterrock umfunktioniert habe.

Hier draußen, abseits der adligen Gesellschaft, könnte ich einfach eine Hose und Tunika tragen, so wie ich es früher auf der Straße tat. Allerdings weiß ich es mittlerweile zu schätzen, wie viel leichter es ist, meine Klingen nah bei mir zu tragen und sie zugleich in den Reitkleidern zu verbergen.

Während wir den Hügel hinabgehen, regt Julita sich in meinem Hinterkopf. *Hmm. Ich frage mich, was du zuerst tun könntest? Den Wänden ein kleines Bild hinzufügen? Versuchen, eines dieser alten Bücher zu reparieren, von denen Alek besessen ist?*

Beide Vorschläge klingen kompliziert. Ich hebe meine Schultern zu einem leichten Zucken.

Als wir das Hauptgebäude erreichen, fühle ich mich fast wieder wie ich selbst. Sulla geht, um sich um ihre Gärten zu kümmern, und ich laufe zu den Stimmen, die aus dem Esszimmer dringen.

Rheave liegt ausgestreckt auf ein paar Kissen neben dem Tisch und nimmt Birnenschnitze aus einer Schüssel. Casimir sitzt mit einer Tasse Tee gegenüber von ihm und Stavros tigert durch den Raum, so weit es dessen geringe Breite zulässt.

„… was sie als Nächstes tun würden", sagt er gerade, als ich die Tür erreiche. Bei meinem Anblick hält er in der Bewegung und im Sprechen inne.

Seine Ruhelosigkeit sorgt dafür, dass mein Herz in einem unbehaglichen Tempo pocht. „Stimmt etwas nicht?"

Der ehemalige General schenkt mir ein schiefes Lächeln. „Soweit wir wissen, ist alles in Ordnung." Er hält inne. „Kannst du von dem Aussichtspunkt viel sehen, auf dem du trainierst?"

Die Erinnerung an die Aussicht drängt sich an die Oberfläche meines Verstands. „Man kann viel sehen, es handelt sich allerdings hauptsächlich um Wildnis und einige Bauernhöfe weiter weg. Warum?"

Stavros seufzt. „Ich wünschte, wir hätten eine bessere Vorstellung davon, was passiert ist, seit wir Florian verlassen haben. Ich weiß, wie die ersten Schritte des Königs aussahen, doch ohne eine Ahnung davon zu haben, wie die Pläne der Verschwörer aussehen …"

Mein verdrehter Magen verknotet sich noch einige Male.

Wir sind wegen mir hier – wegen mir sind wir schon seit Tagen komplett vom Rest der Welt abgeschnitten.

In all der Zeit, die wir hier verbracht haben, habe ich meine Magie nur ganz leicht in den Griff bekommen. Wie lange wird es dauern, die gewaltigen Machtreserven zu beherrschen, die durch meine zerrissene Seele fließen können?

Meine Kehle schnürt sich um die Worte herum zu, doch ich muss sie aussprechen. „Du musst nicht bleiben. Wenn du zurückgehen und anfangen willst, bei den militärischen Anstrengungen zu helfen …"

Kummer huscht über Stavros' kantige Züge. Er tritt vor und packt meinen Arm, um mich aufzuhalten. „Ivy, das habe ich nicht gemeint. Ich verlasse dich nicht. Wir sollten dich unterstützen, während du mit deiner Magie ringst."

Seine Stimme spannt sich noch immer leicht an, wenn er von den Übungen spricht, die ich gemacht habe. Er kann nicht anders, als den Gebrauch meiner möglicherweise zerstörerischen Macht als eine andere Art von Kampf zu betrachten.

Ich klebe mir ein Lächeln ins Gesicht und zwinge meine Stimme, ruhig zu bleiben. „Ich lasse die Dinge langsam angehen, also musst du dir keine Sorgen um mich machen. Es würde Sinn ergeben … Wenn du auf diese Weise mehr helfen könntest … Ich möchte nicht das Gefühl haben, als würde ich dich zurückhalten."

„Das tust du nicht. Wir sind hier, damit du anständig auf all die Bedrohungen vorbereitet wirst, denen wir uns stellen müssen. Dann haben wir die beste Chance, sie gemeinsam zu bewältigen." Er gluckst rau. „Mir würde es einfach gefallen, wenn ich eine bessere Vorstellung davon hätte, womit wir es zu tun haben, damit ich mich in der Zwischenzeit darauf vorbereiten kann."

Rheave steckt sich den letzten Birnenschnitz in den Mund. „Gibt es eine Möglichkeit, etwas in Erfahrung zu bringen, ohne weit wegzugehen? Menschen haben Möglichkeiten, sich Nachrichten zukommen zu lassen, oder?"

Stavros reibt sich über den Kiefer und scheint gründlich über den Vorschlag des Daimon-Mannes nachzudenken. „Vermutlich nicht an beliebige Bauern. Aber ich schätze …"

Er blickt zu der Karte, die er in einem der Lagerräume der Zuflucht gefunden und gestern studiert hat. „Ich muss darüber nachdenken. Es hat keinen Sinn, ein Risiko einzugehen, wenn die Vorteile es nicht rechtfertigen."

Ich schlucke den Kloß aus Schuldgefühlen. „Wenn dir ein Plan einfällt, wird es bestimmt ein guter sein."

„Danke für deine bedingungslose Zuversicht", erwidert Stavros trocken, beugt sich jedoch vor, um mir schnell einen Kuss zu geben.

So öffentlich hat er mir seine Zuneigung noch nie gezeigt. Mit der Hitze seines Mundes dankt er mir und beruhigt mich. Doch er zieht sich schneller zurück, als mir lieb ist. Als er zurückweicht, beobachtet Rheave uns aufmerksam.

Ich erröte wegen der intensiven Aufmerksamkeit des Daimon-Mannes, doch einen Augenblick später verlagert er sie komplett auf Stavros. „Falls du momentan keine anderen Pläne hast … du hast gesagt, dass es fortgeschrittene Techniken im Umgang mit Pfeil und Bogen gibt. Würdest du sie mir zeigen?"

Stavros gluckst. „Ich schätze, das ist eine so gute Art wie jede andere, die Zeit zu verbringen. Du wirst im Nu Blutzauberer stürzen."

Julita schnaubt. *War ja klar, dass er freundlicher wird, sobald militärische Fähigkeiten involviert sind.*

Mein Mund zuckt vor Belustigung. Trotz der Gründe ist es nett, zu sehen, dass der ehemalige General endlich mit unserem neuesten Begleiter warm zu werden scheint.

Als Stavros Rheave ein Zeichen gibt, ihm zu folgen, trinkt Casimir einen letzten Schluck von seinem Tee und steht ebenfalls auf. Der Kurtisan schlendert zu mir, während die anderen Männer gehen, um ihr Kampftraining fortzusetzen.

„Wo ist Alek?", frage ich.

„Oh, er hat sich in die Bücher vertieft, die er gefunden hat." Casimir grinst liebevoll. Seine Stimme ist jetzt wieder so glatt, wie es für ihn üblich ist, und jegliche Spuren seiner Krankheit sind verschwunden. „Ich glaube nicht, dass er es eilig hat, ins Hier und Jetzt zurückzukehren."

Ich versuche, zu lachen, es bleibt mir jedoch in der Kehle

stecken. „Ich wünschte, ich könnte dem Hier und Jetzt auch kurz entkommen."

Casimir mustert mein Gesicht und seine Hand hebt sich, um über meinen Rücken zu streicheln. „Geht es *dir* gut, Ivy? Sulla hat erwähnt, dass deine Sitzungen mit ihr gut laufen, aber du wirkst in den letzten Tagen angespannter."

Ich schüttle meinen Körper leicht, als könnte ich so die Sorgen loswerden, die an mir nagen. „Ich *werde* besser darin, meine Magie zu kontrollieren. Es gibt einfach so viel, mit dem ich fertig werden muss. Ich habe das Gefühl, als hätte ich gerade erst gelernt, wie man Kieselsteine aufeinanderstapelt, und in mir ragt ein ganzer Berg auf."

„Falls einer von uns helfen kann ..."

„Ich weiß." Ich lehne mich in seine Berührung und kann mir einen Laut wie ein Schnurren nicht verkneifen, als er mit den Fingern über die Seite meines Halses streichelt. „Da die Magie durch *mich* fließt, liegt es leider an mir, sie in den Griff zu kriegen."

„Das ist viel Verantwortung für eine einzige Person." Casimir streichelt meine Wange und schiebt seine Finger in meine Haare, was ein Kribbeln über meine Haut jagt. „Es belastet dich. Hmm. Du bist mit dem Training für heute fertig, oder? Wie würde es dir gefallen, eine Pause davon zu machen, die Kontrolle haben zu müssen?"

Ich betrachte ihn durch gesenkte Wimpern und schwanke unter der Wonne, die seine Berührung auslöst. „Was meinst du?"

Der Kurtisan schenkt mir ein verheißungsvolles Lächeln, das noch ein Kribbeln durch meine Mitte sendet, und packt meine Hand. „Komm mit mir und ich zeige es dir. Es ist zu lange her, seit ich dich richtig verwöhnen durfte."

Ooh, murmelt Julita. *Ich will sehen, worauf er damit hinauswill, aber dann werde ich euch Privatsphäre geben.*

Ich werde meiner geisterhaften Passagierin die kleine Kostprobe körperlicher Freuden nicht verwehren, die sie selbst nicht mehr erleben kann. Sie bleibt nie besonders lang, wenn es zwischen meinen Männern und mir heißer hergeht.

Casimir führt mich durch die Zuflucht zu dem Gebäude, in

dem wir geschlafen haben. Die meisten Einwohner haben sich mit prallen Matratzen auf dem Boden zufriedengegeben, ein Zimmer verfügt jedoch über einen vollständigen, wenn auch niedrigen Holzrahmen. Nachdem wir die Zimmer das erste Mal erkundet hatten, bestanden die Männer darauf, dass ich dieses Bett nehme.

„Warte einen Augenblick hier", sagt Casimir. Er verschwindet im Gang und kehrt mit einem Bündel seidigen Stoffs zurück. Er zieht die Tür hinter sich zu. „Wir sollten dich zuerst entkleiden."

„Nur mich?", frage ich, als Casimir den Stoff auf das Bett legt und nach meinem schlichten Kleid greift. „Sollte die Nacktheit nicht beidseitig sein?"

„Ich werde mich um mich und dich kümmern. Du wirst einfach nur das Erlebnis genießen."

Julita kichert. *Nun, ich glaube, das ist mein Stichwort, zu gehen.* Sie schrumpft zu einem schwachen Kribbeln in meinem Hinterkopf.

Ich bin mir nicht sicher, ob ich vollkommen mit Casimirs Ziel einverstanden bin. Der Kurtisan hat die Angewohnheit, die Bedürfnisse – und Freude – aller anderen über seine eigenen zu stellen. Doch für den Moment helfe ich ihm, mutig mein Kleid und Unterkleider auszuziehen. Wir legen alles bis auf das Band ab, das ich in Erinnerung an meine kleine Schwester um meinen Oberarm trage.

Das magische Wärmesystem in diesem Gebäude nimmt der Herbstkälte die Schärfe. Casimir drückt mir einen sachten Kuss auf die Wange und seine Nähe wärmt mich noch mehr, bevor er mich zum Bett schiebt. „Leg dich auf den Rücken."

Meine Narben werden weich auf dem angenehmen Stoff der Decke gebettet. Als ich gehorche, nimmt Casimir sein Seidenbündel in die Hand und entfaltet es zu einigen getrennten Stoffstreifen. Er wickelt die Enden eines Streifens um meinen Knöchel und blickt auf, um meine Reaktion einzuschätzen.

Mein Herz setzt einen Schlag aus. „Was genau machen wir hier?"

Casimir senkt den Kopf, um seine Lippen auf meinen

Fußrücken zu drücken. „Wir stellen sicher, dass du dir wirklich bewusst bist, dass du nicht die Kontrolle über dieses Intermezzo hast … und du brauchst sie auch nicht. Was denkst du, Gütige? Kannst du mir die Kontrolle komplett überlassen?"

Wenn er die Worte in diesem begierigen Ton und mit einem Leuchten des Verlangens in den Augen ausspricht, fällt es mir schwer, mir Gründe dafür einfallen zu lassen, warum mich die Idee beunruhigen sollte. Von all meinen Männern hat Casimir mir niemals auch nur unabsichtlich wehgetan.

Ich vertraue ihm mit meinem Leben. Meinen Körper seinen Fähigkeiten anzuvertrauen, ist im Vergleich dazu nichts.

Dennoch haben sich meine Glieder angespannt bei der Vorstellung gefesselt zu werden. Casimir streichelt mit den Fingern über meine Wade und beobachtet mich.

„Wir müssen das hier nicht tun. Allerdings denke ich, dass es gut für dich sein könnte. Es wird dir eine Gelegenheit bieten, dich daran zu erinnern, dass du die Kontrolle abgeben kannst, ohne dass ein Desaster passiert. Falls deine Gefühle zu irgendeinem Zeitpunkt zu intensiv werden und du aufhören willst, musst du es bloß sagen."

Ich hole tief Luft und gespannte Erwartung sowie mein eigenes Verlangen überwältigen meine instinktive Abneigung. „Okay. Mach weiter." Ich lasse meinen Blick über seine schlanke, elegante Figur in der schlichten Tunika und Hose gleiten. „Aber du hast versprochen, dass ich nicht die Einzige sein würde, die sich entkleidet."

Casimir gluckst und zieht gehorsam Oberteil und Hose aus, sodass er nur noch in seiner Unterhose dasteht. Während ich seinen wundervoll geformten Körper unverhohlen mustere, bindet er das Ende des Stoffstreifens an meinem Knöchel an eine Seite des Fußteils. Anschließend wiederholt er den Vorgang bei meinem anderen Knöchel auf der gegenüberliegenden Seite.

Dadurch bin ich weit gespreizt und meine Mitte ist entblößt – und wird feucht von berauschender Hitze, als er seinen gierigen Blick über sie gleiten lässt.

Der Kurtisan ist allerdings noch nicht damit fertig, mich vorzubereiten. Er geht zur oberen Betthälfte und bindet meine Handgelenke über meinem Kopf zusammen, gerade so fest, dass ich Probleme hätte, mich zu befreien, jedoch ohne dass es mir Unbehagen bereitet. Er befestigt diesen Stoffstreifen an der mittleren Latte des Kopfbretts.

„Da haben wir es", murmelt er und beugt sich über mich. Seine Lippen streifen meine Wange, meinen Kiefer und meine Kehle. „Es gibt nichts, was du tun kannst. Nichts, was du tun *musst*. Ich habe hier das Sagen und ich werde mit dir spielen, wie ich es für angemessen halte."

Ich habe Casimir noch nie zuvor so dominant erlebt. Sein Ton sendet ein aufgeregtes Beben über mein Rückgrat.

Er schwingt sein Bein über meine Taille, um sich rittlings auf mich zu setzen und meinen Mund zu verschließen. Ich gebe mich seinem sengenden Kuss hin.

Ein Teil von mir will ihm immer noch widerstehen. Meine Arme spannen sich in den Fesseln an und ich verspüre den Drang, sie um meinen Liebhaber zu schlingen und mit den Fingern über seine Brust zu gleiten.

Meine Magie bebt gegen meine Rippen und bietet mir an, mich aus meinen Fesseln zu befreien.

Ich konzentriere mich auf die lustvollen Funken, die der Druck von Casimirs Lippen entzündet, und auf die Streichelbewegungen seiner Hände, die über meinen Oberkörper wandern. Ich bestimme hier nicht, was als Nächstes passiert. Ich *muss* nicht entscheiden. Ich muss nicht versuchen, mitzuhalten oder genauso viel zurückzugeben.

Als ich in diese Akzeptanz sinke, ist das eine eigenartig befreiende Vorstellung.

Casimir knabbert meinen Kiefer entlang zu meiner Halsbeuge. Wonne fließt über meine Haut von jeder Stelle, die seine Lippen mit ihrer köstlichen Hitze markieren.

Als er an meinem Schlüsselbein knabbert, rucken meine Hüften von selbst nach oben. Casimirs Zunge schnellt hervor, um ebenfalls über die Stelle zu gleiten. „Oh, wir fangen gerade erst an, meine Liebe."

Er fährt fort, meinen Oberkörper mit seinem Mund zu necken, und lässt seine Finger zugleich von meinem Bauch aufwärts wandern, um meine Brüste zu umfassen. Er gleitet mit den Daumen über beide Nippel und ich keuche wegen der kombinierten Lustfunken.

Casimir entlockt mir mit jeder geschickten Handbewegung weitere, zunehmend drängende Laute. Er küsst einen Pfad über mein Brustbein und zieht sich zurück, sodass er zwischen meinen gespreizten Beinen kniet.

Die Erektion, die seine Unterhose ausbeult, streift meine Mitte und ich kann nicht anders, als mich ihm mit einem bedürftigen Wimmern entgegen zu wölben. Casimir summt, leckt über einen steifen Nippel und lässt den Laut durch seine Zunge in mich vibrieren.

„Wir haben eine Menge Zeit, um das zu tun. Ich bin erst zufrieden, wenn du klatschnass für mich bist."

Ein erstickter Laut entfährt mir. „Ich glaube, das bin ich bereits."

„Aber es gibt hier noch so viel, was ich genießen kann." Er gleitet mit der Zunge über den anderen Nippel, was erneut ein Pulsieren der Lust auslöst. „Du bist meiner Gnade ausgeliefert, Ivy. Ich beschließe, wann du bereit bist."

Mein verdrossenes Schnauben wird zu einem Stöhnen, als er die Spitze meines Busens in seinen Mund saugt.

Er schnalzt mit der Zunge dagegen und kratzt mit den Zähnen über die Knospe. Ich kann mich bloß vor Wonne in meinen Fesseln winden.

Er neckt und nuckelt an meinem Busen, bis ich benommen von den Empfindungen bin. Gleichzeitig lässt er seine Fingerspitzen über meine Seiten gleiten, um noch mehr lustvolle Beben auszulösen. Mit einem weiteren zufriedenen Summen widmet er sich meinem anderen Busen.

Eine Hand gleitet über meinen Bauch, um zwischen meine Beine zu tauchen. Sein heißer Atem ergießt sich mit einem anerkennenden Seufzen über meine Brust. „Das fühlt sich gut an. Und ich werde es voll und ganz auskosten."

Ich verstehe, was er meint, als er sich auf dem Bett nach unten schiebt und seinen Kopf dorthin senkt, wo seine Finger mich gerade noch gestreichelt haben. Der erste Zungenschlag an meinem Kitzler veranlasst mich dazu, meine Hüften so weit aufzubäumen, wie es die Fesseln zulassen.

Der Kurtisan schenkt mir ein zufriedenes Grinsen und vergräbt sein Gesicht zwischen meinen Schenkeln.

Mit jeder Bewegung seiner Lippen, jedem Wirbeln seiner Zunge und jedem Streifen seiner Zähne durchflutet mich Ekstase. Sie schwappt in Wogen durch mich, bis ich nicht mehr anders kann, als mich in meinen Fesseln anzuspannen und seinem Mund entgegenzukommen, um meinen Höhepunkt voranzutreiben.

Casimir saugt hart an meinem Kitzler und krümmt zwei Finger in meinem Kanal, um mich von innen heraus zu streicheln. Doch gerade als ich auf den Gipfel zurase, zieht er sich einige Zentimeter zurück.

Ich knurre protestierend und meine Mitte schmerzt vor Verlangen.

Der Kurtisan leckt meine Erregung von seinen Lippen und lässt seine Finger über meine Innenschenkel gleiten. „Du wirst kommen, wenn ich es beschließe.“

„Fuck“, stöhne ich.

Doch als er erneut mit der Zunge über mich leckt, muss ich zugeben, dass die Lust noch kraftvoller durch mich fegt. Das Brennen des Verlangens verstärkt sich zu einer sengenden Empfindung, die sich in meinem ganzen Körper ausbreitet.

Casimir stimuliert mich genauso gründlich wie zuvor. Er stößt einen dritten Finger in mich, um mich noch besser zu füllen, während er meinen Kitzler mit dem Mund neckt.

Jeder Nerv in meinem Körper bebt vor Wonne. Ich wiege mich im Takt mit den Bewegungen seiner Zunge und Hand, treibe auf meinen Gipfel zu …

Er weicht erneut in der letzten Sekunde mit einem leisen Glucksen zurück, das mich beinahe zum Kommen bringt.

Ein Laut, der fast ein Schluchzen ist, entwischt meinen Lippen. Casimir drückt einen zarten entschuldigenden Kuss auf meinen Hüftknochen und zieht seine Unterhose aus.

Mein Herz setzt beim Anblick seines steifen Schwanzes einen Schlag aus. Er reibt vorsichtig damit über meine empfindlichen Falten, bis ich wirklich schluchze … und dann dringt er mit einem geschmeidigen Stoß in mich.

Der plötzliche Druck löst eine Kettenreaktion in mir aus.

Lust knistert durch meine Nerven und explodiert in meinem Körper.

Ich drücke den Kopf ins Kissen und schreie die Wucht meines Höhepunkts hinaus.

Casimir hält still, während ich mich um ihn herum verkrampfe. Seine Haut ist vor zurückgehaltenem Verlangen gerötet. Als sich mein benebeltes Sichtfeld klärt, lächelt er verwegen auf mich herab. „Wir sind noch nicht fertig."

Ich bin zu erschöpft vor Wonne, um zu protestieren. Und kein einziger Teil von mir *will* protestieren, als der Kurtisan beginnt, sich in mir zu bewegen.

Er muss sich nah zu mir beugen, um den richtigen Winkel zu treffen, packt meine Hüfte mit einer Hand und stützt sich neben mir auf seinen Ellenbogen, damit er meinen Busen mit der anderen Hand liebkosen kann.

Er beschleunigt das Tempo so allmählich, dass es eine Qual wäre, wenn ich nicht gerade gekommen wäre. So wie die Dinge liegen, baut sich der Schmerz der Wonne langsam und stetig mit jedem Stoß auf, bis er durch meinen ganzen Körper bis in meine Zehen und Fingerspitzen strahlt.

Casimir trifft genau die richtige Stelle, um einen zusätzlichen Lustblitz in meine Mitte zu senden. Ich stoße ein abgehacktes Stöhnen aus …

Und die Schlafzimmertür fliegt auf.

Stavros bleibt wie angewurzelt in der Tür stehen und versteift sich bei unserem Anblick. Als Casimir sich nach oben stemmt und über seine Schulter blickt, breitet sich Röte auf der hellbraunen Haut des ehemaligen Generals aus.

Er tritt einen Schritt zurück. „Ich … ich habe dich schreien hören. Ich wollte nicht stören."

Mein ganzer Körper wird noch heißer, zuerst vor Scham und dann vor Erregung, die dem Begehren entspricht, das sich in Stavros' Augen entzündet hat.

Er hat bisher nur gesehen, wie mir die anderen Männer einen Kuss gegeben haben, mehr nicht. Seine Hand hat sich zu einer Faust geschlossen, als wäre er versucht, den Kurtisan von mir zu schubsen, doch Verlangen brennt in seinen Augen.

Vielleicht bin ich einfach zu berauscht von der Lust, die

bereits durch mich fließt, aber es erscheint mir eine gute Idee zu sein, zu sagen: „Du musst nicht gehen. Du könntest dich uns anschließen."

Im nächsten Moment huscht mein Blick zu Casimir. Ich bin so tief in seine Kontrolle eingetaucht, dass ich mir nicht sicher bin, ob ich zu weit gegangen bin.

Er strahlt, als er bemerkt, dass ich ihn um Erlaubnis bitte, und lässt seinen Daumen über meinen Kitzler gleiten, als wolle er mich belohnen, bevor er wieder Stavros ansieht. „Ja, das könntest du tun. Ich erteile unserer Dame eine Lektion darin, dem Rest von uns ein wenig Verantwortung zu überlassen. Sie lernt es vielleicht noch schneller, wenn ein Professor dabei hilft."

Stavros befeuchtet seine Lippen. Ein Teil von ihm zögert noch, sein Blick lodert allerdings heißer.

Mit einem erstickten Stöhnen durchquert er den Raum und lässt sich neben meiner Schulter auf die Bettkante plumpsen. Seine Finger wandern durch den Schweiß, der sich entlang meines Schlüsselbeins gesammelt hat, und meinen Hals hinauf, um mein Kinn zu sich zu drehen.

Dann kracht sein Mund mit all der Wildheit auf meinen, die ich von diesem Mann erwarte.

Als Stavros' Kuss mich verzehrt, bemerke ich ein leichtes Ziehen und eine Lockerung an meinen Knöcheln. Casimir hat die Seidenstreifen gelockert, ohne mich komplett zu befreien.

Er positioniert meine Knie so, dass sie leicht angewinkelt sind, und hebt meinen Hintern hoch, damit er sich in mich rammen kann, während er aufrecht bleibt. Als ich gegen Stavros' Lippen keuche, küsst der ehemalige General mich noch stürmischer.

Der Kurtisan beschleunigt das Tempo und füllt mich immer wieder. Seine Schwanzspitze streift die empfindlichste Stelle tief in mir.

Bei meinem nächsten Stöhnen reißt Stavros seinen Mund von meinem, um einen Pfad zu meinem Kiefer zu küssen. Seine Hand wandert neckend über meine Brust, um einen Busen zu umfassen.

Seine eingebildete, langgezogene Sprechweise, die vor Lust beinahe flüssig klingt, vibriert mit einem Kribbeln seines Atems in mein Ohr. „Dir gefällt es, dich von ihm nehmen zu lassen, hmm, edle Diebin? Wie sehr kannst du dich öffnen? Zeig mir, wie du ihm alles gibst.“

Ich dachte, das würde ich bereits tun, doch die Worte veranlassen mich dazu, aus dem Bedürfnis heraus zu wimmern, ihm zu gehorchen. Irgendwie schaffe ich es, meine Hüften noch weiter zu spreizen und mich Casimirs Stößen eifriger entgegenzuwölben.

Der Kurtisan stöhnt anerkennend und legt seinen Daumen auf meinen Kitzler. Er fingert mich so geschickt, als würde er auf meinem Körper ein Lied spielen, während er sich noch schneller in mich rammt.

Stavros knabbert an meinem Ohrläppchen, bevor seine dunkle Stimme mich wieder erreicht. „Ausnahmsweise bist du mal gehorsam. Siehst du, wie gut es sein kann, wenn du einmal jemand anderem das Sagen überlässt? Das nächste Mal werde ich mich in dich rammen und dich über die Kante stoßen.“

Die Kombination aus dem Versprechen und Casimirs talentiertem Daumen sendet mich mit dem nächsten Stoß des Kurtisans in die Ekstase. Als mein zweiter Orgasmus durch meinen Körper brüllt, entfährt mir ein lächerlicher Strom an Lauten.

Stavros' Mund versengt die Seite meines Halses und seine Finger streicheln meine Brust während meines Höhepunkts. Casimirs Griff um meinen Hintern spannt sich an und dann beugt er sich zu dem anderen Mann, als er sich in seinem eigenen Orgasmus verliert.

So verharren wir eine Minute lang, atmen schwer und kehren zu uns selbst zurück.

Casimir gleitet mit seiner üblichen Zärtlichkeit und einer Liebkosung meines Schenkels aus mir. „Du kannst dich immer darauf verlassen, dass wir uns um dich kümmern, Ivy.“

„Auf jede uns mögliche Weise“, fügt Stavros mit rauer Stimme hinzu.

Casimir löst die Fesseln um meine Knöchel und Handgelenke. Meine Hände schnellen sofort vor, um sich um ihre Hälse zu schlingen und sie nacheinander für einen Kuss zu mir zu ziehen.

Als wir uns kurz aneinander kuscheln und von dem Hoch runterkommen, fährt ein Stich in meine Brust.

Casimir hat seinen Standpunkt deutlich gemacht. Ich weiß, dass nicht alles von mir abhängt.

Aber bei den Göttern ich wünschte, gar nichts würde von einem von uns abhängen. Dass wir den Rest unseres Lebens hier in diesem Kokon aus Frieden bleiben könnten.

Was wird aus dem Vertrauen und Verständnis werden, das wir geschmiedet haben, wenn wir uns erneut dem Urteil der Außenwelt stellen müssen?

ZWÖLF

Stavros

Die Sonne geht gerade unter, als ich die Kreuzung vor mir entdecke. Ich wende meinen Hengst nach links, bevor ich die Markierung erreiche. Eine Mischung aus Beklommenheit und Erleichterung verknotet sich in meinem Magen, da ich nun weiß, dass mein Ziel nicht mehr weit entfernt ist.

Ich reite schon seit Stunden, habe es jedoch ungefähr zur erwarteten Zeit hierhergeschafft. Ich wollte, dass die Dunkelheit hereinbricht, bevor ich mich der kleinen Festung nähere, in der einer meiner alten Kollegen seit fast einem Jahr stationiert ist.

Ich binde das Pferd weit außer Sichtweite einer Straße an und bringe den Rest des Weges zu Fuß hinter mich.

In diesem Teil des Landes gab es seit Jahren keine militärischen Aktivitäten, weshalb ich keinen Wachen begegne, die das Gelände um das Gebäude herum patrouillieren. Ich vermute, Major Pawlem ist bei der Leitung dieses Postens ein wenig ruhelos geworden. Allerdings liegt er unweit der icarianischen Grenze im Südwesten. Daher müssen die Soldaten womöglich dorthin eilen, sollte Darium uns vom Hochmeerkanal im Osten aus angreifen.

Der Wald rings um das kastenförmige Steingebäude mit seiner hohen Umfassungsmauer wurde abgeholzt. Die Festung beherbergt wahrscheinlich den Major, ein oder zwei Hauptmänner und vielleicht dreißig Infanteristen, welche die vordere Verteidigungslinie bei einem Angriff bilden werden. Sie sind vermutlich hauptsächlich damit beschäftigt, Banditen und Wegelagerer in dieser Gegend aufzuspüren.

Ich bleibe am Rand der Lichtung stehen, wo mich die Schatten der Bäume noch verbergen. Der herbe Geruch des Herbstlaubs steigt mir in die Nase. Laternen leuchten in mehreren Fenstern. Die Soldaten lassen sich womöglich gerade zum Essen nieder.

Ich entdecke eine Gestalt in dem Turm, der oberhalb des Torbogens aufragt, und zwei weitere halten auf dem Boden zu beiden Seiten des Tors Wache. Während ich sie beobachte, vollführt einer einen kurzen Rundgang um die Mauer. Sie unterhalten sich einige Minuten lang mit leisen Stimmen, vertreiben sich die Zeit mit müßiger Konversation, bevor die andere eine Runde um die Mauer dreht.

Pawlem wird in der Festung sein. Mir ist nicht danach, mitten in ein Geschwader zu marschieren, das möglicherweise den Befehl erhalten hat, mich bei Sichtkontakt zu verhaften, weshalb ich mir einen Grund überlegen muss, mit dem ich ihn hierherlocken kann.

Ich habe während des gesamten Ritts über das Problem nachgedacht, halte jedoch trotzdem inne und gehe es noch einmal im Kopf durch, bevor ich vortrete. Ein falscher Schritt und dieser Botengang wird alle in noch größere Gefahr bringen, die mir wichtig sind.

Die zwei Soldaten am Boden nehmen Haltung an, sobald ich zwei Schritte zwischen den Bäumen hervorgetreten bin. Ich bleibe stehen, bevor einer rufen muss: „Wer ist da?"

Ich verberge meine Prothese unter meinem Umhang, damit sie mich nicht daran identifizieren können. Die Kapuze des Umhangs und die dichter werdende Dunkelheit sollten mein zweites auffälliges Merkmal verbergen: meine Haare.

Ich kann nichts bezüglich meines Gesichts oder meiner Größe tun, es ist jedoch relativ unwahrscheinlich, dass einer dieser beiden eine bedeutsame Zeitspanne in meiner Gegenwart verbracht hat. Außerdem werden die schlichte Hose und Jacke, die ich mir aus der Zuflucht ausgeliehen habe, nicht zu ihrem Bild des großen General Stavros' passen.

„Ich würde gerne mit Major Pawlem sprechen", erwidere ich ruhig. „Ich nehme an, er ist noch hier stationiert? Aus Diskretionsgründen würde ich das Gespräch gerne hier draußen führen. Wenn einer von euch reingeht und ihm mitteilt, dass der Mann vorbeigekommen ist, den er immer bei Drei-Schnippchen geschlagen hat, wird er meiner Bitte vermutlich nachkommen."

Ich habe in mildem Ton gesprochen und nur einen Hauch des Befehlstons einfließen lassen, den ich genutzt hätte, wenn ich hier echte Autorität hätte. Das Paar richtet sich noch gerader auf und mustert mich mit intensiver Konzentration.

Wahrscheinlich sind sie sich nicht sicher, was sie von einem Mann halten sollen, der sich wie ein Bauer kleidet, wie ein Adliger spricht und mit solcher Vertrautheit von ihrem Vorgesetzten erzählt.

Die Frau antwortet als Erste mit strenger Miene, die ihre offenkundige Verwirrung überspielen soll. „Ich denke, es wäre besser, wenn du reinkommst. Falls der Major gewillt ist, mit dir zu sprechen, solltest du ihn in der Festung besuchen."

„Ich bin der Meinung, dass dies aus Sicherheitsgründen für das Land unklug wäre." Eigentlich geht es nur um meine Sicherheit, allerdings sollte ein wenig Patriotismus eine bessere Motivation sein. „Richtet die Botschaft aus. Falls er sich weigert, rauszukommen, können wir über andere Möglichkeiten nachdenken."

Die Soldaten treten näher zueinander, um sich leise zu beraten. Ihre Hände ruhen auf den Griffen ihrer Schwerter an ihren Hüften. Ich halte meine Hand locker an meiner Seite und weit weg von meiner Klinge, bin jedoch bereit, mich in den Wald zurückzuziehen, sollten sie sich für eine aggressive Vorgehensweise entscheiden.

Sie sind gute Infanteristen, die auf ihren Befehlshaber und

die Sicherheit der Festung bedacht sind. Sie zu beobachten, löst einen Anflug von Heimweh in mir aus.

Es ist über ein Jahr her, seit ich jemand anderen als die Studenten der Hofakademie befehligt habe. Ich habe mich im Klassenzimmer oder auf dem Hof nie so lebendig gefühlt, wie ich das tat, wenn ich Strategien plante, aufmunternde Worte an meine Soldaten richtete und Vorstöße entlang der Grenze anführte.

Meine Sicht trübt sich und erinnert mich daran, warum ich nie wieder in diese Rolle schlüpfen werde. Was ich gerade tue, kommt einem Kampf für mein Land für mich mittlerweile am nächsten.

Bevor ich mich in dem Verlust suhlen kann, schlüpft einer der Soldaten in die Festung. Der andere bleibt und mustert mich misstrauisch. Ich halte einen umsichtigen Abstand zum Gebäude, damit ich nicht wie eine Bedrohung wirke und sie keine für mich darstellen.

Das letzte Sonnenlicht verblasst am Himmel. Ich ziehe meinen Umhang fester vor dem bissigen Wind zu – und das Tor schwingt auf.

Major Pawlem sieht fast noch genauso aus wie in meiner Erinnerung: scharfe Augen, die in seinem gebräunten Gesicht weit auseinanderliegen, sandfarbene Haare, die in seinem Nacken zu einem kurzen Pferdeschwanz zusammengefasst wurden, und eine durchschnittliche Größe, die wegen seines Selbstbewusstseins beeindruckender wirkt.

Er entfernt sich einige Schritte vom Tor und bleibt mit ungläubiger Miene stehen, die ich in dem Augenblick entdecke, bevor sich mein Sichtfeld erneut trübt. „Bei den Göttern. Was in den Reichen machst *du* hier?"

Ich bemerke voller Erleichterung, dass er keine zusätzlichen Soldaten mitgebracht hat, zumindest nicht direkt. So wie ich Pawlem kenne, warten mindestens einige direkt hinter dem Tor auf seine Befehle. Seine Klugheit erstreckte sich nicht nur auf Kartenspiele wie Drei-Schnippchen.

Er ist auch umsichtig genug, meinen Namen nicht vor seinen Soldaten auszusprechen. Das bedeutet, er ist sich noch nicht sicher, ob er meine Anwesenheit hier melden soll oder nicht.

Ich lächle grimmig. „Ich versuche, ein landesweites Desaster zu verhindern. Ich habe gehofft, wir hätten genug Zeit miteinander verbracht, dass du weißt, dass ich auf der Seite bin, die das zu verhindern anstatt zu verursachen versucht."

Er seufzt und gibt den Soldaten am Tor ein Zeichen. Sie bleiben zurück, während er zu mir schlendert, ihre Blicke kleben jedoch an mir und halten nach bedrohlichen Bewegungen Ausschau.

Pawlem trägt selbst ein Schwert und seine Hand ruht lässig an seinem Gürtel, von wo er es mühelos erreichen kann. Er bleibt auf halbem Weg zwischen der Festung und meiner Position in der Nähe der Baumgrenze stehen.

Er will sich auch nicht zum Opfer eines Hinterhalts machen. Das ist absolut fair.

Ich gehe ihm entgegen und achte auf mögliche Tricks seinerseits. Nichts regt sich bei der Festung. Raues Gelächter dringt schwach aus einem der laternenbeleuchteten Fenster.

Die Soldaten trinken anscheinend ein wenig Ale zu ihrem Abendessen.

Ich bleibe ein paar Schritte von meinem ehemaligen Kollegen entfernt stehen. Dadurch sind wir uns nah genug, um uns zu unterhalten, ohne dass seine Untergebenen ihn hören, und weit genug voneinander entfernt, dass er einen Satz machen müsste, um mich zu erstechen.

Ich senke die Stimme. „Es tut mir leid, dass ich so zu dir gekommen bin. Dir ist wahrscheinlich bewusst, dass meine Situation recht ... angespannt geworden ist. Ich werde deine Zeit nicht lange in Anspruch nehmen. Ich bin von meinen üblichen Informationsquellen abgeschnitten ... Ich wollte mich nur vergewissern, dass die Königsfamilie noch in Sicherheit ist, und in Erfahrung bringen, ob es seit dem Angriff auf den Palast weitere Angriffe gab."

Pawlem gluckst rau und leise. „Du hast viel verpasst. Ist es wirklich wahr, Stavros? Du hast deine Loyalität einer der *Zerrissenen* geschenkt?"

Ich schaffe es, eine sarkastische Note in meine nächsten

Worte zu legen. „So eigenartig es auch klingen mag, wie sich herausstellt, steckt mehr in ihnen als ihre Magie genauso wie bei jedem anderen menschlichen Wesen. Und diese Eine scheint der Schlüssel zu sein, mit dem ich meine Loyalität der Krone gegenüber erfüllen kann, auch wenn es dem König momentan schwerfällt, das zu glauben.“

„So ist es. Von Rechts wegen sollte ich dich verhaften. Er nennt dich einen Verräter.“

Ich verziehe das Gesicht. „Er hat mir keine Gelegenheit gegeben, mich zu erklären. Aber ich schwöre dir auf die Seelen all der Männer und Frauen, die wir im Kampf fallen sahen, dass ich ihm nach meinem besten Vermögen diene, ob er meine Methoden verstehen kann oder nicht.“

Der Major nimmt sich einige Momente der Stille. Sogar ohne mit dem Kopf zu zucken, um mein Sichtfeld zu klären, kann ich spüren, wie er mich mustert.

Er war keiner der Offiziere, mit denen ich am engsten zusammenarbeitete, doch er ritt unter meinem Befehl so oft in den Kampf, dass ich das Gefühl hatte, dieser Besuch wäre das Risiko wert. Es gab eine Zeit, in welcher der Mann vor mir meinem Wort vorbehaltlos vertraut hat.

Er hat mir einst geholfen, unsere Geschwader bei einer langen Wanderung durch eisige Winde und Schneewehen zu führen, weil ich sagte, dass es die beste Route wäre, um unsere Gegner an der Flanke anzugreifen. Bei einer anderen Gelegenheit ließ er seine Kavallerie geradewegs durch etwas reiten, was wie eine Feuerwand aussah, nachdem ich ihm versichert hatte, dass es bloß eine Illusion war.

Doch jetzt ist er sich nicht sicher, ob er überhaupt mit mir sprechen kann.

Pawlem wischt sich mit der Hand über den Mund. Sein Blick huscht von mir zu den Bäumen in der Nähe. „Ist sie hier?“

Ich muss nicht fragen, wen er meint. „Nein. Ich bin allein gekommen. Zu *ihrer* Sicherheit.“

Er seufzt und schüttelt den Kopf. „Ich hätte nie gedacht, dass ich diesen Tag erleben würde. Patrouillen durchsuchen die ländliche Gegend und jagen dich wie einen gewöhnlichen Verbrecher, weißt du. Bist du so verrückt geworden wie die

Zerrissenen, dass du alles für eine Frau weggeworfen hast, was du dir erarbeitet hast?"

Es kostet mich sämtliche Selbstbeherrschung, mich nicht aufzuregen. „Wenn du sie kennen würdest, wäre dir bewusst, dass sie mehr als das ist. Und wie ich bereits sagte, hat meine Entscheidung damit zu tun, was am besten für das ganze Land ist. Ich kann verstehen, dass das schwer zu akzeptieren ist. Du musst es nicht glauben. Doch was würde es schaden, die Fragen zu beantworten, die ich gestellt habe?"

Pawlem scheint schweigend nachzudenken. Dann macht er eine lässige Geste, als wollte er sagen *Warum nicht?*. „Ich werde dir nicht verraten, wo sich der König und seine Familie vorerst niedergelassen haben, aber meinen letzten Berichten zufolge, sind sie alle noch am Leben und unverletzt."

Den Göttern sei Dank.

Ich hole tief Luft. „Und die Schurken, die sie angegriffen haben? Wurde jemand von Bedeutung festgenommen? Haben sie erneut zugeschlagen?"

Pawlems Kiefer mahlt, als sei er nicht sicher, ob ihm wohl dabei ist, mir das zu verraten. Oder vielleicht behagt ihm einfach nicht, was er sagen muss.

Seine Stimme klingt angespannt. „Es gab eine Rebellion in einer der nördlichen Provinzen in der Nähe der Grenze zu Bryfesch. In Eppun."

Mein Herz macht einen Satz. „*Was?*"

Pawlem macht ein finsteres Gesicht. „Informationen kommen hier draußen nur kleckerweise an. Allerdings hat anscheinend irgendeine Gruppe, die behauptet, sie kenne den wahren Willen der Götter, die Bürger aufgehetzt und den ansässigen Grafen sowie die Gräfin abgesetzt. Der Erbe des Sitzes von Coliz hat seine Eltern ermordet, um ihn für den ‚Orden der Wildheit' zu beanspruchen. In Nikodi und Selce gab es ebenfalls eine Menge Unruhen."

Ich widerstehe dem Drang, nach meinem Schwert zu greifen, als könnte ich die Verräter von der anderen Seite des Landes aus fertigmachen. Frust brennt sich durch meinen Magen.

Den Blutzauberern ist es gelungen, Fuß zu fassen – eine

ganze Provinz einzunehmen? Wie lange haben sie die Basis für diesen Aufstand geschaffen, ohne dass wir es bemerkt haben?

„Und sie haben genug Zivilisten für ihre ‚Sache' gewonnen, um das Gebiet zu halten?", frage ich.

Pawlems düstere Miene vertieft sich, da er genauso frustriert ist wie ich. „Du weißt ja, wie die äußeren Provinzen sein können. Sie denken immer, die Hauptstadt tut nicht genug für sie. Sie fühlen sich ausgeschlossen, weshalb sie beschließen, dass die mondäne Art des städtischen Adels verdächtig ist. Es ist einfacher als bei allen anderen, sie von aufständischen Vorstellungen zu überzeugen."

Das ist es in der Tat. Meine Hand ballt sich vor Anspannung zur Faust, der ich allerdings nicht nachgeben will. „Der König kann diese Art von Meuterei nicht durchgehen lassen."

„Nein. Aber sie machen der Armee das Leben schwer. Soweit ich gehört habe, haben die Verräter noch nicht versucht, näher zur Hauptstadt zu marschieren. Ich schätze, sie haben bei ihrem Angriff auf den Palast in Florian ihre Lektion gelernt. Stattdessen haben sie den König aufgefordert, zu ihnen zu kommen und sich ihnen zu stellen. Allerdings ist es nicht so, als würden sie auf einem Feld stehen und auf einen Angriff warten. Die ersten Geschwader, die dorthin geschickt wurden, wurden aus dem Hinterhalt angegriffen und plattgemacht."

„Sie wollen unsere Truppen schwächen und uns mürbe machen, bis sie eine Öffnung sehen", brumme ich. Das ist die Taktik, auf die viele Silaner vor mehreren Jahrzehnten während des Aufstands gegen das darische Kaiserreich zurückgriffen – eine gute Taktik, auch wenn ich es hasse, dass sie jetzt gegen uns angewandt wird. „Und je mehr Soldaten der König dorthin schickt, desto weniger beschützen ihn."

Pawlem nickt. „Das fasst die Situation gut zusammen. Es ist in jeder Hinsicht eine üble Angelegenheit. Ich bin mir sicher, wir werden sie irgendwann besiegen … mir gefällt jedoch nicht, wie viel uns das kosten wird."

Ich teile seine Gewissheit hinsichtlich des ersten Teils nicht. Er hat nicht mit eigenen Augen gesehen, wozu die Blutzauberer fähig sind – er hat keine Ahnung, wie fanatisch der Orden der Wildheit sein kann.

Sie wollen König Konram auf die ein oder andere Art brennen lassen.

„Danke", bedanke ich mich beim Pawlem, denn ich bin dankbar für die Informationen, auch wenn ich von ihnen entsetzt bin. „Ich werde alles in meiner Macht Stehende tun, um die Lage in unserem Land wieder in Ordnung zu bringen."

Er zieht eine Augenbraue hoch. „Nicht mit zerrissener Magie, hoffe ich."

Ein unbehaglicher Stich fährt mir in den Magen bei dem Gedanken an die Magie, an der Ivy in der Zuflucht gearbeitet hat. Sie trainiert mit der bösartigen Magie, die sie genauso sehr verletzt hat wie die Leute in ihrem Umfeld, und versucht, sie zu zähmen.

Nur die Götter wissen, wie viel die Magie ruinieren wird – einschließlich der Frau, die ich liebe – falls sie sich ihrem Griff entwindet.

Ich zwinge mich zu einem kleinen Lächeln. „Ich würde mich niemals nur auf einen Trick verlassen, mein Freund. Und ich würde nie mehr riskieren, als wir gewinnen können."

Als ich meinen Blick zur Seite und wieder zu ihm zucken lasse, kann ich genug Anspannung an Pawlems Haltung und Miene sehen, um zu erkennen, dass er meinem Urteil nicht mehr zu hundert Prozent vertraut. Er ist kein echter Freund, obwohl er bis jetzt mitgespielt hat.

Er denkt, er hätte hier auch etwas zu gewinnen.

Ich will nicht vom Schlimmsten ausgehen, die aktuellen Umstände erfordern es jedoch, dass ich damit rechne. Und ich habe Sulla versprochen, dass ich jede Vorsichtsmaßnahme ergreifen würde, um sicherzustellen, dass niemand herausfindet, wo ich untergekommen bin.

Ich verneige den Kopf vor Pawlem. „Ich werde gehen und dich nicht mehr belästigen. Ich hoffe, unser nächstes Treffen findet unter besseren Bedingungen statt."

„Genauso wie ich", erwidert er, als ich mich abwende.

Ich gehe in den Wald und in die entgegensetzte Richtung von der, in der ich mein Pferd zurückgelassen habe. Nach mehreren Minuten bleibe ich in einem besonders dichten Waldstück stehen und sinke an einen Baumstamm.

Es dauert nicht lange, bis ich das Knacken eines Zweiges und das Rascheln von Stiefeln in herabgefallenen Blättern höre. Das bisschen Hoffnung, das ich hatte, verpufft.

Pawlem hat mir Leute hinterhergeschickt. Er stellt sich zweifellos vor, dass er mich und meine verräterischen Begleiter an die königliche Patrouille übergeben wird, um eine große Belohnung zu erhalten.

Meine Gabe funktioniert wegen meiner beschädigten Sicht zwar nicht mehr, manche Züge kann ich allerdings noch immer voraussehen.

Ich marschiere weiter durch den Wald, als wäre ich vorsichtig, mir meiner Verfolger jedoch nicht bewusst. Als ich den Bauernhof erreiche, den ich auf meinem Weg hierher entdeckt habe und auf dem mit Einbruch der Nacht alles verstummt ist, schleiche ich in die Scheune und wähle das größte Pferd aus.

Mit einem stummen Gebet der Entschuldigung an Prospira, weil ich den Lebensunterhalt dieser Familie störe, und einer Bitte, das Tier wieder sicher nach Hause zu bringen, führe ich es um die Rückseite der Scheune. Die Soldaten werden mir nicht dorthin gefolgt sein, da sie sonst Gefahr laufen würden, entdeckt zu werden. Anschließend schlage ich dem Pferd so hart aufs Hinterteil, dass es über den nächsten Hügel galoppiert.

Aus dem Wald höre ich die Schlurfgeräusche hastiger Schritte, als die Soldaten davoneilen, um ihre Begleiter zu alarmieren, die mit ihren Reittieren darauf warten, die Verfolgung aufzunehmen. Ich warte, bis ich beobachtet habe, wie zwei Soldaten verstohlen auf ihren Pferden den Hügel erklimmen, bevor ich zu meinem tatsächlichen Reittier zurückkehre.

Bis sie das Pferd finden und bemerken, dass es reiterlos ist, sollte ich weit außerhalb des Gebiets sein, in dem sie mich mühelos aufspüren können. Außerdem kenne ich Techniken, um sicherzustellen, dass sie meinem Weg auch nicht auf komplexere Arten folgen können.

Doch als ich mich in den Sattel schwinge und losreite, kann ich bloß das Gewicht auf meinen Schultern spüren.

Der Orden der Wildheit erobert unser Königreich, einschließlich der Grafschaft, über die Julita einst hätte herrschen sollen. Dennoch will König Konram, dass ihm Ivys Kopf – und unsere Köpfe – auf einem Silbertablett präsentiert werden.

Es gibt wirklich im ganzen Königreich niemanden außer uns, auf den wir uns verlassen können.

DREIZEHN

Ivy

Eine unerwartet heimelige Atmosphäre hat sich im Esszimmer der Zuflucht entwickelt. Als wir fünf uns um den Tisch versammeln, versuche ich, mich mit der Wärme der Gesellschaft von den Sorgen über den Mann abzulenken, der aktuell nicht bei uns ist.

Selbst wenn alles gut gegangen ist, wird Stavros nicht vor der Mittagszeit zurückkehren. Es gib keinen Grund, sich Sorgen zu machen.

Als Sulla die Gerichte auf den Tisch stellt, die sie gestern Abend vorbereitet hat, greift Casimir nach der Teekanne. Er hat es sich angewöhnt, uns allen den Tee einzuschenken – er erinnert sich daran, dass Alek nur Zucker in seinem mag, ich nur Sahne in meinem bevorzuge, Rheave beides will und Sulla weder noch nimmt.

Als die helle Sahne in dem dunklen Tee wirbelt, beugt sich der Daimon-Mann neben mir vor und taucht das Ende seines Löffels hinein.

„Schau zu", sagt er eifrig und wackelt mit dem Metallgriff

leicht. Irgendwie erschafft er kurz das Bild eines wirbelnden Blatts auf der Teeoberfläche, bevor es davonschwebt.

Die spielerische Geste lenkt mich noch mehr ab. Ich lächle ihn dankbar an und blende den Satz aus, den mein Herz macht, als sein Gesicht noch atemberaubender wird, weil er mein Lächeln erwidert.

Ich nehme mir ein Ei und reiche Alek die Platte, da ich weiß, dass er mindestens zwei will. Als ich meines esse, schiebt Casimir den Korb mit den Brötchen zu mir.

Ich habe gerade von dem kräftigen, nussigen Gebäck abgebissen, als Schritte durch den Gang donnern. Bevor ich mehr tun kann, als zu schlucken, erscheint Stavros in der Tür, die Haare windzerzaust und das Gesicht angespannt.

Seine Stimme kommt rau heraus. „Die Blutzauberer haben schon wieder zugeschlagen."

Alek reißt die Augen auf. „Was? Wie?"

Mit einer Grimasse macht Stavros sich daran, von dem Gespräch mit seinem ehemaligen Kollegen zu berichten.

Als er mit seiner Erzählung fertig ist, ist das Brötchen zwischen meinen Fingern zerbröselt. Ich kann spüren, wie es in meiner Hand zerfällt, kann jedoch bloß Stavros anstarren.

Meine Stimme krächzt auf dem Weg durch meine Kehle. „Sie haben eine ganze Provinz eingenommen?"

Stavros neigt bestätigend den Kopf. Er muss erschöpft sein – ich glaube nicht, dass er geschlafen hat, seit er gestern Morgen aufgebrochen ist. Er rechnete damit, die Festung bis zum Abend zu erreichen, in der ein Freund von ihm stationiert ist.

Auf seinem gut aussehenden Gesicht sehe ich allerdings nur entsetzte Entschlossenheit.

„Zumindest den Großteil von Eppun", erklärt er. „Und bis die neusten Nachrichten zu dem Major gelangen, dauert es meist ein paar Tage."

Julita meldet sich mit einem angespannten Murmeln zu Wort. *Sie haben Nikodi eingenommen ... Was haben sie meinen Eltern angetan?*

Es ist offensichtlich, dass Stavros nicht mehr als das weiß, was er uns bereits erzählt hat – und dass seine Ungewissheit an ihm nagt.

Casimir greift über den Tisch und drückt meinen Unterarm. Bei seiner beruhigenden Berührung lasse ich endlich die Brocken des zerstörten Brötchens fallen, streiche die Krümel wie benommen von meinen Fingern und drehe meine Hand, um seine zu umklammern.

Der Kurtisan schafft es, mit ruhiger Stimme zu sprechen, der Druck seiner Finger verrät jedoch die Anspannung, die er zurückhält. „Es klingt so, als sei ihr Ziel das Gleiche wie immer: Silanas Herrschertum zerstören und ihr eigenes zu etablieren."

Aleks Lippen haben sich angespannt. „Der Erbe, der Coliz übernommen hat ... der dazu seine Eltern ermordet hat ... er war unter Ster. Torstem ein Mitglied des Entomologieclubs, bevor er vor drei Jahren seinen Abschluss machte."

Er blickt zu Rheave. „Passt dieser Aufstand zu irgendetwas, was du gehört hast oder zu Befehlen, die dir erteilt wurden?"

Der Daimon-Mann schüttelt den Kopf und runzelt die Stirn unter seinen dunklen Locken. „Ich glaube nicht. Das könnte der Ort sein, zu dem die meisten anderen wie ich geschickt wurden – nach Norden. Aber ich habe in meiner natürlichen Form nie auf die Namen von Dingen wie Ländern und Provinzen geachtet."

Warum sollte es ein Geistwesen interessieren, welche Linien Menschen auf eine Karte zeichnen oder wie sie die Gebiete zu beiden Seiten nennen?

Ich schlucke schwer. Jeglicher Appetit ist mir abhandengekommen. „Die Leute, die sich auf die Seite des Ordens der Wildheit gestellt haben, können nicht wissen, wen sie wirklich unterstützen, oder? Sie würden nicht darauf drängen, die Blutzauberer als unsere neuen Herrscher zu etablieren."

Ich hoffe jedenfalls, dass sie die Lügen dieser Degenerierten durchschauen können, meint Julita hitzig. *Es werden ihre Kinder sein, die die Schurken als Nächstes in Stücke schneiden. Großer Gott stehe uns bei, was, wenn sie bereits angefangen haben?*

Mein Magen schlingert vor dem Entsetzen, das auch sie gepackt hat. Wenn die Verschwörer damit durchkommen konnten, ihre Opferkomplizen unter der Nase der Kronenwache innerhalb der Stadtmauern Florians zu verstecken, wie viel einfacher wäre es, das in einer abgelegenen Provinz zu tun?

Stavros' Mund verzieht sich. „Ich vermute, dass sie die Quelle ihrer Macht verborgen haben. Sie werden sich den Leuten so präsentieren wie den neuen Rekruten, unter die du dich gemischt hast – als echte Gläubige, die das Land wieder in Einklang mit den Wünschen der Götter bringen und gierige Despoten absetzen wollen, die den echten Glauben aufgegeben haben."

Casimir wischt mit seiner freien Hand über sein Gesicht. „Und die Leute der Grenzprovinzen werden viel schneller auf diese Botschaft anspringen als jemand in der Stadt. Viele von ihnen neigen bereits dazu, den Rest von uns als egoistische Idioten zu sehen."

„Der König sollte in der Lage sein, die Blutzauberer zu entlarven", meint Alek. „Er weiß Bescheid."

Stavros seufzt. „Vielleicht hat er das versucht. Wir wissen nicht, was dort draußen los ist. Aber die Verschwörer haben die Aufmerksamkeit der Leute als Erste erregt. Sie können behaupten, dass er Märchen erzählt, um sie in Verruf zu bringen und sich selbst zu schützen."

Ich schlinge einen Arm um meinen rumorenden Bauch. „Die Mitglieder des Ordens der Wildheit glauben möglicherweise sogar, dass sie *keine* Blutzauberer sind. Ich habe nie gehört, dass einer ihre Magie so bezeichnet hat. Und sie scheinen nicht zu denken, dass der Allesgeber mit einer zweiten Großen Vergeltung auf sie reagieren würde. Vielleicht haben sie sich eingeredet, dass sie anders sind – dass es akzeptable Magie ist, solange sie niemanden töten, um ein Opfer zu erbringen."

Wer weiß, was diese sadistischen Psychopathen denken?

Und jetzt füllen sie die Köpfe von zehntausenden Leuten mit ihrem Schwachsinn. Wie viele gewöhnliche Zivilisten werden das nächste Mal mit ihnen marschieren, wenn sie die Königsfamilie angreifen?

Götter steht uns bei, was wird mit uns geschehen, wenn sie es schaffen, ganz Silana einzunehmen?

Sulla hat das Gespräch von ihrem Platz am Kopfende des

Tischs aus schweigend verfolgt. Sie umklammert die Tasse zwischen ihren Händen und ihre Knöchel treten weiß hervor.

„Es ist ein langer Weg von hier", sagt sie ruhig. „Und alles wird enden, so wie es das sollte. Die ganze Armee wird den König verteidigen."

Die ganze Armee abgesehen von den Soldaten, die er ausgesandt hat, um mich aufzuspüren.

„Die Armee kann mit keiner besonders effektiven Verteidigungsstrategie aufwarten, so wie es klingt", widerspricht Stavros. „Es ist schwer, gegen Guerillataktiken anzukommen. Und wir müssen noch immer unsere Grenze zu Darium verteidigen, andernfalls wird der Kaiser das Versäumnis nutzen, um selbst anzugreifen. Wenn die Verschwörer dafür sorgen, dass unsere Truppen zu dünn gestreut sind ..."

Sogar ein Jahr, nachdem er seine Position verloren hat, kann er nicht anders, als von der Armee als ‚wir' zu sprechen anstatt als ‚sie'. Der Frust in seiner Stimme zerrt zusammen mit der Übelkeit an mir, die bei dem Gedanken an die Abscheulichkeiten in mir aufsteigt, welche die Blutzauberer begangen haben.

Die Worte sprudeln aus meinem Mund, bevor ich sie durchdacht habe. „Wir müssen gehen."

Alle Köpfe am Tisch drehen sich zu mir, einschließlich Sullas. Casimirs Griff um meine Hand spannt sich an. „Ivy ..."

Ich setze mich aufrecht hin und Überzeugung schwillt in meiner Brust an. „Wir wissen besser als jeder andere, wie die Blutzauberer sind. Wir kennen ihre Einstellung und Taktiken. Und wir haben einen Verbündeten, der andere gefangene Daimon identifizieren kann." Ich deute mit dem Kopf zu Rheave. „Wir könnten mit Leuten sprechen, die bezüglich des Ordens der Wildheit Bedenken hegen. Wir könnten eine örtliche Widerstandsgruppe aufbauen und den Aufstand auf eine Weise schwächen, zu der die Armee nicht in der Lage ist."

Rheave merkt auf. „Ich werde dir auf jede mir mögliche Art helfen."

Sogar Julita scheint munterer zu werden. *Ich kenne viele Leute in Nikodi, vor allem diejenigen, die in er Nähe unseres*

Anwesens leben. Ich werde dir dabei helfen können, Kontakte herzustellen und herauszufinden, wer das Sagen hat.

Stavros wirkt bei meinen Worten entschlossener, sein Blick verdunkelt sich allerdings. „Wir müssen den Großteil des Landes durchqueren … falls dich ein Soldat erwischt, wird er dich sofort töten."

Ich erwidere seinen Blick. „Dann ist das ein Risiko, das ich eingehen muss. Ich habe von Anfang an mein Leben aufs Spiel gesetzt, um diese Psychopathen aufzuhalten. Ich werde nicht *weniger* riskieren, wenn sie so viele Leute verletzen."

Alek klopft mit dem Finger auf den Tisch und seine Schultern sind steif vor Anspannung, sein Ton klingt jedoch plötzlich eifriger. „Wir könnten unsere beiden Probleme lösen, oder nicht? Wir dachten bereits, dass die Auflösung der Verschwörung die Antwort wäre. Was würde dem König unsere Loyalität besser beweisen, als wenn wir den Aufstand beenden? Niemand könnte behaupten, dass Ivy eine Gefahr darstellt, wenn sie gerade das ganze Land vor einem Putsch der Blutzauberer bewahrt hat."

Stavros hält inne und nickt langsam. „Wir könnten eine königliche Begnadigung verlangen. Die Einheimischen, mit denen wir zusammenarbeiten, würden sich ebenfalls für sie aussprechen."

„Für uns alle", werfe ich ein für den Fall, dass er vergessen hat, dass auch auf seinen Kopf ein Kopfgeld ausgesetzt wurde. „Das ist allerdings nicht der wichtigste Teil. Wir *müssen* denjenigen aufhalten, der den Orden der Wildheit anführt, und zwar bald, bevor sie noch mehr zerstören, als sie es bereits getan haben."

Sullas Stimme mischt sich mit einem leichten Beben ein. „Das könnt ihr nicht tun."

Die Tasse wackelt in ihren Händen. Als sie diese auf den Tisch stellt, starre ich sie an. „Warum nicht? Wir können nicht abwarten, während sie das ganze Land erobern."

„Es ist zu gefährlich." Sulla lässt ihre Faust auf den Tisch krachen. „Du hast noch nicht einmal eine Woche lang trainiert. Es könnte Jahre dauern, bis du deine Magie vollkommen beherrschst, vor allem da du so lange nicht darin unterwiesen wurdest. Du willst helfen … was ist mit dem Schaden, den du anrichten könntest?"

Die Frage durchschneidet mich wie eine scharfe Klinge.

Während ich nach Worten suche, sehe ich, dass Stavros zögert.

Doch Casimir meldet sich als Erster zu Wort. „Ivy hat ihre Magie all die Jahre allein kontrolliert. Ich würde sagen, das ist mehr als genug Beweis dafür, dass sie unnötigen Schaden vermeiden kann."

„Und das hier könnte ihre einzige Chance sein, den König davon zu überzeugen, dass sie es verdient, ein richtiges Leben zu führen", fügt Alek hinzu.

Fast alle Farbe weicht aus Sullas Gesicht. „Die Zerrissenen erhalten diese Art von Leben nicht. Wir bleiben hier, wo es für uns und den Rest der Welt sicher ist."

Ich schaffe es, meine Stimme an dem Kloß in meiner Kehle vorbeizudrängen. „Du wusstest, dass ich gehen wollte. Es geschieht bloß etwas früher, als ich erwartet habe."

„Zu früh. Ich kann das nicht billigen."

Wer sagt, dass sie ein Mitspracherecht hat?, schimpft Julita. *Diese Frau kennt dich kaum.*

Casimir spricht erneut auf seine sanfte Art. „Du könntest mit uns kommen. *Du* hast jahrelang trainiert, weshalb deine Kontrolle über deine Magie makellos sein muss. Und du könntest Ivy auf dem Weg weiter anleiten."

Hoffnung erfüllt mich und ich lächle Sulla an. „Ja. Du könntest mit deiner Magiebeherrschung so eine große Hilfe sein. Wir können ein Pferd für dich organisieren … Wir würden sicherstellen …"

„Nein!", unterbricht mich Sulla und ihre Stuhlbeine kratzen über den Boden, als sie aufspringt. „Keiner von uns sollte irgendwo hingehen. Das Wahren des richtigen Gleichgewichts in einem kontrollierten Umfeld ist kein Vergleich mit dem Durchstehen eines Kriegs, wie er dort draußen entbrannt ist."

Ich starre sie an. „Dann werden wir es eben herausfinden. Wir werden vorsichtig vorgehen, wenn es darum geht, unsere Magie einzusetzen. Es ist besser, als nichts zu tun."

Ihr Blick brennt sich in meinen. „Das weißt du nicht."

Ein wenig Wut kribbelt durch meine Enttäuschung. Julita hat recht – Sulla kennt mich nicht richtig. Ihr ist vielleicht egal, ob Silana in einem Chaos aus Qualen und Leid versinkt, doch sie sollte wenigstens verstehen können, warum es mir wichtig ist.

Ich rapple mich auf, damit wir einander auf Augenhöhe begegnen können. „Du musst dich uns nicht anschließen, obgleich ich das gut fände. Aber wir müssen es tun. *Ich* muss es tun. Es ist auch mein Land, ganz gleich, was die meisten Einwohner von mir halten. Das Letzte, was wir brauchen, ist eine zweite Große Vergeltung."

Was noch mehr Zerrissene bedeuten könnte, mehr Zauberer, die zwischen ungezügelter Macht und Wahnsinn hin und her gerissen werden. Hat sie überhaupt an diesen Teil gedacht?

Falls sie jetzt darüber nachdenkt, sind ihr diese Konsequenzen anscheinend egal. Sulla reckt das Kinn zu einer hochmütigeren Haltung, als ich sie je bei ihr gesehen habe. „Du hörst nicht auf die Vernunft. Wer weiß, welche Fehler du machen wirst."

Bevor ich protestieren kann, rauscht sie aus dem Raum.

Casimir steht neben mir und streichelt in einer tröstlichen Geste über meinen Arm. „Sie ist aufgebracht, es steht ihr allerdings nicht zu, zu entscheiden, was für dich richtig ist. Kosmel hat deine Mission hinsichtlich der Blutzauberer stets unterstützt."

„Das hat er", erwidere ich und der Gedanke stärkt meine Entschlossenheit.

Alek schaut zu Stavros. „Wie lange werden wir brauchen, um Eppun zu Pferd zu erreichen?"

Stavros' Blick richtet sich nachdenklich in die Ferne. „Die Pferde der Akademie sind gute Tiere und sie hatten viel Zeit, um sich auszuruhen. Je nach Wetter und je nachdem, wie viele Umwege wir einschlagen müssen, würde ich hoffen, dass wir die Strecke in ungefähr einer Woche hinter uns bringen."

Mein Herz setzt einen Schlag aus bei dem Gedanken an all die Dinge, die in einer Woche in einem Krieg gegen die

Blutzauberer schiefgehen können. „Dann müssen wir sofort aufbrechen. Es sollte nicht zu lange dauern …"

Ein Scheppern aus dem Gang unterbricht mich. Wir wechseln einen Blick und eilen aus dem Esszimmer.

Sulla wirft gerade eine Form, die ich als Rheaves Köcher erkenne, in einen der kleineren Lagerräume. Als wir zu ihr eilen, schleudert sie den Dolch, mit dem Alek trainiert hat, und den Topf hinterher, den wir auf unserer Reise benutzt haben.

„Was machst du da?", will Rheave wissen, der an die Spitze unserer Gruppe eilt.

Sulla hält die Hand hoch, um ihn aufzuhalten, während sie die Tür mit der anderen zustößt. Ein magisches Kribbeln in der Luft verrät mir, dass sie den Raum mit mehr als körperlicher Kraft versiegelt hat.

Sie schwingt ihre Hand zum gegenüberliegenden Ende des Gangs, als wollte sie auch die Tür verriegeln, die zu den höheren Gebäuden führt.

„Was immer ihr hierhergebracht habt, gehört jetzt der Zuflucht", verkündet sie mit abgehackter Stimme. „Ihr werdet nichts davon mitnehmen. Und ohne eure Ausrüstung werdet ihr nicht besonders weit kommen."

Sie versucht, uns zum Bleiben zu zwingen.

Mir rutscht das Herz in die Hose. Wie sollen wir eine einwöchige Reise ohne den Großteil der Dinge überstehen, mit denen wir hier angekommen sind?

Wie viel weiter wird sie gehen, um uns aufzuhalten, wenn wir noch länger hierbleiben? Wenn wir gehen wollen, müssen wir *jetzt* gehen.

Stavros' Gesichtszüge haben sich verhärtet. Jegliche Zweifel, die er an der Gültigkeit ihrer Sorgen gehabt hatte, scheinen verschwunden zu sein.

Er marschiert zu der Zauberin. „Das ist nicht deine Entscheidung."

Casimir legt eine Hand um meinen Ellenbogen und neigt sich so dicht zu mir, dass nur ich ihn hören kann. „Wir haben einige Dinge in den Satteltaschen dort unten gelassen, wo die Pferde untergebracht sind. Ich glaube nicht, dass sie von dort schon etwas geholt hat. Wir sollten besser zuerst zu ihnen gehen."

Sullas Kopf dreht sich zu uns herum. Ihr Mund verzieht sich entschlossen.

Sie ist anscheinend zur gleichen Erkenntnis gelangt wie wir.

Ich stürze zur nächsten Tür, die sie noch nicht versiegelt hat. Wir rangeln kurz miteinander auf den Steinstufen, die in den Berghang gehauen wurden, um zu dem Holzunterschlupf zu rennen, in dem wir die Pferde untergebracht haben.

Die Männer eilen hinter mir die Treppe hinab. Sullas Schreie folgen ihnen. „Nein! Ich kann euch nicht gehen lassen. Ihr solltet hier sein."

Am Fuß der Treppe husche ich zur Seite und lasse die Männer an mir vorbeirennen, damit sie die Pferde bereit machen können. Krümel wiehert, entweder zu Begrüßung oder aus Protest, dass ich mich nicht selbst um ihn kümmere.

Sulla hastet uns mit großen Augen hinterher. Sie fängt ihr Gleichgewicht an einem gekrümmten Bäumchen, das nur wenige Schritte von mir entfernt wächst, und starrt an mir vorbei zu dem provisorischen Stall.

Ihre Hand hebt sich erneut, als beabsichtige sie, noch mehr Magie zu wirken.

Ich trete direkt vor sie. Meine Magie entfaltet sich mit einem furchterregenden, jedoch mächtigen Vibrieren in meiner Brust. „Willst du das wirklich tun, Sulla? Wirst du die Welt davor bewahren, von meiner Magie verletzt zu werden, indem du uns mit deiner verletzt?"

Bei dem verzweifelten Blick, mit dem sie mich bedenkt, schmerzt mein Herz. „Du weißt nicht, was passieren könnte."

Ich lege all meine Entschlossenheit in meine Haltung und Stimme. „Genauso wenig wie du. Ich weiß, wo ich sein sollte, und ich sollte nicht den Rest meines Lebens hier oben eingesperrt sein. Nicht, wenn es dort unten gute Leute gibt, die definitiv verletzt werden, wenn ich mich nicht einmische."

Sulla blickt auf ihre ausgestreckte Hand hinab. Ihr Arm zittert und sie senkt ihn mit einem leisen Fluch an ihre Seite.

Sie hat in den letzten Minuten vermutlich bereits mehr Magie verbraucht, als sie es normalerweise in einer Woche tut.

Ich kann mir nicht vorstellen, dass sie genug Zeit hatte, um die Konsequenzen zu durchdenken. Wie viel Schaden hat *sie* ihrem eigenen Zuhause zugefügt?

Als ich ihre hoffnungslose Miene sehe, kann ich nicht anders, als ihr noch eine Chance zu geben. „Du könntest mit uns kommen. Wir werden einander kontrollieren. Ich würde deine Führung genauso zu schätzen wissen, wie ich es hier getan habe. Bitte.“

Sulla begegnet meinem Blick erneut. Es liegen solche Qualen in ihren Augen, dass sich meine Kehle zuschnürt.

„Wir sind nicht für den Rest der Welt bestimmt, Ivy“, erklärt sie. „Ich weiß das. Ich bete, dass du es ebenfalls realisierst, bevor zu viele andere den Preis dafür zahlen.“

VIERZEHN

Ivy

Die Worte meiner Mentorin hallen noch lange, nachdem wir die Zuflucht verlassen haben, durch meinen Kopf. Mit jedem Schritt, den ich den Berg hinabgehe, scheint ein Felsbrocken durch meinen Bauch zu poltern.

Sulla sah meine Macht mit eigenen Augen. Sie weiß mehr über die Zerrissenen als jeder andere, dem ich in meinen zwanzig Jahren auf dieser Welt begegnet bin.

Was, wenn sie recht hat und ich mir nicht trauen sollte? Einen provinzweiten Aufstand in Angriff zu nehmen, wird mich viel stärker fordern, als mich in eine kleine Gruppe Verschwörer an der königlichen Akademie einzuschleichen.

Meine Männer haben während des Abstiegs größtenteils geschwiegen und sich darauf konzentriert, die Pferde gut zu führen, damit sich keiner von uns ein Bein bricht. Als der Boden zwischen den Bäumen flach wird, bleibt Stavros an der Spitze unserer Gruppe stehen und greift nach seinem Sattel, um aufzusitzen.

Der Rest von uns macht Anstalten, seinem Beispiel zu

folgen, doch Casimir hält mich mit einer Berührung an meiner Schulter auf. Er lässt seine Finger über meinen Kiefer wandern, beugt sich vor und küsst mich.

Die Hitze seines Mundes erinnert mich an all die Arten, auf die er neulich die Kontrolle übernommen hat, an die flüchtige Freiheit, die er mir von meiner Verantwortung angeboten hat. Das war vielleicht seine Absicht, denn als er sich zurückzieht, sagt er in bestimmtem, jedoch zärtlichem Ton: „Wir stellen uns dieser Krise gemeinsam. Wenn du irgendetwas brauchst, werden wir an deiner Seite sein."

Zuneigung schwillt in mir an, als ich zu ihm aufsehe. „Ich weiß. Ich könnte das nicht allein tun."

Und du solltest es nicht allein tun müssen, merkt Julita in meinem Kopf an. *Allerdings freue ich mich darauf, zu sehen, wie ihr etwas schafft, was der ganzen Armee des Königs nicht gelungen ist. Wehe, dem König wird nicht bewusst, dass er dich nie hätte verjagen sollen.*

Als ich mich in Krümels Sattel schwinge, weiß ich meine Hose und die Schlitze im Rock meines Kleides mehr denn je zu schätzen. Wenigstens meine Beine werden in der Spätherbstluft einigermaßen warm bleiben.

Stavros blickt nach hinten zum Rest von uns. „Wir sollten eine Bestandsaufnahme durchführen. Schauen, welche Ausrüstung wir noch haben … mit welchen Vorräten wir beginnen, damit wir wissen, was wir möglicherweise noch brauchen. Ich habe mein Schwert."

Er klopft auf die Waffe an seiner Taille, die er zum Glück auf seiner Reise zur nahegelegenen Festung bei sich trug.

Ich schaue an mir hinab. „Ich habe zwei Messer … eines in meinem Stiefel und eines an meinem Schenkel. Die anderen zwei habt ihr bei eurem Kampftraining benutzt. Sulla muss sie konfisziert haben."

„Dann brauchen wir mehr Waffen. Hat irgendjemand etwas Nützliches bei sich? Was ist in euren Satteltaschen?"

Wir lassen die Pferde in einem gemächlichen Tempo laufen, während wir die Taschen überprüfen, die an den Satteln befestigt sind. Mein liebstes Adligen-Kleid, das ich anhatte, als wir der Königsfamilie zur Hilfe eilten, befindet sich noch in meiner Tasche zusammen mit der Militäruniform und einigen Äpfeln. Die Männer haben ebenfalls alle ihre Uniformen.

Alek hat das Zelt, das wir seit unserer Ankunft nicht gebraucht haben, und Casimir hat eine Decke. Die anderen haben wir in die Gebäude der Zuflucht getragen, als wir uns dort eingerichtet haben.

Wir haben zwei Feldflaschen, die Stavros und Rheave bereits an dem Bergbach aufgefüllt haben. Wir trugen alle unsere Umhänge, als wir vom Schlafgebäude runterkamen, weshalb wir hinsichtlich unserer Kleidung relativ gut versorgt sind. Allerdings bin ich mir nicht sicher, wie kalt es im Norden werden wird, wenn der Winter bald Einzug hält.

Casimir findet das Make-up, mit dem er Stavros' und Aleks Gesichter teilweise getarnt hat, wie viel uns das jetzt auch nutzen mag. Außerdem haben wir vier unsere verzauberten Medaillons, mit denen wir einander ein Signal senden können, sollten wir uns trennen.

Stavros summt nachdenklich, als wir unsere Bestandsaufnahme beendet haben. „Wir können nach Nahrung suchen, allerdings wird es nicht leicht werden, nur mit einem Schwert und ein paar Messern etwas zu jagen. Wir werden sehen, wie weit wir mit meinen Fallen kommen. Es wird viel schwieriger sein, ein Feuer ohne Feuersteine zu entfachen. Und wir haben schrecklich wenige Decken."

Alek sieht Rheave an. „Könntest du mit deinen Daimon-Kräften ein Feuer entzünden?"

Rheave betrachtet eine seiner Hände. „Ich bin mir nicht sicher. Sie scheinen alles sofort ohne Flammen zu verbrennen."

„Wir haben kein Feuer beim Palast gesehen, nur Brandmale und verkohlte Dinge", stimme ich zu und zögere. „Ich schätze, wir könnten … einige Dinge von einem der Bauernhöfe in der Gegend borgen?"

Die Vorstellung, Bauern zu bestehlen, die bereits um ihren Lebensunterhalt kämpfen müssen, gefällt mir viel weniger, als Münzen aus den überfließenden Kassen der gierigen Händler zu entwenden.

Ich vermute, Stavros kann meinen Widerwillen spüren. Er

weiß, dass mein Ziel als Diebin darin bestand, den bedürftigen Bürgern etwas zu geben und nicht von ihnen zu nehmen.

Er lässt den Blick über den Horizont schweifen und wendet seinen Hengst leicht nach rechts. Der Rest von uns folgt ihm automatisch.

Er deutet mit seiner Prothese auf den Weg vor uns. „Auf ungefähr halber Strecke zur Festung habe ich eine Militärmarkierung entdeckt, die auf einen Vorrat in der Nähe hinweist. Die königliche Armee hat für Notsituationen Vorräte im ganzen Land versteckt. Es wird dort Essensrationen, Waffen und vermutlich auch einige Werkzeuge geben."

Alek spannt sich auf seinem Sattel an. „Werden sie bewacht sein?"

Der ehemalige General schüttelt den Kopf. „Das würde den Zweck des Versteckens verfehlen. Wir werden vorsichtig sein müssen wegen der Patrouillen, die der Major erwähnt hat, das trifft jedoch auf jeden Ort zu, zu dem wir gehen. Und die Vorräte werden nur selten überprüft. Dinge, die von einem derartigen Lager genommen werden, werden vermutlich viel weniger auffallen als ein Diebstahl bei einem Bauernhof."

Mein Unbehagen legt sich. „Dann sollten wir dort zuerst vorbeischauen. Falls die Übernahme des Landes durch Blutzauberer nicht als Notfall gilt, weiß ich nicht, was einer wäre."

Wir lassen die Pferde traben, denn wir wollen sie nicht zu sehr anstrengen, da wir eine lange Reise vor uns haben. Alek lässt seine Stute zurückfallen und lenkt sie näher zu Rheave.

„Wenn wir den Norden erreichen, werden dort vermutlich ziemlich viele andere Daimon sein, die die Blutzauberer zu ihren Komplizen gemacht haben", meint der Gelehrte. „Wie nah müsstest du an sie herankommen, um zwischen ihnen und echten Leuten unterscheiden zu können?"

Ich spähe gerade rechtzeitig über meine Schulter, um zu sehen, wie der Daimon-Mann den Kopf schieflegt. „Ich glaube, ich müsste sie bloß deutlich sehen. Jemand auf dem gleichen Marktplatz oder auf der anderen Seite einer Lichtung wie die, die wir aufgesucht haben, sollte reichen … Dann bekomme ich so ein Gefühl."

„Wirst du uns Bescheid geben, wenn du welche siehst?", frage ich.

Rheave richtet sich auf. „Natürlich, wenn es hilfreich ist. Ich würde gerne wissen, was den anderen Daimon zugestoßen ist."

„Das wird definitiv helfen", bemerkt Stavros vor uns. „Es wird uns allermindestens verraten, dass wahrscheinlich Blutzauberer in der Gegend sind."

Alek verlagert seinen Griff um die Zügel. „Und kennst du eine Möglichkeit, sie kampfunfähig zu machen oder, nun, sie zu befreien, abgesehen davon, sie zu töten, sodass ihre Körper wieder zu Ton werden? Oder um den Einfluss zu brechen, den die Blutzauberer auf sie haben, damit wir es nicht tun müssen?"

Rheave legt die Stirn in Falten. „Ich glaube … ich glaube, wenn derjenige sterben würde, der die Magie gewirkt hat, die uns befehligt, wären die anderen Zauberer nicht mehr in der Lage, uns zu kontrollieren. Es könnte jedoch sein, dass die vorherigen Befehle eine Weile nachwirken. Und ich weiß nicht, wer die Magie gewirkt hat. Soweit ich gesehen habe, bleiben die Körper ganz, lebendig und unser Gefängnis, solange sie am Leben sind."

Alek hat offensichtlich auf eine nützlichere Antwort gehofft. Er stößt einen verdrossenen Laut aus.

Nach einem Augenblick wagt er eine andere Frage. „Wie lange existiert ihr eigentlich schon? Wart ihr bei der Großen Vergeltung dabei?"

Rheave summt. „Ich habe eine Weile Gerede über diese Zeit gehört, erinnere mich allerdings nicht daran, die Dinge erlebt zu haben, von denen die Leute sprachen. Meine Erinnerungen verschwimmen jedoch ziemlich schnell. Wir achten nicht auf das Verstreichen der Zeit, sondern nur darauf, was wir momentan tun."

„Ah." Alek hält inne. „Du hast erzählt, du konntest erkennen, dass Kosmel Ivy kontaktiert hat. Interagieren die Daimon häufig mit den Gottlen? Hast *du* jemals direkt mit einem gesprochen?"

Warum fragt er danach? Denkt er, Rheave könnte bei den anderen geringeren Göttern für unsere Sache eintreten und einen weiteren Hagel rachsüchtigen Feuers verhindern?

Falls ja, scheinen wir kein Glück zu haben. Der Daimon-Mann gluckst. „Ich spüre es, wenn sie kommen, allerdings achten sie normalerweise nicht auf uns. Und in unserer üblichen Form … reden wir nicht richtig, nicht einmal miteinander." Sein Ton wird schlagartig fröhlicher. „Vielleicht sollten wir das tun. Reden kann zu so vielen interessanten Entdeckungen führen."

Stavros klingt, als würde er sich ein Schnauben verkneifen, doch Rheaves Enthusiasmus entlockt mir zum ersten Mal, seit wir die Zuflucht verlassen haben, ein Lächeln. Er schafft es, sogar in schlimmen Zeiten so viele Wunder in der Welt zu finden.

Es *gibt* so viel, was wundervoll in dieser Welt ist, ganz gleich, wie schwierig der Weg für uns noch werden wird. Das ist der Grund, aus dem wir die Welt vor denen retten müssen, die sie ihrem sadistischen Willen beugen wollen.

Als sich die Bäume vor uns lichten, dreht sich der ehemalige General auf seinem Sattel und flüstert: „Wir sollten jetzt weitere Gespräche vermeiden, außer es ist absolut notwendig, bis wir wieder im Schutz des dichteren Waldes sind. Unsere Stimmen sind auf einer freien Fläche weiter zu hören."

Rheave klappt den Mund zu und nickt nachdrücklich.

Wir überqueren die Wiesen und schlängeln uns dahinter durch einen Wald. Die Sonne hat gerade ihren höchsten Punkt überschritten und scheint durch die Blätter, als Stavros auf eine kleine Schnitzerei an einem Baumstamm deutet.

Es ist Sabrelles Sigille, die von einem Kreis aus einigen anderen kleineren Schnitzereien umgeben ist, deren Bedeutung ich nicht kenne. Stavros kennt sie jedoch eindeutig.

Er lenkt seinen Hengst nach rechts und der Rest von uns folgt ihm. Mehrere Minuten später biegt er bei einer weiteren Schnitzerei nach links. Nach wenigen Minuten erreichen wir eine kleine Lichtung.

Als Stavros absitzt, folgen wir seinem Beispiel und versammeln uns um ihn herum. Er geht auf die Knie, um die herabgefallenen Blätter beiseite zu streichen und einen glatten, runden Stein zu enthüllen. Als er diesen hochhebt, schimmert eine Stahlluke im Nachmittagslicht.

Der ehemalige General hält inne. Auf der Mitte der Klappe prangt das Familienwappen der Melchioreks, das auch auf seinem alten Schwert war, das vermutlich noch in seiner Truhe in seinem Quartier auf der Akademie liegt.

Er lehnt sich mit einem leisen Knurren auf seine Fersen zurück. „Scheiße. Daran habe ich nicht gedacht. Jeder Offizier trägt ein Siegel bei sich, das diese Klappe entriegeln kann, aber ich habe meines offensichtlich nicht mehr. Der Eingang ist magisch verschlossen."

Meine Magie zuckt in meiner Brust. Casimir und Alek blicken beide zu mir, als wäre die Antwort unausweichlich.

Vielleicht ist sie das, doch meine Lunge schnürt sich zu, obwohl sich meine Magie durch sie windet. Keine meiner Übungen mit Sulla hat mich darauf vorbereitet, meine Magie einem Zauber entgegenzustellen, der bereits angebracht wurde.

Ich weiß nicht, wie ich diesem angemessen entgegenwirken kann. Ich weiß nicht, welche Konsequenzen es nach sich ziehen würde, wenn ich mich nicht auf eine angemessene ausgleichende Wirkung konzentrieren kann.

Stavros fühlt sich hinsichtlich meiner Magie bereits unwohl, ohne dass ich es bei meinem allerersten Versuch nach Verlassen der Zuflucht vermassle.

Rheave richtet seinen Blick ebenfalls auf mich. Meine Hände ballen sich an meinen Seiten zu Fäusten.

Wir *brauchen* das, was dort unten ist. Das ist wichtiger als jemandes Meinung von mir.

Der Rückschlag für das Öffnen eines Schlosses kann nicht *so* gewaltig sein, oder?

Ich öffne den Mund, doch bevor ich das Angebot hervorzwingen kann, drängt Rheave sich vor mich und kniet sich neben die Luke. „Meine Macht kann die Magie möglicherweise brechen. Ivy sollte ihre für die Zeiten aufsparen, wenn kein anderer helfen kann."

Ich starre auf ihn hinab und bin mir nicht sicher, was ich von seiner Ankündigung halten soll. Denkt er nur praktisch … oder hat er bemerkt, wie hin und her gerissen ich war?

Der Daimon-Mann richtet jetzt all seine Konzentration auf die Klappe. Er legt seine Hände auf die Kante der

Metalloberfläche. „Ich glaube, der Rest von euch sollte vielleicht zurücktreten."

Wir treten alle einen Schritt zurück und gespannte Erwartung vibriert zwischen uns. Rheave beugt sich näher zu der Luke. Er atmet mit einem leisen Zischen aus.

Energie knistert über die Luke, Licht explodiert und Metall quietscht. Der Daimon-Mann taumelt rückwärts, als hätte ihn die Macht zurückgeschubst, die er ausgesandt hat.

Ich springe automatisch vor und ducke mich, um seine Schultern aufzufangen, bevor sein Kopf auf dem Boden aufknallt.

Der Aufprall bringt mich ebenfalls aus dem Gleichgewicht. Ich stolpere zur Seite und falle auf die Knie, wobei der Kopf des Daimons auf meinen Schenkeln landet.

Als ich nach Luft ringe, blickt Rheave mit seinen überirdischen Augen zu mir auf. Ich umklammere noch immer eine seiner Schultern und bin seinem Kopf dabei so nahe, dass seine glänzenden braunen Locken mein Handgelenk streifen.

Er greift nach oben, um mit den Fingerspitzen so zart über meinen Kiefer zu streicheln, dass mein Puls flattert. „Danke schön, Ivy. Du hast mich ebenfalls beschützt."

Bevor ich den plötzlichen Zusammenstoß der Emotionen in mir sortieren kann, setzt Rheave sich ruckartig auf und deutet zu der Luke. „Versucht, sie zu öffnen!"

Stavros bewegt sich als Erster und hakt das Ende seiner Metallprothese um einen kleinen Griff in dem Stahlkreis. Er zieht daran – und die Luke öffnet sich mit einem leisen Knarzen. Ein leicht verbrannter Geruch weht bei der Bewegung durch die Luft.

Casimir lacht fröhlich. „Das ist ein Nutzen der Daimon-Magie, den ich gutheißen kann."

Als Stavros in die Schwärze darunter späht, schlüpfe ich zwischen die anderen Männer, um mich zu ihm zu gesellen. „Ich kann als Erste runtergehen. Ich bin daran gewöhnt, mich im Dunkeln zurechtzufinden."

Der ehemalige General macht ein finsteres Gesicht, als wolle er protestieren, weshalb ich ihm keine Gelegenheit gebe. Da ich das Funkeln einer Sprosse entdecke, springe ich zu der Öffnung und auf die Leiter im Inneren.

„Ivy", protestiert Stavros, doch ich klettere bereits nach unten.

Als meine Füße auf dem Erdfußboden aufschlagen, schaue ich zu seiner aufragenden Gestalt empor. „Warum bewegst du deinen massigen Körper nicht aus dem Weg, damit ich hier unten ein wenig Sonnenlicht habe?"

Ich höre ein gedämpftes Lachen, das sich nach Alek anhört. Stavros brummt etwas über unverschämte Damen, tritt jedoch von der Öffnung zurück.

Ich entscheide mich, ihn nicht daran zu erinnern, dass ich mehr Diebin als Dame bin, und mustere meine Umgebung in den Sonnenstrahlen, die durch die Öffnung fallen.

Einige rechteckige Formen, die ich für Feldbetten halte, lehnen in der Nähe der Leiter an der Wand. Für den Fall, dass sich einige Soldaten eine Weile hier drin verschanzen müssen?

Dahinter liegt der Raum in Dunkelheit und das Licht bleibt nur an den Kanten von Truhen und Kisten hängen. Ich trete näher und erkenne die Form einer leeren Laterne, die an einem Stapel lehnt.

Ich kneife die Augen zusammen, taste mit den Händen durch die Schwärze und finde ein Regal, das in die Wand gehauen wurde und in dem sich unter anderem eine Dose Bienenwachskerzen und ein Feuerstein befinden. Innerhalb von Sekunden brennt die Laterne. Der süße Duft des Wachses vermischt sich mit dem lehmigen Geruch der festgetrampelten Erde ringsum.

Stavros hat anscheinend das aufflammende Licht bemerkt. „Halte Wache", befiehlt er jemandem und klettert nach unten, um sich mir anzuschließen. Alek folgt dicht hinter ihm. Ich schätze, er hat Casimir und Rheave die Wachpflicht überlassen.

Die Laterne erhellt den ganzen Raum, der beeindruckend groß ist für ein Geheimversteck, das niemand zu nutzen erwartet. In Schlachtquell gibt es Häuser, die hier reinpassen würden.

Anscheinend kennt Stavros sich aus. Er marschiert an den Regalen und Kisten vorbei bis nach ganz hinten, wo der

Laternenschein nun von mehreren metallischen Oberflächen reflektiert wird.

Eine Art Waffenregal ist in die hintere Wand eingebaut. Der ehemalige General klopft mit den Fingern auf die Griffe mehrerer Schwerter, die ihm nicht gefallen, und wählt schließlich ein Kurzschwert, einen Kampfdolch, der vermutlich für Casimir ist, und ein Jagdmesser aus.

„Komm hierher", sagt er und gibt Alek ein Zeichen. „Schau, ob du mindestens eine Klinge finden kannst, mit der du dich einigermaßen wohlfühlst. Ivy, du kannst dir ebenfalls etwas aussuchen."

Damit ich mich wieder auf vertrautem Gebiet befinde, wähle ich die zwei kleinsten Messer und stecke sie in die leeren Scheiden in einem Stiefel und an einem Schenkel.

Während der Gelehrte die Waffen mit einer Grimasse mustert, hebt Stavros einen Bogen und einen Köcher mit Pfeilen hoch, der an der Wand in der Nähe lehnte. Er betrachtet einige andere Köcher und schüttelt den Kopf. „Wir können nicht zu viel mitnehmen. Aber der Daimon wird glücklich sein."

Er trägt unsere neuen Waffen nach oben und ich öffne unterdessen die Deckel einiger Kisten. Eine ist mit verschiedenen Nüssen gefüllt, wohingegen die andere getrocknete Blutfruchtstreifen enthält.

Ich halte einen hoch, um ihn Stavros bei seiner Rückkehr zu zeigen. „In unserer Zukunft sehe ich so viele köstliche Mahlzeiten."

Bei meinem sarkastischen Ton zieht er eine Braue hoch. „Es ist besser, als zu verhungern."

Ich schätze, da hat er recht, meint Julita. Sie klingt allerdings genauso unzufrieden über die Rationen wie ich.

Alek hat einen dünnen Dolch unter den Gürtel seiner Tunika geschoben und überprüft die Truhen. „Hier sind einige Decken", verkündet er. „Es gibt auch Ersatzkleidung, die sieht jedoch nicht wärmer aus als das, was wir bereits haben."

Stavros nickt. „Sie lagern das, was für die Gegend angemessen ist. Wenn wir dickere Kleidung wollen, müssen wir ein Vorratslager im Norden finden."

Ich gehe zu der Truhe, um die Angebote zu inspizieren. „Wir sollten trotzdem jeder ein Set mitnehmen. Zwei Schichten sind wärmer als eine."

„Ah!" Stavros reißt aus einem der unteren Regale etwas, was wie ein Wollknäuel aussieht. Als er es dichter an die Laterne hält, sehe ich, dass es wie Stahl glänzt. „Draht wird das Fallenstellen erleichtern. Du wirst etwas anderes als Nüsse und Blutfrucht zu essen bekommen, edle Diebin."

„Hurra!"

Wir gehen die restlichen Vorräte durch, doch Stavros hat recht damit, dass unsere Tragekapazität begrenzt ist. Wir müssen die Ausrüstung gegen unser Bedürfnis nach Eile abwägen.

Als wir unsere Funde an die Oberfläche tragen, stellen wir zudem fest, dass wir nicht ganz so viele Decken mitnehmen können, wie ich es gern getan hätte. Wir ziehen alle eine zweite Tunika an, damit wir in den Satteltaschen keinen Platz für sie finden müssen.

Stavros wirft noch einen letzten Blick durch die Öffnung, bevor er sie mit einer angespannten Miene wieder verdeckt, die meiner Freude über unseren Fund einen Dämpfer versetzt.

Er hätte niemals erwartet, dass er sich so Zugang zu einem dieser Lagerräume verschaffen würde – als Flüchtling, der einbricht und im Grunde genommen die Armee bestiehlt.

Wir sind jetzt wirklich Kriminelle. Und wir haben noch einen langen Weg vor uns, bevor wir uns als etwas anderes beweisen können.

FÜNFZEHN

Ivy

K rümel schüttelt seine Mähne rebellisch, während er weitertrabt, sein Gang ist auf dem ebenen Boden jedoch lebhafter geworden. Nach drei Tagen des Reisens durch Wälder haben wir beschlossen, eine der kleineren Landstraßen zu riskieren, zumindest so lange, wie sie durch Wälder anstatt über Felder führt, wo wir aus der Ferne nicht gesehen werden können. Es ist schwer, im Unterholz ein gutes Tempo zu machen.

Stavros führt unsere Gruppe noch immer an, da er derjenige ist, der die beste Vorstellung davon hat, wohin wir unterwegs sind. Ein paarmal ist er allein vorausgeritten, um Straßenmarkierungen zu überprüfen, doch meistens scheint er sich von der Sonne und gelegentlichen Orientierungspunkten leiten zu lassen.

Wir mustern beim Reiten alle misstrauisch die Bäume und abgesehen vom Klappern der Pferdehufe machen wir keine Geräusche. Meine Ohren sind gespitzt und ich achte auf jeden Laut, der auf eine Patrouille oder örtliche Räuber hinweisen könnte.

Da die meisten von uns offensichtlich bewaffnet sind, bäuerliche Kleidung und nur wenig Fracht bei sich tragen, sehen wir vermutlich nicht wie die idealen Opfer für einen Raubüberfall aus.

Erst, als wir eine kurze Pause machen, sprechen wir wieder mit gesenkten Stimmen. Casimir verteilt eine Handvoll Nüsse und Blutfruchtstreifen, während Stavros' die Hufe unserer Reittiere auf Kieselsteine kontrolliert, während sie grasen.

Rheave geht zu den Bäumen, während er an seinem Trockenobst kaut, und fährt mit den Fingern über die Ranke, die sich um einen der Stämme gewickelt hat. „Ivy, Efeu", sagt er nachdenklich und schaut mit einem Funkeln in seinen überirdischen Augen zu mir, das beinahe verschlagen wirkt. „Ist es merkwürdig, dass du den gleichen Namen wie eine Pflanze hast?"

Ich zucke mit den Achseln. „Es ist nicht der traditionellste Name, aber ich bin schon Leuten begegnet, die nach Blumen benannt waren. Ich habe mir den Namen ausgesucht, weil er mir etwas bedeutet hat."

Der Daimon-Mann blinzelt und Neugier zeichnet sich auf seinem Gesicht ab. „*Du* hast ihn ausgesucht?"

Julitas Präsenz merkt in meinem Kopf auf. *Das wusste ich auch nicht. Du hast Geschichten zurückgehalten.*

Sie kennt wenigstens die Grundlagen meiner Vergangenheit, Dinge, die ich Rheave nicht erklären möchte.

Mein Magen verknotet sich und ich wähle meine Worte vorsichtig, um die schlimmsten Teile der Geschichte zu umgehen. „Die Beziehung zwischen meinen Eltern und mir war während meiner Kindheit nicht gerade gut. Ich verließ mein Zuhause früh und suchte mir einen Namen aus. In einem Viertel, das ich oft besuchte, wuchs Efeu an einem Baum. Es wirkte widerstandsfähig und ein wenig tückisch. Das gefiel mir."

Ein Kichern sprudelt aus Julita hervor. *Der Name passt jedenfalls zu dir und ich meine das als Kompliment.*

Rheave scheint über meine Erklärung nachzudenken. „Vielleicht sollten alle Leute ihre Namen selbst wählen. Auf diese Weise würden sie besser zu ihnen passen."

„Niemand würde wissen, wie man uns nennen soll, wenn wir zu klein sind, um das selbst zu entscheiden", bemerkt Casimir in belustigtem Ton.

Rheave beginnt, zu glucksen. „Und wenn man sich daran orientieren würde, wie Babys aussehen, würden alle ‚Kartoffel' oder ‚Kürbis' genannt werden."

Ich dämpfe mein Lachen mit der Hand. Dass ich trotz der Anspannung, mit der unsere Reise verknüpft ist, lachen kann, hebt meine Laune und lässt den Tag etwas fröhlicher wirken.

Alek schüttelt den Kopf, lacht kurz und wirft mir einen zaghaften Blick zu. „Was *war* dein Geburtsname? Nicht, dass ich dich bei einem anderen Namen als Ivy ansprechen würde. Aber es könnte Situationen geben, wenn das nützlich wäre … Zum Beispiel, wenn es jemandem gelingt, dich mit deinem alten Leben in Verbindung zu bringen."

Ich schätze, das stimmt. Dennoch zögere ich und mein Körper sträubt sich, die Laute zu formen, die seit über acht Jahren niemand mehr zu mir gesagt hat.

Meine Stimme kommt etwas rau heraus. „Izabel. Izabel Milaeya."

Stavros macht einen abschätzigen Laut, als würde er den Namen und die schmerzhafte Vergangenheit abtun, die damit verbunden sind. „Ivy passt viel besser zu dir. Und du brauchst keinen Nachnamen, wenn die Frau, auf die er sich bezieht, es nicht verdient, geehrt zu werden."

Ich bin ganz seiner Meinung, verkündet Julita.

Der ehemalige General tätschelt den Hals seines Hengsts. „Kommt. Ich würde heute gerne noch viel weiter kommen."

Eine unbekannte Stimme spricht hinter uns: „Ich weiß nicht, ob ihr das schaffen werdet."

Wir erschrecken alle und Stavros' Hand schnellt zu seinem Schwert, während er zu der Quelle der unerwarteten Störung herumwirbelt.

Eine Gestalt steht mitten auf der Straße, nur wenige Schritte von einem unserer Pferde entfernt. Ich habe keine Ahnung, wie uns der Mann so nahe kommen konnte, ohne dass ihn einer von uns bemerkt hat.

Vor allem angesichts dessen, dass er nicht wie der Flinkste

aller Wanderer aussieht. Seine Schultern sind unter den Schichten aus dunkelgrauem Stoff gebeugt, die seinen Körper so wirr verhüllen, dass ich nicht erkennen kann, ob es sich um einen Umhang oder eine dicke Tunika handelt oder vielleicht eine Kombination aus beidem. Er schwankt leicht, während wir ihn anstarren, und verkrampft seine Hand um einen knorrigen Wanderstab.

Sein Gesicht wirkt ebenfalls knorrig, eine scharfe Nase ragt aus seiner verhutzelten braunen Miene heraus. Dünne weiße Haare lugen unter seiner Kapuze hervor.

Seine Augen sind jedoch vollkommen ruhig. Er betrachtet uns mit einem unergründlichen Blick. Seine Iriden sind so dunkel, dass ich nicht erkennen kann, wo seine Pupillen anfangen und enden.

Julita erschaudert. *Wer in den Reichen ist* das? *Und hat ihm niemand beigebracht, dass es unhöflich ist, sich an Leute anzuschleichen?*

Ich würde den Mann nicht für eine Bedrohung halten, wäre er nicht so plötzlich erschienen. Stavros' angespannte Haltung deutet darauf hin, dass er ebenfalls verunsichert ist.

Wieso reist jemand auf dieser einsamen Straße allein und zu Fuß? Wohnt er auf einem Bauernhof in der Nähe?

Der ehemalige General deutet mit seiner Prothese auf den alten Mann, da seine Hand aus Fleisch noch auf seinem Schwertgriff ruht. „Was meinst du damit, dass wir es möglicherweise nicht schaffen werden? Wer bist du?"

Der Mann schaukelt auf den Fersen vor und zurück, wodurch sein Kopf sich beunruhigend vogelähnlich bewegt. „Viele Leute machen Pläne. Sie entpuppen sich nicht immer als das, worauf sie gehofft haben."

Er ignoriert die zweite Frage vollkommen. Ich schaue zu Rheave, doch der Daimon-Mann schüttelt den Kopf. „Nicht wie ich", raunt er. „Nur ein Mann."

„Wohin bist du unterwegs?", fragt Casimir vorsichtig.

Der alte Mann summt und sein Blick richtet sich in die Ferne. „Ich muss es bloß finden und dann werde ich es wissen …"

Er wirkt so durcheinander, dass ich nicht schweigen kann. „Geht es dir gut?"

Sein beunruhigender Blick heftet sich auf mich. Kälte schwappt über meine Haut.

„Es sind einige unterwegs, die gerne ihre Schwerter durch eure Herzen treiben würden", erwidert er in demselben Ton wie zuvor.

Sowie seine letzten Worte in der Luft verhallt sind, trägt der Wind die Geräusche ferner Hufschläge zu uns.

Stavros versteift sich und winkt uns zu den Bäumen. Er senkt die Stimme bedrohlich tief. „Sucht Schutz. Zieht euch so tief wie möglich in den Wald zurück, aber seid dabei leise."

Ich packe Krümels Zügel und zerre ihn mit mir zwischen die Bäume. Der Hengst schnaubt verärgert, folgt mir allerdings, während wir uns durchs Unterholz kämpfen.

Die Männer führen ihre eigenen Reittiere zu beiden Seiten von mir. Doch wir sind bloß eine Pferdelänge in den Wald vorgedrungen, als Stavros seine Hand hochhält, um uns aufzuhalten.

Ich blicke zur Straße – und entdecke leuchtend blauen Stoff, bei dessen Anblick mein Herz einen Schlag aussetzt.

Drei Soldaten in der üblichen Militäruniform reiten um die Biegung in der Straße, die vielleicht einen halben Kilometer entfernt ist. Das Donnern der herannahenden Pferdehufe erreicht unsere Ohren jetzt noch deutlicher.

Scheiße. Das muss eine der Patrouillen des Königs sein.

Wenn wir unsere Reittiere weiterziehen, werden sie uns durch den Wald rascheln hören. Sie werden uns in wenigen Sekunden sehen können.

Aber wenn wir die Pferde zurücklassen, um heimlich weiterzugehen, werden uns die Tiere trotzdem verraten. Bestenfalls verlieren wir alle Vorräte, die wir gesammelt haben.

Schlimmstenfalls ... könnte unser Blut die Wurzeln dieser Bäume tränken.

Auf Stavros' Gesicht zeichnet sich die pure Anspannung ab. Er gibt uns ein Zeichen, unsere Pferde auf dem Waldboden abliegen zu lassen.

Ich berühre Krümels Schnauze in der Hoffnung, ihn zu

beruhigen, und sinke auf die Knie. Der Hengst wirft mir einen ungläubigen Blick zu, folgt jedoch meinem Beispiel mit einem kurzen Schütteln seiner Mähne.

Wir sind jetzt besser von den Büschen verborgen, ich bin mir jedoch nicht sicher, ob das reichen wird. Die hellgrauen Haare von Rheaves Stute sind sogar in den Schatten zwischen den Pflanzen gut sichtbar.

Werden wir gegen diese Männer kämpfen müssen? Werden wir sie töten müssen, damit sie uns ihre Schwerter nicht ins Herz rammen können, wie es der alte Mann angedeutet hat?

Mein Magen rumort bei dem Gedanken. Ich habe die Zuflucht verlassen, um zu verhindern, dass Leute sterben, nicht um die Opferzahl zu erhöhen.

Bei dem Gedanken flammt meine Magie in meiner Brust auf und bebt durch meine Glieder. Es gibt so viele Dinge, die sie tun könnte, um mich zu schützen.

Ich zögere und denke nach. *Gibt* es etwas, was ich tun könnte, was niemandem schaden würde?

Vielleicht ist es an der Zeit, Sullas Lektionen zu nutzen. Jetzt, während ich einige Momente habe, um genau über den Einsatz meiner Magie nachzudenken, anstatt sie unter Druck im Kampf zu verwenden.

Bald werde ich möglicherweise nicht einmal mehr die Wahl haben.

Mein Herz schlägt schneller, doch ich kann keinen Rückzieher machen, wie ich es bei der Öffnung des unterirdischen Lagerraums getan habe. Irgendwann muss ich herausfinden, ob ich mich auf meine Kontrolle verlassen kann, wenn es am wichtigsten ist.

Die Soldaten wissen nicht, dass wir hier sind. Ich muss lediglich sicherstellen, dass es dabei bleibt. Etwas Konkretes mit einer eindeutigen Gegenreaktion.

Eine Idee nimmt in meinem Kopf Gestalt an und Hoffnung macht sich in mir breit.

Ich sehe zu meinen Männern und merke mir ihre Positionen im Wald rings um mich herum. Mein Herz schmerzt bei dem Gedanken, dass ihnen ein Leid geschehen könnte.

Ich darf das einfach nicht zulassen. Sie haben diesen weiten

Weg auf sich genommen, um mich zu verteidigen, und jetzt muss ich den Gefallen erwidern.

Mich wappnend lasse ich Krümels Zügel los, um eine Hand vor mir auszustrecken, während ich meinen anderen Arm zu den Baumwipfeln hebe und meinen Fokus mit meinem Körper leite.

Julitas Präsenz erschaudert in meinem Hinterkopf, sie spricht allerdings nicht. Vielleicht will sie mich nicht ablenken, da sie erkennen kann, dass ich etwas im Schilde führe.

Ich stelle mir die Wirkung vor, die ich sehen will, und presse die Magie in mir in die Form, die ich mir vorgestellt habe.

Dunkelheit verdichtet sich zwischen uns und der Straße. Die Schatten werden dichter und dehnen sich aus, sodass sie eine Mauer formen, die sterbliche Augen in den Lücken zwischen den Stämmen nicht durchdringen können.

Mir stockt der Atem, als die Energie aus mir strömt. Über unseren Köpfen sollten die Schatten von den höchsten Ästen verschwinden, um meine Magie auszugleichen. Die übrigen Blätter und Zweige, an die sie sich klammern, werden in ungedämpftem Sonnenlicht glänzen.

Vom Boden wird das jedoch keine Patrouille sehen können.

Durch das Hämmern meines Pulses zwinge ich meinen Schattenumhang, standzuhalten. Wir kauern alle schweigend in der Hocke.

Die Soldaten traben vorbei und ihre Blicke schweifen über den Wald zu beiden Seiten der Straße. Kurz beugt sich ein Soldat auf seinem Sattel zur Seite und blinzelt in unsere Richtung …

Dann richtet er sich mit einem rauen Glucksen auf, als fände er sich selbst lächerlich. Die Patrouille reitet weiter, ohne anzuhalten.

Ich habe den Eindruck, dass Julita klatscht. *Das war ein würdiger Trick.*

Ich lasse meine Magie in die Dunkelheit fließen, in die wir gehüllt sind, bis die Hufschläge leiser werden und mir schwindlig wird. Mit einem scharfen Ausatmen ziehe ich meine Hände zurück an meine Brust und reiße meine Macht mit ihnen.

Meine Magie zappelt in meinem Griff, allerdings nur halbherzig. Sie beruhigt sich zu einem sanften Vibrieren in meinem Brustkorb, das sich beinahe zufrieden anfühlt, wie eine schnurrende Katze.

Ich sinke zurück auf meinen Hintern und wische mir den Schweiß von der Stirn. Erleichterung schießt von meinem Magen empor.

Ich habe es geschafft. Ich habe mit meiner Magie gearbeitet, anstatt gegen sie anzukämpfen, während ich sie zugleich an einer kurzen Leine gehalten habe. Ich habe die Konsequenzen daran gehindert, jemanden zu verletzen.

Ich habe sie wirklich beherrscht und ausnahmsweise brauchte ich nicht die Hilfe eines Gottlen, um ein Desaster in Grenzen zu halten.

Ein instinktives Bedürfnis, mich der Sicherheit meiner Männer zu vergewissern, packt mich. Ich drehe mich zu Alek, der mir gegenüber kauert, und ziehe ihn in eine feste Umarmung.

Er erwidert sie mit einem rauen Geräusch in der Kehle. Casimir schleicht durch das Unterholz näher zu mir und schlingt seine Arme in einer Umarmung um mich, als wollte er mir versichern, dass er dankbar für meine Anstrengungen und nicht entsetzt ist.

Ich drücke ihn ebenfalls, bevor ich aufschaue und feststelle, dass Stavros über mir steht.

„Geht es dir gut, edle Diebin?", fragt er. „Die Beschwörung hat dich nicht erschüttert?"

Ich hole langsam Luft. „Nein. Mir geht es gut."

Sein Mund biegt sich zu einem halben Lächeln, das liebevoll, wenn auch angespannt wirkt. „Das hast du gut gemacht. Ich glaube, wir werden es womöglich doch nach Eppun schaffen."

Alek packt meine Schulter. „Das war fantastisch. Und dass du deine Magie ein wenig benutzt hast, bedeutet, dass sie dich nicht so schlimm verletzen wird, wenn du sie später zurückhalten musst, stimmt's?"

Ich nicke und meine Nerven beruhigen sich, da sie mir alle ihre Unterstützung schenken.

Als ich mich aufrapple, gebe ich Krümel einen Stups, damit er mir folgt, und Rheave schließt sich uns an. Er schaut allerdings zur Straße. „Wohin ist der Mann gegangen, der uns gewarnt hat?"

Wir treten vorsichtig zwischen den Bäumen hervor. Die Straße liegt vollkommen verlassen da, ohne Soldaten und eigenartige alte Männer.

Er war … sehr seltsam, bemerkt Julita. *Ich kann nicht behaupten, dass es mir etwas ausmacht, dass er fort ist.*

Ich kann das auch nicht behaupten.

„Er ist vermutlich auf der anderen Seite in den Wald gegangen", meint Stavros. „Was immer er ausheckt, es geht uns nichts an. Wir sollten weitergehen. Wir hatten jetzt eine lange Pause und ich will nicht hier sein, falls diese Patrouille beschließt, kehrtzumachen." Er schenkt mir noch ein Lächeln. „Lasst uns dafür sorgen, dass unsere Zauberin uns nicht erneut retten muss."

Trotz der Leichtigkeit seiner Worte spüre ich, wie er mich eindringlich mustert. Beobachtet er mich, um zu sehen, ob der Einsatz meiner Magie eine schlechte Wirkung auf mich hatte?

Als ich mich in den Sattel schwinge, breitet sich ein anderer Schmerz hinter meinem Brustbein aus.

Ich habe meine Begleiter gerettet … und kann nur zu den Göttern beten, die über uns wachen, dass ich es erneut tun kann, ohne uns in noch größere Gefahr zu bringen.

SECHZEHN

Ivy

Ich wache auf, als eine eisige Windböe unter die Decken auf mir fährt.

Casimir kommt mit dem Wind von seinem Wachdienst zurück. Er muss von Stavros abgelöst worden sein, der auf dieser Seite neben mir schlief, als ich zuletzt wach war.

Alek murmelt etwas und kriecht auf meiner anderen Seite tiefer unter die Decke. Mir ist gerade der Gedanke gekommen, dass noch ein Mann bei uns im Zelt sein sollte, als Casimir mir ins Ohr flüstert.

„Rheave ist vor ungefähr einer halben Stunde rausgekommen. Er sitzt allein unter den Bäumen und hat nicht einmal seine Kapuze aufgesetzt. Ich habe versucht, ihn zu überreden, zurückzukommen und sich aufzuwärmen, aber er hat nicht auf mich gehört. Auf dich scheint er besser zu hören, falls du versuchen willst, ihn zu überreden."

Ich unterdrücke ein Stöhnen und reibe mir über die Augen. Will der Daimon-Mann den Körper, den er unbedingt am Leben halten will, schwarz vor Erfrierungen werden lassen?

Warum will er dort draußen in der eisigen Dunkelheit sein?

Ich kann mich nicht über gestörten Schlaf beschweren. Seit ich neulich meine Magie benutzt habe, weigern sich die Männer, mich den Wachdienst machen zu lassen. Sie wollen sicherstellen, dass ich all die notwendige Konzentration besitze, sollte ich sie noch einmal benötigen. Daher habe ich die meiste Erholung von uns allen erhalten.

Ich gebe Casimir einen kurzen Kuss und winde mich unter der Decke hervor.

Die Nächte sind zunehmend kälter geworden, während wir weiter in den Norden vorgedrungen sind. Wir haben sie hauptsächlich überstanden, indem wir uns dicht aneinander gekuschelt haben, um unsere Körperwärme zu teilen, was in dem kleinen Zelt ohnehin nötig ist.

Ich bin mir nicht sicher, was quälender war: die gelegentlichen kalten Windböen, die uns trotzdem erreichten, oder so nah bei meinen Liebhabern zu liegen und nur mit ihnen kuscheln zu können. Dass Rheave sich das Zelt mit uns teilt, sorgt nicht unbedingt für die richtige Stimmung für eine intime Begegnung.

Allerdings werde ich ihn nicht draußen frieren lassen, nur um ein wenig Privatsphäre mit meinen Männern zu erhalten. Seufzend ziehe ich meinen Umhang zu und betrete das gefrorene Gras.

Stavros hockt ein paar Schritte entfernt vom Zelt auf einem Stein. Sein Umhang verdeckt den Großteil seiner gewaltigen Gestalt und sein Körper ist zu der schwelenden Feuergrube geneigt. Er hat das Feuer in einer Grube entzündet, um den Rauch einzuschränken, doch es sondert noch immer ein schwaches Leuchten ab und ein wenig Hitze dringt durch die Erde, um der Kälte die schlimmste Schärfe zu nehmen.

Er blickt über seine Schulter zu mir und lässt seinen Blick über mich gleiten.

„Geht es dir gut?", fragt er beiläufig mit leiser Stimme, obwohl er sich offenkundig Sorgen macht. Er hat mir diese Frage öfter als üblich gestellt seit dem Tag, an dem ich meine Magie neben der Straße eingesetzt habe.

Ich passe mich seinem Ton an. „Ich stelle bloß sicher, dass der Daimon nicht zu genauso viel Eis wie Ton wird."

Stavros gluckst leise und neigt den Kopf nach links. Ich folge der Geste und entdecke Rheaves muskulöse Gestalt im Schneidersitz zwischen zwei Bäumen mehrere Schritte entfernt vom Rand der Lichtung.

Wie Casimir sagte, hat sich der idiotische Daimon nicht einmal die Mühe gemacht, seine Kapuze hochzuziehen. Seine schokoladenbraunen Locken werden bald so gefroren sein wie das Gras, das unter meinen Füßen knirscht, als ich zu ihm gehe.

Als ich näher komme, sehe ich, dass er seine nackten Hände auf den Knien gespreizt hat, anstatt sie in seine Taschen zu stecken, wie es eine vernünftige Person tun würde. Denn natürlich ist er keine Person und auch nicht besonders vernünftig, soweit ich das erkennen kann. Allerdings weiß ich nicht, was typisch für ein Geistwesen ist.

Julita schnaubt leise. *Was in den Reichen tut er da? Versucht er, sich in eine Eisskulptur zu verwandeln?*

„Ich schätze, ich sollte das besser herausfinden", murmle ich und trete zwischen die Bäume.

Rheave regt sich nicht, als ich hinter ihm erscheine. Seine Augen sind geschlossen.

Ich betrachte seine Hände und sein Gesicht im schwachen Mondlicht, kann jedoch nicht erkennen, ob sie bereits blau werden.

„Hey", sage ich, da ich mir nicht sicher bin, ob er überhaupt wach ist. Kann ein Daimon im Sitzen einschlafen?

Rheaves strahlende Augen öffnen sich blinzelnd. Er schaut zu mir auf und runzelt die Stirn. „Warum bist du hier draußen? Ist das nicht deine Schlafenszeit?"

„Ist es nicht auch deine?", erwidere ich. „Ich schätze, als Daimon hast du nicht geschlafen, aber ich bin mir ziemlich sicher, dass dein Körper den Schlaf braucht. Und er muss es auch vermeiden, zu einem Eiszapfen zu gefrieren."

Der Daimon-Mann betrachtet mich mit einem neugierigen Funkeln in den Augen anstatt voller Sorge. „Ist das etwas, was Menschen passieren kann?"

Was soll ich nur mit diesem Kerl tun?

Meine Stimme klingt ein wenig trocken. „Nicht unbedingt, aber Körper aus Fleisch *können* erfrieren, wenn sie Dinge tun, wie beispielsweise mitten in der Nacht ohne Wärmequelle im Wald zu sitzen."

Rheave zuckt mit den Achseln, als würde ihn die Vorstellung nicht besonders stören. „Mir war nie kalt, wenn ich ein Daimon war. Oder warm. Oder irgendetwas dergleichen. Es ist interessant, das zu spüren. Es ist, als würde die Luft dich beißen, aber nicht besonders hart."

Die Brise, die an uns vorbeiweht, ist definitiv beißend. Ich schiebe meine Hände tiefer unter meinen Umhang und außer Reichweite des Windes. „Jetzt hast du es gespürt. Warum bleibst du hier draußen?"

„Die Art und Weise, wie es sich anfühlt, ändert sich immer wieder ein bisschen. Manche Teile kribbeln. Manche fühlen gar nichts mehr." Er klopft offenkundig begeistert mit den Fingern auf seine Knie.

Panik durchfährt meine Nerven. „Wie lange *bist* du schon hier draußen?"

Ich bücke mich, um meine Finger an seine Wange und anschließend auf seinen Handrücken zu drücken. Letzterer fühlt sich geradezu eisig an.

Meine Magie rumort in mir und drängt darauf, ihn mit Hitze zu durchfluten und die Kälte zurückzudrängen.

Doch woher sollte diese Hitze kommen? Alles um uns herum ist gefroren mit Ausnahme von mir, meinen Männern und dem Feuer, das ich nicht löschen will.

Ich schlinge meine Hand um Rheaves, als könne ich etwas mehr Wärme in seine Haut drücken, und zerre an ihm. „Du hast die Kälte jetzt lang genug ausprobiert. Komm ... wir müssen dich aufwärmen, bevor du dir dauerhaften Schaden zufügst."

Rheave steht langsam auf und betrachtet unsere ineinander verschränkten Hände. „Ich fühle mich nicht *schlecht*. Ich bin mir sicher, mir geht es gut, kleine Liane."

Wird er mich ab jetzt so nennen? Ich mag zwar im Vergleich zu ihm ‚klein' sein, aber ich besitze immer noch die Widerstandsfähigkeit eines Efeus.

Ich entferne mich einen Schritt von ihm in dem Versuch, ihn zum Zelt zu zerren, und meine Kehle schnürt sich vor Sorge zu. „Du hast gesagt, dass einige Körperteile nichts mehr spüren … Wenn dieser Zustand lange andauert, wird er dauerhaft. Und dann fallen die Körperteile ohne Empfindungen einfach ab. Willst du wirklich Teile dieses Körpers verlieren? Ich glaube nicht, dass dir die Blutzauberer einen neuen bauen werden.“

Zu meiner Erleichterung veranlasst ihn meine letzte Bemerkung endlich dazu, sich in Bewegung zu setzen. Rheave geht mit mir zum Zelt und verzieht das Gesicht, als er auf seinen Beinen schwankt, die vermutlich steif geworden sind. „Sterbliche Körper sind sehr zerbrechlich.“

„Das stimmt. Wie wäre es damit, wenn du dir das ab jetzt merkst?“

Ich schubse ihn ins Zelt, ziehe ihm den Umhang aus, der mittlerweile vermutlich aus purem Eis besteht, und zerre ihn mit mir zu den Decken. Casimir ist noch wach und dreht sich um, als ich Rheave zu ihm schiebe.

„Er hat bereits Taubheitsgefühle“, flüstere ich, da ich es vermeiden will, Alek auch noch aufzuwecken. „Wir müssen ihn so schnell wie möglich aufwärmen.“

Rheave gibt einen leisen Protestlaut von sich, erlaubt mir jedoch, ihn näher zu dem Kurtisan zu schieben. Zu zweit pressen wir uns an den Körper des Daimon-Mannes, obwohl ich wegen der Kälte zusammenzucke, die noch immer von seinen Kleidern ausgeht.

„Steck deine Hände unter deine Achseln“, raune ich ihm zu, „und dein Gesicht unter die Decke, damit es auch die Hitze aufnimmt.“

Rheave zieht den Kopf ein. Seine seidigen Locken streifen meinen Kiefer.

Ich ziehe die Decke höher über ihn und lege meine Hand instinktiv auf seinen Arm, um mich zu vergewissern, dass er noch ein wenig Wärme in sich hat und nicht komplett gefroren ist.

Die einschnürende Empfindung in meiner Kehle hat sich in meiner Brust ausgebreitet. Was, wenn er sich selbst echten Schaden zugefügt *hat*?

Die Erkenntnis schleicht sich so langsam, jedoch unleugbar an, dass sich mein Herz ebenfalls verkrampft. So nervig der

Daimon-Mann auch sein kann, ich weiß die Fröhlichkeit und das Staunen zu schätzen, die er mitgebracht hat. Ich habe seine Gesellschaft genossen.

Ich will ihn nicht verlieren.

Was soll ich mit diesem Wissen oder dem Schmerz anfangen, der damit einhergeht?

Unser Atem fließt gemeinsam rein und raus. Allmählich durchdringt die Hitze, die wir ausstrahlen, die Kälte, die wir mitgebracht haben.

Trotz der verworrenen Emotionen in mir hebe ich die Hand und lege sie auf Rheaves Wange. Sie ist noch kühl, aber nicht mehr eiskalt. Er ist okay.

Erleichterung durchfährt mich mit einem Hauch eines absurden Humors. Wenigstens sollten auf seinem irrsinnig hübschen Gesicht keine Spuren seines Erlebnisses einer nördlichen Nacht zurückbleiben.

Ich tippe seinen Kiefer leicht an, um seine Aufmerksamkeit zu erregen. „Gib mir eine deiner Hände."

Er verändert seine Position und rollt sich auf die Seite, sodass er mir zugewandt ist. Ich rechne damit, dass er nach meiner Hand greift, doch stattdessen legt er sie auf meinen Bauch.

Ein Flackern einer noch verwirrenderen Emotion entzündet sich tief in meinem Inneren. Eine stärkere Hitze als sein sonniges Lächeln jemals ausgelöst hat.

Ich dränge sie zurück und schüttle den Kopf über meine Reaktion. Dieser Mann ist umwerfend, bizarr und sorgt dafür, dass ich mir Fragen über Dinge stelle, an die ich zuvor nie gedacht habe, aber er ist auch kein Mann.

Außerdem habe ich drei Männer, denen ich treu ergeben bin. Sogar Signy hat nach all ihren Heldentaten bei drei Partnern aufgehört.

Ich packe Rheaves Handgelenk, sobald genug Wärme durch meine Tunika und mein Kleid gedrungen ist, dass ich mir sicher bin, dass er keine Finger verlieren wird, und schiebe seine Hand vorsichtig weg.

Rheave hebt den Kopf unter der Decke hervor. Es ist beinahe pechschwarz im Zelt, doch ich kann spüren, dass er mich ansieht. Vielleicht kann er mein Gesicht erkennen, obwohl ich seines nicht sehen kann.

Sowie ich sein Handgelenk loslasse, greift er wieder nach mir. Er berührt meine Schulter und dann lässt er seine Hand beinahe bis zu meinem Ellenbogen gleiten.

Wir haben noch nie nebeneinander geschlafen. Meine Männer haben immer darauf bestanden, mich zu umringen, und der Daimon-Mann hat sich damit zufriedengegeben, die Stelle zu nehmen, die der Zeltklappe am nächsten ist, da er von dort immer noch als eine Art Wache fungieren kann.

Mir war nicht bewusst, dass ihn unsere aktuelle Position dazu verleiten würde, meinen Körper zu ertasten.

Julita kichert. *Ihm ist es wirklich wichtig, neue Dinge zu fühlen, was? Wenn du den Rest der Blutzauberer-Armee von dem Zauber befreien könntest, unter dem sie stehen, wären sie dusselig wie Welpen.*

Als Rheave spricht, klingt er nicht besonders dusselig. Er spricht mit leiser, jedoch ruhiger Stimme. „Alles ist jetzt wieder normal. Meine Finger haben eine Weile gekribbelt, aber das ist verblasst."

„Gut. Dann hast du sie dir nicht abgefroren."

„Ich war unvorsichtig. Es tut mir leid, dass ich dir Sorgen gemacht habe. Ich soll auf dich aufpassen, nicht dich dazu bringen, das für mich zu tun."

Er klingt so niedergeschlagen, dass ich seine Wange erneut streichle in dem Bemühen, ihn zu beruhigen. „Wir passen alle aufeinander auf. Das ist es, was … Freunde tun. Und du bist noch nicht an das gewöhnt, was immer du jetzt bist. Es wäre einfach schön, wenn du beim nächsten Mal schneller auf mich hörst, wenn ich versuche, dich zu warnen. Oder du könntest auf die anderen hören. Wir haben alle viel mehr Erfahrung mit sterblichen Körpern als du."

„Ich weiß. Aber du bist diejenige, die mir wirklich zuhört. Ich werde versuchen, ebenfalls besser zuzuhören."

Er schweigt einen Augenblick und seine Finger drücken meinen Arm leicht, bevor er seine Hand auf meine Taille fallen lässt. Sie zuckt an meiner Seite, als würde er eine andere neue Empfindung testen.

„Ivy", sagt er, „warum pressen Menschen ihre Münder aufeinander?"

Ich glaube, ich höre, wie Casimir sich ein Lachen verkneift. Meine Wangen werden heiß. Der Kurtisan sollte derartige Fragen beantworten.

Und wenn ich es tun muss, könnte er mir wenigstens den Gefallen tun, einzuschlafen, damit ich kein Publikum habe.

Ich suche nach einer vernünftigen Antwort. „Es fühlt sich gut an. Es ist eine Möglichkeit, zu zeigen, dass du jemandem gerne nahe bist."

Rheave summt und senkt den Kopf zu mir. Ich drücke meine Hand blitzschnell auf sein Brustbein, bevor er sich an mich pressen kann, und blende das Pulsieren des Verlangens aus, das in meiner Mitte eingesetzt hat.

„Versuchst du, *mich* zu küssen?", frage ich so leise wie möglich.

Ich glaube, das hast du dir selbst eingebrockt, Ivy, meint Julita, während sie erneut kichert.

Der Daimon-Mann klingt bloß verwirrt. „Du hast gesagt, es fühlt sich gut an. Ich wollte das selbst testen. Du küsst Stavros und Casimir und Alek."

Großer Gott stehe mir bei. „Ich kenne sie viel besser als dich. Wir haben eine andere Art von Beziehung. Die meisten Leute kommen einander nicht so nahe."

„Oh."

Jetzt klingt er absolut verzweifelt.

Ich knirsche mit den Zähnen gegen das Mitgefühl an, das durch meine Brust schwappt. Wer wird jemals einen Mann küssen wollen, der gar kein Mann ist?

Wenigstens genug, um es tatsächlich zu tun. Wir werden jetzt nicht über die Gefühle sprechen, die ich genauso sehr zügeln muss wie meine Magie.

Nun, vielleicht können wir einen Kompromiss eingehen.

Ich wende meinen Kopf von ihm ab. „Auf den Mund jedenfalls. Leute, die nur miteinander befreundet sind, können einander auf die Wange küssen. Das wäre nicht so merkwürdig. Es ist nicht ganz das Gleiche, aber du könntest es versuchen."

Meine vorherige Abfuhr scheint Rheaves Selbstbewusstsein

erschüttert zu haben. „Bist du dir sicher? Ich will nichts tun, was dich aufregen würde."

Der Stich saust durch meine Brust und verdichtet sich in meiner Kehle zu einem Kloß. Es gefällt mir nicht, zu hören, dass seine eifrige Fröhlichkeit Zögern weicht. „Das wird es nicht. Mach nur."

Er beugt sich vor, seine weichen Haare streichen über meine Schläfe und sein heißer Atem weht über meinen Kiefer. Seine Lippen streifen meine Wange und pressen sich etwas fester auf die Haut.

Hitze breitet sich von Kopf bis Fuß in meinem Körper aus. Ich kann das nicht nur auf die Wärme seines Atems schieben.

Ich bin mir nicht sicher, ob ich jemals zuvor den persönlichen Duft des Daimon-Mannes bemerkt habe. Er hat einen frischen Waldduft, der mich an mit Tau gesprenkelte Blätter in der Morgensonne erinnert.

Er nimmt den Kopf zurück, legt jedoch seinen ganzen Arm um meine Taille und zieht mich wieder an sich. „Jetzt werde ich dich warmhalten. Du solltest schlafen."

Es *ist* warm in seinen Armen. Ich lege mein Gesicht auf meinen Arm, schließe die Augen und schicke die Emotionen weg, die in mir durcheinanderpurzeln.

Es ist mitten in der Nacht. Er ist beinahe erfroren. Natürlich bin ich neben der Spur.

Es ist nicht so, als würde es etwas bedeuten – oder als *könnte* es je etwas bedeuten.

Als ich das nächste Mal aufwache, scheint Sonnenlicht durch die Zeltwände und Rheave tritt über mich, um nach draußen zu gehen. Ich reibe über meine trüben Augen und Casimir nutzt die Gelegenheit, näher zu mir zu rutschen.

„Hast du schön mit deinem neuen Freund gekuschelt?", fragt er mit neckender Stimme.

Ich ramme ihm den Ellenbogen leicht in die Seite. „Oh, sei still. Er versucht noch immer, herauszufinden, was normal ist."

Der Kurtisan führt meinen Mund zu seinem, um die Art

von Kuss zu verlangen, die Rheave gestern Nacht versucht hat. Dann knabbert er an meinem Kiefer. „Du warst sehr süß zu ihm. Er verdient die Geduld. Ich glaube, er bringt etwas in unsere Gruppe, von dem wir alle profitieren."

Bevor ich entscheiden kann, ob ich ausführlicher darüber sprechen will, dringt Stavros' Stimme von draußen an unsere Ohren. „Raus aus den Federn! Lasst uns das Tageslicht nicht verschwenden."

Wir krabbeln aus dem Zelt und verschlingen hastig das Frühstück, das der ehemalige General herumreicht. Alek nimmt die Feldflaschen, um sie an dem Bach aufzufüllen, in dessen Nähe wir geschlafen haben, da dies zu seiner selbstauferlegten Pflicht geworden ist. Casimir und ich packen unterdessen das Zelt und die Decken ein. Nach mehreren Tagen des Reisens erfüllen wir unsere jeweiligen Aufgaben mit zügiger Effizienz.

Als ich zu Krümel gehe, um ihn zu satteln, schnaubt er, als hätte ihn das Winterwetter persönlich beleidigt.

„Sei einfach froh, dass es noch nicht geschneit hat", informiere ich mein zänkisches Reittier.

Anscheinend habe ich es beschrien, denn einige fette Flocken wirbeln vom Himmel herab, als wir aufbrechen. Stavros verzieht das Gesicht und führt uns tiefer in den Wald hinein.

In den letzten zwei Tagen haben wir uns von den Straßen ferngehalten, da wir Eppun immer näher kommen. Wir wollen schließlich weder den Truppen des Ordens der Wildheit noch den Truppen des Königs über den Weg laufen, die hierher marschieren, um den Orden zu konfrontieren.

Wir setzen ein schnelles Tempo durch die Bäume, wobei uns nur das ferne Läuten der Stadtglocken verrät, wie viel Zeit vergangen ist. Wir haben zwei Schläge gehört, als der Wald vor uns lichter wird.

Stavros bedeutet uns, abzusitzen. Den restlichen Weg stapfen wir durch den Wald zu einer kleinen Erhebung, welche die Sicht auf das verdeckt, was vor uns liegt.

Auf Geheiß des ehemaligen Generals ducken wir uns, um den Hang hinaufzukriechen und über den Gipfel zu spähen.

Auf der anderen Seite des Hügels und vielleicht eine Meile rechts von uns durchschneidet eine Straße die Felder aus gebräuntem Gras. Ein Holzpfahl ragt neben dieser aus der Erde und ein paar Männer stehen zu beiden Seiten davon.

Bei deren Anblick wird Rheave vollkommen reglos.

„Das sind Daimon", verkündet er mit großer Gewissheit. „Ich kann es sogar von hier spüren. Was machen sie?"

Stavros' Mund formt ein grimmiges Lächeln. „Sie bewachen das Territorium, das ihre Meister erobert haben, nehme ich an. Dieser Pfahl markiert die Grenze von Eppun."

„Wir haben es geschafft", murmle ich.

Jetzt beginnt der wirklich schwere Teil unserer Mission.

SIEBZEHN

Ivy

Stavros tigert vor dem Zelt auf und ab. „Ich kann nicht einfach nur hier sitzen, während der Rest von euch die ganze Arbeit macht."

„Du sitzt nicht", bemerke ich hilfreich. „Und ich bin mir sicher, wir werden genügend Dinge finden, mit denen du dich beschäftigen kannst, sobald wir wissen, was wir tun. Doch wenn wir bloß in die Stadt gehen, um sie zu durchstreifen und uns einen Überblick von der Lage zu verschaffen, würdest du wie ein bunter Hund auffallen. Dich kann man zu leicht wiedererkennen."

Stavros knurrt, weiß jedoch, dass ich recht habe. Es ist zweifelhaft, dass die Verschwörer wissen oder sich darum scheren, dass der König unsere Köpfe will … was in diesem Fall schlecht für uns ist.

Falls jemand aus dem Orden der Wildheit einen der ehemals besten Generäle König Konrams erkennt, werden sie annehmen, dass Stavros auf Befehl des Königs hier ist, um sie aufzuhalten.

Alek, der neben mich getreten ist, berührt meinen Arm. „Sei

einfach vorsichtig. Wir wissen nicht, was wir hier in Nikodi zu erwarten haben."

Er bleibt aus ähnlichen Gründen in unserem Lager. Falls sich die Nachricht über die angeblichen Verräter herumgesprochen hat, die eine zerrissene Zauberin beherbergen, wird man ihn leicht identifizieren können, wenn er seine Narben oder seine Maske zeigt.

Wir gehen immerhin bloß auf eine Erkundungsmission. Der Sinn des Ganzen besteht darin, sich unter die Leute zu mischen und Informationen zu sammeln, nicht darin, große Wellen zu schlagen.

Ich gebe Alek einen kurzen Kuss. „Wir sollten zurechtkommen. Es gibt keinen Grund, aus dem uns jemand verdächtig finden sollte. Und das hier ist Julitas Heimat ... Sie wird uns führen."

Meine geisterhafte Passagierin meldet sich in meinem Hinterkopf zu Wort. *Das stimmt. Ich werde dafür sorgen, dass ihr auf dem richtigen Weg bleibt.*

Ihr Versuch, in einem munteren Ton zu sprechen, funktioniert nicht so recht, da Anspannung darin mitschwingt.

Wir werden zuerst zum Anwesen ihrer Familie gehen. Wir haben keine Ahnung, was wir dort finden werden, doch ich habe verstanden, dass sie nicht glauben kann, dass ihre Eltern sich vom Orden der Wildheit überzeugen lassen würden.

Was bedeutet, dass die Blutzauberer die Kontrolle höchstwahrscheinlich mit Gewalt errungen haben.

Ich gebe Stavros sicherheitshalber einen Kuss, den er mit einem missmutigen Knurren und einer Menge Begehren erwidert. Als ich zurückweiche, mustert er Casimir und Rheave kurz und mit weniger Misstrauen, als er dem Daimon-Mann zuvor entgegenbrachte.

Casimir bemerkt die Sorge, die er nicht ausspricht. „Wir werden sicherstellen, dass Ivy in einem Stück zurückkommt."

Rheave richtet seine muskulöse Gestalt auf. „Niemand wird an uns vorbeikommen, um ihr zu schaden."

„Hey, vielleicht bin am Ende ja ich diejenige, die euch beide verteidigt", widerspreche ich lässig.

Ein Schatten huscht über Stavros' Miene, bevor er ihn verscheucht. Er spricht mit ruhiger Stimme. „Solange du noch mit dem Ausgleichen der Wirkungen umzugehen lernst, ist es besser, wenn du deine Magie nicht anwendest, außer es geht nicht anders."

Ich lächle, obwohl sich mein Magen bei seiner Warnung verknotet. „Ich bin ganz deiner Meinung." Ich tätschle meine Tasche, wo ich mein verzaubertes Medaillon verstaut habe. „Schickt uns ein Signal, falls euch irgendwelche Schwierigkeiten finden."

Stavros nickt und wendet sich an Alek. „Ich schätze, wir sollten weiter an deinen Messerkünsten arbeiten. Ich werde dich schon noch in Form bringen."

Alek stöhnt, doch er zieht ohne weitere Proteste seinen Dolch.

Ich zwinkere ihm zu. „Bring ihm für mich eine kleine Wunde bei."

Als Stavros belustigt schnaubt, schwinge ich mich auf Krümels Rücken. Casimir, Rheave und ich brechen in einem Trab auf.

Der Ritt, der uns in Sichtweite des Herrschersitzes der Grafschaft Nikodi bringen soll, dauert ungefähr zwei Stunden. Wir verbringen ihn schweigend und mit kurzen Momenten gedämpfter Konversation, während wir unsere Blicke über die Landschaft schweifen lassen.

Mit jeder verstreichenden Meile verknotet sich mein Magen fester. Wir wissen eigentlich gar nicht, womit wir zu rechnen haben. Ich habe Jahre damit verbracht, Informationen auf den Straßen Florians zu sammeln und mich unbemerkt durch die ärmsten und reichsten Viertel zu bewegen, musste mich allerdings noch nie mit einem brutalen Aufstand auseinandersetzen.

Ich habe jedoch viel mehr Übung im Anwenden von Listen als einer meiner Männer. Ich muss sie beschützen – hier und im weiteren Sinne.

Wenn wir keine Möglichkeit finden können, unsere Namen reinzuwaschen und uns König Konram zu beweisen, werden sie den Rest ihres Lebens so verbringen, wie ich den Großteil meines Lebens verbracht habe – mit einem Bein am Galgen. All das nur, weil sie sich für mich eingesetzt haben.

Julita macht mich mit einem erstickten Geräusch auf unsere Ankunft aufmerksam. *Da ist das Haus. Du kannst das Dach über dem Hügel sehen.*

Ich verlangsame Krümels Schritte und spähe in die Ferne. Sie hat recht – über den hügeligen Feldern vor uns kann ich einige Spitzen eines gedeckten Dachs erkennen.

„Das ist das Herrenhaus deiner Familie?", frage ich sie mit leiser Stimme.

Ja. Ich schätze, wir sollten uns ab hier vorsichtiger nähern. Wenn ihr den Gipfel des nächsten Hügels erreicht, werdet ihr das ganze Anwesen und links die Stadt Pima sehen.

Ich gebe ihren Vorschlag an die Männer weiter und steige vom Pferd ab. Wir lassen die Pferde am Fuß des Hügels grasen und erklimmen diesen zu Fuß.

Sobald das Haus unter uns deutlich zu sehen ist, senke ich mich tiefer auf den Boden und lege meine behandschuhten Hände ins gefrorene Gras. Die Männer folgen meinem Beispiel. Unser Atem entweicht unseren Mündern in der kalten Winterluft wie Rauch.

Das Gebäude, in dem Julita aufgewachsen ist, ist viel breiter und weitläufiger als die Häuser der Adligen, die ich aus Florian kenne. Das ergibt Sinn angesichts dessen, dass die Adligen in der Hauptstadt nur begrenzt Platz haben, da sie gemeinsam in den Innenbezirk der Stadt gequetscht sind.

Das Haus unter mir sieht aus, als hätte es kompakter begonnen. Das zentrale Gebäude rings um die Eingangstür ist ziemlich symmetrisch und ragt drei Stockwerke zu einem massiven Turm auf. Im Lauf der Jahrhunderte haben verschiedene Grafen und Gräfinnen jedoch an den Seiten und hinter dem Gebäude zusätzliche Räume angebaut, bis es ein Mischmasch aus Steinquader-Formen wurde.

Julita seufzt zittrig, ohne Worte hinzuzufügen. Es ist Monate her, seit sie zuletzt zu Hause war.

Jetzt wird sie dieses Gebäude nie wieder richtig betreten können, zumindest nicht als sie selbst. Ich kann mir nicht vorstellen, wie sich das anfühlt.

Ich habe zwar mein Elternhaus verlassen, dort gab es allerdings nichts mehr für mich. Und ich *könnte* zurückkehren, wenn ich das wirklich tun wollte.

Julita wurde diese Entscheidung genommen.

Mein Blick schwenkt zu den kleineren Dächern links von uns. Eine Handvoll hoher Bauwerke – einige Tempel und eines, das die Stadthalle sein könnte – ragen zwischen ein- und zweistöckigen Gebäuden empor.

Im Vergleich zu Florian ist es schwer, diese Siedlung eine Stadt zu nennen. Sie kann nicht mehr als ein Zehntel der Größe der Hauptstadt haben.

Julita hat mir einmal erzählt, dass Nikodi nur ungefähr ein Viertel der Einwohner hat, die in Florian leben.

Casimir macht einen leisen Laut in seiner Kehle, der meine Aufmerksamkeit erregt. Ich lenke meinen Blick wieder auf das Anwesen.

Ein paar Männer sind aus dem Obstgarten hinter dem Gebäude gekommen und gehen die niedrige Mauer entlang, die das Gelände umgibt. Während ich sie beobachte, tritt eine andere Gestalt – eine Frau, die unter ihrem Umhang wie die Männer in eine schlichte Jacke und Hose gekleidet ist – aus dem Haus und geht zum Eingangstor.

Sie sehen nicht wie Adlige aus, nicht einmal auf dem Niveau von Julitas abgelegener Provinz. Allerdings bewegen sie sich mit einem bedrohlichen Selbstbewusstsein, das ich so noch nie bei Hauspersonal beobachtet habe.

Normalerweise hat nur ein Mann Wache gehalten, murmelt Julita. *Und er hätte eine richtige Uniform getragen.* Die Nervosität in ihrer Stimme hat zugenommen.

Ich blicke zu meinen Begleitern. „Julita sagt, dass ihr Anwesen für gewöhnlich nicht von so vielen Leuten patrouilliert wurde. Dies könnten Leute sein, die für den Orden der Wildheit arbeiten."

Rheave starrt die Gestalten eindringlich an. Sein Gesicht verdüstert sich. „Sie sind alle Daimon."

Obwohl ich bereits angenommen habe, dass sie nicht zum gewöhnlichen Personal zählen, wird mir ganz flau im Magen. „Alle drei?"

Er nickt kaum merklich. „In den heraufbeschworenen Körpern."

Julitas Präsenz erschaudert in meinem Hinterkopf. *Die Blutzauberer haben mein Zuhause eingenommen.*

„Wir werden uns etwas überlegen", verspreche ich in dem ruhigeren Ton, den ich nutze, damit die Männer wissen, dass ich mit Julita und nicht mit ihnen spreche. Dann hebe ich die Stimme leicht, um Casimir und Rheave ebenfalls einzubeziehen. „Sie könnten ihre Eltern und Mitglieder des echten Personals im Gebäude eingesperrt haben und bewachen. Oder sie haben sie vertrieben. Es besteht auch die Möglichkeit, dass der Haushalt mit ihnen kooperiert, ob nun wirklich freiwillig oder unter Zwang."

Casimir macht ebenfalls ein finsteres Gesicht. „Ich schätze, wir können schlecht zu ihnen gehen und nachfragen."

Julita atmet scharf ein. *Ich hoffe, ihnen geht es gut. Wir waren zwar nicht bei allem einer Meinung, aber ... sie haben sich Mühe gegeben. Sie haben mir Gelegenheiten verschafft, obwohl Borys der Haupterbe war.*

Sie hatte gehofft, das Anwesen als Gräfin zu übernehmen, nachdem sie ihre Ausbildung an der Akademie beendet hatte. Da ihr älterer Bruder vor einigen Jahren verschwunden ist und für tot gehalten wird, hätte das möglich sein sollen.

Doch jetzt haben die Blutzauberer nicht nur ihr Leben auf den Kopf gestellt, sondern auch das ihrer restlichen Familie.

„Wir werden uns etwas überlegen", wiederhole ich. „Was sollen wir jetzt tun?"

Sie hält kurz nachdenklich inne. *Es erscheint mir unklug zu sein, sich dem Anwesen zu nähern. Wir würden zu viel Aufmerksamkeit erregen und wahrscheinlich ohnehin keine Antworten erhalten. Lasst uns nach Pima gehen und schauen, was in der Stadt los ist.*

Ich gebe die Idee an die Männer weiter und wir schleichen zu unseren Pferden zurück. Als wir sie zu der Straße wenden, die zur Stadt führt, hat sich sogar auf Casimirs umwerfendem Gesicht Düsternis ausgebreitet.

Wir haben eine Geschichte vorbereitet, doch keiner der Leute, die uns auf dem Ritt in die Stadt beobachten, macht sich die Mühe, uns aufzuhalten, geschweige denn zu fragen, warum wir hier sind. Rheave murmelt, dass einige derjenigen, die sich am Stadtrand aufhalten, Daimon sind.

Ich schätze, dass die anderen, die Wache halten, menschliche Mitglieder des Ordens der Wildheit sind. Entweder Blutzauberer oder gewöhnliche Bürger, die an die Behauptungen glauben, dass sie Silana zu seinem ehemaligen Glanz verhelfen werden.

Händler kommen noch mit Wagen voller Waren in die Stadt; Läden und Restaurants sind geöffnet; Fußgänger laufen durch die Straßen. Doch ein Hauch von Anspannung liegt in der Luft, als würde jeder in regelmäßigen Abständen über die Schulter blicken, um nach Bedrohungen Ausschau zu halten.

Ich weiß, dass nicht nur ich diesen Eindruck habe, als Julita es ebenfalls bemerkt. *Es fühlt sich an, als wäre das Leben wie sonst … aber nicht ganz. Alle sind ein wenig angespannt.*

Nikodi befindet sich am nördlichen Ende der Provinz Eppun und grenzt auf der entlegensten Seite an Bryfeen, weshalb ich bezweifle, dass hier ein direkter Zusammenstoß mit der königlichen Armee stattgefunden hat. Der Aufstand hat jedoch offensichtlich in der ganzen Grafschaft Spuren hinterlassen.

Als wir unsere Pferde an einen der Anbindebalken der Stadt binden, damit wir uns unter die Stadtbewohner mischen können, durchschneidet eine scharfe Stimme das leise Summen der Alltagsgespräche. „König Konram und sein Hof haben uns zu lange schikaniert! Alle sollten sich für Silana einsetzen und so leben, wie es der Allesgeber für uns im Sinn hatte!"

Eine Frau steht mit einer Gruppe aus Anhängern auf einer Kiste an der Ecke eines nahegelegenen Marktplatzes. Sie verteilt Flugblätter an jeden, der vorbeigeht.

Ich nehme eines, das auf die Straße gefallen ist, und verkneife mir eine Grimasse. Der Orden der Wildheit hat eine der alten Mythen über Creaden genommen, der die ersten Könige des Reichs unterstützte, und so verdreht, dass es klingt, als würde sogar der Gottlen der Herrschaft ihre Sache unterstützen.

Dass keine Soldaten oder örtliche Gesetzeshüter da sind, um

die feindseligen Kommentare der Frau zu unterbinden, zeigt, wie gründlich die Blutzauberer die Grafschaft übernommen haben. Ich erschaudere bei dem Gedanken daran, was sie mit denjenigen getan haben, die versucht haben, sich ihnen zu widersetzen.

Julitas Stimme bleibt verhalten, während sie all das durch mich erfasst. *Es gab eine Kneipe auf dieser Seite der Stadt, die das Personal häufig besucht hat. Der silberne Hirsch. Ich bin ein paarmal selbst hingegangen. Es ist möglich, dass wir dort jemanden entdecken werden, den ich kenne und der mit uns reden wird ... Ich glaube, wenn wir an dieser Kreuzung rechts gehen ...*

Wir folgen ihren Anweisungen um einige Abzweigungen zu einer Eckkneipe, in der viele Leute zu Mittag essen. Rheaves Augen leuchten auf, als er die heraufbeschworene Illusion eines Hirschs beobachtet, der von einem Ende des Schilds zum anderen und wieder zurück springt.

Als wir durch die Tür in einen Raum treten, der nach frischgebackenem Brot und gebratenen Klößen riecht, sind fast alle der dicht besetzten Tische voll. Genauso wie die Plätze entlang der lackierten Bar, wo einige Leute ein flüssiges Mittagessen zu sich nehmen.

Ich schlängle mich zwischen den Tischen hindurch, als würde ich nach jemandem suchen, mit dem ich hier verabredet bin, und lasse meinen Blick über die Gäste schweifen. Keines der Gesichter bedeutet mir etwas, doch auf der Rückseite des Raums keucht Julita aufgeregt.

Da ist Hanie! Die Frau, die allein an dem kleinen Tisch an der hinteren Wand sitzt — in dem olivgrünen Kleid mit den kupferfarbenen Haaren. Sie ist die leitende Magd unseres Anwesens. Sie hat immer dafür gesorgt, dass sich die neuen Dienstmädchen ordentlich um meine Kleider und Haare kümmerten und unsere Zimmer putzten.

Ich bleibe stehen, um die Frau aus dem Augenwinkel zu mustern, auf die Julita mich aufmerksam gemacht hat. Sie ist über eine Schüssel gebeugt und ihr Blick huscht zwischen den Bissen immer wieder durch den Raum.

Falls sie in Julitas Haus war, als der Aufstand Nikodi erreichte, muss sie entkommen sein. Sie sieht aus, als hätte sie

Angst, dass jemand von ihrer Verbindung zu den Herrschern der Grafschaft erfahren könnte.

Zumindest glaube ich nicht, dass sie mit dem Herrscherwechsel in der Stadt einverstanden ist.

Geh schon, drängt Julita. *Sprich mit ihr. Erzähl ihr, dass du eine Freundin von mir bist und schau, was sie weiß.*

Ich drehe den Kopf zu den Männern, um ihnen zu erzählen, was los ist, und sie folgen mir zu Hanies Tisch. Als ich sie erreiche, erstarrt sie mit einer Hand auf halbem Weg zu ihrem Mund und der anderen an der Schüssel Eintopf.

„Bist du Hanie?", frage ich, da ich sie theoretisch nicht auf den ersten Blick erkennen sollte.

Die Frau mustert mich misstrauisch und senkt den Löffel in ihre Schüssel. „Das ist mein Name. Kann ich dir helfen?"

„Ich hoffe es. Wir sind Freunde von Julita. Sie hat uns erzählt, dass wir nach … Hättest du etwas dagegen, wenn wir uns zu dir setzen, damit wir etwas diskreter miteinander sprechen können?"

Hanies Augen weiten sich. Sie senkt zustimmend den Kopf und streicht eine Strähne ihrer kupferbraunen Haare hinter ihr Ohr, als Casimir und ich uns auf die Bank gegenüber von ihr quetschen. Rheave verändert seine Position, um die Sicht der anderen Gäste auf uns zu verdecken.

„Ist Julita nach Nikodi zurückgekehrt?", fragt die Magd mit gedämpfter Stimme, in der eine Mischung aus Aufregung und Sorge liegt. Soweit ich das erkennen kann, ist ihr die Familie noch immer wichtig, für die sie gearbeitet hat.

Niemand in Nikodi wird wissen, was der Tochter ihres Grafen und ihrer Gräfin widerfahren ist. Die Geschichte, die auf der königlichen Akademie erzählt wurde, lautete, dass Julita hastig nach Hause aufgebrochen war. Allerdings bezweifle ich, dass sich jemand die Mühe gemacht hat, nachzufragen, ob sie diese Reise bereits beendet hat.

Soweit die Leute hier wissen, studiert sie noch in Florian, wurde weder ermordet noch in einem anonymen Grab verbuddelt und ihr Geist steckt auch nicht im Körper einer anderen.

Ich schüttle den Kopf. „Sie konnte Florian noch nicht

verlassen, war jedoch aufgebracht, nachdem sie hörte, was hier los ist. Es war leichter für uns, die Reise zu unternehmen. Wir haben ihr versprochen, dass wir alles in unserer Macht Stehende tun würden, um zu helfen."

Hanies Blick senkt sich auf ihre Schale und ihre Miene wirkt verdrossen. „Ich bin mir nicht sicher, ob man hier noch viel helfen kann. Die letzten zwei Wochen ... Es war ein Albtraum."

Nun, sie unterstützt den Aufstand definitiv nicht. Es ist gut, dass wir das bestätigen konnten.

Casimirs Mund verzieht sich mitfühlend. Er spricht mit der sanften Stimme, die ein Gewitter beruhigen könnte. „In Florian hatten wir mit den Leuten zu tun, die hinter diesem ‚Orden der Wildheit' stecken. Wir konnten sie daran hindern, einige ihrer schlimmsten Pläne in die Tat umzusetzen."

„Ich glaube, wir können das Gleiche hier tun", füge ich hinzu. „Wir brauchen nur eine bessere Vorstellung davon, was genau sie getan haben."

Hanies Schultern senken sich ein wenig. Sie sieht sich erneut im Raum um und senkt die Stimme noch stärker. „Sie haben zuerst Julitas Anwesen gestürmt ... und das örtliche Wachgebäude. Ich habe gehört, dass alle Soldaten in der Festung weiter südlich ebenfalls abgeschlachtet wurden. Seitdem haben die Leute vom Orden hauptsächlich darüber gesprochen, dass sie einen ‚echten' König auf den Thron setzen und den Weg für die Rückkehr des Allesgebers ebnen werden. Und sie gehen gegen jeden vor, der sie infrage stellt."

Ich verziehe das Gesicht. „Hast du irgendwelche merkwürdig aussehenden Gestalten bei ihnen gesehen? Leute, die eine beunruhigende Anzahl an Opfern erbracht haben oder die so verhüllt sind, dass man nicht einmal ihre Gesichter sehen kann?"

„Zu wissen, wo sie sich versammeln, um ihre Pläne zu schmieden, oder wo sie ihre Vorräte aufbewahren, wäre auch nützlich", wirft Casimir ein.

Hanies Blick richtet sich nachdenklich in die Ferne. Sie hebt ihre Finger an ihre Lippen. „Ich habe einige Dinge in der Stadt bemerkt ... Ich versuche, nicht zu nah heranzugehen. Ihr müsst vorsichtig sein. Jeder, der sich zu stark gewehrt hat, ist einfach verschwunden.“

Ich schlucke schwer. „Wir werden nicht zu auffällig vorgehen. Jemand muss sich ihnen jedoch stellen, bevor sie noch mehr Schaden anrichten.“

Julita windet sich in meinem Hinterkopf. *Was ist mit meinen Eltern? Sie hat gesagt, die Blutzauberer hätten das Anwesen gestürmt ... Was ist mit allen anderen passiert?*

Ich kann es ihr nicht verübeln, dass sie diese Antworten will, solange sie die Gelegenheit hat, sie zu erfragen.

Ich hole zittrig Luft. „Und falls du es uns erzählen kannst, damit wir Julita eine Nachricht schicken können ... wo sind ihre Eltern jetzt? Werden sie im Haus gefangen gehalten?“

Hanies Gesicht erbleicht. Ich wappne mich für das Schlimmste.

Ihre Stimme senkt sich zu einem kaum hörbaren Flüstern. „Sie sind tot. Die Briganten ... sie haben sie aus ihren Betten gezerrt und ihnen die Kehle durchgeschnitten.“

Julita stößt ein Wehklagen aus, das durch meinen Kopf hallt. Ich schließe kurz die Augen und trauere mit ihr um ihren Verlust.

Wie viel Blut wird noch vergossen werden, bevor wir diese Psychopathen ein für alle Mal aufhalten können?

ACHTZEHN

Casimir

Das Bordell *Lust der Lilie* ist zumindest von außen eines der dezenteren Etablissements der sinnlichen Künste, die ich bisher gesehen habe.

Das heißt allerdings nicht, dass es vollkommen diskret ist. Der Besitzer hat einen Illusionisten damit beauftragt, das Bild einer Frauenhand heraufzubeschwören, die über die Buchstaben des Schilds streichelt, und Ardones Sigille ist eindeutig zu beiden Seiten des Geschäftsnamens in das Schild geschnitzt worden. Die Fassade des Gebäudes wurde jedoch in einem unauffälligen Elfenbeinton gestrichen, der stellenweise zu Hellgrau verblasst ist. Außerdem gibt es keinerlei zusätzliche Dekorationen. Die dunkelroten Vorhänge, welche die Fenster bedecken, verbergen alles, was im Inneren vor sich geht.

Momentan ist das möglicherweise mehr als das Frönen körperlicher Freuden. Julitas ehemalige Magd hat erwähnt, dass sie einige der Führungsmitglieder des Ordens der Wildheit regelmäßig aus diesem Laden kommen und gehen sehen hat.

Es könnte einfach daran liegen, dass sie ihre Gelüste stillen wollen. Angesichts dessen, dass die Verschwörer in Florian mindestens ein Bordell nutzten, um ihre Opferkomplizen zu verstecken, waren wir jedoch der Meinung, dass wir uns das Ganze genauer anschauen sollten.

Meine Beobachtungen der letzten zwei Tage haben meine Ahnung bestätigt, dass die Lust der Lilie eine bedeutsame Rolle bei den Plänen der Blutzauberer spielt. Wann immer der Bordellbesitzer in einem seiner eleganten, allerdings leicht zerschlissenen Anzüge herauskommt, kann ich an all seinen Gesten erkennen, dass er unter großem Stress steht. Er reibt sich beispielsweise immer wieder verstohlen über das Gesicht und hält seine schmale Gestalt stocksteif.

Etwas macht ihn nervös. Nach dem Aussehen seines Geschäfts zu urteilen, ist er seit Jahrzehnten in der Branche tätig, weshalb ich bezweifle, dass er irgendwelche Bedenken hinsichtlich der offiziellen Dienste hat, die er anbietet.

Und als gestern Nacht einige der Männer und Frauen vorbeikamen, die wir als wichtige Mitglieder des örtlichen Ordens identifiziert haben, kamen und gingen sie mit einer Einstellung, die eher entschlossen als gemächlich wirkte.

Also gehen wir ein Risiko ein und schauen, ob wir die Macht der Blutzauberer in Pima ein wenig verringern können.

Kurz schnürt mir der Gedanke an den Aufstand, der sich in der gesamten Provinz ausgebreitet hat, die Lunge zu. Ich bin es gewohnt, mich Eins-zu-Eins mit Leuten zu beschäftigen und mich mit einer persönlichen Note um ihre Sorgen zu kümmern.

Ich hätte nie erwartet, dass ich gegen eine Horde Verräter vorgehen würde, die brutale Magie anwenden.

Meine Hände ballen sich zu Fäusten, während ich in der Straße ein kurzes Stück entfernt vom Bordell stehe. Ich ziehe Luft tief in meine Lunge und zwinge meine Hände, sich zu entspannen.

Eine persönliche Note ist möglicherweise genau das, was hier notwendig ist. Hanie hat daran gezweifelt, ob wir in der Lage sein würden, einen Unterschied zu machen. Allerdings ist es nicht zwingend notwendig, dass die Verschwörer alle gleichzeitig beseitigt werden.

Wir können versuchen, sie mit einigen kleinen, schnellen Vorstößen zu untergraben, die vielleicht unbedeutend wirken, jedoch eine Wirkung haben werden, wenn diese durch ihre Organisation bebt. Sie hatten nur ein paar Wochen, um hier Wurzeln zu schlagen.

Wir müssen alles in unserer Macht Stehende tun, um diese frischen Wurzeln zu durchtrennen. Wir arbeiten alle zusammen, ganz gleich, wie weit wir von unserem ursprünglichen Bestreben abgekommen sind.

Ich sammle mich und schlendere in dem schwachen Licht des Spätnachmittags zu dem Bordell. Dabei halte ich das Kinn gereckt und gehe aufrecht, so wie es die Verschwörer getan haben, die ich gestern das Gebäude betreten sehen habe.

Die Scharniere quietschen leise, als ich die Tür öffne. Warme Luft schlägt mir aus dem Gang entgegen, stark durchzogen von den Düften nach Vanille, Jasmin und Rosen.

Eine schmale, gepolsterte Bank steht direkt neben der Tür. Ein Vorhang trennt den Empfangsbereich vom restlichen Haus. Sinnliche Musik und feminines Gelächter dringen durch diesen hindurch.

Nur Augenblicke, nachdem ich das Etablissement betreten habe, erscheint der schlanke Mann im Türrahmen des einzigen Zimmers auf dieser Seite des Vorhangs, das vermutlich sein Büro ist. Er mustert mich mit einem berechnenden Lächeln. „Was kann ich für Sie tun, Sir? Es ist früh … es gibt viele Optionen.“

Ich lächle zur Antwort so reserviert, dass die Edelsteinzähne hinten in meinem Mund verborgen bleiben, die meinen Status als Kurtisan verraten würden. „Tatsächlich bin ich hier, um etwas für Sie zu tun.“

Beim Sprechen schubse ich meine Gabe zu ihm. Ein Kribbeln breitet sich dort in meinem Zahnfleisch aus, wo ich die acht Zähne Ardone geopfert habe, und ein Schwall von Bildern und Empfindungen flutet meinen Kopf.

Ah. Praktischerweise ist das, was ich tun kann, um diesen Mann am glücklichsten zu machen, genau das, was ich hier zu tun hoffe.

Seine Stirn hat sich in Falten gelegt. Daher spreche ich weiter, bevor er mir Fragen stellen kann. „Sie haben hier etwas, was dem Orden der Wildheit gehört. Wir müssen sie an einen anderen Ort verlegen. Ich werde sie Ihnen abnehmen. Sie werden natürlich den Rest Ihrer fälligen Kompensation erhalten."

Erleichterung blitzt auf dem Gesicht des Mannes auf, bevor er sie verbergen kann. Er nickt mit einem Eifer, den er zu unterdrücken versucht, und bedeutet mir, ihm zu folgen. „Ich bin froh, dass ich denen von Nutzen sein konnte, die den Allesgeber feiern."

Er ist jedoch noch glücklicher, nicht mehr diese Verantwortung tragen zu müssen. Aufgrund der Abscheu, die ich in dem Strom aus Eindrücken wahrgenommen habe, vermute ich, dass er mindestens einen Blick darauf erhascht hat, wie seine unerwarteten Untermieter unter ihren Schleiern aussehen.

Ich glaube nicht, dass er wissen will, was der Orden der Wildheit mit diesen verstümmelten Leuten vorhat.

Der Bordellbesitzer führt mich im hinteren Teil des Gebäudes eine Treppe hinab, wo der Parfümduft Staub und einem Hauch von Schimmel weicht. Er entriegelt die Tür rechts von der Treppe und zeigt auf den Raum dahinter, ohne ihn selbst zu betreten. Seine Haltung hat sich bereits angespannt.

Ihn macht definitiv nervös, was er von den Opferkomplizen der Blutzauberer gesehen hat.

Mit sanfter Miene überquere ich die Türschwelle in den schwach beleuchteten Raum.

Das Zimmer hat keine Fenster und kaum Möbel. Vier Feldbetten stehen entlang der Wände und ein kleiner Tisch ist zwischen ihnen positioniert, auf dem sich Teller befinden, auf denen noch Essensreste liegen.

Da die Opferkomplizen keine Arme haben, um ihr Essen zu halten, oder Augen, um es zu sehen, senken sie einfach ihre Münder zu den Tellern und essen wie Tiere? Haben meine angeblichen Kollegen dem Bordellbesitzer befohlen, ihnen bei ihren Mahlzeiten zu helfen?

Die verhüllten Gestalten sehen sogar unter dem taubengrauen Tuch unheimlich aus, das den Großteil ihrer Verstümmelungen verbirgt. Es ist offenkundig, dass der Stoff zu glatt über ihre Köpfe und zu schmal an ihren Körpern entlang fällt, wo sie so viel für ihre Gaben geopfert haben, welche die Blutzauberer nun ausbeuten.

Mir wurde beigebracht, Schönheit in jeder Narbe zu sehen, die das Leben hinterlassen kann … doch es ist nichts Schönes an Opfern, die aufgrund einer Manipulation erbracht wurden. Die Blutzauberer haben diese Leute mit Versprechen göttlichen Ruhms dazu beschwatzt, sich zerstückeln zu lassen, als sie gerade einmal zwölf Jahre alt waren.

Dieses Wissen verrät mir, wie ich sie überreden kann, mitzukommen, ohne dass ich meine Gabe einsetzen muss.

Die vier sitzen auf ihren Feldbetten und drehen nun die Köpfe zu mir. Sie werden mich nicht sehen können, doch obwohl sie keine Ohrmuscheln mehr haben, werden sie mich noch hören.

„Es ist Zeit, dass ihr euren Beitrag zu unserer Sache leistet", verkünde ich mit ruhiger Stimme, obwohl sich mein Magen verknotet. „Ihr könnt eurem Zweck heute Nacht auf unglaubliche Art dienen."

„Natürlich!", lallt eine der verhüllten Gestalten und steht torkelnd auf.

Die Frau neben ihm beugt den Kopf. „Wir freuen uns über die Gelegenheit."

Mit Ausnahme der Gestalt, deren Schleier schief über ihre Knie fällt, stehen alle auf. Ihm fehlt der untere Teil eines Beins und nur der Stumpf einer groben Holzprothese ragt unter ihm hervor.

Ich berühre seinen Arm, damit er weiß, dass ich da bin und ihm helfe, aufzustehen. Er schwankt, findet jedoch sein Gleichgewicht.

„Unser Wagen wird direkt vor Ihrem Laden auf uns warten", informiere ich den Bordellbesitzer. „Danke für Ihren Beitrag."

Er folgt uns, als wir eine wacklige Prozession die Treppe hinauf und durch den Gang formen. Ohne Arme schwanken die Opferkomplizen sogar, wenn sie geradeaus laufen.

Ich übernehme die Führung, um sie mit meinen Schritten zu leiten, und halte nach möglichen Stolperfallen Ausschau. Mit jedem krächzenden Atemzug, den sie machen, und jeder stockenden Bewegung schwillt Entsetzen in mir an.

Reden sich die Blutzauberer ein, dass ihre Taten keine Verbrechen sind, weil sie die Leute nicht getötet haben, deren Opfer sie nutzen, um ihre Macht zu stärken? Denn für mich macht es den Eindruck als hätten sie die kurze Grausamkeit eines Mords gegen lebenslange Qualen eingetauscht.

Ich erreiche die Tür als Erster und beuge mich nach draußen, um kurz ein Zeichen zu geben. Am Ende der Straße gibt Rheave den Pferden einen Klaps, damit sie den Wagen vor das Bordell ziehen, den wir von einem verlassenen Bauernhof beschlagnahmt haben. Das Segeltuch, das sich über die Ladefläche spannt, wird die Komplizen vor Blicken verbergen, die wir entführen.

Als ich die verhüllten Gestalten aus dem Bordell führe, wird das Segeltuch hinten zurückgeschlagen. Alek hält eine Seite auf, während ich die vier Gestalten hineinführe.

Er wollte sich uns bei dieser Mission anschließen, allerdings kann er sich nicht blicken lassen, während wir durch die Straßen der Stadt fahren. Das Make-up, das ich auf seine Narben gemalt habe, ist keine perfekte Tarnung.

Er schenkt mir ein kurzes, angespanntes Lächeln zur Begrüßung. Keinem von uns gefällt der Zustand der Leute, zu deren Befreiung wir gekommen sind, aber wir sind froh, dass wir sie befreien können.

Obwohl ich die Führungsrolle bei dieser Operation übernehme, könnte ich die Rettung nicht ohne ihn und den Daimon durchführen, der so ein hingebungsvoller Verbündeter geworden ist.

Als die Opferkomplizen auf den Bänken im Wagen sitzen, schließe ich die Klappen und verschnüre sie. Aleks ruhige Stimme dringt durch das Segeltuch, als ich um den Wagen herum zur Fahrerseite gehe. „Ich möchte sicherstellen, dass wir euch richtig positionieren, um die größte Wirkung zu erzielen. Was sind eure Gaben?"

Ich wuchte mich auf den Platz neben Rheave, der dies als Hinweis auffasst, die Pferde lostraben zu lassen. Der

Bordellbesitzer ist bereits in seinem Etablissement verschwunden und denkt zweifellos „Auf Nimmerwiedersehen".

Ich senke meine Stimme, um dem Daimon zuzuflüstern: „Wir sollten ein gemächliches Tempo wahren, bis wir die Stadt verlassen, damit wir keinen Verdacht erregen. Wenn wir auf der offenen Straße sind, werden wir die Pferde schneller laufen lassen. Wir dürfen nicht so lange brauchen, dass die Komplizen anfangen, sich Sorgen zu machen."

Rheave neigt zustimmend den Kopf. Sein Gesicht wirkt ruhig und konzentriert. Er ist wirklich der perfekte Kamerad für eine derartige List – menschliche Unsicherheiten beeinflussen ihn so wenig, dass er keinerlei Nervosität verbergen muss.

Ich war mir zuerst nicht sicher, wie er in die Dynamik passen würde, die zwischen uns vieren entstanden ist. Ivy, Alek, Stavros und ich haben auf der Akademie so viel durchgemacht, bevor Rheave buchstäblich in unser Leben geplatzt ist. Doch irgendwie schafft er es, fantasievoll und beständig zu sein, wenn wir mehr von beidem gebrauchen können, um unsere Laune zu heben.

Ich lehne mich auf meinem Platz zurück und lasse zu, dass sich meine Nervosität legt. Der Rest der Reise sollte reibungslos verlaufen. Hanie hat sich für einen Priester in einem Tempel Prospiras verbürgt, der ungefähr eine Stunde außerhalb der Stadt liegt. Wir werden dort hingehen und die Opferkomplizen seiner Fürsorge übergeben.

Alek wollte auch mit dem Priester sprechen – es hat etwas mit der Untersuchung von Aufzeichnungen hinsichtlich der Großen Vergeltung zu tun. Ich bin mir nicht sicher, was er sich von dieser Fragerichtung erhofft, doch ich vertraue darauf, dass der Gelehrte weiß, was er tut.

Und jetzt werden die Blutzauberer vier Opfer weniger haben, die sie ausnutzen können, um ihre Herrschaft durchzusetzen. Der Bordellbesitzer wird ihnen bloß erzählen können, dass einer von ihnen gekommen ist, um …

„Hey, ihr da! Wartet kurz."

Ein kräftiger Mann mit einem Schwert an der Hüfte tritt vor uns auf die Straße und hält die Hände hoch. Mein Herz setzt einen Schlag aus.

Wir haben uns nur wenige Blöcke vom Bordell entfernt. Hat jemand erkannt, was wir aushecken?

Nach dem arroganten Gang des Mannes zu urteilen, ist er entweder ein Mitglied des Ordens der Wildheit, der ihren Willen in der Stadt durchsetzt, oder einer der Einheimischen, die das Gleiche tun, um die Gunst des Ordens zu gewinnen. Sein herrischer Blick gleitet über uns.

„Was treibt ihr in Pima?", verlangt er zu wissen. „Ich kenne keinen von euch."

Dann ist er vermutlich ein Einheimischer, und zwar einer, dem die neugefundene Macht zu Kopf gestiegen ist.

Ich bleibe entspannt sitzen. „Wir sind durch die Stadt gezogen, um einige Geschäfte zu tätigen. Wir kehren jetzt nach Valk zurück."

Ich wähle eine nikodische Stadt, die weiter von der Grenze entfernt ist, in der Hoffnung, dass das seine Sorgen zerstreuen wird, dass wir etwas mit den Truppen des Königs zu tun haben. Ich erhalte lediglich eine finstere Miene zur Antwort.

Der Wachmann nimmt einen hochmütigeren Ton an und schlendert an den Pferden vorbei. „Ich hoffe, eure Geschäfte unterstützen unsere Ziele. Habt ihr irgendetwas dazu beigetragen, dass ein anständiger König auf den Thron kommt?"

„Wir tun, was wir können. Was der Allesgeber von uns allen wollen würde."

Er bleibt neben mir stehen und betrachtet Rheave aus zusammengekniffenen Augen. „Dein Geschäftspartner ist schrecklich schweigsam."

Rheave mustert ihn auf seine unerschütterliche Art. „Gibt es etwas, was du mich fragen willst?"

Sein gleichgültiger Ton scheint den Verdacht der Wache zu erregen. Er blickt zu dem restlichen Wagen. „Vielleicht sollte ich mir anschauen, welche Waren ihr verkauft."

Götter straft uns. Ich suche nach den richtigen Worten, um sein autoritäres Ego zu bändigen, doch mir fällt nichts ein.

Ich weiß nicht, was er wirklich will. Doch ich habe eine Möglichkeit, es herauszufinden.

Ich atme tief ein und meine Zähne knirschen aufeinander. Normalerweise würde ich meine Gabe nicht zweimal in so kurzer Folge benutzen – ich bin mir nicht sicher, ob es funktionieren wird.

Als ich meine Aufmerksamkeit eindringlicher auf die Wache richte, schießen Schmerzen durch meine Stirn. Sie verdichten sich zu einem pochenden Schmerz an meinen Schläfen.

Trotz des Schmerzes sende ich meine Gabe aus. Die Eindrücke, die mich erreichen, sind trübere Bruchstücke als üblich, doch ich glaube, dass ich genug Emotionen und Ambitionen – und einen einzigen Namen – auffange, um eine Antwort zu formulieren.

Jetzt weiß ich, was ihn am glücklichsten machen würde … und ich werde das Gegenteil tun.

Ich lege meine Hand auf den Sitz neben mir, um die schwindelerregenden Kopfschmerzen auszugleichen, und hebe meine Stimme nur ganz leicht. „Du bist einer von Artors Leuten, oder? Er hat gesagt, dass du ein bisschen größenwahnsinnig wirst."

Der Wachmann fährt herum, seine Schultern werden steif und sein Gesicht wird rot. „Du kennst Artor? Er hat über mich gesprochen?"

Ich weiß von den kurzen Bildern, die ich aufgefangen habe, dass Artor jemand ist, der diesem Mann Befehle erteilt hat und den er unbedingt beeindrucken will.

Ich bringe trotz meines pochenden Kopfs ein Nicken zustande. „Oh, ja. Wir kennen einander, seit wir Kinder waren. Ich habe ihm erzählt, dass es beeindruckend ist, was ihr hier koordiniert habt, aber er macht sich Sorgen, dass einige nur mitmachen, um sich aufzuplustern und andere zu schikanieren, und nicht, um zuzusehen, dass der Wille der Götter erfüllt wird."

Der Wachmann blinzelt und die meiste Arroganz entweicht ihm. Er wendet den Blick ab und macht ein finsteres Gesicht. „Ich habe nur versucht, meinen Job zu machen."

„Es tut mir leid, falls wir dir einen Grund gegeben haben, uns zu verdächtigen", sage ich in einem scharfen Ton, der eher rügend als entschuldigend ist.

Mein Herz hört nicht auf, wie wild zu hämmern, bis er mit

dem Arm winkt und uns weiterfahren lässt. „Ich wusste nicht, dass ihr hier diese Art von Verbindungen habt. Geht jetzt."

„Danke schön", sagt Rheave in einem Ton, der etwas fröhlicher ist, als es die Situation verlangt, doch zu meiner Erleichterung ruft uns der Wachmann nicht hinterher, als die Pferde weiterklappern.

Ich neige den Kopf in meine Hand und massiere meine Schläfe, als der Schmerz langsam verebbt.

Rheave mustert mich. „Geht es dir gut? Du hast deine Magie auf ihn angewandt, oder? Aber ich dachte, es wäre eine gewöhnliche Gabe ... sie sollte dich nicht verletzen, so wie es Ivys tut."

Ich schaffe es, ihm ein schiefes Grinsen zu schenken. „Das tut sie nur, wenn ich sie stärker benutze, als klug ist. Solange ich heute nicht mehr versuche, in jemandes Kopf zu spähen, werde ich klarkommen."

Er summt leise und ich bin mir nicht sicher, ob er wirklich versteht, was ich sage. Wie kann ein Wesen, das praktisch aus Magie besteht, die Art von Gaben verstehen, für die wir Menschen Opfer erbringen?

Er dreht sich um und betrachtet das Segeltuch hinter uns, als könne er hindurchsehen. Als er sich wieder der Straße zuwendet, hat sein Gesicht einen ernsten Ausdruck angenommen. „Du hast die Leute geholt, die die Zauberer für zusätzliche Magie nutzen?"

„Vier von ihnen."

Er zieht die Brauen zusammen. „Es ist keiner von ihnen."

Ich werfe ihm einen verwirrten Blick zu. „Was ist keiner von ihnen?"

„Derjenige, der geholfen hat, meinen Körper zu machen ... und derjenige, der geholfen hat, ihn zu kontrollieren. Keiner von ihnen ist im Wagen. Diese zwei sind noch immer dort draußen und machen mehr Gestalten wie mich."

Neunzehn

Rheave

Ich bin mir nicht sicher, ob ich die ‚Wohnung‘, die Ivys neue Freundin für uns gefunden hat, lieber mag als das Zelt.

Allerdings ist sie viel größer: zwei verbundene Räume, wovon einer genug Platz für einen Tisch und Stühle sowie einen Holzofen bietet, der uns wärmt. Das andere Zimmer ist abgesehen von den Decken leer, die wir ausgelegt haben, um Betten zu formen. Die Wände schließen die Wärme besser ein als das Zelttuch, weshalb meine Finger und Ohren nicht kribbeln und taub werden.

Allerdings gibt es nur ein kleines Fenster, das die Straße überblickt. Es ist unmöglich, zu erkennen, ob jemand die Treppe zum ersten Stock heraufkommt, bis man die Dielenbretter knarzen hört. Genauso unmöglich ist es, zu wissen, zu welcher der drei Wohnungen derjenige gehen wird, bis er an die Tür klopft.

Wir haben nur einen Fluchtweg, falls die Gefahr zu uns kommt, und der führt vermutlich direkt durch die Gefahr.

Ich verstehe, dass wir in der Stadt sein müssen, damit wir

effektiv planen können. Die Leute, die so viele meiner Art eingesperrt haben, müssen aufgehalten werden.

Doch ich vermisse die weiten, offenen Waldgebiete und Felder, durch die wir bisher gereist sind. Mein Geist ist es gewohnt, umherzustreifen.

Ich glaube, Ivys Freundin ist auch nicht gerne in diesem Raum, zumindest nicht mit mir. Sie wirft mir finstere Blicke zu, seit wir uns an den Tisch gequetscht haben und unsere nächsten Schritte besprechen, wie wir die Blutzauberer aufhalten können.

Sie wusste nicht, dass ich kein richtiger Mensch bin, bis die anderen es ihr erzählten, allerdings verstehe ich nicht, warum das eine Rolle spielt. Vor allem, wenn es bedeutet, dass ich nützlich sein kann.

Denn wir haben hauptsächlich besprochen, wie ich mit der Energie Unruhe stiften kann, die ich erzeugen kann.

„Was wäre das beste Ziel für Rheaves Daimon-Magie?", fragt Ivy und reibt sich übers Kinn, während sie eine Karte der Stadt studiert, die Alek und Casimir beschaffen konnten. Wir haben die Stellen markiert, wo bekanntermaßen die meisten Aktivitäten des Ordens der Wildheit stattfinden.

Stavros faltet seine echte Hand über seine Prothese, während er seine Ellenbogen auf die Tischkante stützt. „Seine Energie scheint sehr schnell zu brennen. Wir könnten Vorräte zerstören, auf die sie sich verlassen."

Ich denke an die Materialien, welche die Menschen meinen Beobachtungen zufolge am häufigsten brauchen. „Essen?"

Hanie wirft mir erneut einen kurzen finsteren Blick zu und protestiert hastig: „Wenn ihr euch an ihrem Lebensmittelvorrat zu schaffen macht, werden sie sich einfach beim Rest von uns bedienen."

„Was ist mit Waffen?", schlägt Alek vor und reibt über den Rand seiner Maske. Er hat sie wieder aufgesetzt, als er hörte, dass Hanie zu diesem Treffen kommen würde. Allerdings weiß ich nicht, warum er das Gefühl hat, er müsste sein interessantes Gesicht vor jemandem verbergen, der angeblich unser Freund ist. „Sie werden nicht besonders viele Schlachten gewinnen, wenn sie nicht die Werkzeuge zum Kämpfen haben. Ich wette, Rheave könnte sogar Schwerter und Dolche beschädigen."

Ich stelle mir vor, wie sich die knisternde Energie, die aus mir fließen kann, durch Metallklingen und Leder-umwickelte Griffe brennt. Ein Grinsen breitet sich auf meinen Lippen aus. „Ja, ich könnte sie schmelzen!"

Ivy wendet sich an Hanie. „Hast du einen Ort gesehen, an dem der Orden diese Art von Ausrüstung zu lagern scheint?"

Die Einheimische schüttelt den Kopf. Sie deutet auf eine Gegend der Karte, wo mehrere Gebäude markiert sind. „Sie agieren hauptsächlich in diesem Viertel. Ich vermute, dass jegliche Vorräte, die sie angehäuft haben, irgendwo dort drin verstaut werden. Ich … ich will es nicht riskieren, zu nahe dort hinzugehen, ohne einen triftigen Grund dafür zu haben, da sie sonst annehmen könnten, dass ich sie ausspioniere."

Casimir berührt ihren Arm. „Das ist in Ordnung. Wir können uns die Situation anschauen. Du hast bereits sehr viel geholfen."

Ivy lächelt ihn an, als wäre sie diejenige, zu der er freundlich gesprochen hat. Als hätte er etwas Wundervolles getan.

Wenn ich einen Haufen Schwerter und Schilde verbrennen kann, wird sie mich dann so anlächeln?

Es ist nicht so, dass sie mir nie ein Lächeln schenkt. Allerdings wirkt das immer ein wenig … unsicher im Vergleich zu dem, wie sie sich bei den anderen Männern verhält.

Sie hat mir geholfen, mich von dem Zauber zu befreien, mit dem die Blutzauberer mich belegt hatten. Sie hat mich in die Freiheit geführt.

Ich kann das Gefühl nicht abschütteln, dass ich noch nicht einmal halb so viel für sie getan habe. Doch ich will es tun.

Ich will auch wieder ihr Gesicht berühren, so wie sie es getan hat, als ich in der kalten Nacht draußen war. Das war eine besondere Form der Wärme, die mit nichts zu vergleichen ist, was ich bisher gefühlt habe.

Allerdings will ich ihr nicht noch einmal Angst machen wie bei diesem einen Mal.

Es ist ein kompliziertes Verlangen.

„Wir könnten zu Pferd durch das Viertel reiten und uns umsehen", schlage ich vor. „Dann könnten wir schnell gehen, falls sich jemand verdächtig verhält."

Ivy summt. „Ich glaube, es wäre besser, wenn ich dort umherschleiche und mich niemandem zeige. Es sollte nicht besonders lange dauern, herauszufinden, was sie dort tun."

Stavros wendet sich an mich. „Du hast keine Anzeichen dafür gesehen, dass sie Tonkörper in der Stadt produzieren?"

„Nein", muss ich zugeben. „Es war ein großer Raum, in dem ich als Erstes aufwachte. Ich bin mir nicht sicher, ob dafür in einer Stadt Platz wäre."

„Nun, das war ohnehin weit hergeholt. Selbst wenn die Produktion in Eppun ist, nimmt Nikodi nur ein Sechstel des Gebiets der Provinz ein und Pima ist ein Bruchteil davon."

Der große Mann seufzt und lehnt sich auf seinem Stuhl nach hinten. „Wir können weiterhin die wenigen anderen Bordelle der Stadt überwachen und Ausschau nach verhüllten Gestalten halten. Je mehr Komplizen wir verschleppen, desto weniger Macht werden sie haben, um ihre Herrschaft durchzusetzen."

Casimir nickt. „Der Priester, zu dem wir die anderen gebracht haben, meinte, er könnte gern mehr aufnehmen. Er war entsetzt davon, was man ihnen angetan hat. Wir können hoffen, dass er ihnen mit Prospiras Einfluss helfen kann, über die Beinahe-Sklaverei hinauszuwachsen, in die die Blutzauberer sie gezwungen haben."

Alek räuspert sich. „Ich sollte erwähnen … mein Gespräch mit ihm war relativ ergiebig. Es klingt so, als gäbe es möglicherweise detaillierte Berichte über gewisse Aspekte der Großen Vergeltung in einem Tempel des Jurnus einige Stunden östlich von hier. Ich denke, richtig zu verstehen, wie die Gottlen mit den ursprünglichen Blutzauberern verfahren sind, könnte jetzt wichtig dafür sein, wie wir ihnen entgegentreten. Ich würde mir gerne ein oder zwei Tage Zeit nehmen, um den Tempel zu besuchen und die Berichte durchzugehen, da ich hier bisher ohnehin kaum gebraucht wurde."

Sorgen umwölken Ivys hellblaue Augen. „Du würdest allein gehen? Das erscheint mir nicht sicher zu sein."

„Wen könntet ihr als meinen Begleiter erübrigen?", fragt er und sein normalerweise flacher Ton wird auf eine Weise sanfter, wie er das nur tut, wenn er mit ihr spricht. „Auf diese Weise kann ich am meisten beitragen. Die Blutzauberer werden auf der Straße nicht nach alleinreisenden Gelehrten suchen. Sie halten nach Armeen Ausschau."

Seine Logik ergibt Sinn, doch Ivys Stirn bleibt gerunzelt. Sie greift über den Tisch und drückt seine Hand.

Noch ein Stich einer unangenehmen Emotion fährt mir in die Brust.

Ich glaube nicht, dass sie mich *so* anschauen würde. Wenn ich anbieten würde, allein zu einer Mission aufzubrechen, würde sie dann um meiner Sicherheit willen versuchen, mich zum Bleiben zu überreden?

Ich würde es allerdings nicht tun. Ich mag es nicht einmal, wenn wir in dieser Stadt voneinander getrennt sind, obwohl ich verstehe, warum es manchmal notwendig ist, um unsere Mission auszuführen.

Alle beginnen, vom Tisch aufzustehen. Stavros neigt den Kopf zu Alek. „Nur für den Fall sollten wir einige Selbstverteidigungstechniken durchgehen, die du vom Pferderücken aus anwenden kannst. Damit sich unsere Dame etwas weniger Sorgen macht."

„Ja, tut das", brummt Ivy, der Blick, den sie dem großen Mann zuwirft, ist allerdings ebenfalls unbestreitbar liebevoll.

Ich schiebe meinen Stuhl zurück und stehe auf. Ich bin noch immer fasziniert davon, wie es sich anfühlt, wenn ich mich durch einen materiellen Raum bewege: die Luft, die sich an meiner Haut bewegt, die Neueinstellung meines Gewichtsschwerpunkts. Während meiner gesamten Existenz war ich mir vollkommen unbewusst ...

Eine Kraft rast durch mich und zerrt an mir wie ein Rechen, der seine Haken in mein Inneres rammt. Als ich rückwärts stolpere, stoße ich gegen meinen Stuhl und ein Befehl, den ich gleichermaßen fühle und höre, vibriert durch meine Nerven.

Komm her, sagt der Rufende. *Komm zu mir. Jetzt!*

Ich habe nur ein unbestimmtes Gespür davon, wohin mich der magische Befehl leitet, doch mein Körper fährt herum, bevor ich ihn unter Kontrolle kriegen kann. Der Stuhl fällt klappernd auf seine Seite.

Ivys Stimme erreicht mich, als käme sie von weit her. „Rheave? Was ist los?"

Dann Aleks: „Es könnten die Blutzauberer sein, die versuchen, wieder die Kontrolle über ihn zu erlangen. Das haben sie zuvor schon versucht. Denk daran, worüber wir gesprochen haben, Rheave!"

Und dann Hanies panische Stimme: „Die Zauberer können ihn immer noch zwingen, Dinge zu tun?"

Ich versuche, mich auf Aleks Worte zu konzentrieren. Denk daran, worüber wir gesprochen haben – der Rat, den er mir in der Zuflucht gegeben hat.

Ich muss mich auf all die Arten konzentrieren, auf die dieser Körper jetzt mir gehört. Auf all die Dinge, die ich damit tun kann.

Ich versuche, mit den Füßen auf den Boden zu stampfen, damit der Aufprall durch sie vibriert, stolpere jedoch stattdessen beinahe über sie. Panik knistert durch mich.

Ich darf nicht zulassen, dass sie mich manipulieren. Ich darf nicht zulassen, dass sie mich zwingen, jemandem zu schaden.

Ich darf nicht zulassen, dass sie mich töten.

Meine Hände schlagen um sich. Eine kracht gegen die Wand, die andere schwingt zum Tisch.

In meiner Dringlichkeit schießt die Energie, die ich rufen kann, durch meinen Arm, als könnte sie mich mit dem Möbelstück verankern. Ein heller Blitz brennt sich durch das Holz und schwärzt augenblicklich dessen Oberfläche.

Hanie kreischt. Stavros rennt zu mir, doch Ivy huscht als Erste vor mich.

Sie nimmt mein Gesicht in die Hände und dreht meinen Kopf so, dass ihr Gesicht mein Sichtfeld füllt. Ich kann bloß ihre hellblauen Augen, ihre Haut, die noch milchiger als üblich ist, und ihre hellorangefarbenen Haare sehen, die um ihren Kopf wehen.

„Rheave", sagt sie. „Du bleibst bei uns. Du gehörst nicht mehr zu ihnen. Du kannst sie abwehren."

Ich stelle fest, dass ich zu ihr schwanke, obwohl der Befehl erneut an mir zerrt. Als würde sie mich an diesem Ort verankern.

Nein, ich gehöre nicht mehr zu ihnen. Ich gehöre mir selbst – und dieser Frau, die sich immer um mich gekümmert hat, sogar als ich nicht das Gleiche für sie tun konnte.

Ich lege meine Hände auf ihre Unterarme, um die Verbindung zwischen uns zu stärken. Irgendwo hinter ihr höre ich Hanie sagen, „Ich muss wirklich gehen", bevor sie durch die Tür verschwindet.

Ivy unterbricht den Blickkontakt mit mir nicht. „Besser?"

„Ja." Dann erschaudere ich, als erneut Magie an mir zerrt. Die Haken des Rechens graben sich mit kleinen Schmerzensstichen tiefer.

Das ist eine andere Empfindung, die ich als reiner Daimon nie erlebt habe. Schmerz ist faszinierend, allerdings auch unangenehm – vor allem, wenn ich weiß, dass der Zweck dieses speziellen Unbehagens darin besteht, meinen Willen zu brechen.

„Komm her." Ivy führt mich in das Schlafzimmer, schließt die Tür und errichtet noch eine Barriere zwischen mir und den Zauberern, die versuchen, mich wieder in Besitz zu nehmen.

„Falls ihr Hilfe braucht …", ruft Casimir uns hinterher.

„Ich glaube, ich komme klar." Ivy lässt ihre Hände zu meinen Schultern hinabgleiten. „Tiefe Atemzüge. Spüre deine Füße auf dem Boden. Spüre meine Hände, die dich drücken. Du bist hier. Sie können dich nicht wegholen."

Ich atme ein und aus und bin mir dieses Prozesses plötzlich bewusst, den mein Körper die meiste Zeit automatisch durchführt. Es ist leicht, meine Aufmerksamkeit auf den Druck ihrer Finger an meinen Schultern zu lenken, die mich durch den Stoff meines Oberteils hindurch packen.

In jener Nacht, als sie mich aus der Kälte reinholte, wollte sie nicht, dass ich ihr *zu* nahe komme, doch jede Faser meines Wesens vibriert vor Verlangen, ihr so nah wie möglich zu sein. Es ist ein Verlangen, das so laut ist, dass es den Ruf der Zauberer größtenteils übertönt.

Ich trete näher und schlinge meine Arme um sie. Ivy stockt vor Überraschung der Atem, doch dann erwidert sie die Umarmung.

„Es ist okay. Du kannst, so lange du willst, bei mir bleiben."

Das werde ich immer wollen. Das weiß ich tief im Kern meines Wesens. Mit jedem Wort, das sie sagt, mit jeder Geste, die sie macht, mit jeder Sekunde, in der ich sie beobachte, weiß ich, dass der Ort, an dem sie am Ende landet, der ist, an dem ich sein möchte.

Ich weiß nicht, wie ich ihr das auf eine Weise erklären kann, die sie verstehen und akzeptieren wird. Ich drehe den Kopf und streife ihre Wange mit den Lippen, wie sie es mir neulich erlaubt hat.

Ein leiser Laut entfährt Ivy, der einen ganz anderen Ruck zu dem größtenteils nutzlosen Glied zwischen meinen Beinen sendet. Eine eigenartige Hitze kriecht über meine Haut, doch Ivy zieht sich bereits zurück.

Sie tätschelt meinen Arm ein letztes Mal und lächelt mich an. Es ist ihr übliches vorsichtiges Lächeln, nicht das, das ich will. „Es ist schön, dass du wieder bei uns bist. Sperre die Blutzauberer einfach weiterhin aus. Übe diese Techniken, sogar wenn sie dich nicht belästigen, und du wirst besser vorbereitet sein, wenn sie es tun. Zumindest hat mir das bei meiner Magie geholfen.“

„Danke schön“, sage ich und die Hitze von zuvor wird schnell zu einer beschämten Röte. Ich soll doch eigentlich *sie* beschützen und jetzt musste sie es erneut für mich tun.

Das schlimmste Wissen nagt jedoch an mir, als wir in den anderen Raum zurückgehen.

Sie hat mich geerdet. Sie hat den Ruf meiner ehemaligen Meister übertönt.

Was wird geschehen, wenn sie wieder so heftig – oder noch heftiger – an mir reißen und Ivy nicht in der Nähe ist?

Zwanzig

Ivy

In den Schatten der schmalen Gasse versteckt deute ich auf ein kastenförmiges Holzgebäude einige Ladenfronten die Straße runter. „In dem Gasthaus horten sie alle möglichen Arten von Waffen und Rüstungen. Es scheint nicht mehr als Geschäft benutzt zu werden."

Die zwei Männer neben mir mustern das Gebäude nachdenklich und schweigend.

Rheave zieht die Brauen zusammen. „Warum wollen sie alles an einem Fleck aufbewahren? Braucht der Orden der wilden Leute die Ausrüstung nicht?"

Ich zucke mit den Achseln und gebe mein Bestes, das Gefühl des Grauens zu ignorieren, das in mir aufgestiegen ist, seit ich angefangen habe, die Aktivitäten der Blutzauberer hier zu überwachen. „Sie hatten bisher keine Schlachten in der Nähe. Ich vermute, dass sie entweder Ausrüstung sammeln für den Fall, dass die Armee so weit in die Provinz vordringt, oder weil sie planen, ganze Wagenladungen davon nach Bedarf an die Front zu schicken."

Julitas Präsenz macht den Eindruck, als würde sie zusammenzucken. *Mir gefällt keine dieser Optionen.*

Genauso wenig wie mir.

Ich will gerade vorschlagen, dass wir unseren Plan in die Tat umsetzen sollten, als eine Pferdekutsche vor das Gasthaus fährt.

Kurz glaube ich, dass ich mich geirrt habe, und dieser Laden doch noch Gäste empfängt. Allerdings steigt niemand aus der Kutsche aus. Während der Fahrer mit gelangweilter Miene wartet, erscheinen ein paar Männer und tragen Kisten aus dem Gasthaus, die sie in das Fahrzeug stellen.

Casimir spricht mit leiser Stimme: „Es sieht so aus, als würden sie bereits einen Teil ihres Vorrats verschicken.“

Ich passe mich seinem Ton an. „Vielleicht ist es bei den Scharmützeln mit der königlichen Armee in den letzten zwei Tagen nicht so gut gelaufen, wie sie es uns weismachen wollen.“

Mehrere Nachrichtenrufer sind auf die Straße gegangen und haben Siege gegen die Armeegeschwader verkündet, die der König geschickt hat, um den Aufstand zu beenden. Die Verschwörer schenkten gestern Nacht kostenloses Ale aus und ließen Barden bei einer Feier spielen, die so laut war, dass mein Schlaf bis weit nach Mitternacht gestört wurde.

Ich würde jedenfalls gern glauben, dass sie in Wahrheit niedergemetzelt werden, wie sie es verdienen. Sie allein auszuschalten, ist ein schrecklich großes Unterfangen.

Ich beuge mich so nah, wie ich es wage, zur Mündung der Gasse und spitze die Ohren. Die Männer bringen einige letzte Kisten heraus und einer bleibt stehen, um die Flanke des Pferds zu tätscheln.

„Eine ganze Gruppe von uns wird in wenigen Tagen nachkommen“, verkündet er. „Stell sicher, dass alles für den Marsch organisiert ist.“

Der Fahrer nickt und setzt das Pferd in Bewegung. Ich ziehe mich tiefer in die Schatten zurück, als die Kutsche vorbeirumpelt.

„Es klingt, als würden sie auch eine Menge Leute versetzen“, bemerkt Rheave, als die Kutsche außer Sichtweite ist.

Ich nicke. „Um an die Grenze der Provinz zu marschieren? Sie haben an der Front vielleicht militärische Stärke eingebüßt.“

Casimir hält inne und ein finsterer Ausdruck legt sich auf sein Gesicht. „Etwas daran, wie er gesprochen hat, bringt mich auf den Gedanken, dass es sich um etwas Größeres handeln könnte."

Götter, sag mir nicht, dass diese Situation noch schlimmer werden kann, schimpft Julita.

Ich atme zittrig aus und straffe die Schultern. „Nun, was immer sie planen, es wird schwieriger sein, wenn sie bedeutend weniger Waffen haben. Bist du bereit für deinen Teil, Rheave?"

Der Daimon-Mann blickt mir mit einem eifrigen Licht in den Augen zu mir. „Ja, ich bin bereit! Ich werde dort drin alles zerstören, was ich kann. Ich werde besser darin, die Ausschüttung meiner Macht zu kontrollieren."

Er schnippt kaum merklich mit den Fingern, um das vorzuführen, und ein winziger Funke springt von ihnen, um mich am Hals zu kitzeln. Diese Empfindung sendet einen tieferen Schauder durch meine Körpermitte, den ich nicht zur Kenntnis nehmen will. Meine Anspannung verebbt jedoch ein wenig.

Ich lächle ihn an. „In Ordnung. Gib mir einen Moment, um dich mit meiner Magie zu tarnen. Casimir wird dir sagen, wann du sicher bist."

Ich setze mich auf den schmutzigen Gassenboden und gehe in die Position, die ich auch bei meinen Trainingssitzungen mit Sulla einnahm. In der nun vertrauten Pose fällt es mir leichter, mich darauf zu konzentrieren, meine Magie zu lenken.

Als Casimir meinen Platz an der Mündung der Gasse einnimmt, von wo er Wache halten wird, hefte ich meinen Blick auf Rheave. Ich betrachte sein atemberaubendes Gesicht und seine muskulöse Gestalt – und stelle mir vor, dass das schwindende Tageslicht direkt durch ihn scheint.

Meine Magie vibriert durch meine Brust, da sie spürt, dass ich sie gleich rufen werde. Mit ihr schwebt ein Bild von Stavros' besorgter Miene empor, die er bei der Finalisierung unserer Taktiken machte, doch ich verdränge es.

Er vertraut mir, meine Magie so weit auszusenden. Was mache ich hier überhaupt, wenn ich meine nützlichste Fähigkeit nicht zum Tragen bringe?

Ich komme nicht umhin, daran zu denken, dass mich meine Männer zwar gerne mit Signy, der viel gerühmten veldunischen Heldin, vergleichen. Diese musste jedoch nicht durch dunkle Gassen schleichen oder auf illegale Magie zugreifen, um etwas zu erledigen.

Ich verschließe die Augen vor all diesen Ablenkungen und denke bloß an das Bild von Rheave, der verblasst. Meine restliche Aufmerksamkeit fokussiere ich auf die Konsequenz, mit der ich den Zauber ausgleichen möchte.

Auf dem Dach über meinem Kopf wird das Licht von der leeren Luft abprallen, als würde die Gestalt eines Mannes auf den Ziegeln stehen. Falls jemand zufällig dort oben ist, wird er möglicherweise eine Illusion von Rheave sehen.

Ich lasse mein Gewicht in den Boden sinken, um mich zu erden, und öffne mich langsam. Meine Magie entfaltet sich von meiner Brust zu den Zielen, die ich mir vorgestellt habe.

Ein erstickter Laut entweicht Casimirs Lippen. „Es funktioniert. Ich kann kaum ... jetzt kann ich ihn gar nicht mehr sehen. Rheave, du solltest gehen, schnell. Wir wollen nicht, dass Ivy sich überanstrengt."

Meine Magie rast dem Daimon-Mann hinterher, als er zur Straße eilt. Ein nervöses Zittern schießt bei der Empfindung durch meine Adern.

Ich habe noch nie so viel Energie über längere Zeit verbraucht.

Solange ich mich auf den Rückschlag konzentrieren kann, sodass er niemandem schadet oder unseren Trick offenbart, sollte es in Ordnung sein. Ich weiß, was ich tue.

Es ist *meine* Macht und sie wird mir gehorchen.

Casimir zieht sich zurück und hockt sich hinter mich. Er legt seine Hände auf meine Schultern. „Ich bin bei dir, Gütige. Wenn du geerdet werden musst, kannst du dich auf mich konzentrieren."

Die Zärtlichkeit in seiner Stimme hilft mir, inmitten der fließenden Magie in mir zentriert zu bleiben. Ich atme ein und aus und leite die Macht aus der zerrissenen Seele durch mich hindurch, vor der dieser Mann nicht zurückschreckt.

Wie aus weiter Ferne dringen ein Zischen und das Brüllen

von Flammen an meine Ohren. Rheave hat in den letzten zwei Tagen viel Zeit damit verbracht, seine Macht zu testen. Er war der Meinung, er könnte die richtige Art von Funken erzeugen, um das Gebäude in Brand zu setzen. Es klingt, als wäre er erfolgreich gewesen.

Casimir verlagert sein Gewicht mit einem leisen Schaben seiner Schuhe auf dem Boden und einem sanften Druck an meinen Schultern. Schreie erklingen aus der Richtung des Gebäudes.

Meine Magie kribbelt durch mein Fleisch und zieht sich in mir zusammen, als Rheave sich wieder zu uns gesellt. Sowie seine Füße in die Gasse trappeln, reiße ich meine gesamte Macht mit einem Keuchen in mich zurück.

Als meine Augen auffliegen, erscheint der Daimon-Mann vor mir. Er grinst breit und seine überirdischen Augen funkeln. „Ich habe alles verbrannt, was ich konnte ... ich habe sogar einen Teil des Metalls geschmolzen.“

Casimir richtet sich auf. „Wundervoll. Jetzt lasst uns von hier verschwinden, bevor sie anfangen, die ganze Straße nach Schuldigen abzusuchen.“

Der Kurtisan streckt seine Hand aus, um mich ebenfalls auf die Füße zu ziehen. Wir eilen in die Richtung durch die Gasse, aus der wir gekommen sind, gehen um die Rückseite einiger Gebäude herum und betreten einen öffentlichen Marktplatz.

Die meisten Zivilisten, denen wir uns eilig anschließen, spähen über die Dächer. Ich wirble herum und sehe Rauch, der von dem brennenden Gebäude emporsteigt und das tiefe Blau des frühen Abendhimmels beschmutzt.

Julita stößt einen wortlosen Jubelschrei aus. *Ha! Sie werden bald sehen, dass sie nicht mit ihrer Verdorbenheit davonkommen können.* Ich erhalte den Eindruck, dass sie sich vor Freude in meinem Kopf im Kreis dreht. *Du warst fantastisch, Ivy. Es ist unglaublich, was du jetzt tun kannst, da du weißt, wie du mit deiner Magie arbeiten musst.*

Ich kichere leise, bin jedoch nicht in der Lage, in ihren Enthusiasmus einzufallen. Wie damals, als ich die Schatten am Straßenrand über uns zog, ist mir vor Anstrengung ein wenig schwindlig.

Ich bin mir nicht sicher, ob ich viel mehr als das tun und zugleich konzentriert bleiben könnte.

Allerdings ist es ziemlich unglaublich, dass ich überhaupt so viel helfen konnte. Ich habe Rheave verborgen, damit er die Blutzauberer auf Arten angreifen konnte, die ich mit meiner eigenen Magie noch nicht zu versuchen gewagt hätte.

Wir starren den Rauch eine Minute lang mit den anderen Schaulustigen an, nur um nicht aufzufallen. Dann hakt Casimir sich bei mir unter und zieht vorsichtig an meinem Arm. „Wir sollten vermutlich ..."

Seine Stimme verstummt, als wir uns umdrehen und feststellen, dass uns eine Gruppe aus fünf Männern und Frauen mit furchterregend intensiven Blicken umzingelt.

Rheave schiebt sich sofort vor mich und seine Hände heben sich abwehrend. Ich packe seinen Ärmel, um ihn zurückzuhalten, habe mich allerdings auch angespannt.

Der Mann an der Spitze der Gruppe hält seine Hände in einer Geste der Unterwerfung hoch. „Wir gehören nicht zu ... *ihnen*. Wir wollen nur reden."

Die Frau neben ihm verschränkt die Arme unter ihrem langen Umhang vor der Brust. „Und wir haben anscheinend eine Menge zu besprechen."

Julitas Präsenz regt sich unbehaglich. *Hmm. Sie sind ziemlich anmaßend, oder? Ich kenne niemanden aus dieser Gruppe.*

Casimir setzt seine unschuldigste Miene auf. „Es tut mir leid, aber ich befürchte, ich bin mir nicht sicher, was ihr meint."

Mit einem Schnauben fährt der Mann mit einer Hand durch seine zerzausten schwarzen Haare. Er senkt seine Stimme noch stärker. „Wir wissen, dass ihr drei ihr vorübergehendes Waffenlager angegriffen habt. Wir waren dort ... weil *wir* vorhatten, den Laden ebenfalls so gut wie möglich zu zerstören. Ihr seid uns zuvorgekommen."

Die Frau deutet mit dem Kopf zu einer ruhigen Ecke des Platzes, wobei ihr sandblonder Pferdeschwanz hin und her schwingt. „Können wir dieses Gespräch an einem Ort führen, wo es weniger wahrscheinlicher ist, dass wir deswegen getötet werden?"

Furcht kribbelt durch mich, die Gruppe hat jedoch keine

aggressiven Anstalten gemacht, obwohl sie uns zahlenmäßig überlegen sind. Das vorsichtige Zucken ihrer Blicke erinnert mich mehr an unsere eigene Skepsis als an die arrogante Art der meisten Mitglieder und Verbündeten des Ordens.

Falls es Leute in der Stadt gibt, die gewillt sind, gegen die Blutzauberer vorzugehen, sollten wir dann nicht herausfinden, was sie uns erzählen können? Es ist nicht so, als hätte Julita etwas Besorgniserregendes über sie gesagt – sie kannte vermutlich die wenigsten gewöhnlichen Einwohner der Stadt.

Rheave behält seine abwehrende Haltung bei, doch Casimir scheint mir zuzustimmen. „Wir kommen mit. Aber wir wollen an einem Ort bleiben, von wo wir schnell verschwinden können, sollten wir das Bedürfnis dazu verspüren."

Die Frau lacht, wodurch die Narbe auf ihrer Wange hüpft. „Das beruht auf Gegenseitigkeit. Kommt."

Die Gruppe marschiert zu einer Nebenstraße und durch diese hindurch zu einer Straße neben einem Stall, in dem momentan niemand zu sein scheint.

Die drei, die bisher nicht gesprochen haben, verteilen sich, als wollten sie nach unerwünschten Störenfrieden Ausschau halten. Der Mann deutet mit seinem knotigen Kinn auf uns. „Da ihr uns genug vertraut habt, um mitzukommen, können wir uns als Erste vorstellen. Ich bin Emor und das ist Voleska. Wir haben versucht, einen Weg zu finden, diese Idioten des Ordens der Wildheit aus der Stadt zu verjagen, seit sie hier aufgetaucht sind."

Voleska mustert uns. „Ihr seid nicht aus Pima. Ich hätte euch zuvor bemerkt."

Ich bin noch nicht bereit, ihnen unsere Namen zu verraten, bestätige diese Feststellung jedoch. „Wir waren in der Hauptstadt, während der Palast dort angegriffen wurde. Als wir von dem Aufstand in Eppun hörten, kamen wir hierher, um zu schauen, wie wir helfen können, bevor die Situation noch schlimmer wird."

Emor summt und blickt über seine Schulter zu dem Rauch, der noch immer in den Himmel aufsteigt. „Ihr habt einen guten Anfang gemacht, das muss ich euch lassen."

„Was habt ihr getan?", fragt Rheave. „Habt ihr Gaben … könnt ihr sie benutzen?"

Er deutet zu den offensichtlichen Hinweisen auf ihre Weihopfer: Emor fehlt ein kleiner Finger und Voleska der linke Daumen.

Es wird allgemeinhin als unhöflich erachtet, Leute nach ihren Gaben zu fragen, doch ich kann nicht anders, als froh darüber zu sein, dass Rheave das nicht wusste – denn ich wüsste die Antwort ebenfalls gerne.

Emor macht nicht den Eindruck, als wäre er beleidigt. Er reibt über den Stumpf seines fehlenden Fingers. „Leider ist meine zu nichts anderem gut, als sicherzustellen, dass unsere Leute anständige Mahlzeiten bekommen."

Er blickt ein wenig verlegen zu Voleska, die jedoch bloß mit den Schultern zuckt. „Ich habe keine Gabe erhalten und das zurecht. Ich war mit zwölf Jahren viel egoistischer, als ich es seitdem zu sein gelernt habe."

Ach du Schande, murmelt Julita.

Rheaves Augen weiten sich. Ich weiß nicht, ob er wusste, dass nicht jedes Opfer von dem Gottlen anerkannt wird, dem es gemacht wird.

Ich unterdrücke einen Schauder bei dem Gedanken daran, umsonst einen ganzen Daumen zu verlieren, aber Voleska hat ohne Hass gesprochen. Ich schätze, eine derartige Situation bringt einen dazu, eine Menge Dinge im eigenen Leben zu überdenken.

Der Daimon-Mann legt den Kopf schief. „Also wollt ihr unsere Hilfe, weil wir mehr tun können als ihr."

Ich schlage ihn leicht auf den Arm in dem Versuch, ihm mitzuteilen, dass er ein wenig freundlicher sein soll, doch Casimir meldet sich zu Wort, bevor ich es tun kann. „Unser Freund ist zwar nicht der Höflichste, spricht jedoch unser Hauptanliegen an. Warum habt ihr uns angesprochen? Es wäre einfacher für uns, zu entscheiden, wie wir antworten wollen, wenn wir wissen, worauf dieses Gespräch hinausläuft."

Voleska schnalzt mit der Zunge. „Direkt auf den Punkt. Na schön. *Ihr* arbeitet eindeutig mit einigen beeindruckenden Gaben, aber wir haben die örtlichen Verbindungen. Wir könnten viel mehr erreichen, wenn wir unsere Truppen zusammenschließen und gemeinsam gegen diese Arschlöcher vorgehen."

Julita macht einen skeptischen Laut. *Ich weiß nicht. Diese Gruppe wirkt schrecklich … ungeschliffen.*

Ich verkneife mir ein Schnauben. Die kleine Wohnung, die Hanie für uns aufgetrieben hat, besitzt keinen Spiegel – meine geisterhafte Passagierin hat keine Ahnung, wie ungepflegt ich mittlerweile aussehe.

Ungeschliffen könnte genau das sein, was wir brauchen.

Allerdings müssen wir trotzdem vorsichtig sein.

Ich ziehe eine Augenbraue hoch. „Wir sind ohne zusätzliche Verbindungen gut zurechtgekommen. Was könnt ihr uns erzählen, was wir nicht schon wissen?"

Emor feixt. „Ich bin mir sicher, ihr habt die Siegesfeiern gehört, aber wusstet ihr, dass einer der magischen Berater des Königs, ein Kerl namens Lothar, mit den letzten Truppen gekommen ist, um mit dem Orden zu verhandeln?"

Lothar – der königliche Berater, der sich Stavros zufolge auf Tränke spezialisiert … und auf die Jagd nach zerrissenen Zauberern. Derjenige, der einen ganzen Arm für seine Gabe geopfert hat.

Hat der König ihn in dem Versuch geschickt, mehr über die illegale Magie der Blutzauberer in Erfahrung zu bringen?

Es läuft mir eiskalt über den Rücken. „Das wusste ich nicht, doch wie hilft uns das?"

„Es zeigt, wie erfolglos die königliche Armee war", erklärt Voleska in einem spöttischen Ton. „Sie haben so viele Soldaten hierhergeschickt und sie werden entweder niedergemäht oder müssen sich zurückziehen. Wenn es so weitergeht, werden sie die ganze Provinz weggeben, nur um den Rest des Landes zu retten. Wir müssen etwas Großes tun."

„Das stimmt." Emor reibt seine Hände aneinander. „Und weil wir schon unser ganzes Leben hier wohnen, kennen wir die besten Methoden, um auf unsere Nachbarn einzuwirken. Wir besitzen nur nicht die Macht, um mit ihnen zu sprechen, ohne davongeschleift und in einen Graben geworfen zu werden. Wir müssen den Leuten von Pima zeigen, dass jemand die Oberhand über den Orden der Wildheit gewinnen *kann*.“

Voleska fügt mit einem triumphierenden Lächeln hinzu: „*Und* wir wissen, dass der Orden morgen früh irgendein großes Treffen plant. Das wird uns die perfekte Gelegenheit geben, Aufsehen zu erregen, da weniger ihrer Handlanger darauf aus sein werden, die Köpfe Andersdenkender einzuschlagen.“

Ich hatte auch nicht von dem Treffen gewusst. Hoffnung entzündet sich in mir.

Casimir schiebt seine Hand um meine und drückt sie leicht, als wolle er sagen, dass er sich auf meine Seite stellen wird. Das subtile Lächeln, das er mir schenkt, deutet an, dass er bereit ist, dieser Gruppe zumindest ein wenig zu vertrauen.

Ich habe so viele Male darüber nachgedacht, wie schwierig es für uns werden wird, es allein mit den Blutzauberern aufzunehmen. Wie können wir diesen Vorteil ablehnen, der sich uns präsentiert hat?

Ich lasse zu, dass sich meine Lippen ebenfalls zu einem Lächeln verziehen. „Das hört sich gut an. Wir müssen uns mit unseren Kameraden besprechen, aber vielleicht können wir uns später heute Abend treffen und einen Plan schmieden.“

Einundzwanzig

Ivy

In der Dunkelheit vor der Morgendämmerung kauere ich auf dem Vorsprung und beobachte einen Gläubigen im Schein der einzigen, zentralen Laterne auf der anderen Seite des größten Tempelraums. Er verschwindet durch die Hintertür.

Wie alle Städte und Großstädte, die eine vernünftige Größe haben, hat Pima einen Tempel, der dem Allesgeber und den neun geringeren Göttern gemeinsam gewidmet ist. Er ist nicht annähernd so beeindruckend wie der Tempel der Krone in Florian, die Gewölbedecke und die Statuen, die von den Alkoven unter mir zuschauen, machen mich jedoch trotzdem nervös.

Ich werde gleich Nikodis größten religiösen Schatz direkt vor der Nase aller Götter stehlen. Oder über ihren Nasen, wie es momentan der Fall ist.

Hoffentlich sind sie der Meinung, dass der Zweck die Mittel heiligt.

Meine geisterhafte Passagierin scheint ähnlich besorgt zu sein.

Julitas Präsenz erschaudert in meinem Hinterkopf. *Hier hatte ich meine Weihzeremonie und machte mein Opfer an Creaden. Ich hätte nie gedacht, dass ich einmal zurückkehren würde, um den Tempel zu plündern.*

Ich spreche so leise, dass kein anderer als die Seele in meinem Kopf die Worte hören kann. „Sie werden das Artefakt danach zurückkriegen. Ich vermute mal, dass Creaden es gutheißen würde, dass du sicherstellst, dass dein Land nicht von fragwürdigen Anführern eingenommen wird."

Julita macht einen skeptischen Laut, protestiert allerdings nicht, als ich den schmalen Sims zu dem dekorativen Schild entlangkrieche, der an der Wand hoch über dem Boden hängt. Die alte Holzoberfläche erzählt die Geschichte seiner Bedeutsamkeit mit ihren Schnitzereien.

Angeblich versuchte das Nachbarland Bryfeen vor vielen Jahrhunderten, Silana Nikodi und die anderen Grafschaften in der Gegend zu stehlen. Der Legende zufolge waren die Einheimischen nicht gut genug vorbereitet, um die bryfesche Armee selbst abzuwehren, und machten sich Sorgen, die königlichen Truppen würden nicht rechtzeitig kommen.

Also baten sie den Gottlen der Herrschaft und Gerechtigkeit um Hilfe.

Die damalige Gräfin erwachte aus einem Traum von Creaden und stellte fest, dass sie einen Plan zur Sicherung von Nikodis Freiheit im Kopf hatte – und dieser Schild ruhte an ihrem Bettrahmen als Symbol der Unterstützung des Gottlen. Sie führte ihre Unterstützer an, um die bryfeschen Soldaten zu verjagen und sicherzustellen, dass die Leute von Nikodi entscheiden durften, wer über sie herrschte.

Demzufolge, was Emor und Voleska uns erzählten und Julita bestätigte, feiern die Leute von Pima diesen alten Triumph immer noch mit großer Inbrunst. Sie veranstalten jedes Jahr ein Festival zu Ehren der Gräfin und Leute, die sich von ihren Umständen unterdrückt fühlen, gehen zum Tempel, um unter dem Schild zu der Statue von Creaden zu beten.

Man könnte kein besseres Symbol verlangen, um die Bürger davon zu überzeugen, dass sie sich der aufständischen Herrschaft des Ordens der Wildheit widersetzen und nicht beugen sollen. Allerdings ist es eine Schande, dass das Artefakt dabei beschädigt werden könnte.

Der Vorsprung führt mich direkt unter den Schild. Ganz vorsichtig schiebe ich meine Finger unter die hölzerne Oberfläche und löse es von den Haken, die es an Ort und Stelle befestigen.

Zum Glück wird die lederne Armschlaufe anscheinend regelmäßig ersetzt und durch Magie in Schuss gehalten. Ich schiebe den Schild über meinen Arm fast bis zu meiner Schulter, ohne Angst haben zu müssen, dass es zerfallen wird.

Julita kichert nervös.

Den Mund fest zusammengepresst lehne ich den Schild an meinen Rücken und schleiche den Vorsprung entlang zum Haupteingang. Anschließend ziehe ich den Leinenbeutel heraus, den ich mitgebracht habe, und wickle ihn um den Schild, um meine Fracht zu verbergen.

Mit einem geschickten Sprung lande ich mit einem dumpfen Knall auf dem Steinboden in der Nähe des Eingangs. Ich eile in die Stadt hinaus, ohne abzuwarten, ob jemand kommt, um dem Geräusch auf die Spur zu gehen.

Creaden vergib uns, murmelt Julita. Ich habe den vagen Eindruck, dass sie die Geste der Gottheiten macht, so gut ihr das in ihrem aktuellen Zustand möglich ist.

Es ist dunkel genug, dass ich meine Magie nicht nutzen muss, um mich zu tarnen. Dafür bin ich dankbar, da ich sie später an diesem Morgen noch brauchen werde. Sullas Warnungen hallen durch meinen Hinterkopf.

Die Art und Weise, wie ich meine Macht seit Verlassen der Zuflucht eingesetzt habe, hat sich bisher nicht negativ auf mich ausgewirkt, allerdings waren meine Versuche relativ klein. Ich hätte gerne, dass es so bleibt.

Ich husche durch die Straßen zu dem Café, wo ich mich mit den anderen treffen soll. Die Ladenfront ist mit Fensterläden verschlossen, die Tür an der Rückseite öffnet sich jedoch, als ich daran ziehe.

Eine kleine Gruppe wartet in dem Raum dahinter auf mich. Stavros bestand darauf, sich Casimir, Rheave und mir bei diesem

Unterfangen anzuschließen, da wir damit rechnen, zumindest ein wenig kämpfen zu müssen. Ich kann nicht anders, als froh darüber zu sein, dass Alek auf seiner Forschungsreise ist und nicht ebenfalls in die Gewalt gezogen werden wird.

In der Nähe meiner Männer stehen Emor und Voleska mit einigen ihrer Verbündeten dicht beieinander. Sie drehen sich mit eifrigen Mienen zu mir um.

„Hast du es?", fragt Voleska mit gedämpfter Stimme, als sie den Beutel entdeckt.

Ich vermute, dass der Schild auch für sie ziemlich bedeutungsvoll ist, obwohl sie gewillt ist, ihn für dieses Vorhaben zu benutzen. Als ich das Leintuch nach unten schiebe, um einen Teil der hölzernen Oberfläche zu enthüllen, erstarren sie, Emor und ihre Kameraden vor Ehrfurcht.

Ich halte es ihnen entgegen. „Ich weiß nicht, wie lange es dauern wird, bis das Tempelpersonal sein Fehlen bemerkt."

Emor summt abweisend, seine Aufmerksamkeit liegt jedoch nach wie vor ehrfürchtig auf dem Schild. „Damit sie keine Panik auslösen, werden sie das Verschwinden mindestens in den ersten Stunden geheim halten, solange sie danach suchen. Bis dahin werden wir bereits allen gezeigt haben, warum sie in Panik geraten *sollten*."

Endlich reißt er den Blick von dem Schild los und betrachtet meine Männer und mich. „Wir werden zur neunten Glocke auf dem Marktplatz beginnen. Wissen alle, was sie tun sollen?"

Wir nicken alle. Soweit die einheimischen Rebellen wissen, besitze ich eine Gabe, mit der ich Dinge mit meinem Verstand bewegen kann, womit beide Zwecke abgedeckt sind, die sie von mir wollen. Wenn das erwartete Chaos einsetzt, werden sich die drei Männer ihnen anschließen und daran arbeiten, die Unterstützung der Blutzauberer zu verringern.

Falls wir hier das Blatt wenden können, wird sich das herumsprechen und weitere Leute der Provinz werden die Behauptungen des Ordens der Wildheit zurückweisen.

Voleska hält inne, um Rheave zu betrachten. „Du wirst uns helfen, diese ... Daimon in den heraufbeschworenen Körpern zu identifizieren? Wir wollen niemanden verletzen, der von den Verrätern bloß reingelegt wurde."

Ihre Gruppe hat die Nachricht darüber, was Rheave in Wirklichkeit ist – und wie viele andere wie ihn die Blutzauberer manipulieren – mit einer gewissen Skepsis aufgenommen. Dies ist jedoch die perfekte Gelegenheit für uns, einige dieser gefangenen Daimon zu befreien.

„Ich erkenne sie, sobald ich sie sehe", versichert er ihr und tätschelt den Köcher auf seinem Rücken. „Ich werde nur auf die gefangenen Daimon schießen. Ich kann die Pfeile mit meiner Macht gut leiten. Falls meine Anstrengungen ihre Körper nicht brechen, werden euch die Pfeile zeigen, auf wen ihr euch konzentrieren sollt."

Emor zieht seine Brauen hoch. „Was, wenn dir die Pfeile ausgehen?"

Anscheinend hat Rheave bereits über diese Möglichkeit nachgedacht, denn er antwortet, ohne zu zögern: „Ich werde meine Macht allein aussenden. Ich will nichts zu stark verbrennen, wenn viele Leute in der Nähe sind, kann jedoch ihre Haare als eine Art Markierung verkohlen."

Er legt seine Finger an die Wand und Energie knistert kurz um seine Hand. Als er sie hebt, bleibt ein kleines Brandmal zurück.

Die Rebellen starren es kurz an und Emors Schultern versteifen sich. Dies ist das erste Mal, dass sie seine Daimon-Kräfte in Aktion gesehen haben.

„Es ist gut, dass wir Rheave auf unserer Seite haben", erinnere ich sie. „Andernfalls hätten wir keine Ahnung, wen der Orden aus Ton heraufbeschworen hat."

Emor lacht rau. „Stimmt. Nun, wir sollten besser etwas frühstücken, bevor wir unseren kleinen Krieg führen." Er zieht am Ärmel eines seiner Kameraden. „Kommt, ihr könnt mir helfen, mein berühmtes Rührei zu machen."

Die meisten Rebellen gehen in den Nebenraum, der vermutlich die Küche des Cafés ist. Voleska bleibt zurück und geht in die Hocke, um den Schild zu mustern, den sie an die Wand gelehnt hat.

Ich trete ans Fenster und spähe in das schwache Licht der

Morgendämmerung hinaus, das gerade die Straßen berührt. Casimir beginnt, Stavros mit der falschen Hand zu helfen, die er sich gemacht hat, um weniger aufzufallen – ein Lederhandschuh, der teilweise ausgestopft ist, um die Finger zu füllen. Sie hoffen, dass er über seine Metallprothese passen und diese so tarnen wird.

Rheave schlendert zu mir. Er blickt eine Weile in die Gasse, bevor er sagt: „Ich wünschte, wir könnten ihnen die Wahl lassen."

Ich schaue ihn an. „Wem?"

„Den anderen Daimon. Ich bin mir sicher, manche von ihnen wollen einfach nur frei sein. Das ist das Einzige, was ich zunächst wollte. Allerdings erhalten sie nicht die Gelegenheit, diese Körper wirklich zu besitzen, sollten sie diese Art von Leben eine Weile erleben wollen."

Mein Magen verknotet sich. So hatte ich die Situation noch gar nicht betrachtet. „Falls es eine Möglichkeit gäbe, wie wir sie einfach der Kontrolle der Blutzauberer entreißen könnten …"

Rheave schenkt mir ein leises Lächeln, durch das er plötzlich viel älter wirkt, als es sein jugendliches Aussehen vermuten lässt. „Aber die gibt es nicht. Ich weiß. Und es ist besser für sie, in ihrem üblichen Zustand frei zu sein, als dazu gezwungen zu werden, schreckliche Dinge für die Zauberer zu tun. Wenn wir den Orden der Wildheit besiegt haben, sollten wir allerdings diejenigen, die noch übrig sind, entscheiden lassen, was sie bevorzugen würden."

„Selbstverständlich."

Er verfällt in ein ungewöhnlich nachdenkliches Schweigen, bevor er seinen Blick eindringlicher auf mich richtet. „Du bist dir sicher, dass dies ein guter Plan ist, oder?"

„Andernfalls hätte ich ihm nicht zugestimmt." Ich runzle die Stirn. „Warum … glaubst du, er ist nicht gut?"

Der Daimon-Mann schüttelt den Kopf. „Ich weiß das so oder so nicht. Es ist nur … Mir ist bewusst, dass ich in der langen Zeit, die ich zuvor auf dieser Welt war, nicht auf die gleiche Weise mit Menschen interagiert habe, wie ich es jetzt tue. Ich verstand nicht richtig, was sich zwischen ihnen abspielte. Doch manchmal umgab sie eine Atmosphäre …

Wenn sie wütend werden, ist es schwer, vorherzusagen, wie sie reagieren werden. Und Wut scheint nie aufzuhören, bis sie jemand stoppt."

Hmm, sagt Julita. *Das ist ziemlich weise von einem Wesen, das erst seit wenigen Wochen halb-menschlich ist.*

Das ist es. Ich kann nicht leugnen, dass er recht hat.

Manchmal vergesse ich, dass Rheave in Wahrheit viel älter als der Rest von uns ist, auch wenn er mit seiner Unerfahrenheit in der physikalischen Welt jung wirken kann. Nach menschlichen Standards ist sein Geist vermutlich uralt.

„Das stimmt", erwidere ich. „Aber manchmal, muss man diese Wut anfachen, wenn man die Leute aus ihrer Selbstgefälligkeit oder Furcht reißen will. Der wichtige Teil besteht darin, sie auf die richtigen Ziele zu lenken."

„Menschen sind nicht so einfach zu leiten, wenn sie aufgebracht sind, oder?"

Ich verziehe das Gesicht. „Nein. Wir werden unser Bestes geben. Wir müssen *etwas* tun und dies scheint unsere beste Gelegenheit zu sein, schnell einen bedeutsamen Unterschied zu machen."

Rheave schenkt mir ein breites Lächeln und Zuneigung funkelt in seinen Augen, bei der mein Herz einen Schlag aussetzt. „Menschen tun immer etwas. All diese Zielstrebigkeit hat mich früher verwirrt. Zuvor hatten die Dinge nicht die gleiche Bedeutung für mich."

Er zögert, bevor er meine Schulter tätschelt. „Doch jetzt, da ich es verstehe, gefällt es mir."

Etwas an seiner Anerkennung bringt mein Herz noch mehr durcheinander – und ein Leuchten der Hoffnung entzündet sich in meiner Brust.

Ja, menschliche Wesen sind ziemlich fantastisch. Sie können alle möglichen Schrecken erschaffen, aber auch mit viel Überzeugung kämpfen, um diese Schrecken zu stürzen.

Ich will das niemals vergessen.

Emors Stimme dringt aus der Küche und ruft uns zum Frühstück. Wir essen im Stehen entlang der Theke und Anspannung vibriert durch die Luft. Ich nehme den Geschmack der Eier kaum wahr, obwohl sie sicherlich sehr gut sind.

Casimir reibt über meinen Arm und senkt seine Stimme, sodass nur ich ihn hören kann. „Ist für dich alles okay, wozu du dich verpflichtet hast?"

Ich erlaube mir, mich kurz in seine Wärme zu lehnen. „Ja. Ich bekomme das Ganze allmählich wirklich in den Griff. Es ist … es ist gut, dass ich helfen kann, ohne mir ständig Sorgen darüber machen zu müssen, dass ich Schaden anrichten könnte."

Ich blicke auf das Kurzschwert hinab, das er an seinem Gürtel trägt, bevor ich zu Stavros schaue, der näher gekommen ist. „Seid ihr zwei bereit? Es könnte ein ziemliches Chaos werden."

Stavros lächelt grimmig. „Dann ist es umso besser, wenn wir uns einmischen und die Reihen der Blutzauberer lichten, ohne zu offensichtlich vorzugehen. Es wird Zeit, dass sie realisieren, dass sie Silana nicht so leicht erobern können."

Casimir berührt das Heft seines Schwerts. „Ich bin zwar nicht annähernd so erfahren im Kampf wie unser General, werde jedoch meine Fähigkeiten gut einsetzen."

Mein Herz schmerzt bei dem Gedanken daran, dass dieser süße Mann Blut für diese Sache vergießen wird, doch ich weiß, dass es keinen Sinn hat, zu protestieren. Die Blutzauberer haben den Ton mit all der Gewalt angegeben, die sie bereits verübt haben.

Wir müssen all unsere Kraft in diesen Versuch stecken. Wenn es gut geht, werden die meisten Wesen, die wir niederstechen, nicht sterben, sondern bloß aus den Körpern fliegen, in denen sie eingesperrt waren.

Wenn es nicht gut geht … ich kann es mir nicht leisten, mir jetzt darüber Sorgen zu machen.

Zweiundzwanzig

Ivy

Viel zu früh schallt das Läuten der achten Glocke durch das Café. Wir prüfen erneut unsere Ausrüstung und bereiten uns darauf vor, zu unseren Positionen aufzubrechen.

Ich bleibe lang genug stehen, um Stavros und Casimir zu küssen. „Ich werde euch in der Menge suchen, wenn der wichtige Teil vorbei ist.“

Stavros drückt mich fest an sich. „Pass vor allen Dingen auf dich auf. Du gehst selbst ein Risiko ein und wir werden unseres eingehen.“

Rheave beobachtet uns auf seine stille, eindringliche Art. Ich gehe zu ihm und drücke seine Hand, weil es sich falsch anfühlt, ihn komplett auszulassen. „Ich werde dich bald wiedersehen.“

Er nickt. „Ich werde meinen Teil des Plans so gut wie möglich erfüllen. Für dich.“

Wir trennen uns vor dem Café und brechen auf unterschiedlichen Wegen zu dem Marktplatz auf, wo unsere

Demonstration stattfinden wird. Die Straßen beginnen bereits, sich mit Fußgängern und Pferdekarren zu füllen.

Beim Marktplatz husche ich um einen Laden, den Voleska mir beschrieben hat, und eile zur hinteren Treppe. Vom Fenster des ersten Stocks habe ich eine exzellente Aussicht auf den Marktplatz – den zentralsten und größten Ort in Pima.

Dutzende Leute schlendern über das Kopfsteinpflaster, gehen in Lokalen sowie Läden ein und aus, bleiben an den Ständen stehen, die aufgebaut wurden, und faulenzen neben dem Springbrunnen. Wasser strömt um die Marmorstatue von Creaden in der Mitte des Beckens. Der Gottlen blickt mit einer Aura gutmütiger Autorität von seinem hohen Podest auf den Platz hinab.

Schließlich schlägt eine Tempelglocke in der Nähe zur neunten Stunde. Ich stemme meine Hände auf den Fenstersims und stelle mir bereits vor, wie ich meine Magie formen will.

Zwei Gestalten springen über den Springbrunnen und erklimmen das Podest der Statue von Creaden. Sie lehnen sich zu beiden Seiten an die Marmorfigur und Voleska lässt das Leintuch von dem Schild fallen, während Emor seine Stimme hebt, sodass sie auf dem ganzen Platz zu hören ist.

Seine Worte sind so laut, dass ich sie schwach durch das Fenster hören kann. „Leute von Nikodi, hört uns zu!"

Das ist mein Stichwort. Ich richte all meine Aufmerksamkeit auf den Schild in Voleskas Händen und lockere meinen Griff um meine Macht.

Meine Magie bebt aus mir und rauscht zu dem Schild. Während sich die Kraft, die ich vorwärtstreibe, um das Holzobjekt wickelt, stelle ich mir vor, dass ein Ast an der alten Weide neben dem verlassenen Bauernhof abbricht, wo wir uns einen Wagen ausgeliehen haben.

Als ich den Schild in die Luft hebe, fällt der Ast zu Boden.

Mit der Kraft meiner Magie schwebt der Schild über dem Kopf der Statue, wo es alle auf dem Marktplatz sehen können. Ein Lichtblitz, der von den Gaben eines der Rebellen heraufbeschworen wurde, fegt über die Zivilisten hinweg – und verdichtet sich auf dem Schild, um es zum Leuchten zu bringen.

Jeder Blick auf dem Marktplatz zuckt zu dem Spektakel. Keuchen und Schreie erheben sich in der Menge.

Emor spricht schnell, bevor die Zuschauer von Verwirrung überwältigt werden können. „Meine Freunde! Wir haben heute Morgen Creadens Schild aus dem Tempel der göttlichen Gnade geholt … kurz bevor der Orden der Wildheit es zerstören konnte. Wir haben gehört, dass sie vorhaben, dieses großartige Symbol unserer Stadt zu zerstören, weil es ihnen nicht gefällt, dass wir jemand anderem als ihnen treu ergeben sind."

Eine entsetzte Stille legt sich über das Publikum. Er hebt die Hand in die Luft. „Der Orden sagt, dass der König den Thron widerrechtlich bestiegen hat, aber sie versuchen, Anspruch auf uns zu erheben, so wie es Bryfeen vor all den Jahren getan hat. Warum sollten wir das zulassen? Sie haben kein Recht dazu. Sie sind genauso schlimm wie die Herrscher, die sie angeblich hassen."

Das Raunen, das daraufhin folgt, klingt angespannt. Die Menge bewegt sich, doch bisher scheint niemand zu wissen, was er tun soll.

Dann kommt der Moment, den Emor vorausgesagt hat. Einer der Blutzauberer oder ein Lakai drängt sich zum Springbrunnen durch.

„So etwas kannst du nicht sagen", brüllt er. „Wir haben euch von der Königsfamilie befreit, die euch nur ausbeuten will. Zeig ein wenig Dankbarkeit."

Ich ziehe meine Magie Stück für Stück in meinen Körper zurück und lasse den Schild zu Voleska sinken.

Als sie ihre Arme hebt, um ihn aufzufangen, dreht Emor sich zu dem Neuankömmling um. „Du erwartest Dankbarkeit, wenn du uns genauso sehr ausbeuten willst, damit *du* das Sagen hast? Das klingt für mich nach einem schrecklichen Handel."

Sobald Voleska das Schild packt, reiße ich meine Magie komplett zurück und lasse meinen Blick über den Platz schweifen. Ich kann bereits einige weitere Gestalten entdecken, die sich vom Rand der Menge ausgehend zum Springbrunnen drängen.

Julita kichert leise. *Da kommen sie.*

Zweifellos ist mindestens einer der Verschwörer zum Treffen

ihrer Bosse gerannt, um Bericht zu erstatten. Sollen sie doch so viele Truppen schicken, wie sie wollen.

Ich glaube nicht, dass ihnen das Ergebnis gefallen wird.

Ich richte meine Aufmerksamkeit wieder auf den Springbrunnen, gerade als das erste Ordensmitglied diesen erreicht. Er springt über den Beckenrand. „Kommt dort runter und hört auf, Lügen zu verbreiten."

„Und wenn nicht? Was wirst du tun?", fragt Emor.

Voleska senkt den Schild, als wollte sie sie beide verteidigen – und ich sende meine Magie erneut in ihre Richtung.

Dieses Mal richte ich sie nicht auf den Schild. Ich schleudere die Kraft gegen den Verschwörer, wodurch er vorwärts stolpert und seine Hand hochreißt, als wolle er nach ihnen schlagen.

Tatsächlich hämmert er seine Faust jedoch so hart gegen den Schild, dass der Laut des Aufpralls über den Platz hallt.

Julita zuckt in mir zusammen. Ich bin zu sehr in die notwendige Konzentration vertieft, um mich zu entschuldigen.

Bei dem alten Bauernhof hat der Rückschlag die Tür in dem Moment von dem baufälligen Haus gerissen, in dem ich den Mann zum Springbrunnen geschubst habe.

Die Menge dreht durch.

Die wütenden Schreie der Einheimischen übertönen alles andere, was das Ordensmitglied möglicherweise gesagt hätte. Als er ins Wasser des Brunnens platscht, packen die Zivilisten, die ihm am nächsten sind, seine Arme und reißen ihn von dem Schild und der Frau weg, die es festhält. Er wird von der wütenden Menge verschluckt.

„Nieder mit dem Orden der Wildheit!", brüllt Emor von seinem Platz bei der Statue. „Werft ihn raus! Erobert unsere Stadt zurück!"

Weitere Leute strömen aus den nahegelegenen Straßen und Gebäuden auf den Platz. Viele sind Einheimische, die kommen, um nachzuschauen, was passiert ist, doch andere sind eindeutig Ordensmitglieder.

Ich entdecke einen Mann, der zum Schlag gegen zwei Verschwörer ausholt, woraufhin sie seine Arme in seinen

Rücken reißen. Eine Frau stürzt sich mit einer Bratpfanne auf sie, die sie einem der Verschwörer auf den Kopf donnert.

Als weitere Kämpfe in den Gruppen auf dem Marktplatz ausbrechen, beginnen Pfeile, von dem Dach herabzuregnen, wo Rheave sich versteckt hat. Schimmernde elektrische Energie sendet sie zu ihren Zielen.

Stavros und Casimir werden zusammen mit Emor und Voleskas Leuten mitten in dem Chaos sein und jeden gefangenen Daimon niederschlagen, den Rheave für sie identifiziert. Womöglich werden sie auch einige der komplett menschlichen Mitglieder des Ordens töten, wenn sie sich dazu gezwungen sehen.

Meine Hauptarbeit ist erledigt. Ich kann sie in der gefährlichen Schlacht nicht allein lassen.

Ich stoße die Fensterscheibe auf und klettere nach draußen. Mein Blick fällt zu dem Gebäude direkt unter mir und ich erstarre.

Hanie steht nur wenige Läden von dem entfernt, über dem ich hocke, drückt sich an die Wand und hat die Arme fest um ihre Mitte geschlungen. Ihre kupferfarbenen Haare sind ihr ins Gesicht gefallen.

Ich verkneife mir einen Fluch.

Du hast ihr gesagt, dass sie heute Morgen nicht zum Marktplatz kommen soll, schimpft Julita. *Sie ist keine Kämpferin … Sie sollte nicht hier sein.*

Ich warnte Julitas alte Magd, als ich sie gestern kurz sah. Ich schlug vor, dass sie sich den ganzen Morgen vom zentralen Marktplatz fernhalten sollte.

Anscheinend war ihre Neugier größer als ihre Furcht.

Sie wirbelt herum und huscht in eine der Nebenstraßen. Wenigstens muss ich mir jetzt keine Sorgen mehr machen, dass sie niedergetrampelt wird.

Ich klettere zur Dachkante. Mein Blick bleibt an Stavros' blutroten Haaren ungefähr in der Mitte des Platzes hängen. Sein Kopf überragt die Gestalten ringsum dank seines gewaltigen Körpers. Casimir wird in seiner Nähe sein.

Ich wappne mich, wähle eine freie Stelle und springe. Als

meine Füße auf dem Boden aufschlagen, bin ich schon bereit, vorzuspringen.

Ich schlängle mich durch die randalierende Menge, weiche stoßenden Ellenbogen und packenden Fingern aus. Mein Blick fällt auf eine Frau, die mit einem von Rheaves Pfeilen im Rücken über den Platz taumelt. Daher schnelle ich vor, um mein Messer über ihre Kehle zu ziehen.

Sie bricht in einem Haufen Tonscherben zusammen.

Ein Daimon weniger, den die Blutzauberer gegen uns in den Kampf schicken können. Jeder, den wir befreien, ist ein Sieg.

Ein Projektil pfeift neben mir durch die Luft. Dieses besteht nur aus Daimon-Energie. Es knistert in die Schläfe eines Mannes mehrere Schritte entfernt von mir.

Der Mann, der gerade versucht, eine zappelnde Frau zu Boden zu ringen, zuckt zusammen. Ich dränge mich durch die wogenden Leiber zu ihm und ramme ihm mein Messer zwischen die Rippen direkt ins Herz.

Noch ein Tonhaufen fällt auf die Pflastersteine.

Ich wirble herum und versuche erneut, mir einen Überblick davon zu verschaffen, wo meine Verbündeten sind. Abermals blitzen dunkelrote Haare auf und ich eile durch die Menge.

Als ich eine klare Sicht auf die zwei Männer habe, brauche ich nur kurz, um zu begreifen, was vor sich geht. Casimir hat sein Schwert gezogen, greift jedoch hauptsächlich mit seiner freien Hand nach Leuten und führt sie an sich vorbei.

Mir wird bewusst, dass er sie zu einer Kneipe in der Nähe leitet, wo sie dem Chaos entkommen können, wenn sie das möchten. Natürlich konzentriert sich der Kurtisan stärker auf die Sicherheit der Unschuldigen als auf die Ermordung der Schurken.

Stavros stürmt gerade tiefer in die Menge, um sein Schwert in den Oberkörper eines anderen Mannes mit einer versengten Stelle zu rammen, wo einige seiner Haare sein sollten. Der heraufbeschworene Körper bricht in einer Explosion aus Tonscherben zusammen.

Ich erwarte, dass der ehemalige General in meine Richtung schaut, damit ich ihn kurz anlächeln kann, doch er wird plötzlich stocksteif. Ohne Vorwarnung rennt er davon.

Ich versuche, ihm zu folgen, doch ein Strom aus Leuten drängt sich zwischen uns und schubst meine mickrige Gestalt umher. Ich bahne mir einen Weg zwischen den wütenden Bürgern hindurch und springe ab und zu hoch, um über ihre Köpfe zu spähen.

Bei einem der Läden kauert ein Teenager auf dem Boden, während ein Mann auf ihn eintritt und mit dem Griff seines Dolchs auf seinen Kopf einschlägt. Wenn ich irgendeinen Zweifel daran gehabt hätte, auf welcher Seite sie sind, wäre diese von dem Tattoo beantwortet worden, das an der Halsseite des Mannes prangt: eine umgekehrte Allesgeber-Sigille.

Das ist das Symbol, das die Blutzauberer nutzen in dem Versuch, den großen Gott in unsere Reiche zurückzurufen.

Stavros stößt ein zornerfülltes Brüllen aus, das so laut ist, dass ich es über den Tumult der Menge hinweg höre. Er rammt den Angreifer und reißt den Mann von seinen Füßen.

Als ich erneut einen Blick auf sie erhasche, krachen ihre Klingen aufeinander. Ich knirsche mit den Zähnen und schiebe mich kraftvoller zwischen den Körpern hindurch.

Ich stolpere gerade rechtzeitig in den weniger dicht gedrängten Rand der Menge, um zu sehen, wie Stavros seine Klinge in die Kehle des Mannes bohrt.

Dieser Körper verwandelt sich nicht. Er bricht bloß zusammen und Blut strömt aus der Wunde.

Stavros ist so sehr darauf konzentriert, den Mann zu töten, dass er den anderen Angreifer nicht bemerkt hat, der in *ihn* kracht, bevor ich eine Warnung schreien kann.

Mein Schrei löst sich zu spät von meinen Lippen. Julita kreischt ein Echo davon.

Ich sprinte zu ihnen und spanne die Finger um mein Messer an. Mein Herz hämmert gegen meine Rippen.

Meine Magie zerrt an mir, damit ich sie frei und den Angreifer abwehren lasse, doch der Impuls geht mit einem Anflug eiskalter Furcht einher. Das habe ich nicht geplant. Ich kann nicht innehalten, um mich auf eine Gegenaktion zu konzentrieren …

Die zwei Männer ringen miteinander und Blut spritzt auf

die Pflastersteine ringsum. Ich dränge meine Macht zurück und springe mit erhobener Klinge vor.

Kurz bevor ich mein Messer in den Schädel des Angreifers rammen kann, wuchtet Stavros den Mann mit einem schmatzenden Geräusch seines Schwerts von sich.

Der Mann bricht zusammen und das Kurzschwert, das er umklammerte, scheppert auf die Steine. Erleichterung steigt in mir auf, kurz bevor Stavros ebenfalls nach hinten kippt.

Blut strömt aus einem Schnitt an seiner Seite und färbt seine Tunika rot.

Mir gefriert das Blut in den Adern. Eine Woge des Entsetzens und der Qualen fegt jeden anderen Gedanken aus meinem Verstand.

„Stavros!", schreie ich und lasse mich neben ihn fallen.

Nein, Götter, nein. Nicht so.

Nicht schon wieder.

Was soll ich tun, um ihn zu retten?

DREIUNDZWANZIG

Stavros

Obwohl sich Schmerzen durch meinen Bauch brennen und mein Sichtfeld stärker als üblich trüben, kann ich nicht anders, als zu dem Jungen zu schauen. Der Junge, dessen zerzauste blonde Haare und sommersprossiges Gesicht Erinnerungen an einen anderen Teenager aus den Tiefen meines Verstands hervorholen.

Michas, ruft ein Teil von mir, doch das hier ist nicht mein alter Freund. Es ist nicht der Junge, der vor meinen Augen von einem zerrissenen Zauberer auseinandergerissen wurde.

Dennoch durchbricht ein Anflug von Freude den Schmerz, als ich sehe, dass der andere Junge aufsteht und abgesehen von einem Kratzer auf der Stirn und einem rötlichen Fleck auf seiner Wange unversehrt ist. Letzterer wird vermutlich zu einem Bluterguss werden.

Die Schreie und der Lärm des Aufruhrs klingen gedämpfter, mein Gespür für meine Umgebung wird zunehmend neblig. Der Druck hektischer Finger an meinem Arm holt mich zurück.

Ivy starrt auf mich herab. Ihre blauen Augen sind so groß,

dass ich mich in ihnen verlieren könnte. Bei der wächsernen Blässe ihres Gesichts rast jedoch Panik durch meine Adern.

Ist sie verletzt? Haben die Mistkerle …

Ich versuche, sie danach zu fragen, aber der Schmerz, der sich durch meinen Bauch brennt, scheint sich auf meine Kehle ausgedehnt zu haben. Ich kann bloß „Ivy" krächzen.

„Ich bin hier", sagt sie mit zittriger Stimme und der Schmerz in meiner Seite wird schärfer. Ihre andere Hand presst auf die schlimmste Stelle – *fuck*, das tut weh. „Denkst du, du kannst laufen? Es kommen noch andere Ordensmitglieder … Wir müssen dich von hier wegbringen …"

Eine rundliche Gestalt erscheint am Rand meines Sichtfelds und beugt sich über uns. Seine Stimme kommt in einem rauen Bariton heraus. „Er hat meinen Sohn beschützt. Ich werde ihn so gut wie möglich beschützen." Er deutet auf den Jungen. „Sebias, wir müssen diesen Mann ins Haus bringen."

Weitere Hände packen meine Schultern und Schenkel. Als sie mich hochheben, raubt mir der Schmerz den Atem.

Dieses verdammte Arschloch, das aus dem Nichts gegen mich gekracht ist … Ich hätte besser auf mein Umfeld achten sollen … Erste verdammte Kampfregel …

Mein Rücken schabt über einen Fliesenboden. Ivy bedankt sich tausendfach bei dem Mann, in dessen Laden wir anscheinend eingedrungen sind.

„Es ist das Mindeste, was wir tun können", wiegelt er ab und vollführt mit zittriger Hand die Geste der Gottheiten. „Nimm, was immer du brauchst, um die Blutung zu stoppen. Ich weiß nicht, wie ich sonst noch helfen kann. Sebias, wir sollten deinen Kratzer reinigen."

Ihre Schritte schlurfen davon. Ivy ist noch da und beugt sich über mich.

Der Schmerz zieht sich um meine Lunge zusammen und sticht tiefer, als ich Atem holen kann.

„Stavros", sagt Ivy und klingt erstickt, „du blutest stark. Die Wunde ist tief. Ich glaube nicht, dass ich die Blutung so aufhalten kann."

Sie ist so aufgebracht. Verängstigt. Ich habe diese Emotion

zuvor bei ihr gesehen, dieses Mal hat sie allerdings nicht *vor* mir Angst, sondern *um* mich.

Wir sind weit gekommen. Eine Tatsache, die mir unter anderen Umständen ein Lächeln ins Gesicht gezaubert hätte, doch ich kann kaum genug Luft in meine Brust saugen, um zu grunzen.

Ivy streichelt mit der Hand über meine Haare und Wange. Ihre Finger zittern. „Was soll ich tun?"

Etwas klickt trotz meiner benebelten Gedanken in meinem Kopf. Sie hat auch Angst vor sich selbst. Vor dem, was sie tun könnte.

Sie fragt mich, ob sie ihre unergründliche, wahnsinnige Magie in mich gießen soll.

Meine Muskeln spannen sich automatisch an, als würden sie versuchen, die Vorstellung auszusperren. Michas blutbespritztes Gesicht und seine Schreie wirbeln durch meinen Kopf.

Zerrissene Magie zerstört letztendlich immer etwas.

Großer Gott stehe uns bei, wie schlimm muss ich aussehen, wenn sie das anbietet?

Ich teile die Lippen und konzentriere mich mit aller Kraft darauf, meinen Atem zu Worten zu formen. „Ich … ich bin okay."

Das letzte Wort zerbricht in ein Stöhnen, als mich eine frische Woge des Schmerzes durchfährt. Ein Schluchzen bricht aus Ivys Kehle hervor.

Wir wissen beide, dass ich lüge. Kälte beginnt, durch meine Glieder zu kriechen, wie ich sie noch nie bei einer Kampfwunde gespürt habe.

Meine eigene Angst regt sich.

So will ich nicht sterben. Ich bin noch nicht *fertig*.

Ivy beugt den Kopf dicht zu meinem und ihre Stimme senkt sich zu einem rauen Flüstern. „Ich verspreche, ich werde nichts tun, was du nicht willst."

Ich starre zu ihr auf und ihr Gesicht verschwimmt vor meinen Augen. Sonnenlicht fällt durch das Fenster hinter ihr und leuchtet bernsteinfarben, als es durch ihre rotblonden Haare scheint.

Es sieht aus wie der goldene Schein, den Künstler den

Gottgesegneten in ihren Gemälden und Wandteppichen verleihen.

Das Leuchten sickert mit plötzlicher, scharfer Klarheit in mich.

Ivy hat nichts zerstört, als sie uns im Wald versteckte oder als sie Rheave tarnte, um unsere Pläne durchzuführen. Keine Katastrophe ist über uns hereingebrochen, als sie ihre Tricks mit dem Schild gewirkt hat.

Wieso habe ich das zuvor nicht verstanden? Die Macht, die ich normalerweise beschimpfen würde, strömt durch sie ... und sie färbt sie mit all ihrer Kraft und ihrem Mitgefühl.

Was sie wirkt, ist nicht nur zerrissene Magie. Es ist *ihre* Magie.

Ein eigenartig friedliches Gefühl wäscht über mich. Ivy hat mir die Wahl gelassen, denn so ist sie – die Frau, an die ich glaube und die ich liebe.

Und ich glaube mehr an sie, als ich die irren Energien hasse, die sie durch die Risse in ihrer Seele leiten kann. Diese Frau kann die bösartigste Macht in der Welt nehmen und in eine wohltätige Kraft verwandeln.

In der plötzlichen Ruhe löst sich meine Stimme von dem Schmerz. Ich halte Ivys Blick so gut ich kann und zwinge die heiseren Worte hervor. „Ich will ... leben. Will dich nicht ... verlassen. Will ... Königreich ... nicht im Stich lassen. Ich vertraue dir. Alles ... was du tust ... wird gut werden.“

Ivy stockt der Atem. Sie beugt sich näher, sodass ihre Lippen meine Stirn mit dem Schatten eines Kusses streifen. „Bist du dir sicher?“

Ich bringe nur noch ein Wort zustande, es umfasst jedoch alles, was ich sagen muss. „Ja.“

Der Schmerz schwillt erneut an und nagt an den Rändern meines Bewusstseins. Doch Ivy macht einen entschlossenen Laut tief in ihrer Kehle und drückt ihre Hand fester auf meine Seite.

Wärme explodiert in meinem Oberkörper. Sie schluckt den Schmerz und die zunehmende Taubheit und schmilzt die Qualen in meiner Lunge.

Ich mache einen tiefen, gierigen Atemzug – und mein Verstand wirbelt in die Dunkelheit.

Aleks Stimme dringt als Erstes in mein Bewusstsein. Sie klingt gedämpft, als käme sie durch die Wand. „Sollen wir versuchen, einen Heiler zu finden, damit er ihn untersucht?"

Casimir antwortet mit leiserer Stimme, sodass ich ihn nicht richtig verstehen kann – etwas darüber, dass sie nicht wissen, wer zum Orden gehört.

Ich blinzle und mein Gespür für meine Umgebung kehrt zurück. Ich liege ausgestreckt auf dem Rücken auf den Haufen aus gefalteten Decken, die uns in unserer Wohnung als Matratzen dienen. Eine andere Decke liegt bis zu den Schultern über mir.

Erinnerungen an meine letzten bewussten Momente prasseln auf mich ein: der Junge, der Schmerz, Ivys verzweifelte Fragen …

Zaghaft stemme ich mich in eine sitzende Position. Ein schwacher Stich durchfährt meinen Bauch, es fühlt sich jedoch eher wie ein Bluterguss an, der beinahe verheilt ist, und nicht wie eine tödliche Wunde.

Ivy hat das getan. Ivy hat ihre zerrissene Magie in mich geschüttet und sie hat die verletzten Teile wieder zusammengefügt.

Bei dem Gedanken durchfährt mich kein Entsetzen. Nur Belustigung über die Ironie, dass ich dank des Teils von ihr repariert wurde, der zerrissen ist.

Sie hätte es nicht getan, wenn sie sich nicht sicher gewesen wäre, dass sie die Konsequenzen auf eine Weise kontrollieren kann, die ich akzeptiere.

Sie und die anderen haben mich anscheinend zum Apartment zurückgetragen und gewaschen. Meine blutigen Kleider sind fort – ich trage meine andere Wolltunika und eine Hose.

Sie haben das Geschirr an meinem linken Arm gelassen, jedoch die Prothese entfernt, vielleicht damit ich mich im Schlaf nicht aus Versehen mit dem Metallgerät schlage. Es liegt in Reichweite meines Arms auf dem Boden, glänzt und ist unbefleckt, als hätten sie es ebenfalls gewaschen.

Die Stimmen im anderen Zimmer sind verstummt. Sind meine Kameraden gegangen?

Ich will gerade aufstehen und nachschauen, als sich die Tür vorsichtig öffnet. Ivy späht herein.

Ihr Gesicht erhellt sich bei meinem Anblick und spannt sich an. „Du bist wach! Wie fühlst du dich?"

„Beeindruckend normal." Ich blicke an meiner Seite hinab. „Ich würde beinahe denken, dass es nur ein Albtraum war."

Sie lacht rau. „Wenn es doch nur so wäre. Lass mich bloß …"

Sie huscht kurz davon und kehrt mit einer dampfenden Tasse zurück. Als sie mir diese reicht, steigt ein warmer, fleischiger Duft in meine Nase – es ist Brühe, sowohl Essen als auch Trinken.

Während ich die Tasse an meine Lippen hebe und einen zaghaften Schluck nehme, setzt Ivy sich neben mich und lässt ein wenig Platz zwischen uns, als sei sie sich nicht sicher, wie nah ich sie bei mir haben will. Sie wartet schweigend, während ich meinen Magen mit einigen großen Schlucken fülle.

„Bist du dir sicher, dass du okay bist?", fragt sie. „Mit … allem?"

Aufgrund ihrer skeptischen Miene ist offenkundig, wegen welchem Teil von ‚allem' sie sich besonders Sorgen macht.

Urplötzlich wird mir bewusst, wie schwierig dieser Moment auch für sie gewesen sein muss. Nicht nur wegen meiner vergangenen Reaktionen auf ihre Magie, sondern auch weil es sie vermutlich an das andere Mal erinnert hat, als sie jemanden von der Schwelle des Todes zurückholte, der ihr wichtig war.

Das einzige andere Mal, als sie ihre Macht nutzte, um ein Leben zu retten, verlor sie jemanden, den sie genauso lieb hatte … und die Frau, die sie gerettet hatte, wandte sich deswegen gegen sie.

Schmerz schwillt in meiner Brust an. Ich setze die Tasse ab, drehe mich zu ihr um und strecke die Hand aus, um ihre zu ergreifen.

Mit dem Druck meiner Finger hoffe ich, ihr die Wahrheit meiner nächsten Worte zu vermitteln. „Ich meinte ernst, was ich dir gesagt habe, Ivy. Es spielt keine Rolle, welche Magie du benutzt hast, um mich zu heilen. Wichtig ist nur, dass du diejenige warst, die es getan hat. Ich vertraue dir."

Sie atmet ein wenig stockend aus. Wie lange wird es dauern, bis sie diese Aussage wirklich glaubt?

Sie verschränkt ihre Finger mit meinen, ihr Kopf senkt sich jedoch. „Ich muss ständig an den Moment denken, als es passierte. Vielleicht hätte ich schneller reagieren können, um ihn daran zu hindern, dich zu erstechen. Dann hätte ich meine Magie nicht auf dich anwenden müssen. Aber ich habe gezögert … Ich hatte keine Zeit, um darüber nachzudenken, worauf ich den Rückschlag lenken soll … Sogar nach dem Training und all der Übung habe ich noch Angst."

Ich streichle mit dem Daumen über ihren Handrücken. „Ich glaube, das ist etwas Gutes. Die Konsequenzen werden viel kleiner ausfallen, wenn du zu vorsichtig bist, als wenn du zu weit gehst. Ich bin froh, dass du da warst, um mich vor *meiner* Achtlosigkeit zu retten."

Ich halte inne, weiß allerdings, dass ich diese Frage stellen muss. Um herauszufinden, wer oder was den Preis für mein Leben bezahlt hat. „Welcher Rückschlag ist aus meiner Heilung resultiert?"

Ivy holt tief Luft. „Ich wollte mich auf den Baum konzentrieren, den ich auf dem verlassenen Bauernhof benutzt hatte. Doch dann schaute ich aus dem Fenster und sah einen der Daimon, die Rheave mit seiner Verbrennung markiert hatte. Ich dachte, bei einer derart großen Wirkung wäre es sicherer, ein Ziel zu nutzen, das ich sehen konnte und etwas beinahe Menschliches an sich hatte."

„Hat es ihn getötet?"

„Er ist zumindest von den Verletzungen ohnmächtig geworden, die ich an ihn weitergegeben habe. Ich glaube, einer von Emors Leuten hat den Rest erledigt."

Ich lasse dieses Wissen sacken. Ich kann mich nicht einmal schuldig fühlen, dass ich mein Leben auf die Kosten eines heraufbeschworenen Körpers behalten habe, der mehr ein Gefängnis als ein lebendes Wesen war.

Also sollte Ivy sich auch nicht schuldig fühlen.

Ich ziehe sie näher an mich und hasse die Vorsicht, die ich an ihrer Haltung spüre, als sie zu mir kommt. Es ist, als gäbe es tief in ihr noch immer einen kleinen Teil, der Angst hat, dass ich sie angreife, weil sie ein wahres Wunder gewirkt hat.

Der Schmerz vertieft sich und legt sich um mein Herz.

Ich lege ihren Kopf an meine Schulter, küsse ihre Schläfe und hülle ihre schlanke, jedoch kräftige Gestalt in meine Arme. „Danke schön. Du hast eine Möglichkeit gefunden. Ich wusste, dass du das tun würdest. Bist *du* okay, nachdem du so viel von deiner Magie benutzt hast?"

Ivy nickt an meiner Schulter. „Ich war danach ziemlich erschöpft, habe jedoch ebenfalls ein wenig Ruhe bekommen. Du warst den Großteil des Tages bewusstlos. Alek ist gerade vom Tempel zurückgekehrt."

Die Anspannung in ihrem Körper lockert sich allmählich, als sie sich in meine Umarmung kuschelt. Jede subtile Geste, mit der sie meine Zuneigung annimmt, die ich ihr nur allzu gerne anbiete, fühlt sich wie ein Geschenk an.

Wir hatten nicht viele Momente, in denen wir einfach miteinander *sein* konnten. Ich hatte noch weniger Augenblicke mit ihr, als sie mit den anderen zwei Männern hatte, die einen Platz in ihrem Leben beansprucht haben. Es dauerte einfach viel zu lange, bis ich über meinen Schatten springen konnte, wohingegen die beiden Ivys Wert viel früher gesehen hatten.

Ich schiebe meine Finger unter ihr Kinn, um es anzuheben, damit ich meine Lippen hauchzart auf ihre pressen kann. Damit ich ihr zeigen kann, dass sich gar nichts daran geändert hat, wie sehr ich sie vergöttere.

Ivy stößt einen erstickten, jedoch begierigen Laut aus, der einen Lustblitz in meinen Schwanz sendet, und erwidert meinen Kuss stürmisch. Sie schlingt ihre Arme um meine Schultern und umarmt mich.

Als sich unsere Münder trennen, hält sie mich weiterhin fest. „Du lagst im Sterben. Als ich all das Blut sah … Ich weiß nicht, ob ich jemals in meinem Leben größere Angst hatte."

Furcht, Entsetzen und Erleichterung über das letztendliche Ergebnis mischen sich in ihrer Stimme.

Ein Kloß steigt in meiner Kehle auf, doch ich schaffe es, die zwanglose Sprechweise zu finden, die mir in der Vergangenheit dabei geholfen hat, meine Soldaten mitten im Kampf bei Laune zu halten. „Es tut mir leid, dass ich dir Sorgen gemacht habe. Ich werde mein Bestes geben, das nicht noch einmal zuzulassen."

Ein anderes Geräusch, teils Schnauben und teils Schluchzen, entfährt Ivys Mund, bevor sie mich für einen weiteren Kuss zu sich reißt.

Bei den Göttern, ich will sie so sehr. Ich will uns beide daran erinnern, wie lebendig ich dank ihr bin. Ich will diesen Sieg feiern, indem ich der Frau huldige, die das ermöglicht hat.

Als unsere Münder erneut miteinander verschmelzen, drehe ich mich, um sie auf ihren Rücken zu legen, und stemme mich über sie. Als ich mit den Fingern über ihren Busen streiche, summt Ivy begierig.

Ich reiße meinen Mund von ihrem los, um einen Pfad über ihren Kiefer und die Seite ihres Halses zu zeichnen. Sie unter mir zu haben und ihre Hände durch meine Tunika hindurch über meine Brust streicheln zu spüren, löst ein verlangendes Pochen in meinem Schritt aus.

Ich knabbere an ihrem Ohrläppchen, bevor ich ihr ins Ohr raune: „Ich werde mein Versprechen halten. Jetzt bin ich an der Reihe, dich zu nehmen."

Ivy erschaudert vor Wonne. „Ich schätze, dir geht es besser."

„Das Einzige, was mir wehtut, ist, dass ich noch nicht in dir bin."

Ihr Kichern kommt atemlos heraus. „Dann solltest du besser weitermachen, hmm?"

Sie schält mir die Kleider so eifrig vom Körper, wie ich ihr das Kleid ausziehe. Ich werfe das schlichte Ding beiseite, das ihrer nicht würdig ist, und erlaube ihr, mir die Tunika auszuziehen. Doch als mein Blick zu ihr zurückkehrt, stocken meine Hände am Saum ihres Unterhemds.

Sie ist stärker verwundet als ich. Frische Blutergüsse überziehen ihre Oberarme und einer zeichnet sich auf der blassen Haut über ihrem Schlüsselbein ab. Sie hat auch einen Kratzer am Schenkel und noch einen am Ellenbogen, der aussieht, als hätte sich gerade erst eine Kruste gebildet.

Ivy hält ebenfalls inne, sieht an sich hinab und schaut mich mit einem schiefen, jedoch angespannten Lächeln an. „Ich sehe deinen adligen Damen nicht besonders ähnlich."

Nimmt sie etwa an, dass ich das denke? Dass mich das interessieren würde?

Mit einem ablehnenden Knurren fixiere ich sie erneut auf den Decken. „Du bist wunderschön, so wie du bist", verkünde ich und schiebe ihr Unterhemd langsam ihre Brust hinauf.

Ivy zieht eine Augenbraue hoch. „Du musst das nicht sagen. Du hast mich bereits halb ausgezogen."

„Ich sage das nicht, weil ich es muss." Ich reiße das Unterhemd komplett über ihren Kopf. Dann senke ich meine Hand auf ihre Hüfte, damit ich die Bänder der Messerscheiden an ihren Schenkeln lösen und ihr die Hose ausziehen kann, die sie als Unterkleid trägt.

Ich will jeden köstlichen Teil von ihr sehen.

„Es gibt keine Frau, die ich lieber anschauen würde. Ich liebe diese Kraft." Ich drücke einen Kuss auf ihren Bizeps. „Ich liebe es, wie hart du kämpfst." Ich streiche mit den Lippen über einen Bluterguss. „Ich liebe all die Klugheit und das Mitgefühl in deinem hübschen Kopf." Noch ein Kuss auf die Stirn.

Als ich zurückweiche, starrt Ivy mich kurz an, als wäre sie erschrocken.

„Ich liebe *dich*", füge ich hinzu für den Fall, dass ich diese spezifische Tatsache betonen muss.

Das Lächeln, das ihr Gesicht erhellt, ist so strahlend, dass mein Herz einen Schlag aussetzt. Sie lässt ihre Finger über meinen Kiefer wandern.

Ihre Stimme kommt leise, jedoch ruhig heraus. „Ich liebe dich auch."

Es ist das erste Mal, dass sie das gesagt hat. Kurz kann ich nicht atmen, weil ich so überwältigt bin von dem Ansturm der Emotionen.

Dann kippe ich über sie und verschließe ihren Mund,

während ich ihr die Unterhose vom Körper reiße und zustimmend stöhne, als sie meine Hose aufknöpft.

Wir sind so weit gekommen. Sie vertraut *mir* genug, um mir ein Stück von ihrem Herzen zu schenken.

Als ich meine Hose beiseitetrete, bleibt mein Blick an dem metallischen Funkeln an der Wand hängen. In meinem Kopf flackert eine Erinnerung an die lustvolle Heiserkeit auf, die ihre Stimme beim ersten Mal färbte, als wir zusammenkamen und sie mir verriet, dass sie diesen Teil von mir mag.

Ich packe meine Prothese und drehe sie in das Geschirr, wobei ich Ivy beobachte. Die Röte, die ihre Wangen verdunkelt, deutet darauf hin, dass sie meine Idee gut findet.

Bei vergangenen Liebhaberinnen habe ich nie eine Prothese getragen mit Ausnahme der hölzernen Handförmigen. Meine einstige Verlobte schreckte sogar davor zurück.

Doch wie Ivy zurecht angemerkt hat, ist sie nicht wie andere Frauen, denen ich zuvor begegnet bin. Keine von ihnen war ganz genau das, was ich brauchte.

Ich verlagere meine Position auf Ivys rechte Seite und streichle mit der gebogenen Metallschlaufe über die Mitte ihrer Brust. Ivy leckt sich über die Lippen.

Ich grinse sie an. „Ich meine mich daran zu erinnern, dass du es genießt, wenn ich meine beiden ‚Hände' einsetze."

Ihre Röte vertieft sich, doch sie antwortet, ohne zu zögern. „Das tue ich."

„Dann würde ich gerne sehen, wie sehr du es genießen kannst."

Als ich die Spitze eines Busens und dann die des anderen mit dem Rand der Prothese streife, dringt ein Wimmern aus Ivys Kehle. Ihre Nippel versteifen sich bei der Berührung.

Ich necke sie noch etwas mehr, lasse das Metall vor und zurück gleiten, bevor ich es in einem aufreizenden Kreis drehe. Ivys Atem ist zittrig geworden. Bei jedem begierigen Geräusch, das ihr entfährt, drängt sich meine Erektion gegen meine Unterhose.

Ihre Reaktion stärkt mein Selbstbewusstsein. Ich beobachte sie noch eindringlicher, als ich die Prothese über ihren Bauch zu ihrer Mitte gleiten lasse.

Als die Spitze der Schlaufe ihren Kitzler streift, biegen Ivys Hüften sich nach oben. „Großer Gott, Stavros."

„Großer Gott? Stavros oder bester Liebhaber aller Zeiten reicht auch."

Eine schwindelerregende Empfindung breitet sich in meiner Brust aus, als ich die Prothese auf ihre Falten senke und den oberen Teil erneut auf ihren Kitzler presse. Ivy gibt einen jammernden, bedürftigen Laut von sich, bei dem ich augenblicklich schmerzhaft hart werde.

Die Schlaufe ist nur so breit wie zwei dicke Finger nebeneinander. Ich denke, ich könnte …

Ich drehe mein Handgelenk und verändere den Winkel so, dass ich die gebogene Spitze in sie schieben kann.

Ivy keucht, neigt ihren Kopf nach hinten auf die Decken und umklammert mein anderes Handgelenk. „Götter, das ist … Ich habe noch nie so etwas gespürt."

Ich dringe mit dem Metall etwas tiefer in sie. „Gut?"

„Merkwürdig, aber so gut." Ihr Blick huscht zu mir und ihre Röte verdunkelt sich zu einem intensiven Rot. „Wie viel tiefer kannst du gehen?"

Ich werde das als Herausforderung auffassen.

Ich beuge mich über sie, um mir noch einen Kuss zu stehlen, während ich die Prothese Stück für Stück in ihren Körper schiebe. Ivy erschaudert unter mir mit dem köstlichsten Wimmern.

Kein anderer wird jemals genau diese Empfindungen in ihr hervorrufen. Als ich sehe, wie sie vor Lust bebt, verspüre ich nicht die geringste Reue für das Opfer, von dem ich nicht mehr profitiere – zumindest nicht auf die typische Art.

Die Metallschlaufe ist nur wenige Zentimeter lang gebogen, wodurch sie Ivy wohl kaum das Gefühl gibt, vollständig gefüllt zu werden. Doch als ich meine Position zwischen Ivys Beinen verändere, erkenne ich, dass die Schlaufe die perfekte Form hat, um mit der Außenkante auf ihren Kitzler zu drücken, während ich die Spitze in ihr pulsieren lasse.

Ivy bäumt ihre Hüften im Takt mit den Bewegungen auf, drückt den Kopf unter mein Kinn und umklammert mich, als hätte sie Angst, ich würde davonfliegen. Mein Schwanz pocht, doch ich liebe es viel zu sehr, zu beobachten, wie sie sich verliert, um das hier bereits zu beenden.

Ich bewege die Prothese schneller, womit ich mir ein Erschaudern und ein gutturales Stöhnen verdiene. Ivys Finger bohren sich so tief in meinen Arm, dass es wehtut, doch es ist die wundervollste Art von Schmerz.

Ich spüre, dass sie mit einem Beben kommt, das sich in ihrem ganzen Körper ausbreitet. Ein erstickter Schrei entfährt ihr und ihr Kopf sackt auf die Decken.

Trotz ihrer ekstatischen Benommenheit greift sie nach meiner Unterhose. „Ich brauche den Rest von dir."

Bei den Göttern, ich bin nicht in der Lage, ihr das zu verwehren.

Ich reiße mir die Unterhose praktisch vom Körper, knie mich zwischen ihre Beine und umfasse sie mit meiner viel größeren Gestalt. Ivy strahlt mich bloß an, streichelt meine Brust und neigt ihre Hüften nach oben, um mich anzuspornen.

Sie vertraut mir ihren Körper genauso an, wie ich ihr heute Morgen meinen anvertraut habe.

Da ich wegen ihrer Erregung, die auf meiner Prothese glänzt, weiß, wie feucht sie ist, halte ich mich nicht so sehr zurück wie beim ersten Mal. Trotzdem packe ich ihre Hüfte und mustere ihr Gesicht, als ich in ihren feuchten Kanal gleite.

Ihre Mitte packt meinen Schwanz, als wären wir füreinander gemacht. Ich kann mir ein Stöhnen nicht verkneifen, als ich tiefer in sie dringe und Lust durch meine Nerven schießt.

„So gut", murmelt Ivy. „So verdammt gut."

Ich will es für sie noch besser machen. Ich weiche zurück und tauche immer wieder in sie, wobei ich meinen Blick hin und her huschen lasse, um besser erkennen zu können, wann die größte Lust über ihr Gesicht schwappt. Außerdem hebe ich ihren Hintern ein wenig von den Decken.

Dann treibe ich mich erneut in sie. Ivys Lippen teilen sich um einen Schrei.

Und der Geist eines Bildes flackert in mein Sichtfeld – ihre Hand greift nach meinem Gesicht.

Mein Herz setzt einen Schlag aus. Ihre Hände liegen noch auf meiner Brust.

Allerdings – jetzt hebt sie eine, um mit den Fingerspitzen über meine Wange und Kiefer zu streicheln.

Trotz der sinnlichen Wonne des Moments rast eine andere Art der Freude durch meine Adern.

Meine Gabe. Ich habe etwas gesehen, bevor es geschehen ist. Nur wenige Sekunden vorher und ohne, dass ich es versucht habe – aber ich weiß, wie meine Magie aussieht.

Ich habe mich so eindringlich darauf konzentriert, Ivys Bedürfnisse vorauszuahnen, dass meine Gabe sich anscheinend trotz meiner beschädigten Sicht irgendwie aktiviert hat. Ich wusste nicht, dass das möglich ist.

Ich habe nie versucht, sie in einer derartigen Situation zu nutzen.

Oder vielleicht liegt es einfach nur an ihr. An Ivy und dieser Liebe, die mein Herz schweben lässt wie nichts, was ich jemals gespürt habe.

Ich senke den Kopf, um Ivys Hand zu küssen, und ramme mich noch schneller in ihren schaukelnden Körper. Ivy wimmert, ihre Finger heben sich höher, packen meine Haare und ziehen mich zu ihr.

Als ich mich über sie beuge und unsere schweißfeuchten Körper näher zueinander gleiten, erzittert sie und verkrampft sich um meinen Schwanz herum. Ihre Fingernägel kratzen über meine Schulter, als sie ihren zweiten Höhepunkt findet – und die Wucht ihrer Erlösung zerrt mich mit sich in einen Strom der berauschendsten Wonne.

Ein heiserer Schrei entfährt mir, als ich mich in ihr ergieße. Ivy gibt ein keuchendes Lachen von sich und umklammert mich noch fester.

Auf die Erhebungen ihrer Narben an ihrem Rücken achtend hülle ich sie in meine Arme und rolle uns auf die Seite, damit ich ihren Körper an meinen schmiegen kann, ohne mir Sorgen machen zu müssen, dass ich sie erdrücke. Ivy neigt den Kopf an meine Brust und stößt das zufriedenste Seufzen aus, das ich jemals gehört habe.

Ich kann diese Frau nicht verlieren. Das kann ich einfach nicht.

So kuscheln wir mehrere gemütliche Minuten miteinander,

bis die kühle Luft, die durch die Wände sickert, unsere Haut abkühlt. Ivy drückt sich kurz noch dichter an mich, bevor sie nach ihren Kleidern greift. „Wir sollten den anderen vermutlich mitteilen, dass du noch lebst. Allerdings vermute ich, dass die Wände so dünn sind, dass sie das bereits selbst kapiert haben."

Als aus dem anderen Raum ein bedeutungsvolles Räuspern erklingt, wird mein Gesicht heiß, allerdings ist es nur eine schwache Wärme.

Es gibt nichts, wegen dem ich mich schämen müsste. Wir alle wissen, wo wir stehen – und wie viel Ivy uns bedeutet.

Zudem sollten wir unsere nächsten Schritte hinsichtlich des Ordens der Wildheit besprechen. Ich weiß nicht einmal, wie der Aufstand geendet hat.

Ich ziehe meine Kleider an und gehe mit Ivy in den anderen Raum. Rheave schaut von seinem Platz neben dem Fenster zu uns und nickt kurz, wobei sein Blick jedoch auf Ivy geheftet ist anstatt auf mich.

Casimir, der neben dem Tisch steht, lächelt. „Es ist schön, dich auf den Beinen zu sehen."

Alek schiebt das Buch beiseite, dass er durchgeblättert hat, und betrachtet mich mit gerunzelter Stirn. „Bist du dir sicher ..."

Der Knall, mit dem die Tür auffliegt, unterbricht seine Frage. Vier Männer platzen mit gezogenen Schwertern in den Raum.

Der Mann an der Spitze deutet mit seiner Klinge auf mich. „Ihr seid alle verhaftet!"

VIERUNDZWANZIG

Ivy

Beim Anblick der Klingen, die im Licht des Spätnachmittags aufblitzen, wird mein Körper stocksteif. Meine Männer wirbeln alle zu den Eindringlingen herum.

Der kräftige Kerl an der Spitze der Gruppe sagte, sie wären hier, um uns zu verhaften, doch keiner von ihnen trägt eine Uniform.

Rheaves Gesicht zuckt und er deutet auf einen der Männer, der den offenkundigen Anführer flankiert.

Ich glaube, er will uns damit sagen, dass dieser Kerl ein Daimon ist. Dies sind Mitglieder des Ordens der Wildheit, die gekommen sind, um ihre unrechtmäßig erworbene Autorität durchzusetzen.

Wie haben sie uns gefunden? Wie viel wissen sie?

Stavros schiebt seine Prothese leicht außer Sichtweite und richtet sich mit seiner vollen militärischen Autorität auf. Jeder Muskel seines gewaltigen Körpers ist bereit, in Aktion zu treten.

Trotz unserer heiklen Situation erfüllt mich ein Anflug von

Dankbarkeit, weil er nach seinem blutigen Zusammenbruch heute Morgen so sicher auf den Beinen wirkt.

Ich wusste nicht, ob ich ihn jemals wieder aufrecht stehen sehen würde.

„Verhaftet wofür?", will er wissen.

Meine Magie bebt durch meine Brust in Erwartung ihrer Antwort. Ich könnte sie alle zerreißen.

Doch wie werde ich diese Konsequenzen ausgleichen? Ungewissheit zerstreut meine Gedanken, die bereits benommen sind von allem, was ich heute Morgen geleistet habe.

Das führende Ordensmitglied öffnet den Mund zum Sprechen, zögert jedoch, als Schritte hinter ihm erklingen. Er und seine Kollegen weichen zur Seite, sodass sich zwei weitere Eindringlinge in den beengten Raum drängen können.

Der Erste ist ein noch muskulöserer Mann, dessen Augen so leer dreinblicken, dass ich weiß, dass Rheave auf ihn zeigen wird, noch bevor er es tut. Dann schreitet eine hochgewachsene Gestalt hochmütig und autoritär herein und ich spanne mich an, noch bevor mein Blick auf das Gesicht fällt.

Julita keucht und ihre Präsenz zuckt in meinem Hinterkopf zusammen. *Es* kann *nicht … Oh, Götter steht uns bei. Ivy, das ist Borys.*

Ich versteife mich noch mehr. Borys, ihr Bruder – derjenige, der meine geisterhafte Freundin mit der Blutzauberei bekannt gemacht hat, indem er sie als Kind zum Opfer seiner sadistischen Experimente machte. Der Bruder, der vor drei Jahren auf seinem Weg zur Hofakademie verschwand und von dem sie gehofft hatte, er wäre tot.

Als er uns betrachtet und sich seine Lippen zu einem Feixen verziehen, fällt mir die Ähnlichkeit auf. Er hat die gleichen kastanienbraunen Locken wie die Frau, die ich sterbend in einer Gasse fand. Die Haare sind gerade so lang, dass er sie hinter seine Ohren stecken kann. Er hat die gleiche porzellanfarbene Hautfarbe, seine Gesichtszüge kommen mir jedoch schärfer vor als Julitas.

„Das", sagt er mit sardonischer Stimme, die ein härteres, maskulines Echo von Julitas typischem sinnlichem Ton ist, „sind also die Leute, mit denen meine kleine Schwester in letzter

Zeit verkehrt, was? Es ist ein Jammer, dass Julita nicht selbst hier sein konnte.“

Wenn er nur wüsste.

Julita unterdrückt etwas, was wie ein Wehklagen klingt, ihre Präsenz zuckt, zittert und bebt noch heftiger durch meine Gedanken. *Oh, nein. Oh,* fuck. *Wir müssen von hier verschwinden.*

Ich weiß nicht, wie gerechtfertigt ihr Entsetzen ist. Sie hat ihren Bruder seit drei Jahren nicht mehr gesehen. Es klingt, als wäre es ihm nicht gelungen, ihr noch zu schaden, nachdem sie drei Jahre davor ihre eigene Gabe erhalten hatte und ihn zwingen konnte, ihr ‚Nein‘ zu akzeptieren.

Steht sie bloß unter Schock oder stellt er eine größere Bedrohung dar, als ich erahnen kann?

Meine Magie schlägt um sich, weil sie rausgelassen werden will, es ist jedoch schwierig, sich bei dem panischen Gebrabbel meiner geisterhaften Passagierin zu konzentrieren. Ich schlucke schwer und stelle mir eine blättrige Ranke vor, die sich dicht um mich wickelt, um meine Kontrolle zu stärken.

Julita hat den Männern, mit denen sie verbündet war, nie erzählt, wie schmerzhaft Borys sie in seine Experimente einbezogen hat, doch sie haben genug gehört. Wut blitzt in Aleks Augen auf, als er vom Tisch aufsteht. Casimirs Hände haben sich an seinen Seiten zu Fäusten geballt.

Stavros spricht mit ruhiger Stimme, in der jedoch ein Hauch Bedrohlichkeit mitschwingt. „Was willst du?“

Borys zieht das Kurzschwert an seiner Hüfte und schwenkt es vor uns herum. „Ich habe gehört, dass der Winzling einige Leute hergeschickt hat, damit sie herumschnüffeln und sich in unsere Arbeit einmischen. Ihr habt heute Morgen einen ziemlichen Aufruhr verursacht. Ihr habt doch nicht gedacht, ihr würdet damit davonkommen?“

Rheave, dem das Ganze emotional am wenigsten zusetzt, starrt ihn mit völlig ausdrucksloser Miene an. „Davon wissen wir nichts.“

Ich würde ihm seine Unwissenheit abkaufen, wenn ich es nicht besser wüsste. Allerdings scheint Borys es ebenfalls besser zu wissen.

Julitas Bruder stößt ein dunkles Glucksen aus. „Netter Versuch. Es ist wirklich ein Jammer, dass Julita das hier nicht sehen kann. Mich, der ich nicht nur das Sagen über Nikodi, sondern auch über die halbe Provinz habe. Ich habe zu viele andere wichtige Angelegenheiten, um die ich mich kümmern muss, um Spielchen mit euch zu spielen."

Er gibt seinen Handlangern ein knappes Zeichen. „Schnappt sie euch. Vorzugsweise lebendig, tot ist allerdings auch okay."

Julita kreischt, die Männer greifen an und ich denke so fest wie möglich an das Bild dieser armen, geschundenen Weide auf dem verlassenen Bauernhof.

Ich muss sie aufhalten. Ich *muss*.

Meine Magie bricht mit explosionsartiger Wucht aus mir hervor. Sie schleudert die vier Männer, die uns am nächsten sind, einschließlich Borys, auf die Seite und knallt ihre Köpfe gegen die Wände.

Als der Rumms und das Knacken des Aufpralls durch die Luft hallen, spüre ich, dass Äste von dem fernen Baum abgerissen werden. Übelkeit sammelt sich in meinem Magen.

Die Männer brechen dort zusammen, wo sie zu Boden fallen. Bei einigen sickert Blut zwischen den Haaren hervor und sie sind so reglos, dass sie tot sein könnten. Borys stößt ein Stöhnen aus.

Ein heftiger Anflug von Panik wirbelt meine Gedanken durcheinander. Er wird uns alle ermorden. Er wird jetzt gleich sein Schwert in mich rammen …

Ich schwanke unter einem Schwindelanfall und mein Blick landet auf dem fraglichen Schwert. Es ist Borys aus der Hand gefallen und durch den Raum geschlittert.

Bevor ich mich mit meiner Verwirrung auseinandersetzen kann, stürzen sich die anderen zwei Ordensmitglieder mit gezogenen Klingen auf mich.

Als ich anfange, nach meinem Fokus und meiner Magie zu suchen, springt Rheave ihnen mit einem wortlosen Knurren in den Weg.

Er rammt seine Faust mit einem Knistern von Energie in den Bauch des Mannes, der mir am nächsten ist. Ein rauchendes Loch brennt sich tief in die Gedärme meines Angreifers.

Als der Mann mit einem blutigen Gurgeln vornüberkippt und sich in einen Haufen Ton verwandelt, schlägt Stavros seine Prothese gegen den Kopf des letzten Eindringlings.

Der Mann torkelt zu Rheave, der nicht einmal mit der Wimper zuckt, bevor er dem Angreifer den Kopf umdreht.

Mit einem Knacken des Halses des Mannes und einem knorpeligen Zischen reißt der Daimon dem Mann den Kopf von den Schultern und schleudert ihn durch den Raum.

Okay. Ich starre Rheave und seine blutbespritzten Hände an. Die wilde Intensität in seiner Haltung lässt einen enervierend schwindelerregenden Schauder durch mich rieseln.

Dann setzen Stavros' drängendes Ziehen an meinem Arm und ein weiteres Stöhnen von Borys mich in Bewegung.

Casimir hebt etwas hinter dem Tisch auf. „Stav, dein Schwert!"

Der ehemalige General fängt den geworfenen Gürtel und die Scheide auf, ehe wir durch die Tür rauschen.

Als wir die Treppe zum Erdgeschoss hinabbrennen, zupft Alek an Rheaves Umhang. „Du hast Ivy unglaublich gut beschützt, aber die Leute dürfen dich nicht so sehen. Wisch deine Hände an der Innenseite deines Umhangs ab und zieh ihn fest um dich, um dein Oberteil zu verbergen."

Fernab von dem Kampf sieht der Daimon-Mann so verwirrt aus, wie ich mich fühle, doch er befolgt Aleks Anweisungen. Wir platzen in die kühle Luft der Straße.

Ich entdecke keine anderen Ordensmitglieder in der Nähe, ein leiser Schrei bringt mich jedoch dazu, den Kopf zu drehen. Ich sehe in der Straße allerdings keinen Grund zur Sorge und keiner meiner Männer reagiert.

„Ich glaube, es ist an der Zeit, dass wir ein wenig Abstand zu Pima gewinnen", meint Stavros leise. „Holen wir die Pferde."

Wir bleiben dicht beieinander und eilen durch die Straße zu dem öffentlichen Stall, wo wir dank Hanie unsere Reittiere unterbringen konnten. Wir biegen an der ersten Kreuzung scharf links ab – und stoßen beinahe mit Julitas alter Magd zusammen.

Hanie springt von dort zurück, wo sie neben dem Gebäude an der Ecke kauerte. Sie starrt uns mit offenem Mund an und erbleicht. „Ihr seid noch … Sie haben nicht …"

Meine Gedanken beruhigen sich so weit, dass sich eine klare Erkenntnis aus dem Wirbelsturm löst. „Sie hat uns verraten!"

Wir haben Emors und Voleskas Gruppe nie erzählt, wo wir untergekommen sind. Hanie sah heute Morgen aufgebracht aus, als der Aufruhr begann, und sie wusste, dass wir involviert waren.

Außerdem ist sie eindeutig überrascht, dass wir nicht verhaftet worden sind.

Was?, heult Julita. *Hanie hat uns verraten?*

Die Magd weicht noch einen Schritt zurück. „Ihr seid so gefährlich wie der Orden der Wildheit", zischt sie und hebt ihre Stimme zu einem Schrei. „Hilfe! Jemand! Hier sind Verräter des Ordens!"

Stavros knurrt und macht Anstalten, ihren Arm zu packen, doch Hanie stürzt in die entgegengesetzte Richtung und schlüpft durch den nächstbesten Ladeneingang.

Schritte, die über die Pflastersteine poltern, sind um die Ecke zu hören.

Alek winkt uns weiter. „Wir haben größere Probleme als sie!"

Ich entdecke eine schmale Gasse einige Gebäude entfernt und renne mit einem Zeichen an die anderen dorthin. Wir rasen hinein und sprinten an mehreren Gebäuden vorbei, betreten eine unbekannte Straße und ducken uns in eine andere Gasse.

In der Nähe eines stinkenden Mülleimers hinter einem Mietshaus bleibe ich stehen, um wieder zu Atem zu kommen. Ich kann keine Verfolger hören.

Rheave blickt mit gerunzelter Stirn über seine Schulter. „All diese wütenden Leute auf dem Marktplatz haben ihr Angst gemacht." Er hält inne und seine Stimme senkt sich mit einer traurigen Note. „Genauso wie ich. Also hat sie uns die Schuld gegeben."

Ich strecke die Hand aus und drücke seinen Arm durch den Umhang hindurch. „Es ist nicht deine Schuld. Du hast ihr nichts getan. Wir haben versucht, ihr und allen anderen in dieser Stadt zu *helfen*.“

Casimir späht in die Gasse. „Denkt ihr, es ist sicher, zu den Pferden zu gehen? Hanie weiß, wo sie sind. Falls Julitas Bruder auch nur die Hälfte seines Verstands beisammenhat, wird er uns unser einfachstes Fluchtmittel nehmen.“

Ich atme scharf ein. So weit hatte ich gar nicht gedacht. „Du hast recht. Verflucht.“

Stavros macht ein finsteres Gesicht und strafft die Schultern. „Wir sollten so weit an den Stall herangehen, dass wir ihn aus der Entfernung beobachten können. Vielleicht hat sie diesen Teil nicht erwähnt.“

Falls der Orden der Wildheit unsere Reittiere konfisziert hat, könnten wir zudem jederzeit andere stehlen. Allerdings bin ich mir nicht sicher, was der ehemalige General von dieser Art krimineller Aktivitäten halten würde.

Wir gehen weiter durch die Stadt, wobei wir Gassen und die ruhigsten Straßen wählen, die wir finden, bis wir die Vorderseite des Stallgebäudes aus ein paar Blöcken Entfernung sehen können.

Alek spannt sich neben mir an. „Sie lassen das Gebäude bewachen.“

Das tun sie. Die Blutzauberer versuchen, heimlich vorzugehen, allerdings sieht man normalerweise nicht drei Gestalten mit Schwertern in der Hand vor einem Stall.

Die Männer und Frau schlendern ein wenig in diese und jene Richtung und tun so, als würden sie ein Gespräch führen. Ihre Blicke huschen jedoch in regelmäßigen Abständen verstohlen über die Straße.

Mein Kiefer mahlt. Die Verschwörer haben uns aus unserem jüngsten Zuhause vertrieben und unsere Pferde gestohlen.

Ich schätze, man könnte sagen, wir haben die Pferde von der königlichen Akademie gestohlen, aber Krümel gehörte zumindest mir, was ihn und mich anging. Es wollte ihn ohnehin kein anderer auf der Akademie.

Hoffentlich hat er mehrere Brustkörbe eingetreten zum Ausgleich für den Ärger.

Wir entfernen uns aus der Sichtweite des Stalls, ziehen

unsere Umhänge um uns herum zu und betrachten unsere Umgebung. Obwohl das Tageslicht verblasst, haben die wenigsten Läden und Lokale in der Nähe Laternen entzündet, um Kunden willkommen zu heißen. Das Ladenfenster des Restaurants, vor dem wir stehen, ist dunkel und nicht einladend. Abgesehen von uns laufen nur wenige Leute durch die Straßen und diese tun das mit eiligen Schritten.

Stavros' Sicht mag fehlerhaft sein, er erkennt die Atmosphäre jedoch ziemlich schnell. „Die Einheimischen verkriechen sich nach dem Aufstand und wappnen sich für die Vergeltungsmaßnahmen des Ordens. Sie wissen, dass der Konflikt noch nicht vorbei ist."

Der Konflikt, den wir losgetreten haben. Zu ihrem Wohl, dennoch erscheint es mir schrecklich, jetzt einfach zu fliehen.

Doch welche Wahl haben wir?

„Was sollen wir tun?", fragt Rheave, dessen normalerweise leuchtende Augen von Sorgen umwölkt sind.

Alek verändert seine Haltung und ich realisiere, dass er noch immer das Buch unter seinem Arm trägt, das er gelesen hat. Er hat es nicht zurückgelassen, als wir unsere hastige Flucht aus dem Apartment angetreten haben.

„Wir sollten einen anderen Ort suchen, an dem wir uns selbst ‚verkriechen' können", schlägt er vor. „Zumindest lang genug, um ein Gefühl zu bekommen, was …"

Casimir, der den Blick auf die andere Straßenseite geheftet hat, bedeutet ihm, zu schweigen. „Jemand kommt auf uns zu. Ich glaube … das ist jemand von Emors und Voleskas Leuten, oder nicht?"

Ich fahre herum, erkenne jedoch das Gesicht der herannahenden Frau.

Als sie sieht, dass wir sie bemerkt haben, überquert sie die Straße hastig mit angespannter Miene. „Uns wurde aufgetragen, nach euch Ausschau zu halten. Voleska hat gehört, dass der Orden der Wildheit Leute sucht, auf die eure Beschreibung zutrifft. Wenn ihr mit mir kommt, werden wir sehen, was wir tun können, um euch zu helfen."

Als die Männer und ich Blicke wechseln, zieht Alek die Kapuze seines Umhangs tiefer in sein Gesicht und verzieht den

Mund. Anscheinend hat er seine Maske im Apartment zurückgelassen. Niemand außer uns hat zuvor sein unbedecktes Gesicht und seine Narben gesehen.

Die Frau sieht allerdings nicht entsetzt aus. Ihr Blick bleibt etwas länger auf seinem Gesicht liegen als bei dem Rest von uns, bevor er zu mir zurückschnellt.

Ich habe keinen Grund für Zweifel an der Loyalität unserer neuen Verbündeten gesehen. Falls diese Frau unsere Verhaftung veranlassen wollte, hätte sie uns, nachdem sie uns entdeckt hatte, einfach vorsätzlich übersehen und die nächsten Ordensmitglieder verständigen können.

Rheave heftet seinen eindringlichen Blick auf sie. „Niemand dort hat vor, Ivy zu schaden?"

Die Frau blinzelt, als würde die Frage sie verblüffen. „Natürlich nicht. Ihr habt *uns* geholfen, mehr zu erreichen, als wir in so kurzer Zeit zu tun erwartet haben."

Stavros legt schützend seine Hand auf meine Schulter, trifft jedoch die Entscheidung für uns alle. „Wir werden mitkommen."

Die Frau führt uns auf einem gewundenen Pfad durch die Stadt. Sie ist verständlicherweise viel vertrauter mit den unauffälligen Routen als ich.

Wir kommen hinter dem Café zur blühenden Blume heraus, wo wir uns zuvor mit Emor und Voleska getroffen haben. Die Frau führt uns in das Lokal, wo die zwei Anführer des örtlichen Widerstands sich mit drängenden Stimmen mit ein paar ihrer Kameraden beraten.

Voleskas Gesicht erhellt sich bei unserem Anblick, was einen scharfen Kontrast zu der Reaktion der anderen Frau darstellt, die wir für unsere Freundin hielten. Sie und Emor schließen sich uns an.

Sie schaut zunächst Alek mit einer mitfühlenden Miene an. Ihre Leute hatten bisher keine Gelegenheit, den Gelehrten kennenzulernen, doch ich habe erwähnt, dass er wahrscheinlich maskiert sein würde, wenn sie ihm begegnen. Ich schätze, jetzt kann sie sehen warum.

Sie neigt den Kopf zum Gruß. „Du musst Alek sein. Ich bin froh, dass Bessa euch alle finden konnte."

Emor mustert uns. „Ihr seht alle ziemlich gut aus. Hat Bessa euch vor den Leuten des Ordens der Wildheit gefunden? Ich nehme an, sie hat euch erzählt, dass der Orden darauf aus ist, euch zu ‚verhaften'?"

Ich verziehe das Gesicht. „Wir sind einigen von ihnen begegnet, haben es allerdings geschafft, ihnen zu entkommen." Es erscheint mir am klügsten zu sein, zu verschweigen, wie uns das gelungen ist.

„Sie haben jedoch unsere Pferde genommen", wirft Casimir ein.

Emor seufzt. „Ich bin mir nicht sicher, ob ihr auf einem Pferderücken hättet fliehen können. Was immer der Orden über euch herausgefunden hat, sie sind nicht glücklich. Wir haben weitere Berichte erhalten, seit Voleska Leute losgeschickt hat, um euch zu warnen. Es tut mir leid, falls wir euch in einen größeren Schlamassel gezogen haben, als ihr erwartet habt."

Stavros neigt den Kopf. „Wir kannten die Risiken."

„Was genau habt ihr gehört?", fragt Alek, dessen Kapuze noch immer tief in sein Gesicht gezogen ist.

Voleska meldet sich mit angespannter Stimme zu Wort. „Soweit wir gehört haben, verlässt eine ziemlich große Gruppe der Ordensleute die Stadt, als hätten sie anderswo etwas Wichtiges zu tun. Doch so gut wie jeder, den sie in Pima zurücklassen, hat die Anweisung, sich auf das Aufspüren eurer Gruppe zu konzentrieren. Sie haben bereits Patrouillen in das umliegende Gebiet geschickt, um auch dort Wache zu halten."

Mein Herz sinkt. Verfolgen sie uns so eifrig, weil Borys die Befehle erteilt hat und er jeden ausschalten will, der in Verbindung zu seiner Schwester steht?

Julita scheint das zu denken. Sie erholt sich von ihrem schockierten Schweigen, um einfach nur zu sagen: *Dieser verräterische Scheißkerl.*

Ich schlinge die Arme um mich. „Wir dachten, wenn wir uns eine Weile hier verstecken, wird das Ganze vielleicht vorübergehen ..."

Voleska schüttelt den Kopf, bevor ich den Satz beendet habe. „Sie brechen in die Häuser und Geschäfte der Leute ein und suchen überall nach euch. Ich will nicht versprechen, dass wir euch verstecken können, da ich mir nicht sicher bin, dass wir eure Sicherheit garantieren können."

Emor mischt sich erneut ein. „Ich weiß nicht, ob ihr zu diesem Zeitpunkt in der Lage wärt, anderswo in Eppun viel zu erreichen. Sie haben Boten ausgeschickt ... Die Ordensmitglieder in anderen Städten halten vermutlich ebenfalls nach euch Ausschau. Um ehrlich zu sein, hättet ihr große Schwierigkeiten, die Provinz zu verlassen und zum Rest von Silana zurückzukehren."

Stavros zieht die Augenbrauen hoch. „Nun, wir müssen entweder bleiben oder gehen. Eine andere Möglichkeit gibt es nicht."

„Wir hatten eine Idee." Voleska nickt zu einem der Männer, mit denen sie bei unserer Ankunft gesprochen hat. „Eine Handelskarawane bricht heute Nacht nach Bryfeen auf. Man reist nur einige Stunden durch offenes Gebiet. Es gibt viele Möglichkeiten, euch zu tarnen, und dann würdet ihr euch außerhalb der Reichweite des Ordens befinden."

Ich starre sie an. „Ihr wollt, dass wir Silana komplett verlassen?"

Sie hält die Hände in einer kapitulierenden Geste hoch. „Ich *will* nicht, dass ihr das tut. Mir wäre es lieber, wenn ihr bleiben und weiter diese Arschlöcher unterminieren könntet. Allerdings könnte es die einzige Möglichkeit sein, um sicherzustellen, dass ihr in den nächsten Tagen nicht sterbt, und das sind wir euch schuldig. In ein oder zwei Wochen werden wir vielleicht mehr Leute in der Provinz gegen sie aufgebracht oder die Truppen des Königs die Kontrolle zurückerobert haben."

Emor schenkt uns ein entschuldigendes Lächeln. „Wenn ihr in der Nähe der Grenze bleibt, könnt ihr die Situation überwachen und zurückkommen, wenn die Mistkerle verjagt wurden."

Mir rutscht das Herz in die Hose. Ist das wirklich die beste Option, die wir haben? Wir wollten die Blutzauberer aufhalten und stattdessen werden wir aus dem Land fliehen?

Doch werde ich wirklich darauf bestehen, zu bleiben und zuzuschauen, wie die Männer, die sich dieser Sache – *mir* –

verpflichtet haben, wegen meiner Sturheit abgeschlachtet werden?

Voleska räuspert sich. „Es gibt eine Bedingung." Sie deutet auf Rheave. „Das Angebot schließt den Daimon nicht ein. Wir machen uns Sorgen, dass der Orden eine Möglichkeit findet, seine Bewegungen nachzuverfolgen, und der Leiter der Karawane ist wegen seiner Mächte nervös."

Mein Körper sträubt sich automatisch. „Wir können ihn nicht zurücklassen."

Doch bevor ich weitere Proteste vorbringen kann, lässt Rheave den Kopf hängen und wendet sich mir zu. Kummer verzieht sein hübsches Gesicht. „Es ist in Ordnung, kleine Liane. Ich verstehe, warum die Leute nervös sind. Ich will bei dir sein, um für deine Sicherheit zu sorgen ... doch wenn du am sichersten bist, indem ich zurückbleibe, werde ich bleiben und von hier mein Bestes geben."

Die Niedergeschlagenheit in seiner Stimme zerrt an mir. Er dachte, es wäre seine Schuld, dass Hanie uns verraten hat, und diese Situation wird diese Idee nur zementieren.

Wenn Voleska und die anderen wüssten, was *meine* wahre Magie ist, hätten sie viel größere Angst vor mir als vor ihm. Es ergibt keinen Sinn, ihn zu bestrafen.

Er hat noch immer Blut auf seinen Kleidern, weil er mich beschützt hat, und ich soll ihn einfach zurücklassen, damit er wieder von den schrecklichen Meistern eingefangen wird, denen er entkommen ist?

Doch was sind meine anderen Optionen?

Ich weiß nicht mehr, was am besten wäre, murmelt Julita und spiegelt meine Unsicherheit wider.

Als ich meine Schläfe massiere, berührt Stavros meinen Rücken, als wolle er mich stützen. „Ich will niemanden zurücklassen", sagt er leise. „Zeiten wie diese erfordern jedoch schreckliche Entscheidungen. Ich werde mich nicht für das eine oder andere Ergebnis aussprechen. Für dich steht am meisten auf dem Spiel. Es ist möglich, dass ich der Königsfamilie nützlicher bin, wenn ich entlang der Grenze so viel wie möglich in Erfahrung bringe. Ich werde auf diese Weise jedenfalls mehr erreichen, als wenn es der Orden der Wildheit schafft, die Oberhand über uns zu erhalten."

Wenn sogar er gewillt ist, aufzugeben … ich schaue zu Casimir und anschließend zu Alek und stelle fest, dass mich beide beobachten. Ihre Gesichter zeigen ähnliche Mienen unterstützender, jedoch gequälter Resignation.

Sie werden hingehen, wo immer ich hingehe, selbst wenn ihnen die Vorstellung genauso wenig behagt wie mir. So wie sie es schon tun, seit König Konram meine Hinrichtung befohlen hat.

Die richtige Vorgehensweise wäre, *sie* zu beschützen, oder? Ihre Sicherheit an erste Stelle zu stellen und dorthin zu fliehen, wo uns die Blutzauberer nicht erreichen werden.

Doch damit könnten wir uns vermutlich unsere Chancen auf eine Begnadigung abschminken, da wir nicht entscheidend zur Untergrabung der Blutzauberer beitragen werden, wenn wir nicht hier sind. Werden wir wirklich zurückkehren können, wenn wir gehen, solange der König uns noch Verräter nennt?

Das meinte Stavros damit, als er sagte, für mich stünde am meisten auf dem Spiel. Sie könnten mit König Konram vielleicht ein Abkommen aushandeln, wenn das alles vorbei ist, doch nichts außer der Beendigung eines Bürgerkriegs würde beweisen, dass die zerrissene Zauberin die besten Interessen des Landes im Sinn hat.

Meine Magie windet sich in meiner Brust und will mich verteidigen, weiß allerdings nicht wie.

Ich schaue an mir hinab auf die Stelle, wo Kosmel mich einst mit einem magischen Leuchten markiert hat. Anschließend betrachte ich meine Hände, die in den vergangenen Wochen mehr Macht gelenkt haben, als ich mir zuvor jemals erlaubt hätte.

Emor und Voleska wissen nicht, wozu ich wirklich in der Lage bin, ich jedoch schon. Eine gewöhnliche Widerstandsgruppe ist vielleicht nicht in der Lage, sich dem Orden der Wildheit zu entziehen und weiterhin ihren versuchten Putsch zu schwächen, aber wir sind nicht gewöhnlich.

Ich bin nicht gewöhnlich.

Wenn ich all meine Kräfte zum Tragen bringe – vorsichtig, sorgfältig – kann ich sicherstellen, dass die Blutzauberer uns nie auch nur ein Haar krümmen. Wir können zusammenstehen – wir alle, einschließlich des Daimons, der genauso hart gekämpft hat – und die Mission beenden, wegen der wir hergekommen sind.

Furcht bebt durch meine Nerven, allerdings nicht stark genug, um das Gefühl der Entschlossenheit abzuschütteln, das in mir aufgewallt ist.

„Nein", sage ich. „Wir werden weiterkämpfen. Ich lasse nicht zu, dass die Blutzauberer uns besiegen. Wir haben immer noch einige Tricks im Ärmel."

FÜNFUNDZWANZIG

Ivy

Sogar in der Nische, in die ich mich neben der hochaufragenden Dachgaube gequetscht habe, zerrt der eisige Nachtwind an meinem Umhang und beißt die Haut, die ich nicht komplett bedecken kann. Ich ziehe den Stoff höher in mein Gesicht, um so viel wie möglich von der Kälte auszusperren.

Es ist schrecklich ruhig hier, bemerkt Julita. *Vielleicht solltest du ein wenig schlafen.*

„Wir müssen wissen, wo die Blutzauberer hingehen und was sie aushecken", flüstere ich zur Antwort. „Ich will nicht länger als nötig in Pima bleiben … Wir bringen alle anderen in Gefahr, die sich dem Orden der Wildheit widersetzen."

Julita gibt einen nichtssagenden Laut von sich. Seit unserer Begegnung mit ihrem Bruder heute Nachmittag, ist sie ruhiger als üblich.

Ich spähe in die Straße hinab, wo ich in der Vergangenheit viele Ordensaktivitäten gesehen habe – wo ich die Verschwörer darüber reden hörte, dass sie Waffen vorausschicken und Leute folgen würden.

Niemand ist vorbeigekommen, seit ich hier vor einer Stunde Posten bezogen habe. Die Fenster ringsum sind dunkel. Allerdings bin ich noch nicht bereit, aufzugeben.

Ein Geräusch wie ein Kichern steigt irgendwo rechts von mir auf. Mein Kopf fährt herum, doch ich kann die Quelle nicht ausmachen.

Furcht schießt durch meine Brust. Ich muss vorbereitet sein … falls sie mich finden …

Zähneknirschend verschließe ich die Augen vor der vorübergehenden Panik.

Niemand ist in der Nähe. *Ich* werde *sie* finden.

Dazu muss ich ruhig und wachsam bleiben.

Als ich den Blick erneut über die Straße schweifen lasse, ist noch immer keine Bewegung zu sehen. Vielleicht wurde das Geräusch vom Wind erzeugt, der sich auf seltsame Weise über die Gebäude bewegte.

Ich verändere meine Position, um die Steifheit meiner Muskeln zu lindern, und spreche in dem leisesten Flüstern. „Wie geht es dir? Es war offensichtlich ein ziemlich großer Schock für dich, deinen Bruder zu sehen."

Julita erschaudert. *Vielleicht hätte ich erraten sollen, dass er involviert war. Ich weiß nicht, wie es dazu gekommen ist, dass er mit echten Blutzauberern zusammenarbeitet … Er muss diese Gruppe kennengelernt haben, bevor er zur Akademie aufgebrochen ist, und hat die Reise als Tarnung genutzt, um sich ihnen richtig anzuschließen. Entweder das oder es war ein sehr unglücklicher Zufall.*

Unglücklich für uns. Ich habe den Eindruck, für Borys war es ein überaus erfreulicher Zufall.

„Das hat bestimmt einige schlimme Erinnerungen aufgewühlt", wage ich zu sagen.

Oh, ich musste mich mit allen möglichen schrecklichen Erinnerungen auseinandersetzen, seit ich Wendos auf der Akademie über den Weg gelaufen bin. Es tut mir leid, dass ich ein wenig zusammengebrochen bin, als Borys erschienen ist … Es passierte so viel auf einmal … Jetzt, da ich vorbereitet bin, kann ich meine Gefühle besser zügeln.

Ich schenke ihr ein kleines Lächeln. „Und es bedeutet, dass

du uns noch mehr helfen kannst. Du kennst ihn bestimmt ziemlich gut, weshalb du auch uns helfen kannst, uns vorzubereiten." Ich halte inne. „Ich nehme an, dass er ein Weihopfer erbracht hat, um eine Gabe zu erhalten."

Ansonsten hätte er keine Magie, die er bei seinen Versuchen in der Blutzauberei verbessern könnte.

Julita summt gequält. *Ja. Es war kein großes Opfer, da er hauptsächlich andere Leute den Preis für seinen Ehrgeiz bezahlen lassen wollte. Er gab seine beiden kleinsten Zehen her. Er lief einige Monate lang seltsam, bis er sich an die Veränderung im Gleichgewicht gewöhnte.*

„Was ist seine Gabe?"

Das hat er geheim gehalten. Er hat immer nur vage Antworten gegeben, wenn jemand gefragt hat … Und meine Eltern waren nicht die Art von Leuten, die auf eine bestanden hätten. Sie waren offensichtlich zu tolerant.

Sie seufzt. *Ich weiß, dass er sich wie ich Creaden verpflichtet hat, weshalb es vermutlich etwas damit zu tun hat, Leute herumzukommandieren. Er genoss das bereits, bevor er sein Weihopfer erbracht hat.*

Ich runzle die Stirn. „Er hat seine Magie nie auf dich angewandt?"

Nicht, dass ich es bemerkt habe. Es hätte eine subtile Wirkung sein können. Für ein paar kleine Zehen kann es ohnehin nichts besonders Protziges gewesen sein. Und nachdem ich meine Gabe erhalten hatte und ihn zwingen konnte, ein ,Nein' zu akzeptieren, hatten wir kaum noch miteinander zu tun.

Obgleich die Umstände schrecklich waren, die sie dazu veranlassten, ihre Gabe zu wählen, bin ich froh, dass sie eine Verteidigung hatte.

Wer weiß, wozu Borys mit der zusätzlichen Macht der Opferkomplizen fähig ist? Wir wissen nicht, auf welche Art von Magie wir bei ihm achten müssen.

Natürlich könnte nicht deutlicher sein, dass wir auf dieses Arschloch in jeder möglichen Art achten müssen.

„Wir werden ihn aufhalten", flüstere ich. „Wir haben Wendos und Torstem aufgehalten, und wir werden uns ihnen in den Weg stellen, bis ihre ganze schreckliche Verschwörung auseinanderbricht."

Julita schnaubt. *Diese Aufgabe sollte nicht allein dir zufallen. Wenn König Konram zur Vernunft kommen und seine Armee ihre Arbeit machen würde ... Ich hätte es dir nicht übelgenommen, wenn du geflohen wärst, weißt du.*

Ich verziehe das Gesicht. „Ich bin mir nicht sicher, ob ich wirklich sicher wäre, egal, wohin ich gehe. Hier arbeite ich wenigstens auf eine Begnadigung hin. Gibt es noch etwas an ...“

Ich unterbreche meine geflüsterte Frage, als unter uns Schritte vorbeischlurfen.

Zwei verhüllte Gestalten sind gerade ein Stück entfernt auf der Straße in Sicht gekommen. Sie flüstern einander etwas zu und drängen sich in ein Gebäude in der Nähe.

Nach einem Augenblick gehen Laternenlichter in einem der Fenster an.

Endlich kann ich in Aktion treten.

Ich klettere an der Seite des Gebäudes hinab, auf dem ich kauerte, wozu ich jeden Heimlichkeitstrick anwende, den ich kenne. Anschließend spähe ich über die Straße zu der Tür, durch die die zwei Gestalten verschwunden sind. Ich werde mich zeigen müssen, um den Laden zu erreichen.

Außer ich benutze den magischen Trick, den ich bereits auf Rheave angewandt habe.

Mein Herz hämmert nicht mehr ganz so unbehaglich, als ich mich auf den Zweck konzentriere, den meine Magie erfüllen soll. Ich habe mehrere Zauber wie diesen geschafft – und mindestens einen, der viel größer war – und alles ist noch immer in Ordnung.

Es hätte von Anfang an in Ordnung sein können, wenn ich gewusst hätte, wie ich richtig mit den Forderungen meiner zerrissenen Seele umgehen muss.

Ich bringe meine Macht dazu, sich um mich zu legen, lasse meinen Körper praktisch unsichtbar werden, und projiziere dessen Bild auf das Dach, das ich gerade verlassen habe, um die Wirkung auszugleichen. Daraufhin husche ich über die Straße und drücke mich in die Nähe des leuchtenden Fensters.

Gedämpfte Stimmen dringen durch das Glas. „… der Ort ist jetzt die Mühe ohnehin nicht wert. Wir werden sie eines Besseren belehren, wenn es an der Zeit ist."

„Es sollte nicht mehr lange dauern. Ich führe die letzte Gruppe morgen die Coliz-Bezirk-Straße entlang, damit sie sich dem Marsch anschließen kann."

Es sind ein Mann und eine Frau, die ich beide nicht kenne. Sie senken die Stimmen zu einem Ton, der zu einem Trällern verklingt.

Ich wage es, mein Ohr ans Glas zu pressen, und konzentriere mich so angestrengt wie möglich, ohne den Griff um meine Magie zu verlieren.

Die Worte werden wieder deutlicher hörbar. „… sicher, sie können das tatsächlich durchziehen?"

„Wenn es der Große Gott so will. Ich habe gesehen, wie gut die Magie funktioniert, wenn die Gesegneten etwas dazu beitragen."

Die ‚Gesegneten‘? Was meint sie damit?

Der Mann weiß es anscheinend, denn er fragt nicht nach. „Ich schätze, wenn wir die Frontlinie überwunden haben, können wir den restlichen Weg ungestört reisen. Niemand wird dort nach uns suchen."

Die Frau kichert heiser. „Genau. Wir werden uns einfach an den Truppen des Königs vorbeischleichen und ihn dort treffen, wo er sich versteckt, bevor er weiß, dass wir kommen."

Mein Herz macht bei ihrer Behauptung einen Satz – und meine Kontrolle schwankt ganz leicht. Genug, dass ich einen Augenblick das Gefühl dafür verliere, wohin ich die Konsequenzen meiner Magie lenke.

Irgendein Bild taucht anscheinend an einer weniger diskreten Stelle auf, denn ein überraschter Schrei erklingt aus dem ersten Stock eines Hauses die Straße runter. Die Verschwörer, die ich ausspioniere, wirbeln mit einem dumpfen Knall herum.

Scheiße. Geduckt husche ich an ihrem Gebäude vorbei und in das Gassenlabyrinth in dieser Gegend der Stadt.

Sobald ich die offene Straße zurückgelassen habe, reiße ich

all meine Magie wieder in mich. Schweiß sammelt sich in meinem Nacken.

War das ein Husten direkt hinter mir? Ich husche um eine Ecke, erstarre dort und lausche.

Keine weiteren Laute dringen an meine Ohren. Ich reibe mir übers Gesicht, das sowohl kalt als auch heiß ist, und eile weiter.

Die Blutzauberer haben sich einen noch schrecklicheren Plan ausgedacht, als ich hätte erahnen können. Wenn wir nicht in Bewegung kommen, werden wir unsere Chance verpassen, sie aufzuhalten.

Es ist gut, dass ich mich nicht dafür entschieden habe, nach Bryfeen zu fliehen, andernfalls gäbe es niemanden, der Alarm schlagen könnte.

Als ich dem Café zur blühenden Blume näher komme, wo wir uns seit Beginn des Abends versteckt haben, zwinge ich mich, meine Schritte zu verlangsamen, damit ich für die Nachteulen nicht merkwürdig aussehe, die zufälligerweise aus ihren Fenstern spähen. Ich klopfe in der Abfolge an die Tür, die Voleska uns beigebracht hat, und schlüpfe hindurch, sowie sie sich öffnet.

Meine Männer lehnen an der Wand. Stavros und Rheave richten sich beide bei meinem Anblick auf, doch Casimir und Alek sind zur späten Stunde eingeschlafen. Als Voleska die Tür mit einem leisen Geräusch hinter mir schließt, zuckt Alek zusammen und wacht auf.

Er lässt seine Kapuze nach hinten fallen und beeilt sich nicht, sie zurückzuziehen. In den letzten Stunden hat er sich dank ihrer neutralen Reaktionen an die Vorstellung gewöhnt, dass die Rebellen seine Narben sehen.

Ich würde mich mehr darüber freuen, ihn diesbezüglich entspannt zu erleben, wenn ich nicht derart schreckliche Nachrichten überbringen würde.

Stavros erfasst meinen Gesichtsausdruck mit einem kurzen Zucken seines Kopfs. „Du hast etwas herausgefunden.“

Casimir wacht vom Klang seiner Stimme auf. Ich schlucke schwer und warte, bis er aussieht, als wäre er richtig bei Bewusstsein, bevor ich berichte, was ich gehört habe.

„Wir müssen gehen", sage ich rasch. „Jetzt … ich weiß nicht, wie viel Boden wir gutmachen müssen, wenn sie alle auf Pferderücken unterwegs sind." Ich wende mich an Voleska, da zu viele Sorgen in meinem Kopf aufeinanderprallen. „Du solltest versuchen, den Truppen des Königs auf jede dir mögliche Art eine Nachricht zu schicken … jemand auf der Seite der Königsfamilie muss es wissen."

Rheave springt auf. „Was ist passiert?"

Ich hole tief Luft. „Ich habe ein paar der Ordensmitglieder reden hören. Sie versammeln irgendwo auf der Coliz-Bezirk-Straße einen ‚Marsch' … die letzte Gruppe Verschwörer aus Pima wird sich ihnen morgen anschließen. Anscheinend haben sie gemeinsam genug Magie, um unbemerkt an der Armee vorbeizukommen … und dann werden sie den König direkt angreifen, wenn er es nicht erwartet."

Stavros flucht leise.

Voleskas Augen sind groß geworden. Sie sieht uns an. „Wisst ihr, wo das ist? Die Königsfamilie hat Florian nach dem Angriff verlassen, oder nicht?"

Der ehemalige General verzieht das Gesicht. „Ich kann es vermutlich erraten und schätze, wir werden es bestätigen können, wenn wir sehen, in welche Richtung dieser ‚Marsch' unterwegs ist. Was ist die diskreteste Route, die wir von hier nehmen können, um die Straße zu erreichen?"

Während Voleska nachdenkt und uns eine Wegbeschreibung gibt, tritt Alek neben mich und nimmt meine Hand. „Geht es dir gut? Du siehst aus, als wäre dir ein wenig schlecht."

Ich reibe mir übers Gesicht. „Mir geht es gut. Ich schätze, wir könnten alle ein wenig mehr Schlaf gebrauchen, aber dafür ist noch keine Zeit."

Voleska gibt dem Rest von uns ein Zeichen. „Wartet kurz. Wir haben einige Rucksäcke mit Vorräten gepackt, als wir dachten, wir würden euch nach Bryfeen schicken … Als ihr euch dagegen entschieden habt, dachte ich, ich sollte auch einen für Rheave packen."

Sie schenkt dem Daimon-Mann ein leicht entschuldigendes Lächeln. „Ihr werdet alle mehr als die Kleider auf eurem Leib brauchen, wenn ihr durch Silana wandern wollt."

Sie schlüpft durch die Innentür und kehrt mit fünf Rucksäcken zurück. „Darin befinden sich Essen, Decken und Feldflaschen … nur das Nötigste. Es ist eigentlich nicht genug für eine derartige Reise."

„Wir werden uns den Rest auf dem Weg besorgen", sagt Stavros.

Ich packe ihren Arm. „Danke. Für alles. Und bitte, gib diese Warnung weiter, wenn du kannst."

Sie nickt. „Falls es uns gelingt, die Botschaft schnell genug an den Mann zu bringen, werden sie es vielleicht nicht einmal aus der Provinz schaffen."

Ich schaue meine Männer an. Ein stummes Gefühl der Überzeugung wird zwischen uns ausgetauscht.

Wir wissen, was wir tun müssen, und wir werden es gemeinsam in die Tat umsetzen.

Wir schultern unsere Rucksäcke und eilen in die Nacht hinaus.

Als wir Pima schließlich weit hinter uns gelassen haben, schmerzt meine ganze untere Körperhälfte von den Hüften bis zu den Füßen. Obendrein durchfährt meine Schultern unter den Riemen des Rucksacks in regelmäßigen Abständen ein Stich.

Nichts außer Dunkelheit ist auf der Straße vor uns zu sehen. Der Mond ist eine dünne Sichel, die unsere Umgebung in ein schwaches Leuchten hüllt.

Das fehlende Licht bedeutet, dass es mich nur ein winziges bisschen Magie kostet, die Schatten um uns herum festzuziehen, sodass wir von keinen Wachen entdeckt werden sollten. Wir sind bereits an ein paar Gruppen vorbeigegangen – die meisten waren Rheave zufolge Daimon – die das Gebiet außerhalb der Stadt patrouillierten.

Leider bedeutet die extreme Finsternis ebenfalls, dass ich mir nur sicher bin, wo genau die Straße *ist*, wenn ich plötzlich von ihr stolpere und stattdessen im Gras lande.

„Kreuzung", bemerkt Alek und klopft mit den Fingern

leicht an ein Schild, das ich erst erkennen kann, als ich näher trete. „Ich kann nicht lesen, wohin die anderen Wege führen."

Julita meldet sich nach langer Ruhe in meinem Kopf zu Wort. *Angesichts unseres Kurses sollte Lumya im Osten und Dalo im Westen sein.*

Als ich ihre Information weitergebe, mustert Stavros unsere Umgebung unzufrieden. „Uns bleiben nur noch ein oder zwei Stunden, bevor es so hell wird, dass wir einen besseren Unterschlupf suchen müssen. Es hat keinerlei Spuren von Lagerfeuern oder Fackeln gegeben."

Mein Magen verknotet sich, doch ich dränge Stavros, weiterzugehen. „Lasst uns nur noch etwas länger weitergehen. Wenn wir die Blutzauberer bei Tagesanbruch nicht gefunden haben, werden wir warten und dieser letzten Gruppe aus Pima folgen, wenn sie vorbeikommen, um sich ihnen anzuschließen."

Hoffentlich werden sie nicht zu schnell oder zu weit von hier reisen, um sich mit den anderen zu treffen.

„Du musst dich bald ausruhen, Ivy", sagt Casimir sanft, während wir weitermarschieren.

Ich schüttle den Kopf. „Ich kann weitermachen, bis wir wissen, womit wir es zu tun haben. Ich habe zuvor schon eine Nacht ohne Schlaf verbracht. Das hier …"

Ich zögere, als ich das schwache Kribbeln wahrnehme, das gerade über meine Haut geweht ist.

Meine Männer erstarren um mich herum.

„Was ist los?", flüstert Alek.

„Magie", raune ich und hebe einen Finger an meine Lippen, um sie zum Schweigen zu bringen.

Sie halten mit mir Schritt, als ich in einem vorsichtigeren Tempo als zuvor weitergehe. Die kribbelnde Empfindung wird allmählich stärker, als würde ich in einen Nebel magischer Energie vordringen.

Wenn das Kribbeln zu verblassen beginnt, passe ich meine Richtung an und suche die intensivste Stelle. Meine Füße wandern von der Straße und über das schlaffe Wintergras.

Nichts in meiner Umgebung sieht aus, als wäre es magisch verändert worden, dennoch gehe ich weiter.

Etwas geht hier vor sich. Wenn ich nur …

Ich mache noch einen Schritt und eine völlig neue Szene nimmt vor mir Realität an. Ich muss die Lippen fest zusammenpressen, damit mir kein Keuchen entfährt.

Stavros spannt sich an und lässt seine Hand in der Geste der Gottheiten über seine Vorderseite huschen.

Wir stehen am Rand von etwas, was wie ein weitläufiges Militärlager aussieht. Nur zehn Schritte von uns entfernt sprenkeln Dutzende Zelte die Wiese abseits der Straße. Mindestens zwanzig Versorgungswagen sind in ihrer Mitte geparkt. Ich entdecke Pferdekörper, die sich auf der gegenüberliegenden Lagerseite ruhelos bewegen.

Wachen stehen um einige Lagerfeuer und wärmen sich, während sie nach Eindringlingen Ausschau halten. Sie haben uns nur dank meiner magischen Tarnung nicht entdeckt.

Rheave senkt seine Stimme so stark, dass ich ihn kaum hören kann, obwohl ich direkt vor ihm stehe. „Es sind viele wie ich hier. So viele, dass ich sie nicht einmal sehen muss, um sie zu spüren.“

Ich schlucke ein leicht hysterisches Lachen. „Die Blutzauberer schicken eine ganze Armee, um die Königsfamilie anzugreifen. Und niemand wird irgendeine Ahnung haben, bis er direkt in ihren Marsch stolpert.“

Wir fünf könnten jetzt die einzige Chance sein, den Orden aufzuhalten.

SECHSUNDZWANZIG

Ivy

Alek tigert auf der kleinen Lichtung vor und zurück, auf der wir unser minimalistisches Lager aufgeschlagen haben. Er ist angespannter, als ich es gewohnt bin. Die Anspannung, die er ausstrahlt, passt zu dem bedrohlichen Grau der Wolken, die sich im schwindenden Dämmerlicht über uns verdichtet haben.

„Du solltest nicht zu viel Zeit in der Nähe der Blutzauberer verbringen", sagt er und sieht mich an. „Wir wissen nicht, welche andere Magie sie möglicherweise nutzen, um Eindringlinge abzuwehren."

„Sie haben uns heute Morgen nicht entdeckt", merke ich an. „Aber ich werde natürlich vorsichtig sein."

Keiner von uns war dazu in der Lage, die ganze Armee nach einer durchwanderten Nacht ohne Erholung anzugreifen. Nachdem wir festgestellt hatten, wo die Leute des Ordens der Wildheit ihr Lager aufgeschlagen hatten, konnten wir selbst ein wenig schlafen, während sie ihren eigenen Schlaf beendeten und die Ankunft der letzten Gruppe aus Pima abwarteten.

Sie haben ihren Marsch am Nachmittag fortgesetzt und wir

sind ihnen mit Abstand gefolgt. Die Zauberer in ihrer Mitte verwischen anscheinend alle Spuren ihrer Durchreise mit Magie, denn wir sind weder an plattgetrampeltem Boden noch an gelöschten Feuerstellen vorbeigekommen.

Sie ahnen ja nicht, dass das ein Vorteil für mich ist. Ich kann die Spuren ihrer verweilenden Magie wahrnehmen, solange wir ihnen folgen.

Kurz nach Sonnenuntergang machen sie wieder Halt. Jetzt ist die Zeit gekommen, nachzuschauen, was wir von ihren Lagerfeuergesprächen mitbekommen können – und ob unsere kleine Gruppe diese Armee schwächen kann, bevor sie sich an der Provinzgrenze an den Truppen des Königs vorbeischleichen.

Der Gelehrte summt angespannt. „Was ist die Information, die für uns am wichtigsten ist? Wir müssen so bald wie möglich herausfinden, wo sie die Königsfamilie anzugreifen planen. Ob sie weitere Leute und Vorräte von anderen Orten in der Provinz erwarten. Wer hier das Kommando hat … und falls wir in Erfahrung bringen können, wer der Drahtzieher des ganzen Ordens der Wildheit ist, wäre das noch besser.“

„Wie viele ihrer Leute sind tatsächlich Leute und wie viele Daimon“, schlägt Casimir vor, der neben unserem Grubenfeuer sitzt. „Also muss Rheave auch gehen.“

Der Daimon-Mann hebt das Kinn. „Ich habe keine Angst. Ich will sehen, was sie tun.“

Stavros schaut von der Stelle auf, wo er Fallen gebaut hat in der Hoffnung, frisches Fleisch auf den Speiseplan für das morgige Frühstück zu setzen. „Wir wissen nicht, ob dort ein riesiges Kontingent Ordensmitglieder mit bösen Absichten ist. Wenn wir einfach alle auf einen Streich umhauen könnten, würde der Großteil davon nicht einmal eine Rolle spielen.“

Ich ziehe eine Braue hoch. „Du denkst, dass du mit deinem Schwert in ihre Mitte stürmen und einen Kampf fünfhundert gegen einen gewinnen kannst?“

Ich rechne mit einem finsteren Blick, doch die Miene des ehemaligen Generals wird stattdessen ernst. „Deine Magie könnte fünfhundert auf einmal angreifen, oder nicht?“

Julita meldet sich zaghaft zu Wort. *Ich meine … Ich schätze, du könntest es tun.*

Mein Magen schlingert übelkeitserregend.

Es stimmt, es gibt Geschichten über zerrissene Zauberer, die mit ihrem endlosen Magievorrat ganze Dörfer zerstört und Armeen vernichtet haben. Allerdings schrecke ich vor dem Gedanken zurück, selbst wenn es sich um eine Armee mörderischer Psychopathen handelt.

Ungeachtet des Ziels wäre diese Art von Gemetzel nicht die Tat eines Monsters? Was würde es mit *mir* machen, so viel Macht gleichzeitig aus dem Riss in meiner Seele strömen zu lassen?

Wie könnte ich mir jemals eine angemessene Gegenwirkung überlegen?

Etwas, was wie Reue aussieht, huscht über Stavros' Gesicht, als er meine Reaktion bemerkt. Er rappelt sich auf. „Ich meinte nur … falls du der Meinung wärst, du könntest das auf eine sichere Art tun … Du hast bereits viel geschafft. Keiner von uns würde etwas von dir verlangen, was du für einen Fehler hältst."

Meine Stimme kommt rauer heraus, als mir lieb ist. „Ich weiß. Ich vermute, das könnte ein etwas zu großer Sprung vom Unsichtbar-Machen und schwebenden Schilden sein."

Alek hat innegehalten und Inspiration funkelt hinter einem Schatten der Sorge in seinen hellen Augen. „Rheaves Magie hat keinen negativen Rückschlag gehabt. Wenn die Blutzauberer ihre Gaben mit denen der Komplizen mischen können, die sie zu Opfern gezwungen haben … Ich frage mich, ob ihr zwei ebenfalls gemeinsam Magie wirken könnt. Rheave könnte den Großteil der Macht zur Verfügung stellen und Ivy, du könntest sie einfach lenken."

Ich habe den Eindruck, dass Julita aufgeregt in die Hände klatscht. *Oh, das ist perfekt. Alek ist immer so klug.*

Stavros nickt langsam und etwas wie Hoffnung entspannt sein Gesicht. „Das ist eine exzellente Idee."

Casimir grinst den Daimon-Mann aufmunternd an und ich realisiere mit einem Anflug von Wärme, dass wir jetzt eine vereinte Gruppe sind. Meine drei Liebhaber haben unseren neuen Verbündeten rückhaltlos akzeptiert.

Rheave ist bei dem Vorschlag munter geworden. „Ich würde es auf einen Versuch ankommen lassen. Es scheint Grenzen zu geben, wie weit ich die Energie allein aussenden kann. Ohne die Pfeile, mit der ich sie lenken kann, konnte ich nur die Daimon-Gestalten treffen, die meiner Stelle beim Marktplatz nah waren. Selbst dann traf ich sie nicht heftig genug, um ihre Körper zu töten und sie zu befreien.“

Ich brüte einige Augenblicke lang über dieser Idee. Sie jagt mir nicht so viel Angst ein wie die Möglichkeit, eine ganze Horde Leute mit meiner eigenen Macht direkt abzuschlachten, allerdings ist sie immer noch eine unberechenbare Unbekannte.

„Lasst uns zuerst nachschauen, womit wir es zu tun haben.“ Ich deute mit dem Kopf zu Rheave. „Wir sollten gehen, solange sie noch vom Aufbau des Lagers abgelenkt sind.“

Casimir tätschelt Rheaves Schulter und schenkt mir als Nächstes sein umwerfendes Lächeln. „Der Rest von uns wird das Abendessen bis zu eurer Rückkehr fertigmachen.“

Stavros streckt seine Faust aus. „Geht mutig und klug voran.“

Instinktiv stoße ich meine Fingerknöchel gegen seine. Die anderen Männer treten vor, um meinem Beispiel zu folgen.

„Ich kann das Lagerfeuer schnell entzünden, bevor wir gehen“, bietet Rheave an und Alek geht, um das Anzündholz zu holen, das wir beim Laufen gesammelt haben. Casimir öffnet einen Rucksack, um etwas von unserem Essensvorrat herauszuholen, während Stavros anfängt, Erde aufzuhäufen, um das Feuer zu bedecken.

Ein eigenartiger Kloß steigt in meiner Kehle auf, als ich sie dabei beobachte, wie sie in angenehmer Harmonie miteinander arbeiten.

Julitas Stimme kommt leise heraus. *Wir haben hier eine seltsame Art von Familie, oder? Und so seltsam es ist ... Ich hatte nie so etwas, während ich noch daheim lebte.*

Ja, das ist es, was dieses Gefühl ist – die Mischung aus Heimweh und Freude. Ich hatte nicht das Gefühl, als könnte ich mich auf Leute so verlassen, seit meine zerrissene Magie aus mir geplatzt ist und die Familie ruiniert hat, die ich hatte, als ich sieben Jahre alt war.

Rheave schließt sich mir wieder an, nachdem er das Anzündholz mit einem mäßigen Schwall seiner Daimon-

Energie entzündet hat. Er betrachtet mein Gesicht. „Geht es dir gut?"

Ich lächle trotz der Enge in meiner Kehle. „Ja. Besser als ich erwartet habe. Gehen wir."

Der Daimon-Mann und ich schleichen vorsichtig durch den Wald. Ich bin in Habachtstellung, damit ich das erste Kribbeln von Magie bemerke.

Bisher hat sich die Strategie der Blutzauberer zu unseren Gunsten ausgewirkt. Ihre Wachen bleiben in dem magischen Nebel, den sie um sich wirken, um von außen nicht gesehen zu werden – was bedeutet, dass niemand über unser Lager stolpern wird, solange wir von *ihrem* aus nicht zu sehen sind. Ich muss keine Magie verbrauchen, um uns zu tarnen, sobald wir eine Pause machen.

Als sich die Bäume lichten, muss ich auf meine Magie zugreifen. Ich habe mich von der Strategie der Blutzauberer inspirieren lassen und sie mit meinen vorherigen Taktiken kombiniert.

Anstatt mir vorzustellen, wie unsere individuellen Körper verschwinden, so wie ich es bei Rheave in Pima tat, male ich mir eine Strömung aus, die sich um uns beide legt und alle sichtbaren Spuren unserer Körper für jeden Außenstehenden davonschwemmt. Ich gleiche das aus, indem ich diese Figuren im Wald erscheinen lasse, wo wir in Wahrheit gar nicht sind.

Auf diese Weise können wir einander noch sehen. Außerdem braucht es nur wenig Magie, die ich dadurch mühelos kontrollieren kann.

„Wir werden durch das Lager laufen", raune ich Rheave zu. „Sei still, vermeide es, irgendetwas zu berühren, und bleib nah bei mir. Du kannst dich darauf konzentrieren, die Daimon-Leute zu identifizieren."

Er nickt und späht zu dem Lager, das wir noch nicht sehen können.

„Danke schön", sagt er plötzlich, bevor wir den Wald verlassen haben.

Ich halte inne und sehe ihn an. „Wofür?"

Rheave schenkt mir ein sanfteres Lächeln als üblich. „Du hättest gehen können und wärst jetzt nicht mehr in Gefahr.

Aber du bist geblieben und das bedeutete, dass ich bei dir bleiben konnte. Ich möchte zwar, dass du in Sicherheit bist … Aber ich weiß nicht, was ich allein getan hätte. Ich bin froh, dass wir noch zusammen sind. Und die Männer auch noch da sind."

Er fügt den letzten Teil wie einen flüchtigen Nachsatz an, weshalb meine Lippen vor Belustigung zucken. Die ehrliche Dankbarkeit in seiner Stimme weckt jedoch den bittersüßen Schmerz, den ich vorhin verspürt habe.

Ich berühre seinen Arm. „Ich bin mir nicht sicher, ob du mir danken solltest. Ich habe die Entscheidung aus vielen Gründen getroffen und ich werde *dich* vermutlich in große Gefahr bringen mit dem, was wir hier zu tun versuchen. Allerdings wäre es auch nicht fair gewesen, dich im Stich zu lassen. Ich bin froh, dass du mit uns auf diese Reise gekommen bist, auch wenn manche Teile davon schrecklich waren."

Rheaves Stimme wird fröhlicher. „Ich bin auch froh. Und ich mache mir keine Sorgen wegen der Gefahr. Ich würde diesen Körper gerne behalten, doch falls das nicht möglich ist, werde ich noch immer ich sein. Die Blutzauberer können mir nicht besonders stark schaden."

Um seinetwillen hoffe ich, dass das stimmt. Götter steht mir bei, ich wünschte, ich hätte die gleiche Zuversicht, dass ich bleibe, wer *ich* bin, solange ich noch atme.

Ich stupse seinen Ellenbogen an. „Dann komm. Lass uns nachschauen, wie wir ihnen schaden können."

Wir gehen vorsichtig über die offenen Felder hinter dem Wald. Der Marsch ist während des Nachmittags weiter von der Straße abgekommen – ich bin mir nicht mehr sicher, ob ich von diesem Rastplatz aus Reisende sehen würde.

Obwohl die Tarnung der Truppe umfassend ist, habe ich nun, da ich mit ihr vertraut bin, einen Hauch der kribbelnden Empfindung wahrgenommen, bevor wir den Wald verlassen haben. Als sich das Kribbeln direkt in meine Haut windet, weiß ich, dass wir die äußere Barriere durchqueren.

Ich tippe erneut Rheaves Arm an, um ihn darauf aufmerksam zu machen. Nach wenigen Schritten materialisiert sich das weitläufige Lager vor uns.

Wie wir erwartet haben, sind sie noch mit den Vorbereitungen für die Nacht beschäftigt. Mehrere Lagerfeuer brennen in regelmäßigen Abständen voneinander und an jedem kochen einige Gestalten das Abendessen in Töpfen über den Flammen.

Der fettige Fleischgeruch bringt mich auf den Gedanken, dass sie irgendeinen Wasservogel in ihren Eintopf getan haben. Mein Magen knurrt in Erwartung unseres eigenen Abendessens.

Andere Männer und Frauen bauen die Zelte auf und putzen die Ausrüstung. Viele sitzen in Gruppen beisammen und plaudern beim Arbeiten miteinander.

Ich übernehme die Führung und schlängle mich schweigend zwischen den Ordensmitgliedern und ihren Vorräten hindurch, darauf bedacht, nicht zu nah an sie heranzugehen und es zu riskieren, aus Versehen mit jemandem zusammenzustoßen. Meine Ohren bleiben gespitzt und achten auf die Gespräche ringsum, während mein Blick über die Objekte schweift, die vom flackernden Feuerlicht erfasst werden.

Jemand hat einen flachen Kochtopf auf einem Stein in der Nähe eines Feuers stehen lassen. Ich sehe mich um und vergewissere mich, dass niemand nah genug ist, um zu sehen, wie der kleine Gegenstand verschwindet, bevor ich ihn hochhebe und unter meinen Arm schiebe. Das wird uns die Mahlzeitenzubereitung erleichtern.

Auf der Rückseite eines der Versorgungswagen, an dem momentan niemand zu Gange ist, nehme ich einen Apfel für jeden von uns zum Abendessen mit. Voller Sehnsucht betrachte ich das Extrazelt, das noch gefaltet auf dem Boden liegt. Allerdings vermute ich, dass dieser Diebstahl schnell entdeckt werden würde.

Die meisten Möchtegernsoldaten, an denen ich vorbeigehe, sprechen über aktuelle Angelegenheiten wie ihre schmerzenden Füße oder mit wem sie sich ein Zelt teilen werden. Allerdings gehe ich auch an einer Gruppe aus Leuten vorbei, die nicht viel älter als ich aussehen und sich dafür begeistern, zum ersten Mal mehr vom Land zu sehen. Eine andere Gruppe besteht nur aus Teenagern, die sich über ihre Reise unterhalten, als sei sie ein großes Abenteuer.

„Stellt euch nur vor", sagt einer der Jungen mit einem Zischen eines Dolchs, mit dem er eindeutig nicht viel Übung hat. „Wir werden Teil der Schlacht sein, die einen echten König auf den Thron bringen wird … Wir werden beweisen, dass wir die Gunst der Götter verdienen, und dem Allesgeber zeigen, dass es Zeit ist, zurückzukehren! Die Leute werden Lieder über uns schreiben."

Das Mädchen neben ihm grinst. „Fuck ja, das werden sie tun. Und all diese spießigen Snobs in der Hauptstadt werden erkennen, dass die Außenprovinzen Dinge erledigen können, zu denen sie nicht im Stande sind."

Julitas Präsenz windet sich in meinem Kopf. *Götter straft mich, ich hoffe, ich war in diesem Alter keine derartige Idiotin. Sie haben wirklich keine Ahnung, mit wem sie sich verbündet haben, oder?*

Ich verziehe zur Antwort das Gesicht. Den Anschein macht es definitiv nicht.

Woher sollten sie es auch wissen? Die Blutzauberer haben die Samen der Zwietracht bestimmt monatelang, wenn nicht sogar jahrelang gesät, bevor sie ihren Aufstand gestartet haben. Sie haben es so dargestellt, als wäre ihre Mission heldenhaft.

Ich bezweifle, dass die meisten dieser Leute überhaupt genug über König Konram und darüber wissen, was er und seine Familie getan haben, um seinen Anspruch auf den Thron einschätzen zu können. Außerdem haben sie vermutlich keine Ahnung, wie die Blutzauberer ihre Magie wirken, mit der sie diesen Marsch verstecken.

Es müssen Opferkomplizen auf der Reise dabei sein, die dieser Magie Macht verleihen. Vielleicht haben die Ordensmitglieder, die ich belauschte, das mit ‚Gesegneten'
gemeint.

Ich habe sie noch nicht entdeckt, während ich die Armee beobachtet habe. Ich vermute, sie werden in einem der drei großen, verdeckten Wagen versteckt, die aktuell in der Lagermitte parken, neben denen mehrere ältere Männer und Frauen Wache halten.

Stavros hat darüber gesprochen, diese Leute einfach auszulöschen, doch ich habe keine Ahnung, wie viele der neuen

Rekruten Schurken sind und wie viele bloß in die Irre geführt wurden.

Noch ein Grund mehr, aus dem wir uns ein klares Bild davon verschaffen müssen, wer das Sagen hat.

Ich schleiche näher an die zentralen Wagen heran und komme dabei an einem kleineren Karren vorbei, der genauso gut bewacht ist. Als ich durch die Latten spähe, entdecke ich mehrere Stoffbeutel und einen Haufen kleinerer Lederbeutel, deren gewölbte Seiten auf eine Weise ausgebeult sind, die mir aus meinen Tagen als Hand Kosmels vertraut ist.

Schleppen die Blutzauberer haufenweise Geld mit sich?

Es sieht jedenfalls so aus, als hätten sie eine Menge zu erübrigen.

Ich mache einen Bogen um die zwei Wachen, die am Ende des Karrens stehen, gehe an dessen Seite in die Hocke und nutze eines meiner Messer, um einen kleinen Riss in einen der Stoffbeutel zu schneiden, der an die Latten gepresst ist. Mit einigen geschickten Bewegungen drücke ich mehrere Münzen in meine wartende Hand.

Im schwachen Feuerlicht schimmern die runden Formen golden, ehe sie in meiner Hand verschwinden. Ich starre den Karren kurz an, bevor ich die Münzen einstecke.

Normalerweise würde niemand außer Adligen Gold anstelle von Silber bei sich tragen. Ist der ganze Karren voller Goldmünzen?

Woher haben die Blutzauberer all das Gold? Kommt es von Julitas Anwesen und anderen Adligen?

Und wofür genau wollen sie es benutzen? Ich hasse es, darüber nachzudenken, was sie mit dieser Art von Reichtum kaufen oder wen sie bestechen könnten.

Ich husche dicht gefolgt von Rheave um die Wachen herum und pirsche mich an die zentralen Wagen an. Zwei der Ordensmitglieder stehen dort und sprechen mit einem anderen Mann, der gerade zu ihnen gestoßen ist.

„… und geben sie Borys, wenn ihr fertig seid", sagt er gerade, als ich in Hörweite gelange. Seine Begleiter salutieren und er schlendert davon.

Julita erschaudert. *Es klingt so, als sei mein Bruder ebenfalls auf dem Marsch. Falls er wirklich so viel Autorität erhalten hat, wie er behauptet, führt er ihn möglicherweise sogar an.*

Ich neige den Kopf, um ihre Worte zur Kenntnis zu nehmen, und suche das Lager nach einer Spur von Borys ab. Wie viele Probleme könnte ich lösen, wenn ich *ihn* einfach töten würde?

Meine Haut spannt sich bei der Frage an. Ich habe mich so sehr angestrengt, Ster. Torstem nicht kaltblütig zu ermorden. Ich wollte nicht zu einer Attentäterin werden.

Doch wenn es helfen würde, den Marsch aufzuhalten …

Ich wandere weiter durch das Lager, sehe jedoch bisher keine Spur von Julitas Bruder. Vielleicht ist er momentan nicht einmal hier. Ich fange einige Gespräche über andere ‚Wildlinge‘ auf, die diese Gruppe morgen einzuholen erwartet, bevor sie die Provinz verlassen.

Und wer erteilt Borys Befehle? Das ist die wichtigste Frage, die wir noch immer nicht beantwortet haben.

Ein aufmüpfiges Wiehern erreicht meine Ohren. Ich wirble herum und entdecke, wie eine der Verschwörerinnen am Rand des Lagers darum ringt, die Zügel eines sehr vertrauten Hengsts festzuhalten.

„Verdammtes Biest“, schimpft die Frau, während sie versucht, Krümels Kopf herumzureißen, um ihn zu den anderen grasenden Tieren zu führen. Er grunzt sie an, geht auf die Hinterbeine und zwingt sie, seinen Hufen auszuweichen.

Ein Mann marschiert mit einer Peitsche zu ihr. „Wenn er sich von einer friedlichen Behandlung nicht beruhigen lässt, musst du ihm eben Gehorsam einprügeln.“

Ich zucke zusammen und fasse einen Entschluss.

Ich behalte die Magie fest im Griff, die ich um Rheave und mich gewickelt habe, und schicke einen weiteren Magiefaden zu meinem Pferd und seinen Peinigern.

Die Frau nimmt die Peitsche – und eine Seite des Zügels bricht vom Zaumzeug. Irgendwo auf dem Feld verschmilzt ein Büschel Grashalme miteinander, das ich mir vorgestellt habe, um den Bruch auszugleichen.

Der durchtrennte Lederstreifen entgleitet dem Griff der Frau. Krümel verschwendet keine Zeit und nutzt seine plötzliche Freiheit aus. Er reißt sich mit einem wütenden Schnauben von ihr los und galoppiert über das Feld davon.

Der Mann, der die Peitsche gebracht hat, seufzt. „Nun, er hat uns ohnehin nicht viel genutzt. Lassen wir ihn gehen."

Zuversicht erfüllt mich zusammen mit einem kurzen Triumphgefühl. Ich weiß, wie ich einen Unterschied mit meiner Magie machen kann – auf meine Art, ohne auf die Art von Abschlachten zurückzugreifen, die die Blutzauberer genießen.

Ich vollende meine Runde durch das Lager und merke mir die anderen Versorgungswagen. Dann gehe ich zum Rand der magischen Grenze.

Rheave bleibt neben mir stehen und spricht mit vorsichtig gesenkter Stimme: „Eine Menge von ihnen sind Daimon. Meinem Gefühl nach ungefähr die Hälfte."

Nach dem, was wir von den Truppen der Blutzauberer in Pima gesehen haben, überrascht mich das nicht.

Ich schaue zu den Wolken auf, die den Nachthimmel noch immer ersticken, und beuge mich zu Rheave, um neben seinem Ohr zu flüstern. „Was hältst du davon, wenn wir jetzt ausprobieren, wie weit ich deine Magie befördern kann?"

Ein verschlagenes Funkeln tritt in die Augen des Daimon-Mannes. „Das würde mir gefallen. Was sollen wir treffen?"

Ich summe leise. „Lass uns mit einigen Lichtblitzen anfangen, die ihre Fracht verkohlen. Ich glaube nicht, dass wir es mit kleineren Zielen versuchen sollten, bis wir uns unserer vereinten Zielgenauigkeit sicher sind."

Der Daimon-Mann stößt einen eifrigen Laut der Zustimmung aus. „Das ergibt Sinn. Wie denkst du, wird es funktionieren?"

Ich beiße mir auf die Lippe und denke über die Möglichkeiten nach. „Ich glaube, wenn du einen Strahl deiner Macht nach oben sendest, sollte ich ihn mit meiner Magie auffangen und in die Richtung lenken können, die ich möchte. Es sollte ähnlich wie das Bewegen physikalischer Objekte sein. Ich muss mich bloß auf etwas anderes konzentrieren, das sich in die entgegengesetzte Richtung bewegen kann, ohne dass die Blutzauberer es bemerken und realisieren, was wirklich los ist."

Außerdem muss ich all das tun, während ich mich weiterhin

auf die Magie konzentriere, die uns unsichtbar macht. Allerdings habe ich das auch geschafft, als ich Krümels Zügel durchgeschnitten habe. Das hier wird nicht viel schwieriger sein.

Ich stelle mir ein Paar knorrige Bäume vor, die ich vor ungefähr einer Stunde im Wald bemerkte, bevor wir unseren Rastplatz erreichten. Das ist weit genug weg, dass niemand in beiden Lagern gestört werden sollte, wenn deren Äste anfangen, sich auf unerwartete Arten zu bewegen.

Ein schwacher Schweißfilm bildet sich auf meiner Stirn und kühlt in der Winterluft sofort ab, doch die Kälte schärft meine Konzentration.

Ich hefte meine Augen auf einen Wagen voller Brot, Käse und Trockenfleisch, den ich als Erstes verbrennen will. „Ich bin bereit."

Rheave atmet langsam ein und streckt seine Arme mit so viel Kraft aus, dass die Luft gegen mich bebt. Magie knistert zum Himmel.

Ich schicke ihr meine Macht hinterher. Mit einem Schubs meines Willens schleudere ich den knisternden Blitz höher zu den Wolken, bevor ich ihn geradewegs auf den Wagen herabfahren lasse.

Der angebliche Gewitterblitz kracht mit einem Zischen und einem Knall wie Donnergrollen in die Segeltuchabdeckung. Schreie erklingen im ganzen Lager, als die Leute in der Nähe wegspringen und alle anderen stehen bleiben, um zu starren.

Ich verkneife mir ein Lachen bei ihren verängstigten Mienen. Glauben sie wirklich, die Götter heißen ihre Ziele gut? Vielleicht wird dies dafür sorgen, dass sie die Dinge etwas gründlicher durchdenken.

„Noch einmal", raune ich Rheave zu und wähle einen zweiten Wagen, der Kisten mit unbekanntem, jedoch vermutlich benötigtem Inhalt befördert.

Er gehorcht mit einem weiteren Schwung seiner Arme. Ich schleudere den zweiten Blitz empor und hinab auf den nächsten Wagen. Dabei spüre ich fern, wie einer der Bäume, die ich ausgewählt habe, samt seinen Wurzeln aus der Erde gerissen wird.

„Was für ein Sturm ist das?", brüllt jemand und starrt zum Himmel hinauf.

Eine andere Stimme erklingt ruhiger, allerdings nervös. „Bleibt dicht am Boden. Die Blitze treffen höhere Ziele."

Ich wappne mich. „Noch einmal."

Im selben Moment schwappt eine Woge des Unbehagens durch mich hindurch. Ist es wirklich genug, einfach nur die *Dinge* anzugreifen? Diese Leute – sie wollen mich und jeden töten, der mir wichtig ist. Wie kann ich hier stehen und ihnen erlauben …

Mitten in dem wilden Aufeinandertreffen meiner Gedanken schleudert Rheave seine Macht in die Luft. Ich fange sie automatisch auf und schleudere sie nach oben, habe jedoch noch kein Ziel gewählt.

Mein Blick huscht durch das nun chaotische Lager und bleibt an einem Teenagerjungen hängen, der mitten in dem Aufruhr böse dreinschaut und sein Schwert erhoben hat. Als wollte er mich damit durchbohren.

Ich lenke die Macht, ohne nachzudenken, gerade als der Gesichtsausdruck des Jungen ins Schwanken gerät und Furcht darauf aufblitzt.

Götter, er ist wirklich nur ein Kind. Was zum Henker tue ich hier?

Mit einem angestrengten Zischen schwinge ich den Blitz in der letzten Sekunde zur Seite. Er kracht in eine Zeltwand nur wenige Schritte entfernt von dem Jungen.

Rheave legt seinen Arm um mich und reißt mich nach hinten. Ehe ich mich versehe, stolpern wir durch das Gras aus dem getarnten Gebiet.

Mein Herz macht einen Satz und ich konzentriere mich auf die eine Sache, deren ich mir sicher bin – die Bilder von uns, die ich weit in den Wald projiziere, damit unsere Körper hier unsichtbar bleiben können.

Rheave zerrt mich weiter vom Lager des Ordens der Wildheit weg, den Arm nach wie vor um mich gelegt, obwohl er mir erlaubt, mich in seinem Griff zu drehen.

„Kurz habe ich gespürt, dass der Zauber verblasst, mit dem

du uns belegt hast", erklärt er leise. „Ich wollte nicht, dass sie uns sehen … Ich habe dir nicht wehgetan, oder?"

Mein Bizeps fühlt sich dort ein bisschen empfindlich an, wo sein Arm gegen meinen gekracht ist, aber das ist nicht so schlimm. Es ist nichts, wofür ich ihm einen Vorwurf machen kann.

Verflucht, was stimmt nur nicht mit mir? Ich habe beinahe einen Kerl verbrannt, der praktisch noch ein Kind ist, *und* ich habe angefangen, die Konzentration zu verlieren.

„Es war ein wenig zu viel", murmle ich. „Ich habe versucht, mehr zu tun, als ich hätte tun sollen."

Wenn das alles ist, was es braucht, um meine Konzentration zu stören, ist die lagerweite Zerstörung definitiv vom Tisch.

Wir eilen in den Wald zurück. Als ich meine restliche Magie in meine Brust zurückziehe, entfährt mir ein Seufzen. Mein Magen verknotet sich jedoch mit jedem Schritt stärker, den wir den anderen näher kommen.

Sulla warnte mich, dass ich nicht genug geübt hatte. Was, wenn ich meine Magie nicht einmal gut genug kontrollieren kann, um uns zu beschützen jetzt, da ich darauf bestanden habe, dass wir diesen gefährlichen Weg fortsetzen?

Als wir unser kleines Lager erreichen, stehen die anderen drei Männer angespannt um den schwachen Feuerschein herum. Trockenfleischstreifen werden auf einem provisorischen Rost aus Ästen erwärmt. Alek sieht allerdings mehr erfreut als besorgt aus.

„Habt ihr es versucht?", fragt er. „War das Rheaves Magie, die wir gehört haben?"

Ich nicke und bringe ein müdes Lächeln zustande. „Wir haben ein paar ,Gewitterblitze' aus dem Himmel auf die Vorräte des Marschs geworfen. Sie haben nicht mehr ganz so viel Essen wie zuvor, um sich zu stärken. Allerdings konnte ich mich nicht lang genug konzentrieren, um mehr zu tun."

Casimir zieht mich in seine Arme. „Du warst die ganze Zeit unglaublich, Gütige. Es ist nichts verkehrt daran, wenn du mit deinen Kräften haushaltest."

Ich sinke in seine Umarmung, da ich nicht erklären möchte, wie schlimm das Ganze hätte enden können.

Alek grinst und wedelt mit dem Buch, das er aus dem Tempel mitgebracht hat, den er besucht hat. Zwischen dessen Seiten lugen die Ecken mehrerer alter Umschläge hervor. „Du musst dir vielleicht nicht mehr lange Sorgen darum machen, dass du dich verausgabst. Ich glaube, die Antwort, die wir brauchen, befindet sich hier drin."

Siebenundzwanzig

Alek

Es ist schwer, beim Laufen auf meinen kleinen Schatz aufzupassen. Das zerbrechliche Papier knistert, als ich ganz vorsichtig die Seiten des Briefs entfalte.

Allerdings kann ich die verblasste Tinte nur im Tageslicht studieren und wann immer das vorhanden ist, müssen wir in Bewegung bleiben, um mit dem Marsch der Blutzauberer mitzuhalten.

Ich rolle einen Teil der Steifheit aus meinen Schultern und mustere das veraltete Bryfesch, das sich schräg über die Seite zieht. Wenigstens bin ich nicht ganz so müde wie vor zwei Tagen dank der Reittiere, die wir seitdem unserer Gruppe hinzugefügt haben.

Krümel ist mitten in der Nacht aufgetaucht und hat an Ivys Haaren geschnuppert, die unter den Schichten der Decken hervorlugten, unter die wir uns zum Schlafen gekuschelt hatten. In der folgenden Nacht stahl sie noch einen Hengst, den die Blutzauberer zu dicht an den nahegelegenen Wald hatten wandern lassen.

Der Plan sieht vor, ab und zu ein Pferd zu stehlen, bis wir

alle ein Reittier haben. Wir vermuten, dass es den Marsch auf unsere Präsenz aufmerksam machen würde, vier auf einmal zu stehlen.

Die Pferde kamen nicht mit Sätteln, weshalb Ivy Krümel momentan ungesattelt reitet und die grasigen Hügel vor uns finster anstarrt, während sie uns hinter einer Barriere aus Magie versteckt. Als ich zu ihr aufschaue, jagt ihre gerunzelte Stirn einen Stich aus Schuldgefühlen durch meinen Magen.

Wenn ich die Information, die ich zu entziffern versucht habe, schneller zusammengesetzt hätte, müsste sie überhaupt nicht so aussehen. Wir hätten die notdürftige Armee des Ordens der Wildheit möglicherweise bereits in irreparables Chaos gestürzt.

Casimir reitet momentan auf dem anderen Hengst, da er vor kurzem mit Stavros getauscht hat. Wir reiten alle abwechselnd eine Stunde, um unsere Beine auszuruhen.

Ivy wechselt sich nur mit Rheave ab, wann immer sie darauf beharrt, sich die Beine vertreten zu müssen. Aus irgendeinem Grund toleriert ihr reizbarer Hengst keinen anderen als sie und den Daimon auf seinem Rücken.

Ich schätze, das ergibt irgendwie Sinn. Daimon sind im Grunde Geistwesen, was sie auf eine andere Existenzebene als uns hebt. Wegen des ‚Wesen‘-Teils wirkt er für das Pferd vermutlich mehr wie ein verwandter Geist als die Durchschnittsperson.

Oder vielleicht genießt Krümel es einfach, so kontrovers wie möglich zu sein. Das könnte ich ebenfalls glauben.

Ich neige das Papier ins Sonnenlicht und betrachte die schwachen Wortflecken aus zusammengekniffenen Augen. Mein Verständnis der bryfeschen Sprache ist alles andere als perfekt. Ich habe viel mehr Zeit damit verbracht, uralte Quellen in altem Silanisch, Veldunisch und Darisch zu lesen, was die häufigsten Sprachen in den Archiven Silanas sind. Sogar mein Wudisch ist stärker dank einer Reihe Tagebücher, die ich vor Jahren lesen wollte.

Mein Kopf beginnt zu schmerzen, weil ich so angestrengt über die verschiedenen Bedeutungen der Nachricht nachdenke, die ich zu lesen meine – und über all die alternativen

Möglichkeiten, falls ich das ein oder andere Stück der unordentlichen Handschrift falsch identifiziert habe.

Casimir tippt sein Reittier sanft an, um es neben mich traben zu lassen – auf die Seite, welche die Sonne nicht verdeckt, denn der Kurtisan ist immer rücksichtsvoll. „Hattest du irgendein Glück mit den Briefen?"

Ich zucke mit den Achseln und verziehe reumütig den Mund. „Es ist schwer, zu erkennen, wann der Schreiber eine Metapher benutzt und wann er etwas wortwörtlich meint. Manche Teile scheinen anderen zu widersprechen. Dies war jedoch ein direkter Zeuge der Großen Vergeltung in Bryfeen, der einem anderen Priester erzählt, was er gesehen hat. Einschließlich dessen, wie es sich auf die Blutzauberer auswirkte."

„Ich glaube nicht, dass wir eine zweite Große Vergeltung auslösen sollten", meint Stavros trocken. „Der Sinn des Ganzen ist, eine zu vermeiden."

Ich schüttle den Kopf. „Ich weiß. Aber wenn wir verstehen, *warum* die spezifischen Methoden, die der Allesgeber und die Gottlen nutzten, die Ausübung dieser Art von Magie so lange zerstörte, gibt es vielleicht etwas, was wir in einem kleineren Maßstab nutzen können."

Ich sollte diese Briefe eigentlich gar nicht haben. Ich fand sie hinter einem Stapel staubiger Bücher in der Tempelbibliothek und ein kurzer Blick auf einen verriet mir, wie relevant sie für meine Suche waren. Allerdings wusste ich, dass der Priester so eine seltene Quelle hätte behalten wollen, wenn ich ihm meine Entdeckung gestanden hätte.

Also verbarg ich sie in einem viel weniger wertvollen Buch, das sie mir gerne ausliehen, und hielt den Mund.

Ivy sieht mich mit fragend hochgezogener Augenbraue an. „Ich dachte, die Große Vergeltung hätte die Blutzauberer ‚zerstört', indem alle verbrannt wurden. Es ist ziemlich schwer, illegale Magie auszuüben, wenn man nur noch Asche ist."

„Ich meine, das scheint ein Teil davon zu sein." Ich drehe die Seite um und betrachte die gegenüberliegende aus schmalen Augen. „Es war definitiv ziemlich viel Feuer involviert. Doch so wie der Schreiber darüber spricht, klingt es, als hätte etwas an der Situation die Zauberer dazu gebracht, schon vorher aufzugeben. Sie gerieten ins Straucheln, bevor die Macht der Götter so wahnsinnig …“

Ich verstumme und tippe meine Finger an meine Stirn, Herz und Bauch, bevor ich sie über meinem Brustbein ausstrecke, um alle Gottheiten zu ehren. Anschließend presse ich meine Hand auf das Mal mitten auf meiner Brust und schicke ein Gebet an meine Gottlen der Weisheit, damit sie mich führt.

Wie bei den vielen Malen, bei denen ich Estera zuvor angerufen habe, entzündet sich kein strahlender Funke in meinem Kopf.

Sie will eindeutig, dass ich dieses Rätsel allein löse. Doch die Zeit läuft mir davon und unsere Gelegenheiten schwinden.

Mindestens einhundert weitere Anhänger schlossen sich spät gestern Abend dem Marsch des Ordens der Wildheit an. Gemäß Stavros’ Beobachtungen haben wir die Grenze Eppuns irgendwann heute Morgen hinter uns gelassen, ohne dass wir in Sichtweite irgendwelcher Soldaten gekommen wären, denen wir eine Warnung hätten zukommen lassen können.

Letzte Nacht brach Ivy einige Wagenräder und ließ Fäulnis in einen Teil des Essens des Ordens kriechen. Nach diesen Anstrengungen war sie jedoch wacklig auf den Beinen. Die Blutzauberer reparierten die Wagen mit ihrer eigenen Magie und soweit wir wissen, aßen sie einfach weniger.

Können wir sie genug zermürben, um ihren Fortschritt aufzuhalten, bevor sie in Reichweite des Königs sind – und ohne Ivy so zu erschöpfen, dass sie zusammenbricht? Wie viel können wir vier gegen eine mehrere hundert Mann starke Armee ausrichten?

Wir können sie nicht mit unserer Stärke bezwingen, weshalb wir etwas Kluges brauchen. Etwas, womit sie nicht rechnen.

Etwas, was *ich* mir überlegen …

Der Wind peitscht so heftig an uns vorbei, dass ich die Blätter in meiner Hand fester packen muss. Mein Herz macht panisch einen Satz, als ich glaube, ich könnte sie verlieren – und dann setzt es erneut aus wegen eines Blatts, das plötzlich an einer der Ecken erschienen ist.

„Dank sei Estera", murmle ich und dann sage ich lauter zu den anderen, „Wartet kurz."

Die Reiter lassen ihre Tiere anhalten, als ich die meisten Blätter in meine Tasche stecke.

Stavros tritt neben mich. „Was ist los?"

„Da ist noch eine andere Seite. Sie klebten zusammen und lagen so perfekt aufeinander, dass ich es nicht erkennen konnte. Ich dachte, der Schreiber hätte einfach unterschiedlich schwere Blätter verwendet, was immer er bei der Hand hatte."

Mit den Fingern schäle ich die zwei Seiten vorsichtig Zentimeter für Zentimeter auseinander. Ein beinahe begeistertes Lachen entfährt mir beim Anblick der Schrift, die ich enthülle – ein Stück des Berichts, der mir bis jetzt fehlte.

Die Papiere in einer Hand haltend mache ich erneut die Geste der Gottheiten für den Fall, dass meine verbale Dankbarkeit für die Rolle nicht reichte, die Estera bei der Enthüllung dieses Geheimnisses womöglich gespielt hat. Anschließend lasse ich meinen Blick gierig über den entdeckten Text schweifen.

Der einst zusammenhanglose Bericht verschmilzt zu einem viel kohärenteren Gedankenstrom, als ich jede fehlende Linie übersetze. Ein Lächeln dehnt meine Lippen zusammen mit einem wachsenden Hochgefühl.

Meine Aufregung muss offenkundig sein. Ivy beugt sich über Krümels Rücken. „Was steht dort?"

Ich befeuchte meine Lippen. „Der Schreiber behauptet, dass die Blutzauberer auf die Knie fielen, als die Flammen zum Himmel stiegen, noch bevor das Feuer sie erreichte. Sie ..." Ich betrachte den nächsten Satz mit seiner seltsamen Konjugation stirnrunzelnd. „Sie stellten sich ihren Tod in den Flammen vor? ‚Und es gibt nichts, was die Zauberer, die ihre Macht durch den Tod anderer gewinnen, mehr fürchten als ihre eigene Sterblichkeit. Sie versuchten, sich zu unsterblichen Göttern zu erheben ... und angesichts ihres Versagens ... sie verloren den Mut, gaben auf und ließen sich von den Flammen verzehren."

Casimirs Augen sind groß geworden. „Es war also keine

einfache Zerstörung. Das Feuer besiegte sie, bevor es sie berührte."

Rheave kratzt sich im Nacken. „Haben sie wirklich Angst vor Feuer? Die Blutzauberer, die diesen Körper gemacht haben, nutzten es ständig. Ich habe nie gesehen, dass sie Angst vor den Flammen hatten."

Ivy nickt. „Sie hatten große Lagerfeuer bei ihren Treffen in der Nähe der Akademie. Sie haben sie zu ihren eigenen Zwecken benutzt und Bildnisse verbrannt und dergleichen."

Ich denke über den scheinbaren Widerspruch nach. „Ich schätze, es wäre unmöglich, einen einzigen Wintertag in diesen Reichen zu überleben, wenn man Feuer überhaupt nicht ertragen kann. Ich könnte mir vorstellen, dass es sich nicht auf die gleiche Weise auf sie auswirkt, wenn sie die Kontrolle haben. Erst, wenn sie spüren, dass das Feuer sie holen kommt und sich nicht ihren Zwecken beugt, werden sie erkennen, dass sie dem Tod nicht entkommen können."

Stavros blickt über meine Schulter auf die Seiten, obwohl er vermutlich kein Wort Bryfesch lesen kann. Der Sprachunterricht der Militärausbildung konzentriert sich auf Darium, da dieses Reich seit Jahren unser einziger beständiger Gegner ist. Er hat womöglich ein wenig modernes Vokabular bei Alltagsgesprächen aufgeschnappt, um bei Begegnungen mit den Bewohnern unserer Grenzländer zurechtzukommen, mehr allerdings nicht.

Ich bin der Einzige, der diese Enthüllung aufdecken konnte.

Stavros summt leise. „Als Ivy seine Anhänger gegen ihn wandte, hat Ster. Torstem sich selbst dem Feuer übergeben. Es könnte etwas an dieser Theorie dran sein."

Seine Zustimmung facht mein Selbstbewusstsein an. „Und warum sollten sie Feuer als eine ideale Waffe gegen ihre eigenen Feinde sehen, wenn sie nicht erkennen würden, wie mächtig es sein kann?"

Krümel schnaubt, als wäre er ungeduldig, und schart ruhelos am Boden. Ivy tätschelt seinen Hals. „Sie haben es definitiv als eine ernstzunehmende Kraft behandelt. Wie denkst du, können wir diese Tatsache zu unserem Vorteil nutzen?"

Ein Bild hat bereits in meinem Verstand Gestalt

angenommen, ihre direkte Frage lässt mich jedoch zögern. Ein unbehaglicher Schmerz vibriert durch meine Brust zusammen mit der Begeisterung über die Entdeckung.

Ich habe etwas gefunden, was der Schlüssel zum Sieg über die Blutzauberer sein könnte … aber Ivy ist diejenige, die meine Theorie in die Tat umsetzen muss. Noch eine Bürde, mit der sie belastet wird.

Doch falls es die letzte Bürde ist, die sie jemals tragen muss, wäre es das nicht wert? Ist das nicht genau das, wonach ich gesucht habe?

Ich hebe den Blick, um ihrem zu begegnen, und suche nach Anzeichen von Unbehagen. „Wenn der Orden der Wildheit heute Abend sein Lager aufschlägt, könntest du eine Feuerwand heraufbeschwören, die sich bewegt, als wolle sie sie verzehren. Wenn die echten Blutzauberer unter den ‚Wildlingen' die gleiche Mentalität wie ihre Vorgänger haben, musst du nicht weitergehen … du wirst niemanden verletzen müssen. Sie werden ihre Entschlossenheit verlieren und ihre Hingebung für ihre Mission wird verpuffen."

„Du könntest auch einige der Daimon verbrennen, um sie zu befreien", schlägt Rheave vor.

Ivy runzelt die Stirn, es ist jedoch eher eine nachdenkliche Miene als eine beunruhigte. „Wenn ich eine Wand mache, die groß genug ist, um sie in Angst und Schrecken zu versetzen, sollte ich vermutlich nicht versuchen, meine Kontrolle noch weiter auszudehnen. Ein großes Flammenmeer in eine Richtung zu bewegen, sollte jedoch nicht so schwer sein. Ich werde eine Menge Bäume gefrieren müssen, um das auszugleichen." Sie stößt ein kurzes Lachen aus.

„Es erscheint übertrieben einfach zu sein", meint Stavros. „Und falls der Trick ihre Überzeugung nicht erschüttert, wissen sie, dass jemand Magie gegen sie eingesetzt hat. Sie werden nach uns suchen."

Ivy zuckt mit den Achseln. „Wenn es dazu kommt, kann ich sie daran hindern, uns zu finden. Keiner unserer kleineren Versuche hat eine echte Wirkung gezeigt … Wir müssen *etwas* Großes tun."

Mir kommt noch eine Idee. „Vielleicht könntest du den

Flammen eine ungefähre Form verleihen und den Eindruck eines Gesichts im Feuer erschaffen. Gib ihnen das Gefühl, als sei es eine Warnung der Götter anstelle eines magischen Angriffs."

Casimir lächelt schief. „Das würde jeden so verängstigen, dass er eine Mission aufgibt, Blutzauberer hin oder her."

„Perfekt." Ivy strafft die Schultern und kurz glaube ich, dass sich ihr Kiefer anspannt, ehe sie ihre Miene wieder in den Griff bekommt. Der Schmerz in meiner Brust dehnt sich aus.

Ich könnte ihr sagen, dass sie es vergessen soll. Dass wir eine andere Lösung finden werden, bei der sie nicht noch mehr auf die Magie zugreifen muss, die sie so lange gemieden hat.

Allerdings fällt mir ehrlich keine andere Möglichkeit ein. Diese eine Tat könnte das Ende unseres Kampfs bedeuten. Wenn wir die Blutzauberer erschüttern und demoralisieren, werden sie in ihr Zuhause zurückeilen oder es wird so viel einfacher für uns sein, sie nacheinander zu erledigen.

Außerdem können wir nicht nur siegreich zu König Konram zurückkehren, sondern sogar mit einer erwiesenen Strategie zur Auslöschung der restlichen Verschwörung, die ihn und seine Familie bedroht.

„Wir haben genügend Zeit, um uns die beste Herangehensweise zu überlegen, während wir ihnen folgen", erkläre ich. „Wir sollten besser weitergehen, bevor sie einen zu großen Vorsprung haben."

Ivy schnaubt belustigt. „Ich kann ihrer Spur überallhin folgen."

Als Ivy schließlich spürt, dass der Marsch angehalten hat, ist es vollkommen dunkel geworden mit Ausnahme des Mondlichts, das der Landschaft einen gruseligen Schimmer verleiht. Ich schätze, wir sollten froh sein, dass heute Nacht nicht einmal der Mond von Wolken verschluckt wurde.

Es kommt uns zu Gute, dass der Orden der Wildheit es vorzuziehen scheint, sein Lager angrenzend an einen Wald zu errichten, vermutlich damit sie aus der Ferne schlechter zu sehen sind, sollte ihre heraufbeschworene Magie kurz versagen.

Das erleichtert es uns, eine geschützte Stelle in der Nähe zu finden, um unser eigenes Lager aufzubauen.

Heute Abend macht Stavros sich nicht die Mühe, ein Feuer zu errichten oder die Decken auszupacken. Wir suchen uns ein Gebüsch mit Blättern, welche die Pferde voller Freude essen, und Ivy verschlingt eine schnelle Mahlzeit aus gestohlenem getrocknetem Wildfleisch und Brot, um sich zu stärken.

Mein Magen hat sich zu fest verknotet, als dass ich ans Essen denken könnte, bevor wir meinen Plan in die Tat umsetzen. Als sie ihren Umhang fester um sich zusammenzieht und zu dem Lager des Ordens blickt, als wäre sie bereit, loszulegen, räuspere ich mich. „Ich begleite dich."

Ivy fährt herum und starrt mich an. „Was?"

Ich hasse es, dass sie von der Ankündigung so verblüfft ist. Dass ihr nie in den Sinn gekommen ist, dass ich bei dieser Sache an ihrer Seite bleiben würde.

Ich richte mich auf, um so selbstbewusst wie möglich auszusehen. „Es war meine Idee. Du solltest jemanden bei dir haben, der alles im Blick behält, was vor sich geht, während du dich komplett auf deine Magie konzentrierst."

Rheave tritt vor. „Ich kann auch mitkommen."

Stavros räuspert sich. „Wenn jemand auf Ivy aufpassen wird, sollte ich …"

„Männer." Casimirs sanfte Stimme ist fest genug, um Stavros' Worte zu unterbrechen. Er schenkt Ivy sein liebevolles Lächeln. „Wir wollen alle Ivy beschützen. Doch je mehr Leute sie begleiten, desto mehr Leute muss sie verstecken. Wir sollten sie nicht mit unserem Verlangen, uns zu beweisen, belasten, okay?"

Rheave fällt mit schuldbewusster Miene in sich zusammen. Er sieht Ivy an. „Ich will es dir nicht schwerer machen."

Stavros seufzt. „Es sollte trotzdem jemand bei ihr sein."

„Und das sollte Alek sein", verkündet Ivy, bevor er weitersprechen kann, und reicht mir ihre Hand. „Er hat das beste Verständnis dessen, was wir zu erreichen versuchen. Ihr anderen haltet euch bereit für den Fall, dass wir uns schnell zurückziehen müssen."

Als sich ihre Finger um meine schließen, gibt es keine

weiteren Proteste der anderen. Sogar durch unsere Handschuhe hindurch erinnert mich ihre Berührung an das erste Mal, als ich meine Maske für sie abnahm und ihre Hand über meine vernarbte Wange strich, die nun die Brise streift.

Von allen Leuten auf der Welt ist sie die Einzige, bei der ich mir sicher bin, dass sie mich trotz meiner Makel nie für einen geringeren Mann gehalten hat.

Wir gehen in bedachtem Schweigen zum Rand des Ordenslagers. Ivy drückt meine Hand leicht zur Warnung, dass wir das Lager gleich betreten werden.

Es ist immer noch ein Schock, als die vielen Zelte und Wagen aus dem Nichts vor uns erscheinen. Ich bleibe neben Ivy stehen und mir stockt der Atem.

Ich wusste, dass sich mehr Leute versammelt hatten, seit wir das erste Mal über das Lager gestolpert waren, doch ich war nicht darauf vorbereitet, die ganze weite Ausdehnung des Lagers zu sehen. Urplötzlich fühle ich mich unglaublich klein.

Ivy lässt meine Hand los und ihr Gesicht spannt sich bereits vor Konzentration an. Ich kann mir nicht vorstellen, wie es ist, zu versuchen, alles gleichzeitig in ihrem Verstand festzuhalten und mit ihrer Magie zu kämpfen, die stets möchte, dass Ivy ihr freie Hand lässt.

Die Mitglieder des Ordens der Wildheit scheinen sich keine Sorgen zu machen, dass sie etwas Ungewöhnliches ereilen könnte. Sie laufen durch das Lager, bereiten ihr Abendessen vor und bauen die Zelte auf.

Das Summen der Gespräche fühlt sich enervierend kameradschaftlich an, als dächten sie, sie seien auf einer gemächlichen Reise durch das Land, nicht auf einer Mission, die Königsfamilie abzuschlachten und unser ganzes Land in Aufruhr zu stürzen.

Neben mir atmet Ivy mit einem leisen Krächzen ein. Das ist meine einzige Warnung, dass sie gleich beginnen wird.

Mit einem röhrenden Brüllen schnellt eine Feuerwand am Rand des Lagers empor, die zwanzig Schritte breit und doppelt so hoch wie ein Mann ist. Obwohl sie das Feuer in sicherer Entfernung von uns beiden heraufbeschworen hat, wabert die Hitze durch die Luft zu unserem Standort.

Die Narben auf meinem Gesicht kribbeln wegen der plötzlichen Wärme. Ich habe keine Maske mehr getragen, seit ich meine übliche bei unserer hastigen Flucht aus unserem Apartment in Pima verloren habe.

Die Verschwörer hasten mit einem Chor aus Keuchen und Schreien von den Flammen weg. Ich lasse den Blick über ihre Gesichter wandern und versuche, zu erkennen, wer die Blutzauberer sind und wer die Leute, die ihren Behauptungen auf den Leim gegangen sind.

Kauert bereits jemand vor Angst um seine Sterblichkeit nieder?

Jemand deutet auf die Feuerwand und ich richte meinen Blick lang genug auf diese, um die Formen von Augen und einem Mund in den Flammen zu sehen, der spöttisch verzogen ist.

Ivy setzt den Plan wirklich in die Tat um. Das hier entspricht vermutlich einem ganzen Wald gefrorener Bäume.

„Zurück zur anderen Seite des Lagers!", ruft jemand mit autoritärer Stimme. „Zieht die Wagen, die ihr erreichen könnt."

Einige der Gestalten rasen einfach nur zum gegenüberliegenden Lagerbereich, doch genauso viele springen zu den Wagen und beginnen, sie zu ziehen. Sie haben offensichtlich Angst, doch niemand scheint so zusammenzubrechen, wie ich es erhofft habe.

Ich wende mich Ivy zu, um vorzuschlagen, dass sie das Feuer näher zu ihnen drängt und ihnen zeigt, dass es sich die Ordensmitglieder schnappen wird. Die Stimme bleibt mir in der Kehle stecken.

Ihr Gesicht ist fahl geworden, das Weiß ihrer Augen leuchtet, als mache sie sich so große Sorgen wie die Leute, die sie bedroht.

Urplötzlich schießen die Flammen höher und weiter zur Seite. Sie schlagen um sich und lecken über die Zelte in der Nähe.

Ivys Lippen bewegen sich in einem gedämpften Ton. Ich kann die Worte nicht ausmachen, die Dringlichkeit in ihrer Stimme ist jedoch nicht zu überhören. Ihre Hände zucken an ihren Seiten.

Eine weitere Flamme klatscht gegen die Seite eines verlassenen Wagens.

„Kann ihn nicht …", höre ich sie sagen, bevor ihre Worte wieder unverständlich werden.

Das Gesicht in den Flammen ist verschwunden. Die Ordensmitglieder ziehen sich noch immer vor der feurigen Zerstörung zurück, aber niemand kauert sich zu Boden oder fleht um Vergebung für seine Sünden.

Mir rutscht das Herz in die Hose. Es hat nicht funktioniert. Und Ivy …

Sie zittert neben mir. Ich greife nach ihr, zögere jedoch, da ich nicht weiß, ob es die Lage verbessern oder verschlimmern würde, wenn ich sie ablenke.

Bevor ich mich entscheiden kann, atmet sie scharf ein und wird stocksteif. Mit einem lauten Wusch erlischt die Flammenwand so schnell, wie sie aufgestiegen ist.

Sie schwankt und ich packe ihren Arm, damit sie ihr Gleichgewicht fangen kann. Ihr Blick ist auf die geschwärzte Schneise des Lagers geheftet.

„Ich musste … ich musste aufhören …", murmelt sie.

Ein Schrei schallt von der anderen Seite des Feldes. „Wildlinge, bereitet eine Suche vor! Die Verräter, die ihren falschen König unterstützen, sind hier!"

Großer Gott strafe mich, einer von ihnen hat unseren Trick bereits durchschaut. Sie wirken nicht einmal erschüttert und Ivy – Ivy schwankt, als sie sich umdreht.

Schuldgefühle zerquetschen mein Inneres von der Kehle bis zum Bauch. Ich kann bloß meinen Arm um ihren Rücken legen, um sie zu stützen, während wir zu den anderen zurückrennen.

Ist sie überhaupt noch in der Lage, uns weiter zu verstecken?

Ich dachte, ich hätte es verstanden – ich wollte unbedingt glauben, dass ich die Antwort gefunden hatte. Götter, wie sehr ich es doch vermasselt habe.

Und mein Fehler könnte unser aller Ruin sein.

ACHTUNDZWANZIG

Ivy

Ich wache im schwachen Licht der frühen Dämmerung auf und eine Kiefernnadel fällt auf meine Wange. Die Äste, die Stavros spät gestern Nacht zu einem Zelt arrangiert hat, halten den größten Teil des Windes ab, es ist allerdings trotzdem ein ziemlich primitiver Unterschlupf.

Das Beste, was wir in unserer aktuellen Situation tun können.

Ein heftiger Stich fährt mir in den Magen bei der Erinnerung an unsere panische Flucht, die uns hierhergebracht hat.

Wir haben uns zu zweit auf ein Pferd gesetzt und Stavros ist neben uns her gejoggt. Soweit ich das inmitten des Aufruhrs erkennen konnte, führte er uns in einem großen Kreis um das Lager der Blutzauberer herum, bevor sie die Gelegenheit hatten, eine Suche durchzuführen. Dann flohen wir weiter, um mindestens einige Stunden Vorsprung zu ihrem typischen Marschtempo zu erhalten.

Sind wir noch immer auf ihrem Weg oder sicher außer

Reichweite? Ich weiß nicht, ob wir das je mit Sicherheit wissen werden, außer sie stolpern über uns.

Ein klirrendes Geräusch und ein Rascheln vor dem Unterschlupf verraten mir, dass mindestens ein paar der Männer bereits wach sind – und einen Teil unseres Frühstücks kochen. Als ich den Kopf drehe, um mich umzusehen, legt sich von hinten ein Arm um meine Taille.

Unter den Deckenschichten rutscht Alek näher an mich heran, sodass unsere Körper aneinandergeschmiegt sind. Sein Atem kitzelt meine Kopfhaut durch meine Haare hindurch. Ein kurzer Blick verrät mir, dass nur noch wir zwei in dem Unterschlupf sind.

Der Gelehrte senkt den Kopf, um einen Kuss auf meinen Nacken zu drücken. Seine Stimme kommt leise und rau heraus. „Was letzte Nacht geschehen ist, tut mir leid."

Ich drehe mich in seinen Armen, damit ich ihm zugewandt bin. Als ich in seine gequälten Augen blicke, lege ich eine meiner Hände an sein Kinn. „Du hast nichts Falsches gemacht. Wir haben unser Bestes gegeben und es hat nicht funktioniert."

Er schluckt hörbar. „Ich habe dich ermutigt, mit deiner Magie eine größere Herausforderung anzugehen … Ich weiß, wie sehr du den Umgang mit ihr hasst …"

„Hey." Ich streichle mit dem Daumen über Aleks unversehrten Kiefer und meine Kehle schnürt sich um die Wahrheit dessen zu, was passiert ist. „Du hast nicht zu viel verlangt. Ich habe getan, womit ich zurechtkam, und ich habe aufgehört, als ich es musste."

Es war wirklich nichts Überwältigendes an der Wirkung, die er mich zu erschaffen gebeten hat. Feuer ausgeglichen von Eis ist eine einfache Gleichung.

Das echte Problem bestand darin, dass ich, während meine heraufbeschworenen Flammen flackerten und brüllten, meinte, Borys in dem Chaos zu sehen – und plötzlich verdrängte der Drang, eine Schneise durch das Lager zu brennen und ihn zu vernichten, alles andere.

In diesem Moment war ich so überzeugt, dass ich das Feuer größer machen *musste*. Dass ich das ganze Lager mit Flammen fluten musste, bevor … bevor die Blutzauberer und ihre

Handlanger uns angriffen. Oder etwas noch Schrecklicheres passierte.

Es ergab keinen Sinn. Ich bin mir nicht einmal sicher, ob es Borys *war*, da ich nur einen derart flüchtigen Blick auf ihn erhaschte.

Das Gefühl wurde jedoch immer größer und ich verlor den Griff um meine Absichten. Mehr Magie schoss aus mir heraus, als ich freilassen wollte.

Hätte ich es zugelassen, hätte sie womöglich das gesamte Lager und alle darin zu Asche verbrannt: getäuschte Zivilisten, Opferkomplizen, Pferde und alles andere gemeinsam mit den echten Schurken.

Allerdings habe ich das nicht zugelassen. Ich spürte, dass mir die Kontrolle entglitt, und riss sie zurück, so wie ich es immer getan habe. Alles ist noch okay.

Wenn ich das nur oft genug wiederhole, werde ich es vielleicht glauben.

Aleks Mund verzieht sich. „Ich dachte, die Strategie, die ich vorgeschlagen habe, würde *etwas* erreichen. Ich sehe nicht, dass wir irgendeinen Fortschritt gemacht haben. Stattdessen halten die Blutzauberer jetzt aktiv nach uns Ausschau.“

Ich streichle erneut über sein Gesicht. „Wir haben ihnen etwas gegeben, wegen dem sie sich Sorgen machen. Wir haben sie abgelenkt. Das Feuer hat möglicherweise Zweifel in einigen Einheimischen geweckt, wofür sie sich freiwillig gemeldet haben.“

Alek seufzt, umarmt mich fester und seine Lippen streifen meine Schläfe. „Es tut mir trotzdem leid, dass es nicht besser funktioniert hat. Und ich glaube, du brauchst eine so große Pause wie möglich vom Einsatz deiner Magie. Es sah aus, als würde sie dich erschöpfen.“

Das Unbehagen, das noch in meinem Magen nachhallt, lässt nicht zu, dass ich protestiere. Ich bin bereits selbst zu dem gleichen Schluss gekommen. „Ich glaube, das sollte machbar sein. Allerdings vermute ich, dass wir besser aufstehen sollten, damit wir uns überlegen können, was wir als Nächstes tun.“

Er stößt einen leisen, missmutigen Laut aus, reibt mit der Nase über meine Wange und sucht meine Lippen.

Ich sinke in den Kuss und wünsche mir, ich könnte mich ihm komplett hingeben. Wünsche mir, uns würden nicht so viele Gefahren drohen.

„Ich liebe dich", murmelt er, nachdem er zurückgewichen ist. „Nichts ist von Bedeutung, wenn es dir nicht gut geht."

Ich streichle mit den Fingern durch seine dichten Haare und eine Woge an Emotionen verschlägt mir kurz die Sprache. „Ich empfinde das Gleiche für dich. Also überanstrenge *dich* auch nicht."

Der Gelehrte schnaubt, als sei das unmöglich, setzt sich jedoch auf und wir verlassen gemeinsam den Unterschlupf.

Casimir hat den kleinen Topf, den ich aus dem Ordenslager gestohlen habe, über einem genauso kleinen Feuer aufgebaut. Ich entdecke mehrere kleine weiße Kugeln, die in dem sprudelnden Wasser wippen.

„Ich habe einige Bodenvogeleier gefunden", erklärt Stavros, der gerade Krümels Hufe überprüft. Der Hengst mustert ihn misstrauisch, scheint jedoch akzeptiert zu haben, dass der ehemalige General ihm kein Leid zufügen will. „Der einzige Vogel, der im Winter Eier legt. Wir sollten so schnell wie möglich aufbrechen, können sie allerdings auf dem Weg essen."

Rheave tritt zwischen den Bäumen hervor und hält eine unserer Feldflaschen hoch. „Ich habe alle im Bach aufgefüllt! Und ich habe auch …" Sein Blick heftet sich auf mich und er schenkt mir ein eifriges und schelmisches Lächeln, wie es für den Daimon typisch ist. „Ivy, komm hierher."

Ich marschiere mutig zu der Stelle, auf die er mehrere Schritte abseits unserer kleinen Lichtung deutet. Er packt den Ast eines Baums in der Nähe, klettert daran empor und verschwindet vorübergehend zwischen den nadligen Ästen.

„Streck deine Hände aus", ruft er nach unten.

Als ich es tue, schüttelt er die Äste über mir. Ein Regen aus glänzenden braunen Nüssen, die fast dieselbe Farbe wie seine Haare haben, geht auf mich nieder. Einige fallen in meine wartenden Hände, andere prasseln auf den Waldboden.

Rheave springt nach unten, um die Nüsse aufzuheben, die mir entwischt sind. „Ich weiß, dass ich schon mal gesehen habe, wie Leute die hier gegessen haben ... Sie schienen sie zu mögen."

Ich kann nicht anders, als zu lachen. Irgendwie wirkt unsere Lage weniger grässlich, wenn der Daimon in unserer Mitte quasi eine Mahlzeit aus dem Himmel fallen lässt.

Stavros betrachtet unsere Beute, nachdem wir sie ins Lager zurückgetragen haben. Er klopft Rheave auf den Rücken. „Gute Entdeckung. Löse die Oberseite mit den Zähnen, dann kommst du an das weichere Fleisch im Inneren der Schale. Sie haben einen beinahe Toffee-ähnlichen Geschmack und sind ziemlich sättigend."

Rheave und ich teilen die Nüsse zwischen uns allen auf. Ich stecke meine Portion in eine Tasche und beeile mich, unsere restlichen Vorräte einzusammeln.

Als Alek und ich die Decken für unsere Rucksäcke gefaltet und den Unterschlupf zerstört haben, hat Casimir das Kochen beendet und das Feuer mit dem Topf Wasser gelöscht. Stavros tritt Erde über die Stelle, um die offensichtlichsten Spuren unserer Anwesenheit zu verbergen.

„Wohin gehen wir jetzt?", frage ich.

Der ehemalige General blickt zur Sonne, die unweit des Horizonts durch die Bäume schimmert. „Mittlerweile weiß ich, wohin der Marsch der Blutzauberer unterwegs ist. Da es nicht so aussieht, als hätte ihr Ehrgeiz nachgelassen, sollten wir uns anstrengen, zuerst an ihr Ziel zu gelangen, damit wir den König alarmieren und Verstärkung rufen können."

Mein Herz stockt. „Wie kannst du dir sicher sein?"

Der ehemalige General verteilt die letzten getrockneten Pflaumen, die Voleska in unsere Rucksäcke gepackt hat. „Es gibt nur wenige Städte mit einem befestigten Palast, in den die Königsfamilie angesichts einer derartigen Bedrohung ziehen würde. Der Marsch war auf dem Weg in südöstliche Richtung, seit wir die Provinzgrenze überquert haben. Es gibt nur einen Ort, wohin sie unterwegs sein können: Regica. Und das ist die Stadt, von der ich erwartet habe, dass König Konram sie aufgrund aller anderen Überlegungen als Unterschlupf wählen würde."

Rheave reicht mir seine Hände, um mich auf Krümels

Rücken zu heben, da es keine Steigbügel gibt, die mir helfen könnten. Ich würde darauf bestehen, dass er als Erster reitet, doch da er sich in der Vergangenheit als sehr stur erwiesen hat, würde ich damit nur Zeit verschwenden.

„Bist du dir sicher, dass wir schnell genug nach Regica gelangen können?", frage ich, während ich mich auf den Rücken des Hengsts schwinge. „Die Verschwörer wissen bestimmt ebenfalls, dass sie sich nun beeilen müssen."

Stavros lächelt grimmig. „Einer der Vorteile, eine kleine Gruppe zu sein." Er wuchtet Casimir auf das andere Pferd. „Wir haben weniger einzupacken und weniger zu tragen als sie. Außerdem würde ich vorschlagen, dass wir uns so gut wie möglich ausruhen, während wir auf den Pferden reiten. Wir können die Decken nutzen, um eine Art Schlinge zu machen. Wenn wir so lange wie möglich in die Nacht hinein und auch am Tag reiten, sollten wir unseren Vorsprung halten können."

Auf einem Pferderücken schlafen?, schimpft Julita. *Das ist typisch Militär, schätze ich.*

Bei dem Gedanken an die ermüdende Reise, die vor uns liegt, fühle ich mich so niedergeschlagen, wie sie klingt, versuche jedoch, so gut wie möglich bei Laune zu bleiben. „Was denkst du, wie viel weiter wir gehen müssen?"

„Ich werde eine bessere Vorstellung haben, wenn wir ein Straßenschild finden, aber wenn wir in einem guten Tempo laufen und nur kurze Pausen machen, können wir die Entfernung in vier oder fünf Tagen hinter uns bringen, denke ich."

Ich hole tief Luft. *Okay. Weniger als eine Woche, dann ist die Reise zu Ende.*

Und ich muss mich dem König stellen, der mich hinrichten lassen will. Ich darf mich auf so viel freuen.

Als wir durch den Wald laufen, schicke ich ein wenig Magie aus, damit sie um unsere Gruppe fließt. Wenn wir dem Marsch nicht zu nahe sind, fand ich es bei Tageslicht am einfachsten, unbemerkt zu bleiben, indem ich die Aufmerksamkeit von uns ablenkte, anstatt uns unsichtbar zu machen. Es ist ein perfekter Balanceakt. Die Magie wendet alle Blicke von uns ab und lenkt sie im Gegenzug auf etwas anderes.

Falls Stavros recht hat, werden uns die Blutzauberer ohnehin nicht nah genug kommen, um uns zu sehen.

Er übernimmt die Führung und leitet uns durch den Wald und über ein weitläufiges Feld, bis wir eine Landstraße erreichen. „Jetzt, da wir unseren eigenen Weg bestimmen, müssen wir nicht so weit abseits der Straßen reisen", verkündet er. „Auf ebenem Boden werden wir schneller vorankommen."

Als eine Stadtglocke zum zweiten Mal läutet, meine ich, die Stadt rechts von uns in der Ferne zu sehen, zu der sie gehört. Stavros dreht den Kopf in diese Richtung, als Casimir und Alek den Platz tauschen, damit Alek ein Weilchen reiten kann. Als ich Rheave ansehe, um ihm einen ähnlichen Wechsel anzubieten, schüttelt er bloß mit trotziger Miene den Kopf.

Ich tippe mit dem Fuß an seine Schulter. „Nächstes Mal. Dein Körper kann nicht ohne Pause laufen, auch wenn du das gerne hättest."

Stavros schaut zu uns zurück. „Tatsächlich denke ich, dass unser Daimon jetzt das Pferd nehmen sollte – aber noch nicht, um sich auszuruhen. Wir wissen nicht, ob Voleska und die anderen die Botschaft hinsichtlich des Plans der Blutzauberer weitergeben konnten, und damals waren wir uns nicht sicher, wohin der Marsch unterwegs ist. Rheave, du bist der Einzige von uns, der nicht offiziell gesucht wird. Reite so schnell du kannst zu dieser Stadt und warne sie, dass der Aufstand eine magisch getarnte Armee in diese Richtung geschickt hat und dass sie nur wenige Stunden hinter uns ist."

Mein Körper sträubt sich bei der Vorstellung, dass sich unsere Gruppe auch nur kurz trennt, doch ich zwinge mich, von Krümels Rücken zu rutschen, damit Rheave ihn nehmen kann. Wir müssen die Warnung so schnell wie möglich den königlichen Truppen überbringen.

Ich habe nur keine Ahnung, was für einen Empfang er erhalten wird. Wir wissen nicht, was im Rest des Landes vor sich gegangen ist, während wir uns mit den Blutzauberern in Nikodi auseinandergesetzt haben.

„Wie soll Rheave uns wieder finden, solange Ivy uns versteckt?", fragt Alek.

Der Daimon-Mann tätschelt Krümels Nacken von seinem

Platz auf dem Hengst. „Ihr Pferd kann sie finden, ohne sie zu sehen. Das hat er im Wald schon einmal getan."

Er hebt seine Hand zu einem lässigen Gruß und treibt Krümel zu einem Galopp an. Als sie über die offene Fläche zu der fernen Stadt rasen, bedeutet Stavros dem Rest von uns, weiterzumarschieren.

Ich lockere meinen Umhang ein wenig, um etwas Wärme von der aufsteigenden Sonne an mich zu lassen. Jetzt, da wir den nördlichsten Teil des Landes hinter uns gelassen haben, ist die Winterkälte nicht ganz so beißend.

Casimir gluckst, da er den Kragen seines Umhangs hochgeklappt hat, um den unteren Teil seines Gesichts zu schützen. „Ihr seid alle abgehärteter als ich, glaube ich. Ich mag meine Wärme und Annehmlichkeiten."

Ich stoße ihn mit dem Ellenbogen an. „Und du solltest sie haben."

Er summt, wobei der Laut schwach von dem Stoff gedämpft wird. „Irgendwann. Für den Moment werde ich die Schönheit der wilden Landschaft und die reizende Röte schätzen, welche die Brise in deinen Wangen hervorruft."

Bei dem Kompliment steigt mir noch mehr Röte ins Gesicht. Ich zwinge mich, etwas schneller zu laufen, da ich an die Masse wütender Blutzauberer und ihre Verbündeten hinter uns denke.

Es dauert nicht lange, bis Alek uns mit einem besorgten Geräusch alarmiert. „Ich glaube, das ist Rheave auf dem Rückweg. Er kommt in einem ziemlich schnellen Tempo. Ich sehe allerdings keine Verfolger."

Stavros späht von seinem niedrigen Aussichtspunkt über das Gelände. „Er beeilt sich vermutlich bloß, damit er sich uns anschließen kann." Seine Stirn runzelt sich trotzdem.

Wir verlangsamen unser Tempo auf der Straße nicht, aber ich gehe zu der Seite, die Rheave am nächsten ist für den Fall, dass es Krümel hilft, mich zu finden. Wie sehr es an den Sinnen des Daimon-Mannes und wie sehr an denen des Pferdes liegt, weiß ich nicht, doch sie galoppieren, ohne zu zögern, auf uns zu.

Rheave zieht nur an den Zügeln, als sie so nah sind, dass ich

Krümels schnaubenden Atem hören kann. Auf diese Entfernung, vielleicht zehn Schritte abseits der Straße, würde meine Magie nicht reichen, um die Aufmerksamkeit anderer von uns abzulenken.

Er setzt dem Hengst ein Tempo, in dem er neben unserer Gruppe reiten kann. „Ich weiß nicht, ob das gut gelaufen ist."

„Was ist passiert?", will Stavros wissen.

Der Daimon-Mann blickt stirnrunzelnd zurück zur Stadt. „Es waren Männer beim Tor … Wachen. Ich erzählte ihnen, dass die Leute des Aufstands in diese Richtung unterwegs sind und vorhaben, den König anzugreifen. Anstatt besorgt zu wirken, fragten sie mich, woher ich das weiß, und sie sagten etwas über gefrorene Bäume."

Mein Magen schlägt einen Purzelbaum. Die Gegenreaktion meiner Feuermagie. Hat jemand sie gesehen und erkannt, dass sie von einer illegalen Magie verursacht wurde?

Habe ich die Aufmerksamkeit weiterer Feinde auf mich und meine Männer gelenkt?

„Ich habe ihnen gesagt, dass ich keine Zeit hätte, mehr zu tun, als ihnen die Warnung zu überbringen, und bin zurückgeritten", fährt Rheave fort. „Doch als ich wendete, sah ich an dem Tor vorbei … auf die andere Seite. Dort waren ein paar Leute in Uniformen. Uniformen, die aussahen wie die der königlichen Armee. Warum sollten sie dort sein?"

Alek zieht die Brauen zusammen. „Wir sind nur einen Tagesmarsch von der Front entfernt, an der die Armee gegen den Orden der Wildheit gekämpft hat. Es wäre nicht so merkwürdig, einige Soldaten in der Gegend zu stationieren, um die Lage im Blick zu behalten, oder?"

Er stellt die Frage Stavros, der sich über den Kiefer reibt. „Nicht zwangsläufig. Allerdings hätten sie sich nach der Anzahl der Angreifer, nach deren Bewaffnung und dergleichen erkundigen sollen. Sie hätten nicht so tun sollen, als wären sie sich nicht sicher, ob sie dir glauben sollen."

Rheave sackt ein wenig zusammen. „Vielleicht haben sie mir nicht geglaubt. Möglicherweise habe ich es nicht gut genug erklärt."

„Ich bin mir sicher, du hast das so gut gemacht, wie es einer von uns getan hätte", erwidere ich.

Julita seufzt. *Ich denke allmählich, dass der König nur Idioten in seinem Dienst hat. Abgesehen von Stav natürlich. Und selbst er war eine Weile ziemlich idiotisch zu dir.*

Alek versteift sich auf seinem Pferd. „Es kommt noch jemand."

Er sieht mehr als der Rest von uns. Ich spähe über das Gelände, kann jedoch außerhalb der fernen Stadtmauern bloß die Andeutung einer Form erkennen, die eine Person sein könnte.

Stavros starrt, zuckt mit dem Kopf, starrt erneut und dann lässt er seinen Blick über den Rest von uns gleiten, als wolle er seinen Augen einen Moment geben, sich zu erholen. Sie bleiben einen Augenblick länger auf mir liegen als auf den anderen.

Urplötzlich atmet er scharf aus. „Ivy, zieh den Umhang über dich … oder die obere Hälfte deines Kleides … irgendetwas. Alle! Verdeckt euren Mund und Nase so gut wie möglich."

Noch während er spricht, macht er sich an seinem Umhang zu schaffen und presst ein Stück dicken Stoffs auf seine untere Gesichtshälfte.

Mit einem Satz meines Pulses folge ich seinem Beispiel, obwohl ich den Grund nicht verstehe. Als ich das kratzige Wolltuch an meine Nase presse, verdichtet sich mein Atem in dem dünnen Luftfleck, der dahinter noch übrig ist – und meine Füße stolpern unter mir.

Der Boden fühlt sich plötzlich eigenartig uneben an, als würde er wippen und sich senken wie ein Floß auf einem Fluss.

Ich versuche, mich zu konzentrieren, meine Gedanken haben jedoch begonnen, davonzutreiben. Mein Kopf ist voller Wolken.

Julita wirbelt in meinem Hinterkopf herum. *Ivy, was ist los?*

Etwas, was Stavros erkannt hat, aber vielleicht nicht rechtzeitig. Er taumelt zur Seite, bevor er sein Gleichgewicht findet.

Alek hat den Kragen seiner Tunika über seine Nase gezogen, schwankt jedoch auf dem Pferderücken und muss sich an die Mähne krallen, um oben zu bleiben. Er beugt sich so zum Hals, wie Casimir dort zuvor geschlafen hat, und seine Hände zittern. „Ist das eine Art Droge? Wie …?"

„Es ist ein Trick … den Zauber-Jäger nutzen", krächzt Stavros durch seinen Umhang. „Sie können einen der Zerrissenen nicht einfach so konfrontieren. Deshalb haben sie Beruhigungsmittel bei sich und reisen manchmal mit einem Begleiter, der eine Gabe hat … der das Mittel durch die Luft schicken kann. Es gibt einige verzauberte Werkzeuge … die das ebenfalls erreichen."

Rheave schwankt auf Krümel und zieht die Seite seines Umhangs fester an sein Gesicht. Nur Casimir wirkt relativ unbeeinträchtigt, allerdings hatte er den Kragen bereits vor Stavros' Warnung hochgezogen.

Er hat seinen Umhang verlagert, sodass er sich fester an sein Gesicht schmiegt. „Woher wusstest du das?", fragt er Stavros mit gedämpfter Stimme.

Das Lachen des ehemaligen Generals ist düster. „Meine Gabe hat mich anscheinend nicht komplett verlassen. Ich habe Ivy angeschaut und gesehen, dass sie ohnmächtig wurde, und ich erriet, dass dieses Szenario der einzige Grund war, aus dem das so schnell passieren könnte. Wir haben Vorsichtsmaßnahmen ergriffen … bevor sich die Wirkung komplett entfalten konnte."

Alek dreht den Kopf am Hals des Pferdes, an dem er lehnt, und stößt einen leisen Schrei aus. „Soldaten kommen."

Als mein Kopf herumfährt, schwappt erneut ein Schwindelgefühl durch meinen Körper. Ich entdecke die blauen Flecken ihrer Uniformen vor dem grünlich-gelben Gras. „Scheiße."

Unser Tempo ist wegen unseres benommenen Zustands langsamer geworden. Stavros schafft es, das Kommando zu übernehmen. „Ivy, geh mit Rheave auf Krümel. Alek, ich schließe mich dir an. Casimir ist der Einzige, der in einem Zustand ist, allein in flotter Geschwindigkeit zu laufen. Die Pferde werden uns das zusätzliche Gewicht noch einmal verzeihen müssen."

Ich sehe nicht, wie wir auf diese Weise *viel* schneller sein werden, doch bevor ich die Worte für Proteste finden kann, ist

Rheave bereits nach unten gesprungen. Er schwankt, schafft es jedoch, mich hochzuheben und auf Krümel direkt hinter dessen Widerrist zu wuchten.

Der Daimon-Mann zerrt sich hinter mir hoch. Der Hengst grunzt protestierend, trottet jedoch weiter.

Krümel wäre möglicherweise in der Lage, mit uns beiden zu einem Traben zu beschleunigen oder sogar zu galoppieren, wenn ich ihn dazu antreiben würde, doch ich bin mir nicht sicher, ob *wir* auf ihm bleiben könnten. Außerdem gibt es definitiv keine Möglichkeit, Casimir ebenfalls mitzunehmen.

Stavros hat es geschafft, sich hinter Alek zu schwingen. Seine gewaltige Gestalt schwankt, ihr Pferd ist jedoch bloß ein wenig größer als Krümel. Es wird noch größere Schwierigkeiten haben, ihr Gewicht lange Zeit zu tragen.

Die blauen Punkte in der Ferne werden größer zusammen mit den bräunlichen Flecken unter ihnen. Sie sind ebenfalls zu Pferd unterwegs, wird mir benommen bewusst. Sie reiten viel schneller als wir.

Können sie uns sehen? Großer Gott strafe mich, ich habe meinen gesamten Fokus auf meine Magie verloren.

Sie rumort in meiner Brust, wo ich sie anscheinend instinktiv zurückbefohlen habe. Kalter Schweiß bricht auf meiner Haut aus.

Obwohl Casimir jetzt zwischen uns joggt, können wir den Soldaten niemals davonlaufen. Wenn ich nur …

Julitas Stimme ruft meine Gedanken zur Ordnung. *Du könntest eine Illusion heraufbeschwören, Ivy! Schick sie einem Geist hinterher.*

Sie lacht, als wäre es ein Witz, aber ich verstehe, was sie meint. Die natürliche Konsequenz der Unsichtbarkeitswirkung, die ich zuvor erschaffen habe.

Ja. Ja, das könnte genau das sein, was wir brauchen.

Ich mahle mit dem Kiefer in dem Versuch, meinen benommenen Verstand zu beruhigen. Ich muss mich konzentrieren.

Ich muss die Magie, die an mir nagt, so lenken, dass sie tut, was ich will, und nicht all das andere Chaos stiftet, zu dem sie in der Lage ist.

Rheave hat seine Arme zu beiden Seiten von mir abgestützt, schlingt jetzt jedoch einen um meine Taille. Er spürt anscheinend die Anspannung, als ich mich bereit mache.

„Was immer du tust", sagt er leise, „ich habe dich. Ich werde dich nicht fallen lassen."

Als seine Körperhitze mich einhüllt, steigt ein unerwartetes Schluchzen in meiner Kehle auf.

Ich brauche jedes bisschen Unterstützung, das ich kriegen kann.

Ich ziehe Luft in meine Lunge und schärfe mein Bewusstsein so gut wie möglich auf das Bild von uns fünf, wie wir die Straße entlangeilen.

Ich lösche unseren Anblick von dem Ort, wo wir tatsächlich sind. Projiziere die Illusion so, dass sie kehrtmacht und in die entgegengesetzte Richtung davoneilt. Von der Straße. In das nächste Feld und den Wald, wo die Soldaten uns verlieren können.

Rheave packt mich fest und erdet mich, obwohl wir die Erde nicht berühren. Ich drehe meinen Kopf, um die Soldaten zu beobachten, und meine Wange presst sich an seine Schulter.

Sein warmer, frischer Duft füllt meine Nase. Ich ignoriere den Impuls, mich tiefer in seine Umarmung zu kuscheln. Ignoriere die Zuneigung und möglicherweise noch mehr, mit dem ich mich jetzt nicht auseinandersetzen kann.

Ungefähr hundert Schritte hinter uns galoppieren zwei Soldaten über die Straße und zum Wald. Oder sind es drei?

Ich hätte schwören können, dass ich drei der blau uniformierten Gestalten von uns wegreiten sehe, doch als ich blinzle, verschmelzen sie wieder zu zweien. Mein Magen dreht sich um, als ihn erneut die schwebende Empfindung packt.

Als ich den Kopf drehe, bleibt mein Blick an einem anderen blauen Fleck bei der Stadt hängen. Mein Herz springt mir in die Kehle. „Da ist noch einer ..."

Stavros folgt meinem Blick, bevor er mich mustert. „Ich sehe niemanden."

Ich kneife die Augen zu und wische über sie. Es ist nur gelb-grünes Gras zu sehen.

Grauen sammelt sich in meiner Magengrube.

Als ich erschaudere, legt Rheave seine Wange an meinen Hinterkopf. Sein Arm bleibt fest um mich liegen. „Ich hab dich", wiederholt er.

Das hat er. Doch wie sehr habe ich mich selbst?

Ich dachte, wenn mich die schlimmste Wirkung des Zerrissenen-Daseins treffen würde, würde es bei einem großen Zusammenbruch geschehen. Ich dachte, meine unsteten Momente der vergangenen Wochen wären nur der Erschöpfung oder Nervosität geschuldet.

Doch was, wenn so der Wahnsinn einsetzt? Wenn er einen nicht plötzlich überkommt, sondern sich langsam und heimlich anschleicht?

Wenn man sein Herannahen vielleicht gar nicht bemerkt, bis man bereits verloren ist.

NEUNUNDZWANZIG

Ivy

Stavros scheint beim Anblick der ersten Festung bessere Laune zu bekommen. Auf meinem Körper breitet sich hingegen vor Furcht Gänsehaut aus, als ich sie aus der Ferne sehe, doch ich behalte meine Bedenken für mich.

„Das wird Fort Alnaw sein", erklärt er mit einem erschöpften Lächeln. Es ist der fünfte Tag des beinahe ununterbrochenen Marschierens und Reitens. „Regica, wo sich der Palast befindet, in den die Königsfamilie wahrscheinlich eingezogen ist, liegt ungefähr einen vierstündigen Ritt von hier entfernt. Wir werden es noch nicht riskieren, der Stadt so nahe zu kommen."

Julita klingt, als wäre sie genauso müde wie der Rest von uns. *Ja, lasst uns nicht direkt zur Eingangstür des undankbaren Königs gehen, der uns töten will, weil wir ihn gerettet haben.*

Ich unterdrücke ein Gähnen und setze einen Fuß vor den anderen. „Wohin gehen wir dann?"

Der ehemalige General hält nachdenklich inne. „Wenn wir an der nächsten Kreuzung abbiegen, erreichen wir die Stadt Iblin vor Einbruch der Dunkelheit. Das wird uns eine

Gelegenheit geben, uns neu auszurüsten und möglicherweise noch eine Warnung auszusprechen. Die Stadt ist weiter von den militärischen Stützpunkten entfernt, sodass eine geringere Chance besteht, dass wir Schwierigkeiten bekommen."

Alek, der neben mir geht, lacht schwach. „Ich heiße diesen Plan gut."

Casimir hat in der groben Deckenschlinge geschlafen, die wir auf dem Rücken des zweiten Pferdes geformt haben, so wie es Rheave aktuell auf Krümel tut. Beim Klang unserer Stimmen regt der Kurtisan sich und stemmt sich hoch. „Iblin … Dort gibt es einen ziemlich großen Tempel von Ardone. Wir sind nah bei der Grenze zum aktuellen darischen Kaiserreich."

Stavros' Miene verdüstert sich. „Ja. König Konram will seine militärischen Ressourcen bestmöglich nutzen. Ein bedeutsamer Teil der Armee ist bereits in dieser Provinz stationiert, aber Darium hat seit über einem Jahr keinen großen Angriff mehr gewagt, und in den Wintermonaten unternehmen sie selten kleinere Vorstöße. Er wird sich darauf verlassen, dass diese Bedrohung relativ gering ist. Auf diese Weise ist er jedoch von seinen Soldaten umringt, ohne dass er sie von ihren typischen Posten abziehen muss."

Ein Schauder bebt über mein Rückgrat. Ich habe nie einen darischen Soldaten gesehen, die Geschichten über ihre Bemühungen, die westliche Hälfte des Kontinents in ihre Kontrolle zu bringen, lassen einem jedoch das Blut in den Adern gefrieren.

Ich habe einmal einen pensionierten Hauptmann darüber sprechen hören, dass der darische Kaiser wie ein sitzengelassener Liebhaber ist, der seine Geliebte lieber tot sehen möchte als in den Armen eines anderen.

Ich versuche, mit lässigem Ton zu sprechen. „Also müssen wir uns keine Sorgen machen, dass zu dem Aufstand noch eine Invasion dazukommt?"

„Ich denke nicht." Stavros schenkt mir ein schiefes Lächeln. „In dem extrem unwahrscheinlichen Fall, dass der Kaiser einen großen Angriff startet, wird sehr einfach zu erkennen sein, wen man meiden muss. Sie kleiden ihre Soldaten in schwarze

Uniformen, die mit Knochen bemalt sind, als wären sie laufende Skelette.“

Casimir verzieht angewidert das Gesicht. „Das klingt schrecklich … und furchtbar morbid.“

„Soweit ich das verstehe, wollen sie ihre Gegner erschrecken und uns an das Schicksal erinnern, dass sie uns bringen wollen.“

Dann lass uns hoffen, dass diese Schrecken auf der anderen Seite des Hochmeerkanals bleiben, brummt Julita, eine Aussage, der ich aus ganzem Herzen zustimme.

An der Kreuzung biegen wir rechts ab und beschleunigen trotz unserer Erschöpfung das Tempo bei dem Gedanken daran, dass wir bald unser Ziel erreichen werden. All die Namen, die Stavros erwähnt hat, wirbeln durch meinen Kopf.

Ich schaue zu Alek. „Gab es irgendwelche ehemaligen Käferclubmitglieder aus dieser Provinz?“

Seine hellen Augen richten sich in die Ferne, als er nachdenkt. „Nicht, dass ich mich erinnern kann. Wir kennen allerdings eine bekannte Persönlichkeit aus dieser Gegend. Romild … ihre Eltern sind die aktuellen Provints.“

Julita stößt ein leises Ächzen aus, das ich beinahe durch meine Antwort vibrieren spüre. „Wundervoll.“

Romild ist vermutlich noch in Florian, wo sie die Führungskurse an der königlichen Akademie besucht, was besser so ist. Sie hat sich nie besonders Mühe gegeben, mich zu schikanieren, wie es einige der anderen adligen Studenten getan haben, doch sie hat deutlich gemacht, dass sie glaubte, ich hätte meine Stelle als Stavros’ Assistentin mit unfairen und geschmacklosen Mitteln erworben – eine Stelle, die sie wollte.

Als die Schatten länger werden, kommt die Stadt vor uns in Sicht, von der Stavros gesprochen hat: Von einer Mauer umgeben, wie man es in einem Gebiet erwarten würde, in dem viele Kämpfe ausgetragen werden, rote und braune Dächer, die über diese ragen, und ein goldener Turm in der Mitte, der auf den örtlichen Tempel des Allesgebers hinweist.

Mein Herz setzt kurz aus und eine Mischung aus Furcht und Sehnsucht packt mich. Die letzte Empfindung breitet sich in meiner Brust aus.

Bei den Göttern, ich könnte jetzt ein wenig Führung

gebrauchen. Mehr als mir einer meiner Männer zur Verfügung stellen könnte.

Ich habe sie ohnehin schon genug mit meinen Schwierigkeiten belastet.

„Wir gehen in die Stadt?", frage ich.

Stavros schüttelt den Kopf. „Wir werden einen geschützten Ort suchen, um ein Lager in sicherer Entfernung aufzuschlagen. Dank des Geldes, das du von den Blutzauberern stehlen konntest, sollten wir kleinere Geschäfte mit den Händlern machen können, die kommen und gehen. Das Tor zu durchqueren, wird zu viele neugierige Blicke auf uns lenken. Nach unserer letzten Begegnung mit der Patrouille ist möglicherweise sogar Rheaves Beschreibung verbreitet worden."

Ich wähle meine nächsten Worte vorsichtig, da ich mir der Sprunghaftigkeit meiner Gedanken bewusst bin, die an mehr als nur Erschöpfung liegen könnte. „Ich könnte hineingelangen, ohne ein Tor zu durchqueren. Ich könnte in Erfahrung bringen, ob in der Stadt jemand über den Aufstand und Marsch spricht ... Dabei könnte ich auch einige Dinge mitnehmen, die wir gleich benutzen können."

Stavros legt den Kopf schief. „Mitnehmen?"

Ich recke das Kinn. „Ich werde mir nur das nehmen, was erübrigt werden kann, von den Leuten, die bereits mehr als genug haben. Sie sollten froh sein, dass sie eine gute Sache unterstützen."

Der ehemalige General schnaubt, weiß jedoch, dass ich meine Ziele fair auswählte, wenn ich als Hand Kosmels durch die Außenbezirke Florians streifte.

Alek berührt die Rückseite meines Arms. „Wir sind gut zurechtgekommen ... und jetzt können wir uns ein wenig ausruhen. Du solltest das Risiko nicht eingehen."

Ich schenke ihm ein beruhigendes Lächeln. „Ich werde vorsichtig sein. Ich werde mich besser fühlen, wenn wir das große Ganze besser verstehen."

Casimirs Gesicht ist ebenfalls sorgenvoll, er diskutiert allerdings nicht mit mir. „Ich würde mir gerne den Tempel von Ardone ansehen. Die Anhänger meiner Gottlen haben gewisse Grundsätze, die für uns hilfreich sein könnten."

Stavros summt leise. „Und ich würde die Gegend gerne beobachten, damit wir uns auf den besten Plan einigen können, um unsere Warnung weiterzugeben. Lasst uns hier drüben im Wald eine Stelle für unser Lager suchen. Alek und Rheave können es aufschlagen und nach Essen suchen. Ivy wird sich in die Stadt schleichen und Casimir und ich nehmen die Pferde. Angenommen das Biest toleriert Casimir jetzt." Er deutet auf Krümel.

Casimir gluckst. „Ich habe mich in den letzten Tagen mit ihm angefreundet. Ich glaube, wir werden uns auf einer kurzen Reise verstehen."

Noch ein Knoten der Furcht formt sich in meinem Magen. „Ich weiß nicht, wie ich euch tarnen kann, wenn ich nicht bei euch bin. Es gibt vermutlich eine Möglichkeit, die Magie zu wirken, aber dabei auch noch auf den Rückschlag zu achten, wenn wir alle an unterschiedlichen Orten sind …"

Stavros tritt näher, um meine Schulter zu packen. „Wir kommen einige Stunden allein zurecht, edle Diebin. Die Patrouille sucht nach einer Gruppe aus vier oder fünf Leuten, nicht nach einem einzelnen Reiter. Ich werde niemandem so nah kommen, dass er meine Prothese sehen kann, und ich vermute, Casimir weiß, wie viel Vorsicht in Gegenwart der anderen Gläubigen nötig ist. Wir können jederzeit ein Signal durch unsere Medaillons schicken, falls wir ein Problem haben."

Ich zwinge mich, mich zu entspannen. Wenn ich sie bitte, mir zu vertrauen, dass ich auf mich aufpassen kann, muss ich ihnen im Gegenzug das gleiche Vertrauen entgegenbringen. „Das klingt nach einem Plan."

Rheave wacht schließlich auf, weil Krümels Gang sich ändert, als wir die Straße verlassen. Es ist nur eine kleine Diskussion nötig, um ihn davon zu überzeugen, dass er mich nicht bei meiner heimlichen Mission in die Stadt begleiten muss.

Wir stoßen unsere Fäuste aneinander, bevor wir getrennter Wege gehen, als wollten wir die Bande stärken, die wir geschmiedet haben. Ich vergewissere mich, dass Krümel nicht darauf aus ist, Casimir abzuwerfen, erinnere den Hengst daran, brav zu sein, und breche nach Iblin auf, wobei ich nur meinen eigenen dürren Körper tarnen muss.

Es ist nicht schwer, einen guten Platz zu finden, um die Stadt zu betreten. Ich mache mir viel weniger Sorgen darum, erwischt zu werden, wenn ich quasi unsichtbar bin.

Ich wähle eine Stelle, wo die Steinblöcke, aus denen die Mauer besteht, ein wenig uneben sind. Anschließend springe ich hoch, kralle meine Finger um einen dünnen Vorsprung und erklimme nur fünfzig Schritte von einem Wachmann entfernt die restliche Mauer und klettere über sie.

Ich habe nicht gelogen, als ich sagte, dass ich gerne wüsste, was man sich in der Stadt erzählt. Während ich mich durch die Straßen schlängle, halte ich die Ohren gespitzt für eine Erwähnung des Ordens der Wildheit, der Provinz Eppun und ihren Grafschaften oder nach Aufständen. Doch mit jeder Biegung komme ich dem Haupttempel näher.

Du scheinst zu wissen, wohin du gehst, bemerkt Julita.

„Es gibt jemanden, mit dem ich gerne sprechen würde, falls er sich die Mühe macht, mir zu antworten", erwidere ich leise.

Wir biegen um eine weitere Ecke und am anderen Ende der Straße leuchten die weiß getünchten Mauern des prächtigen Tempels in der untergehenden Sonne.

Julita erstarrt. *Ah, ich verstehe.*

Ich eile über die Straße zum Tempel und Grauen ringt in meiner Brust mit Hoffnung. Ich habe Kosmels Präsenz nicht mehr gespürt oder seine Stimme gehört seit dem Traum, der mich zu Sulla führte.

Er teilte mir mit, dass er sich nicht mehr so stark einmischen kann. Vielleicht ist er wütend, dass ich die Zuflucht so schnell verlassen habe, zu der er mich geführt hat.

Wer kann schon sagen, was im Verstand eines Gottlen vor sich geht?

Auf dem Platz vor dem Tempel sind viele Einheimische unterwegs. Niemand sieht aus oder klingt, als würde er sich wegen einer herannahenden Armee Sorgen machen.

Ich husche zwischen sie und erklimme die Stufen zu dem Rundbogeneingang. Der weitläufige Gang dahinter verschluckt mich.

Es fühlt sich merkwürdig an, den gewölbten Gebetsraum zu betreten und zu der Statue von Kosmel in ihrem Alkoven zu gehen. Dieses Abbild zeigt den Trickster-Gottlen in seinem typischen Kapuzenumhang. Seine Marmoraugen blicken scharf darunter hervor. In einer Hand hält er einen Fächer aus Spielkarten und die andere ist an seine Lippen gehoben, als würde er zu Geheimnissen aufrufen.

Wie üblich liegen einige Würfel um den Marmorsockel herum, aber meine Frage kann nicht auf eine Ja-oder-Nein-Antwort reduziert werden. Ich sinke vor der Statue auf die Knie und bin plötzlich verlegen.

Selbst als ich in Florian zu Kosmel betete, diente das eher der Show als echter göttlicher Frömmigkeit. Den Großteil meines zwanzigjährigen Lebens habe ich nie zu einem der geringeren Götter gebetet.

Doch er hat mir geholfen. Er hat mich am Leben gehalten und meine Magie von Schaden weggelenkt.

Wenn mir jemand durch den Schlamassel helfen kann, in dem ich mich wiedergefunden habe, dann er.

Ich senke den Kopf und denke die Worte, die ich sagen will. *Kosmel, bitte höre mich und antworte mir. Ich versuche, meine Magie zu nutzen, um Gutes zu tun. Dabei verwende ich die Strategien, die mir die Frau beigebracht hat, zu der du mich geschickt hast. Aber ich glaube, es wird zu viel. Ich sehe und fühle Dinge, die keinen Sinn ergeben ... Ich will nicht verrückt werden. Ich will die Männer nicht im Stich lassen, die sich mittlerweile auf mich verlassen. Ich will nicht, dass das Land ins Chaos gestürzt wird, weil ich versagt habe. Wie soll ich weitermachen?*

Ein Kloß füllt meine Kehle, während ich warte. Schwache Stimmen wehen aus den anderen Alkoven, aber durch meinen Kopf wabern keine göttlichen Worte.

Ich schaue zu der Statue auf. Ich würde zwar gerne ein richtiges Gespräch mit ihm führen, allerdings hat er mir zuvor schon mit simplen Zeichen geantwortet.

Nichts bewegt sich über das Gesicht der Statue. Ich spähe in die Schatten rings um die Marmorgestalt und der Schmerz des Grauens dehnt sich in meiner Brust aus.

Ignoriert er mich komplett?

Die Formen flackern im Laternenlicht und ich erhalte den Eindruck von Münzen, die auf einem Spieltisch geworfen werden. Als ich blinzle, scheinen die Karten sich in Kosmels Hand zu bewegen, als würde er sie ungeduldig verlagern.

Als würde er darauf warten, dass ich mitgehe oder aus dem Spiel aussteige.

Sagt er mir, dass ich die Entscheidung selbst treffen muss?

Das passt zu unseren vergangenen Gesprächen. Er hat mir immer gesagt, dass ich herausfinden soll, was ich tue und ihm anschließend sagen soll, was ich brauche. Ich soll nicht erwarten, dass er Pläne für mich schmiedet.

Ich schätze, es sollte mich beruhigen, dass er denkt, ich könnte immer noch selbst einen Weg finden, der nicht alles zerstören wird, worauf ich hingearbeitet habe.

Ich warte noch einige Minuten, es fallen mir jedoch keine weiteren Eindrücke auf. Widerwillig rapple ich mich auf und marschiere aus dem Tempel.

Julita spricht erst, als ich den Platz überquere. *Ich habe keine Ahnung, was zwischen dir und dem Trickster vorgefallen ist, aber ich habe das Gefühl, dass du nicht glücklich über die Antwort bist.*

„Eher über das Ausbleiben einer Antwort", brumme ich und folge dem Geruch frittierten Teigs, der in der Luft hängt. Ich will mit *etwas* von dieser Mission zu den Männern zurückkehren.

Eine Tüte voller Klöße wäre perfekt, bevor wir endlich mal wieder richtig schlafen werden. Meine einzige Entscheidung besteht jetzt darin, ob ich für sie bezahlen oder sie stehlen werde.

Eine der Straßen, die vom Tempelplatz abzweigt, ist voller Restaurants, Lebensmittelläden und Essensständen zu beiden Seiten. Ich entdecke den Stand, von dem der Kloßgeruch her weht. Er befindet sich hinter einem Fischhändler und einem Obst- und Gemüsestand. Allerdings bin ich erst auf halbem Weg dorthin, als Julitas Stimme meine Gedanken in panischem Ton durchbricht. *Warte!*

Ich erstarre mitten auf der Straße und gehe zur Seite, um einem Einheimischen auszuweichen, der hinter meiner unsichtbaren Gestalt hergegangen ist.

„Was?", raune ich.

Ich dachte, ich hätte etwas gehört … Schau dich links von dir um. Weiter hinter dir. Oh, vielleicht habe ich es mir nur eingebildet …

Ihre Worte verstummen, als ich ebenfalls die Stimme wahrnehme, die sie zuvor gehört haben muss. Eine harsche, scharfe Männerstimme weht aus der Metzgerei einige Läden entfernt. Sie ist so gedämpft, dass ich nur einen Satz höre: „… wie lange es dauern wird?"

Mein Herz schlägt doppelt so schnell, als ich zurückgehe und mich näher an den Eingang der Metzgerei schiebe. Obwohl ich spüren kann, dass meine Magie um mich gelegt ist, weckt der Anblick im Laden den Wunsch in mir, mich ganz klein zu machen – und das nicht nur, weil Julita in meinem Kopf zusammenzuckt.

Ihr Bruder steht an der Theke der Metzgerei und hat die Hände in einer arroganten Pose in die Hüften gestemmt. „Ich bin meiner Gruppe vorausgeritten, um sicherzustellen, dass meine Kameraden alle nötigen Vorräte haben, wenn sie ankommen. Wollen Sie mir sagen, dass Sie die Stiere und das Geflügel nicht rechtzeitig besorgen können, um das ich gebeten habe?"

Der Metzger sieht sich mit gehetzter Miene um. „Ich schätze … Wenn Sie im Voraus bezahlen, können Sie den Großteil der nächsten Lieferung haben, die ich erwarte. Sie haben gesagt, dass Sie es für morgen Abend brauchen?"

„Das stimmt. Und ich vertraue darauf, dass mein Geld gut genug ist." Borys klatscht mehrere Goldmünzen auf die Theke. „Ich kann Ihnen mehr geben, wenn Sie sich mit der Liefereskorte vor einem der Tore treffen, um mir die Schererei zu ersparen, hierherkommen zu müssen."

Der Metzger murmelt Anweisungen, die ich nicht höre, und Borys eilt ohne ein weiteres Wort davon – tiefer in den Laden, wo es wahrscheinlich eine Hintertür gibt.

Ich husche davon und suche die Straße nach Gassen ab. Wohin geht er?

Sollte ich versuchen, sicherzustellen, dass er seine Kameraden nie wieder sieht?

Die Gebäude entlang der Straße stehen jedoch dicht nebeneinander. Als ich schließlich am Ende der Straße einen schmalen Durchgang um die Rückseite der Häuser finde, ist Julitas Bruder längst verschwunden.

Ich stehe in der schmuddeligen Gasse und eine weitere Schicht Grauen breitet sich in mir aus.

Er ist bereits hier, stellt Julita mit angespannter Stimme fest.

„Er ist vorausgeritten, um Vorkehrungen zu treffen." Ich schlucke schwer. „Und der Rest des Blutzauberer-Marschs ist nur einen Tag hinter uns."

Dreißig

Casimir

Das Abbild von Ardone, das in die rosafarbene Steinwand gehauen wurde, lächelt zärtlich. Dennoch durchzuckt Unbehagen meine Nerven, weil ihr Blick auf mir liegt.

Ich habe meiner Gottlen treu gedient, solange ich es konnte. Sicherlich habe ich mir die Gastfreundschaft des Tempels verdient, die wir heute Nacht beanspruchen werden?

Doch ich komme nicht umhin, mich zu fragen, ob ich zu weit von dem Pfad abgekommen bin, dem ich mich verpflichtet habe. Ob ein Teil des Pechs, mit dem wir es zu tun hatten, die Missbilligung der Götter widerspiegelte – für *mich*.

Meine Mutter hätte das jedenfalls gesagt.

Stavros betrachtet die kleine Tür misstrauisch, zu der ich meine Kameraden geführt habe. „Du bist dir wirklich sicher, dass der Priester uns widerspruchslos beherbergen wird?"

Ich schenke ihm ein beruhigendes Lächeln. „Ardone hat eine unumstößliche Regel für diejenigen, die Schutz in ihren Tempeln suchen."

Ich trete zur Tür vor und drücke meine Hand auf den Abdruck, der in die Holzoberfläche geschnitzt und in dessen Mitte Ardones Sigille geritzt wurde. Meine andere Hand hebe ich an meine Brust.

Es ist nicht schwer, die tiefgehenden Emotionen heraufzubeschwören, die mit der Frau hinter mir verbunden sind. Ich schlucke schwer und hebe meine Stimme. „Ich bin aus Liebe hier."

Die Wahrheit schwingt in meinen Worten mit und etwas klickt über der Tür. Sie schwingt auf, als ich dagegen drücke.

Mit einem Anflug von Erleichterung, dass ich wenigstens so viel beitragen konnte, blicke ich über meine Schulter zu den anderen und bedeute ihnen, mir zu folgen. „Kommt rein. Diese Kammern sind vom Rest des Tempels getrennt. Ein Gebäude dieser Größe sollte mindestens einige Zimmer haben, die individuell gesichert werden können, um für Privatsphäre zu sorgen, falls es andere bedürftige Reisende in der Unterkunft gibt."

Meine vier Begleiter schieben sich hinter mir durch die kleine Tür und den kurzen Gang auf der anderen Seite.

Drei Innentüren befinden sich zu beiden Seiten. Ich überprüfe sie auf Zeichen, dass sie belegt sind, und drücke die zweite auf.

Das Zimmer dahinter ist klein und sorgfältig gestaltet worden, strahlt jedoch trotzdem ein Gefühl der Behaglichkeit aus. Ardones Gläubige und Priester glauben daran, alle möglichen Freuden zur Verfügung zu stellen.

Ein dicker Teppich bedeckt den Boden und neben der Tür liegt eine Matte, auf der wir unsere Stiefel abstellen können. Wände in einem warmen Pfirsichton umgeben uns. Regale auf der einen Seite enthalten mehrere aufgerollte Schlafmatten und Decken, die, wie ich mit einem Blick erkenne, weicher sein werden als die rauen Wolldecken, unter die wir uns bisher gekuschelt haben. Hitze strömt von einem Luftloch in der Nähe der Decke in den Raum.

Ivy stößt ein Seufzen aus, in dem ein Jahrhundert des Stresses zu liegen scheint. Ich drehe mich zu ihr um und ein bittersüßer Stich durchfährt mein Herz, der sowohl Kummer über die Bürden ist, die sie tragen muss, und Freude darüber, dass ich sie ihr für eine kleine Weile abnehmen kann.

„Hier musst du deine Magie nicht einsetzen", erkläre ich ihr. „Die Gläubigen werden unsere Privatsphäre nicht verletzen, außer sie bemerken Schwierigkeiten, und dank deiner Magie sah uns keiner ankommen. Du kannst dich einfach entspannen."

Sie sieht aus, als würde sie ein Gähnen unterdrücken. „Und das brauche ich."

Der Kummer, den ich verspürte, bohrt sich tiefer in meine Brust. Die Anspannung der letzten Tage macht sich auf ihrem Gesicht und in ihrer Stimme stärker bemerkbar als beim Rest von uns, weil ihr die Reise so viel mehr abverlangt hat.

Und das aus Gründen, die ich nicht ganz verstehe, glaube ich. Ich habe ab und zu einen Ausdruck auf ihrem Gesicht entdeckt, der beinahe panisch wirkte, obwohl nichts in der Nähe war, was es zu fürchten galt.

Das ist etwas, was wir ansprechen müssen, sobald wir in einem Zustand sind, das zu tun.

Ein lautes Knurren erklingt und Alek presst eine Hand auf seinen Bauch. Sein Gesicht läuft rot an. „Sorry. Es ist eine Weile her, seit wir zuletzt etwas gegessen haben."

Und eine ganze Weile, seit wir etwas gegessen haben, was man eine richtige Mahlzeit nennen könnte.

Ivys Finger spannen sich um den kleinen Beutel an, den sie aus der Stadt mitgebracht hat, doch eine andere Art von Sehnsucht huscht über ihr Gesicht, während sie das Zimmer mustert. „Ich habe das Gefühl, als würden zehn Schichten Schmutz an mir kleben, die ich meinem Essen lieber nicht hinzufügen möchte. Gibt es hier zufällig ein Badezimmer?"

Ich grinse erfreut, weil ich diese Bitte bejahen kann, und winke sie zu einem Türrahmen, der in der abgelegenen Ecke von einem Vorhang verdeckt wird. „Ich vermute, sie haben dafür etwas …"

Als ich hinter den Vorhang spähe, wird mein Lächeln breiter. „Wir haben eine Latrine und ein paar Duschkabinen. Nicht so entspannend wie ein Bad, aber du wirst sauber genug werden. Und der Tempel hat Seife, Handtücher und sogar Bademäntel zur Verfügung gestellt."

Ivy legt ihre Last ab und eilt zu mir. „Mir gehört die erste Dusche!"

Rheave legt den Kopf schief. „Dusche? Wie Regen?"

Ich lache. „Es ist ziemlich ähnlich. Wenn die Rohre richtig eingerichtet wurden, können sie häufig mit Hilfe einer Verzauberung Wasser an eine Stelle in der Nähe der Decke leiten, von wo es auf dich herabsprüht. Es ist eine ziemlich effiziente Art, sich zu waschen."

Stavros öffnet seinen Umhang und wirft ihn neben unsere Stiefel. „In der Armee mussten wir uns regelmäßig mit Eimern begnügen. Ich würde das hier luxuriös genug nennen." Er schält sich bereits sein Oberteil vom Körper und geht an dem Vorhang vorbei, um die andere Kabine zu nehmen.

Als ich mit dem Duschen an der Reihe bin, will ich unter dem herabprasselnden, dampfenden Wasser bleiben, bis es all meine Zweifel weggespült hat. Doch das ist ohnehin nicht möglich.

Ich zwinge mich, so schnell wie möglich mit der nach Rosen duftenden Seife meinen Körper zu schrubben und meine Haare zu waschen. Ich verziehe das Gesicht wegen der Dreckschlieren, die mit dem Wasser in den Abfluss wirbeln.

Anschließend kehre ich in den Hauptraum zurück und sehe Ivy in einem der rosa-beigen Bademäntel, der wegen ihrer kleinen Statur beinahe bis zu den Fußknöcheln fällt. Sie hält ihr letztes übriggebliebenes Kleid hoch.

Sie sieht mich an und verzieht das Gesicht. „Bei dem Gedanken, dieses Ding wieder anzuziehen, bekomme ich Gänsehaut. Vielleicht können wir unsere Kleider auch in den Duschen waschen?"

Mein Körper schreckt vor dem Gedanken zurück, meine eigenen vom Reisen schmutzigen Kleider anzuziehen. Ich verlagere meinen Bademantel um mich herum und bin dankbar für den sauberen Stoff an meiner frisch geschrubbten Haut. „Ich sehe keinen Grund, warum wir das nicht tun sollten. Und wenn wir etwas brauchen, das vorzeigbarer ist, hat ein Tempel wie dieser normalerweise Kleider für die Bedürftigen. Es gibt immer einige Gläubige, die modebewusst und großzügig sind."

Ivy stößt ein raues Kichern aus. „Jetzt sind wir die Bedürftigen."

„Hmm", macht Alek, der gerade aus dem Waschbereich kommt und seine dichten Haare mit einem Handtuch abrubbelt. „Ich glaube, wir haben genug zu Silanas Sicherheit beigetragen, um im Gegenzug ein wenig Barmherzigkeit anzunehmen, ohne uns deswegen schuldig zu fühlen."

Ein begeistertes Keuchen hinter dem Vorhang verrät uns, dass Rheave entdeckt hat, wie erfreulich eine Dusche nach Tagen auf der Straße sein kann. Wir wechseln alle einen belustigten Blick.

Ivy holt ihren Beutel. „Vergesst die Kleider. Lasst uns essen."

Ein niedriger Holztisch mit Klappbeinen lehnt an der Wand neben dem Regal mit der Bettwäsche. Stavros und ich stellen ihn auf dem Boden auf und wir setzen uns um den Tisch herum, auf dem Ivy das Essen ausbreitet, das sie mitgebracht hat. Gerade als sie den Rest ihrer Plünderung und ihres Einkaufs ablegt, kehrt Rheave zurück, seine Locken sind feucht und seine Augen leuchten begeistert.

„Wir haben einige Frostbeeren im Wald gefunden", verkündet er. Er zieht ein Bündel mit der lilafarbenen Frucht mit den vielen Dellen aus seinem abgelegten Umhang und legt sie zu dem restlichen Essen auf den Tisch. Anschließend mustert er Stavros leicht unsicher. „Du hast gesagt, dass du die magst?"

Stavros blinzelt ihn an und lächelt schief. „Ich glaube, alle werden sie mögen. Einer von Prospiras wenigen Wintersegen. Wenn du sie noch nicht probiert hast, solltest du das tun. Sie sind ein echter Leckerbissen."

Ivy nimmt einen der prallen Klöße, welche die Mitte ihres Buffets darstellen, und schenkt uns allen ein neckisches Grinsen. „Ich habe die hier hauptsächlich für mich besorgt, aber ich teile sie gern mit euch." Sie klopft mit einem ausgestreckten Fuß auf mein Knie. „Ich glaube, die Runden sind mit Ente gefüllt, also solltest du definitiv einen von denen probieren."

Mir läuft das Wasser im Mund zusammen bei dem Wort ‚Ente'. Wir haben seit über einer Woche kein anderes Fleisch als

Kaninchen und wilde Vögel gegessen, die über einem Lagerfeuer gebraten wurden.

Ich habe mein Lieblingsgeflügel nicht mehr gegessen, seit wir die Akademie verlassen haben.

Ich nehme einen der Klöße, auf die sie gedeutet hat, und schiebe den Haufen gerösteter Velornüsse zu Alek. „Und ich sehe, du hast auch den Lieblingssnack unseres Gelehrten gefunden." Er geriet richtig ins Schwärmen, als wir ihm eine Tüte ins Apartment in Pima brachten.

Alek steckt sich eine in den Mund und schließt die Augen mit glückseliger Miene, bevor er eine gezuckerte Aprikose zu Rheave rollt. „Und extrasüße Früchte. Sogar der Daimon wird glücklich sein."

„Ich bin einfach froh, dass so viel da ist, mit dem ich meinen Magen füllen kann", meint Rheave, doch seine Augen weiten sich, als er in die Aprikose beißt. „Oh. Das ist sehr gut."

Stavros steckt sich einige Frostbeeren in den Mund und nimmt sich einen Kloß. Ivy holt eines ihrer Messer heraus, das glänzt, da es ebenfalls gewaschen wurde, und beginnt, einen Block Käse in gleichgroße Stücke zu schneiden, damit wir ihn alle genießen können.

Einige Minuten lang sind wir alle damit beschäftigt, unsere seit langer Zeit leeren Mägen zu füllen.

Als ich einen dritten Entenkloß genieße und die kräftige Soße meinen Mund flutet, schweift mein Blick um den Tisch. Eine Wärme, die viel tiefer reicht als das Heizsystem des Tempels, steigt in mir auf.

Wir sind in einem unvertrauten Raum mit wenigen Habseligkeiten, die wir unser eigen nennen können, abgesehen von den Kleidern, die mittlerweile zerschlissen sind, doch in der Luft liegt trotzdem ein Schimmer Freude. Wegen dem, was wir getan haben. Weil wir es so weit geschafft haben.

Und weil wir einander haben.

Der Stress unserer Reise hätte dafür sorgen können, dass wir einander an die Gurgel gehen, doch stattdessen hat er uns zusammengeschweißt. Mir fallen keine Männer ein, die sich stärker von mir unterscheiden als die, mit denen ich an diesem

Tisch sitze, und dennoch kann ich mir niemanden vorstellen, mit dem ich diesen Moment lieber teilen würde.

Ivy summt zufrieden, als sie an ihrem Käsestück knabbert und deutet mit dem Kopf auf Stavros. „Hast du bei deinen Beobachtungen etwas Nützliches herausgefunden?"

Er hält inne, um einen Bissen seines Kloßes zu schlucken. „Ich konnte sehen, dass die Bodentruppen hier spärlich sind. Ich nehme an, dass manche nach Eppun geschickt wurden, allerdings hätte ich trotzdem mit mehr gerechnet."

Alek runzelt die Stirn. „Das ist eine schlechte Nachricht, wenn die Blutzauberer morgen Abend hier ankommen."

Rheave spiegelt seinen Gesichtsausdruck wider. „Ich habe den Männern *gesagt*, dass sie den König warnen sollen."

Ivy streckt die Hand aus, um den Arm des Daimons beruhigend zu tätscheln. „Sie haben irgendeine Nachricht weitergegeben. Kurz bevor ich die Stadt verlassen habe, hörte ich ein paar Soldaten über den Aufstand sprechen. Sie erwähnten, dass die Verschwörer angeblich eine Armee in diese Richtung schicken würden … und lachten darüber. Es klang so, als hätten sie entschieden, dass es eine Lüge war, um die Patrouille von der Jagd auf *uns* abzulenken."

„Natürlich", schimpft Stavros und schüttelt den Kopf. „Ich habe einige Ideen, glaube allerdings nicht, dass ich momentan in einem Zustand bin, um eine kluge Entscheidung zu treffen. Wenn ich erst einmal geschlafen habe, können wir am Morgen einen Plan ausarbeiten."

Obwohl er darüber spricht, bald etwas zu tun, huscht ein Schatten über Ivys Gesicht. Etwas, wofür sie sich einen Augenblick später wappnet, um dem Rest von uns eine unerschütterliche Fassade zu präsentieren.

Was belastet sie noch, was sie uns nicht zeigen will?

Als wir die Reste unseres Abendessens wegräumen, denke ich über die beste Herangehensweise nach. Es könnte schwer werden, sie dazu zu ermutigen, sich zu öffnen, wenn bloß wir drei anwesend sind, die von Anfang an bei ihr waren. Ich bin mir nicht sicher, wie viel sie vor Rheave preisgeben wird, vor allem angesichts dessen, wie extrem seine Reaktionen auf alles ausfallen, was ihr Kummer bereitet.

Als Stavros und Ivy beginnen, die Schlafmatten auszulegen, wende ich mich an den Daimon. „Als zusätzliche Sicherheitsmaßnahme sollte jemand vor der Tür Wache halten, um uns Bescheid zu geben, falls andere Besucher ankommen. Bist du bereit, die erste Schicht zu übernehmen?"

Rheave richtet sich gerade auf und Entschlossenheit blitzt in seinen Augen auf. „Selbstverständlich. Niemand wird an dieser Tür vorbeikommen."

Er eilt ohne weitere Diskussion zur Tür. Ich kann nichts gegen seine Hingabe sagen.

Alek beobachtet, wie er geht. „Denkst du wirklich, dass wir Grund zur Sorge haben? Du hast gesagt, der Tempel sollte sicher sein."

„Nach dem, was wir bereits durchgemacht haben, denke ich nicht, dass wir mit Vorsichtsmaßnahmen knausern sollten", entgegne ich und hole ein paar Decken aus einem Regal.

Ich lege meine auf die entrollte Matte neben Ivys und strecke die Hand aus, um ihre Schulter zu massieren. „Wie hältst du dich, Gütige? Du musstest deine Talente mehr beanspruchen als der Rest von uns."

Ivy zuckt mit den Achseln, lehnt sich jedoch mit einem gedämpften Seufzen in meine Berührung. Anspannung windet sich durch ihre Muskeln, auch wenn meine leichte Massage diese zu lockern beginnt. „Ich bin einfach nur froh, dass ich eine Gelegenheit habe, mich auszuruhen."

„Ist während deines Ausflugs in die Stadt noch etwas vorgefallen, was dir Sorgen bereitet hat?"

Sie hält lang genug inne, dass ich glaube, es hätte etwas gegeben, ehe sie kurz lacht. „Was gibt uns dieser Tage keinen Anlass zur Sorge? Ich komme klar."

Ich streiche einige Strähnen ihrer hellen bernsteinfarbenen Haare mit einer sanften Bewegung nach hinten. „Ich möchte nur, dass du weißt, dass du mit uns über alles reden kannst, ganz gleich, was dich bedrückt. Wir sind auf *jede* Weise für dich da."

Ihre Schultern versteifen sich leicht, doch dann sieht sie mich mit hochgezogener Braue durch ihre Wimpern an, woraufhin mein Herz trotz meiner Absichten einen Satz macht.

„Du weißt, dass es zu lange her ist, seit ich deine Anwesenheit auf eine bestimmte Art genießen durfte."

Sie beugt sich zu mir, stiehlt sich einen Kuss und fährt mit den Fingern meinen Kiefer nach.

Hitze fließt bei der Geste über meine Haut. Ich kann nicht anders, als den Kuss zu erwidern.

Ich habe unsere körperliche Intimität ebenfalls vermisst … kann den Eindruck jedoch nicht abschütteln, dass sie der Frage ausweicht.

Als sich unsere Lippen voneinander trennen, halte ich den Kopf dicht neben ihrem gesenkt. „Ivy …"

Bevor ich mehr tun kann, als ihren Namen zu raunen, blickt sie zu Alek und macht eine lockende Geste. Anschließend gleitet ihr Blick zu Stavros.

Die beiden anderen Männer treten näher und zögern. Ivy schnaubt leise – und greift nach dem Gürtel ihres Bademantels.

Sie zieht ihn auf und lässt den Stoff von ihrem schlanken Körper rutschen, sodass sie nackt in einem See aus Leinen sitzt. In der Haltung ihrer Arme ist ein wenig Befangenheit zu erkennen, als wolle sie ihre Brüste teilweise bedecken, aber ich komme nicht umhin, über das Selbstvertrauen zu lächeln, das sie seit unseren frühesten Begegnungen gewonnen hat.

„Wir sind so weit gekommen", sagt sie mit leiser Stimme. „Es ist an der Zeit, dass ihr mir zeigt, dass ich wirklich eure Signy bin."

Eine schärfere Hitze rauscht durch mich und verdichtet sich in meinem Schritt. Ich hatte nicht vor, dass unser privater Moment so abläuft, aber – wenn ich für diese Art von Bitte nicht geeignet bin, wozu *bin* ich dann gut?

Mit einem kurzen Zucken meines Kiefers greife ich nach meiner Gabe und hefte meine Aufmerksamkeit auf Ivy. Ich erfasse den Strom aus Bildern, der daraufhin folgt und mir verraten sollte, was ich tun kann, um sie jetzt glücklich zu machen.

Die Flut aus Empfindungen verstärkt mein Verlangen und wird von dem angefacht, was ich von ihrem Begehren spüren kann. Es gibt wirklich nichts, was sie mehr beruhigen würde, als wenn ich mein größtes Talent anwende.

Jedenfalls nichts, was *ich* tun kann. Doch wie könnte ich ihr verwehren, was ich ihr anbieten kann?

Alek ist bereits in Bewegung, sinkt neben Ivy und legt seinen Arm unterhalb ihrer schlimmsten Narben um ihren Rücken. Seine Stimme kommt rau heraus. „Du bist mehr als unsere Signy. Du bist unsere *Ivy*."

Sie strahlt ihn an, kurz bevor ihre Münder aufeinandertreffen. Noch ein nagender Gedanke saust durch meinen Kopf – dass er besser zu ihr passt, als ich es jemals könnte, da sie beide Narben und sich vor der Welt versteckt haben.

Doch sie will mich ebenfalls. Und es ist wunderschön, die beiden zu beobachten, wie sie sich langsam mit der Art von Intimität vertraut machen, die ich beinahe für selbstverständlich halte.

Ivy ist eindeutig nicht in der Stimmung, das Ganze in die Länge zu ziehen. Sie unterbricht den Kuss, nur um ihre Beine herum zu schwingen, sodass sie sich rittlings auf Alek setzen kann.

Als sie ihn wieder küsst und an dem Gürtel seines Bademantels zerrt, rutsche ich näher und verteile Küsse auf ihrer Schulter und ihrem Arm. Meine Hand streichelt mit zärtlichen Kreisen über ihren Rücken und ich wünsche mir, dass ich all die Erinnerungen an die Misshandlungen ihrer Mutter wegstreichen könnte.

Dann blicke ich an ihr vorbei zum letzten Mitglied unseres Quartetts. Stavros steht nur ein paar Schritte entfernt, seine Hände zucken an seinen Seiten und sein Blick lodert.

Oh, er will an diesem Intermezzo teilhaben. Das Begehren steht ihm ins Gesicht geschrieben.

Doch ich schätze, die einzige Übung, die er mit dieser Art des Teilens hat, war der Moment, als er sich Ivy und mir gegen Ende unserer Begegnung in der Zuflucht anschloss.

Ich fange seinen Blick auf und ziehe meine Augenbrauen hoch, als wollte ich sagen: *Nun, kommst du hier rüber oder was?*

Nach einem kurzen und nur halbherzig finsteren Blick kniet er sich auf Ivys andere Seite. Er legt seine Hand auf ihre nackte Taille und neigt den Kopf, um die Seite ihres Halses zu küssen.

Ich merke, dass er darauf achtet, ihre Aufmerksamkeit nicht zu stark von Alek abzulenken.

Als Ivy ihre Finger über Aleks schlanke Gestalt wandern lässt, um seinen Schwanz zu packen, stöhnt er. Ich lasse meine Hand über ihren Schenkel gleiten, um zwischen ihre Beine zu dringen. Bei der Feuchtigkeit, die ich dort vorfinde, merkt mein Schwanz sofort auf.

„Schon so bereit für uns", murmle ich. Ich knabbere liebevoll an ihrem Ohrläppchen, bevor ich an ihr vorbei zu Alek blicke. „Vielleicht hast du einen Vorschlag aus diesem Gedichtbuch, wie wir unsere Frau gemeinsam am besten befriedigen können?"

Röte breitet sich auf der kräftig braunen Haut des Gelehrten aus. Er befeuchtet seine Lippen und seine Lider senken sich, während seine Hüften Ivys Zuwendungen entgegenschaukeln. „Da ist … Es klang, als könnte es für eine Frau ziemlich befriedigend sein, von … äh, beiden Richtungen gefüllt zu werden. Gleichzeitig. Ich bin mir nicht sicher, wie leicht das in der Realität ist."

Ein Lächeln breitet sich auf meinem Gesicht aus. „Oh, wir können ihr dieses Erlebnis definitiv anbieten." Ich streichle Ivys Wange. „Wenn du es versuchen möchtest."

Ich bin mir nicht sicher, ob es auf der Welt irgendetwas so Reizendes gibt wie die Röte, die ihre Blässe zu einem perfekten Rosaton färbt. „Das klingt ziemlich unglaublich."

Ich lasse meinen Daumen mit genug Druck über ihren Kitzler wirbeln, um mir ein Wimmern zu verdienen, und ziehe mich zurück. „Warum nimmst du Alek nicht so, wie ihr es beide genießt, und ich hole die notwendigen Materialien?"

Das hier ist immerhin ein Tempel der Gottlen der Sinnlichkeit. Ich habe genau das Richtige in einem kleinen Korb hinten im Waschbereich entdeckt: ein Töpfchen Gleitgel.

Ich kehre zurück und stelle fest, dass Ivy meine Anweisungen effektvoll befolgt hat. Sie bewegt sich geschmeidig über Alek auf und ab, ihre Körper sind vereint und ihre gemeinsamen zittrigen Atemzüge, die durch die Luft wehen, sind die erregendste Musik. Er zieht gerade den Kopf zurück, um mit den Lippen über ihr Schlüsselbein zu gleiten, während sie den Kopf dreht und einen Kuss mit Stavros teilt.

Als ihre Münder miteinander verschmelzen, lässt der Militärprofessor seine Hand über ihren Rücken gleiten und drückt ihren Po. Ivy bewegt sich etwas schneller auf Alek und abgehackte Atemzüge beben durch ihre beiden Oberkörper.

Sie verlangsamen das Tempo erneut, als ich mich neben sie senke. Stavros zieht den Kuss noch einen Augenblick in die Länge, bevor er mich ansieht.

Erregung und Beklommenheit ringen auf seinem Gesicht miteinander. „Ich glaube, du solltest besser die Ehre übernehmen. Ich wäre sehr viel für sie.“

Ich habe den Mann nie nackt gesehen, angesichts seiner Körpergröße kann ich das jedoch ohne Weiteres glauben.

Ivy unterstreicht seinen Vorschlag mit einem atemlosen Lachen. „Wir können darauf hinarbeiten.“

Stavros starrt sie an, als wäre er verblüfft, dass sie es überhaupt versuchen will, und ich kann den Blick genauso wenig von ihr abwenden. Ich weiß nicht, was sie zuvor bedrückt hat, jetzt ist jedoch keine Spur ihres inneren Aufruhrs mehr zu sehen.

Das ist das Geschenk, das ich ihr machen kann, der Vorteil der Künste, die ich studiert habe. Götter vergebt mir, dass ich mir nicht vorstellen kann, diese einer anderen anzubieten, da sie einen so großen Teil meines Herzens erobert hat.

Ich schlüpfe aus meiner Robe und sinke hinter sie. Da Alek unter ihr kniet, ist sie in der perfekten Position.

Ich tauche meine Finger in das Gel und fahre mit ihnen in ihre Pospalte.

Als sie über ihre hintere Öffnung gleiten, keucht Ivy. Ein kleiner Schauder durchläuft ihren Körper.

Ich beuge mich näher und küsse ihre Wirbelsäule in der Nähe ihres Nackens. „Gut?“

„Mmh“, summt sie, wobei sie sich nach wie vor auf Alek wiegt. „Ich habe das Gefühl, es wird noch besser werden.“

Mit einem Glucksen fahre ich fort. Der Muskelring lockert sich allmählich unter meiner Massage. Als ich meine Finger in sie tauche, stößt meine Liebhaberin eine wahrhaft prächtige Reihe bedürftiger Laute aus.

Während ich sie mit zwei und dann drei Fingern dehne, küsst sie abwechselnd Alek und Stavros. Stavros umfasst einen ihrer Busen und rollt ihren Nippel unter seinem Daumen. Alek schiebt seine Hand zwischen sie und entlockt ihr ein Stöhnen, vermutlich weil er ihren Kitzler gefunden hat.

Ein Fluch entfährt den Lippen des Gelehrten bei dem Laut. „Ich weiß nicht, wie viel länger ich noch durchhalten kann", gesteht er.

Ivy knurrt herausfordernd. „Bleib bei uns. Noch nicht fertig."

Sein Lachen klingt angespannt vor zunehmendem Verlangen.

Ich küsse Ivys Schulterblatt und lasse meine glitschigen Finger über meinen Schwanz gleiten, um ihn vorzubereiten. „Dann wollen wir sehen, wie es läuft. Halte mich auf, wenn du dich nicht fantastisch fühlst."

Auf ihren ungeduldigen Laut hin positioniere ich mich an ihrer Öffnung. Als sie erstarrt, presse ich mich in sie.

Ihr Eingang ist so eng und ihre Hitze, die meinen Schwanz umhüllt, so intensiv, dass ich mir plötzlich nicht sicher bin, wie lange *ich* durchhalten werde. Erregung pulsiert durch meinen Schaft und mein Höhepunkt schwillt bereits an meiner Wurzel an.

„Oh, Götter", murmelt Ivy. Sie packt Alek mit einer Hand und greift nach hinten, um meinen abgestützten Arm mit der anderen zu fassen.

Als ich so tief wie möglich in sie sinke, beugt sich mein Kopf über sie. Lust vibriert so berauschend durch meinen Körper, dass mir schwindlig wird. „Lassen wir es langsam angehen. Wir bewegen uns gemeinsam."

Ich ziehe mich ein kleines Stück zurück, als Ivy sich über mir und Alek erhebt. Sie sinkt wieder nach unten und ein gutturales Stöhnen kommt über ihre Lippen.

Der Gelehrte gibt das mit einem erstickten Laut wieder. Ich schlucke selbst ein Stöhnen, umgeben von dem glückseligen Nebel.

Doch als wir drei unseren Rhythmus gefunden haben, bemerke ich, dass unser vierter Kamerad sich einfach hingesetzt hat und zuschaut.

Ich greife um Ivy herum und tippe Aleks Arm an. „Hast du irgendwelche inspirierenden Ideen, wie wir Stav in den Spaß einbeziehen können?"

Alek blickt um Ivy herum und seine hellen Augen sind glasig vor Wonne. Er hält kurz inne und ich glaube, seine Röte vertieft sich.

„Hände oder Mund?" Sein Blick huscht zu Ivy. „Was immer du am liebsten hast."

Ivy kichert heiser. „Vielleicht könnte ich beides ausprobieren."

Sie winkt Stavros näher und packt den Gürtel seines Bademantels. Als er ihn abschüttelt, zieht sie ihn auf seine Knie.

Stavros beobachtet sie mit dem gleichen Unglauben, den ich zuvor sah, vermischt mit der Leidenschaft, die in seinem Blick lodert. Als sie seine Schwanzwurzel packt und den Kopf senkt, um mit der Zunge über die Spitze zu lecken, rollen seine Augen nach hinten.

„Fuck", krächzt er und vergräbt seine Finger in ihren Haaren. „Ivy, du musst nicht ..."

Sie unterbricht ihn mit einem ablehnenden Laut. „Ich *will* alles von dir haben."

Dann nimmt sie seine Schwanzspitze in den Mund und er bewegt stöhnend seine Hüften, um ihr entgegenzukommen. „Götter, du bist ein verdammtes Wunder."

Das ist sie.

Wir bewegen uns alle gemeinsam, wir drei stoßen hoch, um Ivy entgegenzukommen, wenn sie sich auf uns senkt. Sie nimmt uns immer wieder auf jede ihr zur Verfügung stehende Weise auf.

Das lustvolle Beben, das in Reaktion auf mein eigenes Begehren durch ihren Körper schwappt, versichert mir, dass sie dieses Intermezzo genauso genießt wie ich.

Wir sind wie eine Welle, die aufbrandet. Sie hebt Ivy immer höher, während wir auf unsere eigenen Höhepunkte zutreiben.

Zwischen meinen keuchenden Atemzügen verteile ich Küsse

auf ihren Schulterblättern. „So reizend. Unsere Ivy. Du bist perfekt.“

Die schwindelerregende Hitze in meinem Schritt nimmt zu. Ich stoße härter und schneller in sie, entschlossen, sie zum Gipfel zu bringen, bevor ich nachgebe …

Ivy keucht um Stavros' Schwanz. Ihre Muskeln verkrampfen sich um mich herum und ich bin verloren, ergieße mich mit den letzten Stößen in ihr und packe sie fest, als sie an mir erschaudert. Die Ekstase des Moments brennt sich wie eine Woge des köstlichsten Feuers durch mich.

Bei Ivys Lustschrei grunzt Alek ebenfalls und versteift sich. Er vergräbt sein Gesicht an ihrem Hals.

Stavros bewegt sich, als wolle er sich zurückziehen, doch Ivys Hände spannen sich um seinen Schaft an. Sie pumpt ihn schneller und ihre Lippen bewegen sich um seine Schwanzspitze, als wäre sie entschlossen, ihn mit dem Rest von uns mitzunehmen.

Seine Hand zuckt in ihre Haare und sein Atem zischt durch seine Zähne, als er sich ihrer Forderung hingibt.

Ivy bricht mit einem wortlosen, jedoch glücklichen Murmeln zwischen uns zusammen. Ich schlinge meine Arme um sie und küsse die Seite ihres Halses, da ich nicht gewillt bin, sie bereits gehen zu lassen.

Ich erfülle zwar nicht die Ziele, die meine Mutter für mich hatte, oder diene der Gottlen, der ich mich verpflichtet habe, in dem Umfang, wie ich es könnte … doch ich weiß nicht, ob ich bereuen kann, was ich dieser Frau gegeben habe. Selbst wenn das hier die letzte Gelegenheit ist, die ich erhalte, bevor sich diese Mission als mein Untergang erweist.

Einunddreißig

Ivy

Nachdem ich so lange ohne Sattel auf Krümel geritten bin, fühlt es sich merkwürdig an, wieder einen Sattel unter mir zu haben. Es ist auch seltsam, einen edlen Leinenstoff an meiner Haut zu tragen anstelle der derben, schmutzigen Wolle.

Stavros und ich nahmen uns heute Morgen beide neue Kleider aus dem Angebot des Tempels. Insbesondere der ehemalige General wollte für unsere aktuelle Mission mehr wie sein adliges Selbst aussehen.

Die Tunika, die er unter seinem Umhang trägt, ist mit einem gewöhnlichen Faden anstatt mit Gold- oder Silberfäden bestickt, und der Stoff ist nicht ganz so edel wie der, den er auf der Hofakademie getragen hätte. Doch er sieht mehr wie sein altes Selbst aus, als er neben mir reitet.

Ich ziehe meinen eigenen Umhang fester um mich, um die kalte, jedoch nicht beißende Brise abzuwehren, und lasse meinen Blick über die Landschaft schweifen. Wir haben vor einer Stunde die Stadt umgangen und sind seitdem an keinen

Siedlungen vorbeigekommen, die größer als ein Bauernhof waren. Nichtsdestotrotz lasse ich die Tarnmagie um uns liegen.

Bei dieser speziellen Aufgabe können wir nicht zu vorsichtig sein.

Als würde er meine Gedanken bemerken, sieht Stavros mich an. „Bist du dir sicher, dass du dieses Risiko eingehen willst? Wir werden es mit dem königlichen Militär zu tun bekommen … und falls wir erwischt werden …"

Ich mache einen ablehnenden Laut. „Sich irgendwo rein und wieder raus zu schleichen, gehört sogar ohne Magie zu meinen Fähigkeiten. Es ist nicht so, als könntest du an die Tür klopfen und erwarten, dass sie deiner Bitte zustimmen."

„Gelegentlich kann ich auch mit Worten anstelle von Waffen Argumente anbringen", erwidert er in sarkastischem Ton, seine ernste Miene bleibt allerdings unbewegt.

„Ich vermute, dass heute keine dieser Gelegenheiten ist." Ich bezweifle, dass er jemals zuvor einen königlichen Haftbefehl gegen sich anfechten musste. „Auf diese Weise kann ich am besten helfen. Es ist nicht so, als hätten wir bessere Optionen."

Soweit ich das erkennen kann, ist meine Magie die *einzige* Hoffnung, die ich habe, um die aktuellen Pläne der Blutzauberer aufzuhalten. Ich muss nur klug vorgehen. Wenn ich nicht mehr Magie benutze, als absolut notwendig ist, kann ich darauf hoffen, dass mein Verstand einigermaßen stabil bleibt.

Ich hatte keine merkwürdigen Impulse oder Blicke auf Dinge, die es nicht gibt, seit wir uns letzte Nacht im Tempel versteckt haben. Vielleicht brauchte ich bloß eine kleine Pause von dem ständigen Gebrauch meiner Macht.

Und eine Gelegenheit, mich den Zuneigungen meiner Männer hinzugeben. Die Erinnerung an unsere gemeinsame Begegnung jagt einen Schauder anhaltender Hitze durch mich – zusammen mit ziependen Schuldgefühlen.

Casimir hat offensichtlich gemerkt, dass mich etwas bedrückt. Ich wollte sie alle; ich wollte mich eine Weile in der Lust verlieren. Doch ich habe dadurch auch weitere Fragen vermieden, bei denen ich mir nicht sicher bin, wie ich sie beantworten soll.

Das ist sogar für Stavros eine ziemlich gewagte Tat, bemerkt Julita. *Hoffentlich weiß er, was er tut. Es ist über ein Jahr her, seit er die Armee verlassen hat, oder nicht?*

Ihr unbehagliches Geplapper macht mich nervös.

„*Du* bist dir sicher, dass der Spiegel dort sein wird?", frage ich den ehemaligen General. „Und dass er schnell antworten wird?"

Stavros nickt. „Ich war während meiner Militärkarriere ein paarmal hier draußen stationiert. Mit jedem Hauptwohnsitz der Königsfamilie außerhalb der Hauptstadt kann von der größten Militärfestung der jeweiligen Gegend aus kommuniziert werden. Falls bei einer Festung Kämpfe ausbrechen, braucht der König eine Möglichkeit, zügig mit den örtlichen Truppen zu kommunizieren."

„Also wirst du König Konram ein Signal schicken und er wird denken, dass ein Krieg ausgebrochen ist."

Stavros schenkt mir ein schiefes Lächeln. „Ist das im Grunde genommen nicht die Wahrheit?"

Ich schätze, er hat recht. Mein Magen verkrampft sich, als ich mir die Schlacht vorstelle, der wir uns bei Einbruch des Abends möglicherweise stellen müssen.

Auf unserem Ritt haben wir furchterregend wenig militärische Präsenz gesehen. Stavros hat mich auf ein paar kleinere Festungen in der Ferne aufmerksam gemacht, aber ich habe keine Aktivität in deren Nähe entdeckt. Es sind nicht viele Soldaten da, um eine solide Verteidigung zu formen.

Das ist definitiv der merkwürdigste Teil dieses Erlebnisses: Dass ich mir wünsche, es wären *mehr* Soldaten hier anstatt weniger.

Zumindest wirkt es so auf mich. Wie unser Gespräch so deutlich gezeigt hat, ist Stavros es gewohnt, von Militärpersonen umgeben zu sein.

Ich erfasse seine selbstbewusste Haltung und die Entschlossenheit auf seinem gut aussehenden Gesicht. Ein tieferer Schmerz bildet sich in meiner Brust.

Dies ist der Mann, in den ich mich verliebt habe: stark und selbstbewusst, entschlossen, das Richtige zu tun. Er will diejenigen verteidigen, die das nicht selbst tun können.

Ich bewundere diese Eigenschaften, sie könnten am Ende allerdings auch das sein, was uns trennt.

„Als wir auf dem Weg hierher auf die Patrouille getroffen sind", wage ich mich vor, „hast du gesagt, dass deine Gabe dich gewarnt hat. Hat sie dir seit deiner Verletzung noch etwas anderes gezeigt?"

Stavros hält inne. „Nur einmal, ebenfalls vor kurzem."

„Dann kehrt sie vielleicht zurück. Möglicherweise passt sie sich an die neuen Grenzen deiner Sicht an. Würdest du in diesem Fall versuchen, deine alte Stelle zurückzukriegen?"

Ich habe mein Bestes gegeben, in beiläufigem Ton zu sprechen, doch Stavros' Blick ist stechend geworden, als er mich ansieht. „Gabe hin oder her, ich bin wohl kaum in der Lage, mehrere Truppen anzuführen, wenn ich nicht länger als eine Sekunde deutlich sehen kann. Und das auch nur vorausgesetzt Konram begnadigt uns."

Ich zucke mit den Achseln. „Ich könnte mir vorstellen, deine Gabe wäre in jeder militärischen Rolle nützlich. Es hat dich gestört, nicht am Kampf teilnehmen zu können … zum Lehrer-Dasein verdammt zu werden."

Er kann diese Tatsache nicht leugnen, da er mir das selbst gesagt hat.

Stavros atmet geräuschvoll aus, protestiert allerdings nicht. „Ich glaube, keiner von uns kann Entscheidungen darüber treffen, was die Zukunft nach den nächsten Tagen für uns bereithält, Ivy. Ich möchte mich lieber darauf konzentrieren, dass wir alle eine Zukunft haben."

Seine Stimme wird weich. „Doch was immer geschieht, ich würde nicht in das gleiche Leben wie zuvor zurückkehren wollen. Ich lasse dich nicht zurück."

Meine Wangen werden heiß. „Ich habe nicht gesagt …"

„Ich weiß." Sein Lächeln ist ebenfalls sanfter geworden. „Ich dachte bloß, *ich* sollte das klarstellen. Mein Leben hat sich im vergangenen Jahr häufig schrecklich leer angefühlt … allerdings würde es sich auch leer anfühlen, wenn du kein Teil davon wärst und mich auf Trab hältst. Ich hätte nichts dagegen, jetzt zur Akademie zurückzukehren und dir Mondhörnchen zu füttern."

Obwohl ich wegen dieser Bemerkung schnaube, läuft mir

das Wasser im Mund zusammen bei der Erinnerung an mein Lieblingsgebäck.

Stavros legt den Kopf schief. „Ehrlich gesagt, fällt es mir auch schwer, mir vorzustellen, ohne Casimir und Alek weiterzumachen. Ich glaube, du hast uns alle dauerhaft am Hals.“

Ich verdrehe die Augen und wünschte, die Zuneigung in seinen Worten hätte mehr von der Anspannung in meinem Magen gelindert.

Ich merke, dass er sie in diesem Moment ernst meint. Wer weiß, wie sehr das noch der Fall sein wird, wenn sich ihm viel mehr Möglichkeiten eröffnen?

Ich glaube, ich würde es noch mehr hassen, ihn zurückzuhalten, als ihn tatsächlich zu verlieren.

Julita summt leise. *Ich würde ihm in dieser Sache vertrauen, Ivy. Ich bin Stav während unserer Zusammenarbeit zwar nicht so nah gekommen wie du, kann jedoch sehen, wie viel lockerer er geworden ist, seit ihm klar geworden ist, dass er dich will. Du warst gut für ihn.*

Da das von der Frau kommt, die einst eifersüchtig auf die Aufmerksamkeit war, die ihre ehemaligen Kameraden mir schenkten, wird mir ein wenig warm.

Wir durchqueren einen schmalen Waldstreifen. Auf der anderen Seite ragt ein breites Steingebäude auf einem niedrigen Hügel empor.

Stavros bedeutet uns, langsamer zu werden. „Das ist unser Ziel. Gestern konnte ich nicht so nah rankommen. Ich muss den direktesten Weg zu dem Raum festlegen, den wir brauchen …“

Eine Bewegung an der Seite des Gebäudes lässt mein Herz aussetzen. „Jemand kommt.“

Der ehemalige General versteift sich. „Sie können uns nicht sehen, oder?“

„Nein, aber wir sollten vermutlich die Straße verlassen, um sicher zu sein.“

Noch während wir unsere Reittiere in das hohe Gras entlang der Durchgangsstraße lenken, erkenne ich, dass die Gestalten nicht in unsere Richtung unterwegs sind. Drei Männer brechen zu Pferd nach Westen auf. Zwei tragen die Uniformen von Soldaten, aber ich sehe, dass unter dem Umhang des Mannes in der Mitte eine lilafarbene Robe aufblitzt.

Als sich seine große Gestalt auf dem Sattel bewegt, jagt der Anblick seines schiefen Körpers einen Schauder durch meine Nerven.

„Lothar", identifiziert Stavros den zweiten magischen Berater des Königs im selben Moment. „Er ist offensichtlich von der Front zurückgekehrt. Vielleicht bespricht er mit den örtlichen Truppen Techniken für den Kampf gegen die Blutzauberer für den Fall, dass die Bedrohung doch real ist, vor der wir sie gewarnt haben."

Er spricht ohne viel Hoffnung in der Stimme. Ich kann selbst kaum Hoffnung aufbringen. „Nun, wenigstens geht er, sodass wir uns nicht mit seiner Neigung auseinandersetzen müssen, Zerrissene zu jagen." Und mit der gewaltigen Gabe, die er erhalten hat, nachdem er seinem gewählten Gottlen einen ganzen Arm geopfert hatte.

Wir machen einen weiten Bogen um das Gebäude und erreichen die Vorderseite der Festung. Niemand steht direkt neben dem Tor, doch Stavros deutet auf einige Wachen, die in den Türmen an den Ecken Wache halten. Wir können definitiv nicht einfach in die Festung marschieren.

Meine Lippen befeuchtend denke ich über die magischen Strategien nach, mit denen ich am besten umzugehen weiß. „Wie weit ist der Eingang von dem Zimmer entfernt, zu dem wir müssen?"

Stavros hält inne und sein Blick richtet sich in die Ferne, als er vermutlich gedanklich durch das Gebäude marschiert. „Ein Stockwerk höher, aber die Treppe befindet sich direkt hinter der Haupthalle. Das Zimmer ist nur ein paar Türen von dort entfernt. Natürlich ist es abgeschlossen."

„Das wird kein Problem sein." Ich ziehe Luft in meine Lunge. „Ich glaube, ich kann dafür sorgen, dass wir einfach in die Festung schlendern können. Wir müssen nur vorsichtig vorgehen. Und die Pferde können offensichtlich nicht mitkommen."

Da ich meinen Fähigkeiten noch nicht zutraue, Magie an

mehreren Orten gleichzeitig zu wirken, binden wir Krümel und seinen namenlosen Kameraden an einer geschützten Stelle zwischen den Bäumen an. Daraufhin marschieren wir zu Fuß zur Festung.

Als wir uns nähern, konzentriere ich mich auf die Tür vor mir. Ich stelle mir die Größe des Lochs vor, das ich hineinschneiden muss, damit wir sie durchqueren können, ohne dass sie geöffnet wird.

Die Wachmänner in den Türmen können die Tür von ihren Positionen aus nicht sehen, allerdings weiß ich nicht, wie es auf der anderen Seite aussieht.

„Wäre normalerweise jemand im Eingangsbereich stationiert?", frage ich Stavros.

Er schüttelt den Kopf. „Nur, wenn sie sich auf einen Angriff vorbereiten."

Das wird genügen müssen. Ich werde unser Eindringen nur für den Fall so diskret wie möglich gestalten. „Laufe direkt hinter mir geradewegs durch die Tür."

„Was …?"

Bevor er die Frage stellen kann, schleudere ich eine Woge meiner Magie zu der Holzoberfläche. Sie entfernt eine Platte der Tür – während sich eine andere in den Bäumen neben den Pferden formt, wo niemand die Konsequenz bemerken wird – und füllt die Lücke mit einem dunkelbraunen Nebel, welcher der Holzfarbe so ähnlich sieht wie möglich.

Ich gehe geradewegs durch die Tür hindurch. Stavros folgt mir mit flotten Schritten, ist jedoch klug genug, seine Stiefel auf dem Boden auf der anderen Seite leise aufzusetzen, obwohl er von meiner Taktik verblüfft ist.

Mit einem weiteren Stoß meiner Magie forme ich das Holz in der Tür neu, während ich das Zeug auflöse, das ich andernorts heraufbeschworen habe.

Meine Magie bebt eifrig, als ich die Macht in meine Brust zurückkreiße abgesehen von den Magiefäden, die uns unsichtbar machen. Mein Herz hämmert inmitten der Energie, die in meinem Brustkorb wirbelt.

War das ein Schrei?

Ich kann ein Zusammenzucken kaum verhindern und

drehe blitzschnell den Kopf, doch Stavros reagiert auf keinen Laut. Er marschiert einfach weiter dorthin, wo die Treppe sein muss.

Es läuft mir kalt über den Rücken. Noch eine Halluzination. Das ich mich geschont habe, hat mir keine lange Verschnaufpause verschafft.

Allerdings kann ich jetzt keinen Rückzieher machen.

Ich halte mit Stavros in dem schummrigen Steingang Schritt. Gemeinsam gehen wir an einigen Soldaten vorbei, die auf dem Weg zu einem Raum etwas weiter entfernt im Erdgeschoss sind, und erklimmen die schmale Treppe. Gedämpfte Stimmen wehen aus anderen Bereichen der Festung, ich bin mir jedoch nicht mehr sicher, was real ist und was sich mein Verstand ausgedacht hat.

Wir tapsen vorsichtig über den dünnen Teppich im Gang des ersten Stocks zu einer Tür, in die das Siegel des Königs geschnitzt wurde.

Auf Stavros' Geste hin lege ich meine Hand auf den Bronzeknauf. Er ist nur mechanisch verschlossen und das Schloss ist nicht mit Zaubern verstärkt worden.

Mit meiner Magie drehe ich den Knauf und reiße den Türriegel zur Seite. Dafür brechen einige Zweige an einem der fernen Bäume ab.

Wir warten, bis ein weiterer Soldat vorbeigeschlendert ist, und drängen uns in den Raum, sowie die Luft rein ist.

Es ist ein kleines, fensterloses Zimmer und die Luft zwischen den Steinmauern ist feuchtkalt. Es gibt keine Möbelstücke abgesehen von der Laterne, die bei unserem Eintreten automatisch aufflammt – und dem goldgerahmten Spiegel, der gegenüber von der Tür an der Wand hängt.

Ich lehne mich an die seitliche Wand, wo ich hoffentlich nicht zu sehen bin, und ziehe meine Magie zurück, die uns getarnt hat. „Er wird dich jetzt sehen können."

Stavros schüttelt den Umhang von seinen Armen und zögert. Kurz spannt sich sein Kiefer an wegen seiner zurückgehaltenen Emotionen.

Ich kann mir nicht vorstellen, wie er sich gerade fühlt. Ich habe dem Mann nie meine Treue geschworen, den er gleich kontaktieren wird – dem Mann, der uns alle wegen unseres angeblichen Verrats hinrichten lassen will.

Der ehemalige General drückt in einem Muster auf die Kerben des Spiegelrahmens, dem ich nicht folge, und tritt zurück. Wir warten schweigend und hören draußen im Gang Schritte vorbeigehen.

Eine nagende Furcht steigt in meinem Hinterkopf auf. Die Soldaten haben vielleicht bemerkt, dass jemand in ihre Festung eingedrungen ist ... sie könnten sich jetzt vor der Tür versammeln ...

Ich schüttle mich mental und zwinge mich, angestrengt zu lauschen. Momentan sind keine Geräusche hinter der Tür zu hören.

Mein Verstand ist bloß wieder benebelt.

Als ich dem Drang widerstehe, die Arme um mich zu schlingen, um diese Erkenntnis zu vertreiben, schimmert die Oberfläche des Spiegels. Ein Bild von König Konram erscheint auf dem Glas, als würde er darin gespiegelt werden.

Seine Augen weiten sich und er wird stocksteif. „Stavros.“

Stavros sinkt auf ein Knie und nimmt eine flehende Pose ein. „Eure Hoheit, ich entschuldige mich dafür, dass ich Sie auf diese Weise störe. Ich habe dringende Nachrichten, die die Sicherheit des ganzen Landes betreffen. Bitte, hören Sie mich an.“

Der König presst seinen Mund zu einem flachen Strich zusammen. Er bedenkt seinen ehemaligen General mit einem verwundeten Blick, als sei *er* derjenige, der die letzten Wochen durch das ganze Reich gejagt wurde.

Ich möchte die Blutzauberer daran hindern, diesen Mann zu ermorden, doch momentan möchte ich ihm auch in sein wichtigtuerisches Gesicht schlagen.

Seine Stimme kommt scharf, jedoch herrisch heraus. „General Leslam hat dir Zugang zu seiner ...?“

„Nein“, unterbricht Stavros. „Er weiß nicht, dass ich hier bin. Ich konnte es nicht riskieren ... Jegliche Gerüchte, die Sie darüber gehört haben, dass die Meuterer aus Eppun zu Ihrem aktuellen Aufenthaltsort marschieren, entsprechen der Wahrheit. Sie tarnen sich mit ihrer Blutzauberei. Unseren

Informationen zufolge erwarten sie, heute Abend in der Nähe von Iblin anzukommen. Es sind mehrere hundert und sie haben ihre Magie auf ihrer Seite … Sie werden mehr Truppen brauchen …"

„Militärischen Rat zu geben, ist nicht mehr deine Aufgabe", fällt König Konram ihm ins Wort, klingt allerdings wenigstens so niedergeschlagen wie wütend. „Ich habe keine Berichte erhalten, die eine bedeutsame Truppe in der Nähe bestätigen. Sicherlich könnte nicht einmal ihre illegale Zauberei sie vollständig verbergen."

Stavros sieht ihn an, als wollte er den König mit der Kraft seiner Gedanken dazu zwingen, ihm zu glauben. „Ich habe sie mit eigenen Augen gesehen … und ich habe gesehen, wie gut ihre Magie sie versteckt und ihre Spuren verwischt. Es muss doch Verstärkung geben, die Sie rufen können. Ich hatte erwartet, bereits Truppen vor Ort zu sehen."

„Späher haben bemerkt, dass Darium an der schmalsten Stelle des Kanals Truppen versammelt. Sie haben möglicherweise von dem Aufstand gehört und …" Konram unterbricht sich mit einer Grimasse, als würde er sich daran erinnern, dass er dem Mann nichts verraten sollte, den er für einen Verräter hält. „Es wird mindestens ein paar Tage dauern, um eine bedeutsame zusätzliche Truppe hierher zu beordern. Aber mir stehen bereits genügend Soldaten zur Verfügung."

Stavros neigt den Kopf. „Bitte, Eure Hoheit. Sie wissen, dass ich niemand bin, der bettelt. Aber ich bin überzeugt, dass diese Schurken alles in ihrer Macht Stehende tun werden, um Ihre Familie zu vernichten. Ergreifen Sie jede mögliche Maßnahme, um sich darauf vorzubereiten und zu schützen. Ich würde vorschlagen, dass Sie zu einer anderen Unterkunft umziehen, wenn ich nicht Angst hätte, dass Sie auf der Straße noch angreifbarer wären."

Der König betrachtet ihn eine Weile. „Du machst dir wirklich Sorgen."

Ich höre Stavros schlucken. „Wir haben getan, was wir können, um den Aufstand zu zerschlagen und die Blutzauberer aufzuhalten, doch sie sind uns zahlenmäßig weit überlegen. Und die Macht, die sie einsetzen können …"

Etwas verändert sich an Konrams Gesichtsausdruck. „Wir‘. Ich schätze, so hast du Zugang zum Spiegel erhalten. Ist deine zerrissene Zauberin bei dir?“

Stavros reckt das Kinn. „Ivy hat mehr als jeder andere von uns gegeben, um für Ihre Sicherheit zu sorgen, und …“

„Ich will es nicht hören“, blafft der andere Mann, ehe er sich zu sammeln scheint. „Ich werde deinen Bericht in Betracht ziehen. Stellt euch und ich kann die Soldaten von ihren Patrouillen abziehen.“

„Mein König …“

„Mehr habe ich dir nicht zu sagen.“

Der Spiegel verdunkelt sich und zeigt nur noch Stavros, dessen Schultern herabsacken.

Julita schnaubt empört. *Man könnte meinen, er hat vergessen, wie gut Stavros ihm all die Jahre zuvor gedient hat. Was für ein Schwachkopf.*

Ich muss mir ein scharfes Lachen verkneifen wegen der vulgären Worte, die sie in ihrem adligen Ton spricht.

Vorsichtig trete ich zu Stavros und berühre seinen Arm, als er aufsteht. „Denkst du, er wird auf dich hören?“

Stavros seufzt. „Ich kann es nicht sagen. Zwischen uns herrschte nie zuvor diese Art von Misstrauen. Wenigstens hat er mir eine Gelegenheit gegeben, die wichtigsten Dinge vorzutragen.“

Ich drehe mich zur Tür, da ich in dem beengten Raum Gänsehaut bekomme. „Dann gibt es hier nichts mehr zu tun. Lass uns aus der Festung verschwinden.“

Ich beuge mich näher zur Tür und höre nichts auf der anderen Seite. Meine Beklemmung ignorierend lege ich meine Magie erneut um uns, um uns vor Blicken zu verbergen. Ich öffne die Tür vorsichtig, trete in den Gang …

Und werde von einer schweren Hand an meiner Schulter zur Seite gerissen und eine Klinge berührt meinen Hals.

„Beweg dich keinen Zentimeter“, knurrt der Soldat, der mich gepackt hat, als wäre ich nicht bereits an Ort und Stelle erstarrt. Meine Magie erbebt und die Wirkung der Unsichtbarkeit verfliegt, da er sich direkt an meinen Rücken presst.

Er hat uns anscheinend durch die Tür gehört und es geschafft, mich aufgrund geübter Instinkte zu packen, obwohl er mich nicht sehen konnte.

Das spielt jetzt keine Rolle.

Seine Klinge bohrt sich mit einem schwachen Brennen in meinen Hals. „In Ordnung. Du wirst mit mir runter zu den Kerkern gehen und dann wirst du dem General erklären, was du hier tust.“

Meine Lippen teilen sich, mein ganzer Körper ist jedoch tödlich kalt geworden. Ich weiß nicht, was ich sagen soll. Stavros wird sich nicht einmischen, da der Mann mir im Nu die Kehle aufschlitzen könnte.

Meine Macht rast durch meinen Körper, ruft Schmerzen in meinen Gliedern hervor und verlangt, dass ich sie freilasse. Dass sie sich auf den Mistkerl stürzen darf, der mich bedroht hat.

Und auf all die anderen. Sie will die ganze verdammte Festung dem Erdboden gleichmachen. Sie will Schädel einschlagen und Wirbelsäulen zerschlagen. Sicherstellen, dass es keinen Einzigen mehr gibt, der mich verfolgen kann …

Blutige Bilder fluten meinen Verstand und ich schrecke innerlich zurück.

Nein, nein, das ist nicht das, was ich will. Wir *brauchen* diese Soldaten, um die echten Schurken aufzuhalten.

Ich würde zu dem Monster werden, das Stavros früher in mir sah.

Meine Magie greift mich jedoch weiterhin an. Meine Gedanken wirbeln wild durcheinander und ich kann mich auf keinen Einzigen konzentrieren.

Der Zorn bricht immer wieder durch zusammen mit Julitas panischer Stimme. *Nein, nein, wir dürfen nicht so erwischt werden. Das ist nicht* fair. *Oh, Ivy, nein …*

Etwas klickt in meinem Kopf. Der Soldat beginnt, mich rückwärts zu schleifen, und meine Stimme kommt heiser aus meiner Kehle. „Julita sagt nein.“

Ich ziehe meine Gedanken tiefer in meinen Schädel zurück und lasse zu, dass sich meine Sicht und Verstand trüben in der Hoffnung, dass sie es versteht.

Nichts geschieht, außer dass der Soldat geifert: „Wovon zum Henker faselst du?"

Dann springt die kribbelnde Präsenz in meinem Hinterkopf vor.

Meine Lippen bewegen sich erneut, allerdings nicht durch meinen Willen. Julitas Geist packt meinen Körper und steuert meine Stimme – mit der Gabe, für die sie vor Jahren zwei Rippen geopfert hat. „Ich werde nicht zum Kerker gehen. Du wirst mich auf keine Weise am Gehen hindern. Du kannst mich nicht davon abhalten, zu tun, was ich möchte."

Der Soldat stößt einen Laut aus, der als Schnauben beginnt, ehe er zu ersticken scheint. Sein Griff um mich lockert sich und sein Schwert sinkt.

Julita treibt mich aus seinen Armen, bevor sie sich an ihren üblichen Ort in meinem Kopf stürzt und mein Bewusstsein wieder nach vorne sausen lässt. Ich zerre die Fäden der Unsichtbarkeit um mich. Dann bemerke ich, dass Stavros mich mit einer gräulichen Tönung seiner hellbraunen Haut ansieht, und packe seine Hand. „Komm. Ich weiß nicht, wie lange Julitas Gabe anhält."

Der Soldat starrt mit offenem Mund das an, was jetzt wieder wie leere Luft aussehen muss. Allerdings greift er nicht nach mir oder schlägt Alarm, als wir an ihm vorbeistürmen.

Wir eilen die Treppe hinab und durch den Gang. Ich besitze noch genügend Verstand, um gerade rechtzeitig ein Stück der Eingangstür zu entfernen, damit wir hindurchrennen können.

Meine Magie schlägt zornig von innen gegen mich. Sie beharrt darauf, dass wir das ganze Gebäude und alle darin dem Erdboden gleichmachen.

Sie werden mich nicht in Ruhe lassen, bis ich …

Nein, nein, *nein*. Ich ziehe das Bild der schützenden Ranke fest um mich, doch die Macht zerrt weiterhin an mir.

Bei den Göttern, ich wünschte, ich könnte Julitas Gabe auf mich anwenden.

Ihr heiteres Lachen hallt durch meinen Kopf. *Es hat wirklich funktioniert. Den Göttern sei Dank! Ich bin so froh, dass ich ausnahmsweise etwas Echtes tun konnte.*

„Du warst ziemlich genial", raune ich ihr zu. Ich will nicht daran denken, was geschehen wäre, wenn ich mich nicht an sie hätte wenden können. Mein Magen rumort dennoch vor Entsetzen. „Wir sind immer noch ein gutes Team."

Als die letzten Worte meinen Mund verlassen, schallt hinter uns ein Schrei vom Hügel der Festung. Stavros und ich wechseln einen panischen Blick und rennen zu unseren Pferden, als hinge das Überleben der Welt davon ab.

Was leider sehr gut möglich ist.

ZWEIUNDDREISSIG

Rheave

Ivy beißt sich auf die Lippe, während sie durch den Raum tigert. Sie strahlt eine aufgewühlte Energie aus, seit sie und Stavros zurückgekehrt sind.

Ein winziges rotes Mal verunstaltet die blasse Haut ihres Halses. Ein Soldat hat dort ein Schwert an ihre Kehle gepresst.

Er wollte sie verletzen.

Meine Finger krümmen sich, da mich der Drang packt, aus dem Unterschlupf des Tempels und durch die Landschaft zu stürmen, bis ich diesen Schurken zerfetzen kann.

Ich hätte dort sein sollen, um sie zu beschützen. Allerdings konnte ich nicht gehen, weil es sie mehr Anstrengung gekostet hätte, mich ebenfalls zu tarnen. Stavros war derjenige, der wusste, was in der Festung getan werden musste.

Ich hätte es *schwieriger* für sie gemacht, nicht einfacher.

Das Wissen macht mich noch nervöser.

Ich blecke meine Zähne. „Sie sind alle Idioten. Sie hören nicht zu. Vielleicht verdienen sie es, mit Blutzauberei angegriffen zu werden."

Bei dem entsetzten Ausdruck, der über Ivys Gesicht huscht,

wünsche ich mir, ich könnte die Worte einfangen und wieder in meine Kehle stopfen.

„Wir sind in ihre Festung eingebrochen", erklärt sie. „Der Soldat, der mich gepackt hat, und diejenigen, die uns gefolgt sind … Sie haben nur ihre Arbeit gemacht."

Ein Knurren kriecht meine Kehle hinauf. „Nicht gut."

Stavros gluckst düster. „Wir sollten froh sein, dass sie keine bessere Leistung erbracht haben, andernfalls hätten wir es womöglich nicht sicher zurückgeschafft."

Casimir tritt hinter Ivy und legt seine Hände auf ihre Schultern. Er drückt sie und massiert sie mit sanften kreisenden Daumenbewegungen, woraufhin sie sich ein wenig entspannt.

Das hätte ich tun können. Es sieht nicht besonders schwer aus. Warum ist mir das nicht eingefallen?

Es gibt so viele Dinge, die sie braucht, und ich weiß nicht, ob ich in letzter Zeit irgendetwas davon getan habe.

Der Kurtisan deutet mit dem Kopf zur Wand in der Nähe. „Ich habe die Zeit recht gut genutzt, während ihr fort wart. Ich habe einige Gegenstände von vorbeiziehenden Händlern gekauft, die nützlich sein könnten."

Ich kann nicht anders, als über die Federn der Pfeile zu streichen, die Casimir mitgebracht hat und die in ihrem Köcher neben einem schlichten Bogen stehen. Wenigstens bin ich bereit, falls jemand in der Nähe ist, auf den ich schießen muss.

Er hat auch einige Geräte gekauft wie beispielsweise ein langes Metallrohr mit einem breiten Ende, das man ihm zufolge nutzen kann, um über große Entfernungen eine Warnung weiterzugeben. Außerdem hat er mehr Essen besorgt.

Ich drehe mich wieder zu Ivy um, da ich plötzlich eine Idee habe. „Du solltest etwas essen. Das Mittagessen ist längst vorbei. Casimir hat uns belegte Brötchen und Klöße gekauft."

Daran, dass Ivys Augen aufleuchten, erkenne ich, dass ich eine gute Entscheidung getroffen habe. Er kennt sie länger als ich – er hat sie in Zeiten beobachten können, in denen sie aussuchen konnte, was sie tatsächlich essen wollte, und sich nicht mit dem begnügen musste, was wir jagen oder pflücken konnten.

Sie setzt sich an den Tisch, den wir heute Morgen aufgebaut

haben, und Casimir greift nach der Schachtel mit seinen Einkäufen. Alek blickt von dort auf, wo er erneut sein Buch aus Briefen betrachtet hat, und rutscht näher, um sich ein belegtes Brötchen zu nehmen.

Ich bin nicht besonders hungrig, doch die Mischung aus buttrigem Gebäck und herzhaftem Fleisch zwischen den Brötchen ist sehr erfreulich. Es ist erstaunlich, wie viele Aromen die physische Welt umfassen kann.

Bevor ich mich in diesem Körper wiederfand, konnte ich sehen und hören, beachtete die Dinge jedoch nicht auf die gleiche Art. Bis zu einem gewissen Grad konnte ich die Textur der Dinge spüren, an denen ich vorbeiflitzte. Allerdings hatte ich überhaupt keinen Geschmackssinn.

Ich beuge mich vor, um mir noch ein Brötchen zu nehmen – und eine andere Empfindung brennt sich durch meinen Körper wie eine Angelschnur, die an meinem Geist zerrt.

Ich taumle mit einem Schrei zur Seite, den ich nicht zurückhalten kann. Magie bebt durch jeden Muskel in meinem Körper.

Es sind die Blutzauberer. Sie versuchen wieder, diesen Körper zu sich zu rufen. Ich darf nicht zulassen … Ich muss mich konzentrieren …

Doch obwohl ich anfange, mich auf den dünnen Teppich unter meinen Füßen und das Hämmern meines Herzens zu konzentrieren und mich daran zu erinnern, dass dieser Körper jetzt *mir* gehört, setzt mein Atem aus, da ich den Eindruck habe, dass es nicht reicht. Etwas ist dieses Mal anders.

Die Magie zerrt heftiger an mir – schleift mich allerdings nicht zur Tür. Sie schleudert mich herum und streckt meine Arme aus.

Meine Hand hat sich zu einer Faust geschlossen, ohne dass ich es bemerkt habe. Sie kracht gegen Stavros' Kiefer, der an meine Seite geeilt ist.

Er springt mit einem schockierten Grunzen zurück und die Energie meines Daimon-Geists knistert durch meine Nerven. Mein Körper wird von innen heraus eiskalt.

Ich könnte sie alle verbrennen, wenn es den Blutzauberern gelingt, mich dazu zu zwingen.

Ein panischer Schrei kommt über meine Lippen. Ich reiße mich von Stavros los, bevor meine Macht aus mir explodieren kann, aber mein Körper wendet sich Ivy zu.

Ein Bild blitzt hinter meinen Augen auf – ihr Gesicht ist verkohlt, ihre schlanke Gestalt ist geschwärzt.

Nein. Alles nur nicht das.

Ich schleppe mich mit einem Anflug von Verzweiflung davon. Meine Glieder schlagen um sich.

Energie knistert über die Wand und hinterlässt schwarze Brandmale.

Ich muss damit aufhören. Ich muss *sie* aufhalten.

Doch das Beste, was ich tun kann, besteht anscheinend darin, sicherzustellen, dass ich etwas anderes als meine Kameraden zerstöre.

Ich krache in die Regale mit dem Bettzeug. Schlafmatten und Decken purzeln zu Boden.

Die Magie, die mich antreibt, wirbelt mich herum. Ich werfe mich in die Drehung, sodass sie mich weiter wegbringt – weg von Ivy und den anderen.

Mein Körper knallt mit der Schulter gegen die Tür. Mehr Energie strömt aus meiner Haut, woraufhin das Holz zischt und zerbricht.

Ich platze mit einem Regen aus Holzsplittern in den Gang.

Der Aufprall vibriert durch meine Knochen. Mit einem weiteren Ruck schlage ich auf dem Boden im Gang auf.

Dort presse ich die Hände auf die Dielenbretter, wobei sich Holzstücke in meine Finger bohren. Ich schließe die Augen und vertreibe den schrecklichen Einfluss mit all meiner Kraft.

Das Toben der Magie in mir schwindet. Ich drücke auch die Seite meines Kopfs auf den Boden und nehme das Gefühl der harten Oberfläche in mich auf.

Das ist jetzt mein Körper. *Meiner.*

Als der Atem aus meiner Lunge bebt, eilen Schritte zu mir. Ich löse mich vorsichtig von dem schmutzigen Boden und stelle fest, dass meine vier Kameraden alle um mich herum stehen.

„Geht es dir gut?", fragt Ivy mit bleichem Gesicht.

Stavros sieht grimmig aus. „Das waren wieder die Blutzauberer, oder?"

Er hat einen roten Fleck auf seinem Kiefer. Ich muss ihn hart getroffen haben.

Schuldgefühle winden sich durch meinen Magen. „Es tut mir leid. Sie versuchten nicht, mich zu ihnen zu rufen, sondern zwangen mich, um mich zu schlagen. Sobald ich das realisierte, gab ich mein Bestes, keinen von euch zu verletzen."

Der große Mann reibt sich über den Kiefer. „Ich habe schon Schlimmeres überstanden."

Alek mustert mich mit angespanntem Gesicht. „Sie haben wahrscheinlich erkannt, dass es nicht funktionierte, dich zu rufen, weshalb sie dachten, dass sie dich benutzen könnten, um auf andere Art Schaden anzurichten. Glaubst du …"

Bevor er seine Frage beenden kann, schwingt die Tür am Ende des Gangs auf. Eine Frau in der Robe einer Priesterin eilt flankiert von zwei Gläubigen herein und bleibt wie angewurzelt stehen, als sie mich zwischen den Resten der Tür entdeckt. „Was in den Reichen stellt ihr mit unserem Tempel an?"

Casimir hält seine Hände hoch. „Wir entschuldigen uns vielmals, Eure Heiligkeit. Unser Freund war krank und hatte einen Anfall. Dieser ist jetzt verklungen."

Ich mag die Lüge nicht, habe jedoch gesehen, wie die Leute auf die Wahrheit reagieren, dass ich ein Daimon bin, weshalb ich um meiner Kameraden willen den Mund halte.

Die Priesterin tritt behutsam vor und späht in den Raum. Ich verziehe das Gesicht bei dem Gedanken an das Chaos, das ich angerichtet habe.

Sie atmet scharf und zischend durch ihre Zähne ein. „Das ist ein untragbares Verhalten für Gäste. Es kann niemand derart Störendes hier unterkommen. Ihr müsst sofort gehen."

Sie spannt sich an, als würde sie sich für einen unangenehmen Streit wappnen, doch Stavros senkt den Kopf. Er hält seine Handprothese hinter seinen Rücken, bemerke ich. „Wir werden unsere Sachen packen und vor dem nächsten Glockenschlag fort sein."

„Hier." Ivy tritt vor und Gold blitzt in ihrer Hand auf. Sie bietet die Münze der Priesterin an. „Um die Reparaturkosten abzudecken.“

Die Priesterin nimmt die Münze, starrt sie an und anschließend den Rest von uns. Mir kommt der Gedanke, dass sie sich wahrscheinlich fragt, warum Leute, die Goldmünzen bei sich haben, Schutz in einem Tempel suchen und nicht für eine herkömmliche Unterkunft bezahlen.

Womöglich habe ich noch mehr Schaden angerichtet, als ich sehen kann.

Die Entschädigung scheint die Frau zumindest vorübergehend zu besänftigen. Sie senkt den Kopf und eilt mit ihren Gläubigen im Schlepptau davon.

Stavros winkt uns zu dem zerstörten Zimmer. „Lasst uns schnell unsere Sachen packen. Wenn sie den Eindruck erhält, dass wir zögern, zu gehen, wird sie womöglich Hilfe rufen.“

Ich rapple mich auf und haste in den Raum. Meine Laune sinkt beim Anblick der Brandmale und der Regale, die zerbrochen sind. Mir war das nicht einmal bewusst, als ich gegen sie gekracht bin.

Ich hebe meinen Umhang, meinen neuen Bogen und die Pfeile sowie die älteren Kleider auf, die noch feucht vom Waschen heute Morgen sind.

Es dauert nur eine Minute, all unsere mageren Habseligkeiten einzusammeln. Wir eilen zu dem Stall, der an den Tempel angeschlossen ist und aus dem Ivy und Stavros die Pferde holen, die sie dort vor weniger als einer Stunde untergestellt haben.

Ivys Hengst schnaubt, als wir zu einem Wald in der Nähe gehen, als wäre er verärgert, dass wir seine Pause unterbrochen haben. Ich habe sogar das Leben der Tiere auf den Kopf gestellt.

Wir hatten endlich einen warmen, sauberen Ort zum Schlafen, wo Ivy nicht ständig arbeiten musste, um uns zu verstecken, und ich habe alles zerstört.

Eine düstere Stimmung, wie ich sie noch nie zuvor verspürt habe, legt sich über mich. Es fühlt sich an, als hätte sich eine dunkle, erstickend dichte Wolke herabgesenkt, um mich zu verschlingen.

Als wir zwischen die Bäume stapfen, senke ich den Kopf. Ein unbehagliches Gefühl der Entschlossenheit erfüllt mich.

Ich weiß, was ich tun sollte. Was ich vielleicht schon im ersten Moment hätte tun sollen, als ich erkannte, dass die Erschaffer dieses Körpers mich noch immer beeinflussen können.

Nach all dieser Zeit kann ich sie noch immer nicht anständig abwehren. Wie kann ich sagen, dass ich diesen Körper verdiene, wenn ich ihn nicht einmal daran hindern kann, die wenigen Leute zu verletzen, die mich akzeptiert haben?

Ich bin mir nicht sicher, wie viel Zeit verstreicht, bis Stavros seine Hand hebt, um uns aufzuhalten. „Ich glaube, wir haben genug Distanz zwischen uns und den Tempel gebracht. Wir wollen uns nicht zu weit von Iblin entfernen, da wir wissen, dass die Blutzauberer es nutzen, um an Vorräte zu gelangen. Wir können ein Lager aufschlagen und die Situation von hier beobachten.“

Wir stehen am Rand einer kleinen Lichtung, die von blattlosen Bäumen und einigen umgeben ist, die dunkelgrüne Nadeln haben. Casimir macht sich sofort daran, unsere Habseligkeiten auszupacken.

Ich lege meine feuchten Kleider und den Bogen ab, halte jedoch meinen Köcher fest. Eine Pfeilspitze wäre besser als ein Stock.

„Ich werde einen Spaziergang machen und mich vergewissern, dass keine Gefahr in der Nähe ist“, verkünde ich und ziehe los, bevor das jemand infrage stellen kann.

Ich laufe, bis ich meine Kameraden nicht mehr durch die Bäume sehen kann, und gehe noch ein Stück weiter, um auf Nummer sicher zu gehen. Der Wind peitscht durch die Äste über meinem Kopf und bringt einen frischen, wilden Duft mit sich, den ich mir einprägen möchte.

Wie gut werde ich mich an die körperlichen Erfahrungen erinnern, die ich genossen habe, wenn ich keine physische Präsenz mehr habe? Wird meine Existenz als Halb-Mensch verblassen, als hätte es sie nie gegeben?

Ich lehne meinen Köcher an einen Baum und ziehe einen der Pfeile heraus. Als ich beobachte, wie das Nachmittagslicht von der scharfen Metallspitze reflektiert, scheint sich mein Inneres zu verkrampfen.

Ich drehe den Schaft zwischen meinen Fingern und ringe schweigend mit mir.

Ich würde sie zurücklassen. Ich habe versprochen, sie zu beschützen.

Doch habe ich das wirklich geschafft oder habe ich sie nur immer wieder in größere Gefahr gebracht?

Es gibt noch so viel, worauf ich gehofft habe. So viel, dass meine Brust vor Sehnsucht und Reue wegen dem schmerzt, was ich getan *habe*.

Als ein Ast knackt, fahre ich herum.

Ivy bleibt mehrere Schritte entfernt stehen und ihr besorgter Blick heftet sich auf mich.

Sie ist mir so nahe gekommen, ohne dass ich es gehört habe. Ich weiß nicht, ob ich das auf meine Abgelenktheit oder ihre Fähigkeiten im Anschleichen schieben soll.

Als ich nicht spreche, kommt sie näher. „Was machst du da, Rheave?"

Es ist schwer, sich auf meine Absichten zu konzentrieren, wenn sie mich so ansieht.

Ich suche nach den richtigen Worten. „Es ist gefährlich, wenn ich bei euch bin. Ich ruiniere ständig alles."

Irgendwie wird ihr Gesicht noch trauriger. „Nichts davon war deine Schuld. Die Blutzauberer setzen dir so zu. Wenn wir uns mit ihnen befasst haben, wird das nicht mehr passieren."

„Aber wir wissen nicht, wie lange das dauern wird oder was sie davor noch tun werden. Wozu sie *mich* noch zwingen werden."

Ivy runzelt die Stirn. „Also warum bist du hierhergekommen? Dachtest du, du könntest einfach gehen? Du hast kein Essen mitgenommen … Du hast nicht einmal deinen Bogen mitgenommen …"

Ihr Blick gleitet von dem Köcher, den ich abgestellt habe, zu dem Pfeil in meiner Hand und sie wird stocksteif. „Rheave, du wolltest doch nicht … Ich dachte, du wolltest deinen Körper *behalten*."

Eine plötzliche, unerwartete Hitze wallt hinter meinen

Augen auf. Ich stelle fest, dass ich heftig gegen die Feuchtigkeit anblinzle, die sich dort zu sammeln beginnt. „Das will ich. Er ist unglaublich … ihn aufzugeben, ist jedoch die einfachste Lösung. Wenn ich diesen Körper nicht habe, wenn er nur Stücke aus gebrochenem Ton ist, können sie mich zu nichts mehr zwingen, was ich nicht tun will."

Ivy packt mein Gelenk der Hand, die den Pfeil festhält. „Ich würde dich nicht bitten, diesen neuen Teil deines Lebens aufzugeben, nur weil du ein paar Probleme damit hast. Keiner von uns würde das tun. Wir werden uns etwas anderes überlegen."

„Aber es passiert immer wieder, ganz gleich, was ich versuche. Ich kann nicht einmal erkennen, dass sie ihre Magie zu mir schicken, bis es zu spät ist."

Sie hält inne und mustert mich. „*Willst* du wieder nur ein Daimon sein? Damit du frei von all diesen Schwierigkeiten bist?"

„Nein!" Die Antwort bricht aus mir hervor, bevor ich sie zurückhalten kann. „Ich habe noch immer nicht … ich habe nichts getan, was wirklich eine Rolle spielt."

Ivy zieht die Brauen zusammen. „Was meinst du?"

Mein Frust schnürt mir die Brust zu. „Ich habe es zuvor nie verstanden … Menschen existieren nur so kurze Zeit im allgemeinen Gefüge der Welt. Aber ihr hinterlasst auf so viele Arten euer Mal in der Welt, wie ich es in der ganzen Zeit nicht getan habe, in der ich sorglos umhergewandert bin … Ich will einen Unterschied machen. Etwas zum Besseren ändern."

„Ich glaube, das hast du bereits getan", sagt Ivy leise. „Aber du *kannst* noch mehr tun."

Ein Kloß hat meine Kehle verstopft. Ich muss schlucken, um sprechen zu können. „Ich will eine Rolle spielen. Das ist jedoch egoistisch, oder? Ich sollte tun, was die Situation jetzt für die meisten Leute verbessern würde."

Ivys Hand spannt sich um meinen Arm an. „Ich glaube nicht, dass es das Beste wäre, diesen Körper zu töten. Denn du spielst bereits eine Rolle. Du bist mir wichtig."

Ich hebe den Blick und schaue forschend in ihr Gesicht. Sie

sieht noch immer traurig und besorgt aus und es schimmert noch etwas in ihren Augen, was ich nicht deuten kann.

Allerdings ist es nicht ganz das, wonach ich suche.

„Nicht so wie sie", widerspreche ich und neige den Kopf in die Richtung, aus der sie gekommen ist.

Ivys Mund verzieht sich. „Rheave …"

„Ich will dir *wirklich* wichtig sein."

Urplötzlich fühlt es sich wahnsinnig wichtig an, dass ich das viel deutlicher mache. Dass sie versteht, was sie mir bedeutet, bevor ich tue … was immer ich entscheide, zu tun.

Ich lasse den Pfeil aus meinen Fingern rutschen, als ich näher trete. Ich hebe eine Hand an ihre Wange und die andere zu ihren Haaren am Hals. Die Weichheit dieser Wogen an meinen Fingern zu spüren, sendet ein Kribbeln über meine Haut.

Sie ist so liebevoll, so stark und so gewillt, ihr Leben aufs Spiel zu setzen, um mich zu retten, ganz gleich in wie viel Gefahr ich mich und sie gebracht habe. Der unglaublichste Teil dieser unglaublichen Welt.

Ivy holt tief Luft, als wolle sie sprechen, doch ich fange als Erster an. „Ich will so für dich da sein, wie sie es sind. Ich will … ich will in der Lage sein, dich zum Lächeln und Lachen zu bringen, als würde es dein Leben besser machen, nur in meiner Nähe zu sein. Ich will dich anfassen können und möchte wissen, dass meine Präsenz dir ein Gefühl von Sicherheit vermittelt und dich glücklich macht. Es ist wie Magie, wie sie sich dir gegenüber verhalten … Wie du dich in ihrer Gegenwart verhältst … Ich weiß nicht, wie ich diese Art von Freude heraufbeschwören kann, aber wenn ich es wüsste, würde ich nie gehen."

Meine Finger fahren ihre Wange hinab zu ihrem Kiefer. Ein Beben durchläuft Ivys Körper.

Sie gibt einen erstickten Laut von sich, bevor sie auf die Zehenspitzen geht, um mit den Lippen über meine zu gleiten.

Oh. So – *so* soll Küssen sein. Die Empfindung unserer aufeinandergepressten Münder entzündet eine Hitze, die kein Vergleich zu den vorsichtigen Annäherungsversuchen ist, die ich zuvor an weniger intimen Stellen gewagt habe.

Ich umfasse ihren Kiefer und drehe meinen Kopf in dem Versuch, den Winkel zu finden, in dem unsere Lippen am perfektesten miteinander verschmelzen. Der Hauch eines Keuchens, das ihr zusammen mit ihrem Atem entfährt, vermischt sich mit meinem und sendet eine weitere Hitzewelle geradewegs zu dem Glied zwischen meinen Beinen.

Bei allen Göttern, es gibt so viel mehr, was ich will und mir jemals richtig bewusst war. Jeder Zentimeter meines Körpers sehnt sich danach, sich an ihren zu pressen, ihre Wärme aufzusaugen und die Weichheit ihrer Haut unter ihren Kleidern zu spüren.

Meine andere Hand fällt zu ihrer Taille und zieht sie instinktiv näher zu mir. Die Geste scheint Ivy allerdings zu erschrecken.

Sie stolpert rückwärts und Röte breitet sich auf ihrem Hals und ihren Wangen aus. Sie drückt eine Hand an ihre Lippen. „Ich …"

Dann scheint sie sich mithilfe ihrer typischen Kraft in den Griff zu kriegen. Sie reckt das Kinn, nimmt den Pfeil, den ich fallen gelassen habe, und schlingt sich den Köcher über die Schulter.

Sie fixiert mich mit einem festen Blick. „Du spielst eine große Rolle, Rheave. Du … du erinnerst mich daran, wie viel Freude eine Person in der Welt finden *kann*. Warum es wert ist, all diese Schrecken zu überstehen und dieses Land zu schützen. Es würde mir viel mehr wehtun, dich zu verlieren, als dir dabei zu helfen, mit den Arschlöchern fertigzuwerden, die deinen Körper gemacht haben. Bitte komm mit mir zurück."

In mir prallen so viele Emotionen aufeinander, dass ich Angst habe, mich zu bewegen. Sie ist zu mir gekommen – aber sie hat sich zurückgezogen. Ich bin mir nicht sicher, ob ich das Richtige tun kann, wenn ich so viel *will*.

Die Vorstellung, sofort zu den Männern zurückzugehen, die zu umarmen sie nicht zögern würde, wirft mich nur noch mehr aus der Bahn.

Ich befeuchte meine Lippen. „Ich werde kommen. Aber ich brauche … einige Minuten. Für mich. Um sicherzugehen, dass ich jetzt vollkommen die Kontrolle habe."

Ich sage nicht, was ich kontrollieren muss. Zu meiner Erleichterung fragt Ivy nicht nach.

Sie deutet mit einem entschlossenen Finger auf mich. „Das kann ich dir geben, allerdings musst du mir versprechen, dass du dir nicht wehtun wirst. Oder gehen wirst. Du kannst dir ein wenig Zeit zum Nachdenken nehmen, doch dann wirst du zum Lager zurückkehren und wir werden weiterhin Dinge tun, die eine Rolle spielen.“

Ich würde sie gerne fragen, ob die Dinge, die eine Rolle spielen, weitere richtige Küsse einschließen können, doch ich spüre, dass dies momentan keine kluge Gesprächsrichtung wäre. In den verworrenen Emotionen, die durch meine Adern beben, ist zu viel Freude und Licht, als dass ich auch nur in Erwägung ziehen könnte, meine ehemaligen Absichten durchzuziehen, bis ich gesehen habe, wohin das hier führen könnte. „Ich verspreche es. Ich werde nicht gehen. Ich würde niemals absichtlich etwas tun, was dir wehtun könnte.“

„Gut. Ich werde schauen, was alle anderen denken. Doch ganz gleich, was für einen Plan wir uns ausdenken, ich bin mir sicher, du wirst dabei ebenfalls eine Rolle spielen.“

Sie marschiert zwischen die Bäume davon. Ich starre ihr benommen hinterher.

Hat sie mich vom Rand einer Tragödie weggezogen – oder geradewegs auf eine neue zu geführt?

Dreiunddreissig

Ivy

Belustigung schwingt in Julitas koketter Stimme mit. *Nun. Der Daimon auch, hmm? Er sieht ziemlich gut aus, aber ich muss zugeben, dass ich das nicht kommen sah.*

„Ach, sei still", schimpfe ich, schiebe Rheaves Köcher auf meiner Schulter höher und spähe durch den Wald, um nach Anzeichen unseres frisch errichteten Lagers Ausschau zu halten.

Wegen dieses Kusses strömt nach wie vor Hitze unter meiner Haut – wegen der Art und Weise, wie sich die Hände des Daimon-Mannes über meinen Körper zu bewegen begannen …

Ich schiebe die Erinnerungen beiseite. Schuldgefühle haben den kurzen anfänglichen Anflug von Freude getrübt, der mit der Leidenschaft in seinen Worten einherging.

Ich habe meine Liebe bereits drei anderen Männern geschenkt. Drei Männer, die *mir* gestern Nacht ihre Liebe besonders eindrücklich gezeigt haben.

Wie konnte ich nur dem Impuls nachgeben, Rheave zu küssen? Ich glaube nicht, dass ich meiner Magie die Schuld an diesem Fehlurteil geben kann.

Das ist jedoch verrückt, oder nicht? Er ist ein altersloses Geistwesen in einem heraufbeschworenen Körper. Ich weiß nicht einmal, wie ich es erklären soll.

Verflucht. Wie kann ich ihnen jetzt in die Augen schauen?

Doch ich muss es tun. Für sie und für Rheave.

Ich weiß zwar nicht, was ich von all den Gefühlen halten soll, die er in mir aufgewühlt hat, doch ich bin mir vollkommen sicher, dass ich nie wieder sehen will, wie er an den Rand der Verzweiflung gebracht wird. Er muss wissen, dass wir ihn alle hier haben wollen.

Als ich den Rand der kleinen Lichtung erreiche, die Stavros ausgesucht hat, blicken die drei Männer alle von dem Unterschlupf auf, den sie unter der Anleitung des ehemaligen Generals aus Ästen zu bauen begonnen haben.

Casimirs Stirn legt sich in Falten, als er die Pfeile mustert, die ich trage. „Was ist mit Rheave passiert? Kommt er nicht zurück?"

„Das tut er", antworte ich und stelle den Köcher neben den Bogen. „Er war aufgebracht nach dem Vorfall beim Tempel, da er das Gefühl hatte, er hätte uns in eine schlimme Lage gebracht. Er hat darüber nachgedacht ..." Meine Kehle schnürt sich kurz zu, bevor ich die Worte herauszwinge. „Seinen Körper zu töten, damit die Blutzauberer ihn nicht mehr kontrollieren können."

Alek springt auf die Füße und Kummer huscht über sein dunkles Gesicht. „Das sollte er nicht tun. Er hat jetzt genauso sehr ein Recht, zu leben, wie jeder andere von uns."

Seine sofortige Unterstützung wärmt mich trotz des Rumorens in meinem Magen. „Das habe ich ihm so gut wie möglich erklärt. Ich glaube, er hat bereits mit der Entscheidung gerungen ... Er wollte es eigentlich nicht durchziehen. Er nimmt sich noch ein wenig Zeit, um sich zu sammeln, aber ich habe ihn gezwungen, mir zu versprechen, dass er in einem Stück zurückkehrt."

Casimirs Blick gleitet über mich und seine tiefblauen Augen verdunkeln sich vor Sorge. „Und wenn er das tut, werden wir alles in unserer Macht Stehende tun, um ihm zu versichern, dass wir alle seine Gesellschaft schätzen. Ich bin froh, dass du ihn beruhigen konntest, es muss jedoch schwer gewesen sein, das zu sehen. Es tut mir leid, dass du dich allein damit auseinandersetzen musstest. Ich könnte ihn jetzt suchen und mit dem Rest des Gesprächs anfangen."

Meine Haut juckt vor Verlegenheit. Großer Gott filetiere und frittiere mich, ich darf nicht zulassen, dass Casimir sich bei mir entschuldigt, wenn ich diejenige bin, die es vermasselt hat.

„Ich glaube, wir sollten ihm ein wenig Freiraum geben", erwidere ich. „Er hat um etwas Zeit für sich gebeten."

Stavros runzelt die Stirn. „Bist du dir sicher, dass er jetzt nichts Drastisches tun wird?"

„Ich glaube seinem Versprechen."

Dem Blick, mit dem er mich ansah, als er sagte, dass er mir niemals absichtlich wehtun würde. Die Erinnerung an seine strahlenden Augen, die sich in mich brannten.

Ich sinke auf einen umgefallenen Baumstamm am Rand der Lichtung. Das einzig Ehrenhafte, das ich tun kann, ist die Wahrheit auszuspucken.

„Es gibt noch etwas. Als ich mit ihm sprach, wurde er so emotional, und ich wollte ihm einfach zeigen, wie viel mir alles bedeutet, was er getan hat … Ich weiß nicht …"

Stavros wendet sich mir komplett zu und die Falten auf seiner Stirn vertiefen sich. „Was ist los, Ivy?"

Ich schaue auf meine Hände hinab. „Ich küsste ihn. Es tut mir leid. Es sollte nur ein kurzer Kuss werden … nicht, dass das zwangsläufig in Ordnung wäre … er hat den Kuss jedoch erwidert und er dauerte etwas länger. Dann wurde mir bewusst, dass ich mich wie eine Idiotin benehme, und zog mich zurück, aber … was geschehen ist, ist geschehen."

Es entsteht ein Moment der Stille. Sie wird von einem leisen Lachen unterbrochen, das über Casimirs Lippen purzelt.

Mein Blick zuckt überrascht nach oben.

Der Kurtisan schüttelt den Kopf über mich und nichts außer Zuneigung zeigt sich auf seinem Gesicht. „Ich habe mich gefragt, wann es dazu kommen würde."

„Du dachtest … Aber ich bin mit euch dreien zusammen …"

„Ich glaube nicht, dass einer von uns mit dem Niveau der

Hingabe des Daimons mithalten kann", entgegnet Casimir leichthin. „Er hat seine Hingabe für dich Dutzende Male bewiesen. Und er hat sich im Lauf der Zeit als wichtiger Teil dieser Gruppe erwiesen, glaube ich. Er hat eine andere Art von Licht mitgebracht. Ich bin nicht überrascht, dass du dich zu ihm hingezogen fühlst."

Es ist leicht für ihn, alles so locker zu sehen, wenn er bereits Dutzende, vielleicht sogar hunderte Liebhaber hatte. Er hat nie im Geringsten gezögert, zu teilen.

„Ich hätte trotzdem nicht derart ausleben sollen, was ich empfinde." Ich sehe Alek und Stavros an. „Ich will ihn nicht *anstelle* von euch. Ich weiß nicht einmal, wie sehr ich *ihn* tatsächlich will. Nichts anderes muss passieren. Ich war so glücklich mit dem, was wir haben … Ich will das nicht ruinieren."

Alek zögert und spricht schließlich in vorsichtigem Ton. „Was genau empfindest du für ihn?"

Ich fahre mit den Fingern durch meine Haare, die von dem morgendlichen Ritt zerzaust sind. „Das weiß ich auch nicht so recht. Ich habe mir nicht erlaubt, dem viel Aufmerksamkeit zu schenken … Ich hatte genügend andere Dinge, wegen denen ich mir Sorgen machen musste. Es gab Momente, in denen ich mich zu ihm hingezogen fühlte. Ich weiß es zu schätzen, wie viel er uns geholfen hat. Die Art, mit der er die Welt betrachtet, ist besonders. Aber … Götter steht mir bei, er ist nicht einmal ein Mensch."

„In mancherlei Hinsicht ist er das jetzt", sagt der Gelehrte. „Er ist mehr als ein Daimon. Und Casimir hat recht … Er ist während unserer Zusammenarbeit auch ein Teil von … dem geworden, was immer wir sind. Ich vertraue ihm. Ich respektiere sein Urteil, auch wenn es manchmal merkwürdig ist."

Ich starre ihn an. „Worauf willst du hinaus?"

Alek schenkt mir ein verlegenes Lächeln. „Du bist mit uns dreien zurechtgekommen. Falls du beschließt, du könntest auch etwas Echtes mit Rheave haben, würde ich das verstehen. Ich wäre nicht sauer. Es kommt mir falsch vor, ihn aus diesem einen Aspekt dessen auszuschließen, was wir gemeinsam haben, wenn es das ist, was ihr am Ende beide wollt."

Ich hege keinerlei Zweifel daran, dass Rheave es wollen würde. Zumindest die körperliche Seite. Was wissen Daimon über echte Beziehungen, Romantik und dergleichen?

Sein Gesichtsausdruck, als er davon sprach, wie sehr er mir wichtig sein will, wie sehr ich ihm wichtig bin … Es war die Emotion auf seinem Gesicht und in diesen Worten, die mich anzog.

Er war immer wunderschön, doch ich hatte keine Ahnung, dass etwas so Intensives in seinem Kopf vor sich ging.

Argh. Das ist so lächerlich. Ich habe so viele wichtigere Probleme, zu klären.

Ich presse meinen Handballen an die Schläfen. „Wenn niemand sauer auf mich ist, ist es vermutlich einfacher, wenn wir so tun, als wäre es nie passiert. Ich werde dafür sorgen, dass es nie wieder passiert."

„Aber es ist passiert."

All unsere Blicke schnellen zu Stavros. Der ehemalige General sieht nur mich unbeirrt an.

Ich kann seinen Gesichtsausdruck nicht deuten, mein Herz beginnt jedoch, zu sinken.

Er hat sich am meisten gegen Rheaves Präsenz in unserem Leben gesträubt. Er hatte die größten Schwierigkeiten damit, seine Gefühle für mich zu akzeptieren. Ich glaube nicht, dass einer von uns weiß, wie er auf diese Situation reagieren wird.

Ohne ein weiteres Wort schließt er die kurze Distanz zwischen uns und nimmt mein Gesicht in seine Hände, zwischen Fleisch und Metall. Ehe ich mich versehe, hat sein Mund meinen verschlossen.

Er küsst mich tief und verweilt in dem Moment, bis ich mich kaum noch daran erinnern kann, dass es jemand anderen in der Welt gibt, geschweige denn jemanden, den ich ebenfalls küssen will. Als er zurückweicht, fallen seine Hände auf meine Schultern.

Einer seiner Mundwinkel biegt sich nach oben. „Du hast offensichtlich gedacht, dass ich nicht genug Konkurrenten um deine Zuneigung habe. Du bist wirklich fest entschlossen, mich dafür arbeiten zu lassen, hmm, edle Diebin?"

Hitze schießt mir in die Wangen. „Ich habe nicht absichtlich …“

Er gluckst und drückt mir noch einen Kuss auf die Stirn. „Ich weiß. Und ich habe doch gesagt, dass ich möchte, dass du öfter egoistisch bist, oder nicht? Vielleicht habe ich dich nicht oft genug an diese Tatsache erinnert. Ich werde jetzt nicht anfangen, dich einzusperren, wenn es mehr Glück gibt, das du finden könntest.“

Mein Herz hämmert plötzlich doppelt so schnell. „Du sagst wirklich …“

Als ich den Rest meiner Worte nicht finden kann, beantwortet er die unausgesprochene Frage. „Du bist dir nicht sicher. Das ist in Ordnung. Wir werden sehen, wie es läuft. Aber du bist es auf jeden Fall würdig, vier Liebhaber zu haben. Wie Casimir vermutlich sagen würde, solltest du all die Freude haben, die du im Leben kriegen kannst, solange sie erhältlich ist.“

Etwas an seinem Ton und diesem letzten Satz löst einen Schmerz in meinem Bauch aus. Keiner von uns weiß, wie lange wir noch leben dürfen, und mein Leben war immer besonders in Gefahr.

Ist das der einzige Grund, aus dem er seine Zustimmung gibt? Weil er denkt, ich muss so viele Erlebnisse wie möglich in die wenige Zeit stopfen, die mir noch bleibt?

Ich habe das Gefühl, dass Julita in meinem Kopf strahlt. *Ich wusste, dass ich gut gewählt habe. Abgesehen von der Sache mit Benny. Drei von vier exzellenten Männern ist immer noch ein ziemlicher Erfolg.*

Ich schlucke das Lachen, das meine Kehle hinaufkitzelt.

Bevor ich mir überlegen kann, was ich als Nächstes sagen soll, sorgen ein Schrei und ein Krachen dafür, dass ich aufspringe.

„Rheave?“, ruft Casimir, als wir alle in die Richtung des Geräuschs rennen.

Die fortwährenden Kampfgeräusche machen es leicht, den Daimon-Mann fünfzig Schritte entfernt hinter einem zitternden Busch zu finden. Als wir ihn erreichen, fixiert Rheave gerade die Hände des Mannes, den er zu Boden gerungen hat.

„Er ist wie ich", verkündet er mit vor Anstrengung leicht abgehackter Stimme. „Daimon in einem heraufbeschworenen Körper. Er muss vom Marsch sein."

Mein Herz macht einen Satz. Wir versammeln uns um den gefallenen Mann, der aufsässig zu uns aufstarrt.

„Was machst du hier?", will Stavros wissen.

Der flache Ton des Mannes klingt sehr stark wie Rheave, als ich ihm das erste Mal auf der Akademie begegnet bin. „Ich bin dir keine Rechenschaft schuldig."

Rheave schaut ihn böse an. „Du bist auch denen keine Rechenschaft schuldig, die diesen Körper gemacht haben. Dein Geist gehört immer noch dir. Du kannst den Körper beanspruchen und sie abschütteln. Ich habe es getan."

Sein Gefangener blinzelt ihn an. „Nein. Du musst …" Eine drängendere Note durchbricht die Leugnung. „Sie haben mir gesagt, dass ich die Gegend auskundschaften und Bericht erstatten soll. Ich …" Seine Stimme wird erneut flach. „Lasst mich gehen. Ihr habt keinen Grund, mich festzuhalten."

Alek schnaubt leise. „Oh, ich würde sagen, wir haben eine Menge Gründe."

Ich knie mich neben den Kopf des neuen Daimons. „Wie nah ist der Marsch? In welcher Richtung von hier?"

Was immer der Daimon an Freiheit zurückerlangen konnte, hat er wieder verloren. Sein Mund bleibt geschlossen.

Rheave sieht sich um und deutet mit dem Kinn in eine Richtung. „Er kam aus dieser Richtung. Sie können nicht besonders weit weg sein, wenn er in der Lage war, zu Fuß hierher zu kommen, oder?"

„Ich denke nicht", erwidert Stavros düster. Er betrachtet den Mann. „Wenn du uns erlaubst, dir zu helfen, werden wir unser Bestes geben. Aber wir können nichts tun, solange du mit ihnen arbeitest."

Der Mann wehrt sich gegen Rheaves Griff. „Ich brauche eure Hilfe nicht."

Casimir legt seine Hand an meine Haare. „Was sollen wir mit ihm tun? Wir können ihn nicht zum Marsch zurückkehren lassen."

Allerdings sind wir auch nicht in einer Position, Gefangene

zu machen. Mein Magen verknotet sich, während ich nach einer Lösung suche …

Rheave neigt den Kopf. „Ich werde dich aus den Fesseln entlassen, die sie dir aufgezwungen haben."

Als die letzten Worte seine Lippen verlassen, knistert Energie aus ihm. Sie schwärzt den Mann unter ihm kurz, bevor der Körper zu dem Ton erstarrt, aus dem er gemacht wurde.

Ein kurzes Schimmern, das nur ein Beben des Sonnenlichts gewesen sein könnte, flitzt außer Sichtweite. Ich schätze, das ist die andere Möglichkeit, einen Daimon zu befreien.

Rheave setzt sich auf seinen Po. Kurz sieht er erschöpft aus.

Ich weiß, dass er denkt, seine Brüder sind in ihrem natürlichen Zustand besser dran, als wenn sie der Kontrolle der Blutzauberer unterstehen. Dennoch fühlt es sich bestimmt nicht gut an, die Gelegenheit zu zerstören, ihre neuen Körper so zu genießen, wie er es tut.

„Es tut mir leid", sage ich.

Er sieht mich an und der Schatten eines Lächelns, der über sein Gesicht huscht, erinnert mich an seine liebevollen Worte und den begierigen Druck seines Körpers an meinem. „Es musste getan werden. Ich bin froh, dass ich mich allein mit ihm befassen konnte."

Er steht schlagartig auf und legt die Arme in einer festen Umarmung um mich. „Ich bin zurückgekommen, wie ich es versprochen habe."

Mein Herz setzt einen Schlag aus, als sich seine Wärme und sein Waldduft um mich legen. Hinter mir erklingt ein leises Glucksen, das zu Casimir gehört, glaube ich.

Ich bin innerlich noch zu aufgewühlt, um zu wissen, wie weit ich auf die Zuneigung eingehen möchte, die der Daimon-Mann mir beharrlich anbietet, oder ob ich überhaupt darauf eingehen möchte. Allerdings bin ich erleichtert, dass er sein Versprechen gehalten hat.

Selbst wenn nie wieder etwas Intimes zwischen uns geschieht, möchte ich ihn nicht verlieren, vor allem nicht wegen eines fehlgeleiteten Gefühls, Märtyrer sein zu müssen.

Also lehne ich den Kopf kurz an seine Schulter, lege meine Hände auf seine Seiten und löse mich langsam von ihm. Ich zwinge mich, in seine überirdischen blau-grünen Augen zu schauen. „Danke schön. Ich möchte nicht, dass du das jemals wieder tust. Es macht die Dinge nur schlimmer, nicht besser. Keiner von uns möchte, dass du gehst."

„Das stimmt", bestätigt Stavros in seinem herrischen Militärton. „Wir sind jetzt unser eigenes Geschwader und du hast genauso viel beigetragen wie der Rest von uns. Gemeinsam sind wir stärker."

Casimir tritt vor, um Rheaves Schulter zu packen. „Eine Sache, die du über Menschen wissen solltest, ist, dass wir alle Fehler machen. Niemand geht durch das Leben, ohne irgendeinen Schaden anzurichten, aus Versehen oder anderweitig. Wir werden dich nicht dafür verurteilen."

Rheaves Augen werden groß. Sein Blick gleitet zu Alek, der mit einem kleinen, jedoch warmen Lächeln nickt. „Ich kann mir nicht vorstellen, dass wir ohne dich weitergehen."

Der Mund des Daimon-Mannes formt sich im Gegenzug zu einem zaghaften Lächeln. „Ich bin so froh, dass ich an eurer Seite leben darf. Ich würde damit sehr gerne weitermachen."

Ich widerstehe dem Drang, ihn erneut zu umarmen. „Dann lasst uns alle nachschauen, was die Blutzauberer aushecken."

Wir gehen zurück zu unserem neuen Lager, damit Rheave seinen Bogen und seine Pfeile holen kann. Tief einatmend konzentriere ich meinen Verstand auf das mittlerweile vertraute Muster, mit dem ich unsere Körper vor den Blicken anderer verschwinden und an einem anderen Ort erscheinen lasse, wo sie wahrscheinlich keiner bemerken wird.

Als ich spüre, wie die Magie aus mir sickert, um meine Arbeit zu erledigen, spanne ich mich an, verdränge diese Sorgen allerdings.

Es ist nur ein wenig Macht, die ich benutze. Ich mache das schon seit Tagen, ohne dass es meinen Verstand benebelt hat.

Außerdem können wir wohl kaum vollkommen sichtbar zum Marsch des Ordens der Wildheit gehen und eine freundliche Begrüßung erwarten.

Wir treten aus dem Wald und überqueren das Feld dahinter. Ein Wagen holpert links von uns über die Straße, doch ansonsten ist keine Spur einer menschlichen Präsenz zu sehen.

Was natürlich nichts bedeutet, wenn es um die Blutzauberer geht.

Gerade als die Stadtglocke zur fünften Stunde des Nachmittags schlägt, streift das erste Kribbeln von Magie meine Haut. Ich bleibe stehen, nehme die Empfindung wahr und passe meinen Kurs an.

Die Männer folgen dicht hinter mir. Ich gehe etwas weiter nach rechts, dann wieder nach links, wobei ich mich schrittweise daran orientiere, wo sich die Empfindung verstärkt und verblasst. Nach ein oder zwei Minuten bin ich mir sicher, dass wir geradewegs auf die Magiequelle zugehen.

Als wir über das gelbliche Wintergras und eine Baumgruppe stapfen, wird die Aura von Magie stärker. Einige Schritte hinter den Bäumen auf einer weitläufigen Lichtung dringt das Kribbeln direkt in meine Knochen.

Ich bleibe wieder stehen und mache eine Geste, um die anderen zu warnen, dass wir das Lager beinahe erreicht haben. Dann gehe ich einen vorsichtigen Schritt nach dem anderen weiter.

Es braucht fünf weitere Schritte und mit dem letzten materialisiert sich das Lager vor meinen Augen.

Ein Ordensmitglied hält so nah zu meiner Rechten Wache, dass ich ihn berühren könnte, wenn ich mich zur Seite neigen würde. Mit stockendem Puls gehe ich weiter in die andere Richtung, um uns ein wenig Raum zum Atmen zu verschaffen.

Im restlichen Lager eilen Männer und Frauen umher. Es sieht aus, als wären sie gerade erst angekommen. Es wurden noch keine Zelte aufgebaut, die Pferde sind noch gesattelt und stehen zwischen ihren potenziellen Reitern. Nur ein paar Lagerfeuer in der Mitte des Bereichs brennen in der Nähe von drei abgedeckten Wagen, in denen sich vermutlich die Opferkomplizen befinden.

Als ich die Aktivität betrachte, sinkt mein Herz. Haben sich noch mehr Blutzauberer und ahnungslose Betrogene dem Marsch angeschlossen, seit wir ihn vor einigen Tagen zuletzt gesehen haben? Es müssen über eintausend Gestalten hier sein, die in diese und jene Richtung eilen.

Das ist vielleicht nicht viel im Vergleich zur gesamten

königlichen Armee, doch der Großteil dieser Armee ist nicht *hier*. Und keiner der Soldaten ist richtig darauf vorbereitet, es mit der Macht der Blutzauberei aufzunehmen.

Fuck.

Alek tritt neben mich. Er stupst meinen Arm an und deutet zu einer Gruppe bei einer der Karren.

Die Leute dort holen alle Objekte aus dem Karren ... und kleiden sich in eine Mischung aus gepolsterten Westen, Kettenhemden und Holz- oder Metallhelmen.

Meine Lunge zieht sich zusammen. Als mein Blick eindringlicher über das Gelände schweift, bemerke ich eine Frau, die einer kleinen Gruppe Zuschauer Merkmale auf einer Karte zeigt.

„Sie bereiten sich bereits auf den Kampf vor", murmle ich.

Stavros runzelt die Stirn. „Den Anschein macht es jedenfalls."

Falls wir noch Zweifel hatten, so schallt von irgendwo auf der anderen Seite Borys Stimme durch das Lager, wo ich ihn nicht sehen kann. „Auf geht's! Je schneller wir den letzten Marsch hinter uns bringen, desto weniger vorbereitet wird König Konram sein."

Julitas Präsenz zuckt in meinem Hinterkopf zusammen.

Ich versteife mich und mein Magen schlingert. „Sie werden heute Nacht angreifen. Es kann auf keinen Fall bereits Verstärkung eingetroffen sein."

Stavros' Gesicht ist grau geworden. „Wir müssen Alarm schlagen. Es sind Truppen in der Gegend ... einheimische Wachen ... sie würden nicht lange brauchen, um hierher zu reiten. Die meisten dieser Leute sind noch nicht einmal bewaffnet. Wenn wir *sie* angreifen, solange sie nicht vorbereitet sind ... Wir können sie wenigstens aufhalten."

„Und es wird deutlich sein, dass die Bedrohung echt ist", fügt Casimir hinzu. „Aber wie sollen wir jemanden hierherholen, damit er uns hilft, wenn diejenigen nicht einmal eine versammelte Armee sehen werden?"

Mein Herz schlägt noch schneller und ein übelkeitserregendes, jedoch sicheres Gefühl der Entschlossenheit steigt in meiner Brust auf. „Casimir, du hast dein neues Horn mitgebracht, oder?"

„Ja, aber das wird nichts nützen, wenn niemand das Problem sehen kann, den es herruft."

„Überlass das mir." Ich wende mich an Stavros. „Hol eines der Pferde und reite zur Stadt oder zur nächsten Festung. Alarmiere, wen du kannst, und schicke sie hierher. Wenn sie in Sichtweite sind, werde ich den Rest übernehmen."

Stavros wirft mir einen gequälten Blick zu. „Bist du dir sicher?"

Ich ignoriere das Grauen, das sich in meinem Bauch sammelt, und gebe ihm einen Schubs. „Ja. Geh, bevor es zu spät ist, um irgendetwas zu tun."

Der ehemalige General hebt seine Faust und ich tippe sie automatisch gemeinsam mit den anderen Männern an. Als er zurück zu unserem Lager rennt, sende ich ihm meine Magie hinterher.

Sobald er außer Sichtweite ist, reiße ich den Machtstrom zu mir zurück. Die anderen Männer versammeln sich um mich.

Ich berühre Rheaves Arm. „Wir werden nichts tun, um Aufmerksamkeit zu erregen, bis wir Verstärkung haben. Doch wenn ich das Signal gebe, kannst du anfangen, auf jeden zu schießen, der ein Daimon ist. Und jeden, den du Befehle erteilen siehst."

Er schüttelt den Bogen von seiner Schulter und holt einen Pfeil heraus. Sein hübsches Gesicht ist vollkommen entschlossen. „Ich werde so viele wie möglich ausschalten."

Als Nächstes greife ich nach Alek und Casimir. „Ihr zwei müsst auch mit euren Waffen bereit sein. Wenn ihr in der Nähe bleibt, kann ich uns vermutlich tarnen, während ich weitere Magie wirke ... Die Unsichtbarkeitswirkung erfordert nicht mehr viel Konzentration ... Sie könnten jedoch feststellen, wo meine Macht herkommt. Ich werde mich nicht darauf konzentrieren können, mich zu verteidigen."

Trotz seines vergangenen Zögerns zückt Alek sofort sein Messer. Casimir zieht ebenfalls seinen Dolch aus der Scheide.

All meine Männer sind in diesem Kampf bei mir. Ich muss nur sicherstellen, dass ich *sie* nicht im Stich lasse.

Doch wir müssen warten, bis wir Verstärkung der ein oder anderen Art kriegen. Wir können es nicht allein mit eintausend Möchtegernsoldaten aufnehmen.

Oder vielleicht könnte ich das tun, ich kann jedoch bereits spüren, wie ein Schauder meine Gedanken durchfährt, nur weil ich mich auf das vorbereite, was ich gleich tun werde. Selbst wenn ich all diese Leute willkürlich abschlachten wollen würde … Ich bin mir ziemlich sicher, dass ich mich dabei selbst verlieren würde.

Und das könnte noch schlimmer für das Königreich sein, als den Blutzauberern zu erlauben, es anzugreifen.

Die Sonne sinkt hinter die Baumwipfel. Die Mitglieder des Ordens der Wildheit verteilen ein schnelles Abendessen. Schweiß läuft mir unter dem Umhang über den Rücken.

Hinter uns erklingt ein Brüllen zusammen mit dem Trappeln Dutzender Hufe. „Hier entlang!"

Ich ziehe Luft in meine verkrampfte Lunge. „Jetzt!"

Dann schleudere ich eine Woge meiner Macht vor – nicht auf die Leute im Lager, sondern auf den Nebel der Magie, die es umgibt.

VIERUNDDREIßIG

Ivy

Die Macht, die ich aus mir katapultiert habe, schießt durch die Tarnzauber der Blutzauberer wie ein Pferd, das durch Nebel galoppiert. Das ist nicht das, was ich brauche.

Ich zügele meine Magie und zwinge sie, mit dem Nebel zusammenzustoßen. Sie soll die gegnerische Magie reduzieren, welche die Armee des Ordens der Wildheit versteckt. Sie soll sie der ganzen Welt enthüllen.

Ich weiß nicht, welche Konsequenzen meine Macht erschaffen würde, wenn ich sie sich selbst überlassen würde, weshalb ich meine übliche Technik anwende, bloß umgekehrt.

Wenn ich uns unsichtbar mache, lasse ich ein Echo unserer Formen irgendwo anders erscheinen.

Wenn ich die Wolke der Unsichtbarkeit, die um den Marsch liegt, *weg*nehme, werde ich diese Unsichtbarkeit an einen anderen Ort schicken.

Als ich meine Magie gegen die dicke Barriere um uns herum schiebe, konzentriere ich mich ebenfalls auf den Wald am gegenüberliegenden Rand des Lagers. Empfindungen beben durch meine Seele, als der Nebel anfängt, sich zu zerstreuen – und zur selben Zeit werden die Bäume am Waldrand unsichtbar.

Ich bin mir vage der Männer bewusst, die sich rings um mich herum bewegen. Rheave feuert einen Pfeil nach dem anderen auf die versammelten Körper ab. Alek und Casimir positionieren sich vor mir.

Ich greife den Tarnzauber erneut an und halte meinen Fokus, obwohl Alarmschreie erklingen und durch das Lager der Blutzauberer schallen. Obwohl flackernde Bilder am Rand meines Sichtfelds erscheinen, die Panik durch meine Nerven senden, als würde mich jemand angreifen.

Niemand ist da. Falls jemand da wäre, würden meine Männer denjenigen abwehren.

Ich darf jetzt nicht auf die Tricks meines Verstands reinfallen.

Die Bäume am Waldrand verschwinden komplett. Ich kann nicht erkennen, wie viel von dem Nebel ich aufgelöst habe, solange ich selbst darin stehe.

Wie nah sind Stavros und die Soldaten, die er gerufen hat?

Zumindest unsere Feinde haben anscheinend erkannt, was los ist, denn schlagartig schubst mich der magische Nebel zurück. Er trifft mich so plötzlich, dass ich wegen des Aufpralls schwanke, da ich nicht vorbereitet war.

Die Bäume erscheinen wieder. Meine Magie zieht sich zusammen und windet sich.

„Ivy?", fragt Casimir in sorgenvollem Ton.

Ich keuche. „Ich bin okay. Nur … sie wehren sich mit ihrer Zauberei. Ich konnte ihre Magie nicht komplett wegfegen."

Ich balle meine Hände an den Seiten zu Fäusten und schleudere meine Macht mit mehr Kraft vor.

Ein unsichtbarer Druck sticht aus verschiedenen Winkeln auf mich ein. Ich habe das Gefühl, dass jemand am anderen Ende dieser Magie um sich schlägt, weil er nicht weiß, wer der Gegner ist, allerdings meinen Angriff auf ihren Zauber zu mir zurückverfolgen kann.

Ich kann den Zauber auflösen. Ich muss es tun.

Blutzauberei ist auf die Opfer ihrer Unterstützer begrenzt. Zerrissene Zauberei kann alles tun.

Solange die Person, die sie benutzt, den Preis bezahlt.

Ich presse die Zähne zusammen. Ein Knurren dringt zwischen ihnen hervor, als ich meinen Willen nach vorne dränge.

Ich zerreiße die Magie, die das Feld tarnt. Spüle sie weg, als wären wir Teil einer großen Sturzflut.

Ich werde mich nicht abschütteln lassen. Ich werde mich nicht aufhalten lassen.

Julitas Stimme bebt durch meine Gedanken. *Ivy, bist du dir sicher, dass das nicht zu viel ist? Es arbeiten so viele gegen dich …*

Ich blende sie ebenfalls aus und verenge meine Konzentration noch stärker.

Der tarnende Nebel scheint bei meinem Angriff zu schlingern. Er wogt und erbebt, Nebelfetzen entziehen sich meinen Versuchen, sie aufzulösen.

Alek regt sich vor mir und brüllt einen Namen. „Ster. Torstem Dymasek aus Florian … ein Blutzauberer, tot." Noch einer. „Wendos Hubarek aus Nikodi … ein Blutzauberer, tot. Wie viele von euch werden sich ihnen heute anschließen?"

Welche Strategie er auch versucht, sie könnte es wert sein. Ein Beben geht durch die Magie, die sich mir entgegendrängt und verringert ihre Wucht.

Mit erneuter Entschlossenheit schlage ich mit meiner eigenen Macht auf den tarnenden Nebel ein.

Alek brüllt weiterhin Namen – andere Leute, von denen er aufgrund seiner Nachforschungen vermutet, dass sie Blutzauberer waren, und die ebenfalls tot sind? Die Schreie ringsum verschmelzen zu einem trällernden Brüllen.

Nur noch ein wenig. Nehme ihre Verteidigung auseinander. Halte sie auf. *Halte* sie auf …

Eine neue Woge Magie kracht über uns zusammen.

Die enorme Wucht schlägt mir in den Magen. Ich zische, stolpere und mir entgleitet die Kontrolle.

Die magische Woge, die ich ausgestoßen habe, fegt durch das ganze Lager, wirft Männer und Frauen um, zerschlägt

Wagenräder und zerreißt die Zügel von Pferden, die daraufhin fliehen.

Und es gibt noch mehr Feinde – es kommen mehr. Stimmen sind überall, Schwerter blitzen auf. Ich muss sie alle zerstören, bevor sie …

Meine Magie schnellt zur Seite, bevor ich diese Gedanken richtig verarbeitet habe. Sie kracht in eine Gruppe aus blau uniformierten Gestalten auf Pferden, welche die Straße entlang galoppieren.

Körper fliegen von ihren Reittieren. Jemand schreit, als ihn ein falsch gesetzter Huf erwischt.

Ja, zerstöre sie alle. Zerstöre alle, die …

Ich schlage meine Hand an die Seite meines Kopfs.

Nein. Das waren die Soldaten, die *mit* uns gegen die Verräter kämpfen wollten, keine weiteren Angreifer.

Meine Macht stürzt sich erneut auf sie und wirft eines der Pferde auf seine Knie. Ich schleudere mich nach hinten, meine Gedanken wirbeln wild durcheinander, mein Mund ist staubtrocken.

Ich muss aufhören. Ich muss aufhören … bevor ich es nicht mehr kann.

Die Welt hat sich in einen chaotischen Wirbel aus Farben und Formen verwandelt. Ich drehe mich um und lande irgendwie auf Händen und Knien.

Stoff reißt. Holz kracht. Jemand schreit.

Wie höre ich auf?

Meine Hand schwimmt in Sicht und hebt sich bleich von der plattgetrampelten Erde und dem fleckigen Gras ab.

Ich bin hier. Nicht dort draußen. Ich vernichte nicht all diese Leute.

Ein Drang packt mich und ich folge ihm. Ich reiße das Messer aus meinem Stiefel und steche es mir in den Handrücken.

Ich ziele so gut, dass die Klinge zwischen den Knochen hindurchgeht, Muskeln und Nerven mit einer Explosion aus Schmerz durchtrennt. Schmerz, der mich daran erinnert, wo und was ich bin.

„Ivy!“, schreit jemand.

Ich zerre an meiner tobenden Magie und sie rast in mich zurück. Ich kann sie nicht daran hindern, das Messer aus meinem Fleisch zu reißen und die Wunde zu heilen, doch der Gedanke daran, wer nun an meiner Stelle blutet, geht mit einem kalten Entsetzen einher, das mich noch mehr erdet.

Ich zügele meine Macht mit aller Kraft, stelle mir Efeu vor, das sich fest um mich wickelt, und versiegele jede Lücke. Ich sperre die Magie wieder in meinem Körper ein.

Arme schlingen sich um meine Mitte. „Ich habe sie!", verkündet Rheave und dann, leiser neben meinem Ohr, „Ich habe dich. Sie werden dir nicht mehr wehtun."

Versteht er denn nicht, dass ich mich selbst verletzt habe?

Meine Gedanken sind noch immer zu durcheinander, als dass ich sprechen könnte.

Der Daimon-Mann zieht mich an sich und rennt. Als mein Kopf sich unter seinem Kinn niederlässt, erkenne ich das Rascheln von Ästen, an denen wir vorbeirasen, und das Knacken von Zweigen am Boden.

Wir sind wieder im Wald.

Verberge ich meine Männer noch? Ich habe *all* meine Magie zurückgerissen. Ich muss …

Ich versuche, nur einen winzigen Faden auszusenden, und die irre Welle, die an meinem Inneren zerrt, veranlasst mich dazu, sie wieder wegzusperren.

Fuck. Ich weiß nicht mehr, wie man das tut.

„Hier!", brüllt jemand. Ein großer Pferdekörper drängt sich vor uns und Rheave hebt mich auf Krümels Rücken, bevor er sich hinter mich zieht.

Es sind noch andere Pferde da. Wir galoppieren durch das Unterholz, während die Dämmerung hereinbricht.

Meine Gedanken fließen in Spiralen und finden allmählich zu einer gewissen Ordnung.

Rheave dachte, er würde alles ruinieren, dabei habe ich das gerade getan. Ich hätte sogar die Männer zerstören können, die ich liebe, und ich hätte es nicht einmal bemerkt.

Tränen brennen in meinen Augen. Ich drücke die Lider zu.

Sulla hatte recht. Es ist zu viel. Ich weiß nicht genug.

Vielleicht werde ich nie genug wissen. Sie ist ihr ganzes

Leben auf diesem Berg geblieben, um eine Katastrophe zu vermeiden, wie ich sie beinahe entfesselt habe.

„Hier entlang", sagt eine Stimme, die ich jetzt als Stavros' erkenne.

Als ich mich zwinge, den Kopf zu heben, erkenne ich den ehemaligen General auf dem anderen Hengst vor uns. Alek und Casimir teilen sich ein Pferd und galoppieren einige Schritte entfernt durch die Bäume.

Sie haben sie in dem Chaos bestimmt vom Lager gestohlen.

Nun, jetzt können wir alle reiten, solange die Pferde in der Lage sind, zwei Personen zu tragen. Ein kleiner Sieg.

Ein hysterisches Kichern blubbert meine Kehle hoch. Ich presse meinen Kiefer fest zusammen, um es nicht rauszulassen.

Stavros hält an und steigt von seinem Pferd ab. Als Rheave mir von Krümel hilft, erkenne ich eine Steinmauer, die hauptsächlich von Moos und Pflanzenranken verschluckt wird.

Der ehemalige General winkt uns hinein. „Es ist ein alter Stützpunkt, der schon lange vor meiner Zeit verlassen wurde. Aber wenigstens wird er uns vorerst vor Blicken schützen."

Wir führen die Pferde hinein und an Trümmerhaufen der teilweise zusammengebrochenen Decke vorbei. Ein beißender erdiger Geruch füllt meine Nase.

Ich lege meine Hand an die rauen Wände. Schmerz schießt durch meine Handfläche, wo ich sie durchbohrt habe und die Wunde verheilt ist.

Rheave berührt meinen Rücken vorsichtiger als üblich. „Ivy? Bist du irgendwo verletzt?"

Ich drehe mich zu ihm um. Die Sorge auf seinem Gesicht bricht mir das Herz.

Meine Stimme kommt heiser heraus. „Nein. Du hast mich weggebracht, bevor mich jemand verletzen konnte. Siehst du? Es ist gut, dass du da warst."

Er strahlt mich so begeistert an, dass in Reaktion darauf Zuneigung in meiner Brust aufwallt. „Das war es." Er neigt den Kopf zu den anderen Männern. „Casimir hat jemanden erstochen, der versucht hat, dich anzugreifen. Und Alek hat noch ein Pferd geholt, damit wir schnell fliehen konnten."

Er zollt ihnen ebenfalls Anerkennung. Als ich die anderen

ansehe, begegne ich lächelnden Gesichtern, die so zärtlich dreinblicken, dass ich nicht an ihrer Aufrichtigkeit zweifeln kann.

Sie akzeptieren unseren Daimon-Mann wirklich. Er ist so schleichend ein wichtiger Teil unserer Gruppe geworden, dass ich es nicht bemerkt habe.

Vielleicht kann ich akzeptieren, dass dieser Mann, der gar kein vollständiger Mann ist, in ein Stück meines Herzens passt, von dem ich nicht wusste, dass es noch leer war. Allerdings ist das momentan wohl kaum meine größte Sorge.

Wie viele Leute habe *ich* in der letzten Stunde verletzt? Zu was für einem schrecklichen Schicksal habe ich meine Liebhaber verdonnert?

Meine Beine wackeln. Ich lasse mich in die Hocke sinken, woraufhin Casimir erscheint und seine Arme von der anderen Seite um mich legt.

„Es wird alles gut werden, Gütige", sagt er.

Die Sanftheit seiner Stimme, die ich nicht verdiene, zerbricht den Damm in mir. Ich schluchze und Tränen fluten meine Augen.

„Ivy!" Alek sinkt vor mir auf die Knie. Rheave gibt einen gequälten Laut von sich und spannt seinen Griff um meinen Körper an.

Ich kann bloß keuchen und meine Hände an mein Gesicht pressen in dem vergeblichen Versuch, die Tränenflut einzudämmen.

Haben sie mich jemals zuvor weinen sehen? Ich kann mich nicht an das letzte Mal erinnern, als ich so bitterlich geweint habe. Das war irgendwann, bevor ich sie kennengelernt habe.

Meine Brust erbebt und noch mehr Tränen strömen heraus.

Julita windet sich in meinem Hinterkopf. *Oh, Ivy. Was immer schiefgegangen ist, ich bin mir sicher, wir werden uns einen neuen Plan überlegen. Wir werden die Blutzauberer aufhalten. Sie haben noch nicht gewonnen.*

Sie haben nicht gewonnen, nein. Aber ich habe bereits verloren.

Ich ringe nach Luft und schaffe es, mich in den Griff zu

kriegen. Stavros ragt über uns auf, blickt auf mich herab und verzieht gequält den Mund.

„Sag uns, was du brauchst, Ivy", verlangt er. „Sag mir, wessen Blut ich vergießen muss für das, was dir dort zugestoßen ist."

Götter straft mich. Sie denken alle immer noch, dass ich diejenige war, die in Schwierigkeiten steckte, obwohl in Wahrheit ich der Grund für all das war.

Ich drücke meine Hände auf meine geschlossenen Augen, als könne ich die nächste Tränenwelle auf diese Weise zurückdrängen. Als ich mir sicher bin, dass sie noch nicht aus mir hervorbrechen wird, senke ich die Arme und starre blicklos auf meine Knie, umgeben von den Männern, die ich ihm Stich gelassen habe.

Die Worte kommen dumpf über meine Lippen. „Meines. Ich muss mein Blut vergießen. Aber ich habe es nicht früh genug getan."

Ich kann Rheaves Verwirrung in seiner Stimme hören. „Was meinst du?"

„Ich war es." Meine Stimme bricht.

Ich schließe erneut die Augen und Schatten schwanken hinter meinen Augenlidern. Ferne Stimmen kreischen vor Wut, die kein anderer hören kann.

Ich wappne mich und zwinge mich, weiterzusprechen. „Ich dachte, ich könnte mit meiner Magie Gutes tun. Ich dachte, solange ich alles ausgleiche, müsste niemand verletzt werden, und es würde alles funktionieren. Aber … ich werde verrückt. Ich sehe Dinge, höre Dinge. Es geschah so geringfügig, dass ich dachte, ich könnte mich einfach durchboxen, bis wir uns mit den Blutzauberern auseinandergesetzt haben. Ich *musste* es tun. Doch ich kann nicht. Die Magie hat mich heute Nacht beinahe überwältigt."

Casimir und Rheave pressen sich in ihrer gemeinsamen Umarmung dichter an mich. Aleks Hand legt sich auf meine Wange.

Die Stimme des Gelehrten wird rau. „Deswegen hast du ein Messer in deine Hand gerammt."

Rheave stößt bei der Erinnerung ein Knurren aus.

Mein Kopf senkt sich noch tiefer. „Der Schmerz hat mich zurückgeholt, allerdings nur knapp. Ich habe die Soldaten umgeworfen, die Stavros gebracht hat. Das waren nicht die Blutzauberer. Wenn die Magie in meinen Kopf dringt, beginne ich, zu denken, dass ich alle angreifen muss …"

Mir schnürt es kurz die Kehle zu, bevor ich meinen Blick heben und in Stavros' dunkle Augen blicken kann. „Ein Teil von mir wollte heute Morgen jeden Soldaten in der Festung zerreißen, nachdem der eine sein Messer an meine Kehle gehalten hatte. So wie der zerrissene Zauberer deinen besten Freund getötet hat. Deswegen habe ich Julita einschreiten lassen."

Oh, Ivy, murmelt Julita und klingt selbst erstickt.

„Und deswegen hast du dich heute Nacht mit einem Messer verletzt." Stavros atmet scharf ein. „Verflucht, Ivy. Ich wusste, dass du dein Messer gegen dich wenden würdest, ehe du zulässt, dass du zu weit gehst, aber ich wollte nicht, dass das jemals tatsächlich passiert."

Casimir streichelt meine Haare. „Jetzt bist du eindeutig nicht verrückt. Du hast es abgeschüttelt."

Ich lache erstickt. „Nicht wirklich. Nur die schlimmsten Teile. Ich bin immer noch … nicht ganz richtig. Ich weiß nicht einmal, ob ich das jemals wieder sein werde oder ob ich meinen Verstand dauerhaft zerstört habe."

Alek lehnt seine Stirn an meine. „Du wirst dich ausruhen und wieder gesund werden. Es ist nicht deine Schuld. Du wolltest diese Magie nie. Du hast nur versucht, zu helfen."

Die Hoffnungslosigkeit, die sich in mir aufgebaut hat, seit wir weggeritten sind, wallt so schnell in mir auf, dass ich darin ertrinken könnte. „Ich habe die Blutzauberer nicht einmal ausgeschaltet, nicht wirklich, oder? Sie werden immer noch angreifen."

Stavros verlagert sein Gewicht. „Nicht sofort. Ziemlich viele von ihnen waren verletzt und ihre Pferde sind in alle Richtungen davongelaufen. Ich habe nicht gesehen, was mit den Soldaten geschehen ist, die ich dorthin geführt habe, doch selbst wenn der Orden der Wildheit sie überfallen hat, werden die Blutzauberer an einen anderen Ort gehen und sich neu formieren wollen für den Fall, dass andere kommen, um dem Ganzen auf die Spur zu gehen.“

„Aber sie werden keinen anderen Ort finden, um sich zu verstecken und zu organisieren. Und sie werden nicht lange warten. Morgen oder übermorgen werden sie die ganze Königsfamilie abschlachten.“

Ich schlucke schwer. „Und ich werde nicht helfen können, weil ich es nicht riskieren kann, meine Magie erneut einzusetzen.“

FÜNFUNDDREIßIG

Alek

Die flachen, gelb-orange getüpfelten Hüte der Pilze fallen mir im frühen Morgenlicht ins Auge. Mit einem Lächeln, das von einem kurzen Anflug von Freude ausgelöst wird, eile ich zum Fuß des Baums, wo sie wachsen.

Ich habe mir zwar keine brillanten Kampfstrategien überlegt, es jedoch geschafft, einige nützliche Informationen beim Lesen aufzuschnappen. Falls eines der Bücher, die ich in Pima gelesen habe, stimmt, sollten diese Pilze essbar sein und relativ gut schmecken, wenn sie gebacken werden.

Das Land mag dem Untergang geweiht sein, doch wenigstens werden wir ein Frühstück haben.

Ich breche die Hüte von den Pilzstängeln, sammle alle Pilze, die dort wachsen, und drücke sie mit dem Arm an meine Brust. Über meinem Kopf zerbricht ein Zweig und mein Herz setzt einen Schlag aus, aber ich sehe bloß einen Spatzen, der über mir durch die Äste fliegt.

Stavros und Rheave sind losgezogen, um in der Gegend des verlassenen Stützpunkts zu patrouillieren und nach Mitgliedern des Ordens der Wildheit Ausschau zu halten, die sich in diese Gegend wagen … und sich derer anzunehmen, falls sie welche finden, schätze ich.

Das ist definitiv keine Aufgabe, mit der ich zurechtkäme.

Ich gehe so schnell wie möglich zu den vermoosten Steinmauern zurück, wobei ich versuche, einigermaßen leise zu sein. Casimir, der in dem schiefen Türrahmen steht, entdeckt mich und neigt den Kopf zum Gruß.

„Ich werde die Fallen überprüfen, die Stavros gestern Nacht aufgestellt hat", raunt er, als ich ihn erreiche. „Ich glaube, Ivy sollte momentan nicht allein gelassen werden."

Ich nicke zur Antwort und mein Magen verkrampft sich.

Als ich an ihm vorbei in den teilweise bedachten Raum trete, finde ich Ivy neben unserem Feuer, das unter einem Haufen gesammelten Schutts und einer Schicht Erde schwelt, um den Rauch zu reduzieren. Ihr Gesicht, das noch blasser ist, als ich es bei ihr gewohnt bin, sieht so müde aus, als hätte sie gar nicht geschlafen.

Bei meinem Eintreten blickt sie auf und ich schenke ihr ein kleines Lächeln. „Hey. Ich habe etwas für uns zum Essen gefunden … sie müssen nur ein wenig gebacken werden."

Ohne ein Wort nimmt Ivy einen Stock und löst einen der größeren Steinbrocken am Rand des Haufens. Letzte Nacht nutzten wir diese Stelle, um eine Bodenhenne zu braten, die Rheave erschossen hatte.

Ich schiebe die Pilze einen nach dem anderen in die heiße Stelle. Ein köstlicher und recht angenehmer Kräuterduft beginnt, durch die Luft zu wabern.

Die Niedergeschlagenheit auf Ivys Gesicht ist unverändert. Ich zögere, ehe ich mich neben sie setze, da ich mir nicht sicher bin, ob die körperliche Nähe sie trösten wird. Ich weiß nicht, ob es irgendetwas anderes gibt, was ich für sie tun kann.

„Wir werden andere Möglichkeiten finden", sage ich. „Wir haben zuvor schrecklich viel geschafft, ohne dass du deine Magie einsetzen musstest."

Ivy schnaubt leise. „Sogar als ich meine Magie größtenteils unterdrückte, waren meine wichtigsten Taten von ihr abhängig. Wendos aufhalten. Mich im Wettschießen gegen Benedikt erweisen. Bei Ster. Torstem den Spieß umdrehen. König Konrams Leben retten."

„Du hast uns mit nichts als deiner Schlauheit und deinen Verbindungen aus einem abgeriegelten Florian rausgebracht", merke ich an. „Du hast nur mit deinen Messern eine Menge Kämpfe durchgestanden."

„Nicht genug, um mich einer Armee aus Blutzauberern zu stellen."

Ich weiß nicht, was ich auf diese Aussage erwidern soll. Ich kann bloß sagen: „Es gibt auch noch den Rest von uns. Du bist in dieser Sache nicht allein."

Zum ersten Mal dreht Ivy den Kopf und sieht mir in die Augen. Ihre normalerweise strahlend blauen Augen sehen stumpf aus wie der Mittagshimmel an einem bewölkten Tag. „Glaubst du wirklich, wir fünf können den Marsch aufhalten, ohne dass ich meine Magie einsetze? Selbst mit dem klügsten Plan, den du dir ausdenken kannst?"

Ich öffne den Mund und schließe ihn wieder. Sie hat die schuldbewusste Unsicherheit berührt, die in der Mitte meiner Brust rumort, seit mein Trick mit dem Feuer versagte — eigentlich seit ich Probleme bei Stavros' Waffentraining hatte.

„Ich weiß es nicht", gebe ich zu. „Aber wir wussten es auch nicht, als wir von der Zuflucht aufgebrochen sind, oder? Wir wussten bloß, dass wir es versuchen mussten."

Mein Versuch, einen hoffnungsvollen Ton anzuschlagen, scheitert offensichtlich. Ivy zieht ihre Beine vor sich und ihr Kopf senkt sich, bis ihr Kinn auf ihren Knien ruht.

Sie zieht ihren Finger träge durch den Schotter, der den abgenutzten Steinboden bedeckt. „Du hast gestern beim Marsch angefangen, Namen zu schreien, während ich versuchte, ihre Magie niederzureißen. Blutzauberer, die gestorben sind. Was sollte das?"

Ich erinnere mich an den Impuls mit einem Anflug von ungestilltem Stolz. „Ich dachte daran, was die alten Briefe darüber sagten, dass die Blutzauberer den Tod fürchten. Mir kam der Gedanke, dass sie vielleicht mehr Probleme haben, wenn ich sie an die unter ihnen erinnere, die bereits gestorben sind. Ich bin mir nicht sicher, ob es viel gebracht hat."

„Es hat sie ein wenig aus der Bahn geworfen", erzählt Ivy. „Sie haben sich gegen mich gewehrt und ihre Magie geriet in dem Moment ins Schwanken. Allerdings war ich trotzdem nicht stark genug."

Mein Herz zieht sich bei dem Schmerz in ihrer Stimme zusammen.

Ich schlinge meinen Arm um sie. „Es hatte nichts mit Kraft zu tun. Ich bin noch nie in meinem Leben jemandem begegnet, der stärker ist als du."

Ivy antwortet nicht, sondern starrt nur auf ihre Hände hinab und auf die wahllosen Linien, die sie in den Schmutz gezeichnet hat.

Was kann ich ihr noch sagen? Es ist nicht so, als wüsste ich, was *ich* zu diesem Zeitpunkt tun kann, um die Blutzauberer aufzuhalten.

Wie kann ich sie ermutigen, wenn meine eigene Hoffnung verpufft ist?

Was zählt diese Mission, wenn die Frau dabei zerbricht, die ich liebe?

Ich nehme ihre Hand in meine. „Wie fühlst du dich, nachdem du dich ein wenig ausgeruht hast und einen halben Tag hattest, an dem du keine Magie benutzen musstest?"

„Meinst du, ob ich noch verrückt bin?"

Ich verziehe das Gesicht. „Ich glaube nicht, dass du richtig gehend wahnsinnig bist. Und ich weiß, dass die Wirkung deiner Magie nicht sofort verschwinden wird. Aber hast du irgendeine Veränderung bemerkt? Oder ob irgendetwas anderes als der Einsatz deiner Magie deinen Zustand verbessert oder verschlimmert?"

Sie kichert leise. „Stets der Gelehrte. Du kannst ein Buch über mich schreiben ... die erste Abhandlung darüber, wie es wirklich ist, als zerrissene Zauberin zu leben."

Als ich zusammenzucke, neigt Ivy ihren Kopf zu mir und sinkt in meine Umarmung. „Es tut mir leid. Das sollte ein Witz sein, keine Kritik. Ich weiß, dass du zu helfen versuchst."

Ich streichle mit dem Daumen über ihre Finger. „Mach dir um mich keine Sorgen. Falls es etwas *gibt*, was ich tun kann, um deine Heilung zu erleichtern, würde ich das gerne wissen ... Das ist alles."

Ivy atmet lange und zittrig aus. „Es ist schwer zu sagen, ob spezielle Dinge meinen Verstand zerstreuen oder einfach den Wahnsinn auslösen, der sich bereits festgesetzt hat. Ich bemerke die Wirkung hauptsächlich, wenn ich angespannt und mir der Gefahr in meinem Umfeld bewusst bin ..."

„Was für Wirkungen sind das genau?"

„Meine Gedanken werden ... sprunghafter. Es ist, als würden sie sofort zu extremeren Schlussfolgerungen springen und annehmen, dass von allen in meinem Umfeld eine ernste Gefahr ausgeht. Außerdem glaube ich, dass ich Dinge sehe oder höre – Dinge, die mir Angst machen. Angreifer, die sich nähern, Waffen, die auf uns gerichtet sind, bedrohliche Stimmen."

Meine Kehle schnürt sich zu. „Das muss schrecklich verstörend sein."

Ich schätze, es ist kein Wunder, dass die meisten Zerrissenen am Ende so zerstörerisch werden, wenn dies die größte Konsequenz des Einsatzes ihrer Magie ist.

Ich kann mir die Abfolge mühelos vorstellen. Sie entdecken ihre Macht und beginnen, sie zu nutzen, um ihr Leben zu verbessern. Je mehr Dinge sie wollen und erhalten, desto süchtiger macht die Magie.

Doch zur selben Zeit wirkt sie sich auf ihren Verstand aus und redet ihnen ein, dass die Leute ihnen schaden wollen und Feinde an jeder Ecke lauern ...

Wie lange würde es ohne die Selbstbeherrschung und das Bewusstsein, das Ivy ihr Leben lang kultiviert hat, dauern, bis eine Person mit einer zerrissenen Seele die Isolation anstrebt und sich mit Luxusgütern tröstet, ohne sich Gedanken darüber zu machen, welchen Schaden ihre Magie im Gegenzug anrichtet? Bis sie jeden angreift, der ihr zu nahe kommt, weil sie ihn als Bedrohung sieht?

Überall die Dinge zu sehen, vor denen man am meisten Angst hat ...

Etwas klickt in meinem Kopf und ich habe plötzlich eine Idee. Ich umarme Ivy fester, mein Verstand rast jedoch bereits wegen des Gedankens, der mir gekommen ist.

Nachdem ich ihr einen Kuss auf die Stirn gedrückt habe, ziehe ich mich ein wenig zurück, damit ich die Taschen meines Umhangs durchwühlen kann. Ich habe noch die gestohlenen Briefe, die ich in das Buch des Tempels gesteckt habe.

Habe ich die Formulierung bei meiner ersten Übersetzung missverstanden? Bryfesch ist eine komplizierte Sprache mit eigenartigen Nuancen.

„Was?", fragt Ivy, als ich die Briefe entfalte.

„Ich bin mir noch nicht sicher."

Ich überfliege die brüchige Seite, bis ich die Stelle erreiche, die mich auf die Idee gebracht hat, den Blutzauberern Feuer entgegenzuschleudern. Die Verwüstung der Großen Vergeltung – sie brachten sie dazu, den Tod zu fürchten, den sie in den Flammen zu finden glaubten …

Als ich die Worte erneut anstarre, entfährt mir ein verwundertes Lachen. Die Formulierung *könnte* so verstanden werden, wenn man annimmt, dass der Schriftsteller in Metaphern spricht. Doch wortwörtlich bedeutet sie, dass die alten Blutzauberer tatsächlich Bilder ihres Todes in den Flammen sahen.

Bilder von sich selbst, wie sie ihren Wunden erlagen? Oder ihrer Leichen?

Der Schreiber des Briefs geht darauf nicht näher ein. Vielleicht kannte er die Einzelheiten nicht. Allerdings könnte es sein, dass ich bei unserem ersten Versuch zu vage war.

Wenn es die Blutzauberer ins Straucheln brachte, bloß die Namen der Toten zu hören, was würde dann geschehen, wenn sie die tatsächlichen Toten – oder ihren eigenen Tod – direkt vor sich sehen würden?

Mein Gesichtsausdruck muss meine Aufregung verraten haben, denn Ivy dreht sich zu mir um. „Du hast etwas herausgefunden."

Als ich zu ihr aufschaue, gerät meine Begeisterung ins Schwanken.

Ich habe sie zuvor enttäuscht. Ich habe sie eine Strategie ausführen lassen, die sie erschöpft hat, ohne etwas Bedeutsames zu unseren Gunsten zu erreichen.

Ich kann mir nicht sicher sein, dass meine neue

Interpretation korrekter ist als die letzte. Oder dass es bei der aktuellen Gruppe Blutzauberer einen großen Unterschied macht, falls sie korrekt ist.

Mein ganzer Körper sträubt sich. Ich sollte die Idee für mich behalten, bis ich eine Möglichkeit finde, mir sicher zu sein.

Doch noch während ich diese Entscheidung treffe, sehe ich, wie bei meinem Schweigen das Licht rasch schwindet, das in Ivys Augen getreten ist.

Zu sehen, dass ich einen Grund zur Hoffnung gefunden habe, hat ihr kurz geholfen, ihre eigene zu finden.

Sie schüttelt den Kopf und verzieht den Mund, da sie meine ausbleibende Antwort offensichtlich als Weigerung auffasst. „Es ist in Ordnung. Vermutlich ist es besser, meinen Kopf nicht mit weiteren Ideen zu füllen."

Meine Ablehnung ihrer Bemerkung reißt mit mehr Kraft an mir als mein ursprünglicher Widerwille. „Das ist es nicht. Ich … Ich wollte nicht …"

Was kann ich sagen, das dafür sorgt, dass sie sich wieder besser fühlt?

Götter steht mir bei, wie kann ich sie bitten, daran zu glauben, dass sie sich von ihren aktuellen Schwierigkeiten erholen kann, wenn ich nicht über meine eigenen Fehler hinwegkommen kann? Wenn sie vom Wahnsinn der Zerrissenen zurückkehren kann, muss ich mir dann nicht ebenfalls noch eine Chance geben, etwas richtig zu machen?

Ich straffe die Schultern und schaue erneut auf den Brief hinab. „Ich glaube, ich habe möglicherweise missverstanden, was der Schreiber meinte, als ich das hier zuvor gelesen habe. Das Feuer jagte den Blutzauberern nicht so viel Angst ein, dass sie aufgaben, weil sie Sorge hatten, sie würden darin verbrennen, sondern weil die Götter ihnen Bilder von ihrem Tod zeigten, so etwas wie Bilder in den Flammen."

Ivys Augenbrauen schnellen empor. „Das haben wir beim letzten Mal definitiv nicht versucht. Und es hat sie beunruhigt, als du nur über die Toten gesprochen hast …"

Sie hält inne und das Leuchten, das ihr Gesicht erhellt hat, verlischt wieder. „Aber wir können nicht mit Pinsel und Farbe

Bilder auf eine Feuerwand malen. Wir könnten diese Taktik nur mithilfe von Magie anwenden."

Und sie ist die Einzige von uns mit einer ‚Gabe', die etwas Derartiges erreichen könnte.

Ich schiebe die Briefe wieder in ihr Versteck und streichle mit den Fingern über Ivys Wange. „Vielleicht werden wir einen anderen Weg finden, das Konzept zu nutzen. Es ist immer besser, mehr zu wissen, damit wir mehr Möglichkeiten haben, auf die wir zugreifen können."

„Gesprochen wie ein wahrer Gläubiger Esteras", erwidert sie mit liebevoller Belustigung und beugt sich vor, um mich zu küssen. Die Niedergeschlagenheit hat sie allerdings nicht verlassen.

Ich habe ihr etwas gegeben, doch was kann ich wirklich über ihre Magie sagen? Ich habe überhaupt keine Magie, weder chaotische noch herkömmliche.

Als Schritte vor der Tür erklingen, spannen wir uns beide an, doch es ist Rheave, der einen Augenblick später beim Eingang erscheint.

„Wir sind niemandem in der Nähe begegnet", berichtet er uns beiden. „Stavros nimmt eines der Pferde, um nachzuschauen, was die königlichen Soldaten gerade tun."

Der Daimon heftet seinen Blick auf Ivy. „Er dachte, du würdest vielleicht noch einmal mit mir in die Richtung gehen, in die der Marsch unserer Meinung nach gegangen ist. Du würdest es spüren, wenn ihre Magie in der Nähe ist, ohne dass du deine eigene benutzen musst, oder?"

Ivy rappelt sich auf, bleibt jedoch stehen. „Das würde ich. Aber …"

Sie so unsicher zu sehen, jagt mir einen Stich durch die Brust.

Ich stelle mich neben sie und berühre sie am Arm. „Du solltest gehen. Es wird dir guttun, eine Aufgabe zu haben, die du erledigen kannst. Hier, du kannst einige der Pilze mitnehmen und sie auf dem Weg essen."

Als ich sie aus dem Feuer hole, zögert Ivy noch immer. „Falls wir irgendwelchen Ordensmitgliedern begegnen … Ich weiß nicht, ob es sicher wäre, wenn ich versuche, uns zu tarnen …"

„Du weißt, wie man heimlich vorgeht", entgegne ich und lege all das Vertrauen in meine Stimme, das ich in sie habe. „Und Rheave kann euch beide besser als jeder andere beschützen, sollte es dazu kommen."

Der Daimon grinst bei meinem Kompliment und schnippt mit den Fingern, woraufhin ein kleiner Funke aufblitzt.

Eine andere Art von Vertrauen füllt meine Brust.

Ich habe alles in meiner Macht Stehende für Ivy getan, sie braucht allerdings auch Rheave. Er kann aus einer Perspektive mit ihr sprechen, die der Rest von uns nicht hat – als ein Wesen, das mit unberechenbarer Magie zu tun hat, die manchmal auf Arten agiert hat, die ihm nicht gefallen haben.

Unsere Frau ist außergewöhnlich. Sie könnte jetzt und in Zukunft jemanden gebrauchen, der mehr als ein Mensch ist.

„Seht, was ihr finden könnt", sage ich, gebe ihr eine Handvoll geröstete Pilze sowie einen Schubs und dieses Mal geht sie. Das Lächeln, das sich auf ihrem Gesicht ausbreitet, als sie sich Rheave anschließt, verrät mir, dass es gut war, darauf zu bestehen.

Möge sie ihren Weg zu der Frau zurückfinden, die sie sein sollte, bevor der bevorstehende Krieg uns alle findet.

SECHSUNDDREIßIG

Ivy

Rheave bewegt sich wie ein Wolf durch den Wald, schlängelt sich zwischen die Bäume, die Augen wachsam und die Haltung misstrauisch.

Er gibt einen besonders atemberaubenden Wolf ab, doch jeder, der ihn wegen seiner Schönheit fälschlicherweise für leichte Beute hält, wird eine gewaltige Überraschung erleben.

Trotz all meiner Übung in Heimlichkeiten fühle ich mich momentan wie ein Ochse neben ihm. Mein Körper bewegt sich mechanisch, aber es ist, als würde ich durch Wasser waten anstatt durch Luft.

Das Gewicht von allem, was gestern vorgefallen ist, lastet noch schwer auf mir.

Meine Magie wehrt sich nicht gegen meine Ablehnung all der Arten, auf die sie mir gerne ‚helfen‘ würde. Sie brodelt bloß in meiner Brust, als würde sie den richtigen Augenblick abwarten.

Unterdessen versammeln die Blutzauberer irgendwo in der Nähe ihre Truppen für den Angriff auf die Königsfamilie.

Wenn du nur einen Hauch ihrer Magie wahrnehmen

kannst …, murmelt Julita, klingt allerdings nichts viel hoffnungsvoller, als ich mich fühle.

Rheave lässt seinen Blick hauptsächlich über den Wald ringsum schweifen und hält nach herannahenden Bedrohungen Ausschau, ab und zu schaut er jedoch zu mir. Er lässt mich mehrere Minuten lang schweigend laufen, bevor er die Stille mit leiser Stimme durchbricht, damit sie nicht weit getragen wird.

„Stavros hat sich die Gegend angeschaut, wo der Marsch gestern Nacht angehalten hat. Sie haben die meisten Spuren ihrer Anwesenheit beseitigt, er sah jedoch ein paar Hinweise, dass sie nach Südosten unterwegs sind.“

Nach dem Winkel der aufsteigenden Sonne zu urteilen, ist das die Richtung, in die wir jetzt gehen. Ich zwinge mich, zu sprechen. „Wie weit seid ihr beiden gereist, ohne über sie zu stolpern?“

Er denkt nach. „Drei oder vier Mal weiter, als du und ich bisher gegangen sind. Allerdings haben wir sie möglicherweise passiert, ohne es zu realisieren. Wir wussten, dass es nicht sicher wäre, den Schutz des Waldes zu verlassen.“

Ich summe zustimmend. Er und Stavros hätten keine Möglichkeit gehabt, zu sehen, wohin der Marsch gegangen ist, außer sie hätten großes Glück gehabt und wären einem weiteren Späher begegnet, den der Orden der Wildheit außerhalb ihres Tarnzaubers geschickt hat.

Ich hätte von Anfang an mit ihnen gehen sollen, schlief jedoch noch, als sie gingen. Ich schätze, sie nahmen an, ich bräuchte den Schlaf – dass ich mich nach gestern noch mehr erholen muss.

Sogar während ich nicht bei Bewusstsein war, habe ich sie enttäuscht.

Der Daimon-Mann schaut mich wieder an und eine kleine Falte formt sich auf seiner Stirn. „Bist du aufgebracht, dass wir uns geküsst haben?“

Als Julita leise schnaubt, zuckt mein Blick zu ihm. „Was?“

„Ich dachte, ich sollte nachfragen“, erklärt er. „Du wolltest es zuvor nicht tun und dann bist du kurz nach dem Kuss gegangen. Wegen allem anderen, was vorgefallen ist, kann ich nicht erkennen, ob sich etwas an der Art und Weise verändert hat, wie du dich mir gegenüber verhältst."

Ich schätze, es ist eine vernünftige Frage, meint Julita.

Ist sie das? Sie kommt mir so absurd vor, dass es einen Augenblick dauert, bis ich meine Worte finde. „*Ich* habe *dich* geküsst. Es wäre ziemlich irre, wenn ich ein Problem damit hätte."

Rheave hebt die Schultern und zuckt sie leicht. „Meinen Beobachtungen nach, auch wenn diese begrenzt sind, regen Menschen sich regelmäßig über Dinge auf, die sie selbst getan haben. Manchmal sind sie in sehr schneller Folge glücklich und dann aufgebracht wegen der genau gleichen Sache."

Er blickt auf seine Brust hinab, als würde er durch diese auf sein Herz spähen. „Ich verstehe erst allmählich, wieso das passiert."

Julita lacht schallend. *Und das ist ein sehr vernünftiges Argument. Der Daimon ist ziemlich weise geworden.*

Ich glaube, er war von Anfang an weise, nur auf eine Art, an die der Rest von uns nicht gewöhnt war.

Ich schüttle den Kopf, um seine anfängliche Frage zu beantworten. „Ich bin aufgebracht, es hat allerdings nichts mit dir oder mit etwas zu tun, was ich mit dir getan habe. Mein Kopf ist ziemlich voll mit all meinen Sorgen über meine Magie."

Rheave zieht die Brauen zusammen. „Wenn du sie nicht mehr benutzt, solltest du zurechtkommen, oder nicht?"

„Wir wissen das noch nicht wirklich. Und … so einfach ist das nicht." Ich verziehe das Gesicht. „Wenn ich mich zuvor weigerte, sie zu benutzen, begann sie, regelrecht an mir zu nagen. Sulla meinte, wenn ich sie weiter unterdrückt hätte, hätte meine Magie mich getötet. Ich soll ein Gleichgewicht finden … Nur ab und zu kleine Dinge tun. Doch ich weiß nicht, ob ich bereits zu weit gegangen bin, sodass es nicht mehr funktioniert."

Er stößt einen ablehnenden Laut aus. „Dir geht es jetzt doch gut. Du bist ein wenig erschüttert, klingst allerdings wie du selbst."

„Das dauert vielleicht nicht an, wenn ich immer wieder auf

meine Magie zugreife. Vor allem, wenn ich sie nicht fest im Griff habe, während ich sie benutze. Es ist als ... Es ist vermutlich so wie der Einfluss, den die Blutzauberer auf dich haben. Du kontrollierst die Magie nicht komplett, die dich erschaffen hat, weshalb du nie weißt, wann sie möglicherweise alles vermasseln wird."

Oh, Ivy. Julita regt sich in meinem Hinterkopf und spricht voller Mitgefühl. *Ich bin mir sicher, du kannst noch ein Gleichgewicht finden. Die Götter sehen bestimmt, wie sehr du dich angestrengt hast, die Dinge in Ordnung zu bringen.*

Ich bin nicht überzeugt, dass die Götter viel Mitspracherecht haben, wenn es um meine geistige Gesundheit geht. Kosmel hat keine Lösungen angeboten, außer mich zu Sulla zu schicken.

Rheave schweigt einen Moment und denkt über den Vergleich nach, den ich gezogen habe. Seine Stimme senkt sich noch stärker. „Das ist schrecklich. Ich wünschte, ich könnte dich von deinen Sorgen befreien, so wie wir hoffentlich den Zauberer zerstören werden, der mich beeinflussen kann."

Ich stoße ein raues Glucksen aus. „Die Chance besteht nicht. Diese Magie ist in mir. Ich kann sie nicht loswerden, aber ich will ... ich will mehr als meine Magie sein."

Diese Worte vibrieren durch meinen Körper. Ihr Wahrheitsgehalt wird mir erst bewusst, als ich sie laut ausspreche.

Das ist alles, was ich jemals wollte, oder nicht?

Doch selbst als ich durch Florian streifte und als Hand Kosmels in die Leben der Leute eintauchte, schien die Macht alles zu beschmutzen, die zu benutzen ich mich weigerte. Das Wissen, das ich sie geheim halten musste. Das Wissen, das mein ganzes Leben verwirkt sein würde, sobald jemand dieses Detail über mich erfuhr.

Rheave nimmt meine Hand und drückt sie fest. „Du bist mehr. Wenn du mich fragen würdest, welche Dinge ich an dir bewundere, würde ich nicht einmal an deine Magie denken. Denkst du hauptsächlich an die Blutzauberer, wenn du mich ansiehst?"

Nach all dieser Zeit verknüpfe ich ihn kaum noch mit den Schurken, die ihn erschaffen haben.

Ich packe seine Hand im Gegenzug. „Nein. Sie haben nichts mit den Teilen von dir zu tun, die eine Rolle spielen."

„Und bei deiner Magie verhält es sich genauso."

Ich kann seine Aussage nicht so einfach akzeptieren, ihn diese Worte so entschlossen sagen zu hören, nimmt dem Schmerz in mir jedoch die Schärfe. Ich ziehe die kühle Winterluft in meine Lunge und sie verkrampft sich dabei nicht.

Rheave drängt nicht auf meine Zustimmung. Er geht einfach mit mir weiter und sein Daumen streichelt fortwährend sachte über meinen Handrücken. Er zeigt mir, dass er bei mir ist, ohne etwas anderes von mir zu erwarten.

Er war einst ein Geistwesen, das kaum verstand, was zwischen Menschen vor sich geht, geschweige denn ihre dunkelsten Ängste. Und danach benahm er sich in den Fängen der Blutzauberer wie ein pedantischer Idiot.

Irgendwie hat er es geschafft, so weit über seine Ursprünge hinauszuwachsen, dass es mir schwerfällt, ihn mir als jemand anderen als den leidenschaftlichen und liebevollen Mann neben mir vorzustellen.

Als die Sonne immer höher steigt und sich die Luft von kalt zu kühl erwärmt, streift nicht das geringste Kribbeln einer äußeren Magie meine Haut. Trotz meines inneren Aufruhrs bleibe ich wachsam und halte danach Ausschau.

Hmm, brummt Julita, als wir weiterlaufen. *Wohin sind diese Schurken gerannt, um ihre Wunden zu lecken?*

An keinen Ort, der in der Nähe ist. Wir kommen an einer Stelle vorbei, die Rheave als den Punkt identifiziert, an dem er und Stavros umgekehrt sind, und gehen weiter.

Mit jedem Schritt, den wir machen, beginnt meine Laune, zu sinken.

Der Marsch ist möglicherweise so weit gezogen, dass ich ihn nicht mehr aufspüren kann – zumindest zu weit, um sie rechtzeitig zu finden.

Vielleicht ist das hier sinnlos. Wenn wir bei den anderen wären, könnten wir wenigstens eine Strategie entwickeln.

Wir wissen nur, wo die Armee der Blutzauberer angreifen wird, auch wenn wir uns nicht sicher sind, wann.

Rheave bleibt dort stehen, wo der Boden zu einer schmalen Schlucht abfällt. Ich spähe auf einen Bach hinab, der noch kleiner ist als der, an dem wir heute Morgen unsere Feldflaschen aufgefüllt und uns gewaschen haben.

Die Schlucht ist nicht schmal genug, um auf die andere Seite zu springen, allerdings nur doppelt so hoch wie ich. Das ist keine allzu schlimme Kletterpartie.

Doch wie groß ist die Wahrscheinlichkeit, dass wir etwas finden werden, wenn wir weitergehen? Vielleicht sollten wir das als Zeichen auffassen und zurückgehen.

Ich öffne den Mund, um das zu sagen, aber Rheave spricht als Erster. „Ein Schmetterling!"

Er packt die jungen Bäume, die an der Seite der Schlucht wachsen, und klettert zu dem Bachbett hinab. Ein hellblauer Schmetterling flattert tatsächlich dort unten in der Nähe der Büsche.

Das Insekt huscht zu ihm und dann weg. Ein Stück bachabwärts entdecke ich noch einen mit dunkelgelben Flügeln, die beinahe golden wirken.

Julita macht einen Laut der Bewunderung. *Schau sich das einer an. Sie sind wunderschön.*

Rheave legt den Kopf schief und folgt den Schmetterlingen und mir bleibt nichts anderes übrig, als ihm zu folgen. Ich schlittere zum Boden der Schlucht und suche mir einen Weg über die Steine entlang des Bachs.

Wenigstens werden wir für niemanden oben im Wald sichtbar sein, während wir hier unten laufen.

„Ich habe keine Schmetterlinge mehr gesehen, seit wir nach Norden gegangen sind", flüstert Rheave. „Alek sagte, sie mögen die Kälte nicht."

„Ich schätze, diese Schmetterlinge sind besonders widerstandsfähig." Ich ziehe eine Augenbraue hoch. „Versuchst du, neue Freunde zu gewinnen?"

Er wirkte verwirrt von dem verletzten Insekt, das vor Wochen in der Akademie auf ihm gelandet war. Allerdings war es ihm wichtig genug, um es trotzdem in Sicherheit zu bringen.

Rheave scheint eindringlich über meine Frage nachzudenken. „Sie fühlen sich … bereits wie Freunde an. Ich weiß nicht warum."

Ich mustere seine eifrige Miene, als wir das Bachbett entlangeilen. Es war ein wenig merkwürdig, dass sich der verletzte Schmetterling zu ihm hingezogen fühlte. Außer …

„Daimon sind doch angeblich Wesen aller Gottlen", bemerke ich, „aber in eurem natürlichen Zustand würde Inganne eure Verhaltensweisen vermutlich am meisten gutheißen, da ihr alles erkundet und Streiche spielt. Schmetterlinge sind eines ihrer Tiere. Vielleicht können du und die Schmetterlinge spüren, dass ihr verwandte Seelen seid."

Der Daimon-Mann legt den Kopf schief und ein kleines Lächeln biegt seine Lippen nach oben. „Sogar als meine Erschaffer noch die Kontrolle über mich hatten, wusste ich, dass ich dem Schmetterling helfen sollte."

Vor uns erwecken die Schmetterlinge den Anschein, als würden sie geradewegs in die Seite der Schlucht fliegen. Merkwürdig. Ich beschleunige meine Schritte – und bleibe an der Mündung einer Nische stehen, die von der Schlucht abzweigt.

Die kleine Spalte kann nicht mehr als fünf Schritte tief und breit sein, hat jedoch etwas Prachtvolles an sich. Der kleine Baum an ihrem hinteren Ende bildet bereits Knospen. Zarte weiße Blumen sprießen ungeachtet der Jahreszeit zwischen den Steinchen, die auf der Erde liegen.

Mehrere weitere Schmetterlinge fliegen in einem wirbelnden Tanz zwischen diesen Blumen.

Ein verblüfftes Lachen entfährt mir zusammen mit Julitas Keuchen. „Ich glaube, Inganne hat diesen Ort gesegnet."

Ich wage mich vor und streiche mit den Fingerspitzen über einige der Blumen. Ihre Blütenblätter gleiten seidenweich über meine Haut.

Die Gottlen arbeiten auf mysteriöse Arten, bemerkt meine geisterhafte Passagierin.

Ein Schmetterling flattert über mich und landet auf meiner Hand. Seine Füße kitzeln meine Fingerknöchel. Dann hebt er wieder ab, als wollte er mir bloß Hallo sagen.

Eine unerwartet sorglose Stimmung überkommt mich, als könnte nichts so schrecklich sein, wenn ein Ort wie dieser existiert. Als hätte die Gottlen der Kreativität und des Spiels selbst nach unten gegriffen und die Sorgen aus meinem Kopf gepustet wie Samen in den Wind.

Ich drehe mich um und erwarte, zu sehen, wie Rheave unsere Umgebung staunend mustert … doch er sieht mich an.

Es schimmert trotzdem etwas wie Staunen in seinen Augen.

Er tritt näher zu mir, berührt meinen Kiefer und heftet seinen Blick auf meinen. „Ivy … ich will dich wieder küssen.“

Julita kichert. *In Ordnung, ich merke, dass ich besser gehen sollte.*

Als ihre Präsenz in meinem Kopf schwindet, befeuchte ich meine Lippen. Die Wärme, die diese Bewegung auslöst, breitet sich in mir aus.

Aber wenigstens einer von uns muss in dieser Situation ein wenig vernünftig sein, oder?

„Weißt du“, sage ich und gebe mein Bestes, mit ruhiger Stimme zu sprechen, „es gibt viele Dinge, die normalerweise mit dem Küssen einhergehen. Zumindest, wenn man nicht nur ein Bedürfnis befriedigt und denkt, man würde sich nie wieder sehen.“

Rheave kommt ein Stückchen näher. „Was zum Beispiel?“

Es wird immer schwerer, klar zu denken, je mehr sein hübsches Gesicht mein Sichtfeld füllt. „Nun, du hast gesehen, wie ich mich bei den anderen Männern verhalte. Wir haben eine Beziehung. Wir unterstützen einander. Wir haben uns verpflichtet, Probleme gemeinsam anzugehen und Zeit miteinander zu verbringen und, ähm …“

Der Gesichtsausdruck des Daimon-Mannes wirkt zunehmend verwirrt. „Tun du und ich diese Dinge nicht ebenfalls?“

„Es ist nicht das Gleiche. Wir haben nie darüber gesprochen oder beschlossen, wohin das hier führt.“

„Das ist einfach.“ Er fährt mit dem Finger meinen Kiefer entlang zu meinem Kinn und zurück zum Ohr. „Ich will hier bei dir sein und schauen, wie es sein kann. Ich will alles erleben, was wir haben können. Ich muss nirgendwo anders hin … Ich bleibe gerne bei dir, wo immer du hingehst."

Er bietet sich mir so mühelos an, dass sich mein Herz in Reaktion darauf zusammenzieht. „Ich sollte nicht deine ganze *Welt* sein. Es gibt andere Dinge, die du magst."

Rheave macht einen ablehnenden Laut. „Das sind alles Dinge, die ich genießen kann, während ich bei dir bin. Ich hatte die ganze Welt, kleine Liane. Ich hatte sie mehr Jahre, als ich zählen kann. Nichts, was ich darin gefunden habe, hat mich jemals so glücklich gemacht wie du. Deswegen möchte ich dich unbedingt auch glücklich machen."

Ein Rausch von Emotionen schnürt mir die Kehle zu, bevor ich sprechen kann. Erinnerungen an all die Momente, die von seiner Präsenz heller gemacht wurden, gehen mir durch den Kopf. „Du machst mich glücklich."

Der Daimon-Mann lächelt strahlend und entscheidet anscheinend, dass das Antwort genug auf seinen vorherigen Vorschlag ist. Er senkt den Kopf und verschließt meinen Mund.

Der Kuss ist genauso süß wie der erste und sendet einen freudigen Schauder durch meine Mitte. Wärme flutet mich von Kopf bis Fuß und wird zu einer erregenderen Hitze, als Rheave mich gegen die Wand der Schlucht schubst.

Ich gebe dem Impuls nach, meine Finger in seine weichen Locken zu schieben, und ein rauer Laut arbeitet sich in seiner Kehle empor. Er küsst mich stürmischer. Eine Hand bleibt an meinem Kiefer liegen, während die andere meine Seite hoch und runter gleitet, bis ich keuche.

„Wir müssen leise sein", murmle ich an seinen Lippen.

„Hmm. Dann sollte ich damit weitermachen."

Er erobert erneut meinen Mund und seine Zuversicht nimmt zu. Seine Hand wandert über meinen Oberkörper und bleibt auf meinem Busen liegen, als die Berührung ihm ein Wimmern einbringt, das ich zu schlucken versuche.

Seine Hüften schaukeln gegen meine. Die Beule zwischen seinen Beinen ist nicht zu übersehen. Sie streift meine Mitte und löst ein schärferes Pulsieren des Verlangens aus.

Furcht kriecht in meinen Nebel der Erregung. Tue ich das hier wirklich? Mache ich mit einem Mann herum, der streng genommen nicht einmal ein Mann ist – und wohin wird das hier noch führen, wenn ich es zulasse?

Weiß *ich* wirklich, worauf ich mich einlasse?

Mein Körper spannt sich an und Rheave bemerkt das sofort. Er weicht gerade so weit zurück, dass er meinem Blick begegnen kann, wobei seine dunklen Locken in seine Stirn fallen. „Ist das hier okay?"

Er sieht so beunruhigt von dem Gedanken aus, das Gegenteil könnte der Fall sein, dass sich mein Magen verknotet. Ich kann plötzlich sehen, wie das Ganze ablaufen würde, wenn ich ihn wieder von mir stoße und aus Angst meine Mauern errichte.

Ich bin bereits einmal vor ihm weggerannt. Wenn das noch einmal geschieht, wird er nie glauben, dass ich ihn wirklich will.

Ich werde die eigenartige Beziehung zerstören, die wir hier aufzubauen begonnen haben.

Und der Gedanke, das hier – ihn, alles, was wir sein könnten – zu verlieren, macht mir mehr Angst als die Ungewissheit darüber, wo wir enden werden.

Ich will ihn. Das tue ich. Diesen merkwürdigen Mann, der die Seltsamkeit in mir etwas mehr okay macht.

Mit der Hand streiche ich über seine Wange und halte seinen überirdischen Blick, in dem Sehnsucht und Hingabe schimmern. „Es ist wundervoll."

Rheaves strahlendes Lächeln kehrt zurück. „Das finde ich auch." Er reibt seine Nase an meiner Wange und senkt den Kopf, um an der Seite meines Halses zu knabbern. „Ich fühle … so viel. Ich verstehe nicht einmal alles, was mein Körper will."

Wann hätte er jemals zuvor sexuelles Verlangen erleben sollen? Ich will ihn zu nichts drängen, wozu *er* nicht bereit ist.

„Tu einfach … was sich gut anfühlt", schlage ich vor. „Was sich richtig anfühlt. Und nur wenn es sich für alles von dir richtig anfühlt, nicht nur für deinen Körper."

Er macht einen drängenden Laut und presst seinen Schritt an meinen. „Ich habe das Gefühl, als sollte ich in dich sinken. Als wären wir zu weit auseinander. Dabei bist du direkt vor mir."

Okay, ich schätze, ich werde nicht diejenige sein, die das Ganze zu schnell angeht.

Ich schlucke schwer und mein eigenes Gefühl der Dringlichkeit pulsiert durch meine Adern. „Das ist normal. Es wäre einfacher … normalerweise zieht man sich aus … aber das können wir hier schlecht tun."

Rheave stößt ein leises Knurren aus. „Ich würde gerne all deine Haut berühren. Doch ich … Willst *du* warten?"

Seine Beule stößt erneut gegen meine Mitte und entlockt mir eine ehrliche Antwort, als Begehren durch mich fegt. „Nein."

Der Daimon-Mann neigt meinen Mund nach hinten, damit unsere Münder aufeinander krachen können. Sein Kuss ist fordernd, jedoch ohne einen Hauch von Grausamkeit, als würde er mich bitten, ihm nur das anzubieten, was ich ihm mit Freude gebe.

Seine andere Hand gleitet über meine Brust und hält inne, um einen Busen zu massieren, bis ich in unseren Kuss stöhne, bevor sie zu meiner Taille hinabgleitet. Er streift die Rundung meines Hinterns, ehe er sie packt und mich fester an sich zieht.

Dieses Mal nehme ich sein Stöhnen in meinem Mund auf. Mein Wimmern gibt es wieder, als er sich an mir reibt.

„Nicht genug", murmelt er. „Nicht genug …"

Er reißt den Rock meines Leinenkleides zu meiner Taille hoch und macht sich an meinem Hosen-Unterrock zu schaffen, bis er den Verschluss findet. Als er sich in einen weiteren Kuss lehnt, legt er seine Hand unter dem Stoff flach auf meinen nackten Bauch und lässt sie nach unten gleiten sowie unter meine Unterhose.

Seine Finger streifen meinen Kitzler, woraufhin Lust in mir auflodert. Ich unterdrücke so gut wie möglich einen bedürftigen Wimmerlaut.

Rheave taucht tiefer und verschlingt meinen Mund, während er die Feuchtigkeit zwischen meinen Beinen plündert. Er streichelt über meine Falten und atmet zittrig aus.

Ein Finger gleitet in mich. Er dämpft sein nächstes Stöhnen an meinen Haaren.

„Hier. Hier passe ich hin."

Ich kann bloß nicken und meine Hüften im Takt mit seinen neckenden Liebkosungen bewegen. Er streichelt mich mehrere Male, unsere Atemzüge gehen immer schwerer und er zieht seine Hand weg, um sie an sein Gesicht zu heben.

Seine Finger glänzen von dem Beweis meiner Erregung. Mich beobachtend schnuppert er an ihnen und lässt seine Zunge über die gesammelte Feuchtigkeit schnellen.

Der Anblick sendet einen Stich des Begehrens durch mich, als hätte er mich direkt an der Stelle geleckt, welche diese Finger zuvor stimuliert haben.

„Mein", raunt er. „Alles für mich."

Ein fröhliches Lachen kitzelt meine Kehle hinauf. „Und was hast du für mich, mein Daimon-Mann?"

Noch ein Knurren entfährt ihm. „Ich brauche …"

Er zerrt an seinen Kleidern. Sobald deutlich ist, dass er sich sicher ist, helfe ich ihm, seine Hose nach unten zu ziehen.

Als er seinen harten Schwanz aus seiner Hose zieht, kann ich nicht widerstehen, ihn zu packen und zu streicheln.

Rheave stößt ein Zischen aus, das pure Lust ist. „Das … das ist sehr gut, so wie es ist. Aber ich will mehr."

Er reißt an den Messerscheiden an meinem Schenkel, damit er meine Hose und Unterhose zu meinen Knöcheln ziehen kann. Anschließend hebt er mich an der Schluchtwand hoch. Nur mein Umhang schützt meinen nackten Po vor der kühlen Erde.

Mein Umhang und seine Hände legen sich um mich, als er sich zu mir drängt, und ich neige meine Hüften nach oben, um ihm entgegenzukommen.

Als sein Schaft zwischen meine Falten gleitet, seufzen wir beide. Lust knistert über meine Haut, als hätte er seine übernatürliche Energie auf die wunderbarste Art auf mich losgelassen.

Rheave drängt sich in mich, bis wir uns nicht mehr näher kommen können, und sein Schwanz dehnt meinen Kanal mit einem perfekten, berauschenden Brennen. Er verharrt dort und beugt den Kopf neben meinen.

Seine Stimme kommt schmerzhaft zärtlich heraus. „Hierher

gehöre ich. Zu dir. Ganz egal, wohin deine Magie dich führt, ich werde dir folgen. Du kannst immer nach mir greifen."

Plötzlich brennen Tränen in meinen Augen. Doch dann weicht der Daimon-Mann zurück, um sich erneut in mich zu stoßen, und die Woge bittersüßer Emotionen wird von einer Empfindung davongetragen, die pure Glückseligkeit ist.

Ich umklammere seine Schulter und meine andere Hand gräbt sich in seine lockigen Haare. Jedes Bocken seiner Hüften schickt eine tiefere Welle der Wonne durch meinen Körper.

„Ich lasse dich auch nicht gehen", verspreche ich ihm zwischen gebrochenen Atemzügen. „Ich werde nicht zulassen, dass sie dich wegholen."

Mit einem erstickten Laut stößt er schneller in mich. Seine Finger bohren sich in meinen Po. „Halte dich an mir fest, kleine Liane. Als würden wir immer miteinander verbunden sein."

Meine Arme spannen sich um ihn herum an. Er verändert unsere Position mit seinem nächsten Stoß und schafft es, die süßeste Stelle in mir zu treffen.

Mehr braucht es nicht. Die Glückseligkeit dehnt sich mit wenigen Stößen aus, bis sie mich über die Klippe wirft.

Ich schluchze, zittere und halte mich mit aller Kraft an Rheave fest.

„Oh", murmelt er. „*Oh.*"

Er erschaudert ebenfalls und seine Hüftbewegungen werden ruckartig, als er seinen eigenen Höhepunkt in mir findet.

Er zieht mich an sich und vergräbt sein Gesicht an meiner Halsbeuge. Sein Atem brennt über meine Kehle.

„Ich hab dich", verkündet er, so wie er es getan hat, als er mich während der schlimmsten Qualen meiner Magie gehalten hat.

In diesem Moment glaube ich ihm. Die einzige Frage ist, wer das restliche Königreich retten wird.

SIEBENUNDDREISSIG

Ivy

Rheave senkt mich vorsichtig auf den Boden, wobei er sich noch einige Küsse stiehlt.

Als er zurückweicht, sind seine blassen Wangen gerötet und seine Augen funkeln vor Freude. „Das war fantastisch. Ich weiß nicht, warum Menschen das nicht ständig tun."

Ein Lachen entfährt mir. „Ich schätze, wir würden kaum etwas anderes erledigt kriegen."

„Hmm. Noch ein Bereich, in dem man ein Gleichgewicht finden muss."

Obwohl meine Beine noch wacklig sind von der Wucht meines Orgasmus, fühlt sich der Boden unter meinen Stiefeln solide an. Als ich meine Hose wieder zu meiner Taille zerre und meine Schenkelhalfter anbringe, erfüllt mich ein neues Gefühl der Überzeugung.

„Apropos, diese Ablenkung war zwar genial, doch wir müssen noch immer eine Armee aus Blutzauberern finden."

Rheave blickt stirnrunzelnd an der Schluchtwand hoch.

„Was denkst du, in welche Richtung wir von hier gehen sollten?"

Das ist die Frage, oder?

Ich atme langsam ein, denke über unsere Optionen nach und mein Blick landet auf einem der Schmetterlinge, der durch die gruselige unterirdische Lichtung gleitet.

Kosmel hat mich zuvor angeleitet. Doch alle Gottlen bieten denjenigen Zeichen an, die zu ihnen beten, wenn sie deren Not spüren.

Was hat Rheave jemals zuvor von den Gottheiten verlangt trotz allem, was er von sich gegeben hat, um das Reich zu schützen? Ich glaube, sie schulden ihm ein oder zwei Gefallen.

Ich deute zu den Schmetterlingen. „Bitte Inganne um Hilfe. Frag die Schmetterlinge, ob einer von ihnen einen Ort in der Nähe bemerkt hat, wo es viel Magie gibt. Du hast gesagt, sie fühlen sich wie Freunde an ... Freunde helfen einander."

Rheave blinzelt und ein Grinsen huscht über sein Gesicht. Er schließt seine Hose und wendet sich an die Schmetterlinge.

Als er spricht, weiß ich nicht, wie sehr er zu ihnen spricht und wie viel zu der Gottlen, die möglicherweise über diesen Ort wacht.

„Danke, dass ihr uns eine so freudvolle Stelle gegeben habt, wo wir noch mehr Freude erleben konnten. Es gibt etwas sehr Wichtiges, was wir tun müssen, und wir könnten eure Hilfe gebrauchen. Habt ihr einen Ort in der Nähe des Waldes bemerkt, wo sehr viel Magie gewirkt wird? Wir müssen diese Leute aufhalten, bevor sie viel Schmerz verursachen. Allerdings müssen wir sie vorher finden. Ich wäre sehr dankbar für eure Führung."

Er senkt den Kopf, als würde er beten.

Zunächst glaube ich, dass sein Gesuch nichts erreicht hat. Dann flattert der goldene Schmetterling, den ich zuvor bemerkt habe, die Schlucht hinauf, als wolle er gehen.

Rheave sieht mich mit großen Augen an. Wir klettern beide die Erdwand empor.

Der Schmetterling gleitet in diese und jene Richtung und fliegt alles andere als in einer geraden Spur. Doch als wir ihm durch das Unterholz folgen und uns so leise wie möglich zwischen den Bäumen bewegen, kann ich sehen, dass er uns stetig, wenn auch langsam geradeaus führt.

Das Sonnenlicht reflektiert von seinen Flügeln, als er über einen Baumstamm segelt. Er weicht einem Dickicht aus und fliegt um eine Gruppe junger Bäume herum.

Ich beginne schon, zu denken, dass er doch nur einen Ausflug durch den Wald genießt, als ein winziges Kribbeln mein Gesicht streift.

Ich erstarre und konzentriere mich auf die Empfindung. Mit angehaltenem Atem suche ich die Umgebung nach Spuren des Ordens der Wildheit ab.

Wir sind noch so tief im Wald, dass ich nicht erkennen kann, wie nah der Waldrand ist. Der Marsch hat zuvor immer auf offener Fläche gelagert, damit sie die Gegend außerhalb ihrer Lagergrenzen mühelos überwachen konnten, ohne die Grenzen ihrer tarnenden Magie zu verlassen.

Wenn ich nicht zwischen den Bäumen hindurchschauen kann, sollten sie auch nicht weit in den Wald sehen können.

Rheave ist an meiner Seite erstarrt. Ich halte eine Hand zum Signal hoch, vorsichtig zu sein, und gehe noch behutsamer und wachsamer weiter.

Der Hauch von Magie verstärkt sich in der Richtung, in die der Schmetterling geflogen ist. Als ich mir sicher bin, in welcher Richtung das Lager ist, weiche ich dorthin zurück, wo ich nur ein schwaches Kribbeln spüre, und gehe vor und zurück, um die Ränder abzulaufen.

Die Blutzauberer sind westlich von diesem Waldgebiet. Das schwache Summen ihrer Magie dehnt sich so weit aus, dass ich es entlang eines Kurses von 123 Schritten durchs Unterholz spüren kann.

Ich will einen näheren Blick auf sie werfen. Allerdings kann ich es nicht riskieren, mich mit meiner eigenen Magie zu tarnen.

Ich starre zu dem Lager, von dem ich weiß, dass es da ist, und etwas dreht sich in meinem Kopf um. Ich könnte mich wegen meiner Vergesslichkeit ohrfeigen.

Wie viele Jahre bin ich ohne magische Hilfe durch Florian geschlichen? Ich habe mich in den letzten Wochen so daran gewöhnt, mich auf die Magie zu verlassen, dass mir das, was ich einst automatisch tat, gar nicht in den Sinn kam.

Ich berühre Rheaves Arm und beuge mich dicht zu ihm, um zu flüstern: „Ich werde etwas näher schleichen. Es wird einfacher sein, wenn ich allein gehe. Warte hier und halte Wache."

Er nickt und senkt den Kopf, um mir einen kurzen Kuss auf die Wange zu drücken.

Ich gehe in die Hocke und schleiche im Schutz des Unterholzes vorwärts. Die meisten Büsche haben ihre Blätter verloren, ihre dürren Zweige verbergen mich allerdings trotzdem vor jedem, der in die Schatten des Waldes späht.

Ich schleiche von Busch zu Baumstamm zu einem Büschel welken Farns und starre angestrengt in den Wald. Die Magie in der Luft wird mit jedem Schritt stärker.

Julitas Präsenz dehnt sich in meinem Hinterkopf aus, als sie zurückkehrt, um mein Bewusstsein zu teilen. *Ich sehe, wir haben einige Fortschritte gemacht. Ich nehme an, der Marsch campiert in dieser Richtung?*

Ich neige den Kopf zu einem kaum merklichen Nicken.

Ich wusste, dass wir sie finden würden. Sie hält inne, während ich mich mit heimlichen Bewegungen vorwärtsschiebe, und ein Kichern entwischt ihr. *Weißt du, ich glaube, das hier macht mehr Spaß, als bloß ein wenig Magie um dich zu wickeln. Wo bleibt da die Herausforderung?*

Ich verkneife mir ein Schnauben und krabble weiter.

Als ich Rheave irgendwo zwanzig Schritte hinter mir zurückgelassen habe, erreiche ich endlich ein weniger dichtes Gebiet. Ich kann keine klare Sicht auf das Lager erhalten, solange es mit Magie getarnt ist, doch es muss gleich dort drüben sein.

Klasse. Was jetzt? Ich kann niemanden ausspionieren, den ich nicht sehen kann.

Um ihren Tarnzauber zu brechen, müsste ich geradewegs auf das Feld marschieren. Nicht einmal die Hand Kosmels kann sich hinter einem Grashalm verstecken.

Ich betrachte die freie Fläche hinter dem dichten Wald aus zusammengekniffenen Augen und halte nach einer Bewegung Ausschau. Vielleicht gibt es einen Hinweis auf ihre Pläne, den ich bemerken könnte, wenn ich näher gehen würde – allerdings weiß ich nicht, wo ihre Wachen stationiert sind. Je näher ich zum Waldrand gehe, desto wahrscheinlicher ist es, dass ich gesehen werde.

Nach mehreren Minuten weiche ich ungefähr die Hälfte der Distanz zurück, die ich zuvor abgedeckt habe, da ich zuversichtlich bin, dass ich vom Lager aus nicht sichtbar sein werde. Ich bleibe trotzdem in der Hocke und leise, als ich von Baum zu Baum gehe, lausche und nach etwas Ausschau halte, was helfen könnte.

Ein Vogel ruft in der Ferne. Zweige schlagen in einer Windböe gegeneinander.

Ich ziehe meinen Umhang fester um mich und reibe mir übers Gesicht. Ich hasse die Vorstellung, zu gehen, ohne mehr zu wissen, und ich bin mir bewusst, dass ich bei den anderen Männern möglicherweise nützlicher wäre.

Julita schnaubt. *Sie werden irgendwann auf die ein oder andere Art einen Fehler machen. Dann haben wir sie.*

Doch werden sie einen Fehler machen, während ich hier bin, um ihn zu erleben?

Dann dringt aus der Richtung des Lagers ein Knirschen trockener Blätter an meine Ohren.

Jeder Muskel in meinem Körper spannt sich an. Ich spähe zwischen den Ästen des Buschs hindurch, hinter dem ich kauere.

Eine Frau marschiert ein kurzes Stück links von mir vom Lager in den Wald. Sie geht steif, aufrecht, entschlossen, jedoch ein wenig nervös und ihre Hand liegt auf dem Messer, das in einer Scheide an ihrem Gürtel steckt.

Ah ha, kräht Julita.

Das muss eine Späherin sein. Wenn wir sie gefangen nehmen und befragen könnten …

Doch wie sollen Rheave und ich das anstellen? Ich kann ihr ohne meine Magie keine Antworten abpressen. Ich bezweifle, dass Rheave sie wegzerren könnte, ohne dass sie so viel Theater veranstaltet, dass es jemand im Lager bemerken würde.

Und will ich diese Frau wirklich zu den anderen

zurückbringen in der Hoffnung, dass Stavros Informationen aus ihr herausfoltern kann?

Mein Magen schlingert unbehaglich.

Nein, so bin ich nicht. Ich bin kein Monster.

Du kannst sie nicht einfach gehen lassen, sagt Julita. *Du hast es mit Ster. Torstems ganzem Club aus Blutzauberern aufgenommen ... Du bist in der Lage, mit einer zurechtzukommen.*

Ihre Worte entzünden eine Idee in meinem Kopf.

Ich bin kein Monster – ich bin eine Diebin.

Ich bin die Frau, die die gesamte Hofakademie davon überzeugte, dass ich eine geringe Adelige und keine Straßenratte bin.

Ein Grinsen biegt meine Lippen nach oben, als mich ein Hochgefühl durchfährt.

Ich muss diese Frau nicht schikanieren. Ich muss bloß ihr Vertrauen stehlen.

Mich sammelnd löse ich mich von dem Busch und richte mich hinter einem Baum auf. Dann laufe ich schnell vor, damit ich so an der Späherin vorbeigehen kann, als würde ich gerade zu dem Ort zurückkehren, den sie verlassen hat.

Beim leisen Knirschen meiner Schritte schnellt ihr Blick zu mir.

Ich tue so, als hätte ich sie ebenfalls erst bemerkt und hebe meine Hand zum Gruß. „Hallo. Ziehst du los, um die Runde zu machen? Bisher sieht alles ruhig aus.“

Die meisten Mitglieder des Ordens der Wildheit haben nie einen deutlichen Blick auf mich erhascht. Da hunderte von ihnen im Lager sind und ständig neue Mitglieder dazustoßen, spekuliere ich darauf, dass diese Frau es nicht vollkommen merkwürdig finden wird, dass sie mich auf den ersten Blick möglicherweise nicht als Kollegin erkennt.

Sie wird langsamer und Unsicherheit huscht über ihr Gesicht, während sie zaghaft lächelt. „Das ist gut zu hören. Wann bist du losgegangen?“

„Oh, die Sonne war noch nicht einmal aufgegangen“, erwidere ich lässig, als würde mir nie in den Sinn kommen, dass sie mir nicht glauben könnte. „Die Meisten haben noch geschlafen. Doch wir brauchen die Ruhe, wenn wir unsere Ziele in die Tat umsetzen wollen, vor allem nach dem Schlamassel gestern Nacht. Gibt es irgendwelche Änderungen an dem neuen Plan?“

Das Ordensmitglied sieht immer noch verwirrt aus, mein Plauderton hat sie jedoch so weit besänftigt, dass sie automatisch antwortet. „Nicht, dass ich gehört habe. Es kann keine bessere Strategie geben, als die Burg kurz vor der Dämmerung anzugreifen, während *sie* größtenteils schlafen.“ Sie hält inne und starrt mich eindringlicher an. „Wie lange marschierst du schon mit uns?“

Mein Herz setzt einen Schlag aus, doch ich bewahre mein lockeres Lächeln bei. „Ich schätze, es ist jetzt einige Tage her? Wir waren eine späte Gruppe, mussten euch erst einholen, aber ich bin froh, dass wir es geschafft haben.“

Ich winke noch einmal, dieses Mal, um sie wegzuschicken. „Mögest du keinen Ärger finden.“

Ich mache Anstalten, als wolle ich an ihr vorbeigehen, weiß jedoch, dass ich nicht zu schnell laufen kann, da ich andernfalls vom Lager aus gesehen werde. Die Frau macht einen Schritt, hält jedoch inne und dreht sich wieder um. „Warte.“

Ich drehe mich mit einem Ruck meines Herzens um und ziehe die Augenbrauen hoch. „Stimmt etwas nicht?“

Sie starrt mich einige Sekunden lang an.

An meinem Verhalten oder meinen Kleidern stimmt anscheinend etwas nicht, was nur ein Ordensmitglied erkennen würde. Ich kann ihrem Körper ansehen, dass ihre Einstellung schlagartig von Unsicherheit zu Feindseligkeit wechselt.

Sie zieht ihr Messer. „Du bist kein ...“

Ihr Mund öffnet sich, um Luft zu holen und dem Lager eine Warnung zuzurufen. Ich greife nach einem der Messer an meinen Hüften ...

Und Rheave ist zuerst bei ihr. Er springt mit ausgestreckten Händen aus dem Unterholz.

Er stürzt sich auf sie und Magie bricht aus seinen Händen hervor. Die Lichtblitze aus Energie brennen sich mit einem leisen Zischen so schnell durch den Körper der Frau, dass sie sich in Asche auflöst, bevor ihr Körper auf dem Boden aufschlagen kann.

Ihre verkohlten Überreste sind auf dem Waldboden verteilt. Es bleibt nur der übelkeitserregende Geruch nach verbranntem Fleisch zurück, der von der nächsten Windböe fortgetragen wird.

Rheave starrt auf die verstreuten Ascheklumpen und geschwärzten Knochen hinab. Er sieht aus, als wäre ihm ebenfalls schlecht.

Als ich mich ihm hastig anschließe, hebt er den Kopf und sieht mir in die Augen.

„Es hat mir nicht gefallen, das zu tun", erklärt er leise. „Doch entweder musste sie sterben oder sie hätte den Rest von ihnen gerufen, um dich, mich und unsere Freunde zu töten."

Ich kenne dieses verworrene Gefühl, wenn man sich sicher ist, dass man das Richtige getan hat, sich jedoch wünscht, man hätte es nicht tun müssen. Wie damals, als ich Esmae erstechen musste, bevor sie mir das Gleiche antun konnte.

Der Daimon-Mann hat mich nicht nur vor den Angreifern gerettet, die die Späherin zu uns gerufen hätte, sondern auch davor bewahrt, meinem Gewissen noch einen Berg an Schuldgefühlen hinzuzufügen, hätte ich sie töten müssen.

Ich packe seine Hand. „Es gab keine andere Wahl. Sie hatte ihre bereits getroffen. Aber ich weiß, dass es trotzdem ein schreckliches Gefühl ist. Warte, ich sollte die Asche verteilen, damit weniger offensichtlich ist, was passiert ist."

Ich schneide eine Grimasse, schiebe die Aschereste mit meinen Stiefeln hin und her und vermische sie mit Blättern und Erde. Rheave folgt meinem Beispiel, bis die Stelle, an der die Frau gefallen ist, nur ein Streifen dunkler Erde inmitten des restlichen Waldbodens sein könnte.

Als wir uns eilig von ihr und dem Lager entfernen, lächelt der Daimon-Mann. „Du hast sie vorher reingelegt. Du hast sie dazu gebracht, dir Dinge zu erzählen."

Die Freude über diesen kleinen Sieg kehrt zurück. Ich stelle fest, dass ich meinen neuen Liebhaber ebenfalls anlächle.

„Das habe ich getan. Ohne ein einziges bisschen Magie zu

benutzen. Jetzt sollten wir besser zu den anderen zurückkehren, damit wir herausfinden können, wie wir ihren neuen Plan ein für alle Mal vereiteln können."

Achtunddreißig

Casimir

Ivy zischt leise und hebt ihre Hand von dem Stock, den sie in der Hand hält. Ein Tropfen Blut quillt an ihrer Fingerspitze hervor. „Ich habe mich geschnitten.“

Rheave, der neben ihr sitzt, beugt sich zu ihr und reißt vor Sorge die Augen auf. „Bist du in Ordnung?“

„Es ist nur ein winziger Stich. Aber die Dinger sind knifflig.“

„Stavros hat gesagt, dass es leichter wäre, wenn wir die Befiederung nur teilweise nach unten schieben, bis sie alle drin sind, und sie dann komplett hochschieben.“

Ivy mustert den Pfeil, den sie unter Rheaves Anleitung herstellt, nachdem Stavros es ihm gestern Nacht beigebracht hat. Der Daimon hat beim chaotischen Angriff auf den Marsch gestern all seine vorherigen Geschosse verloren.

„Ich kann mir vorstellen, dass das hilft“, erwidert sie. „Ich werde es beim nächsten Pfeil ausprobieren.“

Als sie das letzte Stück der Blätter an Ort und Stelle zieht, die sie als Befiederung nutzen, und den neuen Pfeil auf den kleinen Haufen legt, den sie gebaut haben, legt Rheave den Kopf schief, um mit den Lippen über ihre Haare zu streichen.

Ich habe in der Vergangenheit schon gesehen, wie unser neuester Kamerad Ivy körperliche Zuneigung geschenkt hat. Es ist nichts an der Geste, was grundsätzlich intimer ist als zuvor.

Das leidenschaftliche Leuchten in seinen Augen, als er sich zurückzieht, und die leichte Röte, die Ivys Wangen färbt, verraten mir jedoch, dass während ihres Streifzugs heute Morgen mehr zwischen ihnen geschehen ist. Sie bewegen ihre Körper mit einem neuentdeckten Sinn für Koordination nebeneinander, den ich normalerweise nur zwischen Liebhabern sehe.

Gut. Ivy brauchte etwas Ekstatisches inmitten all des Kummers, mit dem sie zu tun hatte.

Ich war mir nicht sicher, wie ich ihr diese Art von Erlösung bieten kann, zumindest nicht auf eine Art, die sie akzeptiert.

Fürs Erste überquere ich den dreckigen Boden des verlassenen Stützpunkts und setze mich auf ihre andere Seite. „Zeigst du es mir, damit ich auch helfen kann? Ich glaube nicht, dass wir zu viele Pfeile haben können, wenn wir morgen an der Front der Schlacht stehen werden."

Ein kleiner Schauder durchläuft Ivys schlanke Gestalt, sie lächelt mich jedoch an und reicht mir einen der Stöcke, die sie und Rheave aus einem kleinen Ast zu einem geraden Stab geschnitzt haben. „Wir haben bereits Kerben eingeritzt. Du musst nur die Befiederung und eines dieser Teile an der Spitze anbringen."

Sie deutet zu dem Haufen dreieckiger Holzstücke, die sie mit einigen geschickten Messerbewegungen zu scharfen Spitzen geschnitzt hat.

„So." Rheave zeigt mir, wie sie die Stücke in die Kerben zu beiden Seiten des Pfeils geschoben haben, in denen sie so fest sitzen, dass sie nicht festgebunden werden müssen.

Ich habe noch nie zuvor bei der Anfertigung einer Waffe geholfen, meine Finger jedoch oft genug für Dinge benutzt, bei denen Geschicklichkeit gefragt war. Daher bin ich mir sicher, dass ich mit dieser Aufgabe zurechtkomme. Mit einem Nicken mache ich mich an die Arbeit.

Während wir den Haufen fertiger Pfeile vergrößern, legt sich ein angespanntes Schweigen über uns drei. Die Sonne ist gerade hinter das Loch in der Decke gesunken und der Abend rückt näher.

Alek ist unterwegs und sucht Nahrung, damit wir etwas zum Abendessen haben, um die Schwäche eines leeren Magens abzuwehren. Stavros ist noch nicht von seiner Begutachtung der königlichen Truppen im nahen Umfeld zurückgekehrt.

Die Frage, was wir wegen des nächsten geplanten Angriffs der Blutzauberer tun werden, hängt in der Luft, seit Ivy und Rheave mit ihren Nachrichten zurückgekehrt sind. Mir sind noch keine Antworten eingefallen.

Sicherzustellen, dass wir auf den Krieg vorbereitet sind, ist das Beste, was wir tun können.

Als nur noch wenige geschnitzte Stäbe übrig sind, summt Rheave und steht auf. „Ich werde weitere Stöcke sammeln, die wir benutzen können. Außerdem will ich mich vergewissern, dass niemand vom Marsch in diese Richtung gekommen ist.“

Er blickt mit einer unerschütterlichen, schützenden Miene auf sie hinab, zögert eindeutig, sie sogar zu diesem Zweck zu verlassen, und schenkt mir ein Lächeln, bevor er geht.

Ivy stößt einen Schwall Luft aus und legt ihr jüngstes Werk ab. „Ich schätze, ich sollte froh sein, dass ich besser darin bin, Pfeile herzustellen, als sie zu schießen.“

Ich drücke auf die Spitze meines Pfeils, bis ich mir sicher bin, dass sie fest sitzt. „Niemand kann in allen Dingen hervorragend sein. Ich bin froh, dass es eine Möglichkeit gibt, wie ich mich ein wenig nützlich machen kann.“

Sie stupst mich sachte mit dem Ellenbogen an. „Du hast viel mehr beigetragen als ‚ein wenig‘.“

Ein kurzes Glucksen entfährt mir. „Vielleicht, so sollte ich allerdings nicht meine Spuren in der Welt hinterlassen.“

Als die Worte meine Lippen verlassen, entgleiten Ivys Gesichtszüge.

Sie versucht, es mit einem harschen Lachen zu überspielen, doch ich zucke innerlich zusammen. Ich habe sie unbeabsichtigt mit meiner ungeschickten Bemerkung verletzt.

„Du vermisst die Akademie jetzt bestimmt sehr", entgegnet sie mit erzwungener Fröhlichkeit.

Ich schlucke schwer und lege meine Hand auf ihren Arm. „So habe ich es nicht gemeint, Gütige. Ich habe es keine einzige Sekunde lang bereut, dass ich auf dieser Reise an deiner Seite war. Ich mache mir nur Sorgen, dass ... die Schulden, die ich nicht mehr begleiche, uns Pech eingehandelt haben."

Ivys Stirn legt sich in Falten. „Welche Schulden? Warum sollten sie hier draußen eine Rolle spielen?"

Ich öffne den Mund und schließe ihn wieder. Die Scham über meine Vergangenheit erstarrt in meiner Brust. Allerdings sollte ich es ihr vermutlich erklären, damit sie die Verantwortung versteht, die ich trage – und warum wir möglicherweise die Gunst meiner Gottlen verloren haben, weil ich von meinem Kurs abgekommen bin.

„Ich habe dir erzählt, dass meine Mutter ebenfalls eine Kurtisane war", beginne ich.

Ivy nickt und nimmt noch einen Stab, schaut jedoch wieder zu mir.

Ich fahre mit den Fingern über die Blätter, mit denen ich meinen Pfeil befiedert habe. „Sie war eine viel bewunderte und bekannte Kurtisane. Manche sagen, dass niemand ihrer Generation Ardone so gut gedient hat. Ihre Schwangerschaft mit mir und die Geburt waren jedoch schwierig ... beides hat seinen Tribut von ihr gefordert. Sie strapazierten ihre Nerven auf eine Art, durch die sie einen Großteil ihrer vorherigen eleganten Bewegungen verlor. Sie entwickelte Muskelzuckungen, die es ihr erschwerten, sogar ein Lächeln zu halten."

„Und die königlichen Mediziner konnten den Schaden nicht heilen?"

Ich schüttle den Kopf. „Soweit ich das verstehe, waren die Schäden zu umfangreich und tiefgehend. Anscheinend wäre ihre Situation ohne die Hilfe der Mediziner noch schlimmer gewesen. So war die Wirkung hauptsächlich oberflächlich ... das Aussehen spielt in unserer Branche jedoch eine große Rolle."

„Natürlich." Ivy runzelt die Stirn. „Aber was hat das damit zu tun, dass du Schulden hast?"

Das ist doch sicherlich offensichtlich?

Das Gewicht des Wissens macht mein Achselzucken träge. „Es war meine Schuld. Wenn sie mich nicht auf die Welt gebracht hätte, wäre sie in der Lage gewesen, ihre Berufung noch viele Jahrzehnte lang auszuüben. Also habe ich mein Bestes gegeben, so viel Freude und Wonne in der Welt zu verbreiten, wie sie es getan hätte.“

Ivy blinzelt mich an. Sie legt den Pfeil ab, den sie gerade erst zu befiedern begonnen hat, und wendet sich mir zu. „Casimir, du glaubst nicht *wirklich*, dass du verpflichtet bist, die gleiche Arbeit zu tun, nur weil sie es nicht tun konnte, oder? Es war nicht deine Idee geboren zu werden. Sie hat diese Entscheidung getroffen … Sie muss gewusst haben, dass es Risiken gibt.“

Mein Mund schmeckt nach Asche. „Sie hätte nicht wissen können, dass sie so viel opfern würde. Ohne ihr Opfer wäre ich nicht am Leben. Sie sagte immer, dass ich das Geschenk war, das sie der Welt im Tausch für ihre Dienste gegeben hat. Ardone verdient immerhin einen Vertreter, der so würdig ist wie der, welcher verloren wurde.“

„Das ist Irrsinn! Das ist … das ist so schlimm wie die Blutzauberer, die Zwölfjährige dazu bequatschen sich für ihre Zwecke zerstückeln zu lassen.“

Ein Schauder durchläuft meinen Körper bei dem Vergleich.

Ich bringe noch ein Glucksen zustande. „Ich glaube nicht, dass das Erschaffen von Schönheit und Freude vergleichbar mit ihren schrecklichen Zielen ist.“

Ivy verzieht das Gesicht. „Okay, das ist vielleicht eine kleine Übertreibung … Mein Argument bleibt jedoch bestehen. Niemand sollte in der Lage sein, zu verlangen, dass andere Leute ihr Leben für den Dienst aufgeben.“

„Es ist meine Berufung. Ich habe mich dafür entschieden und genieße es. Niemand kann jeden Teil seines Lebens bestimmen.“

Jetzt zuckt Ivy zusammen, obwohl ich nicht einmal an ihre Situation gedacht habe, als ich meine letzte Bemerkung machte.

Sie legt ihre Hand auf meine Schulter. „Du hast Optionen. Du kannst dein Leben so gestalten, wie du es willst. Wenn Ardone dich − oder uns alle − bestrafen würde, weil du seit einigen Monaten nicht dem Vermächtnis deiner Mutter entsprochen hast oder so ein Schwachsinn, dann ist sie keine Gottlen, die es verdient, dass man ihr dient.“

„Ivy ...“

„Nein“, widerspricht sie. „Du hast gekämpft, spioniert, nach Essen gesucht und so viele andere Dinge getan, damit wir so weit kommen konnten, um das Königreich vor den schlimmsten Schurken zu retten, die es seit fünfhundert Jahren gesehen hat. All das zählt, auch wenn es nicht dazu passt, ein Kurtisan zu sein.“ Sie tritt gegen ein einzelnes Steinchen auf dem Boden. „Sei froh, dass du auf all diese Arten helfen kannst.“

Ich muss nicht nachfragen, um zu verstehen, was sie meint. „Du hast mehr als deine Magie angeboten, Ivy.“

„Klar. Ein wenig.“ Ihr Kopf sinkt herab. „Einen Augenblick lang fühlte ich mich heute Morgen hoffnungsvoll. Doch ich habe bloß mehr Informationen herausgefunden und wir wissen nicht einmal, wie wir auf diese reagieren sollen. Ich zerbreche mir seit Stunden den Kopf und mir ist keine einzige Möglichkeit eingefallen, wie ich den Angriff der Blutzauberer länger als ein oder zwei Sekunden abwehren könnte, ohne meine Macht zu benutzen.“

„Das ist nicht allein deine Aufgabe. Wir werden uns gemeinsam etwas überlegen.“

„Aber ich bin die Einzige, die es tun *könnte* ... die sie alle innerhalb von Minuten auslöschen könnte, nur indem ich es will.“

Das Lachen, das als Nächstes aus ihr hervorbricht, ist so düster, dass es mir Angst einjagt. „Wenn mir die Leute, die sie verletzen werden, wirklich wichtig sind, ist es vielleicht das, was ich tun sollte. Was die Götter von mir wollen würden. Warum Kosmel mich auf diesen Weg geführt hat. Vielleicht sollte ich einfach meine geistige Gesundheit und die unschuldigen Leute vergessen, die reingelegt wurden ... Möglicherweise sollte ich sie alle umhauen und Stavros bereithalten, damit er mich tötet, bevor ich noch jemandem schaden kann.“

Das Entsetzen, das mich bei ihrem Vorschlag durchströmt, überwältigt alle anderen Empfindungen.

Ich schlinge meine Arme um sie, drücke sie fest an mich und ein qualvolles Brennen setzt in meinen Augen ein. „Sag das nicht, Ivy. Denk so etwas nicht einmal. *Du* bist kein Opfer."

Ivy lehnt den Kopf an meine Schulter. Sie klingt selbst, als hätte es ihr die Kehle zugeschnürt. „Inwiefern unterscheidet sich das davon, dass du dein Leben aufgibst, um deine Mutter zu ersetzen? Ich würde das ganze Königreich retten."

Götter steht mir bei, habe ich sie dazu gedrängt, so zu denken?

Ich spanne meine Arme an und ringe mit der Flut an Emotionen, die durch meinen Körper strömt.

Hört sich das, was sie gerade gesagt hat, so für sie an, wenn ich darüber spreche, das Vermächtnis meiner Mutter zu erfüllen? Doch dieser Schaden wurde bereits bei meiner Ankunft auf dieser Erde angerichtet …

Ich schätze, Ivy könnte die gleichen Dinge über den Schaden sagen, den sie unabsichtlich in der Vergangenheit verursacht hat.

„Nein", murmle ich. „Das glaube ich so nicht. Wir verdienen es beide, zu *leben*. Wir verdienen es, dass ein Teil unseres Lebens uns gehört. Wir können unseren eigenen Weg finden, unseren Göttern zu dienen, ohne alles aufzugeben, was uns wichtig ist. Ich wäre nicht hier, wenn ich das nicht glauben würde."

Es zu glauben und es in jedem Moment zu *fühlen*, ist allerdings nicht immer das Gleiche.

Ivy stößt zittrig den Atem aus. „Ich will auch mein eigenes Leben. Ich … ich weiß nur nicht, ob ich in einem Reich leben möchte, das von Blutzauberern übernommen wurde. Was, wenn ich die einzige Chance bin, die Silana hat? Dem König sind die Hände gebunden, da er gleichzeitig versucht, das Land vor der darischen Bedrohung zu schützen. Und er denkt, *wir* sind die Feinde."

Ein Schnauben entfährt ihr, das mehr wie ihr übliches Selbst klingt. „Alle sind gegen uns, sogar die Leute, die wir zu retten versuchen."

Ich streichle mit der Hand über ihren Rücken. „Wir werden ihm das Gegenteil beweisen. Und möglicherweise werden wir

Unterstützung an Orten finden, wo wir sie nicht erwarten. Schau dir Rheave an. Er hat als Werkzeug der Blutzauberer begonnen, doch dann wurde er unser Verbündeter … und jetzt ist er für dich sogar mehr als das."

Ivy versteift sich ganz leicht. „Ich …"

„Es ist okay", informiere ich sie, bevor sie eine Gelegenheit hat, zu denken, ich würde sie einer Sache beschuldigen, anstatt bloß eine Tatsache zur Kenntnis zu nehmen. „Ich sehe wahnsinnig gerne, dass du noch mehr Freude gefunden hast. Doch wer hätte gedacht, dass sie in einer so unerwarteten Gestalt kommen würde?"

„Stimmt." Ivy erwidert meine Umarmung und lehnt sich dann mit einem Seufzen in meine Arme. „Es macht nicht den Anschein, als wäre einer der anderen gefangenen Daimon in der Lage gewesen, die Kontrolle der Blutzauberer abzuschütteln. Und nichts, was wir getan haben, hat ihre Unterstützer im Marsch so sehr erschüttert, dass sie daran gezweifelt haben, ob der Orden der Wildheit wirklich gute Absichten hat. Ich sehe nicht, wer …"

Sie hält so lange inne, dass ich zurückweiche, um ihr ins Gesicht zu schauen. In ihren Augen hat sich eine Art fieberhaftes Funkeln entzündet.

Ivy richtet sich auf. Sie schweigt mehrere Sekunden lang und befeuchtet ihre Lippen, bevor sie mir in die Augen sieht. „Casimir, wenn ich eine Idee hätte, die verrückt klingt, bei der *ich* allerdings nicht verrückt werde … würdest du mir genug vertrauen, um sie auszuprobieren?"

Es ist eine einfache, unkomplizierte Frage, kein Flehen oder Überreden. An der Anspannung auf ihrem Gesicht kann ich jedoch erkennen, wie sehr sie es braucht, dass ich sie jetzt unterstütze.

Und ich weiß tief in meinem Herzen, dass ich dieser Frau bis ans Ende der Welt folgen würde, wenn sie mich darum bäte.

„Ja", antworte ich. „Was immer es ist. Sag mir einfach, was du brauchst."

Bevor sie antworten kann, rascheln draußen Schritte. Stavros erscheint in der Tür, die Haare von seinem Ritt zerzaust und sein Gesichtsausdruck unleserlich.

Ein Funke Hoffnung entzündet sich in meiner Brust – dass er vielleicht tausende königliche Soldaten gesehen hat, die bereits ankommen, um den König zu verteidigen, oder Beweise für eine andere Reaktion, welche die Gefahr unnötig machen, in die Ivy sich zu werfen plant.

„Irgendwelche Neuigkeiten?", frage ich.

Sein Mund verzieht sich und mein Herz sinkt erneut, bevor er auch nur spricht. „Die hiesigen Truppen sind eindeutig wachsamer, aber aufgrund der geringen Anzahl der hier stationierten Soldaten bin ich mir nicht sicher, wie viel Schutz sie bieten werden. Soweit ich gehört habe, ist Verstärkung auf dem Weg, allerdings noch über einen Tag entfernt."

„Zu weit weg", murmelt Ivy und konzentriert sich auf ihn. „Die Blutzauberer greifen morgen vor der Dämmerung an. Casimir hat mich jedoch gerade daran erinnert, dass Feinde manchmal Verbündete werden können. Ich glaube, wir können eine Falle stellen, die das Ende des Ordens der Wildheit bedeuten könnte ... oder zumindest ihrer Gelegenheit, der Königsfamilie morgen zu schaden."

Stavros zieht die Augenbrauen hoch. „Wie das?"

Ivys Blick gleitet zu mir. Sie nimmt meine Hand. „Ich werde all deine Fähigkeiten darin brauchen, Leute zu beruhigen, Cas. Wir müssen das Vertrauen der Blutzauberer und eines Haufens darischer Soldaten gewinnen."

Eine andere Art von Leuchten bildet sich in meiner Brust. Ich habe keine Ahnung, worauf sie damit hinauswill, meine Antwort bleibt jedoch die Gleiche. „Jedes Talent, das ich besitze, gehört dir. Wie sieht diese Falle aus, die wir stellen werden?"

Neunanddreißig

Stavros

Beim Anblick der darischen Worte, die sich über das Papier ziehen, spannt sich meine Haut an, obwohl ich weiß, dass sie von einem Freund anstatt eines Feindes geschrieben wurden.

Ich kämpfte jahrelang gegen die Mistkerle, die unser Land für sich einnehmen wollen – von dem Versuch, wie einer von ihnen zu denken, wird mir schlecht.

Doch momentan könnten sie der Schlüssel sein, um eine viel unmittelbarere Gefahr zu zerstören.

Wegen seines akademischen Wissens der Sprache war Alek die offensichtliche Wahl, um den falschen Brief zu schreiben. Ich half ihm mit dem Inhalt aufgrund meines Verständnisses der darischen Truppen und ihrem Interesse an Silana, wohingegen Casimir die subtileren Aspekte unserer Formulierung vorgab.

Der Brief muss sich überzeugend anhören, darf jedoch nicht zu spezifisch sein. Alles, was zu offenkundig ist, könnte den Verdacht erregen, dass der Brief gefälscht wurde.

Wir akzeptieren Ihr Gesuch im Austausch für den Anteil, der uns an Silana zusteht. Wenn die Flagge Ihrer Festung einen

Kilometer westlich von dort, wo die drei Kiefern am Ufer des Hochmeerkanals stehen, beim zweiten Glockenschlag des Morgens verbrannt wurde, werden wir zu den Kiefern übersetzen und den Gegenstand auf die Weise transportieren, die Sie verlangt haben. Wenn Sie Ihr Versprechen brechen, ist der Handel nichtig.

Kaiser Tarquin freut sich darauf, eine Partnerschaft zu etablieren, die uns beiden zugutekommt. Mit diesem Bündnis machen Sie den Kontinent stolz, König Konram.

Ivy läuft auf der anderen Seite des Hauptraums des verlassenen Stützpunkts auf und ab. „Julita weiß, dass mindestens Borys Darisch lesen kann. Also wird der Orden der Wildheit herausfinden, was in dem Brief steht. Würde ihre Armee unserem König definitiv in dieser Sprache schreiben?"

Ich nicke. „Ich weiß nicht, ob eines der Ordensmitglieder, das mit unseren ehemaligen Eroberern vertraut ist, von dieser Tatsache weiß, aber das Kaiserreich hält seine eigene Sprache schon immer für überlegen. Sie würden sich nicht mit König Konram befassen, wenn er nicht gewillt wäre, zu ihren Bedingungen mit ihnen zu kommunizieren."

Casimir streckt den Kopf durch die Tür. „Die Pferde sind gesattelt. Bist du mit dem Brief zufrieden?"

Zufrieden ist nicht das richtige Wort.

„Ich glaube, er sollte überzeugend sein in Kombination mit der Show, die du und Alek abziehen werdet", erwidere ich und reiche ihm den Brief. „Achte darauf, wie du den Brief fallen lässt … es *muss* vollkommen zufällig aussehen."

Casimir grinst. „Ivy ist zwar unsere Expertin in Sachen Heimlichkeit, doch ich kann auch eine kleine Täuschung vorspielen. Es ist ein Jammer, dass ein wenig Wind ein Stück Papier davonwehen kann, das bei einem harten Ritt aus einer Tasche geschüttelt wird."

Ivy reibt ihre Hände aneinander. „In Ordnung. Ihr solltet besser gehen, damit ihr so viel Zeit wie möglich habt, um einen Späher zu erwischen."

Sie blickt zu Rheave, der die Vorgänge mit stiller Neugier beobachtet hat. „Und *du* musst sicherstellen, dass sie nicht sehen, wie du den Pfeil abfeuerst."

Er hebt eifrig seinen Bogen. „Ich werde so hoch in einen Baum klettern, dass er über die Wipfel fliegen wird."

Alek zupft an der Kapuze seines Umhangs. Er hat sie besonders weit vorgezogen, damit sie die vernarbte Seite seines Gesichts verbirgt, ich merke jedoch, dass er nervös ist. „Wir haben alle Einzelheiten ausgearbeitet. Es sollte relativ einfach sein."

Ich strecke meine Faust aus, damit die anderen ihre dagegen stoßen können. Es ist ein schlichtes Ritual, die Entschlossenheit in der Luft verfestigt sich allerdings, als unsere Knöchel sich berühren.

„Dann werden wir aufbrechen." Casimir salutiert spielerisch vor Ivy und mir und geht dicht gefolgt von dem Gelehrten und dem Daimon zu den Pferden.

Sobald wir ihre Tiere durch den Wald davon trotten hören, tigert Ivy wieder hin und her. „Aufgrund des fallen gelassenen Briefs und des Gesprächs, das wir den Späher überhören lassen werden, wird der Orden es glauben *müssen*, oder nicht? Die darischen Soldaten kommen, um König Konram eine Flucht vor dem Aufstand zu ermöglichen? Wenn sie die Soldaten nicht konfrontieren …"

„Es sollte funktionieren", versichere ich ihr. „Und wenn es das nicht tut, können wir die darischen Truppen dem Marsch auf den Hals hetzen. Es gibt viele Möglichkeiten, den Plan in die Tat umzusetzen. Allerdings hast du deine eigene Rolle zu erfüllen. Lass uns diese darischen Sätze noch einmal durchgehen."

Ivy verzieht das Gesicht. Wir haben Glück, dass sie genug gesprochenes Darisch kennt, um einfache Fragen zu verstehen und auf diese antworten zu können. Es ist nicht das, was man von einer Straßenrattendiebin erwarten würde, allerdings schätze ich, dass nichts Geringeres zu der Hand Kosmels passen würde.

Ich muss nur einige kleinere Anpassungen an ihrem Akzent vornehmen und bei ein paar speziellen Worten helfen. Boot fahren ist keiner ihrer gewöhnlichen Zeitvertreibe.

Ich stelle ihr Fragen, die eine gewöhnliche Patrouille ihr stellen könnte, und Ivy gibt lässig die Antworten. Ich weiß nicht, ob ihr Darisch bei einem längeren Gespräch überzeugend wäre, doch ich kann nichts an den wenigen Sätzen kritisieren, die das Einzige sind, was sie vermutlich sprechen muss.

Als wir fertig sind, stütze ich meinen Ellenbogen auf den provisorischen Schreibtisch, den wir aus Trümmern und einer großen Steinplatte erbaut haben. „Gut. Ich weiß bereits, dass du unter Druck gelassen bleiben kannst. Solange du so tust, als hättest du jedes Recht, dort zu sein, solltest du keine Schwierigkeiten haben.“

„Zumindest mit diesem Teil“, erwidert Ivy trocken. Sie setzt sich neben die Wand und neigt den Kopf mit einem Seufzen nach hinten. „Ich schätze, du musst noch deinen eigenen Brief schrieben.“

Ich vermute, sie macht sich mehr Sorgen wegen des Plans als Ganzem als um ihre eigene Rolle darin, die auf ihre Stärken setzt. Das Ganze war ihre Idee. Verrückt, aber genial.

Wenn es sie vor dem Wahnsinn ihrer Magie bewahrt und zugleich das Königreich rettet, das zu verteidigen ich geschworen habe, ist verrückt für mich in Ordnung. Obwohl sich mein Magen verkrampft und mich Übelkeit überkommt bei dem Gedanken an den letzten Brief.

Ich hole das Papier und die Tinte hervor, die wir zu diesem Zweck besorgt haben. „Ja. König Konram muss informiert werden, was los ist und warum, damit er keine unüberlegten Dinge tut.“

„Er wird nicht glücklich über diese Taktik sein.“

„Höchstwahrscheinlich nicht“, gebe ich zu. „Doch solange er mit dem Ergebnis zufrieden ist, spielt das keine allzu große Rolle.“

Und das muss auch das Einzige sein, was für mich von Bedeutung ist. Ich darf mir nichts daraus machen, dass ich mit der Ausführung dieses Plans einem echten Verrat näher komme als je zuvor.

Ich starre das Papier eine Weile an und ringe mit der Tatsache, dass ich meinen König über diesen Verrat informieren muss. Wenn er nicht weiß, was wir ins Rollen gebracht haben, könnte das für uns alle jedoch verheerende Folgen haben.

Ich muss einfach hoffen, dass er irgendwann versteht, dass

alles, was ich getan habe, einschließlich dieses Plans, für ihn und Silana geschah.

Mühsam den Brief zu schreiben, lenkt mich wenigstens ab, während wir auf die Rückkehr der anderen warten. Ivy knabbert an unserem letzten Apfel und geht raus, um sich die Beine bei einem Spaziergang um das Gebäude zu vertreten.

Ich bin mir sicher, sie wäre gerne bei den anderen Männern, wenn Diskretion nicht so wichtig wäre.

Ich höre die fernen Glocken das Verstreichen einer Stunde ankündigen und dann das der zweiten, bevor ich meinen Namen unter das Schreiben setze. Ich falte es fest zusammen und stecke es in die Innentasche meines Umhangs.

Wenn alles nach Plan verläuft, werde ich es spät heute Nacht auf den Weg schicken.

Als ich von dem behelfsmäßigen Schreibtisch aufstehe, erscheint Ivy. Sie wirft einen Blick auf mein Gesicht und ihres verzieht sich. „Es tut mir leid. Du hasst das hier bestimmt."

Mein Herz stockt. Sie und ich werden bei diesem Plan länger voneinander getrennt sein, als mir lieb ist. Falls etwas schiefgeht, finden wir womöglich nicht mehr zueinander zurück, auch wenn ich es hasse, darüber nachzudenken.

Ich will auf keinen Fall, dass wir getrennter Wege gehen, solange sie denkt, ich würde ihr das übelnehmen, was sie von mir verlangt hat.

„Ivy." Ich gehe zu ihr und halte ihren hellblauen Blick. „Es ist ein fantastischer Plan. Ich bezweifle, ich hätte mir etwas ausdenken können, was größere Erfolgschancen hat, wenn ich Wochen gehabt hätte, um darüber nachzudenken. Und du bist diejenige, die all diese Stücke zusammengesetzt hat. Ich bin dankbar, dass ich noch eine Gelegenheit erhalte, die Blutzauberer zu vernichten."

„Indem du deine schlimmsten Feinde zu einer Art Verbündeten machst?"

Ich mache einen abweisenden Laut. „Sie wird ihr eigenes fatales Ende ereilen. Was ist schon ein kleiner Verrat nach allem, dessen ich bereits beschuldigt wurde?"

Bevor sie mehr tun kann, als zusammenzuzucken, ziehe ich sie in meine Arme und senke meine Stimme. „Der echte Verrat ist, dass König Konram noch nicht gesehen hat, wie inspirierend du bist.“

Ivy schafft es, ein ungläubiges Schnauben von sich zu geben. „Ich schätze, sogar Signy musste sich einer Menge Zweifel stellen, bevor sie sich bewiesen hat.“

„Und was mich angeht, hast du dich bereits einhundertmal bewiesen.“

Ich senke den Kopf, um ihren Mund mit meinem zu verschließen.

Ivy sinkt in meine Arme, eine Hand packt die Vorderseite meines Hemds, die andere hebt sich, um meinen Hals entlangzufahren. Ihre Fingerspitzen entzünden Funken, die geradewegs in meinen Schritt schießen.

Götter steht mir bei, wenn wir nicht jederzeit bereit sein müssten, loszureiten, würde ich sie auf die konkreteste mögliche Art daran erinnern, wie sehr ich es genieße, mit ihr zusammen zu sein.

Ich beende den Kuss, beuge den Kopf jedoch weiterhin über ihren, sodass sich unsere Stirnen berühren. „Du musst wissen, dass es mir eine Ehre war, an deiner Seite gegen diese Scheißkerle zu kämpfen, ganz gleich, was heute Nacht geschieht. Ganz gleich, wie schwer die Reise war, es gab nie einen anderen Ort, an dem ich lieber gewesen wäre als bei dir.“

Ivy schluckt hörbar. „Ich weiß nicht, wie wir ab hier weitermachen werden, doch ich hätte wirklich gerne die Gelegenheit, es herauszufinden. Ich könnte das hier nicht ohne dich tun.“

Nicht nur ohne mich. Wir fünf und die merkwürdige Art von Familie, zu der wir geworden sind, haben das hier geschafft.

Irgendwie fühlt sich unsere gemeinsame Beziehung erfüllender an als damals, als ich eine Verlobte ganz für mich allein hatte.

Ein anhaltendes Rascheln im Wald versetzt mich in Habachtstellung. Ich drücke Ivys Schulter noch einmal, bevor ich an ihr vorbeigehe und aus der kaputten Türöffnung nach draußen spähe.

Es ist Rheave, der auf Krümel zu uns reitet, dem wir nicht zutrauten, Alek oder Casimir angemessen während ihrer

Scharade zu tragen. Der Hengst sieht wie üblich missmutig aus, schnaubt jedoch leise beim Anblick von Ivy, die neben mich getreten ist.

Der Daimon sitzt mit einem Lächeln ab. „Ich sah jemanden vom Lagerplatz kommen und gab Alek und Casimir ein Zeichen. Der Späher bemerkte es nicht. Ich ritt zurück, sobald er außer Sichtweite war, die anderen sollten allerdings nicht allzu weit hinter mir sein.“

„Gut.“ Sein Bericht schenkt mir nur ein wenig Erleichterung.

Ich deute auf Ivy. „Du solltest auf dein Pferd steigen. Jede Minute macht einen Unterschied.“

Die Sonne ist bereits tiefer gesunken, als mir lieb ist, obgleich die Dämmerung es uns erleichtern wird, unbemerkt zu reisen, da wir uns nicht auf Ivys Zauberei verlassen können.

Als sie sich auf den sturen Hengst schwingt, holt Rheave das Bündel zusätzlicher Pfeile, das er gebastelt hat. Die Decken und unsere restliche Ausrüstung lassen wir auf dem Boden zurück.

Abgesehen von uns selbst nehmen wir kaum etwas auf diese Mission mit.

Kurz darauf nähert sich erneut Hufgetrappel und kündigt Aleks Herannahen an. Er gleitet ein wenig atemlos von seinem Reittier. „Wir haben das Gespräch geführt, sobald wir den Mann durch den Wald kommen sahen. Ich konnte ihn natürlich nicht direkt anschauen, sonst hätte er gewusst, dass wir ihn bemerkt haben, aber er blieb stehen und schien dem ganzen Gespräch zu lauschen.“

Er hat gerade erst seinen Bericht beendet, als Casimir ebenfalls breit grinsend auf dem Rücken des anderen Hengsts erscheint. „Und dieser verfluchte Brief ist zufällig aus meiner Tasche geflogen, ohne dass ich es bemerkt habe. Der Späher wird seinen Verbündeten viel zu erzählen haben.“

Er hüpft vom Pferd und führt es zu mir.

Ich nehme die Zügel des Hengsts. „Ihr zwei behaltet das Lager im Auge und vergewissert euch, dass der Marsch zur richtigen Zeit aufbricht. Wenn ihr wachsam seid, solltet ihr es bemerken, wenn sie den Wald durchqueren. Trefft euch mit uns und haltet dabei Abstand zu ihnen oder schlagt im Tempel oder

der Stadt Alarm, falls es den Anschein macht, als würden sie sich an ihren ursprünglichen Plan halten."

Meine beiden Kameraden nicken angespannt, aber entschlossen.

„Seid vorsichtig", trägt Ivy ihnen auf, als ich mein Pferd dazu antreibe, vor ihres zu gehen.

Ich lass es lostraben. „Reiten wir."

Als der Hochmeerkanal schließlich vor uns in Sicht kommt, ist die Sonne komplett untergegangen und nur ein schwaches Leuchten haftet am Horizont. Wir nähern uns dem Wasser in einem vorsichtigen Abstand zur nahegelegenen Festung, die mein nächstes Ziel ist. Die Luft riecht leicht salzig.

Es dauert nur einige Minuten, ein geeignetes Boot mit Rudern zu finden. Die Angler, die nicht in Ufernähe leben, haben ihre Lieblingsstellen, wo sie ihre Boote verstauen. Diese habe ich in der Zeit kennengelernt, die ich hier in der Nähe stationiert war.

Wir haben Ivy bereits eine schlichte, jedoch geeignete Angel geschnitzt und obendrein ein altes Netz gefunden, das schnell repariert werden kann.

„Die darische Festung befindet sich beinahe direkt gegenüber von hier", informiere ich sie mit leiser Stimme. „Sie sollte nicht schwer, zu entdecken sein ... Es gibt in der Nähe keine anderen Gebäude. Pass nur auf, dass niemand *dich* zu einem ungünstigen Zeitpunkt entdeckt."

„Ich habe eine Menge Übung darin, unbemerkt zu bleiben.", erinnert Ivy mich, ihr Gesicht spannt sich jedoch an, als sie über das Wasser schaut. „Ich sollte besser gehen. Je früher die Botschaft ausgerichtet wird, desto wahrscheinlicher ist es, dass sie darauf eingehen."

Sie dreht sich zu mir um, stiehlt sich einen hastigen Kuss, schiebt das Boot vom Ufer und springt im letzten Moment hinein. In der dichter werdenden Dunkelheit dauert es weniger als eine Minute, bis das kleine Boot mit den Schatten verschmilzt, die über das Wasser wabern.

Rheave hat mit den Pferden bei der Baumgruppe gewartet, wo wir Krümel für Ivy zurücklassen werden. Als ich mich nähere, späht er an mir vorbei, als würde er hoffen, Ivy wäre doch mit mir zurückgekehrt.

„Bist du dir sicher, dass es nicht besser gewesen wäre, wenn sie einer von uns begleitet hätte?", fragt er.

Ich werde dem Daimon nie einen Vorwurf für sein Engagement machen, unsere Frau zu beschützen.

Ich klopfe ihm sachte auf die Schulter in dem Versuch, ihn zu beruhigen, obwohl mein Magen ebenfalls vor Sorge verknotet ist. „Mehr Leute sehen wie eine größere Bedrohung aus. Vor allem wenn einer von ihnen ein großer, fitter Mann ist. Sie kommt zurecht."

Rheave stößt einen rauen Laut aus. „Es erscheint mir einfach nicht fair, dass sie allein gehen muss, wenn der Rest von uns es nicht tut." Doch er richtet sich mit einer Entschlossenheit auf, die ich ebenfalls bewundere. „Jetzt gehen wir zu unserer Festung?"

„Jetzt gehen wir zu unserer Festung." So sehr wir sie die ‚unsere' nennen können, wenn wir sie gleich wie eine feindliche Truppe einnehmen werden.

Es gibt eine silanische Festung in dieser Gegend, die den Kanal überwacht. Sie ist ein paar Stunden zu Pferd von dem größeren Palast in Regica entfernt, wo Konram und seine Familie aktuell wohnen. Wenn sich die Protokolle nicht geändert haben, wird eine gewöhnliche Patrouille kurz nach Einbruch der Dunkelheit das Ufer abgehen.

Eine Patrouille, die unseren Plan ruinieren könnte, bevor er richtig begonnen hat.

Also müssen wir sie bloß für eine Weile hinhalten. Wir müssen sicherstellen, dass sie und unser Plan sicher sind. Das nutzt ihnen genauso sehr wie uns.

Doch obgleich ich mir das einrede, sinkt mein Magen mit jedem Schritt, den mein Hengst zu den aufragenden Steinmauern macht.

Vielleicht ist mir meine Beklommenheit vom Gesicht abzulesen oder vielleicht hat der Daimon bloß genug auf unsere vergangenen Gespräche geachtet, um die Teile selbst zusammenzufügen. Nach einer Weile sieht er mich an und wagt, zu sagen: „Die Leute in dieser Festung ... Sie waren einst deine Kollegen."

Ich nicke. „In gewisser Weise. Wir waren alle Teil der königlichen Armee. Ich war nie speziell in der Festung Cyprian stationiert und weiß nicht, ob einer der Soldaten, die dort aktuell stationiert sind, jemals unter mir gedient haben."

„Es muss jedoch schwer sein. Obwohl das, was wir tun werden, sie von der Gefahr fernhalten wird. Mir würde es nicht gefallen, wenn ich etwas tun müsste, was dich oder Alek, Casimir oder Ivy wütend macht, auch wenn am Ende alles gut werden würde."

Seine Anerkennung meiner Lage hebt einen Bruchteil des Gewichts, das auf meinen Schultern lastet.

Ich stelle fest, dass ich ihn anlächeln kann. „Es ist schwer. Im Militärleben geht es allerdings darum, die besten vieler schwieriger Entscheidungen zu treffen. In gewisser Weise nutze ich meine Ausbildung jetzt stärker als während meiner Karriere als offizieller General."

Rheave erwidert mein Lächeln. „Dann bin ich froh, als dein Soldat zu dienen."

Ich hätte nicht gedacht, dass ich das sagen würde, als er vor Wochen in unsere Mitte stolperte, doch ich kann spüren, dass es jetzt wahr ist. „Genauso wie ich."

Wir lassen die Pferde erneut in dem Wald in der Nähe der Festung Cyprian zurück und bringen das letzte Stück zu Fuß hinter uns. Rheave lässt seinen Blick wachsam hin und her schweifen, geht mit federnden Schritten und ist eindeutig erpicht darauf, tätig zu werden.

Was werden die Geschichtsbücher nach Ende dieser Nacht über den ehemaligen General Stavros zu sagen haben? Was wir hier tun, könnte als gewaltiger Triumph betrachtet werden ... oder als noch größere Tragödie meiner Karriere als die Schlacht, die meine Arbeit auf dem Feld beendete.

Ich verdränge das nagende Unbehagen und marschiere weiter. *Ich* weiß, dass ich tue, was immer ich kann, um meinen König und mein Land zu beschützen. Möchte ich lieber tatenlos zusehen und die Blutzauberer alles zerstören lassen, nur um das

Risiko zu vermeiden, dass mein Name von all denen befleckt werden könnte, die es nicht verstehen?

Nein. Daher sollten diese Zweifel sich hinsetzen und die Klappe halten wie neue Rekruten, die noch nicht gesehen haben, was ein Krieg wirklich bedeutet.

Laternen leuchten in dem großen Steingebäude hinter der dicken Mauer, die es umgibt. Ich entdecke einige Soldaten, die auf dieser stehen und nach einer größeren Bedrohung als zwei Männern zu Fuß Ausschau halten.

Sie bemerken uns nicht, bis wir in das schwache Licht treten, das sich nur bis auf wenige Schritte außerhalb der Festung erstreckt.

„Wer ist da?“, ruft jemand nach unten, als wir uns der Tür nähern – Holz, das mit Stahl verstärkt und vermutlich noch mit einem schweren Riegel von innen abgeschlossen wurde.

Ich schicke Rheave mit einer Geste zur Tür und hebe meine Stimme. „Es tut mir leid, aber es ist notwendig, um für die Sicherheit des Landes zu sorgen. Niemand darf vor morgen früh die Festung verlassen.“

„Was?“, fragt der erste Soldat in bestürztem Ton.

Dann atmet eine Soldatin scharf ein. „Ist das General Stavros?“

Sie hat anscheinend meine Prothese entdeckt. Mein Magen zieht sich zu einem Ball aus Übelkeit zusammen.

Manche der Männer und Frauen in der Festung, hätten unter mir dienen *können*, als ich noch ein General war. Es gibt so viele Soldaten, die mir vertrauten und sich auf mich verließen …

Ich presse meinen Kiefer zusammen. Ich lasse sie heute Nacht nicht im Stich. Ich führe sie besser, als ich es während meiner letzten Schlacht tat, ob sie das nun so sehen oder nicht.

Ich setze mein bestes Anführerlächeln auf und hebe den Metallhaken einer Hand in einem kurzen Gruß an meine Stirn. „Bitte bleibt ruhig und innerhalb dieser Mauern, bis wir die Tür öffnen. Sobald eure Hilfe gebraucht wird, geben wir euch Bescheid.“

„Sobald *ihr* die Tür öffnet?“, brummt ein anderer, gerade als ich Rheave zunicke.

Der Daimon legt seine Hände auf die Tür. Seine übernatürliche Energie knistert wie winzige Blitze über die Oberfläche.

Die Stahleinfassung verschmilzt mit dem Stein des Rahmens. Er wird seine Macht auch durch die Tür senden, um den Riegel zu schmelzen.

Ein schwacher Rauchgeruch durchzieht die Luft. Rheave reißt seine Hände zurück, bevor das Holz verkohlt.

Ein Schrei erklingt von der anderen Seite. „Was zum Henker tun sie?"

Ein ersticktes Glucksen bleibt mir im Hals stecken.

Wir retten Silana – mit diesem verrückten, letzten, verzweifelten Plan, der hoffentlich eher nach Heldentat als nach Verrat aussehen wird, wenn wir ihn durchgezogen haben.

VIERZIG

Ivy

Ich habe mich nie für behütet gehalten, hatte jedoch keine Ahnung, dass Flüsse existieren, die so viel breiter sind als der Starsil, der durch Florian fließt. Andererseits wird der Hochmeerkanal als Kanal und nicht als Fluss bezeichnet, weil er auf einem ganz anderen Niveau ist.

Normalerweise wäre ich froh darüber, dass so viel Wasser zwischen uns und der östlichen Hälfte des Kontinents ist, wo das darische Kaiserreich regiert. Heute Nacht hätte ich nichts dagegen, wenn unsere Feinde *etwas* näher bei uns lauern würden.

Ich tauche die Ruder vorsichtig in das dunkle Wasser, damit sie keine lauteren Geräusche erzeugen als der trällernde Wind, der an der Kapuze meines Umhangs zerrt. Auf dem gegenüberliegenden Ufer sehen die wenigen vereinzelten Lichter so winzig aus, dass sie beinahe Sterne sein könnten.

Auf diese Entfernung kann ich in der dichter werdenden Abenddämmerung keine Gebäude erkennen. Nur die dünne Sichel des aufsteigenden Monds sorgt dafür, dass ich weiter in die Richtung gehe, die Stavros mir gezeigt hat.

Links und rechts von mir ist überhaupt kein Licht. Dort erstreckt sich der Kanal endlos weit in die Dunkelheit.

Fühlt es sich so an, auf dem Ozean zu sein? Ich habe dieses angeblich gewaltige Gewässer ebenfalls noch nie erlebt und nur auf Gemälden und Wandteppichen gesehen.

Ich spähe erneut zu meinem Ziel und verkneife es mir, das Gesicht zu verziehen. Stavros sagte, dass es mehr als eine Stunde dauern könnte, den Kanal zu überqueren, da ich ein wenig Geschwindigkeit einbüße, um unauffällig vorwärtszukommen. Ich habe bis jetzt vielleicht ein Viertel der Entfernung überwunden.

Wenigstens müssen wir uns eine Weile lang keine Sorgen darüber machen, dass dich jemand sieht, bemerkt Julita, als würde sie meine Ungeduld bemerken. *Ich kann mir nicht vorstellen, dass bei der aktuellen politischen Lage auf dem Kanal viele Vergnügungsfahrten stattfinden.*

Ich schnaube leise. „Ich hoffe nur, dass die darischen Wachen es plausibel finden, dass eine örtliche Fischersfrau unterwegs ist und ihren Geschäften nachgeht.“

Ich schätze, die Leute müssen sich immer ihren Lebensunterhalt verdienen, ungeachtet dessen, wer versucht, wo einzudringen. Sie seufzt. *So bizarr dieser Plan auch sein mag, Ivy, ich glaube wirklich, dass er funktionieren wird. Es passt alles zusammen. Sollen sich unsere Feinde doch gegenseitig vernichten … Das ist wirklich brillant.*

„Hoffentlich hast du recht und er funktioniert.“ Ich tauche die Ruder erneut in das sich kräuselnde Wasser und spreche nur für den Fall mit gesenkter Stimme. „Ich weiß allerdings nicht, ob es das Ende des Aufstands bedeuten wird, wenn wir den Marsch aufhalten. Sie haben einige Leute in Eppun zurückgelassen. Wir wissen noch immer nicht, wer den Orden der Wildheit anführt und die Befehle erteilt.“

Ich erhalte den Eindruck eines Achselzuckens. *Es wird einen bedeutsamen Teil ihrer Macht zerstören, einschließlich der Leute, die am meisten gewillt sind, zu kämpfen. Und wir können hoffen, dass diejenigen, die unter Vortäuschung falscher Tatsachen dazu gebracht wurden, sich dem Marsch anzuschließen, fliehen und die*

Nachricht verbreiten, dass der Orden Tod anstelle von Freiheit bedeutet.

„Das wäre schön. Und es gab bereits Leute, die dem Orden die Stirn geboten haben. Möglicherweise haben Emor und Voleska weitere Fortschritte gemacht."

Wir sind in die richtige Richtung unterwegs, sowohl wortwörtlich als auch metaphorisch. Das wird die größte Rolle spielen. Julita hält inne. *Und falls Borys endlich durch darische Hände sein Ende findet, wird es mir kein bisschen leidtun. Auf Nimmerwiedersehen.*

Sie hat den lässigen Ton aufgesetzt, wie sie es stets tut, wenn sie versucht, so zu tun, als würde sie etwas kalt lassen. Ein Stich Mitgefühl fährt mir in die Magengrube. „Er wird auf die ein oder andere Art erhalten, was er verdient. Falls die darischen Soldaten ihm nicht den Garaus machen, wird der König einem der Drahtzieher des Aufstands nicht vergeben."

Ich wüsste nur gerne, dass es erledigt wurde. Wer kann sagen, wie viel länger ich mich an das klammern kann, was von meinem Leben übrig ist, um das zu sehen?

Meine Hände zögern kurz, bevor ich die Ruder erneut durchs Wasser ziehe. „Hast du das Gefühl, dass es schwieriger wird, zu bleiben?" Ich habe keine Veränderung ihrer Präsenz in meinem Kopf bemerkt.

Ich bin mir nicht sicher. Es scheint etwas zu sein, was so langsam geschehen würde, dass ich den Unterschied nicht bemerken würde. Aber ich kann dich eindeutig nicht für immer heimsuchen, Ivy. Ich beginne, zu denken, dass es möglicherweise schön wäre, loszulassen und meinen Gottlen kennenzulernen. Das heißt, wenn ich weiß, dass der schlimmste Teil dieser Katastrophe aus dem Weg geräumt wurde und es dir gut gehen wird.

Der Stich steigt zum Ansatz meiner Kehle auf. „Ich meinte ernst, was ich zuvor gesagt habe, weißt du. Darüber, dass wir gemeinsam auf Reisen gehen könnten, wenn wieder Frieden herrscht. Wir könnten Dinge sehen und tun, die du verpasst hast."

Ich spüre ein Lächeln in Julitas Stimme. *Oh, das weiß ich zu schätzen. Und vielleicht werde ich meine Meinung ändern, wenn der Konflikt vorbei ist.*

Ich zögere und denke an Rheaves helle Augen. An das Leben, das den Körper animiert, mit dem er nicht geboren wurde.

„Weißt du … Es könnte eine Möglichkeit geben, wie du etwas mehr Leben zurückkriegen könntest, ohne mich weiterhin heimzusuchen. Wenn es möglich ist, einen Daimon in einen Tonkörper zu stecken und ihn …"

Nein! Julitas Erschaudern hallt durch meinen Schädel. Ihr Entsetzen schwingt in ihrer Ablehnung mit. *Was Rheave widerfahren ist … Das wurde bereits getan. Ich will nichts damit zu tun haben, wie die Blutzauberer das Leben mit ihrer schrecklichen Macht verdrehen.*

Nach ihren vergangenen Erfahrungen mit Blutzauberei hätte ich diese Antwort vielleicht erwarten sollen.

Ich zucke innerlich zusammen. „Ich wollte dich nicht beleidigen."

Ich weiß. Ich weiß, du hast es gut gemeint. Julita seufzt, es klingt jedoch ruhig anstatt angespannt. *Falls es dein Gewissen beruhigt, solltest du wissen, dass ich in letzter Zeit das Gefühl hatte, dass das, was ich erhalten habe, bereits genug ist. Mein Leben ist zwar nicht so abgelaufen, wie ich es erwartet habe, doch ich habe wichtige Dinge vor und nach meinem Tod vollbracht. Möglicherweise mehr, als ich es getan hätte, wäre ich am Leben geblieben. Ich bin ehrlich froh darüber, wie sich alles ergeben hat.*

Sie klingt so, als meine sie es ernst. Jegliche Worte, die ich geantwortet hätte, bleiben mir in der Kehle stecken.

Wie kann sie froh darüber sein, dass ihre Existenz derart verkürzt wurde und sie in den letzten Monaten nur durch mich handeln konnte? Sie lebte eine kürzere Zeit als ich und ich würde immer noch alles dafür geben, zu den Kindheitsträumen zurückzukehren, die ich hatte, bevor meine zerrissene Macht erwachte und …

Der Gedanke lässt mich innehalten.

Würde ich das wirklich wollen? Würde ich jetzt lieber meinem Vater bei der Führung der Druckerei helfen und Casimir, Alek, Stavros oder Rheave nie kennenlernen?

Nie auch nur zu wissen, dass die Blutzaubererverschwörung passiert abgesehen von Nachrichten hinsichtlich des

Aufstands ... bis was? Der Orden der Wildheit durch das Land fegt und jeden Adligen abschlachtet, der sich ihm in den Weg stellt, einschließlich der Königsfamilie?

Wenn ich nicht wäre, was ich bin, wäre König Konram vermutlich an dem Tag gestorben, an dem die gefangenen Daimon den Palast in Florian stürmten. Ich hätte nicht all diese Jahre auf den Straßen oder all diese Wochen auf der Flucht verbracht, aber ich hätte auch nicht die unglaubliche Liebe erlebt, die in meiner Brust leuchtet und mir in allen Notlagen Kraft gespendet hat.

Ich kann mir nicht vorstellen, all das für ein simpleres Leben aufzugeben. Und könnte ich wirklich die Sicherheit des ganzen Reichs verspielen, um das Leben meiner Schwester zurückzuerhalten?

Was für ein Leben hätte einer von uns gehabt, nachdem der Orden der Wildheit das Land übernommen hatte?

Es ist möglich, dass ich genau dort bin, wo ich sein muss.

Zum ersten Mal kann ich nicht sagen, dass ich die Reise hierher bereue.

„Ich bin froh, dass du so empfindest", sage ich schließlich. „Du solltest glücklich sein."

Und du ebenfalls. Julita regt sich in meinem Hinterkopf. *Die einzige andere Sache, um die ich mir Sorgen mache, ist Nikodi. Wenn Borys tot ist, wird es niemanden mehr geben, der die Grafschaft erben kann. Wenn ich nicht mehr da bin, wenn diese Angelegenheit aufkommt, würde ich es zu schätzen wissen, wenn du sicherstellen würdest, dass der nächste Graf oder Gräfin gut ist.*

Was letzte Bitten angeht, ist dies eine vernünftige. Allerdings schnürt sich mir die Kehle ein wenig zu bei dem Gedanken, ihre Bitte so zu sehen.

„Ich werde mein Bestes geben", erwidere ich. „Vielleicht solltest du wenigstens so lange bleiben, um sicherzustellen, dass wir gut wählen."

Julita lacht leise. *Wir werden abwarten müssen, was die Götter als Nächstes für uns auf Lager haben, nicht wahr?*

„Ich schätze, das müssen wir." Ich blicke zum Himmel hoch, als könnte ich einen Blick auf eine Krähe oder ein anderes

Zeichen erhaschen, dass Kosmel noch über mich wacht, sehe jedoch bloß, wie sich das Indigoblau zu Schwarz verdunkelt und Sterne am Firmament funkeln.

Die Lichter am Ufer werden sukzessiv größer. Julita und ich verfallen in Schweigen, als ich mich der anderen Seite nähere.

Das eigentliche Land Darium liegt viel weiter östlich, das Reich Cotea gehört jedoch zu ihrem Kaiserreich und untersteht dessen Kontrolle, weshalb es auf das Gleiche hinausläuft. Darische Soldaten werden den Kanal bewachen.

Was genau das ist, was ich will.

Als ich mich nähere, erkenne ich die hoch aufragenden, massiven Mauern der darischen Festung, die mein endgültiges Ziel ist. Anstatt geradewegs dorthin zu gehen, mache ich einen Bogen, bis ich in einer subtilen Diagonale näher ans Ufer gleite. Für jeden, der zuschaut, würde mein Herannahen nicht einmal absichtlich wirken.

Dennoch windet sich meine Magie zwischen meinen Rippen und zerrt an mir, damit ich sie rauslasse, so wie ich es in den letzten Tagen häufig getan habe. Sie könnte mich tarnen und sicherstellen, dass mich niemand sieht.

Ich ignoriere ihre Nörgelei und den Stich meiner verlorenen Hoffnungen. Eine Weile dachte ich, der Preis meiner Macht wäre doch nicht so hoch. Ich dachte, ich könnte zerrissen und bei Verstand bleiben und gleichzeitig dem Reich mit meiner Magie helfen.

Das hat sich jedoch als Lüge entpuppt. Der Preis, den ich bezahlen würde, ist einfach anders.

Ich bin nur noch wenige Minuten von der Festung und zwanzig Schritte vom Ufer entfernt, als mir eine Stimme auf Darisch etwas zuruft: *„Hey da, Frau im Boot! Was hast du hier zu suchen?"*

Meine Magie flammt mit einem schärferen Stich auf, es ist allerdings genau die Art von Frage, deren Antwort ich mit Stavros geübt habe. Ich zügle meine Macht mit der Entschlossenheit, die ich während meiner Tage auf den Straßen von Florians Außenbezirken perfektioniert habe, und beschwöre das Bild des Efeus herauf, der sich durch meine Brust windet.

Mit schnell schlagendem Herzen ziehe ich die fremden Worte zu meinen Lippen und erinnere mich an den speziellen Tonfall, der nötig ist, um einigermaßen einheimisch zu klingen. *„Ich fische nur ein wenig. Silberbrahm erzielen einen guten Preis. Ist das ein Problem?"*

Ich habe aufgehört, zu rudern, damit der patrouillierende Soldat mich mustern kann. Er wird bloß eine junge Frau in einem schlichten Kleid sehen, die allein ist.

Ich habe die Angel in Sichtweite an die Seite des Boots gelehnt, um meine Geschichte besser zu verkaufen. Außerdem liegt das alte Netz in der Nähe meiner Füße, von dem ich behaupten kann, dass ich es noch nicht fertig geflickt habe.

Der Soldat entscheidet anscheinend, dass ich nicht aussehe, als könnte ich eine Bedrohung für seine Kollegen darstellen. Er winkt mich weiter, ohne sich die Mühe zu machen, mit mir zu sprechen.

Als ich die Ruder wieder ins Wasser tauche, kichert Julita. *Gut gemacht. Sie haben nicht die geringste Ahnung, wie viel Zerstörung, du tatsächlich anrichten könntest.*

Mein Magen verknotet sich. Die haben sie nicht. Selbst *ich* weiß nicht, wie viel ich anrichten könnte, bevor ich auch meine geistige Gesundheit zerstören würde.

Ich würde es vorziehen, wenn es dabei bleibt.

Heimlichkeit und Tricks sind meine Spezialität. Wenn es etwas gibt, was ich tun kann, ohne mich auf übernatürliche Gaben zu verlassen, ist es das hier.

Der Großteil des Ufers ist ein Kiesstrand oder besteht aus steilen Steinen, doch nach einigen Minuten entdecke ich ein Büschel Schilf, das beinahe bis zu den Bäumen hinter dem Wasser reicht. Ein vorsichtiger Blick über meine Schulter bestätigt mir, dass der Soldat, der mich angesprochen hat, in der Dunkelheit nicht mehr zu sehen ist.

Ich paddle mein Boot zwischen das Schilf und finde ein Schilfrohr, dem ich genug traue, um das Boot daran festzubinden. Dann schiebe ich es auf die Felsen.

Die wenigen Laternen der Festung scheinen zu meiner Linken und sind zu weit weg, um meine kauernde Gestalt zu beleuchten. Ich husche von dem Schilf in die dichtere Dunkelheit zwischen den Bäumen.

Die hoch aufragenden Eichen und Ahorne wachsen nicht dicht genug, um als Wald betrachtet zu werden. Nur wenige Büsche sind zwischen ihnen aufgegangen. Es fühlt sich eher wie der Teil eines Parks an, in dem einige Bäume gepflanzt wurden. Allerdings bieten sie mir genug Deckung, um mich näher an die Festung zu schleichen.

Für das letzte kurze Stück muss ich von Baum zu Baum huschen, zwischen denen es Lücken von mehreren Schritten gibt. Vom letzten Baum ist es immer noch ein ziemlich weiter Sprint zu den Steinmauern der Festung.

Sie sind jedoch nicht so weit entfernt, als dass ich sie mit einem Wurf nicht erreichen könnte.

Ich schiebe meine Hand durch den Schlitz im Rock meines Kleides und umfasse das kleinste Messer in meinem Besitz. Anschließend hole ich den anderen Brief aus meiner Tasche, den meine Männer und ich gemeinsam verfasst haben.

Ein dunkles Symbol ziert die Außenseite – eine Sigille, die mit Blut gezeichnet wurde, während zu den Göttern geschworen wurde, dass alles, was auf der Seite geschrieben wurde, der Wahrheit entspricht. Falls die Festung mindestens einen Gläubigen unter ihrem Personal hat, wird dieser bestätigen können, dass der Brief seine Gültigkeit hat.

Ich wünschte, ich könnte dem Königreich meine Loyalität auf die gleiche Weise versichern, doch die Bestätigung der Sigille funktioniert nur, wenn sie vollkommen freiwillig und nicht unter Zwang heraufbeschworen wurde. Ehrlichkeit, die von der Angst einer drohenden Bestrafung ausgelöst wird, ist nicht rein genug.

Mit Casimirs Hilfe haben wir sichergestellt, dass jedes Wort im Brief wahr *ist*, obgleich wir darauf bauen, dass die Empfänger andere Schlüsse hinsichtlich der Bedeutung des Geschriebenen ziehen. Angefangen von unserer Vorstellung als *diejenigen, die der König als Verräter betrachtet* bis hin zu unserer Versicherung, dass *die meisten königlichen Truppen andernorts stationiert sind und wir sicherstellen werden, dass das Geschwader in der Nähe eingesperrt und unfähig ist, anzugreifen, wenn Sie ankommen* und zu unserem Abschlusssatz, dass *wir glauben, dass es unsere beste Chance wäre, gemeinsam zu arbeiten, um Silana auf den richtigen Kurs zu setzen*, wurde der Brief so geschrieben, dass er zu unserer Situation passt und zugleich so klingt, als wäre er von Mitgliedern des Aufstands verfasst worden.

Bei den Göttern im Himmel und auf der Erde, bitte macht, dass dieses Schreiben reicht, um sie zu überzeugen. Macht, dass das angebliche Angebot eines Bündnisses mit König Konrams Feinden die hier stationierten Soldaten in Versuchung führt, den Kanal zu überqueren.

Und macht, dass mein verrückter Plan uns der Befreiung unseres Landes näher bringt und das Desaster nicht vergrößert.

Ich wickle den Brief fest um den Messergriff und befestige ihn mit einigen Stücken erwärmten Wachses. Während ich das erneute Drängen meiner Magie ausblende, sie zum Tragen zu bringen, mustere ich das Gebiet zwischen mir und dem Tor der Festung.

Es gibt einen Trick, den ich von einer listigen Frau im Krähennest gelernt habe, die nur allzu glücklich war, mir ein oder zwei Dinge beizubringen im Austausch dafür, dass ich ihr ein Schmuckstück stahl, das sie begehrte. Wenn man den Arm auf eine spezielle Art vorschnellen lässt und dabei das Handgelenk richtig dreht, kann man ein Objekt in einem Bogen anstatt in einer geraden Linie werfen, sodass es die gleiche Flugbahn einschlägt, die ich mit dem Boot gewählt habe.

Ich wappne mich, hole aus und werfe das Messer mit aller Kraft.

Mein Puls hämmert mir in den Ohren, als das Messer durch die Luft saust. Es schwingt herum und eine kurze Windböe streift mein Gesicht.

Panik durchfährt mich, doch die Klinge erreicht ihr Ziel.

Sie knallt in das Holz des Tors nur ein Stück von dessen Mitte entfernt und schimmert im Laternenlicht.

Ich habe es getan. Ich *tue* das hier wirklich trotz all der Scheiße und Schweinereien, die ich damit möglicherweise über uns heraufbeschwöre.

Als der erste Schrei aus der Festung erklingt, renne ich zum

Ufer. Die Soldaten werden einen Augenblick brauchen, um in der Nähe des Tors nach Gefahren zu suchen und dieses anschließend zu öffnen, um das Messer zu holen.

Wenn einer schließlich einen Fuß nach draußen setzt, um weitere Ermittlungen anzustellen, werde ich längst fort sein … bis ich sie erneut bewaffnet und gepanzert sehe, wenn sie das Ufer auf *meiner* Seite des Kanals stürmen.

Einundvierzig

Ivy

Ich wusste die Dunkelheit zu schätzen, als ich sie brauchte, um mich darin zu verstecken. Jetzt bin ich ihr weniger zugetan, da ich das Herannahen unserer Feinde verfolgen möchte.

Stavros zupft sachte hinten an meinem Umhang. „Wenn du dich noch weiter vorbeugst, wirst du runterfallen, edle Diebin."

Er, Rheave und ich hocken oben in einem Wachturm ungefähr einen Kilometer entfernt vom Kanal. Der Turm befindet sich auf halbem Weg zwischen der Festung, die er und der Daimon-Mann versiegelt haben, und den drei Kiefern, die wir als Orientierungspunkt genutzt haben.

Wir wollen in Sichtweite des Kampfs sein, jedoch außerhalb der Schusslinie. Ich würde es vorziehen, wenn mein Kopf lang genug mit meinem Körper verbunden bliebe, dass der König beide Teile begnadigen kann.

Der Holzturm, dessen Plattform sich auf einer Höhe mit den Baumwipfeln in der Nähe befindet, ist gerade groß genug, um uns dreien komfortabel Platz zu bieten. Alek und Casimir, die sich uns angeschlossen haben, bevor wir die Festung

Cyprian verlassen haben, beobachten die Gegend vom Fuß des Turms aus.

Wir haben alles wie geplant organisiert. Im Laternenlicht der Festung flattert die zerfetzte silanische Flagge, die von Rheaves Magie verbrannt wurde – das Signal an die darischen Soldaten und den Marsch des Ordens der Wildheit, dass alles wie erwartet vonstattengeht.

Die darischen Truppen sind vor nicht allzu langer Zeit auf mehreren großen Wasserfahrzeugen angekommen. Ich kann ihre Gestalten bei den Kiefern kaum erkennen. Sie haben sich in einer starren Formation positioniert, die mit einer gewaltigen Hecke verwechselt werden könnte.

Ich glaube, es gibt mindestens einige hundert von ihnen. Es ist keine riesige Armee, da entlang dieses Kanalabschnitts vermutlich nicht so viele leicht zu erreichende Soldaten stationiert waren. Es sind jedoch genügend, um eine bedeutsame Bedrohung für den Orden darzustellen, wenn trainierte Berufssoldaten auf Stadtleute und unerfahrene Adlige treffen.

Außerdem hoffe ich nach wie vor, dass jeder im Marsch, der mehr fehlgeleitet als bösartig ist, flieht, anstatt sich in den Kampf verwickeln zu lassen.

Natürlich erfordert das, dass die Blutzauberer und ihre Betrogenen auftauchen.

Ganz egal, wie sehr ich aus zusammengekniffenen Augen in die entgegengesetzte Richtung starre, ich kann keinerlei Anzeichen für das Herannahen des Marschs ausmachen.

Meine Hände spannen sich um die Brüstung herum an. Ein Trällern erreicht wie ein ferner Schrei meine Ohren und ein Ruck geht durch meine Nerven, doch noch während ich mich zu dem Geräusch drehe, erkenne ich, dass kein anderer den Laut gehört hat.

Er ist nur in meinem Kopf. Eine Erinnerung daran, warum ich meine Magie nicht freilassen kann, welche die ganze Nacht in meiner Brust rumort hat.

Rheave blickt zu mir und stößt seine Schulter sachte gegen meine. „Die Blutzauberer werden sich wie üblich tarnen, oder nicht?"

„Höchstwahrscheinlich." Das mäßigt meine Ungeduld allerdings nicht.

„Wir wissen, dass sie zur richtigen Zeit aufgebrochen sind, um die angebliche Flucht der Königsfamilie nach Darium abzufangen", sagt Alek von unten. „Als wir Spuren ihrer Durchreise bei dem Gestrüpp sahen, in dem wir uns versteckten, schienen sie in die richtige Richtung zu gehen, allerdings könnten sie seitdem natürlich einen anderen Weg eingeschlagen haben."

Er und Casimir konnten nur dank eines Wagens vor dem Marsch hier ankommen. Der Wagen war von Iblin auf dem Weg zu einem der Bauernhöfe, die das Land westlich von hier sprenkeln, und sie konnten darauf mitfahren. Dadurch haben sie möglicherweise eine Stunde Vorsprung vor dem Marsch, dessen Mitglieder größtenteils zu Fuß unterwegs sind.

Borys wird kommen, sagt Julita mit angespannter, jedoch zuversichtlicher Stimme. *Er wird die Vorstellung hassen, dass der König ihm möglicherweise ein Schnippchen geschlagen hat und sich seinen Fängen entzieht. Außerdem hast du es so klingen lassen, als wäre die Königsfamilie bereits hierhergereist, um sich auf das Treffen vorzubereiten, ohne dass er es realisiert hat. Es würde keinen Sinn ergeben, wenn sie den Palast in Regica angreifen, falls sie glauben, dass die Leute nicht dort sind, die sie ermorden wollen.*

Falls sie es glauben, ist dabei der entscheidende Teil. Waren Casimirs und Aleks gestelltes Gespräch auf der Straße und der fallen gelassene Brief überzeugend genug?

Noch während mir dieser Gedanke durch den Kopf geht, streift ein magisches Kribbeln meine Haut.

Ich versteife und wappne mich, nur um zu realisieren, dass es bloß ein weiterer Trick meines aktuell fragwürdigen Verstands ist. Die Empfindung wird jedoch stärker und breitet sich stetig in meinem Fleisch aus, bis meine Knochen zu beben beginnen.

Das kann nur eines bedeuten.

Die Worte fallen in einem drängenden Flüstern von meinen Lippen. „Ich kann ihre Magie spüren. Sie sind hier."

Sie sind hier und kommen mit jeder verstreichenden Sekunde näher.

Soweit ich das erkennen kann, haben sich die darischen

Truppen in der Nähe des Kanals noch nicht geregt. *Sie* können nicht erkennen, dass sich ein Marsch nähert.

Sie wissen nicht einmal, dass diese Leute sie für den Feind halten werden.

Urplötzlich wird mir der Fehler in meinem Plan bewusst und Panik durchfährt mich. Ich habe mich darauf verlassen, dass die Skelettformen, die auf die darischen Uniformen gemalt sind, die Blutzauberer so weit beunruhigen, dass sich ihre Magie verringert. Allerdings kann ich die Soldaten kaum sehen, geschweige denn irgendwelche Bilder auf ihren Kleidern.

Die Mitglieder des Ordens der Wildheit werden sie auch nicht sehen können. Die Skelette werden keine Wirkung auf ihre Entschlossenheit haben, wenn sie ihren Angriff starten, ohne einen Blick auf diese zu erhaschen.

Scheiße.

„Wir brauchen dort drüben Licht", spucke ich aus. „Bei den darischen Soldaten … schnell."

Ich sehe mich um und suche nach einer Antwort, die nicht meine unberechenbare Magie erfordert, und mein Blick landet auf Rheaves Bogen. „Rheave, denkst du, du kannst einen Pfeil mit deiner Macht weit genug schießen, um eine dieser Kiefern in Brand zu setzen?"

Ohne zu zögern, schnappt Rheave sich einen Pfeil aus dem Köcher, der zu seinen Füßen ruht. „Ich werde mein Bestes versuchen."

Er stellt sich aufrecht hin, verzieht das Gesicht vor Konzentration und streckt den Bogen so weit wie möglich aus. Mit einem Surren und einem Knistern schießt er den Pfeil in die Luft.

Er leuchtet auf seinem Bogen durch den Nachthimmel. Jeder unten am Boden könnte ihn mit einer Sternschnuppe verwechseln.

Dann stürzt er zwischen die Äste in dem Trio aus Kiefern hinter der darischen Formation und die Nadeln gehen in Flammen auf.

Einige der darischen Soldaten, die ich nun deutlicher sehen kann, wirbeln wegen des scheinbaren Angriffs herum. Die

Meisten von ihnen sind so diszipliniert, dass sie kaum zusammenzucken.

Das Feuer huscht über die Äste, bis alle drei Bäume in einem flackernden Licht brennen.

Zuerst sehen die Uniformen der fernen Gestalten kaum mehr wie weiße Streifen auf Schwarz aus. Doch dann marschiert die Truppe vor, um sich der Quelle des Angriffs zu stellen, und die Soldaten senken die Visiere ihrer Helme, um ihre Gesichter zu bedecken.

Kälte bebt durch meine Adern, obwohl ich mit dem Anblick gerechnet habe.

Sie haben Bilder wie Totenschädel auf ihre schwarzen Helme gemalt – aufklaffende Münder und Augenhöhlen, die so leer sind, dass es sogar über die Entfernung zwischen uns offensichtlich ist.

Ich weiß nicht, wie sehr es an den nun sichtbaren Soldaten und wie sehr daran liegt, dass sie ihre Energie jetzt auf den Angriff konzentrieren müssen, doch der Tarnzauber der Blutzauberer flackert. Die Horde, die noch mehrere hundert Leute stark ist, stürmt auf die darischen Truppen zu, als würde sie aus einem Nebel auftauchen.

Das Brüllen ihrer wütenden Schreie schallt so laut über die Landschaft, dass es an meine Ohren dringt. Ich erschaudere, umklammere die Brüstung erneut und beobachte den Zusammenstoß in dem gruseligen Licht.

Mehr Lichtblitze – Magie, glaube ich – explodieren hier und krachen dort in eine Gruppe aus Soldaten.

Stavros spannt sich an und tippt in der Geste der Gottheiten an seine Stirn, sein Herz, seinen Magen und sein Brustbein.

Die darischen Soldaten werden keine Ahnung haben, was los ist. Sie dachten, sie würden kommen, um sich mit den Verrätern gegen Silanas Herrscher zu verbünden.

Vielleicht nehmen sie an, dass ihre Angreifer die Leute des Königs sind, die zuerst hierherkamen. Vielleicht werden sie davon ausgehen, dass sich die Verräter auch gegen sie gewandt haben.

Es spielt eigentlich keine Rolle. Sie wehren sich bereits mit aufblitzenden Klingen, einem Pfeilhagel und einem Aufflammen ihrer eigenen, gewöhnlichen Magie.

Ich entdecke auf beiden Seiten Körper, die zusammenbrechen – manche der Gestalten unter den Ordensleuten zerbrechen in Tonstücke, wenn sie auf dem Boden aufschlagen.

Als die zwei Gruppen aufeinanderprallen, gerät die Magie ins Schwanken. Das Kribbeln, das meine Haut berührte, verblasst.

Es funktioniert. Der Wille der Blutzauberer muss erschüttert und ihre Konzentration von ihren verunsicherten Nerven gebrochen sein.

Es macht *mich* nervös, die darische Truppe aus der Ferne zu sehen. Ich kann mir nicht vorstellen, wie sie aus der Nähe aussieht.

Dass der Orden zahlenmäßig überlegen ist, stellt jedoch sicher, dass sie nicht vollkommen im Nachteil sind. Ich sehe überall im Gewühl schwarz-uniformierte Gestalten fallen.

Die darischen Truppen werden keine andere Wahl haben, als sich zurückzuziehen, selbst wenn sie die Schlacht gewinnen. Sie werden nicht versuchen, es allein mit der restlichen Armee des Königs aufzunehmen.

Außerdem wird der Marsch des Ordens der Wildheit zerschlagen werden, bevor sie unserem Land weiteren Schaden zufügen können.

Als ich zuschaue, hebt sich meine Laune, da die darischen Soldaten ihre Gegner weiter zurückdrängen. Mehr und mehr Ordensmitglieder fliehen in die Nacht und lassen ihre Kameraden im Stich – zuerst sind es nur einige wenige, dann mehrere und schließlich Dutzende, die ihre Sache aufgeben.

Rheave hält seinen Bogen mit einem weiteren Pfeil bereit und schützt unsere kleine Gruppe vor jeglichen Deserteuren, die in diese Richtung unterwegs sind. Ich ziehe mein Lieblingsmesser aus meinem Stiefel.

Der Sieg wird es für mich nicht wert sein, wenn einer meiner Männer dabei verletzt wird.

Stavros beobachtet die Schlacht mit einer Intensität, die quasi durch die Luft vibriert. Er lässt seinen Blick alle paar

Sekunden an eine andere Stelle zucken, um seine beschädigte Sicht neu zu fokussieren. Alek und Casimir verändern ihre Positionen unterhalb von uns, da sie von ihrem niedrigeren Standpunkt nicht viel sehen können.

„Wie sieht es aus?", fragt Casimir mit gedämpfter Stimme, die gerade laut genug ist, um uns zu erreichen.

Ich lächle. „Die darischen Soldaten schneiden sich einen Weg durch den Marsch, aber die Ordensmitglieder setzen dabei ebenfalls einige von ihnen außer Gefecht. Die Blutzauberer scheinen nicht in der Lage zu sein ..."

Bevor ich diesen Satz beenden kann, kracht plötzlich eine Woge der Energie gegen die darischen Soldaten.

Als mein Herz einen Schlag aussetzt, kippen die ersten Reihen der darischen Truppen um. Blut spritzt rot auf die weißen Muster auf ihren Uniformen.

Mehr Magie summt durch die Luft. Ich schlucke schwer und kalter Schweiß bricht auf meiner Haut aus. „Die Blutzauberer haben sich wieder gefangen. Ich weiß nicht wie."

Stavros' Körper wird stocksteif. „Rheave schalte diesen Mann aus. Der in Grün am Rand der Schlacht!" Er streckt den Arm aus und deutet.

Rheaves Pfeil saust im gleichen Augenblick von seinem Bogen. Mit dem Knistern seiner Energie trifft er sein Ziel.

Der Pfeil kracht in die Seite des Kopfes einer Gestalt in einem grünen Umhang und sie bricht in einem Haufen am Rand des Kampfs zusammen.

Stavros' Fingerknöchel treten weiß hervor, da er die Holzbrüstung neben mir so fest umklammert. „Ich sah ... meine Gabe ... dieser Zauberer wollte einen Energiestoß entfesseln, der Dutzende der Soldaten getötet hätte."

Noch während er spricht, saust weitere Magie durch den Kampf. Es gibt noch andere Zauberer, die ihren Angriff verstärken.

Der ehemalige General stößt sich von der Brüstung ab. „Sie wenden das Blatt zu ihren Gunsten. Die darischen Soldaten haben nicht genügend Ordensmitglieder gefällt, um sicherzustellen, dass der Marsch nicht trotzdem den König angreift. Wir müssen sie erledigen, solange sie abgelenkt sind."

Mein Magen schlägt einen Purzelbaum. „Was wirst du tun?"

„Verstärkung holen." Er deutet mit seiner Prothese auf Rheave, während er mit der anderen Hand die Leiter packt. „Komm mit mir. Wir müssen die Festung öffnen und unsere eigenen Leute zur Unterstützung holen. Casimir, du reitest ebenfalls mit uns … vielleicht kannst du dein Geschick für Diplomatie einsetzen, um sie davon zu überzeugen, nicht *uns* abzuschlachten, weil wir sie eingesperrt haben."

Er ist bereits die Leiter hinabgeklettert, bevor er zu Ende gesprochen hat. Die drei Männer eilen in den Wald, um die Pferde zu holen, und reiten in einem Galopp davon.

Unbehagen kriecht über meine Haut. Ich blicke zu Alek hinab. „Hast du irgendeine Ahnung, wie viele Soldaten in dieser Festung sind?"

Er schüttelt den Kopf. Was ich von seinem Gesicht in der Dunkelheit erkennen kann, sieht aus, als wäre ihm schlecht. „Weniger als einhundert, würde ich vermuten."

„Nicht zwangsläufig genug, um das Blatt zu wenden, wenn es die darischen Soldaten nicht tun können."

„Nein."

Julita erschaudert in meinem Kopf. *Ich schätze, Stavros hat das Gefühl, er müsse jede mögliche Gelegenheit ergreifen, um die Gefahr hier zu vernichten. Er hat den König benachrichtigt … Es könnten weitere königliche Truppen auf dem Weg sein.*

Vielleicht. Doch wird das gegen die Blutzauberer und ihre volle Kraft reichen?

Was hat sie aus ihrem demoralisierten Zustand gerissen? Ich konnte von hier oben nichts sehen, was es erklärt hätte …

Als ich zu der fortwährenden Schlacht spähe, ändern sich die Magieströmungen an meiner Haut. Mein Blick schwenkt nach Westen.

Ich könnte schwören, dass eine bedeutsame Woge dieser Energie nicht vom Schlachtfeld, sondern von weiter weg kommt.

Hilft ihnen jemand aus der Ferne?

Ich habe diesen Magiestrom zuvor nicht bemerkt. Ist ein Neuankömmling gekommen, um seine Kollegen zu unterstützen?

Ich blinzle in die Nacht, kann jedoch keine Gestalten oder auch nur Gebäude auf den niedrigen Hügeln in dieser Richtung erkennen. Doch als ich starre, kreist eine Krähe unter den Sternen und fliegt mit einem leisen Krächzen nach Südwesten.

Julita lacht abgehackt. *Ich glaube, dein Gottlen ruft dich.*

Ob es Kosmel ist oder nicht, ich muss handeln. Jemand unterstützt die Blutzauberer von dort drüben, wo der Anblick des Todes in der Gestalt der darischen Soldaten sich nicht auf ihn auswirkt.

Meine Sensibilität für ihre Magie ist das einzige Mittel, das wir haben, um sie aufzuspüren.

Ich zögere kurz, doch ein Blick auf das Gemetzel auf dem Schlachtfeld veranlasst mich dazu, die Leiter hinabzueilen.

Ich packe Aleks Arm. „Ich glaube, es gibt noch einen Blutzauberer, der die Macht seiner Kameraden von dem Ackerland im Westen verstärkt. Ich werde der Magiespur folgen. Es könnte nichts sein. Ich werde euch allen mit meinem Medaillon ein Signal schicken, wenn ich Verstärkung brauche. Wenn nicht, konzentriert euch hier auf den Kampf."

„Ivy …", beginnt Alek mit wilden Augen.

Mit einem Anflug von Reue drücke ich seinen Arm und lasse los. „Ich muss mich beeilen. Wir sehen uns wieder, wenn das hier vorbei ist."

Dann renne ich in die Richtung davon, in welche die Krähe geflogen ist, und hoffe, dass ich dem Gelehrten gerade nicht meine letzte Lüge aufgetischt habe.

ZWEIUNDVIERZIG

Ivy

So erschöpfend die Wochen auch waren, in denen wir durchs Land gereist sind, sie haben meine Muskeln gestählt, sodass ich in einem besseren körperlichen Zustand bin als zuvor. Ich war nie ein Schwächling, über die Wiese zu rennen, fällt mir jetzt jedoch viel leichter, als es das getan hätte, wenn ich gerade erst Florian verlassen hätte.

Als ich nach Südwesten jogge, bewege ich mich mit langen und flinken Schritten vorwärts, ohne mich so zu verausgaben, dass ich zu erschöpft bin, um mein Tempo zu halten.

Das Kribbeln der Magie wird allmählich stärker. Eine ganze Strömung fließt zu dem Scharmützel, anstatt vom Schlachtfeld ausgestrahlt zu werden.

Jemand stärkt definitiv die Kraft der Blutzauberer.

Wenn ich denjenigen aufhalten kann, bevor die darischen Truppen vollkommen überwältigt werden, können die zwei Seiten einander womöglich doch noch auslöschen. Hoffentlich bevor einer der Männer, denen ich mein Herz geschenkt habe, in das Gefecht stürmen muss.

Ich nehme noch ein Flattern dunkler Flügel vor den Sternen

vor mir wahr, brauche die Führung der Krähe allerdings nicht. Ich bewege mich einfach auf das heftigere Summen der Magie zu und passe meinen Kurs leicht an, als ich spüre, dass es weniger wird.

„Kosmel", murmle ich und lasse meine Hand über meine Vorderseite wandern, wie ich es Stavros vor nicht allzu langer Zeit tun sah. Die Geste der Gottheiten fühlt sich seltsam an.

Ich habe sie bisher kaum benutzt und selten darauf vertraut, dass die Götter mein Wohl im Sinn haben. Doch ich brauche jedes bisschen Hilfe, das ich kriegen kann.

Ich hebe meine Stimme ganz leicht. „Falls du mich hören kannst, bitte wache jetzt über mich. Hilf mir, einen Weg zu sehen, wie ich diesen Feind besiegen kann, ohne mich selbst zu verlieren."

Ich erwarte nicht, die überwältigende göttliche Stimme durch meinen Kopf hallen zu hören. Der Gottlen der Trickserei hat mir selbst erzählt, dass er mehr Abstand halten muss. Allerdings meine ich, ein schwaches Zupfen an meinen Haaren zu spüren, als würde er mich liebevoll necken.

Vielleicht spielt mir mein Verstand nur Streiche und es ist nicht Kosmel, aber er hat sich zuvor schon für mich eingesetzt. Ich weiß zwar nicht, an welche Regeln sich die Götter halten müssen, glaube jedoch, dass er mich führen wird, wenn er kann.

Das Problem ist, dass ich nicht weiß, ob seine Führung reichen wird.

Wir haben ohne seine Führung genügend haarige Situationen überstanden, bemerkt Julita. *Du hast dir diesen ganzen Plan ohne göttliche Intervention ausgedacht. Was immer vor uns liegt, wir kommen allein damit zurecht.*

Sie spricht in dem schelmischen, selbstbewussten Ton, den ich von ihr gewohnt bin, doch ich kenne sie mittlerweile gut genug, um zu realisieren, dass er normalerweise nur eine Fassade ist. Sie ist ebenfalls nervös.

„Ich habe zwei Messer", sage ich und führe für sie und mich eine Bestandsaufnahme durch. Das dritte, das ich noch bei mir hatte, musste ich auf der anderen Seite des Kanals zurücklassen. „Wer immer dort drüben ist, wird nicht erwarten, dass jemand seine Magie nachverfolgt, weshalb ich das

Überraschungselement auf meiner Seite haben werde. Ich muss nur klug vorgehen."

Und ich hege keinerlei Zweifel daran, dass du das schaffen kannst.

Meine Mundwinkel biegen sich zu einem halben Lächeln, weil mich meine geisterhafte Passagierin aufzumuntern versucht, doch ich verfalle in Schweigen – um der Heimlichkeit willen und um meinen Atem zu sparen.

Während ich der vibrierenden Energie durch die kalte Nachtluft folge, neigt sich der Boden unter meinen Füßen nach oben. Ich werde langsamer und spähe den Abhang hinauf.

Eine dunkle Form ragt auf der Hügelkuppe empor. Ein schwaches Glühen verschleiert eines der Fenster im ersten Stock, das der Schlacht zugewandt ist. Es ist so schwach, dass ich es selbst aus einer Entfernung von fünfzig Schritten nicht erkannt hätte.

Unser Feind ist dort oben.

Ich schleiche durch das hohe Gras zu dem Plateau, welches das Gebäude umgibt.

Aus der Nähe kann ich erkennen, dass es ein Bauernhof ist, der jedoch verlassen wurde. Das Unkraut steht hoch an seinen Mauern und die Eingangstreppe ist eingefallen. Das Glas in den Fenstern ist gesprungen.

In einem der Fenster des Erdgeschosses fehlt eine Scheibe komplett.

Ich schleiche zur Hausseite und pflücke ein paar übriggebliebene Glasscherben aus dem Rahmen. Anschließend packe ich den Rahmen, schwinge mein Bein in das Haus und setze meinen Fuß ganz vorsichtig auf den Boden.

Wie sich herausstellt, bin ich in einer Küche – neben einem verstaubten Herd, der aussieht, als wäre er seit Jahren nicht entzündet worden, und Küchenschränken, die dahinter die Wände säumen.

Ich ziehe eines meiner Messer, schleiche in den Flur und suche nach der Treppe.

Ein gedämpftes Murmeln dringt von oben durch den Boden, gefolgt von einer Antwort, die spöttisch klingt. Meine Nackenhaare richten sich bei dem Ton auf.

Obwohl ich meine Füße vorsichtig aufsetze, knarzt eine verzogene Bodendiele bei meinem nächsten langsamen Schritt. Ich erstarre, mein Herz setzt einen Schlag aus und ich spitze die Ohren nach einem Zeichen, dass diejenigen über mir es bemerkt haben.

Aus dem ersten Stock erklingt kein Laut abgesehen von einem Wimmern, das durch die Decke dringt. Ich unterdrücke einen Schauder.

Nach einem Augenblick murmelt die spöttische Stimme noch etwas. Als ich keinen Hinweis darauf bemerke, dass die Leute von oben kommen, um dem Geräusch auf die Spur zu gehen, schleiche ich noch vorsichtiger als zuvor weiter.

Am Ende des Flurs entdecke ich die in Schatten liegende Treppe. Ich presse mich flach an die Wand, wo die Bodenbretter am stabilsten sein sollten, und erklimme behutsam eine Stufe nach der anderen.

Der Staub, den meine Bewegungen aufwirbeln, kitzelt in meiner Nase. Ich reibe über sie, um mir ein Niesen zu verkneifen.

Als mein Kopf auf einer Höhe mit dem Boden des Flurs im ersten Stock ist, entdecke ich eine Bewegung in einem der Türrahmen. Die Tür steht leicht offen und eine große Gestalt steht direkt dahinter. In dem schwachen Laternenlicht ist nur seine Schulter zu sehen.

Zumindest nehme ich aufgrund seiner Größe an, dass es ein Mann ist.

Die spöttische Stimme spricht erneut etwas tiefer im Raum. „Komm schon, komm schon. Du kannst noch etwas mehr geben. Wir müssen diese Idioten mit Selbstbewusstsein vollpumpen, andernfalls versagen sie wieder."

Julitas Präsenz zuckt in meinem Hinterkopf. *Borys.*

Ich hatte vorhin gedacht, die Stimme käme mir bekannt vor. Ich wollte es nur nicht wahrhaben.

Andererseits passt es zu allem, was ich über Julitas Bruder weiß, dass er sich entscheidet, zur Schlacht beizutragen, indem er seine Macht aus der Ferne schickt, anstatt seinen Hals in einem direkten Kampf zu riskieren.

Wenn es nach mir geht, wird diesen Hals eine sehr große Wunde zieren, wenn wir hier fertig sind.

Meine Finger zucken um mein Messer, ich wage es jedoch nicht, es von hier zu werfen. Ich habe keine klare Sicht auf die lebensnotwendigen Körperteile des Mannes, der die Tür bewacht, und weiß nicht, wie viele andere bei ihm und Borys sind.

Ich greife in meine Tasche und klappe das Medaillon auf, um auf dessen Innenfläche zu drücken. Es ist gut möglich, dass ich dieses Problem nicht allein bewältigen kann.

Doch ich muss tun, was ich allein schaffen kann, denn die Schlacht könnte verloren sein und Borys sich seinen Kameraden anschließen, bevor mich einer meiner Männer erreicht.

Ein Laut wie Flüssigkeit, die auf den Boden tropft, dringt durch die Tür.

Julita zuckt zusammen. *Oh, Götter. Er tut es noch immer. Das Blut …*

Mein Magen dreht sich bei dem Gedanken an all die Male um, als er in ihre Haut schnitt in der Hoffnung, dass er zusätzliche Macht erhalten würde, indem er ihr Blut anbot. Genauso wie er es offensichtlich jetzt hier oben tut.

Flach atmend schleiche ich die letzten Stufen nach oben und den Flur entlang zu der Tür. Trotz des Hämmerns meines Pulses verengt sich mein Fokus auf die kleinen Details, die ich während meiner Zeit des Stehlens und Täuschens einzuschätzen gelernt habe.

Das Licht fällt nur in einem Winkel auf den Boden, was bedeutet, dass es eine einzige Laterne gibt. Zwei Schatten stanzen über den Boden bei der Türschwelle, also hält noch eine andere Gestalt im Raum hinter der Tür Wache. Ich kann ihre Positionen anhand der dunklen Flecken in dem schwachen Leuchten abschätzen.

Ich gehe in die Hocke, schiebe mich noch näher und spähe um das Bein des Mannes, der mir am nächsten ist.

Borys hockt gegenüber einer der Opferkomplizinnen der Blutzauberer. Sie hat ihren Schleier abgelegt und ihr augenloses, nasenloses Gesicht ist so erschreckend wie all die, die ich zuvor gesehen habe.

Während ich zuschaue, zieht er das Messer, das er in der Hand hält, durch das Fleisch ihres Kiefers unterhalb der Stelle, wo ihr Ohr sein sollte. Blut quillt hervor und zeichnet sich übelkeitserregend scharlachrot auf ihrer blassen Haut ab.

Um seine eigene Gabe zu stärken, zwingt er sie, noch mehr zu opfern, als sie es bereits getan hat.

Ihre kombinierte Magie wabert durch die Luft und vibriert durch meine Knochen. Ich spanne mich an, um bei der Empfindung nicht zusammenzuzucken.

Ich muss ihn aufhalten – schnell.

Ich überprüfe die Schatten ein zweites Mal, um mich zu vergewissern, wo die zweite Wache steht. Anschließend ziehe ich mein zweites Messer aus seiner Scheide, wappne mich und springe vor.

Im Sprung schleudere ich bereits mein erstes Messer. Es taucht in die Kehle der ersten Wache.

Er röchelt, taumelt und Blut spritzt auf den Boden, während ich um die Tür wirble.

Der zweite Mann, der Wache hält, macht gerade einen Schritt, als ich das andere Messer in meine bevorzugte Hand werfe und es ihm in die Brust ramme. Es durchsticht anscheinend sein Herz, denn noch bevor er auf die Knie gesackt ist, verhärtet sich seine Gestalt zu Ton.

Ich umklammere den Griff, um die Klinge herauszuziehen – und ein Körper kracht von der Seite gegen mich.

Nein!, kreischt Julita.

Ein Ellenbogen bohrt sich in meine Rippen und eine Faust trifft mich am Kiefer. Ich schwanke, drehe mich und schlage mit meinem zurückgeholten Messer zu, angetrieben von einem über Jahre verfeinerten Kampfinstinkt.

Das hätte reichen sollen, obwohl mein Angreifer das Überraschungsmoment hatte. Doch als Borys mit seinem Dolch nach mir schlägt, wallt meine Magie in mir auf und brüllt, weil sie ihn zerreißen will.

Mein Verstand dreht sich und Borys' Gestalt verzerrt sich zu zwei, drei Männern. Ich schwinge halb blind mit der Hand, schüttle den Kopf in dem Versuch, ihn zu klären, und zerre die Macht zurück, die mein Bewusstsein getrübt hat.

Borys' Klinge streift meine Seite mit einem fiesen Brennen. Sein Arm knallt hart genug gegen meine Hand, um meinen Griff um das Messer zu brechen.

Als die Klinge fällt, rammt er mir sein Knie in den Magen und zerrt mich zurück.

Ich taumle über die Türschwelle und krache gegen das Geländer, das die Treppe überblickt. Schmerzen explodieren in meinen Narben. Das Holz in meinem Rücken knackt.

Borys springt mir hinterher und geht mit offenkundiger Erfahrung, jedoch nur mittelmäßigen Fähigkeiten auf mich los. Er würde mir die Klinge in die Schläfe treiben, wenn ich mein Bein nicht rechtzeitig hochreißen würde, um ihn hart in die Brust zu treten.

Mit einem Grunzen stolpert Julitas Bruder zur Tür zurück. Dort bleibt er kurz stehen, seine dunklen Augen funkeln und er schwingt seine blutbesudelte Klinge.

Jetzt haftet nicht nur das Blut seiner Komplizin an dem Dolch. Meines sickert dort in mein Kleid, wo er meine Seite aufgeschlitzt hat.

Ich glaube nicht, dass er tief genug geschnitten hat, um Organe zu durchbohren, der pochende Schmerz brennt jedoch durch meinen Oberkörper.

Meine beiden Waffen sind in dem Raum hinter ihm. Und ich glaube nicht, dass ich es geschafft habe, meinem Gegner mehr als einen Bluterguss zuzufügen.

Er hat die Oberhand, was er zweifellos ebenfalls sehen kann.

Julitas Geplapper nimmt ein panisches Beben an. *Oh, fuck. Ivy, du musst das hier durchstehen. Du bist besser als er. Du kannst eine Möglichkeit finden.*

Ihr Bruder gluckst trocken. „Es ist wieder Julitas Freundin. Sie hat eine Hartnäckige gewählt. Und wie sie weißt du nicht zu schätzen, was ich zu erreichen versuche."

Ein Schnauben entfährt mir trotz meiner verzweifelten Situation. „Und was soll das sein? Eine zweite Große Vergeltung herbeizuführen? Habt ihr alle vergessen, dass die Götter die Blutzauberei beim ersten Mal ausgelöscht haben?"

Borys' Glucksen dehnt sich zu einem leisen Lachen. „Das hier ist keine Blutzauberei. Diese Dummköpfe *verschwendeten*

Potenzial. Sie löschten einfach so Leben aus." Er schnippt mit den Fingern. „Wir finden heraus, zu wie viel Macht wir gemeinsam in der Lage sind."

Reden sie sich das ein?

Götter steht uns bei, murmelt Julita. *Sie sind die Dummen.*

Solange er mit mir spricht, sticht er wenigstens nicht erneut auf mich ein. „Der Allesgeber hat uns wegen einer derartigen Magie im Stich gelassen. Bist du wirklich gewillt, das Risiko einzugehen, auch wenn es nicht ganz das Gleiche ist?"

Borys schnaubt. „Wir kehren dorthin *zurück*, wie die Götter diese Welt haben wollten. Energie, Handeln und Wildheit. Die Blutzauberer vor fünfhundert Jahren wollten alle nach ihrem Willen beugen, mehr Regeln aufstellen und die Reiche kontrollieren … aber der Allesgeber wollte, dass wir alle frei sind."

Um Himmels willen. Julitas Stimme wird fester und schärfer. *Als ob er das kleinste bisschen über Freiheit weiß.*

„Stattdessen stürzt ihr uns also ins absolute Chaos", erwidere ich.

„So hat die Welt begonnen. Damit gedeiht der Allesgeber. Der Große Gott will wirklich, dass wir *alles* haben. Du wirst schon sehen."

Ist es ehrlich das, was die Götter vorziehen würden? Dass ich meine Magie mit all dem Wahnsinn entfessle, der damit einhergehen würde?

Was, wenn das der Grund dafür ist, dass Kosmel mich so weit geführt und dann mir selbst überlassen hat?

Ich schlucke gegen die Trockenheit in meiner Kehle an. Ich weiß nicht mehr, was richtig ist – aber ich kann in dieser Hinsicht keine Entscheidung treffen, wenn ich zu verstört bin, um mich für das Ergebnis zu interessieren.

Hör nicht auf ihn, sagt Julita kraftvoller als zuvor. *Alles, was er jemals wollte, ist, so viel wie möglich zu bekommen.*

„Oder besser gesagt, du wirst es nicht sehen", meint Borys und verändert den Griff um seinen Dolch. „Denn ich muss an meine Arbeit zurückkehren und kann nicht zulassen, dass du dich erneut einmischst."

Als er seine Haltung verändert, um anzugreifen, zuckt mein

Verstand zurück zu Wendos im Turm des Allesgebers. Wendos, der mir den Rücken zukehrte, anstatt mir endgültig den Garaus zu machen.

Borys ist offensichtlich der Klügere.

Und wie lächerlich ist es, dass meine Magie mich damals rettete und mich jetzt nur dem Untergang weihen wird.

Borys stürzt sich auf mich. Als ich zur Seite springe, um seinem Schlag auszuweichen, windet Julita sich in meinem Hinterkopf. *Wir müssen ihn aus dem Gleichgewicht bringen. Meine Gabe wird nicht helfen … er hat uns nichts befohlen. Aber es muss eine Möglichkeit geben …*

Plötzlich scheint sich ihre Präsenz zu versteifen. *Ich kann … wir können das hier tun Ivy. Ich werde nicht zulassen, dass er dich ebenfalls schneidet. Halte dich bereit.*

Mit diesen Worten wirft sie sich in meinen Kopf nach vorne.

Mein Instinkt besteht darin, mich dem Schwindelgefühl zu widersetzen, das über mich hereinbricht. Ich erkenne, was das bedeutet. Ich habe ihre ungebetenen Versuche zuvor schon gespürt, die Kontrolle zu übernehmen.

Sie kennt den Mann vor mir jedoch viel besser, als ich es jemals könnte. Sie hat einen Plan und ich nicht.

Ich lasse los und Julitas Präsenz flutet meinen Verstand. Da sie die Kontrolle hat, stolpert mein Körper den Flur hinab.

Borys wirbelt zu uns herum und Julita schleudert ihm meine Stimme in einem Ton entgegen, der ihr allein gehört. „Du bist überhaupt nicht reifer geworden, seit du zwölf Jahre alt warst und mich mit Wendos zum Bluten gebracht hast, oder, großer Bruder?"

Borys erstarrt mitten im Schlag. Er starrt mich an.

Bevor er entscheiden kann, dass dies alles nur ein Trick ist, spricht Julita weiter. „Oh ja, ich bin es wirklich. Und ich habe keine Sekunde dieser mitternächtlichen Ausflüge in den Wald vergessen … Die Zeiten, in denen du einen angespitzten Stock anstatt einer richtigen Klinge benutzt hast. Die Zeiten, in denen du meine Haut mit der rauen Kante eines Steins aufgeritzt hast."

In dem benommenen Zustand in meinem Hinterkopf zucke

ich mitfühlend zusammen. Meine geisterhafte Passagierin hat es stets vermieden, Einzelheiten der Folter zu erzählen, die sie durch die Hände ihres Bruders und seines Freundes erlitten hat.

Was ich mir vorgestellt habe, war schrecklich. Es ist schlimmer, zu hören, wie sie es laut beschreibt.

Borys' Kinnlade klappt kurz herunter, bevor er den Mund wieder schließt.

„Julita?", fragt er mit vor Ungläubigkeit rauer Stimme.

Sie macht einen abfälligen Laut. „Wendos hat versucht, mich in Florian zu ermorden, doch keiner von euch verstand, wie stark ich bin. Ich schaffte es mit der Hilfe meiner Freundin, am Leben festzuhalten. Und ich habe *ihr* geholfen, Stück für Stück euren idiotischen, psychotischen Aufstand zu zerstören."

Ich bin mir nicht sicher, worauf sie abzielt. Vielleicht lässt sie bloß all ihre angestaute Wut raus.

Allerdings hat sie mir gesagt, dass ich mich bereithalten soll. Sie muss etwas im Schilde führen.

Ich muss auf eine Gelegenheit achten.

Borys hat noch nicht ganz in seiner Wachsamkeit nachgelassen. Er hält den Dolch noch immer in einer Kampfhaltung fest.

Seine Augen werden schmal. „Das ist irgendein dummer Trick. Oder Magie. Julita kann nicht wirklich hier sein."

„Ich bin mir sicher, dass du das gerne denken würdest", entgegnet Julita. „Aber ich weiß, dass du dir in die Hose gepisst hast, als dich Vaters Hengst in den Schenkel getreten hat, als du sechs Jahre alt warst. Ich weiß, dass dich die Jungs aus der Stadt an deinem neunten Geburtstag verprügelt haben, als du versucht hast, einen Haufen von ihnen herumzukommandieren, als wärst du bereits ein Graf. Ich weiß, dass du mit zehn Jahren bei einer Mutprobe mit Wendos Schnecken gegessen und anschließend auf Mutters Lieblingstischdecke gekotzt hast."

„Halt die Klappe!" Borys' Augen blitzen zornig auf. Er tritt näher und sein Kiefer mahlt. „Du hast nie zu etwas anderem getaugt als zum Lückenfüller, wenn wir nichts Besseres zum Üben hatten. Ich werde einfach beenden müssen, was Wendos begonnen hat."

„*Du* warst schon immer ein rückgratloser, erbärmlicher Fiesling, der zu viel Angst hatte, um Verantwortung zu übernehmen und etwas zu tun, was respektiert werden kann", spuckt Julita aus. „Diese Frau ist die beste Freundin, die ich jemals hatte, und du wirst sie nicht mit dir zu Fall bringen."

Borys springt – und das Kitzeln von Julitas Präsenz bei meiner Stirn stürzt sich nach vorne. Mein Bewusstsein saust an ihre Stelle gerade rechtzeitig, um zu sehen, dass ihr Bruder nach seinem Gesicht fast, als hätte er etwas in den Augen.

Ich habe keine Zeit, herauszufinden, was passiert ist. Er schaut mich nicht an – seine Messerhand schlägt ziellos um sich.

Ich springe vor, packe sein Handgelenk und zerre seinen Arm herum.

Mit einem ekelerregenden Geräusch wird seine Klinge in das Fleisch am Ansatz seiner Kehle getrieben.

Borys' Körper zuckt vor mir. Ich weiche nach hinten aus, als er vornüberkippt und Blut aus seinem Hals und Lippen sprudelt.

Er stottert etwas, als versuche er, zu sprechen, allerdings kommen keine Worte heraus, die ich verstehen kann. Seine Hände tasten über den Boden und halten inne.

Sein Körper sackt zusammen und sein Kopf rollt zur Seite. Das eine Auge, das ich sehen kann, starrt ausdruckslos an die Wand.

Blut strömt in einem steten Fluss über den staubigen Boden.

Ich habe meine Halswunde erhalten, so wie ich es wollte.

Ich atme zittrig ein. „Julita? Wir haben es geschafft. Er ist tot."

Niemand antwortet. Und urplötzlich realisiere ich, dass ich sie nicht fühlen kann – nicht das vertraute Kribbeln in meinem Hinterkopf, nicht die schwache Spur eines Kitzelns, das selbst vorhanden ist, wenn sie sich so tief zurückzieht, wie ihre Präsenz gehen kann.

Sie hat sich anscheinend aus mir gestürzt, um Borys mit der Präsenz ins Gesicht zu springen, die ihr noch geblieben war.

Sie war es, nach der er geschlagen hat und die ihn genug abgelenkt hat, damit ich ihn angreifen konnte.

Und jetzt ist sie fort.

Dreiundvierzig

Ivy

Ich wache zu einer kühlen Brise, die an meinen Haaren zupft, und einer warmen Hand an meiner Wange auf. Als ich blinzle, rückt Casimirs umwerfendes Gesicht im hellen Licht in den Fokus, das von hochaufragenden Bäumen gerahmt wird.

Ein Lächeln biegt seine Lippen nach oben. „Da ist unsere Frau." Er streicht mir die Haare von der Schläfe. „Wie geht es dir, Gütige?"

„Ich …" Das erste Wort kommt als Krächzen heraus. Ich räuspere mich und versuche es noch einmal. „Was ist passiert? Wo sind wir?"

Meine letzten Erinnerungen handeln von dem Flur des Bauernhofs, in dem Borys auf dem Boden verblutete, und davon, dass mein Kopf furchterregend leer war zum ersten Mal seit …

Mein Körper spannt sich unter der Decke an, die über mich gelegt wurde. Mein Schädel ist *immer noch* leer.

Ich kann kein Kribbeln von Julitas Präsenz finden, ganz egal, wie sehr ich meine Sinne anstrenge.

„Wir sind dem Signal des Medaillons gefolgt und haben dich in dem Bauernhof gefunden", erklärt Casimir. „Du bist anscheinend ohnmächtig geworden."

Stavros' Stimme erklingt irgendwo außerhalb meines Sichtfelds. „Erschöpfung und Blutverlust haben so etwas zur Folge."

Blutverlust. Ich verändere meine Position auf dem Boden, der von einer anderen Decke gepolstert wird, und Schmerzen beben durch meine Seite von der Stelle ausgehend, wo Borys mich geschnitten hat.

Keine sarkastische Bemerkung von Julita. Keine Jubelrufe, dass ihr sadistischer Bruder endlich tot ist.

Ich durchforste meinen Verstand, als könnte ich ihre Stimme durch reine Willenskraft heraufbeschwören, doch es kommt nichts.

Casimirs Brauen ziehen sich bei der Emotion zusammen, die sich scheinbar auf meinem Gesicht abzeichnet. „Wir haben dich gründlich zusammengeflickt. Das meiste Blut war nicht von dir."

Alek erscheint hinter ihm und streckt eine unserer Feldflaschen aus. „Du solltest wieder gesund werden, allerdings wäre es gut, wenn du etwas trinkst."

Ich starre sie an und ein viel tieferer Schmerz breitet sich in meiner Brust aus. Er wickelt sich um meine Lunge und erschwert mir das Sprechen.

„Julita … sie hat mir geholfen, ihren Bruder abzulenken … sie … sie hat sich aus meinem Kopf auf ihn *gestürzt*, damit ich an seinen Dolch gelangen konnte …"

Ein Schluchzen unterbricht meine Worte.

Rheave eilt augenblicklich in Sicht und nimmt eine Kampfhaltung ein. „Was hat er dir angetan?", knurrt er.

„Er ist bereits tot", erinnert der Kurtisan ihn in einem sanften Ton, legt einen Arm um mich und hilft mir beim Aufsitzen. „Trink etwas und dann kannst du uns die ganze Geschichte erzählen."

Als Alek mir die Feldflasche reicht, tritt Stavros ebenfalls näher und die vier bilden einen Halbkreis um mich herum. Ich schlucke das kühle Wasser, das einen Kräutergeschmack hat, was darauf hindeutet, dass einer von ihnen dem Wasser etwas beigefügt hat, was mir bei der Genesung helfen soll.

Ich mache einige langsame Atemzüge, bis ich glaube, dass ich die ganze Erklärung durchstehen kann. „Ich erledigte zwei der Daimon, von denen Borys sich bewachen ließ, doch er griff mich zu schnell an und ich verlor meine Messer. Er hätte mich getötet, wenn Julita sich nicht eingemischt hätte. Ich überließ ihr die Kontrolle über meinen Körper, damit sie ihn aus dem Gleichgewicht bringen konnte, und wie ich bereits sagte, sprang sie aus meinem Kopf auf ihn. Ich glaube, ihr Geist hatte genug Energie, um ihn ins Gesicht zu schlagen.“

Ich senke den Kopf und reibe mir übers Gesicht. „Allerdings konnte sie nicht zurückkommen, schätze ich. Sie ist fort.“

Der Schmerz des Verlusts kriecht meine Kehle hinauf und erstickt mich.

Sie war bereits auf die meisten Arten tot, die zählen. Sie hat mir erzählt, dass sie bereit sei, weiterzugehen.

Mir fällt keine andere Art ein, auf die sie lieber gegangen wäre. Es war stets ihr Wunsch, sicherzustellen, dass ihr Bruder nie wieder Schaden anrichtet.

Doch ich konnte mich nicht einmal bei ihr bedanken. Ich konnte mich nicht *verabschieden*.

Casimir umarmt mich fester, Alek nimmt meine Hand und drückt sie tröstend.

„Wir werden eine anständige Beerdigung für sie abhalten“, sagt Stavros, der ein wenig unbeholfen klingt. „Sobald wir das können. So viel verdient sie mindestens. Ich bin mir nicht sicher, was genau wir den Leuten erzählen werden, aber sie sollten wissen, dass sie eine Heldin ist.“

Ich schlucke schwer. „Ja. Ja, das sollten sie wissen.“

Seine Bemerkungen durchschneiden meinen Kummer genug, um mich an die anderen Heldentaten zu erinnern, die wir heute Nacht versucht haben.

Mein Herz setzt aus. „Die Schlacht … die darischen Soldaten und die Blutzauberer … ist die Königsfamilie sicher?“

Stavros geht in die Hocke, sodass wir uns auf Augenhöhe befinden. „Es muss geschehen sein, sobald du dich mit Borys beschäftigt hast … die Armee des Ordens der Wildheit geriet erneut ins Straucheln. Die restlichen darischen Soldaten schafften es, viele von ihnen zu erledigen, bevor sie sich auf ihre Seite des Kanals zurückzogen. Die Soldaten aus unserer Festung töteten die wenigen Versprengten, die noch nicht geflohen waren."

„Und sie haben euch nicht verhaftet?"

Rheave gibt einen missmutigen Laut von sich. „Sie sollen uns dafür verhaften, dass wir ihre Probleme gelöst haben?"

Stavros wirft ihm von der Seite einen belustigten Blick zu. „Ich glaube, sie wollten es tun, doch wir konnten der Gefangennahme entgehen. Sie waren ein wenig davon abgelenkt, sich um die Opferkomplizin im Bauernhaus zu kümmern, zu dem wir sie schickten, nachdem wir dich rausgeholt hatten."

„Und wir haben ein paar Pferde in die Finger gekriegt, da der Marsch sie nicht mehr brauchte", wirft Alek ein. „Jetzt können wir alle reiten. Und das sollten wir besser bald tun, bevor die Soldaten entscheiden, wieder ernsthaft Jagd auf uns zu machen."

Stavros' Miene wird ernst. „Ich weiß nicht, wo wir nach dem Sieg der heutigen Nacht stehen oder wohin wir am besten gehen sollten."

Casimir schenkt ihm ein sanftes Lächeln. „Weit weg von der Festung scheint in jedem Fall eine gute erste Idee zu sein."

Sie helfen mir auf die Füße. Als Stavros die Decken einsammelt, schlingt Rheave seine Arme um mich und umarmt mich sanft. „Du hättest nicht ohne uns gehen sollen, kleine Liane."

„Ihr wart damit beschäftigt, etwas genauso Wichtiges zu tun", erinnere ich ihn.

Er schnaubt ablehnend und senkt den Kopf, um mich zu küssen.

Mein Herz setzt einen Schlag aus, da ich weiß, dass es das erste Mal ist, dass meine anderen Männer so eine offene Zurschaustellung unserer neuen Intimität sehen. Doch als der Daimon-Mann zurückweicht, lächeln die drei bloß.

Casimir führt Krümel zu mir. Der Hengst wiehert, als würde er seine Sorge über meine Verletzungen ausdrücken.

Stavros tritt an meine Seite. „Ich sollte dir besser auf das Pferd helfen."

Bevor ich mich neben dem Sattel positioniert habe, schallt eine forsche Frauenstimme mit einem unnatürlichen Echo durch den Wald. „Stavros Teodorek aus Florian … Im Namen von König Konram muss ich mit dir und deinen Kameraden sprechen."

Ich zucke zusammen und verziehe das Gesicht, als Schmerzen durch meine bandagierte Wunde schießen.

Stavros' Stirn legt sich in Falten. „Wer immer das ist, nutzt einen magischen Verstärker, um ihre Stimme auszusenden. Ich glaube nicht, dass sie besonders nah ist."

Wir wagen uns in die Richtung der Stimme vor, die vom Rand des Waldes erklingt, in den mich die Männer gebracht haben, damit wir ein wenig Schutz hatten.

Auf der anderen Seite der nahegelegenen Felder sitzt eine Frau in einer Robe auf einem Pferd und wird von zwei Soldaten flankiert.

Sie hat eine würdevolle Haltung eingenommen und eine Klappe verdeckt das Auge, das sie geopfert hat.

Ich starre. „Ist das … Hessild Korinya? Die Chefzauberin des Königs?"

„Ich glaube, das ist sie", murmelt Casimir. „Und laut ihr hat er sie zu uns geschickt."

Stavros betrachtet das Terrain ringsum die königliche Magieberaterin und ihre kleine Eskorte. Die Felder in der Nähe sind so weitläufig, dass eine weitere Bedrohung offensichtlich sein sollte.

„Konram wusste aufgrund meiner Nachricht ungefähr, wo wir sein würden", erklärt er. „Wir sollten nachschauen, was sie will … allerdings zu Pferd. Außerdem sollten wir einen sicheren Abstand einhalten, damit wir davonreiten können, sollte das Gespräch eine unschöne Richtung einschlagen."

Hessild trägt ihre verstärkte Bitte erneut vor, während wir auf unsere Reittiere steigen. Als wir aus dem Wald treten, dreht sie sich zu uns um, bleibt jedoch, wo sie ist. Vielleicht ist ihr klar, dass wir vorsichtig sein wollen.

Rheave hält seinen Bogen in der Hand und der Köcher

hängt über seiner Schulter. Ich lasse den Blick über die Landschaft ringsum schweifen, sehe jedoch keine Anzeichen für eine Falle.

Wir bleiben am Rand des Feldes stehen, von wo wir gut rufen und gehört werden können. „Ich bin hier", verkündet Stavros und hebt die Stimme, damit sie weit zu hören ist. „Was hast du zu sagen?"

Hessild lächelt. „Es ist schön, zu erfahren, dass du dein Gespür für Strategien nicht verloren hast, Stavros. Du und deine Kollegen haben der Königsfamilie gestern Nacht einen großen Dienst erwiesen."

Stavros deutet auf mich. „Der Hauptteil der Strategie kam von Ivy. Sie riskierte ihr Leben, damit König Konrams nicht bedroht werden würde."

Die königliche Beraterin neigt den Kopf. „Er erkennt das an und bereut, dass er euch alle so vorschnell verurteilt hat. Wenn ihr mit mir nach Regica kommt, würde er gerne die Bedingungen einer vollständigen Begnadigung mit euch besprechen."

Kurz verschlägt es mir die Sprache. Dies ist das Ergebnis, auf das wir von Anfang an gehofft haben.

Ist das wirklich wahr? König Konram ist gewillt, mich mit meiner zerrissenen Magie leben zu lassen?

„Gibt es eine offizielle Bestätigung seiner Absichten?", erkundigt Stavros sich.

Hessild zieht ein Papier mit einem Klecks Wachs am unteren Rand aus ihrer Tasche und streckt es aus. „Er hat es bei seinem Siegel geschworen."

„Ich werde es holen." Rheave treibt sein Pferd an und galoppiert zu Hessild.

Ich wappne mich, doch Hessild erlaubt ihm, die Ankündigung mitzunehmen, ohne die kleinste verdächtige Bewegung zu machen. Der Daimon-Mann reitet zurück und reicht das Papier Stavros.

Der ehemalige General liest es sorgfältig. Er spricht mit ruhiger Stimme, als er uns über den Inhalt in Kenntnis setzt, ein warmes Funkeln tritt jedoch in seine Augen. „Es sieht authentisch aus. Das Siegel ist sein persönliches, zu dem kein anderer Zugriff hat. Er entschuldigt sich … sagt, dass er nicht anders kann, als unsere Anstrengungen in seinem Namen zu ehren. Er konnte es nicht riskieren, selbst zu kommen, hat jedoch Hessild als Zeichen seines Vertrauens geschickt."

Er hält inne. „Ich vermute, dass er auch möchte, dass sie Ivy beurteilt. Doch ihrer Meinung nach hat Hessild sich *unserer* Gnade ausgeliefert."

Alek rutscht nervös auf seinem Pferd herum. „Denken wir, dass wir ihm vertrauen können?"

Stavros nickt langsam. „Wenn wir dem hier nicht vertrauen, können wir uns genauso gut damit abfinden, für immer Geächtete zu sein."

Er sieht mich an. „Allerdings kann ich die Entscheidung nicht für uns alle treffen."

Mein Magen verknotet sich. Ich bin diejenige, die in der größten Gefahr schwebt, falls wir zum König gehen. Doch wie kann ich die Gelegenheit aufgeben, wenigstens einen Teil der Absolution zu erhalten, von der ich mein Leben lang geträumt habe?

Wenn Julita hier wäre, würde sie sagen, dass es allmählich Zeit wurde, dass der König die Wahrheit sah. Sie würde mir Beifall klatschen, weil ich gezeigt habe, was ich wert bin.

Der Schmerz ihres Verlusts dehnt sich in meinem Magen aus.

Wir werden *sie* nie ehren können, wenn wir unser ganzes Leben auf der Flucht verbringen.

Ich richte mich auf. „Lasst uns zum König gehen."

Stavros wendet sich wieder Hessild und ihrer Eskorte zu. „Wir kommen mit."

„Exzellent." Sie wendet ihr Pferd und reitet zur Straße, ohne von uns zu erwarten, dass wir uns ihr anschließen. Diese Rücksichtnahme scheint ebenfalls vielversprechend zu sein.

Wir reiten in einem flotten Schritt, der meine heilende Wunde nicht so durchschüttelt, wie es ein Trab tun würde. Wir fünf halten einige Pferdelängen Abstand von Hessild als zusätzliche Vorsichtsmaßnahme. Doch mit jeder Minute, die mit einer friedlichen Reise entlang der Straße verstreicht, beruhigen sich meine Nerven mehr.

„Wie weit ist es von hier nach Regica?", frage ich Stavros leise.

„Von hier und in diesem Tempo ungefähr eine Stunde." Er mustert mich nachdenklich. „Tut deine Wunde weh?"

„Nur ein wenig. Ich komme schon klar."

„Wir werden sie von einem Mediziner heilen lassen, wenn wir …"

Seine Stimme verstummt, als Hessild auf ihrem Sattel vor uns erschaudert. Sie stößt einen erstickten Laut aus, kippt vornüber und rutscht von ihrem Pferd.

Die Soldaten zu beiden Seiten von ihr fahren herum, nur um selbst von Zuckungen erfasst zu werden.

Als sie von ihren Pferden fallen, lässt Stavros seinen Hengst anhalten und springt zu Boden. „Was zum Henker?"

Die anderen Männer beeilen sich, ihm zu folgen. Als sie zu Hessilds zusammengebrochener Gestalt rennen, verlagere ich mein Gewicht, um ihrem Beispiel zu folgen, doch plötzlich schwappt eine Woge der Magie über mich hinweg.

Mein Körper verkrampft sich, erschlafft jedoch nicht. Mein Rückgrat versteift sich und meine Hände spannen sich um die Zügel an.

Meine Fersen bohren sich wie von selbst in Krümels Flanken.

Das Pferd schnaubt verwirrt, bewegt sich allerdings in die Richtung, in die ich es lenke, nämlich von der Straße runter. Ich zerre mit aller Kraft an meinen Gliedern, doch es ist, als wäre ich zu einer Marionette an einigen Fäden geworden.

Nicht so wie damals, als Julita meinen Körper übernahm. Da konnte ich erkennen, dass ich in den Hintergrund gedrängt worden und die Welt um mich herum verblasst war.

Jetzt schaue ich aus meinen eigenen Augen, höre mit meinen Ohren in voller Klarheit und bin dennoch in einem Körper eingesperrt, der seinen eigenen Willen entwickelt hat.

Panik durchfährt meine Nerven. Ich greife instinktiv nach meiner Magie …

Doch ich kann sie nicht erreichen. Meine Brust bleibt um die Macht herum verkrampft und nicht einmal ein dünner Faden windet sich durch meine Sinne.

Götter steht mir bei, was in den Reichen …

Alek sieht auf und bemerkt meinen neuen Kurs. Er dreht sich um. „Ivy, was tust du …"

Ein seltsames Lachen, wie ich es noch nie von mir gegeben habe, zwängt sich aus meiner Lunge. „Ich habe erhalten, was ich brauchte, und jetzt sind wir fertig. Habt ihr wirklich gedacht, ihr wärt mir wichtig? Ihr seid allesamt lächerlich."

Ein stummer Schrei steigt in mir auf, als mir erneut ein Lachen entfährt. Dann wendet mein Körper Krümel und tritt ihm in die Seiten, damit er in einen Galopp ausbricht.

Nein, nein, ich darf das nicht zulassen.

Ich nehme all meine Willenskraft zusammen, um an den Zügeln zu zerren, doch meine Arme weigern sich, nachzugeben. Sie verändern lediglich Krümels Kurs ein wenig, was nicht meine Idee war.

Wir sprinten über die Landschaft und meine Seite pocht bei jedem Hufschlag des Hengstes. Ich glaube, ich spüre, wie Blut unter dem Verband hervorrinnt.

Ich versuche, meine Augen zu schließen, als würde das etwas nutzen, doch anscheinend kontrolliert mein Puppenspieler sogar meine Augenlider. Sie blinzeln, öffnen sich jedoch wieder.

Krümel schwenkt nach links und galoppiert weiter. Wir reiten durch einen Wald, wo wir gezwungen sind, langsamer zu machen, bewegen uns allerdings trotzdem so schnell vorwärts, wie es das Pferd kann.

Sobald wir aus dem Wald hervorbrechen, treiben meine Beine Krümel wieder zu einem Galopp an.

Ich höre keinerlei Geräusche hinter mir, die auf Verfolger hindeuten. Ist noch eine andere Magie am Werk, die meine Spuren verwischt?

Werden meine Männer überhaupt zu meiner Rettung eilen wollen, nachdem ich es so klingen ließ, als hätte ich den Angriff auf Hessild und ihre Eskorte verursacht? Nachdem ich sie beleidigt und ihnen ins Gesicht gelacht habe?

Tränen brennen in meinen Augen und beginnen, über meine Wangen zu laufen.

Wir überqueren unbebaute Felder und reiten um einen

weiteren kleinen Wald herum. Der Wind kühlt die feuchten Streifen auf meinem Gesicht.

Schließlich ziehen meine Hände an den Zügeln und Krümel verlangsamt seine Schritte zu einem Trab.

Das ist allerdings nicht mein Werk. Ich kann noch immer keinerlei Kontrolle über meinen Körper ausüben.

Die Magie summt um mich herum und dröhnt in meinen Ohren. Wir nähern uns einer heruntergekommenen Hütte am Rand eines größeren Waldes und ich lasse Krümel komplett anhalten.

Mehrere Gestalten treten aus der Hütte und kommen mir entgegen.

Die Meisten erkenne ich nicht, zumindest nicht als Individuen. Es sind zwei Männer und eine Frau in den blauen Uniformen der königlichen Armee, weshalb ich denken würde, dass König Konram hinter meiner Entführung steckt, wenn da nicht die zwei blassen verhüllten Gestalten bei ihnen wären, die ich sofort als Opferkomplizen erkenne.

Ein Mann und eine Frau in gewöhnlicher Kleidung flankieren gemeinsam einen Komplizen. Eine andere Frau steht neben dem zweiten. Ihr Gesicht ist angespannt und Schweiß sammelt sich auf ihrer Stirn trotz der kühlen Luft.

Den Mann, der als Letztes erscheint, kenne ich. Beim Anblick seines hochgewachsenen, schiefen Körpers schießt mir noch mehr Angst durch die Adern.

Lothar Riosemek, der zweite magische Berater des Königs und der Zerstörer der zerrissenen Zauberer, starrt mich aus hellbraunen Augen und mit einem harten Feixen an.

„Schaut sie euch an", sagt er lässig in seinem schweren Bariton. „Sie kann keinen Muskel bewegen, wenn du es nicht erlaubst, Zaneta. Wie stark du geworden bist, nachdem du all diese Daimon-Wesen geleitet hast."

Die schwitzende Frau neigt ihren Kopf zu einem leichten Nicken. Aus ihrer Stimme ist die Anstrengung herauszuhören, die sich auf ihrem Gesicht und in ihrer Haltung abzeichnet. „Ja, Meister Lothar. Es ist nicht ganz dasselbe, wenn wir den Körper nicht gebaut haben. Aber ich kann sie kontrollieren."

„Gut." Lothars Feixen wächst und scheint sich auf seinem Gesicht auszubreiten.

Meine Stimme bleibt in meiner Kehle eingesperrt, obwohl ich laut schreien will.

Dieser Mann steckt hinter dem Aufstand der Blutzauberer?

Alek fand heraus, dass die Leute, die den Ton kauften, das königliche Siegel benutzt hatten, um die Lieferungen zu tarnen. Wir vermuteten nie, dass es von jemandem gekommen sein könnte, der dem König so nahe steht.

Bei den Göttern, was hat er noch getan? Was will er als Nächstes tun?

Was wird er mit *mir* tun?

Lothar tritt noch einen Schritt näher, woraufhin sich mein Geist in meine Marionette eines Körpers zurückziehen will. „Ivy aus woher du tatsächlich kommst, du hast meine Armee zerstört. Ich nehme im Gegenzug dich und deine wilde Magie. Das ist eigentlich gar kein so schlechter Tausch."

Er schnipst mit den Fingern und seine Anhänger gehen zu einer Gruppe Pferde, die im Schatten der Bäume angebunden sind. Auf einen Ruck der Magie hin gebe ich Krümel das Zeichen, ihnen zu folgen, während ich in meinem Kopf laut schreie.

Mein Körper reagiert nicht. Dieser Psychopath hat mich wahrhaftig eingesperrt.

Und zum ersten Mal, seit ich in diese Verschwörung gestolpert bin, bin ich vollkommen allein.

ÜBER DEN AUTOR

Eva Chase ist eine Amazon Top 100-Bestsellerautorin für Urban Fantasy und paranormale Liebesromane. Sie ist mit Magie, Chaos und Herzschmerz aufgewachsen und bringt alle drei Elemente in ihre Geschichten ein. Aber keine Angst vor dem gefürchteten Liebesdreieck - Evas Heldinnen müssen sich nie entscheiden. Online findet man sie unter www.evachase.com.